VERSPLINTERD

DE BOEKEN VAN KARIN SLAUGHTER

Nachtschade
Zoenoffer
Een lichte koude huivering
Onzichtbaar
Trouweloos
Triptiek
Onaantastbaar
Onbegrepen
Versplinterd
Genesis
Verbroken
Ongezien
Gevallen
Doorn in mijn vlees
Genadeloos
Stille zonde
Veroordeeld
Mooie meisjes
Verborgen
Laatste adem
Goede dochter
Gespleten/Pieces of Her
Laatste weduwe
Schoon goud (met Lee Child)
Verzwegen
Valse getuige
Puntgaaf
Gewetenloos
Na die nacht

ALLEEN ALS E-BOOK VERSCHENEN

Kwijt
Gepakt
Koud hart
Diep

KARIN SLAUGHTER

VERSPLINTERD

Vertaling Ineke Lenting

WILL
TRENT
THRILLER

HarperCollins

MIX
Papier | Ondersteunt verantwoord bosbeheer
FSC® C083411

Voor dit boek is papier gebruikt dat onafhankelijk is gecertificeerd door FSC™
ten behoeve van verantwoord bosbeheer.
Kijk voor meer informatie op www.harpercollins.co.uk/green

HarperCollins is een imprint van Uitgeverij HarperCollins Holland, Amsterdam

Oorspronkelijke titel: *Fractured*

Vertaling inleiding: Tasio Ferrand
Omslagontwerp: Buro Blikgoed
Omslagbeeld: © Lori Mann / Arcangel Images
Foto auteur: © Alison Rosa
Zetwerk: Mat-Zet B.V., Huizen
Druk: CPI Books GmbH, Germany, met gebruik van 100% groene stroom

ISBN 978 94 027 1344 2
ISBN 978 94 027 5196 3 (e-book)
NUR 305
Eerste druk oktober 2017
Achtste druk juni 2023

HarperCollins Holland is een divisie van Harlequin Enterprises ULC.

www.harpercollins.nl

Voor Irwyn en Nita…
voor alles…

VOORWOORD

Ik vond het erg leuk dat me werd gevraagd een voorwoord en inleidingen te schrijven bij de eerste vier Will Trent-boeken. Hoewel veel van mijn personages als vanzelf ontstaan tijdens het schrijven van het verhaal of als reactie op het thema dat ik probeer te verkennen, heb ik het personage Will met een vooropgezet doel verzonnen. Van zijn entree aan het begin van *Triptiek* tot zijn samenwerking met Faith Mitchell in *Versplinterd*, tot aan het moment waarop hij in *Genesis*, en later nog intenser in *Verbroken*, als een magneet naar Sara Linton toe wordt getrokken. Elke stap die Will zette, elke gedachte die hij had, maakte al deel uit van het verhaal dat ik in Grant County wilde plaatsen. In tegenstelling tot Sara of Jeffrey of zelfs tot de personages uit mijn op zichzelf staande verhalen is Will niet gecreëerd voor een verhaal. Will ís het verhaal.

Het is moeilijk praten over de oorsprong van Will Trent zonder een aantal enorme plotwendingen van de Grant County-serie te verklappen – belangrijke gebeurtenissen dan wel de individuele verhaallijnen van personages – dus, lezer, wees gewaarschuwd: ik ga open en eerlijk vertellen waarom ik niet meer over Grant County schrijf en waarom ik Will Trent heb gecreëerd. Althans... zo open en eerlijk als je kunt verwachten van iemand die al zeventien jaar de kost verdient met het verzinnen van verhalen.

Met de creatie van Sara, Jeffrey en Lena in Grant County gaf ik gehoor aan het aloude advies om als schrijver vooral te schrijven over dat wat je kent. Ik ben in een klein stadje opgegroeid en weet van jongs af aan precies hoe kleine stadjes functioneren. Kleine stadjes zijn in feite overal hetzelfde, of ze nu in South Georgia, Zuid-Frankrijk of Zuid-Friesland liggen. Je hebt altijd dezelfde personages: de rijke families, de arme mensen, het asociale volk, de losbandige vrouwen, de hypocrieten en de criminelen. Schokkende dingen, zoals een moord, het rondwaren van een serieverkrachter of een pedofiel die kinderen achtervolgt, in een schijnbaar alledaagse setting hadden tot doel om niet alleen kleine gemeenschappen, maar de gehele samenleving een spiegel voor te houden. Misdaden voelen realistischer, persoonlijker en gewelddadiger aan wanneer ze in kleine stadjes gebeuren.

Hoewel ik met plezier schreef over iets wat ik kende – kleine stadjes – vind ik dat schrijvers zich ook ten doel moeten stellen om te schrijven over dingen die ze willen weten, en ik wil weten waarom en hoe geweld veranderingen teweegbrengt in slachtoffers, gezinnen, rechercheurs en gemeenschappen. Ik denk dat die nieuwsgierigheid is ontstaan tijdens mijn jeugdjaren in de staat Georgia, die samenvielen met een uitzonderlijk gewelddadige periode in de moderne Amerikaanse geschiedenis, haast nergens gewelddadiger dan in Atlanta, waar een seriemoordenaar van 1979 tot 1981 kinderen ontvoerde en vermoordde. Hoewel ik ongeveer veertig minuten autorijden van de plek woonde waar al die misdaden gebeurden, was ik er erg van doordrongen dat mijn leven ingrijpend was veranderd door die serie wrede moorden. Ik mocht niet meer door bepaalde straten fietsen, mijn ouders verplichtten me om meerdere keren per dag een teken van leven te geven, en ook als we 's avonds televisiekeken, was er geen ontsnappen aan; er werden elk halfuur filmpjes uitgezonden waarin de kijkers werd gevraagd: 'Weet u waar uw kinderen nu zijn?'

Uit deze tijd stammen mijn vroegste herinneringen aan het vertellen van verhalen. Ik herinner me nog heel goed dat ik soms midden in de nacht wakker werd, de slaapkamer van mijn oudere zus in sloop, een zaklamp onder mijn kin hield en fluisterde: 'Wie vermoordt al die kinderen?' Zij begon dan te schreeuwen, ik schrok van haar geschreeuw en begon zelf ook te schreeuwen en vervolgens te huilen, waarop mijn ouders binnenkwamen en mijn zus straf kreeg omdat ze me overstuur had gemaakt. Die dynamiek is ongetwijfeld bekend bij iedereen die een broer of zus heeft. Het is nooit de schuld van de jongste. Je kunt dus stellen dat ik van jongs af aan aangemoedigd werd om verhalen te vertellen die mensen de stuipen op het lijf jagen.

Deze liefde voor het aanjagen van angst is de reden waarom ik literaire thrillers ben gaan schrijven en – nog specifieker – waarom ik over

Sara Linton ben gaan schrijven. Als er iets was wat me op mijn weg naar Grant County leidde, dan was het Sara wel. Ze is in essentie alles wat ik niet ben: lang, roodharig, een arts en een bazige oudere zus. Wat we met elkaar gemeen hebben, is dat we allebei willen weten waarom mensen soms zulke vreselijke dingen doen. Als kinderarts ziet ze elke dag de belofte van het leven haar praktijk binnenlopen. Als forensisch arts is ze getuige van de verwoesting die een gewelddadige dood teweeg kan brengen.

Ik heb de afgelopen zeventien jaar over Sara en andere sterke vrouwen geschreven, en er is één dynamiek die niet is veranderd: het is ongelofelijk moeilijk om over een geslaagde, intelligente vrouw te schrijven zonder dat mensen een hekel aan haar hebben. We zijn als samenleving geconditioneerd om die karakteristieken te waarderen bij mannen, maar we zijn ongelofelijk achterdochtig, en kritisch, ten aanzien van vrouwen die precies diezelfde kwaliteiten hebben. Om van Sara niet te veel een superheld te maken, maar eerder een vrouw die je bij de buurtsuper zou kunnen tegenkomen, heb ik haar fouten laten maken – soms grote fouten die ertoe leidden dat de slechteriken (tijdelijk) vrijuit gingen. Ik gaf haar een dominante moeder en een wijsneus als zusje. Haar vader houdt van haar, maar hij ziet ook wat haar tekortkomingen zijn. Lena Adams kan haar niet uitstaan, maar dat komt vooral omdat Sara vindt dat Lena zich te veel door haar emoties laat regeren en haar om die reden het leven van Jeffrey Tolliver niet toevertrouwt.

Er zijn tot op de dag van vandaag niet veel mensen die toegeven dat Sara het bij het juiste eind heeft.

Ik herinner me nog heel goed waar ik was toen ik besloot dat Jeffrey zou sterven. Ik was net klaar met het schrijven van *Een lichte koude huivering*, de derde Grant County-titel, en het was zo'n situatie waarin mijn onderbewustzijn iets belangrijks had uitgevogeld nog voordat ik er bewust over had nagedacht. Ik had het snikheet en rilde – alsof ik griep onder de leden had. En na een paar uur zweten en rillen kwam het compleet gevormde idee tot me: Jeffrey moest dood.

Ik ben altijd het soort schrijver geweest dat een paar boeken verder denkt dan het boek waar ik aan werk. Zelfs als ik nog geen stevige plot heb, weet ik al waar het met de personages heen zal gaan. Op dat punt tijdens het schrijven van de Grant County-serie kon ik het verloop van de relatie tussen Jeffrey en Sara duidelijk voor me zien, en het stevende op een gelukkig einde af. Gelukkige mensen zijn saai. Om ze interessant te houden moeten ze of steeds vechten en uit elkaar gaan, of elkaar bedriegen, of er moet iets vreselijks gebeuren. Na alles wat Jeffrey en Sara hadden meegemaakt, kon ik me niet voorstellen dat ze een van die voor hen onwaarschijnlijke wegen zouden inslaan.

Wat misschien nog belangrijker was: ik wilde niet eindigen als de Jessica Fletcher van Grant County. Ik bedoel, kom op zeg, waarom zou iemand in dit ongelofelijke gewelddadige, gevaarlijke stadje willen blijven wonen? Als ik mijn verhalen in een grote stad zou ensceneren, in Atlanta bijvoorbeeld, of als ik over een staatspolitieagent zou schrijven in plaats van over een hoofdcommissaris van politie in een klein stadje, zou ik dan niet veel meer mogelijkheden hebben om mensen op nieuwe, spannende plekken te vermoorden?

Er stonden nog drie verhalen op stapel in de Grant County-serie, dus ik had de mogelijkheid om precies uit te kienen hoe Jeffrey zou sterven. Tegen de tijd dat ik *Trouweloos* schreef, was ik al begonnen de verwikkelingen te voorzien van aanwijzingen die de oplettende lezer op het in de toekomst dreigende gevaar zouden wijzen. Voordat ik het laatste verhaal in de serie schreef, schreef ik een boek dat ik een op zichzelf staand boek noemde, over een nieuw personage, genaamd Will Trent. (Ik zeg dat ik het een op zichzelf staand boek noemde, omdat alleen mijn redacteur, mijn agent en ik wisten dat het dat niet was.)

Er wordt schrijvers vaak gevraagd hoelang ze erover doen om een boek te schrijven. In mijn geval is het schrijven zelf niet het meest tijdrovende aspect, maar het nadenken over de personages. Will Trent is een personage waar ik drie jaar over heb nagedacht. Ik zie zijn ontstaan als een zandkorrel die in de oester van mijn gedachten een parel werd. Ik wilde niet een soort tweede Jeffrey verzinnen en die in Atlanta plaatsen. Ik wilde nadenken over Will als een compleet gevormde man. Welke normen en waarden heeft hij? Wat voor soort agent is hij? Wat voor soort man is hij? Wie zijn zijn vrienden? Hoe is zijn werksituatie?

Anders dan Jeffrey, die was opgevoed door een alcoholistische moeder en een bajesklant van een vader, groeide Will op in staatsopvoedingsinstituten, waar hij een extreme hoeveelheid geweld onderging. Het feit dat hij al op jonge leeftijd aan zoveel geweld werd blootgesteld, is naar mijn gevoel de reden waarom hij terughoudend is ten aanzien van gewelddadige fysieke confrontaties, en in feite zelfs bang voor de dingen die geweld in hem zouden kunnen ontketenen. Terwijl Jeffrey er niet voor terugdeinst een verdachte een paar klappen te verkopen, is Will eerder geneigd rustig met ze te praten. De voormalige middelbareschoolatleet Jeffrey ontleent extreem veel zelfvertrouwen aan zijn lichaam. Will, daarentegen, kampt met gevoelens van schaamte over zowel de littekens op zijn lichaam als zijn dyslexie. Will begrijpt criminelen beter dan Jeffrey omdat hij weet wat het is om iets te moeten verbergen voor de rest van de wereld. In mijn ogen wordt het grote verschil tussen de twee mannen het duidelijkst zichtbaar tijdens hun eerste ontmoeting met Sara Linton. Jeffrey zag weer een mooie vrouw die hij moest veroveren. Will zag een slimme, aantrekkelijke arts die voor hem veel te hoog gegrepen was.

Ieder personage heeft een groot, duister geheim. Er zitten in het verleden van zowel Will als Sara dan ook dingen waar de lezers nog niets van weten – en misschien ook nooit iets over zullen weten. Will is een man die voortdurend met zijn verleden aan het worstelen is. Hij is doordrongen van de statistieken: meer dan zestig procent van de jongemannen die in staatsopvoedingsinstituten opgroeien loopt kans als volwassene in de gevangenis te belanden. Ik denk dat Will wakker is geschud toen hij zich even aan verkeerde kant van de wet begaf. Het feit dat Amanda Wagner, wier aanwezigheid in Wills leven een langzaam onthuld mysterie is, achter de schermen aan de touwtjes trok, is maar een deel van het verhaal. Will is koppig, en hij heeft in het verleden keer op keer ingestemd met wat de vrouwen in zijn leven van hem verwachtten, om dan gewoon te doen waar hij zelf zin in had, maar ik denk dat zijn morele kompas, zijn wil om een goed mens te zijn, de reden is waarom lezers het beste voor hem blijven hopen.

Als er één karakterbepalende eigenschap is die Will met Jeffrey deelt, dan is het dat ze allebei op enig moment in hun leven hebben moeten kiezen of ze hun toekomst door hun verleden zouden laten dicteren, of zélf zouden dicteren hoe hun toekomst eruit zou zien. Jeffrey maakte de keuze om op te houden met zijn ontrouw en rokkenjagerij en een man te worden die het verdiende om met Sara te zijn. Will koos ervoor een goede man te zijn omdat zijn enige andere optie was het soort man te worden dat Angie Polaski bewonderde. Voor zowel Jeffrey als Will geldt dat hun sterke persoonlijke discipline een essentieel onderdeel is van wie ze als man, als politieagent, als partner en als vriend zijn, en als de persoon op wie Sara Linton uiteindelijk verliefd wordt.

VERSPLINTERD

Er zat hier een addertje onder het gras: voordat Sara verliefd kon worden op Will, moest ik ervoor zorgen dat hij het soort man werd dat haar liefde waard is. In *Versplinterd*, het tweede boek in de Will Trent-reeks, zien we Wills wereld op veelzeggende wijze groter worden. Ook deze transformatie was het resultaat van een degelijk vooropgezet plan. Mijn grootmoeder heeft me gezegd dat je nooit iemand moet trouwen met wie je niet eerst vrienden bent, en ik moest Will naar het punt toe krijgen waarop Sara – of wie dan ook – hem als goede vriend zou kunnen zien. In *Triptiek* is Will Trent erg gesloten. Hij is geheimzinnig, hij is stil, hij houdt zich het liefst op de achtergrond, doet zijn werk en koestert de hoop dat Angie op een dag weer zal komen opdagen en hem een kluif zal toewerpen.

In *Versplinterd* begint het duidelijk te worden hoe de relatie tussen Will en Amanda in elkaar zit. Zij is een moederfiguur, maar ze is ook een van zijn grootste kwelgeesten omdat ze meer over hem lijkt te weten dan hij over zichzelf weet. De manier waarop ze hem uit zijn schulp trekt – met pijn en moeite – is nog steeds een van mijn geweldigste schrijfervaringen. Ik hou van de interactie tussen die twee personages. *Versplinterd* is ook het boek waarin Will voor het eerst wordt gedwongen samen te werken met Faith Mitchell, een vrouw die alleen al om zijn reputatie een hekel aan hem heeft, zoals de meeste politieagenten in Atlanta, maar daarnaast ook om redenen die veel persoonlijker zijn: Will onderzocht en werkte uiteindelijk mee aan de dienstbeëindiging van hoofdagent Evelyn Mitchell, de moeder van Faith. Door te zien hoe Will om deze haat heen laveert – hij houdt zich koest, doet zijn werk, laat de speldenprikken en steken onder water van Faith over zich heen komen omdat hij weet dat het oplossen van de zaak belangrijker is dan hun persoonlijke grieven – krijgt de lezer inzicht in de manier waarop Will in het leven staat. Als er één ding is dat ik tijdens het schrijven over Will voor ogen houd, is het dat hij altijd weer zal opstaan, hoe vaak hij ook wordt neergeslagen – letterlijk of figuurlijk. Zoals hij later zelf tegen Sara zal zeggen: 'Weglopen ligt niet in mijn aard.'

Lezer, ik hoop dat jij er ook zo over denkt.

Karin Slaughter
Atlanta, Georgia
1 augustus 2017

PROLOOG

Abigail Campano had haar auto op straat voor haar huis geparkeerd. Ze keek op naar de statige woning, die ze bijna tien jaar geleden hadden laten verbouwen. Het huis was gigantisch – veel te groot voor drie mensen, en al helemaal nu een van hen, als alles goed ging, binnen een jaar naar de universiteit zou vertrekken. Wat moest ze beginnen wanneer haar dochter zich op haar nieuwe leven zou storten? Dan zou het weer Abigail en Paul zijn, net als voor Emma's geboorte.

Ze kreeg al buikpijn bij het idee.

Paul kwam weer aan de telefoon, en zijn stem knetterde door de autospeakers. 'Schat, hoor eens...' begon hij, maar haar gedachten dwaalden weer af terwijl ze naar het huis zat te kijken. Wanneer was haar wereldje zo klein geworden? Sinds wanneer bracht haar dag niets dringenders dan de zorg om andere mensen, om andere dingen: Had de kleermaker Pauls overhemden klaargelegd? Had Emma vanavond volleybaltraining? Had de woninginrichter dat nieuwe bureau voor het kantoor al besteld? Had iemand eraan gedacht om de hond uit te laten, of zou ze straks vijf liter pis van de keukenvloer moeten dweilen?

Abigail slikte, en haar keel snoerde dicht.

'Volgens mij luister je niet eens,' zei Paul.

'Ik luister wel.' Ze zette de motor af. Er klonk een klik en door het wonder van de techniek verplaatste Pauls stem zich van de autospeakers naar haar mobiele telefoon. Abigail duwde het portier open en liet haar sleutels in haar tas vallen. Met de telefoon tegen haar oor geklemd haalde ze de post uit de brievenbus. Elektriciteitsrekening, creditcard, Emma's schoolgeld...

Paul zweeg even om adem te halen, en ze greep haar kans.

'Als ze helemaal niets voor je betekent, waarom heb je haar dan een auto gegeven? Waarom heb je haar meegenomen naar een plek waarvan je wist dat mijn vriendinnen er zouden kunnen komen?' Lopend over de oprit hoorde Abigail haar eigen woorden, maar ze voelde ze niet meer vanbinnen, zoals de eerste paar keren dat het was gebeurd. Waarom heb je aan mij niet genoeg, had ze toen willen weten.

Waarom is het voor jou nooit genoeg, klootzak, was het enige wat haar nu nog interesseerde.

'Ik had gewoon behoefte aan iets anders,' zei hij, weer zo'n cliché.

Terwijl ze de trap naar de veranda op liep, stak ze haar hand in haar tas om haar sleutels te pakken. Door zijn toedoen was ze bij de club weggegaan, had ze haar wekelijkse massage en lunch met haar beste vriendinnen overgeslagen, want ze voelde zich vernederd nu Paul het lef had gehad met een of ander nepblondje van twintig in hun favoriete restaurant te verschijnen, waar iedereen hen gezien had. Ze wist niet of ze zich daar ooit nog durfde te vertonen.

'Ik heb ook wel eens behoefte aan iets anders, Paul,' zei Abigail. 'Hoe zou jij het vinden als ik voor iets anders koos? Hoe zou jij het vinden als je op een dag met je vrienden zat te praten en merkte dat er iets aan de hand was, en pas nadat je ze praktisch gesmeekt had om het te vertellen te horen zou krijgen dat ze mij met een andere vent hadden gezien?'

'Ik zou achter de naam van die lamlul proberen te komen en dan zou ik naar zijn huis gaan en hem vermoorden.'

Waarom voelde ze zich ergens ook nog gevleid als hij dat soort dingen zei? Als moeder van een opgroeiende dochter had ze zichzelf aangeleerd om altijd het positieve te zoeken achter de meest krankzinnige opmerkingen, maar dit was belachelijk. Nog afgezien van het feit dat Pauls knieën zo slecht waren dat hij amper de vuilnis naar de stoep kon brengen op de dag dat de wagen langskwam. Het schokkendst was eigenlijk dat hij nog steeds een meid van twintig kon vinden die met hem naar bed wilde.

Abigail stak haar sleutel in het oude slot van de voordeur. De scharnieren knarsten als in een horrorfilm.

De deur was al open.

'Wacht even,' zei ze, alsof ze hem onderbrak, hoewel Paul niks had gezegd. 'De voordeur is van het slot.'

'Wat?'

Hij had al evenmin naar haar geluisterd. 'Ik zei dat de voordeur van het slot is,' herhaalde ze, en ze duwde de deur nog verder open.

'Ah, jezus. De school is nog maar drie weken aan de gang en nu spijbelt ze alweer?'

'Misschien hebben de schoonmakers...' Ze zweeg, want onder haar voet knerpte glas. Abigail sloeg haar blik neer en een scherpe, kille paniek kroop langs haar ruggengraat naar boven. 'De hele vloer ligt onder het glas. Ik ben er net in gaan staan.'

Paul zei iets onverstaanbaars.

'Oké,' antwoordde Abigail afwezig. Ze draaide zich om. Een van de hoge zijramen bij de voordeur was kapot. Voor haar geestesoog zag ze een hand naar binnen reiken, de deur ontgrendelen en openduwen.

Ze schudde haar hoofd. Op klaarlichte dag? In deze buurt? Zodra ze meer dan drie gasten hadden, hing dat gestoorde oude mens van de overkant al aan de telefoon om te klagen over het lawaai.

'Abby?'

Het was alsof ze zich in een luchtbel bevond en alles gedempt tot haar doordrong. 'Volgens mij is er ingebroken,' sprak ze in de telefoon.

'Ga het huis uit!' blafte Paul. 'Misschien zijn ze er nog!'

Ze legde de post op het haltafeltje en ving een glimp van zichzelf op in de spiegel. Ze had net twee uur getennist. Haar haar was nog vochtig, haar paardenstaart zakte uit en losse plukjes plakten in haar nek. Ondanks de koelte van het huis liep het zweet tappelings over haar lijf.

'Abby?' riep Paul. 'Ga onmiddellijk naar buiten. Ik bel de politie op de andere lijn.'

Ze draaide zich om en wilde haar mond opendoen om iets te zeggen – maar wat? – toen ze de bloederige voetafdruk op de vloer zag.

'Emma,' fluisterde ze. Ze liet de telefoon vallen en stormde de trap op naar de slaapkamer van haar dochter.

Boven aan de trap bleef ze staan en keek verbijsterd naar het kapotte meubilair en de glasscherven op de vloer. Haar blik vernauwde zich toen ze Emma als een bloederig hoopje aan het eind van de overloop zag liggen. Een man stond over haar heen gebogen, met een mes in zijn hand.

Een paar tellen lang was Abigail te verdoofd om zich te kunnen verroeren. Haar adem stokte in haar verkrampte keel. De man kwam op haar af. Ze kon haar ogen niet goed scherpstellen, en haar blik schoot heen en weer van het mes dat hij in zijn bebloede vuist klemde naar het lichaam van haar dochter op de vloer.

'Nee...'

De man sprong op haar af. Zonder nadenken deed Abigail een stap naar achteren. Ze struikelde en tuimelde met haar hoofd naar beneden de trap af, waarbij haar schouderbladen en heupen tegen het harde hout bonkten. Pijn trok een spoor door haar lichaam: haar elleboog die tegen de spijlen van de trapleuning sloeg, haar enkel die tegen de muur knalde, een brandende pijn in haar nek toen ze haar hoofd voor de scherpe traptreden wilde behoeden. Happend naar adem smakte ze in de hal neer.

De hond. Waar was die stomme hond?

Abigail draaide zich op haar rug. Ze veegde het bloed uit haar ogen en voelde de glassplinters in haar hoofdhuid dringen.

De man rende de trap af, met het mes nog steeds in zijn hand. Zonder aarzelen schopte ze omhoog toen hij van de onderste tree stapte, en de neus van haar tennisschoen raakte hem ergens tussen zijn gat en zijn ballen. Ze had haar doel gemist, maar dat was niet erg. De man struikelde en kwam vloekend op zijn knie neer.

Ze draaide zich op haar buik en krabbelde naar de deur. Hij greep haar been, waarna hij haar met zo'n harde ruk naar achteren sleurde dat er een felle pijnscheut via haar rug naar haar schouder trok. Ze graaide naar het glas op de vloer en probeerde een stuk te vinden waarmee ze hem te lijf kon gaan, maar de scherfjes haalden alleen maar de huid van haar hand open. Woest met haar benen naar achteren maaiend probeerde ze hem weer te schoppen, terwijl ze stukje bij beetje naar de voordeur schoof.

'Stoppen!' schreeuwde hij, en met beide handen klemde hij haar enkels vast. 'Stoppen, godverdomme!'

Ze stopte inderdaad, probeerde op adem te komen en na te denken. Haar hoofd galmde nog na, en haar gedachten lieten zich niet ordenen.

Een halve meter van haar vandaan bood de open voordeur zicht op het zacht glooiende pad naar de straat, waar haar auto stond. Ze keerde zich naar haar belager toe. Hij zat op zijn knieën en hield haar enkels vast om te voorkomen dat ze hem weer schopte. Het mes lag naast hem op de vloer. Zijn ogen waren onheilspellend donker: twee flinters graniet onder zware oogleden. Hijgend liet hij zijn borst op en neer gaan. Zijn shirt was doordrenkt met bloed.

Emma's bloed.

Abigail spande haar buikspieren, schoot omhoog en met haar vingers recht naar voren stak ze haar nagels in zijn ogen.

Met zijn vlakke hand sloeg hij tegen haar oor, maar ze gaf niet op en duwde haar duimen zo diep mogelijk in zijn oogkassen. Nu klemden zijn handen zich om haar polsen en met kracht probeerde hij haar vingers weg te trekken. Hij was wel twintig keer sterker dan zij, maar Abigail dacht nu alleen nog aan Emma, in die fractie van een seconde waarin ze haar dochter op de overloop had zien liggen, haar lichaam geknakt, het shirtje omhooggeduwd over haar kleine borsten. Ze was nauwelijks herkenbaar, haar hoofd was één bloederige, rode massa. Hij had alles weggenomen, zelfs het mooie gezichtje van haar dochter.

'Klootzak!' gilde Abigail. Het was alsof haar armen braken toen hij haar handen bij zijn ogen wegwrikte. Ze beet in zijn vingers tot haar tanden bot raakten. De man schreeuwde het uit, maar hij liet niet los. Abigail trok haar knie weer op en deze keer raakte ze hem recht tussen zijn benen. De man sperde zijn bloeddoorlopen ogen open, zijn mond werd een gapend gat, en ze kreeg een golf zurige adem over zich heen. Zijn greep verslapte iets, maar nog steeds liet hij niet los. Toen hij op zijn rug viel, sleurde hij Abigail met zich mee.

Haar handen sloegen zich als vanzelf om zijn dikke hals. Ze voelde het kraakbeen in zijn keel bewegen, voelde de ringen aan de binnenkant van de slokdarm buigen alsof ze van zacht plastic waren. Hij greep haar polsen weer wat steviger vast, maar ze had haar ellebogen nu gestrekt; haar armen liepen in een rechte lijn van haar schouders naar haar handen, en zo drukte ze met haar hele gewicht op de hals van de man. Pijnflitsen schoten door haar trillende armen en schouders. Haar handen verkrampten, alsof er talloze piepkleine naaldjes in haar zenuwen prikten. Ze voelde haar handpalmen vibreren toen hij iets probeerde te zeggen. Weer vernauwde haar blik zich. In zijn ogen zag ze rode sterren uiteenspatten, zijn vochtige lippen weken uiteen en zijn tong stulpte naar buiten. Ze zat schrijlings op hem en voelde zijn heupbeenderen in het vlees van haar dijen drukken terwijl hij zijn rug hol trok en haar probeerde af te werpen.

Onwillekeurig dacht Abigail aan Paul, aan de nacht waarin ze Emma hadden verwekt – ze had geweten, simpelweg geweten, dat ze een kind aan het maken waren. Ze had schrijlings op haar man gezeten, net als nu, want er mocht geen druppeltje verloren gaan bij het maken van hun volmaakte kind.

En Emma wás volmaakt... Haar lieve glimlach, haar open gezichtje. Het vertrouwen waarmee ze iedereen tegemoet trad, ondanks de talloze keren dat Paul haar had gewaarschuwd.

Emma, die nu boven lag. Dood. In een grote plas bloed. Haar slipje naar beneden gerukt. Haar arme kind. Wat had ze moeten doorstaan? Wat voor vernederingen had deze man haar laten ondergaan?

Opeens voelde Abigail iets warms tussen haar benen. De man had zijn urine laten lopen. Hij staarde haar aan – keek haar echt aan – en toen trok er een waas voor zijn ogen. Zijn armen vielen opzij en zijn handen ploften op de met glas bezaaide tegels. Zijn lichaam verslapte en zijn mond klapte open.

Abigail ging op haar hurken zitten en keek naar het levenloze lichaam.

Ze had hem vermoord.

DE EERSTE DAG

EEN

Will Trent staarde uit het autoraampje terwijl hij naar zijn chef luisterde, die in haar mobiel zat te tieren. Niet dat Amanda Wagner ooit echt haar stem verhief, maar ze kon een scherpe toon aanslaan die menig agent in tranen uit een lopend onderzoek had doen weglopen – geen geringe prestatie, in aanmerking genomen dat het gros van haar ondergeschikten bij het Georgia Bureau of Investigation man was.

'We zijn bij...' Met gestrekte hals tuurde ze naar het straatnaambordje. '...bij Prado en Seventeenth Street.' Amanda zweeg even. 'Als je het nou eens op je computer opzocht?' Ze schudde haar hoofd, duidelijk ontstemd over de reactie.

'Laten we gewoon rond blijven rijden,' stelde Will voor. 'Misschien vinden we dan...'

Amanda sloeg haar hand voor haar ogen. 'Hoelang duurt het nog voor de server het weer doet?' fluisterde ze in de telefoon. Toen ze het antwoord hoorde, zuchtte ze diep en nadrukkelijk.

Will wees op het scherm dat het hele midden van het met hout beklede dashboard in beslag nam. Een draaimolen was er niks bij, zoveel toeters en bellen had de Lexus. 'Heb je geen gps?'

Ze liet haar hand zakken, dacht over zijn vraag na en begon toen aan een paar knopjes op het dashboard te morrelen. Aan het scherm veranderde niks, maar wel ging de airconditioning een tandje hoger. Will grinnikte, waarop ze hem een vernietigende blik toewierp. 'Nu we hier toch zitten te wachten tot Caroline een plattegrond heeft gevonden, kun jij de handleiding wel even uit het dashboardkastje halen en me de gebruiksaanwijzing voorlezen,' opperde ze.

Will probeerde het schuifje, maar dat zat op slot. Het was weer tekenend voor zijn relatie met Amanda Wagner. Hoe vaak stuurde ze hem niet op gesloten deuren af en verwachtte dan dat hij wel een manier zou vinden om binnen te komen? Will hield wel van ingewikkelde puzzels, maar voor één keer zou het leuk zijn geweest als Amanda hem de sleutel gaf.

Of misschien ook niet. Will had nooit goed om hulp kunnen vragen – vooral niet aan iemand als Amanda, die in haar hoofd een lijstje scheen bij te houden van mensen die bij haar in het krijt stonden.

Hij keek weer uit het raampje terwijl zij haar secretaresse ervanlangs gaf omdat ze niet altijd en overal een plattegrond van de stad paraat had. Will was in Atlanta geboren en getogen, maar hij kwam niet vaak in Ansley Park. Hij wist dat het een van de oudste en welvarendste wijken van de stad was, waar advocaten, artsen en bankiers ruim een eeuw geleden hun benijdenswaardige herenhuizen hadden laten bouwen opdat toekomstige advocaten, artsen en bankiers er hetzelfde soort leven konden leiden als zij – in veilige afzondering midden in een van de gewelddadigste grote steden ten zuiden van de Mason-Dixonlijn. Het enige wat in de loop van de jaren was veranderd, was dat de zwarte vrouwen achter de wandelwagentjes met blanke kinderen tegenwoordig beter betaald werden.

Met zijn slingerwegen en rotondes leek Ansley ontworpen te zijn om bezoek niet zozeer te ontmoedigen als wel in verwarring te brengen. De meeste straten waren omzoomd met bomen: brede lanen en huizen die op heuvelhellingen waren gebouwd om beter op de wereld te kunnen neerkijken. Overal waren lommerrijke parken met schommels en wandelpaden. Sommige paden hadden nog de oorspronkelijke kinderkopjes. Hoewel alle huizen qua architectuur van elkaar verschilden, ging er een bepaalde uniformiteit van uit, met hun fris in de verf gestoken buitenkant en professioneel aangelegde gazons. Will vermoedde dat dit kwam doordat je hier voor een vervallen woning algauw een miljoen neertelde. In tegenstelling tot Poncey-Highland, zijn eigen wijk, die nog geen tien kilometer hiervandaan lag, trof je in Ansley geen regenboogkleurige huizen of methadonklinieken aan.

Will keek naar een jogger op straat, die stopte om zich te strekken en een heimelijke blik op Amanda's Lexus wierp. Op het ochtendnieuws was een smogalarm afgegeven, code rood, en het advies om de buitenlucht te mijden, tenzij absoluut noodzakelijk. Niemand scheen zich er iets van aan te trekken, ook al schoof de thermometer geleidelijk aan naar de veertig graden. Sinds ze Ansley Park waren binnengereden, had Will al minstens vijf joggers geteld. Het waren allemaal vrouwen, en allemaal beantwoordden ze aan het stereotype van de kwieke, volmaakte voetbalmoeder, met haar door pilates opgepepte lijf en dansende paardenstaartje.

De Lexus stond aan de voet van een kennelijk populaire heuvel. Achter hen werd de straat omzoomd door hoge eiken, die het trottoir in schaduw hulden. Alle hardloopsters hadden hun pas vertraagd om naar de auto te kijken. Dit was niet het soort buurt waar een man en een vrouw erg lang in een geparkeerde wagen konden zitten zonder dat iemand de politie belde. Uiteraard was dit ook niet het soort buurt waar opgroeiende meisjes in hun eigen huis wreed werden verkracht en vermoord.

Hij wierp weer een blik op Amanda, die het telefoontje met kracht tegen haar oor drukte, alsof ze het plastic in tweeën wilde breken. Ze was een aantrekkelijke vrouw, zolang je haar niet hoorde praten of voor haar moest werken of langer dan twee minuten met haar in een auto zat. Will schatte haar op begin zestig. Toen hij ruim tien jaar geleden bij het GBI begon, was Amanda's haar eerder peper dan zout geweest, maar dat was de afgelopen maanden drastisch veranderd. Hij wist niet of het kwam door een gebeurtenis in haar privéleven of doordat het haar niet lukte een afspraak met haar kapper te maken, maar de laatste tijd kon je de jaren aan haar afzien.

Amanda begon weer op dashboardknopjes te drukken in een poging de gps aan de praat te krijgen. De radio ging aan, en ze draaide hem snel weer uit, maar Will ving nog net de openingsklanken van een swingband op. Mompelend drukte ze op een ander knopje, en nu gleed Wills raampje naar beneden. Hij kreeg een vlaag hete lucht over zich heen, alsof er een ovendeur was opengezet. In het zijspiegeltje zag hij een jogger boven op de heuvel. Het blad van de kornoeljebomen bewoog zachtjes op het briesje.

Amanda liet de elektronica voor wat het was. 'Dit is belachelijk. We zijn de belangrijkste opsporingsdienst van de staat en we kunnen verdomme niet eens de plaats delict vinden.'

Will draaide zich om, en terwijl zijn veiligheidsriem om zijn schouder spande, keek hij heuvelopwaarts.

'Wat is er?' vroeg Amanda.

'Die kant op,' zei hij, en hij wees naar achteren. De grote takken boven hun hoofd waren met elkaar vervlochten en hulden de straat in een schemerig licht. In deze tijd van het jaar stond er nauwelijks wind, was het alleen meedogenloos heet. Wat hij gezien had, was niet het getril van blad, maar het blauwe zwaailicht van een politieauto, dat tussen de schaduwen door blonk.

Opnieuw slaakte Amanda een diepe zucht; ze zette de auto in zijn een en keerde op de weg. Plotseling ging ze zonder te waarschuwen op de rem staan, en haar arm schoot voor Will langs, alsof ze wilde voorkomen dat hij door de voorruit vloog. Een grote witte bestelbus scheurde al claxonnerend langs. Geluidloos vloekend hief de bestuurder zijn vuist.

'Channel Five,' zei Will, die het logo van de plaatselijke nieuwszender op de zijkant van de bus had zien staan.

'Ze zijn niks vroeger dan wij,' luidde het commentaar van Amanda, die achter de nieuwsbus aan de heuvel op reed. Ze sloeg rechts af en stuitte bij de eerstvolgende afslag naar links op een surveillancewagen die in z'n eentje de doorgang blokkeerde. Er was al een handjevol verslaggevers gearriveerd; alle plaatselijke zenders waren present, maar ook CNN, dat zijn internationale hoofdkwartier een paar kilometer verderop had. Een vrouw die de moordenaar van haar dochter had vermoord, zou overal ter wereld groot nieuws zijn, maar nu het de blanke dochter van welgestelde ouders betrof, en bovendien een familie die tot de invloedrijkste van de stad behoorde, kreeg het een bijna duizelingwekkend schandalig tintje. Ergens in New York hing een staflid van Lifetime Movie Network kwijlend boven haar BlackBerry.

Terwijl ze langs de blokkade reed, haalde Amanda haar penning tevoorschijn en zwaaide ermee naar de agent. Verderop waren nog meer surveillancewagens en ook een stel ambulances. De portieren stonden open en de brancards waren leeg. Ambulancepersoneel hing rokend rond. De donkergroene BMW X5 voor het huis viel nogal uit de toon te midden van de hulpverleningswagens, maar bij het zien van de gigantische SUV vroeg Will zich af waar het busje van de lijkschouwer bleef. Het zou hem niet verbazen als die ook verdwaald was. Ansley was geen buurt waar iemand met een ambtenarensalaris dagelijks kwam.

Amanda zette de auto in zijn achteruit en parkeerde tussen twee surveillancewagens. De parkeersensoren begonnen te piepen toen ze op het gaspedaal tikte. 'Hier niet blijven rondlummelen, Will. We bemoeien ons niet met deze zaak, tenzij we hem helemaal overnemen.'

Sinds ze het stadhuis hadden verlaten, had Will al minstens twee variaties op dit thema moeten aanhoren. De grootvader van het dode meisje, Hoyt Bentley, was een schatrijke projectontwikkelaar die in de loop der jaren de nodige vijanden had gemaakt. Afhankelijk van wie je sprak, behoorde Bentley tot de notabelen van de stad of was hij een ouwe maat van vroeger, het soort boef met geld dat achter de schermen van alles voor elkaar kreeg zonder ooit vuile handen te maken. Ongeacht welke versie van zijn levensverhaal waar was, zijn zakken waren diep genoeg om naar behoefte politieke vrienden te kopen. Nadat Bentley de gouverneur had gebeld, had deze contact opgenomen met de directeur van het Georgia Bureau of Investigation, die op zijn beurt Amanda opdracht had gegeven om eens een kijkje te gaan nemen.

Bij het geringste teken dat de moord in opdracht was gepleegd of dat er meer speelde dan een simpele, uit de hand gelopen roofoverval zou Amanda met één telefoontje de zaak voor de neus van de politie van Atlanta wegkapen, sneller dan een peuter die zijn lievelingsspeeltje terugpakt. Als het een willekeurige, alledaagse tragedie betrof, dan zou ze de afhandeling waarschijnlijk aan Will overlaten, terwijl ze zelf in haar chique auto terugpruttelde naar het stadhuis.

Amanda zette de auto in zijn een en reed hem centimeter voor centimeter naar voren. De pauze tussen de piepjes werd beangstigend kort toen ze steeds dichter naar de surveillancewagen toe schoof. 'Als Bentley iemand zo op stang heeft gejaagd dat die zijn kleindochter heeft vermoord, dan tilt dat de zaak naar een heel ander niveau.'

Ze klonk bijna hoopvol bij het vooruitzicht. Will begreep haar opwinding – het oplossen van een dergelijke zaak zou de zoveelste pluim op Amanda's hoed zijn – maar hij hoopte dat hij zelf nooit zover zou komen dat hij de dood van een meisje als opstapje voor zijn carrière beschouwde. Hij wist trouwens niet goed wat hij van de dode man moest denken. Hij was moordenaar, maar ook slachtoffer. Georgia's standpunt ten aanzien van de doodstraf in aanmerking genomen maakte het waarschijnlijk niet zoveel uit dat hij hier in Ansley Park was gewurgd in plaats van in Coastal State Prison op een brancard te worden vastgesnoerd en een dodelijke injectie te krijgen.

Will had het portier al geopend nog voor Amanda de auto in de parkeerstand had gezet. De warme lucht was als een stomp in zijn maag en een paar tellen lang hadden zijn longen het zwaar te verduren. Vervolgens kreeg de luchtvochtigheid greep op hem, en hij vroeg zich af of het ook zo voelde als je tbc had. Toch schoot hij in zijn colbertje, om de holster die aan de achterkant van zijn riem zat vastgeklikt aan het zicht te onttrekken. Voor de zoveelste keer betwijfelde Will of het wel zo verstandig was om half augustus een driedelig pak te dragen.

Amanda scheen geen last te hebben van de hitte toen ze zich bij Will voegde. Een groepje agenten in uniform stond op een kluitje aan het begin van de oprit en keek toe terwijl ze de straat overstaken. Aan hun blikken zag hij dat ze hem herkenden, en Amanda zei waarschuwend: 'Ik hoef je geloof ik niet te vertellen dat je op dit moment niet echt geliefd bent bij de politie van Atlanta.'

'Nee,' beaamde Will. Een van de agenten in het clubje spuugde nadrukkelijk op de grond toen ze langsliepen. Een ander pakte het wat subtieler aan en stak zijn middelvinger op. Will plakte een glimlach op zijn gezicht en stak zijn duim naar hen op om aan te geven dat de afkeer niet wederzijds was.

Vanaf haar allereerste dag in functie had de burgemeester van Atlanta gezworen dat ze de corruptie, die onder haar voorganger zo welig had getierd, met wortel en tak zou uitroeien. De afgelopen paar jaar had ze nauw samengewerkt met het GBI om de meest schaamteloze overtreders aan te pakken. Amanda was zo vriendelijk geweest Will als vrijwilliger naar voren te schuiven om het hol van de leeuw te betreden. Een halfjaar geleden had hij een onderzoek afgesloten dat had geresulteerd in het ontslag van zes rechercheurs en het gedwongen vroegtijdige pensioen van een zeer hoge plaatselijke politiefunctionaris. In alle gevallen klopte het als een bus – de politiemensen streken geld op als er een narcoticabende werd opgerold – maar niemand vond het prettig als een onbekende met de bezem door zijn huis ging, en Will had in de loop van het onderzoek bepaald geen vrienden gemaakt.

Amanda had er promotie uit gesleept. Will had er de status van verschoppeling aan overgehouden.

Achter zijn rug werd 'klootzak' gefluisterd, maar hij negeerde het, en terwijl ze over de afbuigende oprit liepen, probeerde hij zijn gedachten bij de misdaad te houden die hij straks onder ogen zou krijgen. De tuin stond vol met allerlei exotische bloemen waarvan Will met geen mogelijkheid de namen wist. Het huis zelf was gigantisch, met statige zuilen die een balkon op de eerste verdieping schraagden, en een ronde granieten trap die naar de dubbele voordeur leidde. Afgezien van het handjevol norse agenten dat het plaatje bedierf, was het een indrukwekkend huis.

'Trent,' werd er geroepen, en hij zag rechercheur Leo Donnelly de trap af komen. Leo was een gedrongen mannetje, minstens dertig centimeter kleiner dan Will, die bijna een meter negentig was. Sinds ze voor het laatst hadden samengewerkt, had hij zich een Columboachtig schuifeltje aangemeten, waardoor hij aan een opgewonden aapje deed denken. 'Jezus, wat doe jij hier?'

Will wees naar de camera's als meest aannemelijke verklaring. Iedereen wist dat het GBI er niet voor zou terugdeinzen om een baby in de Chattahoochee te gooien als ze daarmee het avondnieuws zouden halen. 'Dit is mijn chef, Mrs. Wagner,' liet hij de rechercheur weten.

'Hoi,' zei Leo. Na een knikje richtte hij zich weer tot Will. 'Hoe is het met Angie?'

'We zijn verloofd.' Will voelde hoe Amanda's kritische blik in al zijn kille intensiteit op hem bleef rusten. Hij probeerde eronderuit te komen en vroeg met een knik in de richting van de open deur: 'En wat hebben we hier?'

'Iedereen haat je als de pest, man.' Leo pakte een sigaret en stak hem op. 'Ik zou maar uitkijken als ik jou was.'

'Is de moeder nog binnen?' vroeg Amanda.

'Eerste deur links,' antwoordde Leo. 'Mijn collega is bij haar.'

'Heren, als u me wilt excuseren.' Amanda keerde zich van Leo af alsof hij een bediende was. De blik die ze Will schonk was al niet veel aangenamer.

Leo blies een stoot rook uit en keek haar na toen ze de trap op ging. 'Kouwe kikker, als je het mij vraagt. Droogijs is er godverdomme niks bij.'

Automatisch sprong Will voor haar in de bres, zoals je een niksnut van een oom of een slet van een zusje verdedigt als iemand van buiten de familie een negatieve opmerking maakt. 'Amanda is een van de beste politiemensen met wie ik ooit heb samengewerkt.'

Leo deed er nog een schepje bovenop. 'Lekkere kont voor een oma.'

Will dacht weer aan dat moment in de auto, toen Amanda's arm opeens voor hem langs was geschoten omdat ze bang was dat ze op het nieuwsbusje zouden knallen. Het was het meest moederlijke gebaar dat hij haar ooit had zien maken.

'Reken maar dat je daar je handen vol aan hebt in bed,' zei Leo.

Will moest een huivering onderdrukken toen hij het beeld uit zijn hoofd probeerde te zetten. 'Hoe gaat het anders met je?'

'Door die kloteprostaat ben ik zo lek als een zeef. Ik heb al twee maanden geen beurt meer gehad en nu heb ik ook nog een hoest die niet weg wil.' Als bewijs begon hij te hoesten en toen nam hij weer een trek van zijn sigaret. 'En jij?'

Will rechtte zijn schouders. 'Niks te klagen.'

'Nee, niet met Angie Polaski thuis.' Leo's suggestieve lachje deed Will denken aan een astmatische kinderverkrachter die drie pakjes per dag rookte. Angie had vijftien jaar bij de afdeling Zedendelicten gewerkt voor ze met ziekteverlof ging. Leo verkeerde in de veronderstelling dat ze een hoer was, alleen omdat ze zich voor haar werk als hoer moest kleden. Of misschien kwam het doordat ze in de loop van de jaren met talloze mannen het bed had gedeeld.

'Ik zal haar de groeten van je overbrengen,' zei Will.

'Moet je doen.' Leo keek Will aandachtig aan en nam weer een hijs van zijn sigaret. 'Maar zeg eens eerlijk: wat heb je hier te zoeken?'

Will probeerde zich er met een schouderophalen van af te maken, want hij wist dat Leo woedend zou worden als deze zaak onder zijn neus werd weggegraaid. 'Bentley heeft nogal veel connecties.'

Argwanend trok Leo zijn wenkbrauw op. Ondanks zijn gekreukelde pak en zijn wijkende voorhoofd, waardoor hij aan een holbewoner deed denken, was hij lang genoeg bij de politie om te weten wanneer iemand een vraag niet naar behoren had beantwoord. 'Heeft Bentley je erbij gehaald?'

'Het GBI kan zich alleen maar in een zaak mengen als het door de plaatselijke politie of door de overheid wordt gevraagd.'

Leo lachte snuivend, en de rook kwam uit zijn neusgaten. 'Je vergeet ontvoeringen.'

'En bingo,' voegde Will eraan toe. Het GBI had een speciale eenheid die in de hele staat onderzoek deed naar bingohallen. Het was het soort baantje dat je kreeg als je de verkeerde persoon op de tenen had getrapt. Twee jaar geleden had Amanda Will naar de bergen in het noorden van Georgia verbannen, waar hij zijn tijd had zoetgebracht met het arresteren van in speed handelende boerenkinkels en had nagedacht over het risico dat hij liep als hij ongehoorzaam was aan zijn directe chef. Hij twijfelde er niet aan of hij ging naar de bingobrigade als hij haar ooit weer op de kast joeg.

Will wees naar het huis. 'Wat is hier precies gebeurd?'

'Het ouwe liedje.' Leo haalde zijn schouders op. Weer nam hij een lange trek van zijn sigaret, die hij vervolgens uitdrukte op zijn schoen. 'Mammie komt thuis van tennis en de deur is van het slot.' Hij stopte de peuk in zijn jaszak terwijl hij Will voorging naar het huis. 'Ze gaat naar boven en ziet haar dochter, dood en bepoteld.' Hij wees naar de rondlopende trap die over hun hoofden naar boven voerde. 'De moordenaar is er nog, krijgt mammie in de peiling – verdomd lekker stuk, trouwens – er ontstaat een worsteling en – verrassing? – hij is degene die het loodje legt.'

Will bestudeerde de indrukwekkende entree. Een van de dubbele deuren zat dicht, terwijl de andere openstond. Het kapotte zijraam was een heel eind van de deurknop verwijderd, en de indringer moest een behoorlijk lange arm hebben gehad om de deur aan de binnenkant van het slot te kunnen doen.

'Huisdieren?' vroeg hij.

'Een driehonderd jaar oude blonde labrador. Die was in de achtertuin. Zo doof als een dooie kwartel, volgens de moeder. Heeft er waarschijnlijk gewoon doorheen geslapen.'

'Hoe oud is het meisje?'

'Zeventien.'

Het getal weergalmde door de betegelde hal, waar de luchtverfrisser met lavendelgeur en Leo's zweterige nicotinestank het moesten opnemen tegen het metalige vleugje van een gewelddadige dood. Onder aan de trap bevond zich de bron van de meest dominante geur. De man lag op zijn rug, met zijn geopende handen naast zijn hoofd, alsof hij zich had willen overgeven. Een middelgroot keukenmes met een houten heft en een gekarteld lemmet lag op een halve meter van zijn hand, in een nest van kapot glas. Zijn zwarte spijkerbroek zag er bevuild uit, en de huid van zijn hals was rood gekneusd van de wurging. Door het plukkerige snorretje leek het alsof zijn bovenlip vies was. Zijn bakkebaarden waren bezaaid met puistjes. Een van zijn sportschoenen zat los en de veter was stijf van het opgedroogde bloed. De dansende kers met het zwierig schuine steeltje die het T-shirt van de moordenaar sierde, viel nogal uit de toon. Het shirt was donkerrood en het was moeilijk te zeggen of de nog donkerder plekken door bloed, zweet of urine waren veroorzaakt, of door een combinatie van die drie.

Will volgde de blik van de man naar de kroonluchter boven hun hoofd. Het glas tinkelde in het kunstmatige briesje van de airconditioning. Witte lichtvlekken dansten de hal rond; weerkaatst zonlicht dat door het ronde raam boven de deuren naar binnen viel.

'Weet je al wie het is?' vroeg Will.

'Zo te zien zit zijn portemonnee in zijn kontzak, maar hij loopt niet weg. Ik draai het lichaam liever niet om voor Pete hier is.' Hij doelde op Pete Hanson, de gemeentelijke lijkschouwer. 'De dader lijkt erg jong, vind je niet?'

'Ja,' beaamde Will, die vermoedde dat de moordenaar nog niet oud genoeg was om drank te mogen kopen. Amanda had zich al zitten verheugen bij het vooruitzicht op een moord in opdracht. Tenzij de vijanden van Hoyt Bentley een elite-eenheid corpsballen op de loonlijst hadden staan, betwijfelde hij of er enig verband was.

'Iets in de privésfeer?' vroeg hij.

Weer haalde Leo zijn schouders op, een gebaar dat een soort tic begon te worden. 'Ziet er wel naar uit, hè? Vriendje gaat over de rooie, vermoordt het meisje, raakt in paniek wanneer mammie thuiskomt en probeert haar te pakken. Het probleem is dat Campano zweert dat ze hem nog nooit heeft gezien.'

'Campano?' herhaalde Will, die zijn ingewanden voelde verkrampen bij het horen van die naam.

'Abigail Campano. Dat is de moeder.' Leo keek hem onderzoekend aan. 'Ken je haar soms?'

'Nee.' Will keek weer naar het lichaam en hoopte dat zijn stem hem niet verried. 'Ik dacht dat haar achternaam Bentley was.'

'Zo heet haar vader. Haar man heet Paul Campano. Hij heeft een heel stel autobedrijven. Je kent de reclame toch wel? "*We never say no at Campano.*" '

'Waar is ie?'

Leo's telefoontje ging over en hij klikte het van zijn riem. 'Die kan elk moment hier zijn. Ze had hem aan de telefoon toen het gebeurde. Hij heeft 911 gebeld.'

Pas nadat hij zijn keel had geschraapt vond Will zijn stem terug. 'Het zou wel eens interessant kunnen zijn om te horen wat hij heeft gehoord.'

'Denk je?' Weer nam Leo Will onderzoekend op en ondertussen klapte hij zijn telefoontje open. 'Met Donnelly.'

Hij liep naar buiten, en Will liet zijn blik de hal rondgaan, langs het dode lichaam en het kapotte glas. Kennelijk had hier een heftige worsteling plaatsgevonden. De vloer was besmeurd met bloed, en twee paar sportschoenen hadden smerige afdrukken van het ruitprofiel op hun zolen op de roomwitte tegels achtergelaten. Een frêle, antiekerig tafeltje was omgevallen en een glazen schaal lag er in scherven naast. Verder was er een kapot mobieltje waar kennelijk iemand op getrapt had. Post lag als confetti over de vloer verspreid en een op zijn kant liggende damestas had zijn inhoud bij de rest van de rommel gevoegd.

Bij een van de muren stond een lamp recht overeind, alsof iemand hem in die stand had neergezet. De voet was gebarsten en de kap hing scheef. Will vroeg zich af of hij weer rechtop was gezet of tegen alle verwachtingen in zo was neergekomen. Ook vroeg hij zich af of iemand de bloederige blotevoetafdruk naast de lamp had opgemerkt.

Zijn blik volgde de gebogen lijn van de geboende houten trap, en hij zag de bloederige afdrukken van sportschoenen naar beneden gaan, maar verder waren nergens afdrukken van blote voeten te bekennen. Op de muren zaten vegen en diepe groeven waar schoenen en lichaamsdelen het pleister hadden weggeslagen, het bewijs dat minstens één persoon van de trap was gevallen. Het moest een harde smak zijn geweest. Abigail Campano had geweten dat ze vocht voor haar leven. En de dode jongen onder aan de trap was bepaald geen lichtgewicht. Onder zijn rode T-shirt tekenden zijn spieren zich duidelijk af. Tot aan zijn laatste ademtocht moest het een schok voor hem zijn geweest om het onderspit te delven.

Ter oriëntatie maakte Will in gedachten een schematische voorstelling van het huis. Onder aan de trap voerde een lange gang naar de achterkant, waar zich zo te zien de keuken en woonkamer bevonden. Op de hal kwamen twee kamers uit, waarschijnlijk ooit bedoeld als aparte dames- en herensalons. Een van de kamers was met schuifdeuren afgesloten, maar de deur van de tweede, die kennelijk als bibliotheek werd gebruikt, stond open. Donkere lambrisering domineerde de ruimte. De muren gingen schuil achter boekenkasten, en in de diepe open haard lag het hout klaar om aangestoken te worden. Het meubilair was zwaar, waarschijnlijk eiken. Twee grote leren stoelen namen een prominente plaats in. Will vermoedde dat de andere salon er heel anders uitzag, met witte of crèmekleurige muren en meubilair dat minder mannelijk aandeed.

Boven was de indeling waarschijnlijk zoals gangbaar in dit soort oude huizen: vijf of zes slaapkamers, verbonden door een lange, T-vormige overloop, en een vroegere personeelstrap die achter in de keuken uitkwam. Te oordelen naar de andere huizen in de buurt was er buiten vast een koetshuis dat tot garage was verbouwd, met boven een appartementje. Het zou een heel karwei zijn om het allemaal op te meten en in kaart te brengen voor het rapport. Will was blij dat hij het niet hoefde te doen.

Ook was hij blij dat hij niet zou hoeven uitleggen waarom die ene, bloederige voetafdruk in de hal de trap op ging in plaats van in de richting van de voordeur.

Leo kwam weer binnen, zichtbaar geïrriteerd na het telefoongesprek. 'Alsof er al niet genoeg mensen hun kop in m'n reet steken met dat prostaatgedoe.' Hij wees naar het tafereel voor zich. 'En, heb je dit al voor me opgelost?'

'Van wie is die groene BMW daar op straat?'

'Van de moeder.'

'En de dochter – heeft zij ook een auto?'

'Een zwarte BMW, geloof het of niet. Een 325 cabrio. Haar ouders hebben hem in beslag genomen toen haar cijfers kelderden.' Hij wees naar het huis aan de overkant. 'Een nieuwsgierige buurvrouw heeft haar verlinkt nadat ze de auto onder schooltijd op de oprit had zien staan.'

'Heeft die buurvrouw vandaag nog iets gezien?'

'Die is nog ouder dan de hond, dus verwacht er maar niet te veel van.' Schouderophalend voegde hij eraan toe: 'We hebben er iemand op afgestuurd, die zit nu met haar te praten.'

'Weet de moeder zeker dat ze de moordenaar niet kent?'

'Absoluut. Toen ze wat gekalmeerd was, heb ik haar nog eens naar hem laten kijken. Ze heeft hem nog nooit van haar leven gezien.'

Will keek weer naar de dode man. Alles klopte, maar hij snapte er geen snars van. 'Hoe is hij hier gekomen?'

'Geen idee. Misschien met de bus en is hij vanaf Peachtree Street komen lopen.'

Peachtree Street, een van de drukste straten van Atlanta, lag op nog geen tien minuten afstand. Het was er een komen en gaan van bussen en metrotreinen, die duizenden mensen van en naar kantoren en winkels vervoerden. Will had wel eens gehoord van boeven die nog dommere dingen deden dan een wrede moord afstemmen op de dienstregeling van de bus, maar deze verklaring klopte niet. Dit was Atlanta. Alleen de allerarmsten en milieufanaten namen het openbaar vervoer. De dode op de vloer was een keurige blanke jongen, in een spijkerbroek van zo te zien driehonderd dollar en met een stel Nikes van tweehonderd dollar aan zijn voeten. Hij had een auto of hij woonde in de buurt.

'De surveillancewagens kijken al uit naar een auto die hier niet thuishoort,' deelde Leo mee.

'Was jij de eerste rechercheur ter plekke?'

Leo wachtte even voor hij antwoord gaf, want Will moest er wel van doordrongen zijn dat hij hem een gunst bewees. 'Ik was er zelfs als eerste politieman,' zei hij ten slotte. 'Het alarmtelefoontje kwam om halfeen binnen. Ik was bijna klaar met mijn lunch in die broodjeszaak aan Fourteenth Street. Twee tellen na mij arriveerde de surveillancewagen. We zijn het huis door gelopen om te kijken of er verder nog iemand was, en toen heb ik iedereen naar buiten gejaagd.'

Fourteenth Street was nog geen vijf minuten rijden van de plek waar ze nu stonden. Het was puur geluk dat de eerste politieman ter plekke een rechercheur was die de plaats delict kon veiligstellen. 'Heb jij ook als eerste met de moeder gesproken?'

'Jezus, wat was die over d'r toeren. Haar handen trilden en ze kreeg er geen woord uit. Pas na tien minuten was ze voldoende gekalmeerd om haar verhaal te kunnen doen.'

'En dit is volgens jou een duidelijk plaatje? Een uit de hand gelopen ruzietje tussen twee pubers, de moeder komt binnen en gooit roet in het eten.'

'Moet je dat van Hoyt Bentley uitzoeken?'

Will omzeilde de vraag. 'Deze zaak ligt gevoelig, Leo. Bentley speelt golf met de gouverneur. Hij zit in het bestuur van ongeveer de helft van alle liefdadigheidsinstellingen hier in de stad. Zou je niet nog verbaasder zijn als we hier níét waren?'

Leo maakte een beweging die het midden hield tussen een knik en een schouderophalen. Misschien zat ook hem iets dwars wat deze situatie betrof, want hij vervolgde: 'De moeder heeft afweerletsel. Aan al die kapotte troep en gebutste muren kun je zien dat er flink gevochten is. Die dooie jongen heeft hetzelfde soort letsel, inclusief wat bijtwonden op zijn vingers van toen de moeder onder zijn handen uit probeerde te komen. Het meisje boven – daar is ie lekker mee bezig geweest. Slipje naar beneden, bh omhooggeschoven. Alles onder het bloed.'

'Is er boven ook gevochten?'

'Wel iets, maar niet zoals hier beneden.' Hij zweeg even en zei toen: 'Wil je haar nog spreken?'

Will kon het gebaar wel waarderen, maar Amanda had overduidelijk aangegeven dat hij niet bij de zaak betrokken mocht raken, tenzij de tekenen erop wezen dat het moord in opdracht was. Als Will boven iets zag, hoe onbeduidend ook, dan moest hij misschien later in de rechtszaal getuigenis afleggen.

Toch kon ze hem zijn nieuwsgierigheid niet verwijten. 'Hoe is het meisje vermoord?'

'Moeilijk te zeggen.'

Will keek achterom, naar de openstaande voordeur. De airconditioning in het huis moest het opnemen tegen de binnendringende hitte en draaide op volle toeren. 'Heb je alles hier al laten fotograferen?'

'Boven en beneden,' zei Leo. 'Zodra de lichamen weg zijn, onderzoeken we het hier op vingerafdrukken en de gebruikelijke shit. Trouwens, dan doe ik die deur ook dicht, want dat schijnt je hoog te zitten. Ik zal proberen het aantal toeristen tot een minimum te beperken.' Hij voegde eraan toe: 'Op een zaak als deze zullen ze wel een paar zwaargewichten zetten.'

Dat leek Will nog zacht uitgedrukt. Niemand had melding gemaakt van een onbekende auto in de buurt. Tenzij Leo's openbaarvervoerstheorie klopte, woonde de jongen waarschijnlijk ook in Ansley Park. Met een beetje pech kwam hij uit een advocatenfamilie. Leo zou precies volgens het boekje te werk moeten gaan, anders hing hij zodra hij het getuigenbankje betrad.

Will probeerde zijn eerdere vraag anders te formuleren. 'Hoe is ze gestorven?'

'Ze ziet er gruwelijk uit: een gezicht als een rauwe hamburger en overal bloed. Het verbaasde me dat de moeder haar herkende.' Leo zweeg even, want hij begreep ook wel dat Will op een wat concreter antwoord stond te wachten. 'Zal ik eens een gok doen? Hij heeft haar eerst geslagen en toen doodgestoken.'

Weer keek Will naar de dode man op de vloer. Zijn handpalmen waren bedekt met opgedroogd bloed, anders dan je zou verwachten bij een tot vuist gebalde hand die op iemand insloeg of een hand die een mes vastklemde. De knieën van zijn zwarte spijkerbroek zagen er ook donkerder uit, alsof hij in iets nats was neergeknield. Zijn T-shirt was tot vlak onder zijn ribben opgetrokken. Een verse kneuzing liep tot onder zijn broekband door.

'Is de moeder gewond?' vroeg Will.

'Schrammen op de achterkant van haar armen en handen, zoals ik al zei. In haar handpalm zit een behoorlijk diepe snee van het glas op de vloer.' Leo somde op: 'Overal blauwe plekken, een kapotte lip, wat bloed in haar oor. Misschien een verstuikte enkel. Ik dacht dat ie gebroken was, maar ze kon hem nog bewegen.' Hij wreef over zijn mond, en had waarschijnlijk een lief ding over voor een sigaret. 'Ik heb de ambulance gebeld, maar ze zei dat ze niet wegging voor haar dochter was afgevoerd.'

'Zei ze het zo: "afgevoerd"?'

Binnensmonds vloekend haalde Leo een notitieboekje met spiraalband uit zijn zak. Hij bladerde naar de betreffende pagina en hield het Will voor.

Will keek fronsend naar de onleesbare krabbels. 'Wat moet dit voorstellen, de pootafdrukken van een kip?'

Leo draaide het notitieboekje weer om en las hardop: 'Ik laat mijn dochter hier niet achter. Ik ga hier pas weg wanneer Emma weggaat.'

Will liet de naam bezinken, tot het meisje een persoon voor hem werd in plaats van het zoveelste anonieme slachtoffer. Ooit was ze een baby geweest. Haar ouders hadden haar in hun armen gehouden, haar beschermd en een naam gegeven. En nu waren ze haar kwijt.

Hij vroeg: 'Wat zegt de moeder nog meer?'

Leo sloeg het notitieboekje dicht. 'De kale feiten, meer niet. Ik durf er mijn kop onder te verwedden dat ze advocaat is geweest voor ze zwanger raakte en alles opgaf voor het goede leven.'

'Hoezo?'

'Ze is heel voorzichtig met wat ze zegt en hoe ze het zegt. De hele tijd "ik had het gevoel dit" en "ik was bang dat".'

Will knikte. Je kon je alleen op zelfverdediging beroepen als je het gevoel had dat je ten tijde van de aanval in onmiddellijk levensgevaar verkeerde. Campano was ongetwijfeld al een basis aan het leggen, maar hij wist niet of dat kwam doordat ze slim was of doordat ze de waarheid sprak. Weer keek hij neer op de dode man, naar de aangekoekte handpalmen en het van bloed doordrenkte shirt. Hier was meer aan de hand dan een eerste blik deed vermoeden.

Leo legde zijn hand op Wills schouder. 'Hoor eens, ik waarschuw je maar vast...'

De schuifdeuren gingen open en hij zweeg. Daar stond Amanda, naast een jonge vrouw. Achter hen zag Will een derde vrouw op een diepe bank zitten. Ze droeg een wit tennispakje. Een van haar voeten, ongetwijfeld de geblesseerde, had ze op de salontafel gelegd. Haar tennisschoenen stonden op de vloer.

'Speciaal agent Trent van het GBI,' zei Amanda, en ze schoof de deuren weer achter zich dicht. 'Dit is rechercheur Faith Mitchell.' Amanda nam Leo van top tot teen op, alsof hij een rotte vis was, en wendde zich toen weer tot de vrouw. 'Agent Trent staat volledig tot je beschikking. Het GBI zal je op alle mogelijke manieren van dienst zijn.' Ze keek Will met opgetrokken wenkbrauwen aan, ten teken dat het tegenovergestelde waar was. En voor het geval hij het nog niet begreep, voegde ze eraan toe: 'Over een uur verwacht ik je terug op het bureau.'

Ook al had Will dit min of meer verwacht, toch was hij er niet echt op voorbereid. Zijn auto stond nog bij het stadhuis. Donnelly moest op de plaats delict blijven tot het huis werd vrijgegeven, en er was geen agent buiten die niet stond te popelen om Will Trent in zijn eentje op de achterbank van zijn surveillancewagen te hebben.

'Agent Trent?' Faith Mitchell maakte een geïrriteerde indruk, en Will vroeg zich af of hij iets had gemist.

'Sorry?' zei hij.

'Ja, vast,' mompelde ze, en Will knipperde met zijn ogen, want nu volgde hij het helemaal niet meer.

Leo leek het niet te merken. Hij vroeg aan de agente: 'Heeft de moeder nog iets gezegd?'

'Haar dochter heeft een beste vriendin.' Evenals Leo had Faith Mitchell een notitieboekje met spiraalband op zak. Ze bladerde het door om de naam op te zoeken. 'Kayla Alexander. Volgens de moeder zit ze nu waarschijnlijk op school. Westfield Academy.'

Will wist dat dat een dure particuliere middelbare school was, aan de rand van Atlanta. 'Waarom was Emma niet op school?'

Faith richtte zich tot Leo, hoewel Will de vraag had gesteld. 'Er zijn in het verleden wat problemen met spijbelen geweest.'

Nu was Will geen deskundige, maar hij kon zich niet voorstellen dat een meisje van die leeftijd spijbelde zonder haar beste vriendin op sleeptouw te nemen. Tenzij ze met haar vriendje had afgesproken. Zijn blik ging weer naar de trap en het liefst zou hij naar boven gaan om de plaats van het misdrijf te onderzoeken. 'Waarom was de moeder vandaag niet thuis?'

'Ze had een of andere wekelijkse bijeenkomst op haar club,' zei Faith. 'Meestal is ze niet voor drieën thuis.'

'Dus als iemand het huis in de gaten hield, dan wist hij dat Emma hier alleen was.'

'Even een frisse neus halen,' zei Faith tegen Leo. Ze liep de deur uit en ging met haar handen in de zij op de rand van de veranda staan. Ze was jong, waarschijnlijk begin dertig, van gemiddelde lengte, en knap zoals slanke, blonde vrouwen dat van nature schijnen te moeten zijn – maar ze had iets wat haar minder aantrekkelijk maakte. Misschien was het de stuurse trek op haar gezicht of de rauwe haat die in haar ogen opflitste.

'Sorry, man,' mompelde Leo verontschuldigend. 'Ik wilde je net vertellen...'

Aan de andere kant van de hal gingen de schuifdeuren weer open. Abigail Campano stond in de deuropening, met haar been wat opgetrokken zodat haar gewicht niet op haar geblesseerde enkel rustte. Anders dan bij Faith ging er iets stralends uit van haar blonde haar en haar gave, roomblanke huid. Ook al waren haar ogen gezwollen van het huilen en bloedde haar kapotte lip nog steeds, ze was zonder meer beeldschoon.

'Mrs. Campano,' begon Will.

'Abigail,' onderbrak ze hem met zachte stem. 'Bent u de agent van het GBI?'

'Ja. Gecondoleerd met uw verlies.'

Verward staarde ze hem aan, waarschijnlijk omdat ze de dood van haar dochter nog niet kon bevatten.

‘Zou u me iets over uw dochter willen vertellen?’

Nog steeds keek ze hem wezenloos aan.

Will deed een nieuwe poging. ‘Tegen rechercheur Donnelly hebt u gezegd dat ze de laatste tijd wel eens spijbelde.’

Ze knikte traag. ‘Blijkbaar lukte het haar om...’ Haar stem stierf weg toen ze naar de dode man op de vloer keek. ‘Onder invloed van Kayla is ze vorig jaar gaan spijbelen. Daarvoor had ze nog nooit zoiets gedaan. Ze was altijd een heel braaf meisje. Ze probeerde altijd haar best te doen.’

‘Waren er ook andere problemen?’

‘Het lijkt allemaal zo onbeduidend.’ Met trillende lippen probeerde ze haar emoties de baas te blijven. ‘Opeens werd ze brutaal en ging ze haar eigen gang. Ze wilde onafhankelijk zijn, en wij wilden nog steeds ons kleine dochtertje in haar zien.’

‘Had Emma behalve Kayla ook andere vriendinnen? Of vriendjes?’

Abigail schudde haar hoofd en sloeg haar armen om haar middel. ‘Ze was heel verlegen. Ze maakte niet gemakkelijk nieuwe vrienden. Ik weet niet hoe dit heeft kunnen gebeuren.’

‘Heeft Kayla ook een broer?’

‘Nee, ze is enig kind.’ Haar stem stokte. ‘Net als Emma.’

‘Denkt u dat u een lijstje zou kunnen opstellen met de namen van andere jongens en meiden met wie ze optrok?’

‘Ze had wel wat vage kennissen, maar Emma koos altijd één iemand uit...’ Weer stierf haar stem weg. ‘Eigenlijk had ze niemand behalve Kayla.’ Iets in haar toon was zo definitief, ze was er zo van overtuigd dat haar dochter alleen had gestaan in de wereld, dat haar verdriet onwillekeurig op Will oversloeg. Hij hoopte vurig dat Leo van plan was om met die Kayla te gaan praten. Als ze inderdaad een grote rol had gespeeld in het leven van Emma Campano, zoals haar moeder beweerde, dan wist ze vast veel beter dan wie ook wat zich hier had afgespeeld.

‘Zijn er ook mensen die wrok koesteren tegen u of uw man?’ vroeg Will.

Ze bleef haar hoofd schudden en keek verbijsterd naar het lijk in haar hal. ‘Het ging allemaal zo snel. Ik probeer steeds te bedenken wat ik gedaan heb... wat ik anders had kunnen...’

'Ik weet dat u die vraag al eerder hebt beantwoord, maar weet u zeker dat u deze man niet herkent?'

Abigail sloot haar ogen, maar hij vermoedde dat ze de moordenaar van haar dochter nog steeds voor zich zag. 'Nee,' antwoordde ze ten slotte. 'Hij is een vreemde voor me.'

Opeens hoorden ze voor het huis een man tekeergaan. 'Aan de kant, godverdomme!'

Er klonk geschuifel, agenten riepen iemand een halt toe, en toen denderde Paul Campano naar boven, alsof de duivel hem op de hielen zat. Hij mepte Faith Mitchell opzij en stormde het huis in. Een geüniformeerde agent ving Faith op toen ze achteruitwankelde, tot gevaarlijk dicht bij de rand van de veranda. Ze keken allebei woedend, maar Leo gaf met een gebaar te kennen dat ze zich afzijdig moesten houden.

Paul stond met gebalde vuisten in de hal. Will vroeg zich af of het genetisch was: je was het type dat met gebalde vuisten door het leven ging, of je was het niet.

'Paul...' fluisterde Abigail, en ze rende op hem af.

Zelfs toen hij zijn vrouw omarmde, hield Paul zijn vuisten gebald.

Faith was nog steeds laaiend. Ze klonk afgemeten. 'Mr. Campano, ik ben rechercheur Mitchell van de politie van Atlanta. Dit is rechercheur Donnelly.'

Paul was niet in plichtplegingen geïnteresseerd. Over de schouder van zijn vrouw keek hij naar het dode lichaam. 'Heeft die lamzak het gedaan?' vroeg hij grauwend. 'Wie is dat? Wat moest hij in mijn huis?'

Faith en Leo wisselden een blik die Will gemist zou hebben als hij hen niet had gadegeslagen om te weten hoe de vlag erbij hing. Ze vormden een duo; kennelijk hadden ze een eigen taaltje, en zo te zien trok Faith deze keer aan het kortste eind.

'Mr. Campano,' stelde ze voor, 'laten we even naar de veranda gaan om verder te praten.'

'En wie de fuck ben jij?' Paul keek Will woedend aan, en zijn vonkende ogen verdwenen bijna in zijn opgeblazen gezicht.

Eigenlijk zou de vraag of de woordkeus Will niet moeten verbazen. De laatste keer dat Paul Campano zo tegen hem had gesproken, was

Will tien geweest en hadden ze allebei in het kindertehuis van Atlanta gewoond. Sindsdien was er veel veranderd. Will was een stuk langer geworden en zijn haar was nu donkerder. Het enige wat er aan Paul was veranderd, was dat hij dikker en valser was dan ooit.

Leo mengde zich erin. 'Mr. Campano, dit is agent Trent van het GBI.'

Will probeerde Paul wat te kalmeren en hem het gevoel te geven dat hij van nut kon zijn. 'Weet u of uw dochter soms vijanden had, Mr. Campano?'

'Emma?' vroeg hij, en weer keek hij Will woedend aan. 'Natuurlijk niet. Ze was nog maar zeventien.'

'En uzelf?'

'Nee,' snauwde hij. 'Niemand die zoiets...' Hij schudde zijn hoofd, niet in staat om zijn zin af te maken. Weer ging zijn blik naar de dode moordenaar. 'Wie is die hufter? Wat heeft Emma hem in godsnaam gedaan?'

'We kunnen elk brokje informatie gebruiken. Als u en uw vrouw nu eens...'

'Ze is boven, hè?' onderbrak Paul hem, en hij keek omhoog. 'Mijn meisje is boven.'

Niemand gaf antwoord, maar Leo zette een paar stappen in de richting van de trap om hem de doorgang te versperren.

'Ik wil haar zien,' zei Paul.

'Nee,' waarschuwde Abigail met bevende stem. 'Zo wil je haar niet zien, Paul. Je wilt het niet weten.'

'Ik moet haar zien.'

'Luister nu maar naar uw vrouw, *sir*,' probeerde Faith hem te overreden. 'U krijgt haar straks te zien. U kunt haar nu beter aan ons overlaten.'

'Aan de kant, jij,' blafte Paul tegen Leo.

'Ik denk niet...'

Leo kreeg de volle laag. Paul smakte hem tegen de muur om vervolgens de trap op te stormen. Will rende achter hem aan en knalde bijna tegen hem op toen Paul boven aan de trap stokstijf bleef staan.

Verstard staarde hij naar het levenloze lichaam van zijn dochter aan het eind van de overloop. Het meisje was zo'n vijf meter van hen verwijderd, maar haar aanwezigheid vulde de hele ruimte, alsof ze aan hun voeten lag. Alle agressie leek uit Paul weg te vloeien. Zoals de meeste bullebakken was hij niet in staat om een emotie lang vast te houden.

'Uw vrouw had gelijk,' zei Will. 'Zo wilt u haar niet zien.'

Paul zweeg; alleen zijn amechtige ademhaling was nog hoorbaar. Zijn hand lag plat op zijn borst, alsof hij de eed van trouw zwoer. Zijn ogen vulden zich met tranen.

Moeizaam slikkend zei hij: 'Er stond een glazen schaal op het tafeltje.' Zijn stem was vlak, alle leven was eruit. 'Die hebben we nog in Parijs gekocht.'

'Mooi,' zei Will, hoewel hij zich Paul met geen mogelijkheid in Parijs kon voorstellen.

'Wat een troep hier boven.'

'We kunnen het voor u laten opruimen.'

Paul zweeg en Will volgde zijn blik terwijl hij het tafereel in zich opnam. Leo had gelijk toen hij zei dat het beneden erger was dan boven, maar hier hing iets nog onheilspellenders en beklemmenders. Dezelfde bloederige schoenafdrukken liepen her en der over het witte tapijt van de lange gang. Bloedvegen liepen over de witte muren waar mes of vuist een boog boven het lichaam had beschreven en telkens weer had toegeslagen of toegestoken. Wat Will om de een of andere reden het meest aangreep, was die ene, rode handafdruk op de muur recht boven het hoofd van het slachtoffer, waar haar belager kennelijk steun had gezocht toen hij haar verkrachtte.

'Vullisvat, hè?'

Paul Campano was niet op zoek naar de prullenbak. Hij had Will 'Vullisvat' genoemd toen ze kinderen waren. Bij de herinnering kreeg Will een brok in zijn keel. Hij slikte en toen kon hij pas 'ja' zeggen.

'Vertel eens wat er met mijn dochter is gebeurd.'

Will twijfelde, heel even maar, waarna hij zich zijdelings langs Paul wurmde en de overloop op stapte. Heel voorzichtig, om niets te verstoren, betrad hij de plaats van het misdrijf.

Emma's lichaam lag evenwijdig aan de muur, met haar hoofd van de trap af. Terwijl Will naar haar toe liep, ging zijn blik naar de handafdruk, naar de volmaakte vorm van handpalm en vingers. Zijn maag draaide zich om bij de gedachte aan waar die vent mee bezig was geweest toen hij de afdruk maakte.

Op een halve meter afstand bleef hij staan. 'Waarschijnlijk is ze hier vermoord,' zei hij tegen Paul, want aan de bloedplas die het tapijt doordrenkte zag hij dat het meisje niet was verplaatst. Hij hurkte bij het lichaam neer, met zijn handen op zijn knieën om te voorkomen dat hij per ongeluk iets aanraakte. Emma's short zat afgestroopt rond haar ene enkel, en haar voeten waren bloot. Haar slipje was door haar aanvaller omlaag gerukt en haar shirtje omhoog. Bijtafdrukken staken rood af tegen het wit van haar borsten. Langs de binnenkant van haar dijen liep een spoor van schrammen en blauwe plekken, en opgezwollen striemen toonden de ernst van de schade. Ze was mager, had hetzelfde halflange blonde haar als haar moeder, en de brede schouders van haar vader. Het was onmogelijk te zeggen hoe ze er levend had uitgezien. Haar hoofd was zo toegetakeld dat de schedel het had begeven en haar ogen en neus aan het zicht werden onttrokken. Het enige wat nog enigszins herkenbaar was, was haar mond, die wijd openstond en een tandeloos, bloederig gat liet zien.

Will keek even naar Paul. Hij stond doodstil boven aan de trap. Zijn grote, vlezige handen hield hij ineengeklemd voor zijn borst, als een nerveus oud vrouwtje dat slecht nieuws verwacht. Will wist niet wat hij precies zag en of de afstand het geweld enigszins verdoezelde of juist erger maakte.

Hij zei: 'Ze is geslagen. Voor zover ik kan zien, zijn er twee steekwonden. De ene net onder haar borst. De andere zit boven haar navel.'

'Die heeft ze vorig jaar laten piercen.' Paul liet een geforceerd lachje horen. Will keek hem weer aan, en Paul vatte dat op als een verzoek om door te gaan. 'Ze was met haar beste vriendin naar Florida geweest, en toen ze terugkwam had ze...' Hij schudde zijn hoofd. 'Die kinderen denken dat dat leuk is, dat soort ongein, maar als je als ouder je dochter thuis ziet komen met een ring in haar buik...' Met vertrokken gezicht vocht hij tegen zijn emoties.

Will richtte zijn aandacht weer op het meisje. Een zilveren ringetje stak door de huid van haar navel.

'Is ze verkracht?' vroeg Paul.

'Waarschijnlijk wel.' Hij had de woorden te snel uitgesproken. Ze bleven hangen in de roerloze lucht.

'Ervoor of erna?' Pauls stem trilde. Hij wist maar al te goed tot welke duistere daden mannen in staat waren.

Het bloed op haar buik en borst was uitgesmeerd, wat erop wees dat iemand boven op haar had gelegen nadat de ergste verwondingen waren toegebracht. Niettemin zei Will: 'Daar kan alleen de lijkschouwer uitsluitsel over geven. Ik weet het niet.'

'Zit je tegen me te liegen?'

'Nee,' antwoordde Will. Hij probeerde niet naar de handafdruk te kijken, om zich niet door schuld te laten verteren en hem uiteindelijk toch de gruwelijke waarheid te vertellen over de gewelddadige, mensonterende dood die zijn dochter was gestorven.

Opeens voelde hij Paul achter zich staan.

Will kwam overeind en hield hem tegen. 'Dit is een plaats delict. Je moet...'

Pauls mond viel open. Hij liet zich tegen Will aan zakken, alsof alle lucht zijn lichaam had verlaten. 'Het is...' Zijn mond bewoog en tranen vulden zijn ogen. 'Ze is het niet.'

Will deed een poging om hem weg te draaien zodat hij niet meer naar zijn dochter kon kijken. 'Laten we maar naar beneden gaan. Je hebt genoeg gezien.'

'Nee,' wierp Paul tegen, en hij sloeg zijn vingers in Wills arm. 'Ik meen het. Ze is het niet.' Heftig schudde hij zijn hoofd heen en weer. 'Het is Emma niet.'

'Ik weet hoe moeilijk dit voor je is.'

'Sodemieter op, wat weet jij er nou van!' Paul duwde Will van zich af. 'Heb jij ooit moeten horen dat je dochter dood is?' Nog steeds hoofdschuddend staarde hij naar het meisje. 'Dat is ze niet.'

Will probeerde op hem in te praten. 'Haar navel is gepiercet, zoals je al zei.'

Hij schudde zijn hoofd en zijn woorden bleven in zijn keel steken. 'Dat is niet...'

'Kom maar,' zei Will, en met zachte hand duwde hij hem een paar stappen naar achteren, om te voorkomen dat hij de plek nog verder zou besmetten.

Pauls woorden kwamen er in één duizelingwekkende stroom uit. 'Haar haar, Vullis. Emma's haar is langer. Wel tot op haar rug. En ze heeft een moedervlek op haar rechterarm, Emma bedoel ik. Kijk, daar zit niks. Geen moedervlek.'

Will bekeek de arm. Afgezien van het bloed, was de huid egaal blank.

'De rechterarm,' drong Paul geërgerd aan. Hij wees naar de andere arm. 'Daar heeft ze een moedervlek.' Toen Will niet reageerde, haalde hij zijn portefeuille tevoorschijn. Terwijl hij erin rondgraaide, dwarrelden bonnetjes en papiertjes op de grond. 'Het ziet er merkwaardig uit, net een handafdruk. De huid is daar donkerder.' Hij had gevonden waarnaar hij zocht en reikte Will een foto aan. Daarop was Emma een stuk jonger. Ze droeg een cheerleaderspakje. Eén hand stond schuin in haar zij, en daarmee hield ze een pompon vast. Paul had gelijk: de moedervlek zag eruit alsof iemand zijn hand om haar arm had geslagen en er een afdruk op had achtergelaten.

Niettemin zei Will: 'Paul, laten we niet...'

'Abby! Ze is het niet! Het is Emma niet!' Paul lachte opgetogen. 'Kijk eens naar haar arm, Vullis. Daar zit niks. Dit is Emma niet. Het is vast Kayla. Ze zien er hetzelfde uit. Ze zijn altijd en eeuwig kleren aan het ruilen. Ze moet het wel zijn!'

Abigail rende de trap op, met Faith op haar hielen.

'Terug.' Will versperde hun de doorgang, spreidde als een verkeersagent zijn armen en duwde Paul met zijn hele gewicht naar achteren. Die had nog steeds een dwaze grijns op zijn gezicht. Het enige waaraan hij kon denken, was dat zijn dochter niet dood was. Zijn brein had de volgende sprong nog niet gemaakt.

'Hou jij ze tegen,' zei Will tegen Faith. Ze knikte en ging voor de ouders staan. Behoedzaam liep Will terug naar het dode meisje. Weer hurkte hij neer en bestudeerde de schoenafdrukken, de bloedvegen op de muur. Zijn aandacht werd getrokken door een dunne boog van bloed, dwars over het lichaam van het meisje. Hij liep als een fijngetekende streep vlak onder haar borsten door. Het was Will de eerste keer niet opgevallen, maar op dat moment zou hij er zijn pensioen onder durven verwedden dat het bloed afkomstig was van de jongen beneden.

'Ze is het niet,' herhaalde Paul. 'Het is Emma niet.'

'Soms is het moeilijk als je iemand verloren hebt van wie je houdt,' zei Faith voorzichtig. 'Dan is ontkenning heel begrijpelijk.'

Paul ontplofte zowat. 'Wil je nou eindelijk eens naar me luisteren, stomme trut? Ik ben heus niet de twaalf fases van rouw aan het doorlopen. Ik weet godverdomme toch wel hoe mijn eigen dochter eruitziet?'

'Gaat het wel goed daar boven?' riep Leo.

'Alles onder controle,' antwoordde Faith, maar het klonk niet erg overtuigend.

Will keek naar de blote voeten van het meisje. De zolen waren schoon, kennelijk het enige deel van haar lichaam waar niet een of ander bloedpatroon op zat.

Hij stond op. 'Vertel eens wat er gebeurd is,' vroeg hij aan Abigail.

Ze schudde haar hoofd, niet tot hoop in staat. 'Is dat Emma? Is zij het?'

Will zag de vage, donkerrode vegen op het rokje van Abigails witte tennistenue, en het patroon van bloedsporen op haar borst. Hij hield zijn stem in bedwang, ook al bonkte zijn hart tegen zijn ribben. 'Vertel eens precies wat er gebeurd is vanaf het moment dat u hier aankwam.'

'Ik zat in mijn auto...'

'Vanaf de trap,' onderbrak Will haar. 'U liep de trap op. Bent u naar het lichaam toe gelopen? Hebt u dit gebied hier betreden?'

'Ik stond hier,' zei ze, en ze wees naar de vloer voor haar voeten.

'Wat zag u?'

Tranen stroomden over haar wangen. Haar mond bewoog en probeerde woorden te vormen terwijl ze haar blik over het lijk liet gaan. Ten slotte zei ze: 'Ik zag hem over haar heen gebogen staan. Hij had een mes in zijn hand. Ik voelde me bedreigd.'

'Ik snap dat u vreesde voor uw leven,' verzekerde Will haar, 'maar vertelt u eens wat er daarna gebeurde.'

Ze slikte. 'Ik raakte in paniek. Ik stapte naar achteren en toen viel ik van de trap.'

'En wat deed hij?'

'Hij kwam achter me aan... Hij kwam de trap af.'

'Had hij het mes in zijn hand?' Ze knikte. 'Hield hij het omhoog?'

Weer knikte ze, maar meteen daarop schudde ze haar hoofd. 'Ik weet het niet. Nee. Het hing langs zijn zij.' Ze duwde haar eigen hand tegen haar zij om het voor te doen. 'Hij rende de trap af. Met het mes langs zijn zij.'

'Hief hij het mes toen hij onder aan de trap was?'

'Ik gaf hem een schop nog voor hij helemaal beneden was. Om hem uit evenwicht te brengen.'

'Wat gebeurde er met het mes?'

'Hij liet het los toen hij viel. Ik... Hij sloeg me tegen mijn hoofd. Ik dacht dat hij me ging vermoorden.'

Will draaide zich om en keek nogmaals naar de schoenafdrukken. Ze stonden her en der, in een chaotisch patroon. Twee mensen waren al vechtend in het bloed gaan staan, hadden erdoorheen gelopen. 'Weet u zeker dat u niet tot hier bent gelopen?'

Ze knikte.

'Nu moet u heel goed luisteren. U hebt hier niet rondgelopen? U bent niet naar uw dochter toe gegaan? U bent nergens in het bloed gaan staan?'

'Nee. Ik stond hier. Precies op deze plek. Ik bleef boven aan de trap staan en toen kwam hij op me af. Ik dacht dat hij me ging vermoorden. Ik dacht...' Ze bracht haar hand naar haar mond, niet in staat om haar verhaal af te maken. Haar stem sloeg over toen ze aan haar man vroeg: 'Is het Em niet?'

'Hou ze allebei hier,' zei Will tegen Faith, en hij liep de trap af.

Leo stond in de deuropening met een van de geüniformeerde agenten te praten. 'Wat gebeurt er allemaal?' vroeg hij aan Will.

'We wachten niet op Pete,' zei Will, terwijl hij over het lijk heen stapte.

'Ik wil deze man onmiddellijk geïdentificeerd hebben.' Hij zag de schoenen van Abigail Campano onder de salontafel in de kamer staan. De zool had een zigzag- in plaats van een ruitpatroon. Bij de neuzen zaten wat slijtplekken, maar er was geen spatje bloed op te bekennen.

Leo was de hal in gelopen en haalde een paar latex handschoenen uit zijn zak. 'Die nieuwsgierige buurvrouw van de overkant zegt dat ze een paar uur geleden een auto op de oprit heeft zien staan. Geel, of misschien wel wit. Vierdeurs, maar het zou evengoed een tweedeurs kunnen zijn.'

Will bekeek de sportschoenen van de man. Een ruitpatroon, opgedroogd bloed vastgekoekt in het profiel. 'Geef eens,' zei hij. Leo gaf hem de handschoenen en Will trok ze aan. 'Je hebt de foto's, hè?'

'Ja. Wat is er aan de hand?'

Heel voorzichtig trok Will het T-shirt van de dode omhoog. De stof was nog drijfnat waar het shirt in een prop om zijn middel had gezeten, en de blote huid had op die plek een vreemde, rozige tint.

'Zou je me niet eens vertellen wat je aan het doen bent?' vroeg Leo.

Er zat zoveel bloed dat het moeilijk was om iets te zien. Zachtjes drukte Will op de buik en in het vlees opende zich een smalle spleet, waaruit zwart vocht sijpelde.

'Shit,' fluisterde Leo. 'Heeft de moeder hem neergestoken?'

'Nee.' Voor zijn geestesoog zag Will hoe het gegaan moest zijn. Met een mes in zijn buik knielde de jongeman neer naast het lichaam op de overloop. Hij had het mes er ongetwijfeld zelf uit getrokken, en het slagaderlijke bloed spoot nu over het dode meisje. Terwijl zijn long het begaf, wankelde de man moeizaam overeind om hulp te zoeken. Op dat moment verscheen Abigail Campano boven aan de trap. Zij zag de man die haar dochter had vermoord. Hij zag de vrouw die hen mogelijk allemaal kon redden

Leo keek langs de trap omhoog, en toen ging zijn blik weer naar de dode jongen, en eindelijk begreep hij het. 'Shit.'

Will, die niet aan de verloren tijd probeerde te denken, trok de handschoenen met een ruk uit. Hij liep naar de bloederige afdruk van de blote voet en zag dat het gewicht op het moment van de afdruk op de bal van de voet had gerust. Op de onderste tree zaten wat bloeddruppeltjes – zes in totaal.

Will nam het hele verhaal nog een keer door, net zo goed voor zichzelf als voor Leo. 'Emma was bewusteloos. De moordenaar droeg haar over zijn schouder.' Hij kneep zijn ogen tot spleetjes terwijl hij de stukjes van de puzzel in elkaar liet vallen. 'Hier, onder aan de trap, bleef hij even staan om op adem te komen. Haar hoofd en armen hingen langs zijn rug naar beneden. De bloeddruppels op de onderste tree zijn bijna helemaal rond, wat betekent dat ze recht naar beneden vielen.' Will wees naar de voetafdruk. 'Hij verplaatste haar gewicht wat naar voren. Haar voet raakte de vloer – daarom is hij ook naar de trap gericht in plaats van naar de deur. Nadat hij haar de trap af had gedragen, moest hij het lichaam verschuiven om haar door de voordeur mee naar buiten te kunnen nemen.'

Leo probeerde zich in te dekken. 'Maar het verhaal van de moeder klopte gewoon. Ik kon onmogelijk...'

'Maakt niet uit.' Will wierp een blik naar boven. Abigail en Paul Campano staarden over de leuning en keken vol ongeloof toe. 'Heeft Kayla een auto?'

Abigail zei aarzelend: 'Ze heeft een witte Prius.'

Will pakte zijn telefoontje en drukte op een sneltoets. 'Probeer bij die oude dame meer over de auto los te krijgen,' zei hij tegen Leo. 'Laat haar maar een serie foto's zien als het moet. Trek alle 911-oproepen na die de afgelopen vijf uur vanuit dit gebied zijn gedaan. Stuur je mannen opnieuw langs de deuren. Een tijdje geleden waren er nogal wat joggers buiten, die nu waarschijnlijk weer thuis zijn. Ik zal de verkeerspolitie inschakelen; op nog geen anderhalve kilometer hiervandaan is een oprit naar de snelweg.' Will drukte het telefoontje tegen zijn oor op het moment dat Amanda opnam. Hij verdeed zijn tijd niet met beleefdheden. 'Ik wil hier een team. Het ziet ernaar uit dat we met een ontvoering te maken hebben.'

TWEE

De slaapkamer van Emma Campano was bijna even groot als Wills huis. Als kind had hij geen eigen kamer gehad. Eigenlijk had hij helemaal niks van zichzelf gehad tot hij achttien werd en het kindertehuis van Atlanta hem met een schouderklopje en een cheque van de overheid wegstuurde. Zijn eerste appartement was niet meer dan een doos, maar wel zijn eigen doos. Will wist nog steeds hoe het voelde om zijn tandenborstel en shampoo in de badkamer te kunnen laten staan zonder dat hij bang hoefde te zijn dat iemand ze gebruikte – of erger. Tot op de dag van vandaag kreeg hij nog steeds een geluksgevoel als hij de koelkast opende en besefte dat hij alles kon eten wat hij wilde.

Hij vroeg zich af of Paul hetzelfde ervoer als hij door zijn miljoenenhuis liep. Zwol hij van trots als hij de sierlijke antieke stoelen zag en de ongetwijfeld kostbare schilderijen aan de muren? Als hij 's avonds de voordeur op slot deed, was hij dan nog steeds opgelucht omdat niemand erin geslaagd was het allemaal van hem af te pakken? Het leed geen twijfel dat de man zijn gezin een goed leven bezorgde. Met een zwembad in de achtertuin en een filmzaal in het souterrain zou je niet zeggen dat hij zich tijdens zijn jeugd in het boevenvak had bekwaamd.

Vlug van begrip was Paul nooit geweest, maar gewiekst was hij wel, en als jongetje wist hij al hoe hij aan geld moest komen. In dit gezin was Abigail duidelijk het brein. Ze had vrijwel meteen begrepen wat er die ochtend echt was gebeurd in huize Campano. Will had nog nooit eerder iemand zo vol afgrijzen zien reageren als deze vrouw toen het tot haar doordrong dat ze waarschijnlijk een onschuldige had gedood – erger nog: een onschuldige jongen die misschien een poging had gedaan om haar dochter te helpen. Ze was hysterisch geworden. Er moest een arts aan te pas komen, die haar een kalmerend middel toediende.

Het was tekenend voor Paul dat hij al aan het regelen was geslagen nog voor zijn vrouw onder zeil was. Hij had zijn mobieltje gepakt en twee telefoontjes gepleegd: het ene naar zijn advocaat en het andere naar zijn invloedrijke schoonvader, Hoyt Bentley. Er waren nog geen tien minuten verstreken of Wills eigen mobiel ging. Weer had de gouverneur contact opgenomen met de directeur van het Georgia Bureau of Investigation, die Amanda onder druk had gezet, en die had op haar beurt Will onder druk gezet.

'En verkloot het niet!' had Amanda gezegd, bemoedigend als altijd.

De procedure bij een ontvoering was eenvoudig: zorg dat er te allen tijde een agent bij het gezin is en dat er een gezinslid bij de telefoon zit voor het geval er een verzoek om losgeld komt. Zelfs toen de dokter een naald in haar arm stak, weigerde Abigail Campano om haar huis te verlaten. In het koetshuis was een gastenverblijf. Nadat Will zich ervan had overtuigd dat het appartement geen deel uitmaakte van de plaats delict, had hij de ouders daarnaartoe gestuurd, samen met Hamish Patel, een gijzelingsonderhandelaar van het GBI. Paul was laaiend geweest omdat hij een oppas kreeg toegewezen, wat betekende dat hij iets te verbergen had of dacht dat hij de situatie kon sturen zonder dat de politie hem voor de voeten liep.

Gezien Pauls houding was het waarschijnlijk zowel het een als het ander. Tijdens het verhoor was hij zo tegendraads geweest dat Will zelfs uitkeek naar de komst van de advocaat, want die zou zijn cliënt ongetwijfeld duidelijk maken dat het geen kwaad kon om een rechtstreeks antwoord te geven. Of misschien kon Hamish Patel met zijn magische gaven iets uitrichten. De gijzelingsonderhandelaar was opgeleid door Amanda Wagner toen zij nog aan het hoofd stond van het interventieteam van het GBI. Hij kon zo ongeveer de luizen van iemands hoofd praten.

Eveneens volgens de procedure had Will een alarmbericht doen uitgaan met een verzoek om informatie over de witte Prius van Kayla Alexander, en hij had het AMBER Alert ingezet om Emma Campano onder de aandacht van het publiek te brengen. Dat hield in dat via de elektronische signaleringsborden boven de wegen in Atlanta en via radio- en tv-stations in heel Georgia de oproep onder de bevolking werd verspreid om het te melden als de auto of het meisje ergens was gesignaleerd. Ook had Will taps op alle telefoons en mobieltjes van het gezin laten aanbrengen, maar hij betwijfelde of er snel een verzoek om losgeld zou komen.

Zijn intuïtie zei hem dat degene die Emma Campano had ontvoerd niet op geld uit was. Eén blik op Kayla Alexander was voldoende geweest. Het meisje was geslagen en verkracht door een sadist die waarschijnlijk van elke seconde had genoten. Er was in dit geval maar één reden om iemand te gijzelen, en die had niets met geld te maken. Voorlopig kon Will alleen maar hopen dat hij iets zou vinden – wat dan ook – wat hem naar de dader zou voeren voor hij opnieuw een moord pleegde.

Will stond op de overloop en keek toe terwijl de technisch rechercheur foto's maakte van Emma Campano's slaapkamer. Hij probeerde zich een beeld te vormen van wie ze was, maar hij zag niets opvallends, behalve dat ze een nette jongedame was. Op een fluwelen bank met kwastjes lagen keurig opgevouwen kleren gereed om weggeborgen te worden, en de boeken stonden in rechte rijen op de planken. Een luchtverfrisser met bloemengeur vulde de kamer met een weeïg zoet aroma. Buiten voor het raam tinkelde een windorgeltje op een zeldzaam zomerbriesje.

Hoewel Emma niet echt een persoonlijk stempel op de kamer had gedrukt, was dit onmiskenbaar het terrein van een zeer bevoorrechte puber. Op het hemelbed lagen een felroze sprei, paarse lakens en hartvormige kussens. De muren waren in een rustgevend lila geschilderd, dat paste bij het geometrische patroon van de voddenkleden op de hardhouten vloer. Boven een grote open haard hing een flatscreen-tv. Twee leunstoelen stonden bij het raam. Op de armleuning van de ene stoel lag een opengeslagen boek – zo te zien een liefdesromannetje. Op de andere stoel waren twee handtasjes neergesmeten. Een rugzak stond op de vloer, vol schoolboeken en losse papieren. Naast de deur waren twee paar identieke slippers uitgeschopt. Het ene paar had een grotere maat dan het andere.

Dat verklaarde in elk geval waarom de meisjes blootsvoets waren.

De technisch rechercheur nam weer een paar foto's, en het flitslicht verlichtte de kamer. 'Nog iets speciaals wat ik moet natrekken?' vroeg hij.

'Zou je de vochtplekken op het bed willen laten analyseren?' De lakens lagen op een slordige hoop, en op de donkerpaarse stof hadden de seksuele activiteiten duidelijk hun sporen achtergelaten.

'Daarvoor moet ik mijn spullen uit de auto halen,' zei de rechercheur. 'Verder nog iets?'

Will schudde zijn hoofd en de man verliet de kamer. Buiten sloeg een zwaar autoportier dicht, met de bekende dreun die Will altijd met de dood associeerde. Hij liep naar het raam en zag Pete Hanson achter het lijkschouwersbusje staan, met zijn hand plat op het portier terwijl hij zijn respect betuigde aan de doden die in de auto lagen. Pete had Will een voorlopig verslag gegeven, maar de harde feiten zouden de volgende dag pas bekend worden, als er autopsie was verricht.

Nu het om een ontvoering ging, had de politie van Atlanta een stapje terug gedaan en vervulde louter een ondersteunende rol. Leo Donnelly was waarschijnlijk zijn accountant al aan het bellen om te vragen of hij vervroegd met pensioen kon. Will had hem de taak toebedeeld om de ouders van Kayla Alexander op te sporen en hun te vertellen dat hun dochter vermoord was. Dat was straf genoeg, hoewel Amanda daar misschien anders over dacht.

Will trok een paar latex handschoenen aan en maakte zich op om Emma's kamer te doorzoeken. Hij begon met de twee tasjes die op een van de stoelen lagen. Systematisch doorzocht hij ze. Hij vond pennen, tampons, snoep, en onderin kleingeld – dingen die je in elk willekeurig damestasje kon verwachten. De twee leren portefeuilles in de tasjes waren identiek en droegen hetzelfde designerlogo, en hij vermoedde dat de meisjes ze gekocht hadden toen ze samen aan het shoppen waren geweest. Ze bezaten allebei een creditcard met hun naam erop. De foto's op hun rijbewijzen toonden twee meisjes die opvallend veel op elkaar leken: blond haar, blauwe ogen. Emma Campano was duidelijk de knapste van de twee, maar Kayla Alexander keek met zo'n uitdagend geheven kin de lens in dat Will vermoedde dat zij altijd alle aandacht had getrokken.

Dat was nu verleden tijd. Buiten krioelde het nog van de pers. Will wist zeker dat elk station zijn normale programmering had onderbroken om het nieuws wereldkundig te maken. Dankzij de irritante reclamespotjes die je de hele dag hoorde, was Campano een bekende naam in Atlanta. Will vroeg zich af of de bekendheid van de familie gunstig of ongunstig voor de zaak zou zijn. Ook vroeg hij zich af hoe het op dat moment met Emma Campano was gesteld. Weer bekeek hij haar foto. Misschien las hij er te veel in, maar ze leek iets terughoudends te hebben, alsof ze verwachtte dat de fotograaf ondanks haar schoonheid iets op haar aan te merken zou hebben.

'Adam David Humphrey,' zei Faith Mitchell. Net als Will droeg ze een paar latex handschoenen. En net als Will had ze een opengeslagen portefeuille en een rijbewijs in haar handen. Deze waren van de dode jongen die beneden had gelegen. 'Zijn rijbewijs is in Oregon afgegeven. In geen van beide staten heeft hij een auto op zijn naam staan. De directrice van de school van de meisjes heeft nog nooit van hem gehoord en hij heeft daar ook niet op school gezeten.' Ze reikte Will de plastic identiteitskaart aan. Will tuurde met samengeknepen ogen naar de piepkleine lettertjes. 'Een van de jongens op het bureau probeert contact te krijgen met de plaatselijke politie. Met zo'n adres is dat moeilijk.'

Hij klopte op zijn zakken op zoek naar zijn bril. 'Hoezo?'

Haar toon was bijna even neerbuigend als die van Amanda. 'Misschien omdat het een postbusnummer op het platteland is?'

'Sorry, ik heb mijn leesbril op het bureau laten liggen.' Aan een dergelijk postbusnummer hoefde geen echt adres verbonden te zijn. Tenzij de Humphreys wijd en zijd bekend waren, voegde dat een nieuwe hindernis toe die genomen moest worden voor ze de ouders van de dode jongen op de hoogte konden stellen. Will ging op zijn hurken zitten en bestudeerde de foto op het rijbewijs van Adam Humphrey. Hij was knap, ook al had hij iets van een nerd. Zijn mond stond in een scheve grijns en op de foto was zijn haar langer, maar Adam Humphrey was onmiskenbaar de jongen die dood aan de voet van de trap had gelegen. 'Hij is ouder dan ik dacht.'

'Negentien is anders nog jong.'

'Wat heeft hij in Atlanta te zoeken? Hij studeert hier,' zei Will in antwoord op zijn eigen vraag.

Faith doorzocht de portefeuille en noemde op wat ze tegenkwam: 'Zes dollar in cash, een foto van een ouder echtpaar – waarschijnlijk grootouders. Wacht eens even.' De handschoenen waren te lang voor haar vingers en ze kon niet overal goed bij. Will wachtte geduldig tot ze een foto tevoorschijn had gepeuterd. 'Is dit Emma?'

Hij vergeleek de foto met die op de rijbewijzen die hij in de tasjes had gevonden. Op de foto uit Adams portefeuille keek Emma vrolijker, en lachte ze met wijd open mond. 'Ja, dat is ze.'

Faith vergeleek de twee foto's en knikte instemmend. 'Ze lijkt nog geen zeventien.'

'Adam had iets met Emma, niet met Kayla,' zei Will. 'Dus waarom is Kayla dan dood?'

Ze schoof de foto weer in de portefeuille en liet die in een plastic zak vallen. 'Misschien stond ze in de weg.'

Will knikte, maar de wrede verkrachting en moord op het meisje deden vermoeden dat er meer aan de hand was. 'Zodra Pete de autopsie heeft gedaan, horen we meer. Willen de ouders het lichaam zien?'

'De ouders weten nog van niks.' Will deed zijn mond al open om te vragen hoe dat in godsnaam mogelijk was, maar ze was hem voor. 'Leo heeft van de directrice vernomen dat de Alexanders drie weken op vakantie zijn in Australië en Nieuw-Zeeland. Voor noodgevallen hebben ze de telefoonnummers van hun hotels achtergelaten. Leo heeft al gebeld met de manager van het Mercure Dunedin. Hij zou de ouders laten bellen zodra ze terug zijn van een uitstapje, en god mag weten wanneer dat is. Er is achttien uur tijdsverschil, dus bij hen is het al morgenochtend.' Faith voegde eraan toe: 'Ik heb een surveillancewagen naar hun huis aan Paces Ferry gestuurd. Er was niemand thuis.'

'Ze hebben hun dochter toch niet drie weken alleen gelaten?'

'Ze was zeventien. Oud genoeg om op zichzelf te kunnen passen.' Het bloed steeg naar haar wangen toen ze besefte dat het tegendeel waar was.

'Heb je iets uit Abigail Campano losgekregen toen je met haar sprak?'

'Dat gesprek liep toen nog heel anders. We dachten allebei dat haar dochter dood was.'

'Zij heeft tegen je gezegd dat Kayla waarschijnlijk op school zou zitten,' herinnerde Will zich.

'Klopt. Ze zei zelfs: "Kayla is in elk geval veilig." '

'Heeft Leo de directrice naar het spijbelgedrag van de meisjes gevraagd?'

'Ze bevestigde dat het een probleem is geweest. Leerlingen mogen tijdens de lunchpauze het schoolterrein niet verlaten, maar sommige glippen toch naar buiten en komen dan voor de bel weer binnen. Achter het hoofdgebouw is een gedeelte dat niet door de bewakingscamera's wordt bestreken, en daar maken de leerlingen misbruik van.'

'Stuur maar een paar extra surveillancewagens naar de school. Tot we zeker weten dat er geen enkel verband is, moeten we de rest van de leerlingen goed in de gaten houden. En laten we maar een tap op de telefoon van de Alexanders zetten. Er moet toch een tante of een kennis van het gezin zijn die een oogje in het zeil houdt. Stuur maar een agent bij de buren langs. Het is bijna etenstijd. Zo langzamerhand komt iedereen thuis.'

Ze hield de plastic zak onder haar arm geklemd terwijl ze zijn opdrachten in haar aantekenboekje schreef. 'Verder nog iets?'

Hij keek naar de boekentas, en naar de papieren die er half uit lagen. 'Laat iemand hiernaartoe komen die in staat is om al die aantekeningen snel door te nemen. Zeg tegen Leo dat hij nog eens met de directrice moet gaan praten. Ik wil een lijstje met alle vrienden en vriendinnen van Kayla en Emma, voor zover bekend. Als er nog docenten op school zijn, dan moet hij ook met hen gaan praten om erachter te komen wat voor meiden het waren, met wie ze optrokken, en dan neem ik morgen wel contact met ze op, als ze er een nachtje over hebben kunnen slapen. De meiden spijbelden veel, dus misschien gingen ze wel om met leerlingen van andere scholen.' Hij zweeg en zijn gedachten gingen naar de dode jongen. De enige concrete lijn die ze nu konden volgen, was achterhalen wie Adam was en wat hij in Atlanta te zoeken had.

Hij haalde een visitekaartje uit zijn zak en overhandigde het aan haar. 'Bel die sheriff in Oregon nog maar eens en geef hem mijn mobiele nummer. Zeg dat hij me onmiddellijk moet bellen zodra hij iets weet over de ouders van Adam Humphrey. En jij gaat nu uitzoeken waarom Adam in Atlanta was. Probeer het eerst maar eens bij de universiteiten en hogescholen.'

Ze schudde haar hoofd. 'Als hij hier studeerde, dan had hij wel een collegekaart op zak gehad.'

'Als hij helemaal vanuit Oregon hiernaartoe kwam, dan was dat waarschijnlijk voor een specifieke studie: rechten, geneeskunde, een kunstopleiding. Begin maar bij de grote instituten en daarna pak je de kleintjes.

Emory, Georgia State, Georgia Tech, de kunstacademie, Kennesaw State University... Op internet kun je vast wel een lijst vinden.'

Ze geloofde haar oren niet. 'Wil je echt dat ik elke hogeschool en universiteit in de stad opbel, het hoofd van de administratie opspoor, die waarschijnlijk allang naar huis is, en vraag of hij me zonder rechterlijk bevel wil vertellen of Adam Humphrey daar staat ingeschreven?'

'Inderdaad.'

De norse blik waarmee ze hem eerder had aangekeken was nog vriendelijk vergeleken met de uitdrukking die nu op haar gezicht verscheen.

Will had er schoon genoeg van. 'Rechercheur Mitchell, dat je woedend bent, pleit voor je, maar het feit dat ik zes van je collega's heb gearresteerd omdat ze geld aannamen van drugsdealers betekent niet zoveel voor de ouders die vandaag hun kinderen hebben verloren, en aangezien de politie van Atlanta in deze zaak vanaf het allereerste begin heeft geblunderd, en aangezien de enige reden waarom je er nog bij betrokken bent is dat ik mensen nodig heb om de routineklusjes voor me op te knappen, verwacht ik van je dat je doet wat ik zeg, hoe banaal of belachelijk je mijn opdrachten ook vindt.'

Ze perste haar lippen opeen, en met ogen die vlamden van woede keek ze hem aan. 'Zodra ik dit als bewijsmateriaal heb geregistreerd, zal ik de hogescholen en universiteiten afbellen.'

'Bedankt.'

Ze wilde vertrekken, maar bleef toen staan. 'Het waren er trouwens zeven.'

'Zeven wat?'

'Die politiemensen. Je hebt er zeven gearresteerd, niet zes.'

'Mijn welgemeende excuses,' was het enige wat Will kon bedenken. Ze draaide zich om en verliet de kamer.

Will slaakte een diepe zucht en hij vroeg zich af hoelang het zou duren voor hij Faith Mitchell van deze zaak schopte. Aan de andere kant had hij bepaald niet de hele politiemacht van Atlanta achter zich staan, en misschien kon hij het zich niet veroorloven om kieskeurig te zijn. Ook al scheen Faith een pesthekel aan hem te hebben, ze volgde zijn bevelen wel op, en daar viel ook iets voor te zeggen.

Hij stond midden in de kamer en dacht na over zijn volgende stap. Hij keek naar het tapijt, met zijn cirkelpatroon dat aan een James Bondfilm uit de jaren zeventig deed denken. Al zijn aandacht zou nu op Emma Campano gericht moeten zijn, maar de recente botsing met de rechercheur bleef aan hem knagen. Ergens in zijn achterhoofd rammelde er nog iets, en opeens wist hij wat het was.

Zeven, had Faith Mitchell gezegd. Ze had gelijk. Zes politiemensen waren ontslagen, maar er was nog iemand door het schandaal getroffen. Een politiecommandant die Evelyn Mitchell heette, was gedwongen met vervroegd pensioen gegaan. Haar dochter, Faith Mitchell, was rechercheur bij de politie van Atlanta, en uiteraard had dat Wills aandacht getrokken. Op haar staat van dienst viel weinig aan te merken, maar haar bevordering tot rechercheur vijf jaar geleden had hier en daar voor opgetrokken wenkbrauwen gezorgd. Achtentwintig was wel wat jong voor de gouden penning, hoewel het moeilijk te bewijzen viel dat er sprake was geweest van vriendjespolitiek. Nepotisme buiten beschouwing gelaten had Will niets gevonden wat een dieper onderzoek naar de handel en wandel van Faith Mitchell rechtvaardigde, en hij had haar nooit in levenden lijve ontmoet.

Tot op dat moment.

'Shit,' kreunde Will. Van alle mensen die hij die dag had ontmoet, had de dochter van Evelyn Mitchell nog het grootste recht om de pest aan hem te hebben. Dat was vast wat Leo hem had willen vertellen toen het allemaal mis dreigde te gaan – of misschien was hij ervan uitgegaan dat Will het al wist. Het onderzoek was maanden geleden afgerond en Will had sindsdien op wel vijf of zes andere zaken gezeten. Ook al was hij zich bewust geweest van de muur van haat waarop hij bij het huis van de Campano's was gestuit, hij had zich op het misdrijf gericht dat hij er had aangetroffen en zich niet beziggehouden met de bijzonderheden van een zaak die maanden geleden was opgelost.

Er was nu niets meer aan te doen. Will zette zijn zoektocht voort en keek in de laden en de kasten, waar hij het soort spullen aantrof dat je in de kamer van een puber verwachtte. Hij keek onder het bed, vervolgens tussen de matras en de boxspring. Nergens vond hij geheime briefjes of verborgen dagboeken. Haar ondergoed leverde ook niets onverwachts op, er zat niks bij wat opvallend sexy was en erop zou kunnen duiden dat Emma Campano een wildere kant van het leven opzocht.

Daarna nam Will de kleerkast door. Op het oog was het huis van de Campano's grondig gemoderniseerd. Toch waren er grenzen, en de kleerkast in Emma's kamer was nog net zoals de architect hem oorspronkelijk had bedoeld, namelijk ongeveer zo groot als een flinke doodkist. De kleren hingen zo dicht op elkaar dat de stang doorboog. Op de vloer stonden rijen schoenen, zoveel dat ze op sommige plekken op elkaar waren gestapeld.

Tussen de Mary Janes en de tennisschoenen stonden ook kniehoge zwarte laarzen en onmogelijk hoge hakken. En tussen de lichtgekleurde bloesjes hingen zwarte jasjes en zwarte shirts met strategisch aangebrachte scheuren die met veiligheidsspelden bij elkaar werden gehouden, het soort tenue dat je in het leger zou dragen als je in de hel was gestationeerd. Will had wel vaker zaken gehad waarbij pubers betrokken waren. Hij vermoedde dat Emma een fase doormaakte waarin ze zich geroepen voelde om zich als een vampier te kleden. De pastelkleurige twinsetjes deden vermoeden dat haar ouders niet echt blij waren geweest met deze gedaanteverwisseling.

Will keek op de bovenste planken, voelde onder truien, haalde dozen met nog meer kleren naar beneden en doorzocht ze een voor een. Hij controleerde zakken en tassen, en stuitte op blokjes cederhout en zakjes lavendel, waarvan hij moest niezen.

Op handen en knieën doorzocht hij de bodem van de kast. In de hoek lagen verschillende opgerolde posters, en hij bekeek ze allemaal. Marilyn Manson, Ween en Korn – niet het soort muziek dat hij met welgestelde blonde meisjes associeerde. Ze hadden gescheurde hoekjes, alsof iemand ze van de muur had gerukt. Will rolde de posters weer op en doorzocht Emma's schoenen, schoof ze opzij en keek of er iets in of onder zat. Hij vond niets wat de moeite van het noteren waard was.

Toen hij van de kast wilde weglopen, viel hem een vaag ammoniakluchtje op. Naast hem lag een hondenbed, waarschijnlijk van de oude labrador waarover Leo het had gehad. Hij zag geen vlekken op het gele bed. Will trok de rits van de hoes open en met zijn in handschoenen gestoken vingers drukte hij in de vulling. Het leverde niks op, behalve dan dat zijn handen nu een beetje naar hond en urine stonken.

Terwijl Will de rits dichttrok, hoorde hij de stem van Amanda beneden. Ze liep de trap achter in het huis op, en zo te horen was ze aan het telefoneren.

Hij verwisselde de naar hond stinkende handschoenen voor een nieuw paar en keerde terug naar de tasjes van de meisjes. Hij schudde ze leeg op de vloer en doorzocht ze nog eens. Emma's telefoontje was al gevonden: het zat aan een lader beneden in de keuken. Kayla had haar eigen designertas en creditcard. En ze had ongetwijfeld ergens een mobieltje.

Met het gevoel dat hij iets over het hoofd zag, ging hij op zijn hurken zitten. Will had de kamer volgens een rasterpatroon doorzocht, segment na segment. Hij had met zijn vingers in het voddenkleed onder het bed gepord en niets opzienbarenders gevonden dan een vruchtensnoepje, waarvan de wikkel knisperde toen hij hem aanraakte. Hij had onder de meubels gekeken en de onderkant van de ladekast betast. Alle vloerkleden had hij omgeslagen.

Niets.

Waar was Emma geweest toen Kayla werd aangevallen? Wat was het meisje aan het doen terwijl haar beste vriendin mogelijk werd verkracht, maar in elk geval geslagen en vermoord? Bekeek Will het vanuit de verkeerde invalshoek? In het kindertehuis was hij vaak het mikpunt van Pauls woede geweest en hij wist uit eigen ervaring dat de Campano's nogal heetgebakerd waren. Zou iets dergelijks een generatie overslaan of werd het rechtstreeks doorgegeven? De moeder had gezegd dat haar dochter de laatste tijd was veranderd, dat ze behoorlijk opstandig was geworden. Zou ze bij de moord op Kayla betrokken zijn geweest? Was Emma niet slachtoffer, maar medeplichtige?

Weer liet hij zijn blik door de kamer gaan, langs de teddyberen en de sterren op het plafond. Will zou zeker niet de eerste man zijn die zich door het stereotiepe beeld van een engelachtige jonge vrouw om de tuin had laten leiden, maar een scenario waarin Emma bij de slechteriken hoorde, klopte naar zijn idee niet.

Plotseling wist hij wat hij over het hoofd had gezien. De muren waren kaal. Emma's kamer was duidelijk door een deskundige ingericht, maar waar was de kunst, waar waren de foto's? Hij stond op en begon naar spijkergaten te zoeken. Hij vond er vijf, en ook krassen waar lijsten over de verf hadden geschuurd. Verder trof hij reepjes plakband aan, waaraan bij nader onderzoek afgescheurde stukjes kleefden van de posters in de kast. Hij kon zich de woede van Abigail Campano goed voorstellen toen ze op de verder zo volmaakte meisjeskamer van haar dochter een foto aantrof van Marilyn Manson met vergrote borsten en kennelijk zonder geslacht. Ook zag hij in zijn verbeelding hoe de puber uit wraak alle ingelijste kunst van de binnenhuisarchitect van de muren had gehaald.

'Trent? Heb je even?'

Will liep naar de overloop, waar de stem vandaan kwam.

Charlie Reed, een technisch rechercheur die al bijna even lang voor Amanda werkte als Will zelf, bevond zich aan het eind van de gang. Nu het lichaam was verwijderd, kon hij de bloedsporen en het overige bewijsmateriaal nauwkeurig in kaart brengen. Gekleed in een speciaal wit pak om de plaats delict niet te besmetten, zou Charlie de komende uren op handen en knieën elke vierkante centimeter van de ruimte afspeuren. Hij was een prima rechercheur, maar doordat hij sprekend op de agent van de Village People leek, zette hij anderen nogal eens op het verkeerde been. Will vroeg altijd nadrukkelijk om Charlie als hij met een zaak bezig was. Zelf wist hij hoe het was om een buitenstaander te zijn, en dat je daardoor vaak des te harder je best deed om het beeld dat anderen van je hadden bij te stellen.

Charlie trok zijn masker naar beneden, zodat zijn perfect gemodelleerde krulsnor tevoorschijn kwam. 'Dit lag onder het lijk.' Hij reikte Will een plastic zak aan waarin de bebloede brokstukken van een mobiele telefoon waren opgeborgen. 'Op het kunststof zit een deel van een schoenafdruk die overeenkomt met de afdruk die we beneden hebben gevonden, maar niet met die van de schoen van het tweede slachtoffer. Volgens mij heeft onze ontvoerder zijn voet erop gezet en is het meisje erbovenop gevallen.'

'Zat er een afdruk van het telefoontje op het lichaam?'

'Het kunststof is in de huid van haar rug gedrongen. Pete moest het er voor me af pellen.'

Door het plastic heen zag Will het telefoontje. Ook al lag het aan diggelen, toch drukte hij met zijn duim op de groene knop en wachtte. Het apparaat reageerde niet.

'Haal de simkaart van je eigen toestel er eens uit,' stelde Charlie voor.

'Sprint,' zei Will, die het zeefdruklogo aan de achterkant van het telefoontje had herkend. Het apparaat maakte geen gebruik van een simkaart. De enige manier om toegang te krijgen tot de opgeslagen informatie was door het ding aan een computer te koppelen en er dan maar het beste van te hopen. Will zei: 'Het kan van die jongen zijn geweest, van Kayla of van iemand anders.'

'Ik zal het door het lab laten onderzoeken zodra we de vingerafdrukken hebben,' bood Charlie aan, en hij stak zijn hand naar het telefoontje uit. 'Het IMEI-nummer is weggekrast.'

Het IMEI-nummer was het serienummer dat mobieletelefoonnetwerken gebruikten om een specifieke telefoon op het net te identificeren. 'Met opzet, denk je?' vroeg Will.

Charlie bestudeerde het witte stickertje bij de accu. 'Zo te zien is het weggesleten door het vele gebruik. Het is een wat ouder model. Aan de zijkanten zitten restjes tape. Ik denk dat het lang voordat het geplet werd al uit elkaar viel. Niet iets wat je bij een meisje van die leeftijd zou verwachten.'

'Hoezo niet?'

'Het is niet roze en het zit niet onder de Hello Kitty-stickers.'

Dat was zo. Aan het telefoontje van Emma Campano had een hele tros roze plastic frutsels gehangen.

'Zeg maar op het lab dat dit voorrang heeft boven de computer,' zei Will. Beneden hadden ze een Macbook Pro aangetroffen die van Emma Campano bleek te zijn. Op de computer van het meisje was FileVault geïnstalleerd, beveiligingssoftware die zo waterdicht was dat zelfs Apple zonder het wachtwoord geen bestand kon openen. Tenzij Emma iets simpels zoals de naam van haar hond had gebruikt, zou de nationale veiligheidsdienst eraan te pas moeten komen om de zaak open te breken.

'En dit heb ik bij het tafeltje gevonden,' zei Charlie. Hij hield een tweede plastic zak omhoog, waarin een koperen sleutel zat. 'Een gangbaar Yaleslot. Er zitten geen vingerafdrukken op die we kunnen gebruiken.'

'Was hij schoongeveegd?'

'Gewoon heel veel gebruikt. Er viel geen afdruk meer vanaf te halen.'

'Geen sleutelhanger?'

Charlie schudde zijn hoofd. 'Iemand die een wijde broek droeg en hem in zijn zak had zitten, zou hem tijdens een worsteling makkelijk kunnen verliezen.'

Will keek naar de sleutel. Wat zou zijn baan een stuk eenvoudiger zijn als er een huisnummer of een adres op dit soort dingen stond. 'Vind je het goed als ik deze nog even bij me hou?'

'Ik heb hem al geregistreerd. Zolang hij maar terugkomt bij de rest van het bewijs.'

'Will?' Amanda stond al een tijdje achter hem. 'Ik heb met Campano gesproken.'

Will stak de sleutel die Charlie had gevonden in zijn zak. Tegelijkertijd probeerde hij het beklemmende gevoel dat hem bekroop te verdringen. 'En?'

'Hij wil dat je van de zaak wordt gehaald,' zei ze, maar blijkbaar vond ze het niet belangrijk genoeg om er verder op in te gaan. 'Hij zegt dat er de laatste tijd wat problemen zijn geweest met Emma. Ze is altijd een braaf meisje geweest, de ideale dochter, tot ze vorig jaar met die Kayla Alexander begon op te trekken, en toen ging alles heel snel naar de bliksem.'

'In welk opzicht?'

'Ze ging spijbelen, haar cijfers kelderden, ze luisterde opeens naar de verkeerde muziek en droeg de verkeerde kleren.'

Hij vertelde haar wat hij in Emma's kamer had aangetroffen. 'Ik heb zo'n vermoeden dat ze die posters van de muur moest halen.'

'Typisch pubergedrag,' zei Amanda. 'Wat de schuldkwestie betreft, zou ik maar niet te veel op de vader afgaan. Ik moet de eerste ouder nog tegenkomen die toegeeft dat zijn eigen kind de rotte appel is.' Ze tikte op haar horloge ten teken dat ze tijd aan het verspillen waren. 'Vertel eens hoe ver we al zijn.'

'De dode man heet Adam Humphrey,' liet Will haar weten. 'Hij heeft een rijbewijs uit Oregon.'

'Student?'

'Rechercheur Mitchell belt momenteel de universiteiten en hogescholen af om te zien of hij staat ingeschreven. De ouders van Alexander hebben we nog steeds niet opgespoord.'

'Eigenlijk zouden we snel een tweede persoon moeten vinden die minstens een van onze slachtoffers kent.'

'Ja, chef. We hebben taps op alle telefoons gezet. Nu nog een aanknopingspunt van waaruit we verder kunnen.'

'GHP heeft tot dusver niets gevonden,' zei ze, doelend op de Georgia Highway Patrol, de verkeerspolitie. 'Wit is een populaire kleur bij Priusbezitters, maar zoveel zie je er nou ook weer niet op de weg. Helaas is het bijna spitsuur, en dan wordt het er niet gemakkelijker op.'

'Ik heb agenten opdracht gegeven om de beelden van de bewakingscamera's bij alle pinautomaten en winkels aan Peachtree te verzamelen, en ook alles in het gebied rond Ansley Mall. Als de Prius een van beide kanten op is gereden, krijgen we misschien een beeld waarmee we aan de slag kunnen.'

'Ik hoor het wel als je meer agenten nodig hebt.' Met een handgebaar gaf ze aan dat hij zijn verhaal kon vervolgen.

'In de keuken of in het appartement boven het koetshuis is niets waar het mes bij past, wat erop zou kunnen wijzen dat de moordenaar het zelf heeft meegenomen. Het is een goedkoop ding: houten heft, nepgouden beslag – maar wel scherp genoeg om er de nodige schade mee te kunnen aanrichten. Het merk is alleen bestemd voor horecadoeleinden. Zo'n geval dat je in elk cafetaria en elk wegrestaurant tegenkomt. De plaatselijke leverancier zegt dat hij er jaarlijks een heleboel van verkoopt, alleen al in de stad zelf.'

Amanda probeerde altijd te bedenken hoe ze een zaak het best voor de openbare aanklager zou kunnen verwoorden. 'Het meenemen van het mes naar de plaats delict duidt op voorbedachte rade. Ga door.'

'Op het glas buiten bij de voordeur zit opgedroogd bloed. Degene die het raam heeft ingetikt had al bloed op zijn of haar hand – het zit namelijk aan de buitenkant van de ruit. Je moet wel een arm van ruim een meter hebben als je er via dat raam de voordeur mee wilt openen.'

'De toegang is dus niet geforceerd – de meisjes hebben hun belager zelf binnengelaten. Degene die de ruit heeft ingeslagen, wilde waarschijnlijk de indruk wekken dat hij had ingebroken. Dat soort knulligheid hebben we natuurlijk weer aan CSI te danken,' voegde Amanda er mompelend aan toe.

'Of het is iemand die zo slim is dat hij het er met opzet dom laat uitzien.'

Ze trok een wenkbrauw op. 'Zou kunnen. Denk je dat we de vader eens aan de tand moeten voelen?'

'Hij verkoopt auto's en het is een lul. Hij heeft ongetwijfeld een lange lijst met vijanden, maar hier gaat iets heel persoonlijks van uit. Kijk maar naar Kayla Alexander. Degene die haar vermoord heeft, was woedend. Een huurmoordenaar gaat naar binnen, schakelt het slachtoffer uit en vertrekt weer. Hij tuigt haar niet eerst af en hij gebruikt al helemaal geen mes.'

'Hoe ging je gesprek met Paul Campano?'

'Hij schijnt niet veel over haar leventje te weten,' zei Will. Nu hij aan het gesprek terugdacht, besefte hij dat dit gegeven wel eens de bron van Pauls woede zou kunnen zijn. Het was alsof hij zijn eigen dochter amper kende. 'De moeder moest gesedeerd worden. Morgen ga ik allereerst met haar praten.'

'Is het al bekend of Alexander verkracht is?'

'Pete weet het nog niet zeker. Naar de kneuzingen te oordelen wel, en er zit sperma in haar vagina, maar dat zit ook op het kruis van haar slipje.'

'Dus ze is op zeker moment na de gemeenschap opgestaan en heeft haar broekje aangetrokken. Laten we maar eens afwachten of het sperma te herleiden is tot ons andere slachtoffer, als we lijk nummer twee voorlopig zo mogen noemen.' Amanda drukte nadenkend haar vinger tegen haar lip. 'En de moeder? Hysterisch, kalmerende middelen. Dat klinkt nogal dramatisch, en zo weet ze de aandacht heel handig van zichzelf af te leiden.'

'Volgens mij is ze helemaal van de kook door wat er gebeurd is, en ze is bang dat ze gearresteerd gaat worden omdat ze iemand in koelen bloede heeft vermoord.'

Amanda keek naar de donkere, gestolde plas waarin het lichaam had gelegen. 'Een goed verweer, als je het mij vraagt. Nog even terug naar de vader. Misschien viel hij zijn dochter wel lastig.'

Het klamme zweet brak Will uit. 'Dat zou hij nooit doen.'

Amanda keek hem onderzoekend aan. 'Ken je die man misschien nog van vroeger en is er iets wat ik moet weten?'

'Wat heeft hij gezegd?'

Ze schonk hem een bits lachje. 'Helaas verkeer je niet in de positie om te weigeren mijn vraag te beantwoorden.'

Wills kaak verstrakte en hij maande zichzelf tot kalmte. 'Dat is al heel lang geleden.'

Amanda scheen te beseffen dat Charlie pal voor haar zat en met een pincet tapijtvezels uit elkaar ploos. 'Daar komen we later nog op terug,' zei ze binnensmonds.

'In orde.'

'Charlie, kun jij me even bijpraten?' vroeg Amanda op normale toon.

Charlie staakte zijn werkzaamheden en kwam kreunend overeind; hij wreef over een van zijn knieën alsof hij het leven er weer in moest masseren. Opnieuw trok hij zijn masker naar beneden. 'Wat het bloed betreft, boffen we. De vrouwelijke overledene is B-negatief, de mannelijke overledene O-positief. Op het tapijt hier...' Hij wees naar de schoenafdrukken. '...zit bijna uitsluitend B, dus afkomstig van de vrouwelijke overledene.'

'Charlie,' onderbrak Amanda hem. 'Gewoon het verhaal. Adam en Kayla. Vertel.'

Even stond hij zichzelf een glimlachje toe. 'Het is natuurlijk allemaal giswerk, maar we zouden ervan uit kunnen gaan dat Kayla over deze gang achterna is gezeten, in de richting van de trap aan de achterkant. De moordenaar heeft haar hier ongeveer ingehaald.' Hij wees naar een plek op nog geen meter achter hen. 'We hebben een flinke pluk haar gevonden, met een stukje hoofdhuid er nog aan vast, hier.' Hij wees naar een andere plek op het tapijt. 'Daaruit zouden we kunnen concluderen dat ze aan haar haren naar achteren is gesleurd en op de vloer is gevallen. Mogelijk is ze op dat moment verkracht – of niet. Hoogstwaarschijnlijk is ze hier gestorven.'

Amanda keek weer op haar horloge. Evenals Will had ze gruwelijk de pest aan de bedekte taal waarvan de forensische recherche zich bediende, met hun 'mogelijk' en 'hoogstwaarschijnlijk' in plaats van ondubbelzinnige zekerheid. 'En is dit het punt waarop we het giswerk verruilen voor de onomstotelijke feiten?' vroeg ze.

'Inderdaad, chef,' antwoordde Charlie. 'Zoals ik al zei, wordt ons werk vergemakkelijkt door de bloedgroepen. Kayla is hier geslagen en neergestoken. Dat zie je aan het bloedspatpatroon op de muur.' Hij wees naar de vegen donker bloed. 'De moordenaar was door het dolle heen, waarschijnlijk woedend omdat hij achter haar aan moest jagen of omdat hij haar met een andere man had gezien – met Adam, bijvoorbeeld.'

'Hoelang heeft die aanval ongeveer geduurd?' vroeg Will.

Charlie keek naar de muren en naar de besmeurde vloer. 'Veertig tot vijftig seconden. Misschien een volle twee minuten als er ook een verkrachting heeft plaatsgevonden.'

'Zie je iets in het patroon wat erop zou kunnen duiden dat iemand heeft geprobeerd hem tegen te houden?'

Met zijn hand onder zijn kin bestudeerde Charlie het bloed. 'Eerlijk gezegd niet, nee. Deze bogen zijn mooi rond. Als hij ergens door gehinderd was of als iemand zijn arm had vastgepakt tijdens die uithaal, dan zouden we meer variatie zien. Dit is allemaal buitengewoon uniform, bijna alsof er een machine op en neer is gegaan.'

'Volgens de lijkschouwer is Kayla minstens twintig keer gestoken, misschien nog vaker,' voegde Will eraan toe.

Charlie richtte zich nu op de voetafdrukken. 'Toen ze eenmaal dood was, is er hier behoorlijk veel activiteit geweest. Aan de twee paar voetafdrukken kun je zien dat twee mensen – een van hen met schoenen die overeenkomen met die van Adam – hier heen en weer hebben gelopen.'

'Zijn er tekenen die op een worsteling duiden?'

Charlie haalde zijn schouders op. 'Moeilijk te zeggen vanwege het tapijt. Op een gladder oppervlak zou ik je kunnen vertellen waar de voet het meeste gewicht opving, of waar iemand zijn evenwicht verloor of naar voren bewoog om iemand anders aan te vallen.'

'Doe eens een gok,' zei Amanda.

'Tja...' Weer haalde Charlie zijn schouders op. 'Als je het totaalplaatje bekijkt, dan lijkt het me waarschijnlijk dat er een gevecht heeft plaatsgevonden. Wel kan ik met zekerheid zeggen dat Adam op een gegeven moment op zijn knieën naast het lichaam heeft gezeten. Het bloedpatroon zit op zijn spijkerbroek en ook op de neuzen van zijn schoenen. Volgens mijn theorie stak hij zijn arm uit...' Charlie strekte zijn eigen arm tot vlak bij de bloederige handafdruk. '...en leunde hij met zijn hand tegen de muur terwijl hij zijn oor voor Kayla's mond hield.'

Will onderbrak hem. 'Waarom denk je dat?'

'Hij heeft hier een straaltje B-negatief bloed zitten.' Hij wees naar zijn eigen oor. 'En op Kayla's buik zit die veeg O-positief bloed die je me zelf hebt gewezen. Ik ben geneigd er dezelfde conclusie uit te trekken als jij: hij heeft het mes uit zijn borst getrokken terwijl hij over haar heen gebogen zat. We hebben trouwens een mix van beide bloedgroepen op het wapen aangetroffen.'

'Ook vingerafdrukken?'

'Eén stel maar. Voorlopig houden we het erop dat die van Adam zijn, maar het laboratorium moet dat nog bevestigen. Er zaten ook sporen op het heft van het mes die doen vermoeden dat iemand latex handschoenen droeg.'

Amanda zei tegen Will: 'Behalve het mes had hij dus ook chirurgische handschoenen bij zich. Nou, als dat geen moord met voorbedachten rade is.'

Will wees er maar niet op dat ze eerst de moordenaar moesten vinden voor ze hem in staat van beschuldiging konden stellen. 'En hoe zit het met de voetafdruk beneden?'

'Nu wordt het interessant,' begon Charlie. 'Bloedgroep O-negatief.'

'Dus niet van een van de twee slachtoffers,' zei Amanda.

'Precies,' beaamde Charlie. 'We hebben verschillende spatten op de trap aangetroffen, en hier boven ook nog een aantal. Als ik moest gokken, zou ik zeggen dat degene van wie dat bloed is, op dat moment bewusteloos was. Zoals Will en ik al veronderstelden, werd ze de trap af gedragen. De ontvoerder moest onder aan de trap even stoppen om haar te verleggen, of misschien kwam ze bij en bood ze verzet. Op de een of andere manier heeft haar voet op die ene plek de grond geraakt.'

'Ik heb Charlie gevraagd om het huis van onderen tot boven met luminol te doorzoeken,' zei Will tegen Amanda. 'Ik zou heel graag willen weten waar Emma Campano was toen haar vriendin werd aangevallen.'

'Het lijkt me dat ze ergens bewusteloos lag.'

'Niet hier,' merkte Charlie op. 'Tenminste niet als we op het bloed afgaan.'

'Er zijn vandaag behoorlijk wat fouten gemaakt,' zei Will. 'Ik wil met zekerheid vastgesteld zien dat die voetafdruk beneden van Emma Campano is. Ze heeft voor een godsvermogen aan schoenen in haar kast staan. Zou je die op latente sporen kunnen onderzoeken?'

'Het is een gok, maar ik kan het proberen.'

'Heb je hier in de buurt nog sperma aangetroffen?' vroeg Amanda.

'Niets.'

'Maar Kayla Alexander had wel sperma op en in haar lichaam.'

'Ja.'

'Ik wil met spoed een DNA-vergelijking met Adam Humphrey en Paul Campano,' beval ze. 'Doorzoek de ouderslaapkamer op haar of weefsel dat van de vader afkomstig zou kunnen zijn.' Ze keek Will aan, alsof ze protest van hem verwachtte. 'Ik wil weten met wie dit meisje seks heeft gehad, al of niet met eigen goedvinden.' Na een kort 'Will?' en zonder op antwoord te wachten draaide ze zich om.

Hij volgde haar de trap af naar de keuken. Nu kwamen ongetwijfeld de verwijten, en Will probeerde haar een slag voor te zijn. 'Waarom heb je me niet verteld dat de moeder van Faith Mitchell onderwerp was van mijn onderzoek?'

Ze begon laden open te trekken en dicht te duwen. 'Ik ging ervan uit dat jij met je briljante speurdersneus zelf wel het verband tussen die twee achternamen zou leggen.'

Ze had gelijk, maar hij had zich al heel lang niet meer met Evelyn Mitchell beziggehouden. 'Mitchell is een veel voorkomende naam.'

'Nou, dat hebben we dan ook weer vastgesteld.' Amanda had gevonden waar ze naar zocht. Ze hield een keukenmes omhoog en keek naar de zilveren bij op het heft. 'Laguiole. Mooi.'

'Amanda...'

Ze legde het mes weer in de la. 'Faith is van nu af aan je partner bij dit onderzoek. We hebben de politie van Atlanta dit jaar al genoeg op de kast gejaagd zonder ook nog eens een grote zaak onder hun neus weg te kapen, en ik koppel je nog liever aan een geit dan dat ik Leo Donnelly hierop zet.'

'Ik hoef haar niet als partner.'

'Kan me niet schelen,' beet ze terug. 'Will, ik vertrouw je een grote zaak toe. Je bent inmiddels zesendertig. Je komt nooit hogerop als je...'

'We weten allebei dat ik toch nooit hogerop kom.' Hij bood haar geen ruimte om tegenwerpingen te maken. 'Ik zal nooit een powerpointpresentatie geven of voor een schoolbord staan om met een krijtje een tijdlijn te tekenen.'

Met getuite lippen keek ze hem aan. Hij vroeg zich af waarom hij zich de teleurstelling in haar blik zo aantrok. Voor zover hij wist had Amanda geen kinderen, en zelfs geen familie. Soms droeg ze een trouwring, maar die leek meer voor de sier dan om iets duidelijk te maken. Eigenlijk was ze net zo verweesd als hij. Soms deed ze hem denken aan de gestoorde, passief-agressieve moeder die hij nooit had gekend – en dan was hij blij dat hij in een kindertehuis was opgegroeid.

'Tegenwoordig heb je whiteboardmarkers,' merkte ze op. 'Je krijgt geen krijt meer op je handen.'

'O... schrijf me dan maar in.'

Ze schonk hem een triest glimlachje. 'Waar ken je Paul Campano van?'

'Ik ken hem van toen ik tien was. We lagen elkaar niet.'

'Wil hij daarom niet met je praten?'

'Zou kunnen,' gaf Will toe. 'Maar het feit dat ik hem ken, zou ook wel eens gunstig kunnen zijn voor het contact met hem.'

'Hoyt Bentley heeft een beloning van vijftigduizend dollar uitgeloofd voor informatie die leidt tot de veilige terugkeer van zijn kleindochter. Hij wilde meteen al een half miljoen inzetten, maar dat heb ik hem uit zijn hoofd kunnen praten.'

Will benijdde haar niet. Mannen als Bentley waren het gewend om alles met geld op te lossen. Een hogere beloning zou in menig opzicht een averechtse uitwerking hebben gehad en elke gek in de stad op de been hebben gebracht.

'Wedden dat ze straks zelf mensen inhuren die zich ermee gaan bemoeien?'

Will was zo verstandig om die weddenschap niet aan te gaan. De rijken van Atlanta konden een beroep doen op een heel leger aan beveiligingsbedrijven. Hoyt Bentley had geld genoeg om ze allemaal in te huren. 'Ik weet zeker dat Paul en zijn schoonvader denken dat ze dit heel goed zelf kunnen opknappen.'

'Ik hoop dat degene die ze inhuren het verschil weet tussen een maîtresse afkopen en onderhandelen over een losprijs.'

Verbaasd vroeg Will: 'Denk je dat er een losprijs gevraagd gaat worden?'

'Meer dan een zelfs – alleen niet door onze ontvoerder.' Met haar armen over elkaar leunde ze tegen het aanrecht. 'Vertel eens wat je dwarszit.'

Will hoefde niet eens over haar vraag na te denken. 'Twee opgroeiende meisjes en minstens één jongen zijn midden op de dag alleen in een huis. Geen van de ouders weet waar ze uithangen. Volgens het ene ouderpaar is hun dochter de laatste tijd veranderd, vertoont ze opstandig gedrag. In dat bed boven hebben twee mensen seks gehad. Waar waren Emma en Adam toen Kayla werd afgeslacht? Waar was Emma toen Adam werd neergestoken? Wat we ons moeten afvragen is of Emma Campano slachtoffer of dader is.'

Amanda liet dit bezinken en overwoog de verschillende mogelijkheden. 'Ik wil niet beweren dat je ongelijk hebt,' zei ze ten slotte. 'Maar er is een groot verschil tussen een opstandige puber en een koelbloedige moordenaar. Op de plek van het misdrijf is niets aangetroffen wat op iets ritualistisch duidt. Ik wil niet beweren dat je de mogelijkheid niet in overweging moet nemen, maar laten we dit eerst als een doodgewone ontvoering beschouwen, tot we iets vinden wat op iets nog boosaardigers duidt.'

Will knikte.

'Hoe ziet je plan eruit?'

'Charlie blijft hier nog wel de hele avond, dus als er iets belangrijks uit het technisch onderzoek rolt, dan heb je het morgenvroeg op je bureau liggen. De politie trekt de parkeerbonnen na die de afgelopen week in dit gebied zijn uitgedeeld. Ik laat twee man de rioolputten doorzoeken om te zien of er iets in gedumpt is – een tweede wapen, kleren, wat dan ook. Ik wil met een paar mensen op de school van de meisjes gaan praten, vragen of ze vijanden hebben – en daarbij wil ik ook de Alexanders betrekken. Ik vind het nogal vaag dat ze hun kind drie weken lang alleen laten terwijl ze zelf aan de andere kant van de wereld zitten. Weet je ongeveer wanneer de honden komen?'

'Barry Fielding was in Ellijay aan het trainen toen ik belde,' antwoordde ze, doelend op de chef van de hondenbrigade van het GBI. 'Hij zou hier binnen een halfuur moeten zijn met een team.' Ze kwam nog even terug op iets wat Will eerder had gezegd. 'Laten we met die parkeerbonnen in dit gebied maar twee maanden teruggaan. En trek ook alle 911-telefoontjes na. Zoveel kunnen het er niet zijn, maar zoals je al zei waren die jongelui alleen thuis, en als dat al een tijdje aan de gang was...' Ze liet Will de rest invullen: blijf je je afvragen wat de rol van Emma Campano bij dit alles is geweest. 'Wat ga je nu doen?'

'Ik ga zelf naar de school om een beter beeld te krijgen van wat voor meiden het zijn. Waren. Ook wil ik met de moeder praten. Vandaag was ze volkomen van de kaart. Misschien is ze morgen van meer nut.'

'Ze is een stuk sterker dan ze eruitziet.'

'Ze heeft met haar blote handen een man gewurgd. Je hoeft mij niet te vertellen dat ik haar in de gaten moet houden.'

Amanda keek de keuken rond, naar het roestvrij staal dat haar uit elke hoek tegemoet blonk, naar de granieten werkbladen. 'Dit komt niet goed, Will.'

'Denk je dat het meisje al dood is?'

'Als ze geluk heeft wel.'

Ze zwegen allebei. Will had geen idee wat Amanda bezighield. Zelf bedacht hij hoe ironisch het was dat Paul alles bezat waarvan ze alleen maar hadden kunnen dromen toen ze kinderen waren – een gezin, rijkdom, geborgenheid – en dat het door één gewelddadige speling van het lot was weggevaagd. Dat soort dingen verwachtte je als je in een weeshuis woonde, met zijn twaalven op een kamer sliep in een gebouw dat niet veel groter was dan een schoenendoos. Je verwachtte niet dat het plompverloren midden in Mayberry gebeurde.

Aan de andere kant van het keukenraam zag Will iets bewegen. Het was Faith Mitchell, die met een norse kop aan kwam lopen over het terras bij het zwembad. Ze deed een van de tuindeuren open en vroeg: 'Stoor ik?'

‘Wat heb je ontdekt?’ wilde Amanda weten.

De jonge vrouw trok de deur achter zich dicht en liep met een bijna schuldbewust gezicht de keuken in. ‘Adam Humphrey studeerde aan Georgia Tech. Hij woonde in Towers Hall op de campus.’

Amanda stak haar vuist in de lucht. ‘Dat is onze opening!’

‘Bel de campusbeveiliging,’ zei Will tegen Faith. ‘Laten ze even bij die kamer langsgaan.’

‘Heb ik al gedaan,’ antwoordde ze. ‘De deur zat op slot, maar er was niemand op de kamer. Ik heb een nummer dat we moeten bellen zodra we op de campus zijn. De decaan wil met de advocaat praten voor we toegang krijgen tot de kamer, maar volgens hem is het een formaliteit.’

‘Ik hoor het wel als ik een rechter moet bellen.’ Amanda wierp een blik op haar horloge. ‘Het is nu bijna vier uur. Ik heb een besloten vergadering met de burgemeester en ik ben al aan de late kant. Bel me zodra je iets hebt.’

Will wilde weglopen, maar bedacht op het laatste moment dat hij geen auto had. Vervolgens besefte hij dat Amanda er nog steeds was, dat ze tegen het aanrecht geleund stond te wachten tot hij deed wat ze van hem verlangde.

Faith vroeg: ‘Zal ik bij het huis van de Alexanders posten voor het geval er iemand op verzoek van de ouders naar Kayla komt kijken?’

Will dacht aan de kamer van Adam Humphrey, aan alle papieren en briefjes die geregistreerd en alle laden en planken die doorzocht moesten worden.

‘Jij gaat met mij mee naar Tech,’ zei hij.

Haar blik veranderde van verbaasd in behoedzaam. ‘Ik dacht dat ik er alleen voor de routineklusjes was.’

‘Dat is ook zo.’ Will opende de deur die ze net had dichtgetrokken. ‘Kom.’

DRIE

Volgens de handleiding bij Faiths Mini Cooper boden de voorste stoelen voldoende ruimte aan een passagier of bestuurder van ruim een meter tachtig. Zoals met de meeste dingen maakten een paar extra centimeter het verschil, en Faith moest toegeven dat het haar een zeker genoegen schonk om te zien hoe de man die haar moeder de dienst uit had gewerkt nu een uiterst onhandige poging deed om zijn lange lijf in haar auto te plooien. Uiteindelijk schoof Will de stoel zo ver naar achteren dat hij bijna de achterruit raakte, waarna hij zichzelf naar binnen wurmde.

'Zit je goed?' vroeg ze.

Zijn rossige haar met de keurige scheiding streek langs het glazen schuifdak terwijl hij de cabine rondkeek. Hij deed haar denken aan een prairiehond die zijn kop uit zijn hol stak.

Hij gaf een kort knikje. 'Rijden maar.'

Ze liet de koppeling opkomen, en ondertussen tastte hij naar achteren op zoek naar de veiligheidsgordel. Maandenlang had ze alleen al bij de gedachte aan deze man een haat gevoeld die zo diep ging dat ze bijna moest kotsen om de vieze smaak kwijt te raken. Evelyn Mitchell had niet veel losgelaten over het interne onderzoek, maar Faith had gezien hoe de niet-aflatende verhoren een zware tol van haar moeder hadden geëist. Met de dag was haar sterke, onverwoestbare moeder meer op een oud vrouwtje gaan lijken.

Will Trent was de drijvende kracht achter deze verandering geweest.

Toch moest ze toegeven dat er heel wat schuldigen konden worden aangewezen. Faith was zelf bij de politie, en ze kende de ongeschreven code die gebood dat je je collega's niet verlinkte, maar ze wist ook dat het verraad door Evelyns eigen mannen – hebzuchtige klootzakken die hun hand niet omdraaiden voor diefstal zolang het om drugsgeld ging – haar moeder uiteindelijk de das had omgedaan. Niettemin had Evelyn geweigerd om tegen de leden van haar team te getuigen. Dat ze van het stadsbestuur haar pensioen mocht houden, was een wonder, maar Faith wist dat haar moeder invloedrijke vrienden had. Je werd geen commandant bij het politiekorps van Atlanta als je vies was van politiek. Evelyn kende het spel als geen ander.

Zelf was Faith er altijd van uitgegaan dat Will Trent een of andere stuntelende matennaaier van Interne Zaken was, die niets liever deed dan eerlijke agenten de duimschroeven aandraaien en ze het korps uit werken. Ze had niet kunnen vermoeden dat Trent de nette, wat slungelige man was die nu dubbelgevouwen naast haar in haar auto zat. En ze had er al evenmin bij stilgestaan dat hij zijn vak verstond. Zijn kijk op de toedracht van het misdrijf en zijn vermoeden dat Humphrey student was – iets wat uitgerekend Faith had moeten oppikken – gaven blijk van een heel ander soort speurwerk dan je van een pennenlikker van het GBI zou verwachten.

Of ze het leuk vond of niet, ze zat met hem opgescheept, en ergens in de wijde wereld was een vermist meisje, waren er twee ouderparen die het ergste bericht van hun leven te horen zouden krijgen. Faith zou het onderste uit de kan halen om deze zaak te helpen oplossen, want uiteindelijk was dat het enige wat telde. Toch bood ze niet aan om de airconditioning van de Mini wat hoger te zetten, ook al zweette Will zich ongetwijfeld een ongeluk in dat belachelijke driedelige pak, en ze was absoluut niet van plan het ijs te breken door een gesprek met hem te beginnen. Wat haar betrof mocht hij daar lekker blijven zitten met zijn knieën om zijn oren en in zijn eigen sop gaarkoken.

Faith gaf richting aan en sloeg Peachtree Street in, waarna ze met een vaart naar de rechterrijbaan schoot. Ze stond meteen vol op de rem en kwam achter een met vuil aangekoekte pick-up tot stilstand. Nu zaten ze vast in het spel van optrekken en remmen waaruit de middagspits in Atlanta bestond, die zo rond halfdrie begon om tegen een uur of acht geleidelijk aan af te nemen. Voeg daar nog alle wegwerkzaamheden bij, en het ritje van acht kilometer naar Georgia Tech, dat gewoon aan de andere kant van de snelweg lag, duurde algauw een halfuur. De dagen van Starsky and Hutch, waarin je een zwaailicht op je dak pleurde en dwars door het verkeer wegscheurde, waren allang verleden tijd. Deze zaak werd geleid door Will Trent, en als hij zich aan het spitsuur had willen onttrekken, had hij een surveillancewagen moeten vorderen om zich naar Tech te laten vervoeren in plaats van een felrode Mini met een vredesteken op de bumper.

Terwijl ze met een slakkengangetje het High Museum of Art en de Atlanta Symphony Hall passeerden, ging Faith in gedachten terug naar de plaats delict. Ze was een minuut of tien na Leo bij het huis van de Campano's aangekomen. Faiths moeder had altijd gezegd dat zaken waarbij het om kinderen ging het moeilijkst waren. Haar advies luidde om niet aan je eigen familie te denken, je op je taak te richten en in je eigen tijd een potje te gaan zitten janken. Zoals alle goede raad die haar moeder haar ooit had gegeven, had Faith ook deze in de wind geslagen. Pas toen ze die dag dat huis binnenliep, besefte ze hoe waar haar moeders woorden waren geweest.

Toen ze Adam Humphreys levenloze lichaam had gezien, met sportschoenen van hetzelfde merk en dezelfde kleur als de schoenen die ze dat weekend voor haar eigen zoon had gekocht, was het alsof ze een stomp in haar buik had gekregen. Ze had in de hal gestaan, met de hitte in haar rug, en het had gevoeld alsof alle lucht uit haar longen was verdwenen.

'Jeremy.' Leo had de naam van haar zoon uitgesproken. Het was geen teken van medeleven. Hij wilde dat Faith een of ander wonderbaarlijk moederverbond met Abigail Campano aanging om haar aan het praten te krijgen over wat er in godsnaam was gebeurd.

De Mini schudde toen er een bus langsdenderde. Ze stonden in een lange file te wachten tot ze rechts af konden slaan, en op dat moment zag ze dat Will aan zijn hand rook. Faith keek naar buiten, alsof dat gebaar de gewoonste zaak van de wereld was.

Hij stak haar zijn mouw toe. 'Vind je dat dit naar urine ruikt?'

Zonder nadenken snoof ze, zoals je aan zure melk ruikt als iemand die onder je neus houdt. 'Ja.'

Hij stootte zijn hoofd tegen het dak toen hij zich oprichtte om zijn mobiele telefoon uit zijn achterzak te wurmen. Hij toetste een nummer in, wachtte een paar tellen en zei toen zonder inleiding tegen degene die opnam: 'Volgens mij zit er urine achter in Emma's kleerkast. Eerst dacht ik dat het van dat hondenbed kwam, maar ik weet vrijwel zeker dat het verse was.' Hij knikte, alsof de ander hem kon zien. 'Ik blijf aan de lijn.'

Faith wachtte zwijgend. Wills hand lag op zijn knie en zijn vingers speelden met de scherpe vouw in zijn broek. Hij zag er niet echt opvallend uit. Ze schatte hem iets ouder dan zij, midden dertig. Toen ze op de plek van het misdrijf bezig waren, had ze een vaag litteken op zijn bovenlip gezien. Die had ooit opengelegen en was in een wat kromme lijn weer aan elkaar genaaid. Nu, in het licht van de lage middagzon dat door het glazen dak naar binnen viel, zag ze een tweede litteken, dat zigzaggend van zijn oor naar zijn hals liep, de halsader volgde en in het boord van zijn overhemd verdween. Faith was geen forensisch specialist, maar ze vermoedde dat iemand hem ooit met een kartelmes te lijf was gegaan.

Will bracht zijn hand naar zijn gezicht en krabde over zijn kaak, waarop Faith zich snel weer op de weg richtte.

'Mooi,' sprak hij in het telefoontje. 'Kun je het op de een of andere manier vergelijken met het O-negatieve bloed onder aan de trap?' Hij zweeg even en luisterde. 'Dank je. Dank je voor de moeite.'

Will klapte het telefoontje dicht en liet het in zijn zak glijden. Faith wachtte op uitleg, maar hij scheen er geen behoefte aan te hebben om haar deelgenoot van zijn gedachten te maken. Misschien zag hij haar slechts als zijn privéchauffeur. Misschien associeerde hij haar te zeer met Leo Donnelly's vergissing. Ze kon het hem niet kwalijk nemen als hij hen over één kam schoor. Faith was op de plek van het misdrijf geweest en had met de moeder staan praten terwijl alle aanwijzingen op de plaats delict in kaart hadden moeten worden gebracht. Ze was Leo's partner, niet zijn loopjongen. Alles wat hij over het hoofd had gezien, had Faith ook over het hoofd gezien.

Maar haar nieuwsgierigheid begon aan haar te knagen en vervolgens kreeg woede haar in zijn greep. Ze was rechercheur bij het politiekorps van Atlanta, geen bediende. Vanwege haar moeders rang ging elke promotie die Faith maakte met geruchten gepaard, maar de hele afdeling Moordzaken was er al snel achter dat ze daar zat omdat ze een verdomd goede rechercheur was. Faith hoefde zich al jaren niet meer te bewijzen en het stak haar dat ze er nu buiten werd gehouden.

Ze probeerde het zo rustig mogelijk te vragen. 'Ga je me nog vertellen waarover dat ging?'

'O.' Hij klonk verbaasd, alsof hij haar aanwezigheid helemaal was vergeten. 'Neem me niet kwalijk. Ik ben het niet gewend om met anderen samen te werken.' Zo goed en zo kwaad als het ging keerde hij zich naar haar toe. 'Ik denk dat Emma zich in de kast heeft verstopt. Ze moet in haar broek hebben geplast. Volgens Charlie is het meeste vocht door de schoenen geabsorbeerd, maar achter in de kast heeft het een plasje gevormd. Ik heb het waarschijnlijk overgebracht toen ik het hondenbed doorzocht, zonder te beseffen dat mijn handschoenen nat waren.'

Faith probeerde het te volgen. 'En nu wordt het DNA in de urine vergeleken met het bloed onder aan de trap, dat volgens jou van Emma afkomstig is?'

'Als zij secretor is, dan kunnen ze in ongeveer een uur een bloedgroeptest doen.'

Ongeveer tachtig procent van de bevolking was secretor, wat betekende dat hun bloedgroep was af te lezen aan hun lichaamsvocht, zoals speeksel en sperma. Als Emma Campano secretor was, dan zou haar bloedgroep moeiteloos te achterhalen zijn door de urine te analyseren.

'Dan moet het nog overeenkomen met het DNA, maar het is een goed begin,' zei Faith.

'Precies.' Hij scheen nog meer vragen te verwachten, maar Faith wist voorlopig genoeg. Uiteindelijk ging hij weer recht op zijn stoel zitten.

Faith liet de koppeling langzaam opkomen toen het licht op groen sprong. Nadat ze anderhalve meter waren opgeschoven, sprong het weer op rood en alles kwam tot stilstand. Ze dacht aan Emma Campano: ontvoerd, stinkend naar haar eigen urine, en op haar netvlies het beeld van haar beste vriendin die afgeslacht op de grond lag. Het liefst had ze haar zoon even gebeld, ook al zou hij zich storen aan haar overdreven bezorgdheid.

Will zat weer heen en weer te schuiven op zijn stoel. Ze besefte dat hij zijn jasje probeerde uit te trekken, waarbij hij met zijn hoofd tegen de voorruit stootte en de achteruitkijkspiegel schampte.

‘We staan hier nog wel een tijdje,’ zei ze. ‘Stap maar even uit, dat gaat makkelijker.’

Hij had zijn hand al op de kruk toen hij stopte en met een geforceerd lachje vroeg: ‘Je rijdt toch niet weg, hè?’

Faith staarde hem alleen maar aan. Snel stapte hij uit, ontdeed zich van zijn jasje en ging weer zitten op het moment dat het licht op groen sprong.

‘Dat is beter,’ zei hij, terwijl hij het jasje zorgvuldig opvouwde. ‘Bedankt.’

‘Leg maar op de achterbank.’

Dat deed hij, en ze reed de auto weer anderhalve meter vooruit tot het licht opnieuw versprong. Het kostte Faith altijd moeite om iemand recht in zijn gezicht te haten. Zelfs voor sommige criminelen die ze arresteerde kon ze begrip opbrengen, zonder hun daden te vergoelijken. De man die bij thuiskomst zijn vrouw met zijn broer in bed aantrof en ze allebei vermoordde. De vrouw die haar man doodschoot, nadat hij haar jarenlang had mishandeld. Als het erop aankwam, waren mensen helemaal niet zo gecompliceerd. Iedereen had een reden voor wat hij deed, ook al was het soms uit louter stompzinnigheid.

En zo keerde ze in gedachten terug naar Emma Campano, Kayla Alexander en Adam Humphrey. Was er op de een of andere manier een onderlinge band, of waren ze tot vandaag vreemden voor elkaar geweest? Adam was eerstejaarsstudent aan Georgia Tech. De meisjes zaten in de eindexamenklas van een superexclusieve particuliere school in een stadje op zo’n zestien kilometer van Atlanta. Er moest iets zijn wat hen verbond. Er moest een reden voor zijn dat ze zich vandaag alle drie in dat huis hadden bevonden. Er moest een reden voor zijn dat Emma was ontvoerd.

Faith liet de koppeling los en trok langzaam op. Het tegemoetkomende verkeer werd door een wegwerker met een vlag naar een omleiding gedirigeerd. Het zweet gutste van zijn lichaam, en zijn oranje veiligheidsvest plakte als een stuk nat toiletpapier aan zijn borst. Zoals in elke grote Amerikaanse stad was de infrastructuur van Atlanta een puinhoop. Het leek wel of er pas iets ondernomen werd nadat er een ramp was gebeurd.

Je kon je voordeur niet uit stappen of je botste tegen een ploeg wegwerkers op. De hele stad stond op zijn kop.

Ondanks haar eerdere voornemen zette Faith de airconditioning hoger. Alleen al bij de aanblik van de wegwerker kreeg ze het warm. Ze probeerde aan koele dingen te denken, zoals ijs en bier, en ondertussen keek ze met een wezenloze blik naar de vrachtwagen voor hen. Het vuil hing van de spatlappen en de achterruit was bedekt met de Amerikaanse vlag.

'Zit je broer nog steeds in het buitenland?'

'Wat?' was het enige wat Faith kon uitbrengen, zo verbluft was ze.

'Je broer – die is toch chirurg? In het leger?'

Ze ervoer het als een gigantische inbreuk, hoewel Will tijdens zijn onderzoek naar haar moeder uiteraard ook in het leven van haar kinderen had zitten graven. Zo wist hij dat Zeke bij de luchtmacht zat en in Brandenburg was gestationeerd. Bovendien had hij inzage gehad in de gegevens van haar psychologische keuring, in haar studieprestaties, in haar liefdesleven en in de geschiedenis van haar kind – in alles.

Dit was ongelooflijk. 'Je meent het niet.'

'Het zou toch van onoprechtheid getuigen als ik deed alsof ik niks van je af wist.' Uit zijn toon kon ze niets opmaken en dat stoorde haar nog het meest.

'Het zou van onoprechtheid getuigen,' herhaalde ze zijn woorden, en ze vermoedde dat er goede redenen voor waren geweest dat deze man op de narcoticabrigade af was gestuurd. Faith had nog nooit een agent ontmoet die zich gedroeg zoals Will Trent. Hij kleedde zich anders, bewoog zich anders en zijn taalgebruik was totaal anders. Waarschijnlijk deed het hem niks om de levens te ruïneren van mannen en vrouwen die bij het soort familie hoorden waarvan hij zelf nooit deel kon uitmaken.

Iets verderop sprong het licht op groen. Ze gaf gas, scheurde om de vrachtwagen heen en sloeg vanaf de linkerrijbaan rechts af. Wills handen kwamen niet eens van zijn knieën toen ze deze buitengewoon illegale manoeuvre uitvoerde.

'Ik doe mijn best om beleefd tegen je te blijven,' zei ze, 'maar mijn broer, mijn moeder – mijn hele familie – zijn taboe. Snap je?'

Hij ging niet op haar opmerking in, maar wist die handig te omzeilen. 'Ken je de weg een beetje op Georgia Tech?'

'Dat weet je anders verdomd goed. Je hebt inzage gehad in mijn bankgegevens om te zien of ik het collegegeld wel kon betalen.'

Van de geduldige toon waarop hij zich eruit redde, kreeg ze de kriebels. 'Het is nu bijna vier uur geleden dat Adam is gestorven, en nog langer geleden dat Emma Campano is ontvoerd. In het ideale geval zouden we nu rechtstreeks naar zijn kamer gaan, in plaats van te wachten tot de juridische afdeling ons groen licht geeft.'

'Volgens de decaan was het een formaliteit.'

'Mensen hebben de neiging van gedachten te veranderen nadat ze met hun advocaat hebben gesproken.'

Daar had ze niks tegen in te brengen. 'Zonder sleutel komen we die kamer niet in.'

Hij graaide zijn jasje van de achterbank en haalde er een plastic zak uit. Er zat een sleutel in, zag ze. 'Deze heeft Charlie boven op de overloop gevonden. Zodra we er zijn, bellen we die contactpersoon van je, maar ik zie niet in waarom we tijdens het wachten de sleutel niet even zouden proberen.'

Faith minderde vaart toen ze een stoplicht naderden en ze vroeg zich af wat hij nog meer had achtergehouden. Het stoorde haar dat hij haar niet vertrouwde, maar het was nu ook weer niet zo dat ze hem een reden had gegeven om dat wel te doen. Ze bond wat in en zei: 'Ik weet waar Towers Hall is.'

'Mooi, bedankt.'

Ze klemde het stuur zo stevig vast dat haar handen er pijn van deden. Ze ademde diep in en liet de lucht heel langzaam weer ontsnappen. Een voor een maakte ze haar vingers los van het stuur. 'Ik weet hoe bitchy het klinkt, maar mijn familie is echt taboe.'

'Ik vind het een redelijk verzoek, en je klinkt helemaal niet bitchy.'

Zwijgend keek hij uit het raam terwijl de auto over Tenth Street kroop, in de richting van Georgia Tech. Faith zette de radio aan en zocht de verkeersberichten op. Toen ze over de I-75 reden, wierp ze een blik naar beneden, op een snelweg die eerder aan een parkeerterrein deed denken.

Elke dag reden er ruim een half miljoen auto's via deze verkeersader de stad in en uit. En in elk van die auto's had Emma Campano kunnen zitten.

Ze zaten midden tussen de forenzen die de opritten naar de 75/85 namen, en tegen de tijd dat de Mini de andere kant van het viaduct had bereikt, was het verkeer wat overzichtelijker geworden. Faith verwisselde Tenth Street voor Fowler Street en nam toen de vertrouwde wegen die zich over de campus slingerden.

Het Georgia Institute of Technology besloeg ruim honderdzestig hectare dure grond in de binnenstad van Atlanta. Dankzij HOPE, een door de loterij gefinancierde stichting die studiebeurzen toekende, konden ingezetenen van Georgia er studeren zonder collegegeld te hoeven betalen, maar de meesten vielen af omdat de academische lat erg hoog lag. Bovendien waren de kosten voor huisvesting, studieboeken en laboratoriumgebruik niet mals, en dat maakte dat nog meer studenten afvielen. Als je geluk had, kreeg je een volledige beurs om de schade te beperken. Als dat niet het geval was, moest je maar hopen dat je moeder een tweede hypotheek op haar huis kon nemen. Tech stond in de top tien van de meeste universitaire ranglijsten en hoorde samen met Emory University in Decatur bij de beste onderwijsinstellingen van het Zuiden. Als je afgestudeerd was, kon je je moeder dubbel en dwars terugbetalen.

Op Techwood Drive minderde Faith vaart voor een stelletje studenten die het nut van een zebrapad niet inzagen. Een groepje jongemannen joelde bij de aanblik van een blondje in een Mini, en dankzij een combinatie van hormonen en het aangeboren gebrek aan sociale vaardigheden dat zo kenmerkend was voor studenten wiskunde en natuurwetenschappen struikelden verschillenden van hen over hun eigen voeten. Faith negeerde hen en speurde de straten af op zoek naar een parkeerplek. Parkeren op de campus was onder de allergunstigste omstandigheden al een nachtmerrie. Ten slotte gaf ze het op en zette de Mini op een parkeerplaats voor mindervaliden. Ze trok de zonneklep naar beneden om haar politieparkeervergunning zichtbaar te maken en hoopte dat de campusbeveiliging zo vriendelijk zou zijn om er rekening mee te houden.

'Bel jij je contactpersoon maar vast,' zei Will.

Faith sprak met de secretaresse van de decaan terwijl Will zich uit de auto bevrijdde. Na afloop van het telefoontje stapte ze uit en deed de portieren op slot. 'Decaan Martinez is nog steeds in overleg met de advocaat. We moeten hier wachten, dan komt hij naar ons toe zodra hij klaar is met telefoneren.' Faith wees naar een groot, uit rood baksteen opgetrokken gebouw van drie verdiepingen. 'Dat daar is Glenn Hall. Towers is er vlak achter.'

Met een knik liet Will haar voorgaan, maar Faiths stappen waren aanzienlijk korter dan die van hem en uiteindelijk liepen ze toch naast elkaar. Ze had zichzelf nooit als klein beschouwd, maar met haar een meter zeventig voelde ze zich nietig naast hem.

De colleges waren nog aan de gang en hier en daar liepen kleine groepjes studenten. Hoewel Will zijn vest had aangehouden, waren zijn holster en pistool duidelijk zichtbaar nu hij zijn jasje had uitgetrokken. Faith droeg een katoenen bloes met korte mouwen en een uniformbroek – heel verstandig in verband met de temperatuur, die naar de veertig graden liep, maar niet bepaald de beste manier om de gouden penning op haar linker- en het pistool op haar rechterheup aan het oog te onttrekken. Het tweetal baarde nogal wat opzien toen ze naar het plein tussen Glenn en Towers Hall stapten.

Terwijl ze over de campus liep en al die jonge gezichten zag, besefte Faith hoe belangrijk ze het vond om aan deze zaak mee te werken, ook al had ze met Leo Donnelly als partner niet bepaald een topper getroffen. Ze kon zich amper het onpeilbare verdriet voorstellen van iemand die een kind had verloren. Het gesprek met Abigail Campano was een van de moeilijkste dingen geweest die ze in haar leven had gedaan. Het enige wat de moeder zich kon herinneren, waren de ruzies die ze hadden gehad, de vreselijke dingen die ze tegen elkaar hadden gezegd. Het feit dat het meisje vermist werd in plaats van vermoord te zijn maakte het niet minder gruwelijk. Faith wilde alles op alles zetten om te zorgen dat Emma weer thuiskwam. Ook voelde ze de onverklaarbare behoefte om Will Trent te laten zien dat ze ondanks de blunders die er die dag waren gemaakt niet volslagen nutteloos was.

Ze begon met hem het weinige te vertellen dat ze wist over dit deel van de Tech-campus. 'Deze gebouwen zijn allebei studentenhuizen voor eerstejaars, niet gemengd, en er wonen samen zo'n zeshonderd studenten. Ze liggen het dichtst bij het stadion en zijn het lawaaiigst. Parkeermogelijkheden voor eerstejaars zijn zeer beperkt, en er zijn er niet veel die een auto hebben, op de campus tenminste.' Haar voeten zakten weg in het zachte gras, en steun zoekend keek ze even naar beneden. 'De meeste colleges zijn over een halfuur afgelopen...'

'Wat doe jij hier?'

Het eerste wat ze zag, waren de schoenen. Die waren van hetzelfde merk en hadden dezelfde kleur als de schoenen die ze nog maar een paar uur geleden aan de voeten van Adam Humphrey had gezien. Uit de sportschoenen staken twee magere benen, als harige stokken. Zijn short slobberde om zijn smalle heupen en zijn boxershort piepte erbovenuit. Hij droeg een gescheurd, verschoten T-shirt – van het soort waarvan zijn oom, die kapitein bij de luchtmacht was, helemaal niets moest hebben – met de tekst NO BLOOD FOR OIL.

Bij nader inzien was het helemaal niet zo vreemd dat ze Jeremy, die nu anderhalve week in Glenn Hall woonde, tegen het lijf liep. Hoewel, ze wist zeker dat haar zoon op dat moment college hoorde te lopen. Weken geleden had ze hem zelf geholpen met de intekenlijst.

Dat liet ze hem weten ook. 'Hoe zit het met het introductiecollege biomechanica?'

'De docent heeft ons eerder weggestuurd,' bitste hij terug. 'Waarom ben je hier?'

Faith wierp een blik op Will Trent, die met een uitdrukkingsloos gezicht naast haar stond. Een van de weinige positieve kanten van zijn onderzoek naar haar moeder was dat hij totaal niet opkeek van een drieëndertigjarige vrouw met een zoon van achttien.

'Een studiegenoot van je heeft een ongeluk gehad,' zei Will.

Jeremy was door twee generaties agenten grootgebracht. Hij kende de taal. 'U bedoelt dat hij dood is?'

Faith weigerde tegen haar zoon te liegen. 'Ja. Dat moet nog even onder ons blijven. Hij heette Adam Humphrey. Ken je hem?'

Jeremy schudde zijn hoofd. 'Is hij een Goatman?' Om onbekende redenen was dat de naam die de bewoners van Glenn Hall zichzelf hadden gegeven.

'Nee,' zei ze. 'Hij zit in Towers.'

'De colleges zijn pas begonnen. De enige die ik ken is de Scheet.' Weer een bijnaam, maar nu die van zijn kamergenoot. 'Ik wil wel eens rondvragen.'

'Doe maar geen moeite,' zei ze, en ze moest zich bedwingen om niet haar hand naar hem uit te steken en zijn haar achter zijn oor te strijken. Al vanaf zijn dertiende was hij langer dan zij. De enkele keer dat ze in het openbaar blijk mocht geven van haar genegenheid, moest ze op haar tenen staan om hem op zijn voorhoofd te kunnen kussen. 'Ik kom later nog wel even langs.'

Hij haalde zijn schouders op. 'Doe maar niet, oké? Die milf-shit komt me m'n neus uit.'

'Je moet geen "shit" zeggen.'

'Mam.'

Ze knikte, ter bevestiging van een stilzwijgende afspraak. Jeremy slenterde weg en sleepte zijn splinternieuwe boekentas van zestig dollar over het gras achter zich aan. Toen Faith zestien was en haar eenjarig zoontje op haar heup meesjouwde, kreeg ze altijd een kleur van woede als anderen het over haar 'kleine broertje' hadden. Op haar vijfentwintigste werd ze pisnijdig als mannen ervan uitgingen dat de leeftijd van haar zoon rechtstreeks verband hield met haar losbandigheid. Op haar dertigste was ze redelijk met haar verleden in het reine en kwam ze er moeiteloos voor uit. Een foutje kon iedereen overkomen, en het was een feit dat ze zielsveel van haar zoon hield. Het leven was bepaald niet gemakkelijk geweest, maar zijn aanwezigheid woog ruimschoots op tegen alle loerende en afkeurende blikken.

Helaas werd de rust ruw verstoord toen Jeremy's nieuwe kamergenoot tijdens de eerstejaarsintroductie van de vorige maand na één blik op Faith had gezegd: '*Dude*, wat een geil ding is die vriendin van jou.'

Will wees naar het roodstenen gebouw tegenover Glenn Hall. 'Dat daar is Towers?'

'Ja,' zei ze, en ze ging hem voor over het verlaten plein. 'Toen ik

Martinez sprak, de decaan van het Bureau Studentenzaken, vertelde hij me dat Adams kamergenoot Harold Nestor heet, maar die Nestor heeft zich nog niet op college laten zien. Volgens Martinez waren er familieproblemen – een zieke ouder, dacht hij. Het is maar de vraag of de jongen nog komt.'

'Heeft Nestor wel een sleutel van de kamer?'

'Nee. Hij heeft zijn informatiepakket nog niet afgehaald. Voor zover Martinez weet, heeft Nestor niet eens met Adam kennisgemaakt.'

'Dat moeten we eerst maar eens checken,' zei Will. 'Is er nog iemand die een sleutel van de kamer heeft?'

'Ik stel me zo voor dat de campusbeveiliging een loper heeft. Er zijn hier geen echte huismeesters – de studentenraad heeft de leiding over alles en er zijn nog geen verkiezingen geweest.'

Will voelde aan de voordeur van het gebouw, maar die zat dicht.

Faith wees naar het grote rode bord waarop studenten werden gewaarschuwd om geen vreemden in het gebouw toe te laten. Dat was ze even vergeten. 'Je hebt een pasje nodig om binnen te kunnen komen.'

'Oké.' Hij drukte zijn neus tegen het glas en keek de hal in. 'Leeg.'

'Adam had geen pasje in zijn portefeuille.' Ze keek achterom naar het plein, in de hoop ergens een student te zien die zou kunnen helpen, maar het hele terrein was verlaten. 'Dan zullen we toch op Martinez en de advocaten moeten wachten.'

Met zijn handen in zijn zakken bestudeerde Will de vele mededelingen op de deur. Naast het rode bord was er ook een blauw bordje met aanwijzingen voor mindervaliden: ze moesten op de plaat aan de muur drukken om de automatische deur te activeren. Verder was er een geplastificeerd groen aantekenblaadje waarop allerlei nummers stonden die gebeld konden worden, voor zover het geen noodgeval betrof.

Hij staarde voor zich uit, alsof hij puur op zijn wil de deur kon openen, en zijn voorhoofd was gerimpeld van concentratie.

Sinds het voorval met de urine deed Faith geen moeite meer om Will te doorgronden. Ze liep naar de intercom van het gebouw, met daarnaast zoemers en de namen van alle studenten. Over de zoemers was een handgeschreven briefje geplakt met de tekst: KAPOT!! NIET AANRAKEN!!

Uit nieuwsgierigheid liet ze haar blik over de namen gaan. Naast nummer 310 stond HUMPHREY, A.

Will kwam naast haar staan. Ze dacht dat hij de namen ook aan het lezen was, tot hij vroeg: 'Wat is een milf?'

Ze voelde het bloed naar haar wangen stijgen. 'Dat was een privégesprek.'

'Sorry.'

Hij stak zijn hand uit naar de zoemers. 'Die zijn kapot,' liet ze hem weten.

Hij lachte wat vaag en opgelaten. 'Dat zie ik.' Toen drukte hij op de blauwe plaat voor mindervaliden, onder de zoemers. Er klonk een bromtoon, het slot klikte en de voordeur ging kreunend open.

Ze verwachtte nu een welverdiende sarcastische opmerking, maar hij knikte alleen maar en liet haar voorgaan.

De hal was verlaten. Wel hing er een allesoverheersende jongemannengeur. Faith had geen idee wat er tussen hun vijftiende en twintigste met jongens gebeurde, maar wat het ook was, ze stonken allemaal naar gymsokken en tijgerbalsem. Dat ze dat nooit had opgemerkt toen ze zelf zo oud was, zou altijd een groot raadsel blijven.

'Camera's.' Will wees ze aan. 'Welk nummer was het ook alweer?'

'Driehonderdtien.'

Hij liep naar de trap en Faith volgde. Te oordelen naar de manier waarop hij bewoog, vermoedde ze dat hij aan hardlopen deed. Dat zou in elk geval verklaren waarom hij nog minder lichaamsvet had dan een hazewind. Faith versnelde haar pas om hem bij te kunnen houden, maar tegen de tijd dat ze de bovenste verdieping had bereikt, stak Will de sleutel al in het slot, waarbij hij de plastic zak gebruikte om te voorkomen dat hij vingerafdrukken op het metaal achterliet.

De deur ging open, maar hij liep niet naar binnen. In plaats daarvan wandelde hij de gang door. Kamer 310 lag heel strategisch naast de keuken en tegenover de toiletten. Will klopte op de deur van 311. Hij wachtte even, maar er werd niet opengedaan, waarna hij verder liep en het bij de volgende deur nog eens probeerde.

Terwijl Faith zich op Adams kamer richtte, liep Will alle deuren langs en ze hoorde hoe het geklop zich verwijderde. Evenals Jeremy's kamer had deze een oppervlakte van zo'n twintig vierkante meter, ongeveer de afmetingen van een gevangeniscel. Aan weerszijden stond een bed, met een bureau aan het hoofdeinde. Voor iedere student waren er een kleerkast en een opbergkast. Op slechts één bed lagen lakens, maar op het andere lag een kussen, recht tegenover de tv. Kennelijk had Adam beide kanten van de kamer in gebruik gehad, in de hoop dat Harold Nestor niet meer zou komen opdagen.

'Er schijnt momenteel niemand thuis te zijn,' zei Will.

Ze keek op haar horloge. 'Dan moet je nog zo'n twintig minuten wachten. Wat zal ik doen?'

'Mijn handschoenen zitten in mijn jasje. Heb jij een extra paar bij je?'

Faith schudde haar hoofd. Ze nam al heel lang geen tasje meer mee naar het werk, en het ene paar handschoenen dat altijd in haar broekzak zat, had ze gebruikt op de plaats delict in huize Campano. 'Er ligt een doos in mijn kofferbak. Ik wil...'

'Ik ga wel,' zei hij, en hij klopte op zijn zakken, een gebaar dat al snel vertrouwd begon te worden. 'Mijn telefoon zit ook nog in mijn zak. Ik ben goed op dreef vandaag.'

Ze reikte hem de sleutels aan. 'Ik zorg wel dat niemand iets aanraakt.'

Hij snelde de gang weer door in de richting van de trap.

Faith besloot even te kijken wat hun te wachten stond. Ze liep naar het eerste bureau, dat boordevol vodjes papier, opengeslagen studieboeken en vulpotloden lag, en ook lag er een stapeltje tijdschriften. Het waren allemaal oude nummers van *Get Out*, dat zich scheen te richten op de wandelsport. Op het andere bureau stond een verzameling voor een student onontbeerlijke spullen: een lcd-tv, een PlayStation-console, verschillende games en een stapel dvd's met handgeschreven etiketten. Ze herkende de titels van een aantal recente Hollywood-successen en ook waren er een paar bij die simpelweg met 'porno' waren aangeduid en waarop met sterren de mate van hardheid was aangegeven – dat vermoedde ze tenminste.

Een van de bureauladen stond op een kier, en met een potlood van het andere bureau wrikte ze hem verder open. Er lagen een *Playboy*, twee in folie verpakte condooms en een stapeltje beduimelde basketbalplaatjes. Het contrast stemde Faith treurig. Adam Humphrey zou voor altijd blijven steken in het stadium tussen jongen en man.

Ze ging op haar knieën zitten. Er was niks onder het formica bureaublad geplakt of tussen de laden geschoven. Faith controleerde ook het andere bureau. Ze zag de hoekjes van een plastic zakje naar beneden hangen. Met haar hals gestrekt en terwijl ze met haar hand haar haar naar achteren hield, bekeek ze het van wat dichterbij.

Adam Humphrey was waarschijnlijk niet de enige jongen op Tech die een zakje pot onder zijn bureau had geplakt. Waarschijnlijk niet eens de enige op deze verdieping.

Ze kwam weer overeind en liet haar blik door de kamer gaan, langs de poster van Radiohead aan de muur, de vuile sokken en sportschoenen die op een hoop in de hoek lagen, de stapel stripboeken naast het bed. Zijn moeder was ongetwijfeld in een toegeeflijke bui geweest toen ze hem het zwarte kleed op de vloer en de bijpassende sprei en lakens had laten uitkiezen.

Faith probeerde zich voor te stellen hoe de Humphreys zich zouden voelen als ze de karige bezittingen van hun zoon inpakten en mee terugnamen naar Oregon. Was dat alles wat ze van hun zoon overhielden? Zou uitgerekend Faith hun moeten vertellen dat hun kind er niet meer was? Will had Leo opgedragen om de ouders van Kayla Alexander in te lichten. Zou hij Faith met de bepaald niet benijdenswaardige taak opschepen om de Humphreys te vertellen dat hun zoon was vermoord?

God, dat wilde ze echt niet.

'Wie ben jij?'

Dezelfde verwijtende toon, maar een andere jongen. Deze stond in de deuropening, en hij had een harde trek op zijn gezicht. Faith keerde zich naar hem toe zodat hij haar pistool en penning goed zou kunnen zien, maar hij vertrok geen spier.

'Hoe heet je?' vroeg ze.

'Gaat je geen zak aan.'

'Wat een lange naam. Ben je soms geadopteerd?'

De grap kwam duidelijk niet over. 'Heb je een huiszoekingsbevel?'

Zijn linkerhand rustte op de deurknop. Zijn rechterarm zat tot vlak onder de elleboog in het gips. 'Weet de campusbeveiliging dat je in zijn kamer hebt ingebroken?'

Merkwaardige woordkeus, vond ze, maar niettemin zei ze: 'Ik had een sleutel.'

'Gefeliciteerd.' Hij sloeg zijn armen over elkaar, voor zover dat lukte met het gips. 'En nu laat je me het huiszoekingsbevel zien en anders opgerot uit de kamer van mijn vriend.'

Puur om hem op stang te jagen schonk ze hem een lachje. Het was een knappe jongen: donker haar, bruine ogen, goed gebouwd en duidelijk gewend om zijn zin te krijgen. 'En anders?'

Daar had hij kennelijk nog niet over nagedacht. Op wat onzekere toon zei hij: 'Dan bel ik de campusbeveiliging.'

'Bel dan maar even in een andere kamer,' liet Faith hem weten, en ze keerde zich weer naar het bureau toe. Met behulp van het potlood keek ze een aantal papieren in, die vol stonden met wiskundige vergelijkingen en collegeaantekeningen. Ze voelde de jongen naar haar kijken. Faith liet zich echter niet van de wijs brengen. Dit was bepaald niet de eerste keer dat ze de van haat vervulde blikken van een achttienjarige jongen moest trotseren.

'Hier klopt echt niks van,' zei hij, meer om aandacht te trekken dan om iets te bereiken.

Faith slaakte een zucht, alsof ze zich eraan stoorde dat hij er nog steeds was. 'Hoor eens, dit gaat niet over de pot of de porno of de illegale downloads of wat jullie allemaal nog meer uitspoken, dus sta daar niet de eikel uit te hangen, maar probeer het tot je suffe kop te laten doordringen dat je vriend ernstig in de problemen moet zitten als een politierechercheur zijn spullen doorzoekt, en vertel me eerst maar eens hoe je heet.'

Hij zweeg en ze kon zijn hersens bijna horen malen terwijl hij probeerde te bedenken hoe hij haar vraag kon omzeilen. Ten slotte bond hij in en zei: 'Gabriel Cohen.'

'Word je Gabe genoemd?'

Hij haalde zijn schouders op.

'Wanneer heb je Adam voor het laatst gezien?'

'Vanochtend.'

'Hier in huis? Op college?'

'Hier, zo rond een uur of acht.' Weer haalde hij zijn schouders op. 'Tommy, mijn kamergenoot, ligt altijd te snurken. Echt een sukkel, die jongen. Dus ik slaap al een tijdje hier om hem te ontvluchten.' Hij zette opeens grote ogen op, want het scheen tot hem door te dringen dat hij zichzelf er nu mooi bij betrokken had.

'Maak je maar geen zorgen,' onderbrak ze hem. 'Zoals ik al zei, Gabe, ben ik hier niet vanwege een paar grammetjes wiet en een illegale kopie van *The Bourne Ultimatum*.'

Bijtend op zijn lip keek hij haar aan, en waarschijnlijk probeerde hij te peilen of hij haar kon vertrouwen.

Zelf vroeg Faith zich af waar Will Trent bleef. Hoewel ze niet wist of zijn aanwezigheid wel zo bevorderlijk zou zijn voor de situatie.

'Hoelang ken je Adam al?' vroeg ze.

'Een week ongeveer. Ik heb hem voor het eerst gezien toen we hier introkken.'

'Je neemt het nogal snel voor hem op.'

Ze begon dat schouderophalen van hem steeds beter te doorzien. Hij had zich vooral zorgen gemaakt over al het illegale spul – waarschijnlijk nog meer over de downloads dan over de drugs, want op het tillen van de filmstudio's stond een veel strengere straf.

'Heeft Adam een auto?' wilde Faith weten.

Hij schudde zijn hoofd. 'Hij komt uit een wat rare familie. Ze leven min of meer afgezonderd van de maatschappij. Van die milieufreaks.'

Dat verklaarde het postbusnummer op het platteland. 'En dit dan?' Ze wees naar de dure tv en de gameconsole.

'Die zijn van mij,' bekende Gabe. 'Ik wilde niet dat Tommy, mijn kamergenoot, ermee ging kloten. Maar Adam speelt ook,' voegde hij eraan toe. 'Hij is wel graag buiten en dat soort dingen, maar hij is ook een gamer.'

'Heeft hij een computer?'

'Die is gejat,' antwoordde hij, en Faith was minder verbaasd dan ze hoorde te zijn. Diefstal liep de spuigaten uit bij deze generatie. Toen Jeremy nog op de middelbare school zat, werden zijn rekenmachines zo vaak gestolen dat ze had gedreigd er eentje met een bout aan zijn hand vast te maken.

'Waar checkt Adam zijn mail?'

'Hij mag mijn computer gebruiken. Soms gaat hij naar de computerzaal.'

'Wat is zijn hoofdvak?'

'Hetzelfde als het mijne. Polymeren, met als specialisatie contactlijm in sprayvorm.'

Dat zou het goed doen bij de dames. 'Heeft hij een vriendin of is er verder iemand met wie hij veel omgaat?'

Wat nukkig trok hij zijn schouder op. 'We zijn hier nog maar net. We hebben nog niet veel tijd gehad om contacten te leggen.'

'Kom jij uit een andere staat?'

Hij schudde zijn hoofd. 'Ik heb op Grady gezeten.'

Grady High School was een magneetschool, een onderwijsinstituut dat de beste leerlingen aantrok van andere scholen in Atlanta. 'Ken je een zekere Kayla Alexander of Emma Campano?'

'Moeten die op Grady zitten?'

'Op Westfield.'

Hij schudde zijn hoofd. 'Dat is toch in Decatur? Volgens mij heeft mijn vriendin daar op school gezeten. Julie. Die is al van heel wat scholen getrapt.'

'Hoezo?'

Hij schonk haar een verlegen lachje. 'We hebben geen van beiden iets met autoriteit.'

Nu moest Faith lachen. 'Studeert Julie ook aan Georgia Tech?'

Weer schudde hij zijn hoofd. 'Ze heeft een paar trimesters aan Georgia State gestudeerd, maar daar is ze mee gestopt. Nu werkt ze 's avonds in een bar in Buckhead.'

Buckhead was een welvarende wijk in Atlanta, die bekendstond om zijn bruisende nachtleven. Faith concludeerde dat Julie minstens eenentwintig was, anders zou ze geen alcohol mogen serveren. Het leeftijdsverschil van vier jaar tussen haar en Emma Campano maakte het niet waarschijnlijk dat de meisjes elkaars pad hadden gekruist.

'Wat is er met je pols gebeurd?' vroeg ze.

Gabe bloosde licht. 'Echt stom. Ik ben uitgegleden en op mijn hand gevallen.

'Dat zal pijn hebben gedaan.'

Hij hield het gips omhoog, alsof hij nog steeds niet kon geloven dat dit hem was overkomen. 'Het deed verrekte pijn.'

'In welke bar werkt Julie?'

Hij liet zijn arm zakken en was meteen weer op zijn hoede. 'Hoezo?'

Faith vond dat hij wel een antwoord had verdiend. 'Gabe, het wordt tijd dat ik je vertel wat er vandaag met Adam is gebeurd.'

Ergens op de gang klonk een keihard 'Woef!'.

'Fuck,' fluisterde Gabe.

Twee tellen later wist Faith van wie de uitroep afkomstig was.

Met tegenzin stelde Gabe hem aan haar voor. 'Dit is Tommy Albertson, mijn kamergenoot.'

Hij was even bleek als Gabe donker was, en Faith zag meteen dat Gabe met de beschrijving de spijker op zijn kop had geslagen: het joch was een megasukkel. Als om het te bewijzen staarde Tommy haar met zijn tong uit zijn mond aan. 'Wauwzes! Dat zien ik graag, een poes met een pistool.'

'Hou je kop, man,' beet Gabe hem toe. 'Adam zit in de problemen.'

'Ik wilde Gabe net vertellen...' Faith richtte zich nu tot de jongeman. '...dat Adam vanochtend is gedood.'

'Gedood?' Tommy wipte op de ballen van zijn voeten heen en weer en richtte zijn vinger op Faith. 'Shit, dude, dan was hij het dus? Ze zeiden al dat het een student van Tech was. Kut, was dat Adam?'

Gabe was zichtbaar onthutst. 'Is hij gedood? Vermoord, bedoel je?'

Tommy raakte nog opgewondener. 'Dude, een of andere gestoorde bitch heeft hem gewurgd. Gewúrgd, man! Met haar blote handen. Echt, het is op het nieuws geweest. Waar heb jij de hele dag uitgehangen, jongen?'

Gabe slikte moeizaam. Zijn ogen werden vochtig en in zijn blik las Faith hoe verraden hij zich voelde. 'Is dat waar?' vroeg hij.

Ze gaf een knikje, woedend dat iemand op het bureau had laten uitlekken dat Adam aan Tech studeerde. 'Het ligt iets ingewikkelder, maar inderdaad: Adam is dood.'

'Hoe dan?'

'Op de bijzonderheden kan ik nu niet ingaan, Gabe. Het enige wat ik kan zeggen is dat Adam zich als een held heeft gedragen, dat hij iemand probeerde te helpen en dat het toen heel erg mis is gegaan. Er is een meisje ontvoerd, en we zijn naar haar op zoek, en daarbij hebben we jullie hulp nodig.'

Hij probeerde zijn emoties te bedwingen, maar zijn onderlip trilde.

Tommy daarentegen leek bijna opgetogen. 'Ben je hier om mij te ondervragen?' vroeg hij. 'Kom maar op. Ik heb allerlei informatie.'

'Wat voor informatie?' vroeg Faith.

'Nou ja, niks concreets of zo. Het was een beetje stille gast, maar onderhuids broeide er iets. Iets, eh... gevaarlijks.'

Faith hield zich met moeite in; het liefst had ze Tommy Albertson mee naar het mortuarium genomen om hem te vragen wat er nou precies zo spannend aan was dat zijn huisgenoot daar dood lag. 'Had Adam een vriendinnetje? Was er iemand met wie hij veel optrok?'

Ook dat vond Tommy weer buitengewoon hilarisch. Hij klemde Gabes schouders vast. 'Twee vragen, één antwoord!'

Gabe wrong zich los uit zijn greep. 'Rot op, klootzak. Je hebt nog nooit een woord met Adam gewisseld. Hij had gruwelijk de pest aan je.'

'Gabe...' zei ze vermanend.

'En rot jij ook maar op.' Hij liep de kamer uit. Een paar tellen later hoorde ze een deur dichtslaan.

Faith keek Tommy met samengeknepen ogen aan en ze moest zich inhouden om hem niet genadeloos op zijn nummer te zetten. Hij was een paar stappen de kamer in gelopen en stond nu vlak bij haar, wat haar totaal niet zinde. Ze wist dat ze haar gezag moest laten gelden, anders zat ze straks met een probleem. 'Misschien moet je die vragen maar op het bureau beantwoorden.'

Hij grijnsde al zijn tanden bloot en kwam nog iets dichter naar haar toe. 'Mijn vader is advocaat, mevrouwtje. Tenzij je er geil van wordt om een viriele jonge dekhengst zoals ik in de boeien te slaan, krijg je mij niet achter in je auto.'

Faith hield haar stem in bedwang. 'Dan denk ik dat we verder niets te bespreken hebben.'

Hij lachte zelfingenomen en deed nog een stap dichterbij. 'Dat denk ik ook.'

'Wil je nu vertrekken?' Toen hij geen aanstalten maakte, duwde ze hem de gang weer op. Hij was er totaal niet op bedacht, of misschien was ze kwader dan ze zelf besefte, maar de duw werd een flinke zet en hij kwam plat op zijn gat terecht.

'Jezus.' Jammerend ging hij overeind zitten. 'Wat is er met jou aan de hand?'

Ze trok de deur stevig achter zich dicht. 'Je studiegenoot is dood, een meisje wordt vermist, en jij kunt alleen maar lachen en er grapjes over maken. Wat denk je dat er met mij aan de hand is?'

Haar woorden troffen doel, maar ze hadden niet het gewenste effect. 'Waarom ben je zo'n bitch?'

'Omdat ik elke dag met klootzakken zoals jij te maken heb.'

'Zijn er problemen?' Een goedgeklede man, naar zijn uiterlijk te oordelen een latino, kwam de trap op. Hij klonk enigszins buiten adem en trok een bezorgd gezicht toen hij een student op de vloer zag zitten.

Tommy krabbelde overeind. Hij leek nu net een verwend kind dat het heerlijk vond om te klikken. Faith reageerde op de enige manier die ze kon bedenken. 'Hij werd agressief en toen heb ik hem aan de kant geduwd,' bekende ze.

De man was inmiddels bij hen komen staan. Zijn gezicht had iets bekends, en Faith besefte dat hij een van de vele naamloze bestuurders was die ze de vorige maand bij Jeremy's eerstejaarsintroductie had gezien.

Zonder haar te herkennen liet Victor Martinez zijn blik van Tommy naar Faith gaan en toen weer naar Tommy. 'Albertson, er staan op dit instituut ruim achttienduizend studenten ingeschreven. Het voorspelt weinig goeds dat ik na amper een week je naam en je studentennummer al uit het hoofd ken.'

'Ik was niet...'

Hij richtte zich tot Faith. 'Ik ben Martinez, decaan,' zei hij, en hij stak haar zijn hand toe. 'Bent u hier in verband met Adam Humphries?'

Ze schudde zijn hand. 'Humphrey,' verbeterde ze hem.

'Heel vervelend dat we elkaar onder deze omstandigheden moeten ontmoeten.' Hij negeerde Tommy, die binnensmonds een belediging mompelde en afdroop. 'Zou u met me mee willen lopen? Het spijt me als ik de indruk wek dat ik deze zaak niet de gewenste aandacht schenk, maar de eerste week van het nieuwe studiejaar is altijd slopend en ik zit net tussen twee vergaderingen in.'

'Ik snap het.' Ze ving een vleugje reukwater op toen ze hem volgde naar de trap. Hoewel de dag al een heel eind gevorderd was, was Martinez glad geschoren en zijn pak vertoonde geen kreukeltje. Will Trent niet meegerekend – en waarom zou ze? – was Faith al heel lang geen man meer tegengekomen die de basisregels van de lichaamsverzorging in acht nam.

'Kijk,' zei Martinez, en hij stak zijn hand in zijn borstzak. 'Hier heb ik de sleutel van zijn kamer, zijn rooster en contactgegevens.' Zijn hand streek langs die van haar toen hij het document aanreikte en dat bezorgde Faith zo'n schok dat ze het papier uit haar handen liet vallen.

'Oeps,' zei hij, en hij zakte door zijn knieën om het op te rapen. Het had een wat gênant moment kunnen zijn – Martinez die geknield voor haar zat – maar in één elegante beweging pakte hij het papier op en kwam weer overeind.

'Dank u,' zei Faith, die haar best deed om minder stom te klinken dan ze zich voelde.

'Het spijt me dat het zo lang heeft geduurd voor de advocaat groen licht gaf, maar de universiteit moet zich altijd goed indekken.'

Ze wierp een vluchtige blik op het document: het bekende inschrijfformulier met alle relevante informatie. 'Een hele verademing dat u zo eerlijk bent.'

Hij glimlachte, en met zijn vingers op de trapleuning liep hij naast haar naar beneden. 'Kunt u me iets vertellen over wat er allemaal aan de hand is? Ik heb het nieuws uiteraard gehoord. Wat een toestand.'

'Inderdaad,' beaamde ze. 'Ik weet niet wat er gezegd wordt, maar ik mag geen commentaar geven zolang het onderzoek nog loopt.'

'Dat begrijp ik,' antwoordde hij. 'Ook het politiekorps moet zich indekken.'

Ze lachte. 'Dat kun je op verschillende manieren uitleggen, Mr. Martinez.'

Op het volgende bordes bleef hij even staan. 'Zeg maar Victor.'

Ook zij bleef staan. 'Faith.'

'Wat zijn die ouderwetse namen toch prachtig.' Als hij glimlachte had hij pretoogjes.

'Ik ben naar mijn grootmoeder genoemd.'

'Mooi,' zei hij, en ze had de stellige indruk dat hij daarmee niet doelde op de traditie om familienamen in ere te houden. 'Mag ik vragen waarom je me zo bekend voorkomt?'

Ondanks de omstandigheden had hun gesprek iets uitgesproken flirterigs. Faith liet het aangename gevoel nog even voortduren en zei toen: 'Waarschijnlijk heb je me gezien bij de eerstejaarsintroductie. Mijn zoon studeert hier.'

Hij gaf een zeer geslaagde imitatie ten beste van een hert dat in de koplampen van een vrachtwagen staart. 'Onze jongste student is zestien.'

'Mijn zoon is achttien.'

Hij moest even iets wegslikken en liet toen een geforceerd lachje horen. 'Achttien.'

'Yep.' Er zat niks anders op dan over het onhandige moment heen te praten. 'Bedankt voor de sleutel. Ik zal zorgen dat hij weer terugkomt op je kantoor. Ik denk dat mijn chef vanavond een paar studenten wil ondervragen. We zullen het grootst mogelijke respect in acht nemen, maar ik zou het waarderen als je de campusbeveiliging inlicht, om problemen te voorkomen. Je zou wel eens wat boze telefoontjes van ouders kunnen krijgen. Maar daar weet je vast wel mee om te gaan.'

'Absoluut. Ik hou jullie met alle plezier uit de wind.' Hij wilde weer doorlopen, de trap af. 'Ik moet opschieten, anders mis ik die vergadering.'

'Nog één ding.' Faith deed haar werk, maar ze moest toegeven dat het haar voldoening schonk toen ze de schrik in zijn ogen zag. 'Zou je me kunnen vertellen waarom je Tommy Albertson al in de peiling hebt?'

'O.' De decaan was zichtbaar opgelucht dat het zo'n simpele vraag betrof. 'Tussen Towers en Glenn is altijd een zekere rivaliteit gaande. Meestal gaat het om onschuldige streken die ze elkaar leveren, maar Albertson is iets te ver gegaan. Er wordt wat vaag gedaan over de bijzonderheden, maar ik weet hoe het gaat en ik vermoed dat er waterballonnen aan te pas zijn gekomen. De vloer was drijfnat. Sommigen hebben verwondingen opgelopen. Eén jongen moest naar het ziekenhuis.'

Dat verklaarde Gabes gipsarm.

'Bedankt.' Weer schudde Faith hem de hand. Deze keer had hij geen pretoogjes toen hij glimlachte, en hij liet haar voorgaan op de trap. Buiten scheen hij even te aarzelen, maar zodra hij doorhad dat zij rechtsaf ging, sloeg hij snel links af, naar de achterkant van het plein.

Faith liep naar haar auto. Ze vroeg zich net af waar Will Trent uithing toen ze hem bij haar Mini zag staan, met zijn ellebogen steunend op het dak. Hij hield zijn handen tegen zijn hoofd geklemd en zijn telefoontje tegen zijn oor gedrukt. Zijn jasje had hij over de motorkap gedrapeerd.

Dichterbij gekomen ving Faith zijn woorden op. 'Ja. Ik zal zorgen dat er morgen iemand op het vliegveld is om u af te halen. Belt u me maar terug zodra u de vluchtgegevens hebt.' Hij keek even op, en zijn gezicht drukte zoveel pijn uit dat ze haar blik snel afwendde. 'Dank u wel. Ik zal mijn uiterste best doen.'

Ze hoorde het telefoontje dichtklappen. Hij kuchte. 'Sorry, het hoofd van de plaatselijke politie belde terug met het nummer van de Humphreys. Ik wilde dat zo snel mogelijk afhandelen.' Weer kuchte hij. 'Ze wonen op zes uur rijden van het dichtstbijzijnde grote vliegveld. Ze rijden de hele nacht door en proberen morgenochtend de eerste vlucht te pakken, maar dat vliegveld is helemaal in Salt Lake City. Afhankelijk van de vraag of ze via Dallas moeten vliegen, doen ze er zeven tot twaalf uur over voor ze hier zijn.' Weer dat kuchje. 'Ik heb gezegd dat ze meteen het vliegveld moeten bellen om de situatie uit te leggen en te kijken wat er gedaan kan worden.'

Faith kon zich er geen voorstelling van maken hoe het voor hen moest zijn om in een auto te zitten en op vliegvelden rond te hangen. Om gek van te worden, vermoedde ze – de zwaarste dag die een ouder in zijn leven kon meemaken. Ze keek vluchtig naar Will. Zijn gezicht stond weer even onbewogen als altijd. 'Wisten ze nog iets?'

Hij schudde zijn hoofd. 'Adam heeft geen auto. Hij is twee keer naar Atlanta gereisd. De eerste keer vloog hij hier samen met zijn vader naartoe voor de introductie; ze zijn toen drie dagen gebleven, waarna ze weer terugvlogen. Twee weken geleden hebben allebei zijn ouders hem met de auto gebracht om te helpen met de verhuizing naar het studentenhuis.'

'Helemaal uit Oregon?' vroeg ze verbaasd. 'Hoelang hebben ze daar niet over gedaan?'

'De moeder zei een week, maar ze hebben onderweg wel allerlei dingen bezichtigd. Kennelijk zijn het kampeertypes.'

'Dat klopt dan aardig met de buitensporttijdschriften die ik op zijn kamer heb gevonden,' zei Faith, die zelf nog liever haar polsen doorsneed dan met een auto Amerika te doorkruisen. Als Jeremy dan ook nog mee zou gaan, kon je er moord bij optellen. 'Dus hij zit nu twee weken in Atlanta.'

'Inderdaad,' beaamde Will. 'Ze hebben nog nooit van Kayla Alexander of Emma Campano gehoord. Voor zover ze weten had Adam geen vriendin. Hij heeft thuis wel een vriendinnetje gehad, maar dat is vorig jaar naar New York vertrokken, een danseres of zo. Ze hebben het in onderling overleg uitgemaakt en sindsdien heeft hij af en toe wel een date gehad, maar niets serieus. Ze hebben geen idee waarom Emma's foto in zijn portefeuille zat.' Hij wreef over zijn kaak en zijn vingers stuitten op de streep van het litteken. 'Volgens de moeder is zijn laptop vorige week gestolen. Ze hebben het gemeld bij de campusbeveiliging, maar ze had niet de indruk dat het serieus werd genomen.'

Dit was het goede moment, meende Faith. Ze vertelde hem over Gabe en Tommy, en over het vriendinnetje dat wellicht op Westfield had gezeten. Al pratend bedacht ze dat ze maar het best schoon schip kon maken, en ze biechtte op dat ze Tommy niet al te zachtzinnig de gang op had geduwd. Ook vertelde ze hem wat Martinez had gezegd, maar de gênante gedeelten van het gesprek verzweeg ze, al was het alleen maar om haar waardigheid te behouden.

In plaats van tegen haar uit te varen omdat ze bij Albertson geweld had toegepast, vroeg Will: 'Hoeveel bars zijn er eigenlijk in Buckhead, een stuk of vijftig?'

'Minstens.'

'Misschien moesten we die maar eens langsgaan om te kijken of we haar kunnen vinden,' zei hij. 'Vervelend genoeg hebben we op dit moment als enige aanknopingspunt een vriendin die mogelijk op dezelfde school heeft gezeten als Emma en Kayla, en die iets heeft met een vriend van Adam.'

Het was zo duidelijk dat ze het elkaar niet hoefden te vertellen: met elk uur dat verstreek werd het moeilijker om de moordenaar te vinden en onwaarschijnlijker dat Emma levend zou worden aangetroffen.

Will toetste een nummer in op zijn telefoontje. 'Terwijl ik met de ouders in gesprek was, is er gebeld,' legde hij uit. 'Zet dat akkefietje met Albertson maar in je verslag en dan kun je het verder vergeten. Op dit moment hebben we belangrijker zaken aan ons hoofd.'

Terwijl hij zijn berichten beluisterde, kwam er een crèmekleurige Lexus tot stilstand. Faith zag Amanda Wagner achter het stuur zitten. Zij had waarschijnlijk het bericht ingesproken, want Will zei: 'De Prius van Kayla Alexander is bij de kopieerwinkel aan Peachtree gevonden. Er zit bloed in de kofferbak, maar nergens een teken van Emma. De beelden van de bewakingscamera zijn heel wazig, maar het ding deed het tenminste.'

Hij stopte het telefoontje in zijn zak en terwijl hij naar Amanda's auto liep, vuurde hij bevelen op Faith af. 'Trommel een paar teams op om samen met jou de studentenhuizen langs te gaan. Misschien is er iemand die meer over Adam weet. Doorzoek zijn spullen en kijk of er nog foto's van Emma bij zijn. Haal alles weg wat de ouders niet hoeven te zien. Ga nog eens met die Gabe praten als je denkt dat het helpt. En anders laten we hem vannacht in zijn eigen sop gaarkoken. Dan pakken we hem morgen wel met z'n tweeën.'

Ze probeerde het allemaal te verwerken. 'Hoe laat beginnen we?'

'Is zeven uur te vroeg?'

'Nee.'

'Dan spreken we af bij Westfield Academy. Ik wil het docentenkorps eens aan de tand voelen.'

'Moest Leo niet...'

'Hij zit niet meer op deze zaak.' Will opende het autoportier. 'Tot morgen dan maar.'

Faith deed haar mond open om te vragen wat er in godsnaam met Leo was gebeurd, maar Amanda reed al weg nog voor hij goed en wel zat. Faith zag Wills jasje op de motorkap van de Mini liggen en ze zwaaide om ze te laten stoppen, maar Amanda zag haar niet of het boeide haar niet. Ze moest het maar als goed nieuws opvatten dat zij nog wel op de zaak zat, dacht Faith. Het slechte nieuws was dat ze nog steeds de kutklusjes mocht opknappen. Waarschijnlijk was ze hier tot een uur of drie 's nachts bezig.

Leo was het eerste slachtoffer. Faith peinsde er niet over om het tweede te worden.

Ze doorzocht Wills jasje en vond een handvol latex handschoenen. Ze vond ook iets heel merkwaardigs: een digitaal opnameapparaat. Faith bekeek het dingetje van alle kanten. De letters waren weggesleten door het vele gebruik. Op het schermpje stond dat er zestien berichten waren. Ze vermoedde dat de rode knop voor opname was, en dan zou de knop ernaast wel voor beluisteren zijn.

Faith liet het opnameapparaatje bijna uit haar handen vallen toen haar mobiel ging. Ze herkende Jeremy's nummer en keek op naar de eerste verdieping van Glenn Hall. Ze telde vijf kamers af en zag hem vanachter zijn raam naar haar kijken.

'Het is toch tegen de wet om zomaar iemands zakken te doorzoeken?' vroeg hij.

Ze stopte het opnameapparaat weer in het jasje. 'Ik word strontziek van al die eigenwijze rotjochies die zo goed weten wat tegen de wet is.'

Hij lachte snuivend.

'Vertel eens: als je je pasje niet bij je hebt, hoe kom je het gebouw dan binnen?'

'Dan druk je op de knop voor mindervaliden.'

Hoofdschuddend liet Faith de situatie bezinken. Daar ging hun plan om iedereen op te sporen die het studentenhuis in en uit was gegaan. 'En, heb je geld voor pizza nodig of moet je was worden gedaan, of zorg je er alleen maar voor dat ik niet boven kom en je voor gek zet waar al je vrienden bij staan?'

'Ik heb het gehoord over die jongen,' zei hij. 'Het hele huis praat erover.'

'Wat wordt er gezegd?'

'Niet veel,' moest Jeremy toegeven. 'Er is niemand die hem echt heeft gekend. Het was gewoon zo'n type dat je op de gang tegenkwam als je naar de wc moest.'

Faith hoorde hoe begaan hij was, en ze voelde een tinteling van trots omdat haar zoon blijk gaf van zoveel inlevingsvermogen. Ze had die dag het tegenovergestelde meegemaakt, en dat was niet aangenaam geweest.

'Denk je dat jullie dat meisje nog vinden?'

'Ik hoop het.'

'Ik wil hier en daar wel eens navragen.'

'Nee, dat doe je niet,' wierp ze tegen. 'Je zit daar omdat je voor ingenieur studeert, niet voor politieagent.'

'Er is niks mis met een politieagent.'

Faith kon wel een paar dingen bedenken, maar die hield ze liever voor zich. 'Ik moet verder, schat. Ik zit hier nog wel een tijdje.'

Hij hing niet op. 'Trouwens, als je een wasje zou willen doen...'

Ze glimlachte. 'Ik bel wel voor ik wegga.'

'Hé, mam?'

'Ja?'

Hij zweeg, en ze vroeg zich af of hij nu ging zeggen dat hij van haar hield. Zo wisten ze je namelijk altijd te strikken. Je nam ze bij de hand en ruimde hun rotzooi op en nam alle ellende en lawaai en donkere latino's die je aankeken alsof je de duivel zelf was voor lief, en dan spraken ze dat simpele zinnetje uit en was je weer verkocht.

Deze keer niet. Jeremy vroeg: 'Wie is die vent die bij je was? Hij zag er niet uit als een smeris.'

Dat had hij goed gezien. Ze pakte Wills jasje om het in de auto te leggen. 'Niemand. Zomaar een vent die voor je tante Amanda werkt.'

VIER

De Copy Right-kopieerwinkel bevond zich op de begane grond van een oud gebouw, dat in totaal drie verdiepingen telde. Het was een van de weinige panden aan Peachtree Street die nog niet hadden plaatsgemaakt voor een wolkenkrabber, en er ging iets berustends van uit, alsof het verwachtte dat het elk moment met de grond gelijkgemaakt kon worden. De professionele kopieerapparaten die in het harde licht van de tl-buizen door de ramen van spiegelglas zichtbaar waren, gaven de plek iets vervreemdends en sciencefictionachtigs. *Bladerunner*, opgenomen in een copyrette.

'Shit,' fluisterde Amanda toen ze met de onderkant van haar auto over het oneffen wegdek schampte. Het asfalt was opgelapt met zware metalen platen, die als dikke pleisters over elkaar heen lagen. Pylonen en borden sloten een hele rijstrook van Peachtree af, maar de wegwerkers waren allang vertrokken.

Ze ging rechtop zitten en klemde het stuur stevig vast toen ze de oprit naar de parkeergarage nam, waar ze de auto achter een busje van de technische recherche parkeerde.

'Zeven uur,' zei ze. Zo lang werd Emma al vermist.

Will stapte uit en trok zijn vest recht. Het speet hem dat hij zijn jasje niet had aangehouden, ook al had de avond geen verkoeling gebracht na de broeiend hete dag. Een werknemer van de Copy Right had de politieoproep over de ontvoering op tv gezien. Hij had de auto opgemerkt toen hij even naar buiten ging om een sigaret te roken, en hij had meteen gebeld.

Will liep achter Amanda aan de flauwe helling af die naar de parkeergarage achter het gebouw voerde. Naar de normen die in Atlanta golden, was het een kleine ruimte: zo'n vijftien meter diep en even breed. Het plafond was laag: er zat nog geen dertig centimeter tussen de betonnen balken en Wills hoofd. Het parkeerdek op de eerste verdieping was afgezet met betonnen versperringen, die er kennelijk al een tijdje stonden. Langs de achterkant liep een weg voor dienstverkeer, die de aangrenzende gebouwen met elkaar verbond. Drie auto's stonden in een afgesloten gedeelte, waarvan hij vermoedde dat het de personeelsparkeerplaats was. Het gele licht van de schijnwerpers moest muggen op afstand houden. Will bracht zijn hand naar zijn gezicht en betastte het litteken, een nerveuze tic, die hij meteen weer onderdrukte.

Er was geen poort naar de parkeergarage, geen hokje met bewaker. De eigenaar van het terrein was afhankelijk van de eerlijkheid van zijn medemens. Op het geldkistje bij de ingang stonden getallen die correspondeerden met de parkeerplaatsen. Iedere bezoeker werd geacht vier dollarbiljetten tot een strak bundeltje op te vouwen en dat door de gleufjes te schuiven. Aan een draad hing een dun, scherp stuk metaal waarmee het geld naar binnen kon worden gepropt.

Amanda's hakken klikten over het beton toen ze naar de witte Prius van Kayla Alexander liepen. De auto werd al door een heel team omringd. Camera's flitsten, bewijsmateriaal werd nauwkeurig onderzocht en in plastic zakken gestopt. De technisch rechercheurs waren van top tot teen in pakken gehuld en ze zweetten in de genadeloze hitte. De luchtvochtigheid was zo hoog dat Will het gevoel had dat hij door een nat stuk katoen ademde.

Amanda keek op en overzag de ruimte. Will volgde haar blik. Aan de muur zat één enkele bewakingscamera. Hij stond zo gericht dat hij vooral de mensen die het gebouw in en uit gingen filmde in plaats van de auto's in de parkeergarage.

'Wat hebben we allemaal?' vroeg Amanda.

Ze sprak zacht, maar dit was haar team en ze hadden allemaal op die vraag gewacht.

Charlie Reed stapte naar voren, met twee plastic zakken in zijn hand. 'Touw en tape.' Hij wees naar beide artikelen. 'Die hebben we in de kofferbak gevonden.'

Will pakte de zak met het touw, dat ongebruikte waslijn bleek te zijn; om de netjes opgerolde lijn zat een plastic band. Aan één kant was het touw een beetje rood, waar de vezels het bloed hadden geabsorbeerd. 'Zat het al zo opgerold toen je het vond?'

Charlie keek Will aan alsof hij wilde vragen: denk je nou echt dat ik zo stom ben? 'Precies zo,' zei hij. 'Op geen van beide zaten vingerafdrukken.'

'Het was dus met voorbedachten rade,' concludeerde Amanda.

Will gaf het touw terug en Charlie vervolgde: 'In de kofferbak zat een bloedvlek die overeenkwam met de bloedgroep van Emma Campano. We zullen het nog even bij een arts moeten natrekken, maar de wond lijkt niet levensbedreigend te zijn.' Hij wees op een halve cirkel donker bloed in de kofferbak. Will vermoedde dat die ongeveer dezelfde afmeting had als het hoofd van een zeventienjarig meisje. 'Gezien de hoeveelheid bloed moet het een flinke jaap zijn geweest. Het hoofd kan behoorlijk bloeden. O...' Nu richtte hij zich tot Will. 'We hebben microscopisch kleine bloedstraaltjes aangetroffen in de kleerkast van Emma Campano, boven de plek waar jij die urine vond. Als ik moest raden, zou ik zeggen dat ze een schop of een dreun tegen haar hoofd heeft gehad, en dat die straaltjes daarvan afkomstig zijn. We hebben het stuk gipsplaat eruit gesneden, maar ik weet niet of we genoeg hebben om te analyseren.' Hij voegde eraan toe: 'Misschien had hij daarom het touw en de tape niet nodig. Hij sloeg haar eerst buiten westen voor hij haar uit de kast haalde.'

Blijkbaar had Amanda die conclusie ook al getrokken. 'Volgende onderwerp.'

Charlie liep om de auto heen en wees verschillende plekken aan. 'Op het stuur, de portierpanelen en het slot van de kofferbak zitten vage vegen van het bloed dat we ook in de kofferbak hebben aangetroffen. Een klassiek geval van bloedoverdracht via de handschoenen.' Hij doelde op de latex handschoenen die de ontvoerder had gedragen. 'Wat alle rommel betreft: we gaan er maar van uit dat die van de eigenaar is.'

Will wierp een blik in de auto. De sleutels hingen uit het contact, vlak naast een soort hendel, ongetwijfeld de versnellingspook. Hij zag plastic bekertjes, lege snackzakjes, schoolboeken, papieren, gesmolten make-up, kleverige plekken waar frisdrank was gemorst en allerlei andere spullen die aangaven dat Kayla Alexander te lui was geweest om een afvalbak op te zoeken, maar er was niets bij wat uit de toon viel.

Charlie vervolgde zijn verhaal. 'Op de zittingen hebben we lichaamsvloeistoffen gevonden. Kan van alles zijn: bloed, urine, sperma, zweet of speeksel. De bekleding is donker en er is niet veel, maar het is tenminste iets. Ik zal de stukken eruit snijden en dan maar eens zien of we er op het lab iets uit kunnen weken.'

Will vroeg: 'Was het bloed aan de buitenkant van de auto alleen van Emma?'

'Dat klopt.'

'Dus hij heeft andere handschoenen aangetrokken nadat hij het huis van de Campano's had verlaten?'

Charlie dacht even na voor hij antwoordde. 'Dat zou wel logisch zijn. Als hij hetzelfde paar had gedragen, dan zou het bloed van Adam en Kayla ook op de auto zitten.'

'Droogt dat dan niet op in deze hitte?' vroeg Amanda.

'Misschien, maar het nieuwe natte bloed zou het opgedroogde bloed weer hebben losgeweekt. Dan zou ik een zekere mate van kruisbesmetting verwachten.'

'Hoe weet je zo zeker dat het bloed van Emma is?'

'Dat weet ik eigenlijk helemaal niet,' gaf Charlie toe. Hij pakte een rol keukenpapier en scheurde er een stuk af om het zweet van zijn gezicht te wissen. 'Het enige wat ik heb is de bloedgroep. Het bloed dat we op de auto hebben gevonden, is O-positief. Voor zover we weten was Emma de enige in het huis met die bloedgroep.'

'Niet dat ik je werkwijze in twijfel trek,' zei Will, en vervolgens deed hij uitgerekend dat, 'maar hoe weet je zo zeker dat het alleen O-positief is?'

'Bloedgroepen verdragen elkaar niet goed,' legde Charlie uit. 'Als je O-positief mengt met ongeacht welk type A of B, ontstaat er een heftige reactie. Daarom wordt in het ziekenhuis je bloedgroep ook altijd bepaald voor je een transfusie krijgt. Het is een eenvoudig testje, dat maar een paar minuten duurt.'

'Ik dacht dat je met O-positief universele donor was,' mengde Amanda zich in het gesprek.

'Dat is met O-negatief,' antwoordde Charlie. 'Dat heeft met antigenen te maken. Als de bloedgroepen niet samengaan, klonteren de rode bloedlichaampjes. In het lichaam kan dit leiden tot verstopte aderen en uiteindelijk tot de dood.'

Amanda's geduld begon op te raken. 'Ik zit niet op een biologielesje te wachten, Charlie, ik wil alleen feiten. Wat heb je verder nog ontdekt?'

Hij keek weer naar de auto. Het team stopte het verzamelde bewijs in plastic zakken en de fotograaf legde elk leeg McDonald's-bekertje en ieder snoeppapiertje vast. 'Niet veel,' moest hij toegeven.

'En het gebouw?'

'De twee bovenverdiepingen zijn leeg. Die hebben we het eerst doorzocht. Het zou me verbazen als iemand daar het afgelopen halfjaar, of misschien wel het afgelopen jaar, ook maar een voet heeft gezet. Hetzelfde geldt voor het parkeerdek boven. Die betonnen versperring staat er al een tijdje. Ik vermoed dat het gebouw zo oud is dat het de nieuwere, grotere auto's gewoon niet aankan, en daarom is het boven afgesloten, om instorting te voorkomen.'

Amanda knikte. 'Ik hoor het wel als er verder nog iets boven water komt.'

Ze liep op het gebouw af, met Will in haar kielzog. 'Barry heeft nergens afgedankte handschoenen kunnen vinden,' zei ze, doelend op het hoofd van de hondenbrigade. 'Vanmiddag hebben de honden wel een spoor gevonden dat van huize Campano naar het bos aan het eind van hun straat voert, maar er waren daar te veel geuren en ze raakten het spoor bijster.' Ze wees naar een stuk terrein vlak achter de garage. 'Hiervandaan loopt ook een pad naar hetzelfde bos. Als je de weg kent, dan ben je binnen tien minuten bij de Campano's.'

Will dacht aan wat Leo hem eerder die dag had verteld. 'De meisjes waren vorig jaar ook al aan het spijbelen, tot de overbuurvrouw tegen Abigail zei dat ze Emma's auto overdag op de oprit had zien staan. Mogelijk hebben ze hem toen hier geparkeerd, om niet verraden te worden.'

'Maar Kayla's auto stond vandaag wel op de oprit,' merkte Amanda op.

'Zullen we nog eens bij de buren langsgaan, om te zien of zij zich iets herinneren?'

'Voor de derde keer, bedoel je?' Ze wees het voorstel niet af, maar zei wel: 'Het is al de hele dag op het nieuws geweest. Het verbaast me sowieso dat niemand denkt dat hij iets gezien heeft.'

Will wist dat dat vaak een probleem was met ooggetuigenverslagen, vooral als het om een misdrijf ging waarbij kinderen waren betrokken. Mensen wilden zo graag helpen dat er in hun hoofd scenario's opdoken die geen enkele grond van waarheid bevatten. 'Hoe heet die jongen trouwens – die gebeld heeft over de Prius?'

'Lionel Petty.' Ze drukte op een rode knop naast de deur. Na een paar tellen klonk er gezoem en toen een klik.

Will hield de deur voor Amanda open en volgde haar een lange gang door, die naar de Copy Right voerde. De airconditioning was een verademing na de benauwende warmte van de garage. In de winkel hingen bordjes aan het plafond met getekende pennen die glimlachend aanwijzingen schreven. De balie aan de voorkant ging schuil onder stapels papier. Op de achtergrond klonk het gesnor van machines, die met ongelooflijke snelheden papieren uitbraakten. Will keek om zich heen en toen hij niemand zag, drukte hij op het belletje op de balie.

Vanachter een van de apparaten dook een jongenshoofd op. Zijn haar stak naar alle kanten, alsof hij pas uit bed kwam, maar zijn sikje was keurig bijgehouden. 'Zijn jullie van de politie?' Toen hij dichterbij kwam, zag Will dat hij eigenlijk geen jongen meer was. Hij schatte hem ergens achter in de twintig, maar hij kleedde zich als een puber en hij had een rond, open kindergezicht. Zijn wijkende haarlijn buiten beschouwing gelaten kon hij voor vijftien doorgaan. Hij herhaalde zijn vraag: 'Zijn jullie van de politie?'

Will nam het woord, want de ervaring had hem geleerd dat Amanda anders een hele batterij vragen op hem zou afvuren waarop ze onmiddellijk antwoord verwachtte, en dat was niet de beste manier om vreemden informatie te ontlokken. Hij moest zijn stem verheffen om boven de machines uit te komen. 'Ben jij Lionel Petty?'

'Ja,' antwoordde de man, met een nerveus lachje naar Amanda. 'Leidt dit tot de oplossing van de zaak?' Zijn trage stem had iets zangerigs, maar Will kon niet zeggen of hij gewoon ontspannen was of dat het kwam doordat hij iets te veel wiet had gerookt. 'Ik volg het al de hele dag op het nieuws, en daar wordt zo om de vijf minuten die auto getoond. Ik kon mijn ogen niet geloven toen ik even naar buiten ging voor een sigaretje en hem daar zag staan. Eerst dacht ik dat ik spoken zag, want dat zou toch wel heel toevallig zijn, niet?'

'Petty,' klonk een stem uit het niets. Will liep langs de balie en zag het onderlichaam van een man onder een machine uitsteken. 'Heb je uitgeklokt, zoals ik je gevraagd heb?'

Petty glimlachte en ontblootte het scheefste stel tanden dat Will ooit had gezien. 'Eh... ik wil niet bot overkomen of zo, maar zit er ook een beloning aan vast? *We never say no at Campano*. Ze wonen in Ansley Park. Die lui moeten stinkend rijk zijn.'

'Nee,' liet Amanda hem weten. Ze had inmiddels door wie hier de baas was. Aan de jonge man onder het kopieerapparaat vroeg ze: 'Waar is de band van de bewakingscamera?'

Hij kroop onder de machine uit. Op zijn voorhoofd zat een inktvlek, maar zijn haar was keurig gekamd en zijn gezicht gladgeschoren. Hij was ongeveer even oud als Petty, hoewel hij het zonder diens jongensachtige trekken en benevelde charme moest stellen. Hij veegde zijn handen aan zijn broek af en liet er een vaag inktspoor op achter. 'Sorry, we moeten morgenochtend tienduizend boekjes drukken en nu loopt mijn machine vast.'

Will keek naar het binnenwerk van het kopieerapparaat; de raderen en tandwielen deden hem sterk aan een polshorloge in het groot denken.

'Ik ben Warren Grier,' zei de man. 'Ik heb de band eruit gehaald zodra die jongens van u hier arriveerden. U hebt geluk. We wisselen elke dag dezelfde twee cassettes om. Als u morgen was gekomen, zou alles waarschijnlijk weer overgespoeld zijn.'

'Wordt er hier veel gestolen?' vroeg Will.

'Niet echt. Door alle wegwerkzaamheden is het moeilijk om het gebouw in en uit te komen. Zo'n negentig procent van onze klanten ziet ons nooit. We laten het werk bij hen bezorgen.'

'Waar dient die bewakingscamera dan voor?'

'Vooral om te zien wie er bij de deur staat en om daklozen te weren. We hebben niet veel cash in huis, maar junks hebben ook niet veel nodig. Twintig dollar en ze kunnen weer scoren.'

'Werken alleen Lionel en jij hier?'

‘’s Morgens werkt hier een meisje, Monique. Ze is hier van zeven tot twaalf. Voor de bestellingen maken we gebruik van een koeriersdienst. Die lopen hier de hele dag in en uit.’ Hij steunde met zijn hand op de balie. ‘Straks komen Sandy en Frieda. Die doen de avonddienst.’

‘En wie zitten er in de kantoren boven?’

‘Vroeger zaten daar advocaten, maar wanneer zijn die ook alweer vertrokken? Een jaartje geleden?’ vroeg hij aan Petty, en die knikte bevestigend. ‘Ze hielden zich met immigratiezaken bezig. Volgens mij was het één grote zwendelbende.’

‘Er kwamen daar ongure types,’ voegde Petty eraan toe.

‘Hier.’ Warren diepte een stel sleutels uit zijn broekzak op en gaf ze aan Petty. ‘Neem ze maar mee naar mijn kantoor. Ik heb de banden stilgezet toen die jongens van jullie hier kwamen. De bovenste is van vandaag. Hij is niet teruggespoeld, dus waarschijnlijk is het tijdstip waarom het gaat makkelijk te vinden. Sorry,’ zei hij verontschuldigend tegen Will, ‘maar ik moet deze machine weer aan de praat zien te krijgen. Roep maar als er problemen zijn, dan kom ik wel helpen.’

‘Bedankt,’ zei Will. ‘Nog één vraag: is het je de laatste tijd soms opgevallen dat iemand de parkeergarage regelmatig gebruikt? Misschien niet met de Prius, maar met een andere wagen?’

Warren liep hoofdschuddend terug naar het kopieerapparaat. ‘Meestal kom ik de winkel niet uit. Ik gebruik die deur alleen als het tijd is om naar huis te gaan.’

Will hield hem tegen voor hij weer onder zijn machine wegdook. ‘Heb je hier in de buurt dan misschien verdachte personen gezien?’

Warren haalde zijn schouders op. ‘Dit is Peachtree Street. Hier is zo ongeveer iedereen verdacht.’

Petty zei: ‘Ik hou trouwens altijd een oogje in het zeil.’ Hij wenkte hen mee naar de achterkant van de winkel. ‘Dat met die auto was niet de eerste keer. Ik heb de politie ook wel eens gebeld omdat er zwervers in het steegje lagen te slapen.’

‘Wanneer was dat?’ vroeg Amanda.

‘Een jaartje of twee geleden.’

Will verwachtte een sarcastische opmerking, maar ze hield zich in.

Hij vroeg aan Petty: 'Heb je die Prius hier al eens eerder zien staan?'

Hij schudde zijn hoofd.

'En andere wagens?' drong Will aan. 'Is er bijvoorbeeld één wagen die je hier regelmatig ziet?'

'Niet dat ik weet, maar meestal zit ik binnen en neem de telefoon aan.'

'En je rookpauzes dan?'

'Stom, hè?' Hij moest er een beetje van blozen. 'Ongeveer twee jaar geleden ben ik gestopt, maar een paar dagen geleden heb ik een meisje ontmoet in de Yacht Club, en die rookt als een ketter. Ik was meteen weer verkocht.' Hij knipte met zijn vingers.

De Euclid Avenue Yacht Club was een kroeg in Little Five Points. Het was typisch het soort tent waar je een twintiger zou verwachten die in een kopieerwinkel werkte en de ambitie had van een slak.

'En die wegwerkers buiten?' vroeg Will.

'Die zijn hier een halfjaar lang met onderbrekingen aan het werk geweest. Eerst gebruikten ze de garage om te lunchen. U weet wel, lekker in de schaduw en zo. Maar Warren werd kwaad omdat ze er allemaal troep achterlieten – sigarettenpeuken, koffiebekertjes, allerlei rotzooi. Hij is toen met de ploegbaas gaan praten, heel rustig, zo van: "Gewoon een kwestie van manieren, man. Dump de troep waar die hoort." Toen we hier de volgende dag terugkwamen, lagen er van die stomme staalplaten op de weg, en sindsdien hebben we die lui niet meer gezien.'

'Wanneer was dat?'

'Een week geleden? Ik kan het me niet meer herinneren. Warren weet het nog wel.'

'Hebben jullie al eerder problemen met ze gehad?'

'Nee, daarvoor waren ze er nooit lang genoeg. Je ziet telkens nieuwe gezichten, vaak zijn het nieuwe ploegen met nieuwe ploegbazen.' Petty bleef voor een gesloten deur staan. Al pratend stak hij de sleutel in het slot. 'U moet trouwens niet denken dat ik op geld uit ben omdat ik vroeg of er ook een beloning aan vastzat.'

'Natuurlijk niet,' zei Will, die een blik in het kantoortje wierp. De ruimte was klein, maar overzichtelijk ingericht, met een gigantische hoeveelheid cd's keurig geordend op metalen schappen, die van de vloer tot aan het plafond reikten. Een krakkemikkige stoel stond naast een metalen bureau, waarop stapels papier lagen. Een prikklok tikte luid. Op een plank aan de andere kant stond een kleine zwart-wittelevisie. Een verzameling kabels liep van de stekkerverbindingen aan de voorkant naar twee videorecorders.

'De kwaliteit is niet zo best,' zei Petty. 'Het is zoals Warren zegt: de banden worden overgespoeld. Ik werk hier nu zeven jaar, en in al die tijd heeft hij misschien twee keer nieuwe gekocht.'

'En al die cd's?'

'Klantenbestanden, illustraties, dat soort zaken,' legde hij uit, terwijl hij met zijn vingers langs de veelkleurige hoesjes streek. 'De meeste opdrachten worden tegenwoordig per e-mail verzonden, maar soms krijgen we een nabestelling en dan hebben we ze weer nodig.'

Will keek naar de tv en zag het topje van Charlies hoofd terwijl hij een stuk uit de bekleding van de passagiersstoel van de Prius sneed. Naast het toestel lagen twee banden, met op hun stickers de nummers 1 en 2. Hij bekeek de videorecorder, die er vrij simpel uitzag. De grote knop was altijd PLAY. De kleinere knoppen aan weerszijden waren ongetwijfeld voor terug- en vooruitspoelen.

'We redden ons verder wel,' zei hij tegen Petty.

'Ik wil wel...'

'Nee, dank je,' zei Amanda, die hem praktisch de deur uit duwde.

Will ging aan de slag en schoof de bovenste band in de recorder. Het tv-scherm knipperde en het beeld van de parkeergarage verscheen.

'Die is twee uur geleden stopgezet,' zei Amanda.

'Dat zie ik,' mompelde Will. Hij hield de terugspoelknop ingedrukt en keek toe terwijl de datum- en tijdcode terugliepen. Hij zette de band stil en drukte weer op terugspoelen, in de wetenschap dat het apparaat sneller zou gaan als het het beeld niet hoefde te tonen. De videorecorder zoemde. De klok tikte.

'Probeer eens,' drong Amanda aan.

Will drukte op PLAY en de garage sprong weer in beeld. Opnieuw zagen ze de Prius, nog op dezelfde plek geparkeerd. De tijdcode gaf 13:24:33 uur aan.

'Bijna,' zei ze. Paul Campano had 911 gebeld, en daardoor wisten ze dat Abigail rond halfeen was thuisgekomen.

Will liet het beeld aan terwijl hij de terugspoelknop met zijn duim ingedrukt hield. Er veranderde niet veel aan het tafereel, alleen de Prius en de verlaten garage. De kwaliteit van de band was wat je kon verwachten, en Will betwijfelde of hij op het filmpje het merk van de auto had kunnen onderscheiden. De camera was op de deur gericht en daardoor was er van de parkeergarage slechts een taartpuntvormig stuk te zien. Alles op de band bewoog zich achterwaarts, dus toen de Prius om 12:21:03 uur achteruitreed, betekende het dat hij op dat tijdstip was gearriveerd. Dat was al mooi om te weten, maar wat pas echt hun aandacht trok, was de tweede auto, die door de Prius aan het zicht van de camera was onttrokken.

'Wat is dat voor merk?' wilde Amanda weten.

De korrelige film toonde het vrij onbestemde voorste zijpaneel en een deel van het voorwiel van een rode of blauwe of zwarte personenwagen, die op de parkeerplaats stond. Will zag een stuk van de voorruit, de schuine motorkap en de richtingaanwijzer, maar verder niets. Toyota? Ford? Chevrolet?

'Ik heb geen idee,' moest hij ten slotte bekennen.

'We weten dus,' zei Amanda, 'dat de Prius om negen voor halfeen de garage is binnengereden. Spoel eens terug naar het tijdstip waarop de tweede auto verscheen.'

Will deed wat hem gevraagd werd, spoelde ongeveer een uur terug en stopte bij kwart over elf die ochtend. Vervolgens drukte hij op PLAY, en de film draaide langzaam vooruit. De donkere auto reed de parkeerplek op. De opname van de bestuurder onthulde hooguit dat hij een normaal postuur had. Toen hij uit de auto stapte, kon je zien dat hij donker haar had en een donker shirt droeg boven een spijkerbroek. Will vergeleek hem met het beeld in zijn hoofd, en hij ging ervan uit dat dit Adam Humphrey was. Adam sloot het portier en wierp toen iets – de sleutels? – over het dak van de auto naar de passagier, die op een hand en een deel van de onderarm na buiten beeld bleef terwijl hij of zij de sleutels opving. De passagier droeg geen horloge. Op de arm zaten geen tatoeages of andere kenmerkende tekenen. Zowel de bestuurder als de passagier verliet de plek, en

Will spoelde de band snel door, tot de auto van Kayla Alexander in beeld kwam.

Tot Wills opluchting verliep nu alles in chronologische volgorde. Om precies 12:21:44 uur werd de witte Prius naast de andere personenauto geparkeerd en onttrok hem aan het zicht. De bestuurder van de Prius stapte aan de passagierskant uit, buiten het bereik van de camera, en deed de kofferbak open. De kofferbak van de andere auto wipte ook even open, en dat werd door de camera opgepikt. Een paar tellen later werd hij weer gesloten. Een wazige veeg kwam in beeld, waarschijnlijk de bovenkant van het hoofd van de ontvoerder toen hij ineengedoken langs de onbekende auto glipte en er aan de passagierskant in stapte. Daarna veranderde het camerabeeld niet meer. Ze gingen er maar van uit dat de auto was weggereden.

Will haalde zijn hand van het apparaat.

Amanda leunde met haar heup tegen het bureau. 'Hij wist dat die andere auto hier stond. Hij wist dat hij van auto moest ruilen, omdat wij naar de Prius zouden uitkijken.'

'We hebben dus de hele middag naar de verkeerde auto gezocht.'

'We vragen Charlie of hij de band naar Quantico wil sturen,' zei Amanda, doelend op het FBI-laboratorium in Virginia. 'Daar zit vast wel iemand die alles af weet van voorpanelen op auto's.'

Will haalde de band uit het apparaat. De tv sprong flikkerend aan en de Prius kwam weer in beeld. Charlie zat op zijn knieën en onderzocht de vloer aan de bestuurderskant. De klok stond op 20:41:52 uur.

Amanda zag het ook. 'Weer een halfuur naar de bliksem.'

Amanda was voor haar doen erg stil toen ze Will bij het stadhuis afzette. Het enige wat ze zei voor hij naar zijn auto liep, was: 'Morgen hebben we meer informatie.' Van de technische recherche, bedoelde ze. Het lab draaide overuren om het materiaal te verwerken. Amanda wist dat Will had gedaan wat hij kon. En allebei wisten ze dat het niet genoeg was.

Will reed wat doelloos over North Avenue, zo in gedachten verzonken dat hij zijn afslag miste. Hij woonde op nog geen vijf minuten van City Hall East, maar wat hem betrof, zo dacht hij de laatste tijd steeds vaker, mocht de afstand een stuk groter zijn. Sinds zijn achttiende had hij op zichzelf gewoond, en hij was het gewend om veel tijd alleen door te brengen. Hij moest er erg aan wennen om bij thuiskomst Angie aan te treffen. Vooral op een avond als deze, als hij zo volledig door een zaak in beslag werd genomen dat hij er hoofdpijn van kreeg, kon hij er hevig naar verlangen om alleen te zijn en zijn gedachten de vrije loop te laten.

Hij probeerde iets positiefs te bedenken dat ze vandaag tot stand hadden gebracht. Ze hadden de ouders van Kayla Alexander kunnen bereiken. Vanwege het tijdsverschil met Australië waren die een complete dag kwijt in de lucht. Niettemin was Leo Donnelly erin geslaagd één ding goed af te handelen. Eigenlijk twee, als je zijn plotselinge verlof om medische redenen meetelde. Will vermoedde dat je nog beter met spoed je prostaat kon laten verwijderen dan Amanda Wagner onder ogen komen, hoewel je in beide gevallen castratie riskeerde.

Omdat Angies Monte Carlo de oprit blokkeerde, parkeerde Will zijn auto op straat. De vuilnisemmer stond nog bij de stoeprand en die sleepte hij mee naar de garage. De buitenlampen floepten verblindend fel aan toen hij langsliep. Met zijn hand voor zijn ogen tegen het licht deed hij de voordeur van het slot.

'Hoi,' zei Angie. Ze lag op de bank voor de tv, in een katoenen boxershort en een topje. Terwijl Will zijn ogen over haar blote been liet gaan, hield ze haar blik op het scherm gericht. Het liefst was hij lekker naast haar op de bank gekropen om te slapen of misschien iets anders te doen, maar zo ging het niet in hun relatie. Angie was geen koesterend type en Will leed aan een ziekelijk onvermogen om te vragen om zaken waaraan hij behoefte had. Ze hadden elkaar leren kennen in het kindertehuis, waar ze hem een klap tegen zijn hoofd had verkocht en had gezegd dat hij haar niet zo aan moest gapen. Will was toen acht en Angie elf. Sindsdien was hun relatie niet echt veranderd.

Hij liet zijn sleutels op het tafeltje bij de deur vallen en maakte onwillekeurig de balans op van alle dingen die ze tijdens zijn afwezigheid had verplaatst of laten rondslingeren. Haar tasje lag op de flipperkast en het glas was bezaaid met vrouwentroep. Haar schoenen stonden onder de pianokruk, naast het paar dat ze de vorige dag had aangehad en het paar van de dag daarvoor. De bloemen op de veranda zagen er aangevreten uit, maar dat kon Will haar eigenlijk niet aanrekenen. Betty, zijn hond, was de laatste tijd gek op margrieten. En zo hadden ze allemaal hun eigen passief-agressieve manier ontwikkeld om tegen de nieuwe situatie te protesteren.

'Wordt dat extra politiebericht nog steeds uitgezonden?' vroeg hij.

Angie zette het geluid van de tv uit en had eindelijk aandacht voor hem. 'Ja. Nog nieuwe aanwijzingen?'

Hij schudde zijn hoofd, deed zijn pistool af en legde het bij zijn sleutels. 'Hoe wist je dat ik op die zaak zat?'

'Ik heb een telefoontje gepleegd.'

Will vroeg zich af waarom ze hem niet rechtstreeks had gebeld, maar hij was te moe om er een punt van te maken. 'Is er nog iets leuks op tv?'

'*The Man With Three Wives.*'

'Waar gaat het over?'

'Scheepsbouw.'

Will voelde een aan paniek grenzende bezorgdheid opkomen toen hij besefte dat de hond hem niet bij de deur had opgewacht om hem te begroeten. 'Je hebt Betty toch niet weer per ongeluk in de kast opgesloten?' Angie was bepaald geen fan van de chihuahua, en hoewel Will zich alleen over het beestje had ontfermd omdat niemand anders het wilde, meende hij haar altijd in bescherming te moeten nemen. 'Angie?'

Ze schonk hem een onschuldig lachje, en nu gingen bij hem de alarmbellen pas goed rinkelen. Hij was er nog steeds niet helemaal van overtuigd dat het voorval met de kast een ongelukje was geweest.

Eerst floot hij en toen riep hij: 'Betty?' Ze stak haar vleermuizenkopje om de keukendeur en een golf van opluchting trok door hem heen toen haar nageltjes over de hardhouten vloer tikten. 'Dat was niet grappig,' zei hij tegen Angie, neerploffend op een stoel.

Algauw liet de zware dag zich gelden. Het was alsof alle spieren in zijn lichaam oplosten. Op dat moment kon hij niets doen, maar hij voelde zich schuldig omdat hij thuis op zijn stoel zat, terwijl de moordenaar vrij rondliep. Het digitale klokje van de kabeldoos stond op 01.33 uur. Nu pas drong het tot Will door hoe laat het was, en het besef was als een trage pijn. Toen Betty bij hem op schoot sprong, bracht hij het amper op om haar te aaien.

'Als je eens wist hoe belachelijk je eruitziet met dat mormel op je knie,' zei Angie.

Hij staarde naar de salontafel, naar de vingerafdrukken op het geboende hout. Een leeg wijnglas stond naast een open zakje Dorito's. Zijn maag rammelde toen hij de chips zag, maar hij was te moe om zijn hand ernaar uit te steken en er eentje te pakken. 'Je hebt gisteravond het deksel niet goed op de vuilnisbak gedaan,' zei hij. 'Er heeft een hond of iets dergelijks aan gezeten. De hele tuin lag vanmorgen onder de troep.'

'Dan had je me wakker moeten maken.'

'Ach, het maakt ook niet uit.' Hij zweeg even om haar te laten voelen dat het wel degelijk iets uitmaakte. 'Ga je me niks over Paul vragen?'

'Nu al?' vroeg ze. 'Ik wilde je eerst even thuis laten komen.'

Toen Paul pas in het kindertehuis was, had Will hem aanbeden. Hij was alles wat Will niet was: charmant, populair, besneden. Alles leek hem aan te waaien – zelfs Angie. Hoewel hij moest bekennen dat niemand echt moeite hoefde te doen voor Angie. Nou ja, niemand behalve Will toentertijd. Hij wist nog steeds niet waarom Paul zo'n hekel aan hem had gehad. Na een week van onderhuidse spanningen had de oudere jongen zijn afkeer openlijk laten blijken, en nadat er nog een week was verstreken, begon hij zijn vuisten te gebruiken.

'Hij noemt me nog steeds Vullisvat,' zei Will.

'Je bent dan ook in een vuilnisvat gevonden.'

'Dat is al heel lang geleden.'

Achteloos haalde ze haar schouders op. 'Dan noem je hem toch klootzak of zo?'

'Dat zou wat wrang zijn onder deze omstandigheden, na wat er met zijn dochter is gebeurd. Nog steeds gebeurt,' verbeterde hij zichzelf.

Ze keken zwijgend naar de tv. Er werd een reclame voor dieetpillen vertoond, met foto's van ervoor en erna. Het leek wel of iedereen iets aan zijn leven wilde veranderen. Was er maar een pilletje dat ervoor zorgde dat Emma terugkwam. Het maakte niet uit wie haar vader was, het meisje was gewoon een onschuldig kind. Zelfs Paul verdiende het niet om zijn dochter te verliezen. Niemand verdiende zoiets.

Will wierp een blik op Angie, en keek toen weer naar de tv. 'Wat voor kinderen zouden wij eigenlijk krijgen?'

Bijna slikte ze haar eigen tong in. 'Jezus, hoe kom je daar nou weer bij?'

'Weet ik niet.' Hij streelde Betty over haar kop en plukte aan haar oren. 'Ik vroeg het me gewoon af.'

Angies lippen bewogen terwijl ze de schok verwerkte. 'Wat vroeg je je af: of ons kind een drugsverslaafde zou worden, zoals mijn moeder, of een psychopaat, zoals jouw vader?'

Will haalde zijn schouders op.

Ze kwam overeind van de bank. 'En wat vertellen we hem dan over hoe we elkaar ontmoet hebben? Geven we hem gewoon een exemplaar van *Bloemen op zolder* en dan maar hopen dat het goed komt?'

Weer haalde hij zijn schouders op, en hij bleef aan Betty's oren plukken. 'Vooropgesteld dat hij kan lezen.'

Angie lachte niet. 'En wat zeggen we dan als hij wil weten waarom we getrouwd zijn? Normale kinderen willen dat soort onzin altijd weten, Will. Wist je dat?'

'Is er ook een boek waarin de vader de moeder een ultimatum stelt nadat ze hem met syfilis heeft opgezadeld?'

Will keek op toen ze niet antwoordde. Angies ene mondhoek krulde zich tot een glimlach. 'Daar gaat de volgende film trouwens over.'

'O ja?'

'Meryl Streep speelt de moeder.'

'Een paar van haar mooiste rollen hadden met syfilis te maken.' Hij voelde Angie naar hem kijken; daarom richtte hij zijn aandacht op Betty en krabbelde over haar kopje tot ze met haar achterpoot begon te slaan.

Angie wist het gesprek soepel naar rustiger vaarwater te sturen. 'Hoe ziet Pauls vrouw er eigenlijk uit?'

'Knap,' zei hij, en hij trok zijn hand terug toen Betty naar hem hapte. 'Om niet te zeggen beeldschoon.'

'Waar wedden we om dat hij vreemdgaat?'

Will schudde zijn hoofd. 'Ze heeft alles wat hij kan verlangen. Lang, blond, slim, chic.'

Ze trok een wenkbrauw op, maar ze wisten allebei dat Will eerder op vuilbekkende brunettes viel, die er de destructieve gewoonte op na hielden altijd precies te zeggen wat ze op hun hart hadden. Natalie Maines met een pruik, dat zou pas reden tot zorg zijn. Abigail Campano was hooguit een curiositeit.

'Dat kan wel zo zijn,' zei Angie, 'maar mannen gaan niet vreemd omdat hun vrouw niet knap of slim of sexy genoeg is. Ze gaan vreemd omdat ze eens lekker ongecompliceerd willen neuken, of omdat ze zich vervelen, of omdat hun vrouw al dat gezeik van hen niet langer pikt.'

Betty sprong op de vloer en schudde zich uit. 'Dat zal ik onthouden.'

'Moet je doen.' Met haar voet hield ze Betty tegen toen die op de bank wilde springen. In zijn verbeelding zag hij haar al hetzelfde doen met een peutertje. Will keek naar Angies teennagels, die felrood waren gelakt. Hij zag haar nog niet met een dochtertje op schoot bij de pedicure zitten. Maar aan de andere kant had hij zich drie maanden geleden ook niet kunnen voorstellen dat Angie ooit voor een rustig, huiselijk leventje zou kiezen.

Toen ze hem had gebeld met de boodschap dat hij even naar de inloopkliniek moest om zich te laten testen, was hij zo woedend geworden dat hij de telefoon door het keukenraam had gesmeten. Daarna was het geruzie niet van de lucht geweest – iets wat Will haatte, maar waar Angie bij gedijde. Het was een patroon dat ze al bijna dertig jaar volgden: Angie bedroog hem, hij stuurde haar weg, en dan kwam ze een paar weken of maanden later weer terug en begon alles van voren af aan.

Will had schoon genoeg van die hele vertoning. Hij wilde eindelijk wel eens een gewoon huiselijk leven, iets wat voor normaal zou kunnen doorgaan. Maar het was bepaald niet zo dat de vrouwen voor hem in de rij stonden. Will had zoveel bagage dat hij niet zonder afhaalbewijs de deur uit kon.

Angie kende zijn levensgeschiedenis. Ze wist dat het litteken op zijn achterhoofd het gevolg van een klap met een spade was. Ze wist waarom zijn gezicht aan flarden had gelegen en waarom hij zo nerveus werd telkens als hij een sigaret zag opgloeien. Hij hield van haar, dat stond buiten kijf. Misschien was het geen hartstocht, misschien was hij eigenlijk helemaal niet verliefd, maar Will voelde zich veilig bij haar, en soms was dat het enige wat ertoe deed.

Volkomen onverwacht zei ze: 'Faith Mitchell is een goeie rechercheur.'

'Nou, je hebt veel opgestoken van dat telefoontje,' was Wills commentaar, en hij vroeg zich af wie er op het politiebureau zo loslippig was geweest. 'Ik heb toentertijd een onderzoek naar haar moeder ingesteld.'

'Zij heeft het niet gedaan,' zei Angie, maar Will wist dat dat het soort antwoord was waarvan politiemensen zich automatisch bedienden, zoals je iemand gezondheid toewenste als hij nieste.

'Ze heeft een zoon van achttien.'

'Ik verkeer nauwelijks in de positie om op minderjarige sletjes af te geven. Kijk maar een beetje uit met Faith in de buurt,' voegde Angie eraan toe. 'Die heeft je binnen tien tellen door.'

Will slaakte een zucht, die van diep uit zijn borst kwam. Hij keek naar de openstaande keukendeur. Het licht in de keuken brandde nog. Hij zag dat het brood op het aanrecht lag, met een open pot mayonaise ernaast. Die had hij pas gekocht. Was ze echt zo spilziek of moest hij er een soort boodschap in zien?

Er viel een schaduw over hem heen, en toen hij opkeek, zag hij Angie. Ze ging schrijlings boven op hem in de stoel zitten, met haar armen op zijn schouders. Will streek met zijn handen over haar benen, maar ze hield hem tegen toen hij verder wilde gaan. Bij Angie was niets gratis, en dat bewees ze ook nu weer toen ze vroeg: 'Waarom zei je dat net, over kinderen?'

'Gewoon, om een gesprek te beginnen.'

'Raar gesprek, hoor.'

Hij wilde haar kussen, maar ze trok zich terug.

'Toe nou,' drong ze aan. 'Vertel eens waarom je dat vroeg.'

Hij haalde zijn schouders op. 'Zomaar.'

'Je gaat me toch niet vertellen dat je kinderen wilt, hè?'

'Dat heb ik niet gezegd.'

'Hoe dan – wil je ze soms adopteren?'

Met twee simpele woordjes legde hij haar het zwijgen op: 'En jij?'

Ze leunde achterover, met haar handen op haar schoot. Hij kende haar al zo ongeveer zijn hele leven. In al die tijd had een rechtstreekse vraag nog nooit tot een rechtstreeks antwoord geleid, en hij wist dat daar ook niet zo snel verandering in zou komen.

'Kun je je de Doors nog herinneren?' vroeg ze. Ze doelde niet op de popgroep. In hun jeugd waren er bepaalde kinderen geweest die zo vaak vertrokken en weer terugkwamen dat het kindertehuis een soort draaideurfunctie voor hen vervulde. Ze hield haar lippen vlak bij zijn oor. 'Als je zelf dreigt te verdrinken, dan ga je iemand anders niet leren zwemmen.'

'Kom.' Hij gaf haar een klopje op haar been. 'Ik moet Betty nog uitlaten, en morgen is het weer vroeg dag.'

Angie had er nooit goed tegen gekund als haar iets werd geweigerd. 'Heb je nog geen tweeëndertig seconden voor me over?'

'Jij laat een nieuwe pot mayonaise open op het aanrecht staan, en dan verwacht je ook nog voorspel?'

Ze vatte het als een uitnodiging op en glimlachte.

'Weet je,' zei Will, 'je woont hier nu al tweeënhalve week en de enige plekken waar we seks hebben gehad, zijn deze stoel en de bank.'

'Besef je wel dat je waarschijnlijk de enige man op de wereld bent die over zoiets durft te klagen?'

'Voor zo'n grondig marktonderzoek kan ik alleen maar nederig mijn hoofd buigen.'

Haar mondhoek ging omhoog, maar ze glimlachte niet. 'Zo gaat dat nou eenmaal, hè?'

'Heb je de makelaar al gebeld?'

'Staat op mijn lijstje,' zei ze, maar ze wisten allebei dat ze haar huis nog lang niet te koop ging zetten.

Will kon de energie niet meer opbrengen om het gesprek voort te zetten. 'Kom op, Angie. Laten we nou niet zo doorgaan.'

Ze legde haar handen op zijn schouders en deed iets buitengewoon doeltreffends met haar heupen. Will voelde zich net een laboratoriumrat toen ze van bovenaf naar hem keek, elke beweging van hem volgde en haar ritme aanpaste aan zijn reactie. Hij probeerde haar te kussen, maar ze bleef telkens net buiten zijn bereik. Ze stak haar hand in haar short en hij voelde de achterkant van haar vingers tegen zijn lid drukken terwijl ze zichzelf streelde. Wills hart bonkte toen hij naar haar keek zoals ze daar zat, met gesloten ogen en haar tong tussen haar lippen. Hij hield het bijna niet meer toen ze haar hand ten slotte wegtrok en hem beetpakte.

'Ben je nog steeds moe?' fluisterde ze. 'Moet ik stoppen?'

Will wilde niet praten. Hij tilde haar op en schoof haar op de salontafel. Het laatste wat hij dacht voor hij in haar stootte, was dat het voor de verandering eens niet de bank of de stoel was.

Will pakte Betty op en met het hondje tegen zijn borst geklemd rende hij op een drafje de straat uit. Ze drukte haar kopje tegen zijn hals en terwijl haar tong ontspannen uit haar bek hing, lieten ze de wijk achter zich. Hij ging pas wat langzamer lopen toen hij de straatlantaarns van Ponce de Leon kon zien. Zeer tegen haar zin zette hij Betty op het trottoir en liet haar verder het hele eind naar de drugstore lopen.

Voor twee uur 's nachts was het er verbazend druk. Will nam een mandje en liep naar de achterkant van de winkel, want hij vermoedde dat hij in de buurt van de geneesmiddelen moest zijn. Pas nadat hij langs twee verschillende schappen was gelopen, zag hij wat hij zocht.

Will speurde de dozen af en zijn blik werd wazig van alle lettertjes. Met cijfers had hij geen enkele moeite, maar hij had nooit goed kunnen lezen. Toen hij klein was, had een onderwijzer geopperd dat hij dyslectisch was, maar Will had nooit een test ondergaan en wist niet of het een echte afwijking betrof of dat hij doodgewoon dom was – iets waarover opeenvolgende onderwijzers het allemaal eens waren geweest. Wel wist hij dat hij geen greep kreeg op het gedrukte woord, hoe hard hij ook zijn best deed. De letters versprongen en buitelden over elkaar heen. Tegen de tijd dat ze vanuit zijn ogen zijn hersens hadden bereikt, hadden ze iedere betekenis verloren. Ze gingen achterstevoren staan en soms liepen ze zomaar van het blad af. Hij kon rechts niet van links onderscheiden. Hij kon zich niet langer dan een uur op een pagina tekst concentreren zonder barstende hoofdpijn te krijgen. Op goede dagen had hij het leesniveau van een zevenjarige. Op slechte dagen was het niet te doen. Als hij moe was of zich ergens zorgen over maakte, kolkten de woorden als drijfzand rond.

Het jaar daarvoor had Amanda Wagner zijn probleem ontdekt. Will wist niet precies hoe ze erachter was gekomen, maar als hij haar ernaar vroeg, dan zou dat tot een gesprek leiden waar hij helemaal geen zin in had. Voor zijn rapporten gebruikte hij een spraakherkenningsprogramma. Misschien vertrouwde hij te veel op de spellingchecker. Of misschien was Amanda zich gaan afvragen waarom hij een digitale recorder gebruikte in plaats van het ouderwetse ringbandnotitieboekje, zoals andere agenten. Het was nou eenmaal een feit dat ze het wist, en dat maakte zijn werk er niet gemakkelijker op, want nu moest hij voortdurend bewijzen dat het geen obstakel vormde.

Hij wist nog steeds niet of ze Faith Mitchell aan hem had gekoppeld om hem te helpen of omdat juist Mitchell erop gebrand zou zijn om hem op een fout te betrappen. Als bekend werd dat Will functioneel analfabeet was, zou hij nooit meer de leiding over een zaak krijgen. Waarschijnlijk kostte het hem zijn baan.

Hij zou niet weten wat hij dan moest beginnen.

Will zette het mandje op de vloer en wreef over Betty's kin als teken dat hij haar niet vergeten was. Hij keek weer naar het schap. Hij had gedacht dat het gemakkelijker zou zijn, maar er stonden minstens tien merken waaruit hij kon kiezen. Alle doosjes zagen er hetzelfde uit, behalve dan dat ze verschillende tinten roze of blauw hadden. Hij herkende een paar logo's van de tv-reclame, maar hij had geen doosje gevonden tussen de rotzooi waarmee de tuin bezaaid lag, alleen het staafje waarop je moest plassen. Het beest dat in het afval had zitten wroeten, had de verpakking versnipperd, en Will had die ochtend midden op de oprit gestaan met een dingetje in zijn handen dat overduidelijk bij een doe-het-zelfzwangerschapstest hoorde.

Er stonden twee streepjes op, maar wat betekende dat? Op sommige tv-reclamespotjes zag je smileys, op andere plusjes. Daaruit zou je kunnen opmaken dat er ook minnetjes moesten zijn. Was zijn blik troebel geweest en had hij twee streepjes gezien in plaats van één minteken? Of was hij zo van de kaart geweest dat hij een woord voor een symbool had aangezien?

Stond er doodgewoon 'nee' op de test, en had Will het niet kunnen lezen?

Hij besloot van elk soort er één te nemen. Zodra de zaak-Campano was opgelost, zou hij zich in zijn werkkamer opsluiten en ze stuk voor stuk bestuderen en vergelijken met het staafje uit het afval, tot hij het goede merk had gevonden, en ook al deed hij er uren over, hij zou net zo lang doorgaan tot hij de aanwijzingen had gelezen en wist wat er aan de hand was.

Betty was in het mandje gesprongen en Will zette de doosjes om haar heen. Hij drukte het mandje tegen zijn borst om te voorkomen dat ze eruit viel. Betty had haar tong weer uit haar bek toen hij naar de kassa liep, en haar pootjes hingen over de rand van het mandje, zodat ze net een motorkapornament leek. Will werd van alle kanten aangestaard, hoewel hij sterk betwijfelde of dit de eerste keer was dat er in deze winkel in het centrum een man werd gesignaleerd in een keurig pak en met een chihuahua aan een roze riem. Wel durfde hij er iets onder te verwedden dat hij de eerste man was met een mandje vol doe-het-zelfzwangerschapstests.

In de rij voor de kassa werd Will nog steeds aangestaard. Hij liet zijn blik over de krantenkoppen gaan. De eerste editie van de *Atlanta Journal* lag er al. Net als in praktisch alle nationale ochtendkranten prijkte het gezicht van Emma Campano boven de vouw. Terwijl hij stond te wachten had hij alle tijd om de dikgedrukte letters boven de foto te ontcijferen: VERMIST.

Bij de gedachte aan al het slechts dat mensen elkaar konden aandoen, voelde hij zijn borst verkrampen zodat hij amper kon ademen. De Doors – de kinderen die terugkwamen van pleeggezinnen of die het niet hadden gered bij hun adoptiefamilie – waren een goed voorbeeld. Telkens weer werden ze weggestuurd en dan kwamen ze terug met een dode blik in hun ogen. Misbruik, verwaarlozing, mishandeling. Het enige wat nog moeilijker was om aan te zien, was je eigen gezicht in de spiegel als je zelf terugkwam.

Betty gaf hem een lik. De rij bewoog zich naar voren. De klok achter de kassa stond op kwart over twee.

Amanda had gelijk. Als Emma Campano geluk had, was ze dood.

DE TWEEDE DAG

VIJF

Abigail Campano had het gevoel dat haar dochter nog leefde. Was dat mogelijk? Of verbeeldde ze zich een band die er niet meer was, zoals iemand nog lang na een amputatie zijn verdwenen arm of been nog voelt?

Als Emma dood was, dan was dat Abigails schuld. Ze had iemand van het leven beroofd – niet zomaar iemand, maar een man die geprobeerd had om haar dochter te redden. Adam Humphrey, een onbekende voor Abigail en Paul, een jongen die ze tot een dag geleden nooit hadden gezien, van wie ze nog nooit hadden gehoord, had ze met haar blote handen gedood. Daar moest een prijs op staan. Er moest een soort gerechtigheid zijn. Kon Abigail haar eigen hoofd maar op het blok leggen. Alles had ze ervoor over om nu met Emma te kunnen ruilen. De kwelling, de pijn, de doodsangst – zelfs de kille omhelzing van een ondiep graf zou beter zijn dan dit voortdurende niet-weten.

Was dat wel zo? Wat dachten de ouders van Kayla op dit moment? Abigail kon het stel niet uitstaan, voelde niets dan afkeer van hun veel te tolerante houding en van de schreeuwlelijk van een dochter die er het product van was. Emma was absoluut geen heilige, maar tot ze Kayla had leren kennen, was ze heel anders geweest. Ze had nooit een les overgeslagen of haar huiswerk niet gemaakt of gespijbeld. Niettemin, wat moest Abigail tegen de ouders van het meisje zeggen? 'Jullie dochter zou nog leven als jullie haar bij de mijne uit de buurt hadden gehouden'?

Of: onze dochters.

'Onze dochters zouden nog leven als jullie naar me geluisterd hadden.'

Abigail dwong zichzelf in actie te komen, een poging te doen om uit bed te stappen. Behalve voor een bezoekje aan het toilet was ze nu al achttien uur haar bed niet uit geweest. Ze vond het stom van zichzelf dat ze een kalmerend middel nodig had gehad – als de eerste de beste oude vrijster die last had van opvliegers. Iedereen deed heel voorzichtig met haar. Abigail was al een eeuwigheid niet meer zo in de watten gelegd.

Zelfs haar moeder had aardig gedaan over de telefoon. Sinds ze tien jaar geleden van Abigails vader was gescheiden, woonde Beatrice Bentley in Italië. Nu zat haar beeldschone moeder in een vliegtuig ergens boven de noordelijke Atlantische Oceaan om zo snel mogelijk bij haar dochter te kunnen zijn.

De ouders van Adam Humphrey waren ook al onderweg. Zij zouden straks niet aan een bed staan, maar aan een graf. Hoe zou het zijn om je kind te begraven? Hoe zou het voelen als de kist wegzonk in de aarde, als de aarde je liefste schat met duisternis omhulde?

Abigail vroeg zich vaak af hoe het geweest zou zijn om een zoon te hebben. Weliswaar was ze een buitenstaander, maar de relatie tussen moeders en zoons leek zo ongecompliceerd. Jongens lieten zich gemakkelijk doorgronden. Met één blik wist je of ze boos, verdrietig of blij waren. Ze genoten van simpele dingen, zoals pizza en videospelletjes, en als ze ruzie hadden met hun vrienden, dan was het nooit menens, of – nog erger – zomaar voor de lol. Je hoorde nooit dat jongens pesterige briefjes schreven of op school over elkaar roddelden. Een jongen kwam nooit huilend thuis omdat hij voor vetzak was uitgescholden. Nou ja, misschien gebeurde het wel eens, maar zijn moeder kon alles weer goedmaken met een aai over zijn bol en zelfgebakken koekjes. Hij zou niet weken lopen mokken vanwege een of andere ingebeelde, onbenullige belediging.

Abigail wist niet anders of vrouwen hielden van hun moeder, maar er was altijd wel iets wat wrong. Jaloezie? Hun verleden? Haat? Door dat iets, wat het ook was, trokken meisjes meer naar hun vader. Wat Hoyt Bentley betrof, hij had het heerlijk gevonden om zijn enige kind te verwennen. Beatrice, Abigails moeder, had zich eraan gestoord dat alle aandacht niet langer naar haar uitging. Mooie vrouwen dulden geen concurrentie, zelfs niet van hun eigen dochters. Voor zover Abigail het zich kon herinneren, was zij het enige waarover haar ouders ooit ruziemaakten.

'Je hebt haar helemaal verpest door haar zo te verwennen,' riep Beatrice dan tegen Hoyt, en haar roomblanke huid werd bijna groen van nijd.

Op de universiteit had Abigail een medestudent, Stewart Bradley, leren kennen, die in alle opzichten de ideale man voor haar leek te zijn. Hij stamde uit een oud, welgesteld geslacht, van het soort dat bij haar vader in hoog aanzien stond, en bezat voldoende nieuw geld om ook haar moeders goedkeuring te kunnen wegdragen. Stewart was intelligent, meegaand en ongeveer even spannend als een pot augurken.

Abigail was er helemaal klaar voor geweest toen ze haar BMW op een dag voor een onderhoudsbeurt naar de garage bracht. Paul Campano droeg een goedkoop pak dat om zijn schouders spande. Hij was luidruchtig en lomp, en nog dagen later hoefde ze maar aan hem te denken of ze voelde een tinteling tussen haar benen. Drie weken later zei ze haar leventje als mevrouw Pot Augurken vaarwel en trok bij Paul Campano in, een Joodse jongen die door Italiaanse ouders was geadopteerd, met het temperament van een hok vol hanen.

Beatrice keurde het af, en dat gaf de doorslag. Volgens haar moeder ging het niet om Pauls naam of zijn gebrek aan geld. Diep vanbinnen zag ze iets in hem wat nooit bevredigd zou kunnen worden. Nog op de dag van het huwelijk had Beatrice tegen Abigail gezegd dat ze moest uitkijken, dat een man in wezen een zelfzuchtig schepsel was, en dat maar een enkeling zijn natuurlijke neigingen wist te bedwingen. Paul Campano, met zijn pinkring en zijn kapsel van honderd dollar, hoorde daar niet bij. Tegen die tijd was Hoyt al praktisch bij zijn minnares ingetrokken, en Abigail was ervan uitgegaan dat haar moeders waarschuwende woorden het resultaat waren van haar eigen akelig eenzame leventje.

'Schat,' had Beatrice haar toevertrouwd, 'tegen het verleden van een man leg je het altijd af.'

Het viel niet te ontkennen dat Abigail en Paul hartstochtelijk veel van elkaar hielden. Hij had haar aanbeden – iets waar Abigail, altijd al een vaderskindje, zich prettiger bij voelde dan ze wilde toegeven. Bij elke nieuwe mijlpaal – of het nu zijn promotie tot bedrijfsleider van de garage was, de aankoop van een eigen zaak of van de volgende en van de daaropvolgende – kwam hij naar haar toe rennen om geprezen te worden. Haar goedkeuring betekende zoveel voor hem dat het bijna komisch was.

Maar toen brak het moment aan waarop ze er schoon genoeg van kreeg om zo aanbeden te worden, waarop ze besefte dat ze niet zozeer op een voetstuk was geplaatst als wel opgesloten zat in een sprookjestoren. Paul meende het echt als hij zei dat hij niet goed genoeg voor haar was. Zijn grapjes, waarin hij zo geringschattend over zichzelf deed en die eerst zo charmant leken, waren opeens veel minder leuk. Achter al het gebral en gesnoef school een gemis dat zo diep ging dat Abigail betwijfelde of ze ooit tot op de bodem zou doordringen.

Marie en Marty, Pauls adoptieouders, waren fijne mensen, die over een zeldzame combinatie van geduld en tevredenheid beschikten, hoewel Marie zich pas na jaren liet ontvallen dat Paul al twaalf was geweest toen hij bij hen kwam. Abigail had altijd het beeld met zich meegedragen van een volmaakte, roze baby die na de geboorte rechtstreeks in Maries armen terecht was gekomen, maar het ware verhaal van Pauls adoptie bevatte meer dickensiaanse elementen dan werd toegegeven. Abigail zat met allerlei vragen, en er was niemand die ze wilde beantwoorden. Paul weigerde zich bloot te geven, en zijn ouders hadden blijkbaar het gevoel dat ze hun zoon zouden verraden als ze iets over hem loslieten, ook al was het tegenover zijn eigen vrouw.

Rond die tijd begon hij vreemd te gaan, of misschien had hij dat altijd al gedaan en viel het haar nu pas op. Het was veel gemakkelijker om je kop in het zand te steken en de status quo te handhaven, ook al stond de hele wereld op instorten. Waarom verbaasde het Abigail dat hij haar ontrouw was? Ze was via een andere route op hetzelfde punt als haar eigen moeder aangeland, wier vertrouwde voetsporen zich al begonnen af te tekenen.

Eerst was Abigail blij geweest met de dure cadeaus die Paul meenam van zijn zakenreisjes en conferenties. Later drong het tot haar door dat het afkoopcadeautjes waren, vrijbriefjes om zijn schuld mee in te lossen, en waarmee hij als een croupier stond te wapperen. Met het verstrijken van de jaren werd Abigails lach steeds minder vrolijk en was hij steeds minder welkom in haar bed als hij weer eens met een diamanten armband of een gouden horloge terugkwam uit Californië of Duitsland.

En toen begon Paul cadeautjes voor Emma mee te brengen. Hun

dochter had volgens verwachting op de overdadige geschenken gereageerd. Jonge meisjes hunkeren nou eenmaal naar aandacht, en Emma had zich even moeiteloos in de rol van vaderskindje geschikt als destijds haar moeder. De ene keer gaf Paul haar een iPod of een computer, en dan weer een auto, en telkens sloeg ze dolgelukkig haar armen om hem heen, terwijl Abigail hem verweet dat hij haar te veel verwende.

Zo simpel was het verlopen, het proces waarbij Abigail in haar eigen moeder was veranderd. Zoals iedere verandering ging ook deze met een openbaring gepaard. Ze vond het vreselijk om te zien hoe gemakkelijk Emma zich liet paaien door Pauls geschenken en zijn onvoorwaardelijke liefde. Hij vond haar volmaakt en zij op haar beurt overlaadde hem met genegenheid. Hij maakte alles zo gemakkelijk voor zijn meisje. Elke nukkige bui, iedere vervelende dag werd door Paul afgekocht. Toen ze op de tweede schooldag haar Engelse leerboek kwijtraakte, kocht hij prompt een nieuw. Als ze niet meer wist waar ze haar huiswerk had gelaten of een opdracht had vergeten te maken, verzon hij een smoesje voor haar. Of hij nou in de kast keek om te zien of er monsters in zaten, haar aan kaartjes hielp voor een uitverkocht concert of haar het nieuwste model spijkerbroek gaf, Paul stond altijd voor haar klaar. Waarom gunde Abigail haar dat niet? Een moeder moest het toch geweldig vinden als haar enige kind zo gekoesterd werd?

Nee dus. Soms zou ze Emma door elkaar willen rammelen, tegen haar willen zeggen dat ze niet zo op haar vader moest bouwen, dat ze voor zichzelf moest leren opkomen. Abigail wilde niet dat haar dochter opgroeide met de gedachte dat je alleen door middel van een man iets kon bereiken. Emma was intelligent, grappig en mooi, en als ze er zelf haar best voor deed, kon ze alles krijgen wat haar hartje begeerde. Helaas maakte Paul het haar veel te gemakkelijk door voortdurend naar haar pijpen te dansen. Hij had een wereld voor haar gecreëerd waarin alles volmaakt was en niets fout kon gaan.

Tot op dit moment.

Er werd op de deur geklopt. Abigail besefte dat ze nog steeds in bed lag, dat ze alleen in haar verbeelding was opgestaan. Ze bewoog haar armen en benen om te zien of er nog leven in zat.

'Abby?' Paul maakte een afgematte indruk. Hij had zich niet geschoren. Zijn lippen waren gebarsten. Zijn ogen lagen diep in hun kassen. De vorige avond had ze hem een klap gegeven – er was een steek door haar hand gegaan toen ze zijn wang had geraakt. Tot op dat moment had Abigail nog nooit haar hand tegen iemand geheven. En nu had ze binnen vierentwintig uur een jongen vermoord en haar eigen man geslagen.

Paul had tegen haar gezegd dat Emma misschien nog ongedeerd zou zijn geweest als ze haar auto niet hadden afgepakt. Mannen waren kennelijk toch niet zo meegaand als ze altijd had gedacht.

'Nog geen nieuws,' zei hij nu.

Daarvoor hoefde ze alleen maar naar hem te kijken.

'Je moeder landt rond een uur of drie. Oké?'

Ze slikte, want haar keel was droog. Ze had zoveel gehuild dat ze geen tranen meer overhad. Voor ze het besefte, waren de woorden haar mond al uit. 'Waar is mijn vader?'

Paul leek teleurgesteld omdat ze naar iemand anders vroeg. 'Die is koffie aan het halen.'

Ze geloofde hem niet. Haar vader ging geen koffie halen. Voor dat soort dingen had hij zijn mensen.

'Popje,' zei Paul, maar meer kwam er niet. Abigail voelde zijn behoefte, ook al was ze zelf verdoofd. Nu kwam hij haar kamer binnen en ging bij haar op het bed zitten. 'We slaan ons er wel doorheen.'

'En als dat niet lukt?' vroeg ze, met een stem die haar doods in de oren klonk. 'Als we ons er níét doorheen slaan, Paul?'

Tranen vulden zijn ogen. Hij had altijd al moeiteloos kunnen huilen. Die keer met de auto had Emma dan ook meteen op zijn gemoed gewerkt. Toen ze tegen haar hadden gezegd dat ze het ding weer van haar afnamen, had ze het in een vlaag van razernij op een schreeuwen gezet. 'Ik haat jullie!' had ze geroepen, eerst tegen Abigail, toen tegen Paul. 'Wat heb ik de pest aan jullie!' Lang nadat zijn engeltje de kamer uit was gestormd, had hij daar nog steeds met open mond gestaan.

Nu stelde Abigail hem de vraag die haar de hele nacht had beziggehouden. 'Paul, zeg eens: heb je iets gedaan... heb je iemand...' Abigail probeerde de gedachten te ordenen die haar van alle kanten overspoelden. 'Paul, heb je iemand kwaad gemaakt? Is ze daarom ontvoerd?'

Hij keek haar aan alsof ze hem in zijn gezicht had gespuugd. 'Natuurlijk niet,' zei hij zachtjes en met schorre stem. 'Denk je echt dat ik zoiets voor je zou verzwijgen? Denk je echt dat ik met mijn duimen zou zitten draaien als ik wist wie ons meisje heeft ontvoerd?'

Hoe ellendig ze zich ook voelde, diep in haar hart ervoer ze een soort genoegdoening omdat ze hem zo gemakkelijk had kunnen kwetsen.

'Die vrouw met wie ik was… Dat had ik niet moeten doen, Abby. Ik weet niet waarom ik het deed. Ze betekende niets voor me, schatje. Ik had gewoon… die behoefte.'

Hij liet zich er niet nader over uit, maar ze wisten allebei wat hij bedoelde: zijn behoefte kende namelijk geen grenzen.

'Zeg eens eerlijk: waar is mijn vader?' vroeg ze.

'Hij is met een paar mensen aan het praten.'

'We hebben het halve politiekorps in huis en de rest kan met één telefoontje worden opgeroepen. Met wie is hij aan het praten?'

'Met een particulier detectivebureau. Die hebben al eerder zaakjes voor hem opgeknapt.'

'Weet hij dan wie het gedaan heeft? Is er iemand die wraak op hém wil nemen?'

Paul schudde zijn hoofd. 'Ik weet het niet, schat. Het is nou ook weer niet zo dat je vader mij in vertrouwen neemt. Volgens mij heeft hij groot gelijk dat hij dit niet aan het GBI overlaat.'

'Die ene agent scheen anders verdomd goed te weten wat hij deed.'

'Nou, ik zou die gestoorde lul nog niet met een zakje pinda's vertrouwen.'

Hij klonk zo scherp dat ze niet wist hoe ze moest reageren.

'Dat van die auto had ik niet tegen je mogen zeggen,' fluisterde hij. 'Het had niks met de auto te maken. Ze wilde niet… Ze wilde gewoonweg niet luisteren. Je had gelijk. Ik had haar harder moeten aanpakken. Ik had me als vader moeten opstellen, niet als vriend.'

Hoelang had ze er wel niet op gewacht dat hij dat zou gaan inzien? En nu het zover was, had het geen enkele betekenis meer. 'Het maakt niet uit.'

'Ik wil haar zo graag terug, Abby. Ik wil een nieuwe kans, en dan pak ik het heel anders aan.' Zijn schouders schokten van het huilen. 'Emma en jij zijn alles voor me. Ik heb mijn hele leven rond jullie opgebouwd. Ik denk niet dat ik nog verder zou kunnen als er iets... als er iets gebeurde.'

Abigail ging rechtop zitten en nam zijn gezicht in haar handen. Hij boog zich naar haar toe en ze kuste zijn hals, zijn wang, zijn lippen. Toen hij haar voorzichtig achterover op het bed duwde, verzette ze zich niet. Er was geen hartstocht, geen verlangen, behalve naar ontlading. Dit was simpelweg de enige troost die ze elkaar nog konden bieden.

ZES

’s Ochtends om kwart voor zeven zette Will zijn auto op het docentenparkeerterrein van Westfield Academy. Voor de gebouwen stond personeel van een particuliere bewakingsdienst op wacht, keurig in uniform, dat bestond uit een overhemd met korte mouwen en een bijpassende korte broek, beide met scherpe vouwen. Op het terrein reden auto’s van de bewakingsdienst rond, herkenbaar aan hun logo. Will was blij dat de school in de hoogste staat van paraatheid verkeerde. Hij wist dat Amanda aan de politie van DeKalb County had gevraagd er om de twee uur een surveillancewagen naartoe te sturen, maar hij wist ook dat het plaatselijke politiekorps overbelast was en te kampen had met een personeelstekort. De particuliere bewakingsdienst nam nu een deel van het werk over. Het minste wat ze konden doen, was de paniek enigszins bezweren, die hand over hand toenam en die alleen maar erger zou worden, te oordelen naar de persbusjes en cameraploegen die zich aan de overkant van de straat installeerden.

Will had die ochtend de tv uitgezet toen hij het opgefokte gedoe niet langer verdroeg. De pers wist nog minder dan de politie, maar de commentatoren analyseerden het kleinste gerucht en de nietigste hint. De ‘geheime bronnen’ en complottheorieën waren niet van de lucht. Medeleerlingen waren in nationale ochtendshows te zien geweest, maar hun met tranen overgoten smeekbeden om de veilige terugkeer van hun lieve vriendin werden in zekere zin ontkracht door hun perfecte kapsels en deskundig aangebrachte make-up. Het ging niet langer om Emma Campano, maar vooral om het melodramatische van de hele zaak.

De vorige ochtend om dezelfde tijd hadden Kayla en Emma zich waarschijnlijk gereedgemaakt voor school. Adam Humphrey had misschien uitgeslapen, omdat zijn colleges later begonnen. Abigail Campano had zich verheugd op een partijtje tennissen, afgerond met een schoonheidsbehandeling. Paul was al op weg naar zijn werk geweest. Geen van hen had geweten hoe weinig tijd ze nog hadden voor hun levens voorgoed zouden veranderen, of erger: eindigen.

Will kon zich nog heel goed zijn eerste zaak herinneren waarbij een kind was betrokken. Het ging om een meisje van tien. Ze was midden in de nacht uit huis gehaald door haar vader, die een nepontvoering in scène had gezet. De man had zijn lusten op zijn dochter botgevierd, vervolgens haar nek gebroken en haar in een ravijn gegooid in het bos achter de kerk waartoe het gezin behoorde. Vliegen hebben een lijk al binnen enkele minuten gevonden. Ze leggen onmiddellijk eitjes. Vierentwintig uur later komen de larven uit en beginnen de organen en het weefsel te verorberen. Het lichaam zwelt op. De huid wordt wasachtig, bijna lichtgevend blauw. De stank is een kruising tussen die van rotte eieren en accuzuur.

In die staat had Will haar gevonden.

Hij hoopte met heel zijn hart dat hij Emma Campano niet zo zou aantreffen.

Een stel docenten beklom lachend de trap naar het hoofdgebouw. Will keek hen na terwijl ze met een glimlach op het gezicht door de deur verdwenen. Will haatte scholen zoals anderen de gevangenis haatten. Toen hij klein was, had Will de school eigenlijk ook als een soort gevangenis beschouwd, waar de bewakers naar hartenlust hun gang konden gaan. Kinderen met ouders hadden in elk geval nog een soort buffer, maar Will had alleen de overheid die voor hem zorgde, en de overheid had er geen enkel belang bij om het onderwijssysteem van een stad aan de kaak te stellen.

Will zou die dag de docenten ondervragen, en alleen al bij de gedachte brak het klamme zweet hem uit. Het waren mensen die gestudeerd hadden, en bepaald niet aan de waardeloze instituten voor schriftelijk onderwijs waaraan Will zijn dubieuze diploma's had gehaald. Waarschijnlijk keken ze dwars door hem heen. Voor het eerst sinds dit alles begon, was hij blij dat hij Faith Mitchell aan zijn zij had. Zij zou de aandacht ten minste gedeeltelijk van hem afleiden, en het bleef een feit dat Westfield Academy één dode en één vermiste leerling telde. Misschien werden de docenten te zeer door de tragedie in beslag genomen om Will al te kritisch te bezien. In elk geval waren er nog steeds talloze onbeantwoorde vragen.

Westfield bood alleen lessen op middelbareschoolniveau, en de leerlingen waren allemaal tussen de veertien en de achttien. Leo Donnelly was het grootste deel van de vorige dag bezig geweest de leerlingen te ondervragen, en hij was met het soort informatie teruggekomen dat je kon verwachten van pubers die net hadden ontdekt dat een van hun klasgenoten op beestachtige wijze was vermoord terwijl een andere werd vermist: zowel Kayla als Emma was een alom geliefd, aardig meisje.

Als je een week terug kon gaan, dan kreeg je waarschijnlijk een heel ander verhaal te horen. Will was van plan met de docenten te gaan praten om erachter te komen wat zij van de twee meisjes vonden. Hij had nog steeds geen duidelijk beeld van Emma Campano. Spijbelaar werd je niet van de ene op de andere dag. Meestal ging het met dat soort wangedrag van kwaad tot erger. Over de doden niets dan goeds, maar Will wist uit ervaring dat docenten geen blad voor de mond namen als het om iets belangrijks ging.

Hij wierp een blik uit het autoraam en keek naar de gebouwen. De particuliere school was een befaamd instituut met een landelijk bekende naam, van het soort waar Atlanta bekend om stond. Voor de Burgeroorlog konden alleen de rijkste ingezetenen van de stad zich goed onderwijs voor hun kroost permitteren, en de meeste stuurden hun kinderen naar Europa, waar ze zeer veelzijdig onderricht genoten. Na de oorlog was het geld snel op, maar het verlangen naar scholing bleef. Berooide debutantes beseften dat ze hun vaardigheden te gelde konden maken en openden particuliere scholen aan Ponce de Leon Avenue. Ook al werd het lesgeld soms betaald in de vorm van familiezilver en erfstukken van onschatbare waarde, het was een feit dat de klassen binnen de kortste keren vol zaten. Zelfs na de introductie van het openbareschoolsysteem in 1872 hielden de rijke burgers van Atlanta hun kinderen liever verre van het gespuis.

Westfield Academy was zo'n particuliere school, tegenwoordig gehuisvest in een aantal oude panden die stamden uit het begin van de twintigste eeuw. De oorspronkelijke school was een houten gebouw in oude stijl, dat nog het meest weg had van een schuur. De overige gebouwen waren grotendeels van rood steen en torenden overal boven uit. Het meest opvallend was een uit marmer opgetrokken gotische kathedraal, die even misplaatst leek als Wills Porsche 911 uit 1979 tussen de allernieuwste Toyota's en Honda's op het docentenparkeerterrein.

Will was het gewend dat er naar zijn auto werd gekeken. Twintig jaar geleden had hij het uitgebrande karkas van de 911 op een stuk braakliggend terrein bij hem in de straat gevonden. Dat was in de dagen dat de meeste huizen in zijn buurt nog crackpanden waren en hij met zijn pistool onder zijn kussen had geslapen voor het geval iemand op de verkeerde deur klopte. Niemand had bezwaar gemaakt toen hij de auto van wielen voorzag en zijn garage in duwde. Voor tien dollar en een slok water uit de tuinslang had hij zelfs een dakloze bereid gevonden om hem te helpen het ding de heuvel op te duwen.

Tegen de tijd dat de crackpanden werden afgebroken en er gezinnen kwamen wonen, had Will de auto weer volledig opgebouwd. In het weekend en tijdens vakanties schuimde hij autokerkhoven en carrosseriebedrijven af op zoek naar de juiste onderdelen. Hij leerde alles over zuigers en cilinders, uitlaatspruitstukken en remschoenen. Hij leerde lassen, kitten en spuiten. Zonder er ooit een expert bij te halen slaagde Will erin de auto in zijn oude glorie te herstellen. Hij wist dat het een prestatie was waar hij trots op mocht zijn, maar ergens in zijn achterhoofd bleef de gedachte knagen dat hij, als hij een tekening van het koppelingsmechanisme of een diagram van de motor had kunnen begrijpen, de wagen in zes maanden in plaats van zes jaar zou hebben opgebouwd.

Hetzelfde gold voor de zaak-Campano. Was er iets – iets essentieels – wat hij over het hoofd zag omdat hij te koppig was om zijn eigen zwakte toe te geven?

Will sloeg het ochtendblad open over het stuur en waagde zich opnieuw aan het artikel over Emma Campano. De foto's van Adam Humphrey en Kayla Alexander stonden vlak onder die van Emma. TRAGEDIE IN ANSLEY PARK luidde de vette kop. Er was een speciaal los katern over de gezinnen en de buurt, dat ook interviews bevatte met zogenaamd goede vrienden. Echt nieuws was schaars en ging schuil onder alle ophef. Will was thuis aan de krant begonnen, en zijn hoofd, dat toch al pijn deed door het slaapgebrek, barstte bijna uit elkaar toen hij de kleine druklettertjes probeerde te ontcijferen.

Hij had trouwens geen keus. Hij moest weten wat er over de zaak werd gezegd, welke feiten er in de openbaarheid waren gebracht. Gewoonlijk hield de politie bepaalde informatie achter, die alleen de moordenaar kon weten. Omdat er zoveel agenten van het plaatselijke korps op de plaats delict waren geweest, moest er wel gelekt zijn. Emma, die zich in de kleerkast had verscholen. Het touw en de tape in de auto. Het kapotte mobieltje, dat verbrijzeld onder Kayla Alexanders rug had gelegen. Het meest geruchtmakende was uiteraard dat de politie van Atlanta het verprutst had. De pers, die er zelf om bekendstond niet al te zorgvuldig met feiten om te springen, was genadeloos als het de politie betrof.

Terwijl Will met zijn vinger elk woord langsging in een poging het van de tekst los te maken om de betekenis te achterhalen, was hij zich er scherp van bewust dat degene die Emma Campano ontvoerd had waarschijnlijk hetzelfde verhaal zat te lezen. Misschien gaf het de moordenaar een kick om zijn misdaden breed uitgemeten op de voorpagina van de *Atlanta Journal* te zien. Misschien zat hij al even hard als Will te zwoegen boven elk woord om te zien of hij ook aanwijzingen had achtergelaten. Of misschien was de man er in al zijn arrogantie van overtuigd dat hij op geen enkele manier met de moorden in verband gebracht kon worden. Misschien liep hij alweer rond, azend op zijn volgende slachtoffer, terwijl Emma Campano's lichaam in een ondiep graf lag weg te rotten.

Er werd op het raampje getikt. Faith Mitchell stond aan de passagierskant van de auto. In haar ene hand hield ze zijn jasje en in de andere een bekertje met koffie. Will stak zijn arm uit en deed het portier van het slot.

'Dat is toch niet te geloven?' Boos wees ze naar de krant.

'Wat?' vroeg hij, terwijl hij het blad opvouwde. 'Ik zat het net te lezen.'

Ze sloot het portier om de koele lucht van de airconditioning binnen te houden. 'Er wordt een "hooggeplaatste politiefunctionaris uit Atlanta" geciteerd die beweert dat we het onderzoek hebben verknald en dat het GBI ingeschakeld moest worden.' Ze scheen te beseffen tegen wie ze het had en voegde eraan toe: 'Ik weet ook dat we het verkloot hebben, maar dat soort dingen zeg je niet tegen de pers. Zo kweek je bepaald geen respect bij de belastingbetaler.'

'Nee,' beaamde hij, hoewel hij het merkwaardig vond dat ze geloofde dat het lek bij de politie van Atlanta zat. Tot op dat punt had Will het artikel zelf kunnen ontcijferen, en hij ging ervan uit dat de bron bij het GBI gezocht moest worden en Amanda Wagner heette.

'Het zou aardig zijn geweest als ze onvermeld hadden gelaten hoe rijk de ouders zijn, maar aan de andere kant kun je dat ook uit de naam opmaken. Die autoreclamespotjes zijn zo ongeveer het allerirritantste wat je tegenwoordig ziet op tv.' Ze keek hem aan alsof ze een reactie verwachtte.

'Ja,' zei hij, 'die zijn behoorlijk irritant, die spotjes.'

'Hoe dan ook.' Ze hield zijn jasje omhoog. 'Dit heb je op mijn auto laten liggen.'

Hij haalde zijn digitale recorder uit de zak, opgelucht dat hij hem terug had. 'Fantastische dingen trouwens,' zei hij tegen Faith, want ze had zich er ongetwijfeld over verbaasd. 'Je wilt niet weten wat een vreselijk handschrift ik heb.'

Weer keek ze hem alleen maar aan, en zijn nekharen gingen overeind staan toen hij de recorder in zijn zak stopte. Had ze het ontdekt? Als ze de recorder had afgeluisterd, dan had ze alleen Wills stem gehoord, die allerlei informatie opsomde om later aan zijn computer te dicteren en tot een rapport te verwerken. Angie had gezegd dat hij moest uitkijken met Faith Mitchell. Had hij zichzelf nu al verraden?

Faith perste haar lippen tot een strakke streep opeen. 'Ik moet je iets vragen. Je hoeft geen antwoord te geven, maar liever wel.'

Will staarde voor zich uit. Hij zag docenten het hoofdgebouw binnengaan, gewapend met stapels papieren en grote thermoskannen koffie. 'Ga je gang.'

'Denk jij dat ze dood is?'

Zijn mond viel open, maar eerder van opluchting dan van iets anders. 'Eerlijk gezegd weet ik het niet.' Om zijn kalmte te herwinnen legde hij met zorg het jasje bij de krant op de achterbank. 'Je hebt gisteravond in dat studentenhuis zeker niets wereldschokkends ontdekt?' Hij had haar gevraagd om hem te bellen zodra er iets aan het licht kwam.

Ze aarzelde, alsof ze moest overschakelen, en toen zei ze: 'Niet echt. Het enige interessante wat ik tussen Adams spullen heb gevonden, was die pot, maar daar doel je niet op, hè?' Will schudde zijn hoofd, en ze vervolgde: 'We hebben met alle studenten van beide huizen gepraat. Behalve Gabe Cohen en Tommy Albertson was er niemand die Adam echt kende, en na de positieve indruk die ik op hen allebei had gemaakt, waren ze zeer terughoudend met verdere informatie. Ik heb Ivan Sambor op ze afgestuurd. Ken je die?' Weer schudde Will zijn hoofd. 'Grote vent, Pools, die laat niet met zich sollen. Om je de waarheid te zeggen krijg ík zelfs de rillingen van hem. Hij kwam met hetzelfde verhaal terug als ik: ze kenden Adam amper en Gabe sliep bij hem op de kamer omdat die Tommy zo'n lul is. Zelfs Tommy beaamde dat laatste trouwens.'

Ze haalde haar notitieboekje tevoorschijn en bladerde het door. 'De meeste eerstejaars in Adams huis volgen dezelfde colleges, maar we kunnen elk college wel even langsgaan om te kijken of we nieuwe gezichten zien. Op een na heb ik met al zijn docenten contact gehad, en die zeggen allemaal hetzelfde: eerste collegeweek/niemand weet wie wie is/vreselijk dat hij dood is/ik zou niet eens weten hoe hij eruitzag. Degene die ik niet te pakken kon krijgen, een zekere Jerry Favre, belt me vandaag terug.'

Ze sloeg een vel om. 'Nog even de hoofdzaken op een rijtje: volgens de bewakingscamera heeft Adam gisterochtend om kwart voor acht het studentenhuis verlaten. Om acht uur had hij college; de docent bevestigde dat hij aanwezig was. Adam moest dat uur een presentatie geven en hij kon er dus niet tussenuit knijpen. Volgens de pasjeslezer – een waardeloos ding trouwens, en jij bent niet de enige die de truc met de gehandicaptenknop doorheeft – is hij om achttien minuten over tien naar het studentenhuis teruggekeerd, en dat kan wel kloppen, want zijn college was om tien uur afgelopen. Op de camera staat vermoedelijk zijn achterhoofd. Hij heeft zich omgekleed en is toen om twee minuten over halfelf weer vertrokken. Dat is het laatste wat we van hem weten, tenzij jij iets achterhoudt.'

Will voelde zelf hoe verbaasd hij keek. 'Wat zou ik dan moeten achterhouden?'

'Geen idee, Will. De laatste keer dat ik je zag, wist je niet hoe snel je bij de kopieerwinkel moest komen om de Prius van Kayla Alexander te bekijken. Dat is me nogal een stuk bewijsmateriaal, maar we zitten hier nu al bijna tien minuten te praten, en op het weer na is alles de revue gepasseerd, maar je hebt me nog geen ene moer verteld.'

'Sorry,' antwoordde Will, die zelf ook besefte hoe magertjes het klonk. 'Je hebt gelijk. Ik had het je meteen moeten vertellen. Ik ben er niet aan gewend...'

'...om met een partner samen te werken,' maakte ze zijn zin af, en ze liet hem duidelijk merken dat het een wat afgezaagde smoes begon te worden.

Hij begreep haar irritatie maar al te goed. Zij werkte even hard aan deze zaak als hij, en het was niet eerlijk dat hij haar erbuiten hield. Zo gedetailleerd mogelijk vertelde Will over de opnamen van de bewakingscamera bij de Copy Right, en over het touw en de tape die Charlie had gevonden. 'Volgens de video reed de donkere auto gisterochtend om kwart over elf de garage in. Er stapten twee personen uit: Adam en een onbekende. De Prius van Kayla Alexander verscheen om negen minuten voor halfeen. We kunnen ervan uitgaan dat Emma uit de kofferbak werd gehaald en werd overgebracht naar de donkere auto. Ruim een minuut later was hij weer vertrokken.' Samenvattend zei hij: 'Adam is dus voor het laatst gesignaleerd om kwart over elf 's ochtends in de parkeergarage van het gebouw waarin de Copy Right is gevestigd.'

Faith schreef de tijdstippen in haar notitieboekje, maar bij zijn laatste woorden stopte ze en keek op. 'Waarom uitgerekend daar?'

'Het is er goedkoop en lekker dicht bij het huis. En er is niet continu toezicht.'

Faith vulde het verhaal aan. 'Vorig jaar zijn ze verraden door die nieuwsgierige buurvrouw toen ze hun auto op de oprit parkeerden. Door van de garage gebruik te maken hadden ze van haar geen last meer.'

'Precies wat ik zelf ook al dacht,' beaamde Will. 'We doen momenteel een antecedentenonderzoek naar alle werknemers van de Copy Right. Terwijl we daar waren, kwamen de twee meisjes van de avonddienst binnen, Frieda en Sandy. Die komen praktisch nooit in de garage. Het is er donker en ze vinden het er niet pluis, en dat zal wel kloppen, vooral als je bedenkt dat die plek niet echt beveiligd wordt.'

'Hoe zit het met de wegwerkers?'

'Amanda probeert ze vandaag op te sporen. En dat is geen kwestie van even de gemeente bellen en een lijstje vragen. Kennelijk komen die lui gewoon 's morgens binnen en krijgen dan te horen welk brandje ze het eerst moeten blussen. Er zijn allerlei onderaannemers bij die zelf ook weer gebruikmaken van onderaannemers, en dan zit je algauw met dagarbeiders en ongeregistreerden... Het is een zootje.'

'Heeft iemand die auto daar al eens eerder gezien?'

'De parkeergarage is aan de achterkant van het gebouw. De mensen van de Copy Right moeten al toevallig op het scherm van de bewakingscamera kijken, anders hebben ze geen idee wie zich daar ophoudt, en de band wordt bovendien telkens opnieuw gebruikt, dus we hebben geen oude opnamen als vergelijkingsmateriaal.' Hij keerde zich naar haar toe. 'Laten we het eens over onze dader hebben. We moeten hem scherper in beeld zien te krijgen.'

'Een profiel, bedoel je? Een eenling tussen de vijfentwintig en de vijfendertig die nog bij zijn moeder woont?'

Will moest onwillekeurig lachen. 'Dit is allemaal goed voorbereid. Hij heeft het mes, het touw en de tape mee naar het huis genomen. Iemand heeft hem binnengelaten.'

'Dus jij denkt dat het echt om een ontvoering gaat, en dat Kayla en Adam hem voor de voeten hebben gelopen?'

'Ik heb het gevoel dat het iets persoonlijkers is,' zei Will. 'Ik weet dat ik mezelf tegenspreek, maar op de plaats delict was het een bende. Degene die Kayla heeft vermoord, had zichzelf niet in de hand. Hij was razend.'

'Misschien heeft ze iets verkeerds gezegd en ging het toen helemaal mis.'

'Om iets verkeerds te kunnen zeggen, moet je met iemand in gesprek zijn.'

'En die tweede persoon die op de band van de Copy Right staat? Zou dat de moordenaar kunnen zijn? Het zou logischer zijn als een van onze slachtoffers hem kende.'

'Dat is mogelijk,' moest Will toegeven, maar hij had zijn twijfels. 'Adam heeft om twee minuten over halfelf het studentenhuis verlaten. Ergens tussen twee minuten over halfelf en kwart over elf heeft hij zowel een auto als een passagier opgepikt. We weten niet waar hij op dat moment uithing en zitten met een gat in het tijdpad. Dat zijn dus...' Zijn brein kreeg geen vat op het rekensommetje, want hij was te moe en zijn hoofdpijn was zo hevig dat hij het tot in zijn maag voelde. 'Ik heb koffie nodig. Hoeveel minuten zijn dat?'

'Drie kwartier,' liet Faith hem weten. 'We moeten achterhalen waar en hoe hij aan die auto is gekomen. Geen van de studenten met wie we gisteravond hebben gesproken had Adam een auto geleend of wist waar hij er een kon krijgen. Zullen we nog eens naar die pasjeslezer kijken, en dan vooral naar de periode waarin Adam in het studentenhuis was?'

'Het is een mogelijkheid.' Hij knikte in de richting van haar notitieboekje. 'Laten we eens wat vragen bedenken. Ten eerste: waar is Adams collegekaart?'

Ze begon te schrijven. 'Die heeft hij misschien in de auto laten liggen.'

'En als de moordenaar hem als aandenken heeft meegenomen?'

'Of heeft gebruikt om het studentenhuis binnen te komen?' opperde ze. 'We moeten de campusbeveiliging waarschuwen dat ze zijn pasje ongeldig maken.'

'Zoek eens uit of we het geldig kunnen houden en dan op de een of andere manier kunnen markeren, zodat we het weten als iemand het probeert te gebruiken.'

'Goed idee,' zei ze al schrijvend. 'Tweede vraag: waar had hij die auto vandaan?'

'Van de campus, dat ligt het meest voor de hand. Vraag eens of er auto's gestolen zijn. Heeft Gabe Cohen of Tommy Albertson een auto?'

'Eerstejaars mogen eigenlijk niet op de campus parkeren, en in de stad is nergens een veilige plek te vinden, dus als ze al een auto hebben, dan laten ze die meestal thuis. Gabe heeft trouwens een zwarte Volkswagen met gele strepen, en daar rijdt zijn vader nu in. Albertson heeft een groene Mazda Miata, die hij in Connecticut heeft achtergelaten.'

'Geen van beide auto's lijkt op die op de video.'

Ze hield haar pen even stil. 'Misschien had Adam wel een auto, en weten we dat niet.'

'Dan zou hij dat ook voor zijn ouders hebben verzwegen. Volgens hen had hij er geen.' Er schoot Will iets te binnen wat Leo Donnelly de vorige dag had gezegd. 'Misschien heeft hij de campus verlaten om er een te halen. De bussen rijden daar af en aan. Laten we maar eens een team op de bewakingscamera's van de bussen zetten. Wat is het dichtstbijzijnde MARTA-station?' vroeg hij, doelend op het openbaarvervoersbedrijf van Atlanta.

Faith sloot nadenkend haar ogen. 'Midtown Station,' zei ze ten slotte.

Will keek door het autoraam naar het parkeerterrein van de school. Er waren inmiddels meer docenten gearriveerd en de eerste leerlingen druppelden binnen. 'Je doet er trouwens zo'n twintig minuten over om hiernaartoe te rijden. En dan is het nog eens twintig, vijfentwintig minuten naar de parkeergarage.'

'Zo kom je op die drie kwartier. Adam is hiernaartoe gereden om Emma op te pikken en toen heeft hij haar meegenomen naar de parkeergarage.'

'Die arm op de videoband,' zei hij. 'Die was aan de tengere kant. De hand die de sleutels opving, zou een meisjeshand kunnen zijn.'

'Ik ben er steeds van uitgegaan dat Kayla en Emma met de Prius van school naar huis zijn gereden, en dat Adam ze op de een of andere manier daar trof.'

'Ik ook,' zei Will. 'Maar zou het kunnen dat Adam met Emma naar de garage is gereden en dat ze toen samen naar het huis zijn gelopen?'

'De moordenaar is misschien vanaf Tech komen lopen.'

'Hij wist dat Adams auto in de garage stond.' Will keek Faith aan. 'Als hij van tevoren wist dat hij Emma Campano mee ging nemen, dan moet hij een plek hebben gehad om haar te verbergen. Ergens waar het rustig en afgelegen is – niet in de stad, want dan zouden de buren het horen. En niet op een studentenkamer.'

'Als hij het lichaam niet ergens heeft gedumpt.'

'Waarom zou hij haar meenemen als hij haar alleen maar ergens wilde dumpen?' vroeg Will, en die vraag zette hem aan het denken. Dat was ook de reden waarom hij een profiel van de dader wilde opstellen. 'De moordenaar is gewapend met handschoenen, touw, tape en een mes naar het huis gegaan. Hij heeft een plan gehad. Hij is daarnaartoe gegaan met de bedoeling om iemand in bedwang te houden. Hij heeft de lichamen van Adam en Kayla in het huis achtergelaten. Als het zijn bedoeling was om Emma te doden, dan zou hij haar ter plekke hebben vermoord. Als het zijn bedoeling was om haar te ontvoeren, om haar mee te nemen en rustig zijn gang met haar te gaan, dan heeft hij zijn doel bereikt.'

'En de politie van Atlanta heeft hem daartoe alle gelegenheid geboden,' voegde Faith er spijtig aan toe.

Will voelde de tijd dringen. Er waren nog geen vierentwintig uur verstreken sinds het meisje was verdwenen. Als haar ontvoerder haar had meegenomen om haar ongestoord te kunnen misbruiken, dan leefde Emma Campano misschien nog. De vraag was hoeveel tijd ze nog had.

Hij keek op zijn mobieltje om te zien hoe laat het was. 'Ik heb om negen uur een afspraak met de Campano's.'

'Denk je dat zij iets weten?'

'Nee,' moest hij erkennen. 'Maar ik ga Paul om een DNA-monster vragen.'

Will zag zijn eigen onbehagen weerspiegeld in Faiths blik, maar Amanda had het hem opgedragen en er zat niks anders op.

'Laten we maar eens met de docenten gaan praten,' zei hij, 'dan krijgen we wellicht een totaalbeeld van de meisjes. Als zij denken dat er iemand is met wie we een babbeltje moeten maken – een leerling of een conciërge – dan laat ik dat aan jou over. Als er niks uit komt, dan wil ik graag dat je bij de lijkschouwingen aanwezig bent. De ouders van Adam Humphrey arriveren in de loop van de avond. We moeten een paar antwoorden voor hen paraat hebben.'

Haar gezicht betrok, en Will bedacht dat hij Faith Mitchell zo langzamerhand goed genoeg kende om het te kunnen zien als ze ergens mee zat. Hij wist dat haar zoon even oud was als Adam Humphrey. Het was voor iedereen een gruwelijke ervaring om een achttienjarige op de snijtafel te zien liggen, maar voor een ouder was het extra schrijnend.

Zo voorzichtig mogelijk vroeg hij haar: 'Denk je dat je het aankunt?'

Ze vatte zijn vraag verkeerd op en schoot meteen in de verdediging: 'Toen ik vanochtend opstond zei ik tegen mezelf dat ik me positief zou opstellen nu ik met jou moet samenwerken, en dan heb jij het lef om mij te vragen – een rechercheur Moordzaken nota bene, die praktisch elke godvergeten dag van haar leven over lijken moet stappen – of ik iets aankan wat bij de eerste vereisten van mijn vak hoort?' Ze legde haar hand op de knop van het portier. 'En nu we toch bezig zijn, lamlul: hoe krijg jij het voor elkaar om in een Porsche te rijden terwijl je een onderzoek naar mijn moeder instelt wegens diefstal?'

'Ik wou alleen...'

'Doe me een lol en laten we gewoon ons werk doen, oké?' Ze wierp het portier open. 'Denk je dat je daar professioneel genoeg voor bent?'

'Ja, natuurlijk, maar...' Ze keerde zich naar hem toe, en Will voelde zijn lippen bewegen, maar zijn stembanden weigerden dienst. 'Het spijt me,' zei hij ten slotte, zonder precies te weten wat hem speet, maar zo maakte hij het in elk geval niet erger dan het al was.

Langzaam uitademend en met haar blik op het koffiebekertje gericht zon ze op een antwoord.

'Gooi alsjeblieft geen hete koffie over me heen,' zei Will.

Vol ongeloof keek ze hem aan, maar hij was erin geslaagd de spanning te doorbreken. Will voelde een zekere tevredenheid. Het was niet de eerste keer dat hij zich tegenover een woedende vrouw uit de nesten had moeten werken.

Faith schudde haar hoofd. 'Jij bent de vreemdste man die ik ooit heb ontmoet.'

Voor hij kon antwoorden, was ze al uitgestapt. Will vatte het maar positief op dat ze het portier niet dichtsloeg.

ZEVEN

Buiten was het zo heet dat Faith haar koffie niet op kreeg. Ze wierp het bekertje in de afvalbak en liep naar het administratiegebouw. De afgelopen twee dagen had ze meer uren in onderwijsinstellingen doorgebracht dan tijdens haar hele brugklasjaar.

'Dag, mevrouw.' De man van de beveiliging tikte tegen zijn pet.

Faith knikte. Ze had medelijden met hem, want ze wist maar al te goed hoe zo'n uniform voelde in de hitte van Atlanta: alsof je in de honing had gerold en daarna een oven binnenliep. Omdat het een schoolterrein was, waren wapens verboden, tenzij er een politiepenning bij hoorde. Ondanks de wapenstok aan de ene kant van zijn riem en een traangasbusje aan de andere, zag de man eruit alsof hij nog geen vlieg kwaad zou doen. Gelukkig merkte alleen een andere agent dat soort dingen op. De particuliere beveiliging was aanwezig om ouders en leerlingen een gevoel van veiligheid te bezorgen. In een krankzinnige, gestoorde wereld, waarin rijke blanke meisjes vermoord of ontvoerd konden worden, werd enig machtsvertoon min of meer verwacht.

In elk geval gaven ze de pers iets om hun aandacht op te richten. Aan de overkant van de straat zag Faith drie fotografen, die bloed hadden geroken en hun camera's in stelling brachten. De vorige avond had de pers op zeker moment lucht gekregen van de naam van de school. Faith hoopte maar dat de particuliere bewakers in staat waren om de verslaggevers op ondubbelzinnige wijze duidelijk te maken dat de school privéterrein was.

Ze drukte op de zoemer naast de deur en keek in de camera die aan de muur was bevestigd. De luidspreker kwam knetterend tot leven. 'Ja?' vroeg een geïrriteerde vrouwenstem.

'Ik ben Faith Mitchell, van de...'

'Eind van de gang eerste deur links.'

De deur zoemde en Faith duwde hem open. Na wat onhandig geschuifel omdat Will probeerde te voorkomen dat ze de deur voor hem openhield, ging Faith ten slotte als eerste naar binnen. Ze stonden aan het begin van een lange gang, met zijgangen naar links en naar rechts. Gesloten deuren duidden waarschijnlijk op klaslokalen. Faith keek op en telde nog eens zes bewakingscamera's. De school had weliswaar de belangrijkste voorzorgsmaatregelen getroffen, maar de vorige dag had de directrice tegen Leo gezegd dat er achter een van de hoofdgebouwen een gat in de beveiliging zat. Die ochtend hadden Kayla en Emma daar kennelijk gebruik van gemaakt, en er een hoge prijs voor moeten betalen.

Will kuchte en keek nerveus om zich heen. Niet alleen droeg hij weer een driedelig pak, ook al was het hartje zomer, hij had ook de angstige blik in zijn ogen van een leerling die over de schreef is gegaan en hoopt dat hij niet naar de directeur wordt gestuurd.

'Welke kant moesten we ook alweer op?' vroeg hij. De vrouw had hun nog geen twee tellen eerder de weg gewezen, en bovendien stond hij naast een groot bord dat bezoekers naar de administratie aan het eind van de gang verwees.

Faith zag het als een buitengewoon slappe poging om haar het gevoel te geven dat ze nuttig was, en ze sloeg haar armen over elkaar. 'Geeft niet, hoor,' zei ze. 'Je bent een eersteklas agent, Will, maar je hebt de sociale vaardigheden van een wilde aap.'

Bij die woorden fronste hij zijn wenkbrauwen. 'Hm, dat kan wel kloppen.'

Faith was niet het type dat haar blik vertwijfeld ten hemel sloeg, maar er trok iets aan haar oogspieren, een gevoel dat ze sinds de puberteit niet meer had gehad. 'Deze kant op,' zei ze, en ze sloeg een zijgang in. De administratie ging schuil achter stapels kartonnen dozen. Als ouder herkende Faith onmiddellijk de chocoladerepen die scholen jaarlijks aan hulpeloze leerlingen en hun ouders probeerden te slijten. In een actie die neerkwam op gedwongen kinderarbeid stuurde de directie de jongens en meisjes op pad in de hoop dat ze genoeg geld inzamelden voor allerlei verbeteringen aan de school. Toen Jeremy nog op school zat, had Faith zoveel van die dingen gegeten dat haar maag samentrok alleen al bij de aanblik van de dozen.

Achter de vrouw aan de balie stond een rij monitoren opgesteld die de school tot in alle hoeken in beeld brachten, maar haar aandacht was op de telefoons gericht, die aan één stuk door rinkelden. Met een geoefende blik nam ze Faith en Will op, en nadat ze drie verschillende bellers tegelijk had verzocht om aan de lijn te blijven, wendde ze zich ten slotte tot Faith. 'Mr. Bernard laat nog even op zich wachten, maar de anderen zitten allemaal in de vergaderruimte. De linkerdeur door.'

Will deed de deur open en Faith ging hem voor door de gang naar het betreffende lokaal. Ze klopte twee keer, waarop er 'Binnen!' werd geroepen.

Faith was naar menige ouderavond geweest, en het had haar dan ook niet moeten verbazen dat ze de tien docenten in een halve kring zag zitten, met in het midden twee nog onbezette stoelen. Zoals het een progressieve school die gespecialiseerd was in de communicatieve vakken betaamde, waren de docenten een multicultureel samenraapseltje, dat zo ongeveer alle kleuren van de regenboog vertegenwoordigde: Chinees-Amerikaans, Afrikaans-Amerikaans, moslim-Amerikaans, en – om het nog ingewikkelder te maken – indiaans. Het groepje bevatte welgeteld één blanke. Met haar hennepsandalen, gebatikte jurk en lange grijze paardenstaart die langs haar rug naar beneden hing, zat ze als een goedkoop kacheltje blank schuldgevoel uit te stralen.

Ze stak haar hand uit en zei: 'Ik ben dr. Olivia McFaden, de directrice van Westfield.'

'Rechercheur Faith Mitchell, GBI-agent Will Trent,' antwoordde Faith, waarna ze ging zitten. Will aarzelde, en heel even meende ze een nerveuze blik in zijn ogen te bespeuren. Misschien kwam er een vervelende herinnering uit zijn eigen schooltijd bij hem boven, of misschien werd de spanning in het lokaal hem te veel. Het was de bedoeling dat het bewakingspersoneel op het schoolterrein de mensen een gevoel van veiligheid gaf, maar Faith had sterk de indruk dat het tegendeel het geval was. Iedereen leek gespannen, vooral de directrice.

McFaden maakte een rondje en stelde de leraren aan hen voor, waarbij ze vermeldde welke vakken ze doceerden en wie van de twee meisjes ze in de klas hadden gehad. Westfield was een kleine school, en wat dat laatste betrof, kenden de meeste docenten beide meisjes. Faith noteerde zorgvuldig alle namen in haar boekje en had al snel de rolverdeling door: de hippe leraar, de nerd, de homo, de lerares die het met hangen en wurgen nog even volhield, vurig verlangend naar haar pensionering.

'Het spreekt voor zich dat we allemaal buitengewoon aangeslagen zijn door deze tragedie,' zei McFaden. Faith wist niet waarom, maar ze had meteen al een hekel aan de vrouw. Mogelijk kwam het door haar eigen slechte schoolherinneringen, of misschien doordat McFaden de enige docente was die zo te zien niet had gehuild. Een paar vrouwen en een van de mannen hadden zelfs een tissue in hun hand.

'Ik zal uw medeleven aan de ouders overbrengen,' zei Faith.

Will beantwoordde alvast de meest voor de hand liggende vraag. 'We mogen niet op voorhand uitsluiten dat er een verband bestaat tussen de gebeurtenissen van gisteren en de school. Niet dat er reden is tot al te grote ongerustheid, maar het kan geen kwaad als iedereen voorzorgsmaatregelen treft. Kijk goed om u heen, zorg dat u te allen tijde weet waar de leerlingen zijn, en meld het als iemand zonder verklaring afwezig is.'

Hij had geen betere woorden kunnen kiezen om ze de stuipen op het lijf te jagen, bedacht Faith. Ze liet haar blik door het lokaal gaan en werd bevestigd in haar vermoeden. Ze keek de docenten nog eens een voor een aan. De woorden van de receptioniste schoten haar weer te binnen. 'Ontbreekt er nog iemand?'

'De heer Bernard,' zei McFaden. 'Hij had al een afspraak met een ouder, en op zo korte termijn kon die niet worden verzet. Hij kan elk moment hier zijn.' Ze keek even op haar horloge. 'Ik vrees dat we niet veel tijd meer hebben voor de samenkomst begint.'

'Samenkomst?' Faith wierp Will een scherpe blik toe.

Hij trok een beschaamd gezicht, zoveel fatsoen had hij nog wel. 'Amanda wil dat een van ons bij de samenkomst aanwezig is.'

Faith had zo'n vermoeden dat ze al wist wie er aan het kortste eind zou trekken. Ze schonk hem een blik vol onversneden haat.

McFaden ging door alsof er niets aan de hand was. 'We vonden het het beste om alle leerlingen bijeen te roepen en hun te verzekeren dat hun veiligheid onze grootste prioriteit is.' Haar glimlach was van het megawattsoort, bedoeld om onwillige leerlingen over te halen zich in het onvermijdelijke te schikken. 'Uw hulp daarbij wordt zeer op prijs gesteld.'

'Graag gedaan,' zei Faith, die er zelf ook een glimlach uit wrong. Niet dat ze een samenkomst een slecht idee vond, maar ze was woe dend omdat zij het weer mocht opknappen, en dat terwijl ze spreken in het openbaar doodeng vond. Ze zag het al helemaal voor zich: een zaal vol pubers in uiteenlopende stadia van hysterie, die allemaal smachtten naar iemand om hun hand vast te houden en hun angsten te bezweren, en ondertussen hield Faith met de grootst mogelijke moeite haar stem in bedwang. Dat soort werk lag eerder op het pad van een schooldecaan dan van een rechercheur Moordzaken die had moeten overgeven vlak voor het mondelinge gedeelte van haar politie-examen.

Met samengevouwen handen boog de directrice zich naar voren. 'Vertelt u eens: hoe kunnen we u van dienst zijn?'

Faith wachtte tot Will het woord nam, maar hij zat stijf rechtop naast haar en zei niets. Daarop besloot ze het zelf maar te doen en ze vroeg: 'Zou u ons een indruk van Emma en Kayla kunnen geven – zowel wat betreft hun sociale leven als wat betreft hun schoolprestaties?'

Matthew Levy, de wiskundeleraar, beet het spits af. 'Gisteren heb ik het hier al met uw collega over gehad, maar het kan geen kwaad het nog eens te herhalen. De meisjes hoorden eigenlijk niet bij een bepaalde groep. Ik heb zowel Kayla als Emma in de klas gehad. Ze waren behoorlijk op zichzelf.'

'Hadden ze ook vijanden?' vroeg Faith.

Er werden blikken uitgewisseld. Levy antwoordde: 'Ze werden gepest. Ik weet dat de vraag zich dan aandient hoe we dat konden weten zonder er iets aan te doen, maar daarvoor moet u begrijpen wat er allemaal speelt op een school.'

Faith liet merken dat ze dat maar al te goed begreep. 'De meeste leerlingen vertellen niet dat ze gepest worden, uit angst voor vergelding. Leraren kunnen geen straf uitdelen voor zaken die ze niet zien.'

Levy schudde zijn hoofd. 'Er zit meer achter.' Hij zweeg even, alsof hij zijn gedachten moest ordenen. 'Ik heb Emma twee jaar lang in de klas gehad. Ze had geen aanleg voor wiskunde, maar ze was wel een goede leerling, echt een schat van een meid. Ze werkte hard en was nooit lastig. Ze hoorde half en half bij een van de populaire groepjes. Ze leek goed met andere leerlingen overweg te kunnen.'

Een van de Aziatische vrouwen, Daniella Park, voegde eraan toe: 'Tot Kayla op het toneel verscheen.'

Faith schrok van de scherpe toon die de docente aansloeg. Park scheen zich er weinig aan gelegen te laten liggen dat het meisje op beestachtige wijze was vermoord. 'Hoezo?'

'Dat soort dingen is aan de orde van de dag,' legde Park uit. 'Kayla had een slechte invloed op anderen.' Alom werd instemmend geknikt. 'Emma is lang bevriend geweest met een zeker Sheila Gill. Ze waren heel hecht, maar aan het begin van het vorige schooljaar werd Sheila's vader overgeplaatst naar Saudi-Arabië. Hij werkt voor zo'n akelige oliemultinational.' Ze maakte een minachtend handgebaar. 'Hoe dan ook, Emma had toen niemand anders meer in het groepje. Je hebt van die meisjes die zich op één persoon richten in plaats van op een groep, en zonder Sheila was ze haar groepje kwijt. Emma raakte steeds meer in zichzelf gekeerd en deed steeds minder mee in de klas. Niet dat haar cijfers kelderden, ze gingen zelfs wat omhoog, maar je zag duidelijk dat ze eenzaam was.'

'En dan is daar Kayla Alexander,' zei Levy, op al even mismoedige toon als Park. 'Pats-boem halverwege het schooljaar. Zij is van het soort dat niet zonder publiek kan, en ze wist precies wie ze moest hebben.'

'Emma Campano,' vermoedde Faith. 'Waarom veranderde Kayla halverwege het jaar van school?'

McFaden nam het over: 'Ze kwam bij ons via een andere school. Kayla was een hele uitdaging, maar hier op Westfield gaan we uitdagingen niet uit de weg.'

Het kostte Faith geen enkele moeite om de code te ontcijferen. Haar volgende vraag was tot Levy gericht, die er geen been in had gezien zich kritisch over het dode meisje uit te laten. 'Is Kayla van haar vorige school getrapt?'

McFaden probeerde het positief te houden. 'Ik meen dat haar verzocht werd om te vertrekken. Haar vorige school was niet echt toegerust voor haar speciale behoeften.' Ze rechtte haar schouders. 'Hier op Westfield zijn we er trots op dat we tegemoet kunnen komen aan de speciale behoeften van wat de maatschappij doorgaans moeilijke kinderen noemt.'

Voor de tweede keer moest Faith de neiging bedwingen om haar blik ten hemel te slaan. Toen Jeremy op school zat, beleefde de stoornissenbeweging gouden dagen: ADD, ADHD, sociale stoornis, persoonlijkheidsstoornis. Het werd langzamerhand zo belachelijk dat het haar verbaasde dat er geen speciale scholen voor saaie doorsneekinderen waren. 'Kunt u me vertellen waarvoor ze werd behandeld?'

'ADHD,' deelde McFaden mee. 'Kayla vindt – sorry, vond – het heel moeilijk om zich op haar schoolwerk te concentreren. Ze hield zich meer bezig met haar sociale leventje dan met studeren.'

Dan viel ze ongetwijfeld lelijk uit de toon bij de rest van al die pubers, maar niet heus, dacht Faith. 'En Emma?' vroeg ze.

Weer nam Park het woord, en alle scherpte was nu uit haar stem verdwenen. 'Emma is een geweldige meid.'

De anderen knikten, en Faith voelde hoe de ruimte zich vulde met verdriet. Ze zou wel eens willen weten wat Kayla Alexander precies had gedaan om zich de wrok van deze docenten op de hals te halen.

De deur ging open en een man in een kreukelig sportjasje en met een pak papieren onder zijn arm kwam binnen. Hij keek het lokaal rond, kennelijk verbaasd om zoveel mensen aan te treffen.

'Bernard,' begon McFaden, 'mag ik je voorstellen aan de rechercheurs Mitchell en Trent?' Ze wendde zich tot Faith en Will. 'Dit is Evan Bernard, van de sectie Engels.'

Hij knikte, knipperend achter zijn metalen brilletje. Bernard was midden veertig en leek een aardige man. Met zijn ruige baard en slordige verschijning zou je hem moeiteloos als een stereotype kunnen afdoen, dacht Faith, maar zijn ogen hadden iets waakzaams wat deed vermoeden dat er meer achter hem stak.

'Sorry dat ik zo laat ben,' zei Bernard. 'Ik had een afspraak met een ouder.' Hij trok een stoel bij en ging naast McFaden zitten, met de stapel papier op schoot. 'Weet u al iets meer?'

Faith besefte dat hij de eerste was die deze vraag stelde. 'Nee,' zei ze. 'We trekken alle aanwijzingen na die van betekenis kunnen zijn voor het onderzoek. Alles wat u over de twee meisjes kunt vertellen, is van nut.'

Achter zijn baard beet hij op zijn onderlip, en ze zag dat hij haar even goed doorhad als zij McFaden had doorgrond.

Will nam het woord. Hij richtte zich tot Bernard. 'We doen ons uiterste best om te ontdekken wie Kayla heeft vermoord en om Emma veilig thuis te brengen. Ik weet dat het weinig troost biedt, maar ik verzeker u dat deze zaak de volle aandacht heeft van ieder lid van het politiekorps van Atlanta en van elke agent van het Georgia Bureau of Investigation.'

Bernard knikte en klemde de papieren op zijn schoot stevig vast. 'Waarmee kan ik u helpen?'

Will antwoordde niet. Faith concludeerde dat zij het weer moest overnemen. 'We hadden het net over de invloed die Kayla Alexander op Emma had.'

'Over Kayla kan ik u niets vertellen. Ik heb alleen Emma lesgegeven, maar niet in de klas. Ik hou me op Westfield met speciaal leesonderwijs bezig.'

McFaden vulde hem aan: 'De heer Bernard geeft een-op-eenlessen aan leerlingen met leesproblemen. Emma is licht dyslectisch.'

'O, wat vervelend voor haar. Kunt u me vertellen...?'

'Hoe zit dat precies?' onderbrak Will haar. Hij leunde naar voren, met zijn ellebogen op zijn knieën, en keek Bernard aan.

Bernard trok een verbaasd gezicht. 'Ik begrijp de vraag geloof ik niet.'

'Ik bedoel...' Will scheen naar woorden te zoeken. 'Het is me niet helemaal duidelijk wat u bedoelt met licht dyslectisch.'

'Zelf zou ik de term "licht" niet gebruiken,' wierp Bernard tegen. 'In grote lijnen is het een leesstoornis. Net als autisme heeft dyslexie een breed spectrum aan symptomen. Diagnosticeer je iemand als licht dyslectisch, dan kan hij desondanks op hoog niveau functioneren en plaats je hem dus in de bovenste regionen. De meeste kinderen die bij mij komen, horen bij een van de twee uitersten. De symptomen doen zich in verschillende vormen voor, maar het voornaamste kenmerk is toch wel het onvermogen om te lezen, schrijven of spellen op basisschoolniveau.'

Will knikte, en Faith zag dat hij zijn hand in de zak van zijn jasje stak. Ze hoorde een klik, en het kostte haar moeite om haar gezicht in de plooi te houden. In de auto had ze al gezien dat hij de digitale recorder naar zijn jaszak had overgebracht. In Georgia was het burgers toegestaan om een gesprek op te nemen zonder anderen daarvan op de hoogte te stellen, maar voor een politieman was het streng verboden.

'Zou u Emma als traag typeren of…' Will aarzelde voor hij het woord uitsprak. '…als achterlijk?'

Bernard keek al even geschokt als Faith zich voelde. 'Natuurlijk niet,' luidde zijn antwoord. 'Emma heeft juist een uitzonderlijk hoog IQ. Veel dyslectici zijn ongelooflijk begaafd.'

'In welke opzichten?'

Hij dreunde een aantal voorbeelden op. 'Scherp observatievermogen, zeer efficiënt, uitzonderlijk geheugen voor details, atletisch, technisch inzicht. Het zou me niks verbazen als Emma ooit een heel goede architect wordt. Ze heeft een verbluffend talent om structuren te bouwen. Ik geef nu twaalf jaar les hier op Westfield en ik heb nog nooit eerder zoiets meegemaakt.'

Will klonk wat sceptisch toen hij zei: 'Maar toch had ze problemen.'

'Ik zou het geen problemen noemen. Obstakels, misschien, maar die hebben alle kinderen.'

'Niettemin is het een ziekte.'

'Een stoornis,' verbeterde Bernard.

Will haalde eens diep adem, en Faith merkte dat het gedraai hem ging irriteren. Toch ging hij erop door. 'Welke problemen worden er zoal met de stoornis in verband gebracht?'

De docent somde ze een voor een op: 'Moeite met wiskunde, lezen, spellen en tekstbegrip, onrijpheid, problemen met ruimtelijk inzicht, stotteren, slechte motoriek, niet in staat om rijmend metrum te doorgronden… eigenlijk is het een allegaartje, en elk kind is anders. De ene keer heb je een kei in wiskunde en de andere keer iemand die nog niet eens een simpel optelsommetje kan maken; sommigen zijn superatletisch, anderen volslagen klunzen. Emma heeft geluk gehad, want bij haar is de diagnose al op jonge leeftijd gesteld. Dyslectici zijn er heel handig in hun stoornis te verbergen. Helaas maken computers het hun uiterst gemakkelijk om mensen een rad voor ogen te draaien. Lezen is een basisvaardigheid, en vaak schamen ze zich omdat ze zelfs de grondbeginselen niet meekrijgen. De meeste dyslectici presteren alleen goed als ze mondeling getest worden, dus op school kunnen ze meestal helemaal niet meekomen. Ik ben geloof ik niet de enige die zegt dat sommige leraren dit als luiheid zien of als een gedragsafwijking.' Bernards woorden bleven nog een tijdje hangen, alsof ze speciaal bestemd waren voor een van de docenten in het lokaal. 'Wat het probleem nog verergert, is dat Emma buitengewoon verlegen is. Ze houdt niet van aandacht. Ze laat heel veel over zich heen komen, zolang ze maar niet opgemerkt wordt. Uiteraard heeft ze ook haar momenten van onvolwassenheid, maar over het algemeen is het een van nature in zichzelf gekeerd meisje, dat extra moeite moet doen om erbij te horen.'

Will leunde nu zo ver naar voren dat hij praktisch van zijn stoel viel. 'Hoe reageerden haar ouders op deze informatie?'

'Ik heb haar vader nooit ontmoet, maar haar moeder is zeer betrokken.'

'Kun je ervoor behandeld worden?'

'Zoals ik al zei, is dyslexie geen ziekte, Mr. Trent. Het is eerder een soort kortsluiting in de hersens. Net zoals een diabeticus niet spontaan insuline gaat produceren, zal een dyslecticus nooit op een dag wakker worden en je opeens het verschil tussen rechts en links en boven en onder kunnen uitleggen.'

Faith dacht eindelijk te begrijpen waar Will heen wilde met zijn vragen. 'Dus als iemand zoals Emma achterna wordt gezeten,' vroeg ze, 'gaat ze dan de verkeerde kant op om te ontsnappen, de trap op in plaats van de trap af?'

'Zo werkt het niet. Waarschijnlijk zou ze intuïtief eerder dan u of ik weten wat de beste route is, maar als u haar zou vragen hoe ze ontsnapt is, dan zou ze u niet kunnen vertellen dat ze zich eerst onder de salontafel heeft verstopt en toen links de trap af is gegaan. Ze zou simpelweg zeggen: "Ik ben weggerend." Wat zo fascinerend aan deze stoornis is, is dat het brein de tekortkoming schijnt te herkennen en nieuwe denkpaden creëert die leiden tot copingmechanismen die bij het doorsneekind niet eens zouden opkomen.'

Will schraapte zijn keel. 'U zei dat ze opmerkzamer is dan een normaal mens.'

'Het woordje "normaal" gebruiken we hier liever niet,' merkte Bernard op. 'Maar, inderdaad. In Emma's geval zou ik zeggen dat ze een beter observatievermogen heeft.' Hij ging nog een stapje verder. 'Weet u, wat ik heb gemerkt, is dat dyslectici veel meer oppikken dan de meeste mensen. We zien dat soms ook bij misbruikte kinderen, die uit een soort zelfverdediging veel beter stemmingen en nuances kunnen interpreteren dan het doorsneekind. Ze nemen ook een ongelooflijke hoeveelheid schuld op hun schouders om de vrede te bewaren. Ze weten als geen ander te overleven.'

Faith ontleende een zekere troost aan zijn woorden. Toen ze om zich heen keek, zag ze dat ze niet de enige was.

Will stond op. 'Neemt u me niet kwalijk,' zei hij tegen de groep, 'maar ik heb nog een afspraak. Rechercheur Mitchell zal u de rest van de vragen stellen.' Hij stak zijn hand in zijn zak, waarschijnlijk om de recorder uit te zetten, dacht ze. 'Faith, bel me maar als je bij City Hall bent.' Hij doelde op het mortuarium. 'Ik wil er ook bij zijn.'

'Oké.'

Na zich verontschuldigd te hebben, ging hij er snel vandoor. Faith wierp een blik op haar horloge en vroeg zich af waar hij naartoe ging. Hij hoefde pas over een uur bij de Campano's te zijn.

Faith keek het lokaal rond en zag dat alle blikken op haar gericht waren. Ze besloot meteen tot de kern te komen. 'Is er eigenlijk iets specifieks met Kayla Alexander aan de hand geweest? Ik proef niet veel sympathie voor haar, gezien wat er gebeurd is.'

Hier en daar werden schouders opgehaald. De meesten keken naar hun handen of naar de vloer. Zelfs Daniella Park had hier niets op te zeggen.

De directrice nam het woord. 'Zoals ik al zei, rechercheur Mitchell, vormde Kayla een uitdaging.'

Bernard slaakte een diepe zucht, alsof hij het vervelend vond dat híj het weer uit moest leggen. 'Kayla dreef dingen graag op de spits.'

'In welk opzicht?'

'Zoals meiden dat doen,' zei hij, hoewel je dat amper een antwoord kon noemen.

'Zocht ze soms ruzie?' opperde Faith.

'Ze verspreidde roddels,' legde Bernard uit. 'Ze wist de andere meisjes helemaal over de rooie te jagen. U weet vast nog wel hoe het ging op die leeftijd.'

Faith had haar stinkende best gedaan om dat te vergeten. Ze was de enige zwangere veertienjarige op school geweest en haar pad was bepaald niet over rozen gegaan.

'Ach, zo erg was het eigenlijk ook weer niet,' probeerde Bernard zich ervan af te maken.

Matthew Levy beaamde zijn woorden. 'Dat soort ruzietjes verloopt altijd volgens een vast patroon. De ene week maken ze elkaar helemaal af, en de week erop zijn ze elkaars beste vriendin en hebben ze de pik op iemand anders. Dat zie je voortdurend.'

De vrouwen in het lokaal schenen het niet met hem eens te zijn. Park verwoordde hun gevoelens. 'Het was wél erg,' zei ze. 'Nog geen maand nadat ze op school was gekomen, had Kayla Alexander zowat iedereen tegen zich in het harnas gejaagd. Ze zaaide tweedracht op school.'

'Was ze geliefd bij de jongens?'

'Reken maar,' zei Park. 'Ze veegde haar gat met hen af.'

'Was er ook een speciaal iemand?'

Weer werden er schouders opgehaald en hoofden geschud.

'Waarschijnlijk is de lijst eindeloos,' antwoordde Bernard. 'Maar de jongens hadden er geen enkel probleem mee. Ze wisten waar ze aan toe waren.'

Faith richtte zich tot Daniella Park. 'Zo-even liet u doorschemeren dat Emma haar enige vriendin was.'

'Kayla was Emma's vriendin,' antwoordde Park. 'Kayla had alleen Emma nog.'

Het was een belangrijk onderscheid. 'Waarom liet Emma haar niet vallen?'

'Daar kan alleen Emma antwoord op geven, maar ik vermoed dat ze wist hoe het was om overal buiten te vallen. Hoe meer alles zich tegen Kayla keerde, hoe hechter hun vriendschap scheen te worden.'

'U zei dat er tweedracht ontstond op school. Wat is er precies gebeurd?'

Er viel een stilte. Niemand scheen er vrijwillig iets over te willen zeggen. Faith stond op het punt de vraag nog eens te stellen toen Paolo Wolf, een economieleraar die tot op dat moment had gezwegen, zei: 'Daarover kan Mary Clark u meer vertellen.'

De stilte werd drukkender, tot Evan Bernard binnensmonds iets mompelde.

'Sorry, Mr. Bernard,' zei Faith, 'maar ik verstond niet wat u zei.'

Zijn blik schoot het lokaal rond, alsof hij de anderen uitdaagde om het met hem oneens te zijn. 'Mary Clark is nog te onnozel om voor de duvel te dansen.'

'Is Mary een leerling?'

De directrice gaf antwoord. 'Mrs. Clark is een van onze docenten Engels. Zij heeft Kayla vorig jaar in de klas gehad.'

Faith vroeg niet waarom de vrouw in kwestie niet aanwezig was. Dat moest ze haar zelf maar vertellen. 'Zou ik haar kunnen spreken?'

McFaden wilde net antwoorden toen de bel ging. De directrice wachtte tot het weer stil was en zei toen: 'Dat is de bel voor de samenkomst. Het wordt tijd om naar de aula te gaan.'

'Toch wil ik Mary Clark graag spreken.'

Na een lichte aarzeling schonk McFaden haar een stralende glimlach, zo nep dat het pijn deed aan je ogen. 'Ik wijs u haar met alle genoegen aan.'

Voorafgegaan door Olivia McFaden en de overige docenten stak Faith het plein achter het hoofdgebouw over, in de richting van de aula.

Merkwaardig genoeg liepen ze in een rij achter elkaar, net als de leerlingen, die zich achter hun respectievelijke docenten naar de samenkomst begaven. De aula was het modernst van alle gebouwen op het terrein van Westfield, en was waarschijnlijk mogelijk gemaakt met geld dat die sukkels van ouders hun nietsvermoedende buren en verwanten hadden afgetroggeld door hun repen, tijdschriftabonnementen en cadeaupapier aan te smeren.

In een van de leerlingenrijen ontstond tumult. McFaden liet haar hoofd als een geschuttoren ronddraaien en richtte haar blik op de grootste herrieschoppers. Het lawaai gorgelde even snel weg als water in een afvoerputje.

Eigenlijk zou Faith niet verbaasd hoeven staan bij de aanblik van de aula, die haar deed denken aan een kleine schouwburg in een welgestelde buitenwijk. Rijen chique roodfluwelen stoelen tegenover een groot podium met geavanceerde belichting. Het plafond was een tongewelf, zeer overtuigend beschilderd in eerbetoon aan de Sixtijnse Kapel. Kunstige bas-reliëfs rond het podium toonden de goden in verschillende stadia van opwinding. Het tapijt op de vloer was zo dik dat Faith telkens even naar beneden keek uit angst om te struikelen.

Al lopend leverde McFaden commentaar, en achter haar verstomde het geroezemoes van de leerlingen. 'We hebben de aula in 1995 gebouwd, ook al met het oog op allerlei nevenevementen tijdens de Olympische Spelen.'

De ouders hadden dus eerst met snoep lopen leuren, en vervolgens had de school aan de staat de huur van de aula in rekening gebracht.

'Daphne, geen kauwgum,' zei McFaden in het voorbijgaan tegen een meisje. Ze richtte zich weer tot Faith. 'Het plafondmotief was een idee van ons sectiehoofd beeldende vorming, Mrs. Meyers.'

'Mooi,' mompelde Faith na een blik omhoog.

Er viel nog veel meer over het gebouw te vertellen, maar Faith sloot zich af voor McFadens stem toen ze de treden naar het podium afdaalde. Een zekere opwinding maakte zich van de aula meester toen de leerlingen binnenstroomden. Sommigen huilden, anderen keken simpelweg naar het podium, met een verwachtingsvolle blik in hun ogen.

Een enkeling had zijn of haar ouders meegenomen, en dat maakte de situatie op de een of andere manier nog gespannener. Hier en daar zat een moeder met haar arm om haar kind heen geslagen. Onwillekeurig moest Faith aan Abigail Campano denken en aan de felheid waarmee de moeder de man had aangevallen die ze voor de moordenaar van haar dochter had aangezien. Haar nekharen gingen overeind staan, als een soort oerreactie op de collectieve angst waarvan de ruimte doordrongen was.

Na een snel optel- en vermenigvuldigsommetje schatte Faith dat de aula inclusief het lege balkon zo'n duizend zitplaatsen telde. Beneden zat het bijna helemaal vol. Op Westfield waren de meisjes in de meerderheid. De meesten waren superslank, welgesteld en heel mooi. Ze aten biologisch voedsel, droegen ecologisch verantwoorde katoen en na school reden ze in hun BMW's en Mini's naar pilatesles. Hun ouders gingen op weg naar huis niet even langs McDonald's om avondeten te halen voor ze aan hun tweede baantje in de nachtploeg begonnen. Het leven van deze meisjes verschilde waarschijnlijk niet veel van dat van Emma Campano: glanzende iPhones, nieuwe auto's, strandvakanties en breedbeeld-tv's.

Faith riep zichzelf tot de orde, want ze wist dat ze nu toegaf aan het meisje in zichzelf dat zoveel gemist had toen Jeremy zich aandiende. Deze kinderen konden het ook niet helpen dat ze in een rijk gezin ter wereld waren gekomen. En hun ouders werden absoluut niet gedwongen om spullen voor hen te kopen. Ze hadden gewoon heel erg veel geluk gehad, maar zo te zien waren ze nu doodsbang. Een van hun schoolgenootjes was het slachtoffer van een brute moord geworden – misschien bruter dan ze ooit zouden weten. Een ander werd vermist en hoogstwaarschijnlijk op sadistische wijze door een monster misbruikt. Gevoed door CSI en Thomas Harris konden ze wel raden wat er op dat moment met Emma Campano gebeurde.

Hoe dichter Faith het podium naderde, hoe luider het gehuil werd. Er bestond geen emotioneler wezen dan een pubermeisje. Nog geen tien minuten geleden had ze met een soort minachting op hen neergekeken, maar nu voelde ze niets dan medelijden.

McFaden pakte Faiths arm. 'Dat is Mrs. Clark,' zei ze, en ze wees naar een vrouw die aan de overkant tegen de muur stond geleund. De meeste docenten bevonden zich in het middenpad, waar ze vol ijver leerlingen berispten en de rust onder de menigte probeerden te bewaren, maar Mary Clark leek zich in een eigen wereldje te hebben teruggetrokken. Ze was jong, waarschijnlijk nog maar net afgestudeerd, en bepaald niet lelijk. Haar rossige haar hing op haar schouders en haar neus was bezaaid met sproetjes. Haar kleren vielen nogal uit de toon: een net zwart jasje, een gestreken witte bloes en een bijpassende rok die tot net onder de knie reikte – het soort outfit dat je eerder bij een bedaagde oudere dame zou verwachten.

'Zou u een paar woorden tot de leerlingen willen richten?' vroeg McFaden.

Faith werd door paniek bevangen. Ze hield zichzelf voor dat ze alleen maar een zaal vol jongens en meisjes hoefde toe te spreken, dat het niet gaf als ze zich belachelijk maakte, maar tegen de tijd dat ze het podium had bereikt, trilden haar handen nog steeds. Ook al werd de ruimte koel gehouden door de airconditioning, toch brak het zweet haar uit.

McFaden beklom het trapje naar het podium. Faith volgde haar, met het gevoel dat ze geen dag ouder was dan de leerlingen die ze gerust moest stellen. Terwijl McFaden op het spreekgestoelte afstevende, bleef Faith aan de zijkant staan en zocht wanhopig naar een smoes om eronderuit te kunnen komen. Het licht was zo fel dat ze alleen de leerlingen op de voorste rij kon zien. Hun uniform was waarschijnlijk op maat gemaakt – schoolrokjes en gesteven witte bloesjes. De jongens hadden het beter voor elkaar in hun donkere pantalon met wit overhemd en blauwgestreepte das. Het zou elke dag wel een hele strijd zijn om te zorgen dat de overhemden goed waren ingestopt en de dassen recht bleven hangen.

Achter de microfoon stonden zes stoelen. Op vier ervan zaten docenten; een van hen was een grote, behaarde man in een lycra korte broek, die een gekreukt blaadje in zijn zichtbaar zweterige hand hield. Zijn pens puilde over zijn broekband, en zittend had hij moeite met ademen; zijn mond hing open en zijn lippen bewogen als bij een vis. Faith bekeek hem aandachtig en probeerde te ontdekken wat hij aan het doen was. Opeens besefte ze dat hij de tekst doornam van het blaadje in zijn vlezige hand. Te oordelen naar het fluitje om zijn nek was hij waarschijnlijk gymleraar.

Naast hem, op de laatste stoel links, zat Evan Bernard. Daniella Park zat helemaal aan de andere kant van de rij. Het viel Faith op dat de twee docenten zo ver mogelijk uit elkaar zaten; ze verkeerden ongetwijfeld op gespannen voet, want ze meden nadrukkelijk elkaars blik. Weer keek ze naar Mary Clark, die nog steeds bij de muur stond, en ze had zo'n vermoeden dat zij wel eens de oorzaak zou kunnen zijn.

McFaden testte de microfoon. In de zaal werd tot stilte gemaand, en de bekende galm uit de geluidsinstallatie werd gevolgd door het gebruikelijke geroezemoes onder het publiek. De directrice wachtte tot alle geluid verstomd was en zei toen: 'Inmiddels zijn we allemaal op de hoogte van de tragedie die twee van onze leerlingen en een vriend van hen gisteren heeft getroffen. Dit is een zware tijd voor ons allen, maar samen kunnen we – zullen we – dit te boven komen en het tot een goede einde brengen. Het gemeenschapsgevoel dat we delen, onze liefde voor onze medeleerlingen, ons respect voor het leven en het welzijn van allen zullen ons overeind houden hier op Westfield.' Er klonk wat applaus, overwegend van ouders. McFaden richtte zich tot Faith. 'Een rechercheur van het politiekorps van Atlanta zal jullie vragen beantwoorden. Ik verzoek de leerlingen om onze gast met gepast respect te behandelen.'

McFaden ging zitten, en terwijl Faith over het podium liep, voelde ze alle ogen in de zaal op zich gericht. Bij elke stap leek het spreekgestoelte zich verder terug te trekken, en toen ze het eindelijk had bereikt, waren haar handen zo bezweet dat ze een afdruk nalieten op het geboende hout.

'Dank u,' zei Faith, en haar stem galmde ijl en meisjesachtig door de speakers. 'Ik ben rechercheur Faith Mitchell. Ik kan jullie verzekeren dat de politie van Atlanta alles in het werk stelt om Emma te vinden en de dader van deze misdrijven op te sporen. En natuurlijk het Georgia Bureau of Investigation,' voegde ze er voor de goede orde aan toe. Te laat besefte ze dat dat eigenlijk nergens op sloeg. Ze deed een nieuwe poging. 'Zoals ik al zei, ben ik rechercheur bij de politie van Atlanta. Jullie directrice heeft mijn telefoonnummer. Als iemand van jullie iets heeft gezien of gehoord, of over informatie beschikt die nuttig kan zijn voor het onderzoek, neem dan contact met me op.' Faith besefte dat ze geen lucht meer in haar longen had en ze probeerde zo onopvallend mogelijk in te ademen. In een flits vroeg ze zich af of het zo voelde als je een hartaanval kreeg.

'Ma'am?' klonk het.

Faith schermde haar ogen af tegen het felle podiumlicht. Ze zag verscheidene opgestoken handen. Ze wees naar het dichtstbijzijnde meisje en richtte al haar aandacht op haar in plaats van op de menigte in de zaal. 'Ja?'

Toen de leerlinge ging staan, zag Faith haar lange blonde haar en roomblanke huid. Nog voor het meisje haar mond had opengedaan, wist ze al wat ze ging vragen. 'Vindt u dat we ons haar moeten afknippen?'

Faith slikte en probeerde te bedenken wat daarop het beste antwoord was. Er deden allerlei wilde verhalen de ronde, die erop neerkwamen dat het risico om verkracht te worden groter was voor vrouwen met lang haar, maar Faith wist uit de praktijk dat het de mannen die dit soort misdrijf pleegden maar om één onderdeel van een vrouwenlichaam te doen was, ongeacht of ze lang of kort haar had. Hoewel, Kayla en Emma leken zoveel op elkaar dat zich al bijna een patroon begon af te tekenen.

Faith omzeilde de vraag. 'Je hoeft je haar niet af te knippen en evenmin hoef je je uiterlijk te veranderen.'

'Hoe zit het dan...' begon iemand anders, maar toen schoten de regels haar te binnen, en ze brak haar zin af en stak haar hand op.

'Ja?' zei Faith.

Het meisje ging staan. Ze was lang en knap, met donker haar dat op haar schouders viel. Haar stem beefde licht toen ze vroeg: 'Emma en Kayla waren allebei blond. Wat ik wou vragen: betekent dit dat die vent een vaste methode heeft?'

De vraag overviel Faith. Ze dacht aan Jeremy en dat hij altijd wist wanneer ze niet eerlijk tegen hem was. 'Ik zal niet tegen je liegen,' zei ze tegen het meisje, en toen keek ze op naar het publiek. Haar plankenkoorts zakte weg en haar stem werd krachtiger. 'Ja, zowel Emma als Kayla had lang blond haar. Als je het prettiger vindt om je haar een tijdje op te steken, dan moet je dat zeker niet laten. Maar hou jezelf niet voor de gek, want dat betekent nog niet dat je helemaal veilig bent. Je moet altijd voorzorgsmaatregelen treffen als je de straat op gaat. Zorg ervoor dat je ouders altijd weten waar je bent.' Er klonk wat verontwaardigd gefluister. Faith stak haar handen op en nu voelde ze zich net een dominee. 'Ik weet dat het afgezaagd klinkt, maar jullie wonen nou eenmaal niet in een of ander beschut buitenwijkje. Je kent de belangrijkste veiligheidsregels. Praat niet met onbekenden. Ga niet in je eentje naar onbekende plekken. Ga niet in je eentje op pad zonder dat iemand – wie dan ook – weet waar je naartoe gaat en wanneer je terugkomt.'

Dat scheen hen tot bedaren te brengen. De meeste handen zakten weer. Faith wees een jongen aan, die naast zijn moeder zat.

Bedeesd vroeg hij: 'Kunnen we iets voor Emma doen?'

Het werd doodstil in de zaal. De angst sloop weer binnen. 'Zoals ik al zei...' Ze zweeg en kuchte even. 'Zoals ik net al zei: als je iets weet wat ons verder kan helpen, dan horen we dat graag. Verdachte personen in de buurt van de school. Merkwaardige dingen die Emma of Kayla heeft gezegd – of ook doodgewone dingen, waarvan je nu misschien denkt dat ze verband kunnen houden met wat er gebeurd is. Al dat soort zaken, hoe onbeduidend ze ook lijken, is voor ons heel waardevol.' Ze schraapte haar keel en smachtte naar een glas water. 'En wat betreft de vraag of je zelf iets kunt doen: ik zou jullie nogmaals op het hart willen drukken om de veiligheid in acht te nemen. Zorg dat je ouders altijd weten waar je bent. Neem de nodige voorzorgsmaatregelen. We weten nou eenmaal niet wat het verband is met de school en óf er wel een verband bestaat. Volgens mij is waakzaamheid het sleutelwoord.' Ze voelde zichzelf een beetje belachelijk klinken toen ze die woorden uitsprak, alsof ze een slechte imitatie van Olivia McFaden ten beste gaf, maar te oordelen naar het geknik van zowel ouders als leerlingen scheen ze toch iets bereikt te hebben.

Ze liet haar blik over het publiek gaan en zag geen opgestoken handen meer. Met een knikje naar de directrice liep Faith het podium over en nam haar plaats aan de zijkant weer in.

'Dank u, rechercheur Mitchell.' McFaden was weer op het podium verschenen. Tegen de leerlingen zei ze: 'Zo meteen geeft coach Bob een presentatie van tien minuten, gevolgd door een instructiefilm over persoonlijke veiligheid.'

Faith hoorde de kreun die ze zelf had onderdrukt door de hele aula weerklinken.

'Na coach Bob,' vervolgde McFaden, 'zal dr. Madison, onze vertrouwenspersoon, het een en ander zeggen over hoe je een dergelijke tragedie kunt verwerken. Hij zal ook vragen beantwoorden, dus denk eraan: als je vragen hebt, wacht dan even tot dr. Madison is uitgesproken. Nu wil ik jullie verzoeken om een moment van stilte, waarin we denken aan onze medeleerlingen – degenen die nog in ons midden zijn en degenen die verdwenen zijn.' Ze wachtte een paar tellen, en toen niemand reageerde, zei ze: 'Buig je hoofd maar.'

Faith had nooit veel op gehad met momenten van stilte, vooral niet wanneer je er je hoofd bij moest buigen. Ze vond het bijna even erg als spreken in het openbaar, dat een goede tweede plaats innam na het eten van levende kakkerlakken.

Ze speurde de menigte af tot ze achter al die gebogen hoofden Mary Clark zag staan, die met een lege blik naar het podium staarde. Zo zachtjes mogelijk sloop Faith het trapje bij het podium af. Ze kon de afkeuring van Olivia McFaden bijna voelen toen ze over het zijpad wegglipte, maar Faith was niet een van haar leerlingen en ze had belangrijker zaken aan haar hoofd dan een beetje in de coulissen staan luisteren terwijl coach Bob de leerlingen tien minuten lang over hun veiligheid onderhield.

Mary Clark ging wat rechter staan toen ze besefte dat Faith haar kant op kwam. Als de docente al verbaasd was dat ze haar moest hebben, dan liet ze dat niet merken. Ze leek zelfs opgelucht toen Faith een knikje in de richting van de deur gaf.

Mary bleef niet op de gang, en voor Faith haar kon tegenhouden was ze de deur al door. Buiten hield ze halt op het betonnen pad en met haar handen in haar zij zoog ze de lucht op.

Tegen Faith zei ze: 'Ik zag McFaden naar me wijzen voor u met uw praatje begon, en ik wist zeker dat ze zei dat ze me ging ontslaan.'

Faith vond het een merkwaardige openingszin, maar aan de andere kant was ze zelf ook in staat tot dergelijke opmerkingen die nergens op sloegen. 'Waarom zou ze u willen ontslaan?'

'Het is veel te rumoerig tijdens mijn lessen. Ik ben niet streng genoeg. Ik hou me niet aan het lesprogramma.' Mary Clark liet een geforceerd lachje horen. 'We hebben een zeer verschillende kijk op het onderwijs.'

'Ik wil het met u over Kayla Alexander hebben.'

Ze wierp een blik over haar schouder. 'Niet over Emma?' Haar gezicht betrok. 'O, nee. Is ze...?'

'Nee,' verzekerde Faith haar. 'We hebben haar nog niet gevonden.'

Mary had haar handen voor haar mond geslagen. 'Ik dacht...' Ze veegde haar tranen weg. Ze wisten allebei wat ze dacht, en Faith verweet het zichzelf dat ze niet meteen wat duidelijker was geweest.

'Sorry,' zei ze.

Mary haalde een papieren zakdoekje uit de zak van haar jasje en snoot haar neus. 'God, ik dacht dat ik geen tranen meer overhad.'

'Hebt u Emma gekend?'

'Niet echt, maar ze zit hier op school. Het is alsof je voor allemaal verantwoordelijk bent.' Weer snoot ze haar neus. 'U kneep hem zonet toen u daar stond, hè?'

'Ja,' beaamde Faith, want als ze al loog over zoiets simpels, zou het later moeilijker zijn om over belangrijke dingen te liegen. 'Ik vind het vreselijk om in het openbaar iets te zeggen.'

'Ik ook,' liet Mary haar weten. 'Nou ja, niet voor de klas – dat telt niet mee – maar als we sectievergadering hebben of ouderavond...' Ze schudde haar hoofd. 'Jeetje, alsof dat u iets interesseert. Ik kan net zo goed iets over het weer zeggen.'

Faith leunde tegen de stalen deur, maar schoot weer overeind toen haar huid zowat verbrandde. 'Waarom was u vanochtend niet bij dat gesprek?'

Ze stopte het zakdoekje in haar zak. 'Mijn mening wordt hier niet echt op prijs gesteld.'

Het onderwijs stond bekend om het hoge percentage burn-out-gevallen. Faith kon zich goed voorstellen dat de oude garde niet zat te wachten op een idealistisch jong ding dat de wereld eens even zou verbeteren.

Mary Clark bevestigde haar vermoeden. 'Ze denken allemaal dat het niet lang meer duurt of ik ren gillend de deur uit.'

'U hebt Kayla Alexander vorig jaar in de klas gehad.'

De jongere vrouw draaide zich om, en met haar armen over elkaar geslagen keek ze Faith aandachtig aan. Haar houding straalde iets vijandigs uit.

'Kunt u me vertellen wat er gebeurd is?' vroeg Faith.

Mary keek haar onzeker aan. 'Hebben ze u dat dan niet verteld?'

'Nee.'

Weer lachte ze. 'Typisch.'

Faith zweeg om haar alle ruimte te geven.

'Hebben ze u verteld dat Kayla vorig jaar zo rot deed tegen een ander meisje dat die uiteindelijk van school is gegaan?' vroeg Mary.

'Nee.'

'Ruth Donner. Ze is halverwege het schooljaar naar Marist overgestapt.'

'Daniella Park zei dat Kayla tweedracht zaaide op school.'

'Dat klopt ook wel. Je had het Kayla-kamp en het Ruth-kamp. Het duurde even, maar na verloop van tijd kozen steeds meer mensen de kant van Ruth. Van school veranderen was trouwens het slimste wat ze kon doen. Zo kwam Kayla in de schijnwerpers te staan en opeens werden de barsten zichtbaar. We mogen geloof ik wel stellen dat Kayla aan het begin van het schooljaar over de hele linie werd uitgekotst.'

'Behalve door Emma.'

'Behalve door Emma.'

'Ik ben geen deskundige, maar ontgroeien meiden dat soort gedrag niet als ze een jaar of twaalf, dertien zijn?'

'Meestal wel,' bevestigde de docente. 'Maar sommigen blijven erin hangen. De echte krengen blijven rondjes zwemmen als ze bloed in het water ruiken.'

Faith vond de vergelijking met haaien goed gekozen. 'Waar is Ruth Donner nu?'

'Die zal wel ergens studeren. Ze zat in de eindexamenklas.'

Het was van het grootste belang dat het meisje snel werd opgespoord. 'Kayla zat vorig jaar nog in de onderbouw. Waarom had ze het voorzien op een meisje uit de bovenbouw?'

'Ruth was het populairste meisje van de school.' Ze haalde haar schouders op, alsof dat alles verklaarde. 'Uiteraard werden er geen maatregelen tegen Kayla getroffen. Die komt echt met alles weg.'

Hier was voorzichtigheid geboden, merkte Faith. Er was meer aan de hand. Mary Clark gaf duidelijk aan het gevoel te hebben dat Faith de antwoorden op de vragen die ze stelde al wist. 'Dat met dat andere meisje was ongetwijfeld heel erg, maar ik heb het idee dat dit iets heel persoonlijks voor u is.'

Haar woorden leken Mary alleen maar meer tegen de haren in te strijken. 'Vorig jaar heb ik Kayla Alexander een onvoldoende proberen te geven.'

Faith kon wel raden wat ze bedoelde met dat 'proberen'. Ouders telden veel geld neer om hun kind naar Westfield te laten gaan. Ze verwachtten dan ook dat hun kroost uitblonk, zelfs als hun werk beneden de maat was. 'Wat is er gebeurd?'

'Hier op Westfield Academy krijgen de leerlingen geen onvoldoendes. Ik moest dat kleine kreng na school bijles geven.'

De omstandigheden in aanmerking genomen was haar typering van het meisje bepaald onthutsend. 'Ik moet bekennen, Mrs. Clark, dat het me wel verbaast dat u op die manier praat over een meisje van zeventien dat is verkracht en vermoord.'

'Zeg maar Mary.'

Faith wist even niet hoe ze moest reageren.

Mary maakte een al even ontdane indruk. 'Hebben ze je echt niet verteld wat er is gebeurd?'

Faith schudde haar hoofd.

'Door haar ben ik bijna mijn baan kwijtgeraakt. Ik moet mijn studie afbetalen, heb thuis twee baby's, en mijn man probeert een eigen zaak op te bouwen. Ik ben achtentwintig en het enige waarvoor ik gekwalificeerd ben, is lesgeven.'

'Ho even,' zei Faith. 'Vertel eerst maar wat er gebeurd is.'

'Kayla kwam wel naar bijles, maar het ontbrak er alleen nog aan dat ik haar hand vasthield en haar opdrachten voor haar maakte, want ze was er met geen mogelijkheid toe te bewegen om het werk te doen dat nodig was om een voldoende te halen.' Een lichte blos steeg naar Mary's hals. 'We kregen ruzie. Ik liet me door mijn woede meeslepen.' Ze zweeg, en Faith verwachtte dat ze een of ander handgemeen ging opbiechten, maar wat ze zei was nog veel schokkender. 'De volgende dag werd ik door Olivia op haar kamer ontboden. Daar zaten Kayla en haar ouders. Ze beschuldigde me ervan dat ik seksuele toenadering tot haar had gezocht.'

De verbazing stond waarschijnlijk op Faiths gezicht geschreven.

'O, laat je niet op het verkeerde been zetten door de schoolfrik die je voor je ziet,' zei Mary. 'Vroeger kleedde ik me een stuk vlotter – bijna als een echt mens. Volgens onze gerenommeerde directrice waren mijn kleren veel te sexy. Daar zal ze wel mee bedoeld hebben dat ik er zelf om gevraagd heb.'

'Hoezo?' vroeg Faith. 'Ik snap het niet.'

'Volgens Kayla Alexander zou ik hebben gezegd dat ze een voldoende kreeg als ze seks met me had.' Ze glimlachte, hoewel haar woorden verre van grappig waren. 'Misschien had ik me gevleid moeten voelen. Drie maanden daarvoor was ik bevallen van een tweeling. Ik paste amper meer in mijn kleren en kon geen nieuwe kopen, omdat het lesgeven zelf al beloning genoeg schijnt te zijn. Tijdens het gesprek begon mijn melk te lopen. De ouders gingen tegen me tekeer, en Olivia zag het allemaal aan alsof ze naar haar eigen privéfilm zat te kijken.' Tranen van woede stroomden over haar wangen. 'Ik heb al van jongs af aan lerares willen worden. Ik heb altijd mensen willen helpen. Niemand doet dit voor het geld, en al helemaal niet voor de waardering. Ik probeerde contact met haar te krijgen. Ik dácht ook dat ik contact met haar had. En het enige wat ze deed, was me een mes in de rug steken.'

'Was dat wat Daniella Park bedoelde toen ze zei dat Kayla tweedracht had gezaaid op school?'

'Danni was een van de weinige collega's die me geloofden.'

'Waarom geloofden de anderen je niet?'

'Kayla kan als geen ander mensen manipuleren. Vooral mannen.'

Faith dacht aan Evan Bernard, en hoe misprijzend hij zich over Mary Clark had uitgelaten. 'Wat gebeurde er toen?'

'Er werd een onderzoek ingesteld. Godzijdank hangen er overal van die stomme camera's. Ze had geen enkel bewijs, omdat er gewoonweg niks gebeurd was, en ze is toch al niet een van de slimsten. Eerst zei ze dat ik haar op mijn kamer een oneerbaar voorstel had gedaan, toen zei ze dat het op het parkeerterrein was, en later was het opeens achter de school. Elke dag kwam ze met een ander verhaal. Uiteindelijk was het mijn woord tegen het hare.' Ze lachte wrang. 'Een paar dagen later liep ik haar op de gang tegen het lijf. Weet je wat ze tegen me zei? "Je kunt het altijd proberen, toch?" '

'Waarom mocht ze op school blijven?'

Mary gaf een perfecte imitatie weg van Olivia McFaden. 'Hier op Westfield zijn we er trots op dat we tegemoet kunnen komen aan de speciale behoeften van wat de maatschappij moeilijke kinderen noemt – à raison van veertienduizend dollar per jaar, plus de kosten voor sportlessen, buitenschoolse activiteiten en uniformen.'

Afgezien van het laatste waren dat exact dezelfde woorden die de directrice nog geen uur eerder in de mond had genomen. 'Hadden de ouders daar geen problemen mee?'

'Kayla is zo ongeveer van elke particuliere school getrapt die we hebben hier in de stad. Het was Westfield of een openbare school. Geloof me, ik heb de ouders gezien. De Alexanders vonden het vooruitzicht dat hun dierbare dochter zich onder het ongewassen plebs zou mengen veel erger dan dat ze op een school zat waar een vrouw een poging zou hebben gedaan om haar aan te randen.'

'Wat vreselijk allemaal.'

'Ja.' Haar toon kreeg iets bitters. 'Zeg dat wel.'

'Ik moet je nog één ding vragen, Mary: heb je enig idee of er iemand is die Kayla zou hebben willen vermoorden?'

'Behalve ikzelf?' vroeg ze, zonder een sprankje humor in haar stem.

‘Ik doe mijn voorbereidingen altijd aan het eind van de dag,’ zei ze, doelend op de tijd die ze kreeg om proefwerken na te kijken en lesplannen op te stellen. ‘Vanaf acht uur ’s ochtends heb ik elk uur een klas vol kinderen gehad.’

‘Verder nog iemand?’

Nadenkend beet ze op haar lip. ‘Nee,’ zei ze ten slotte. ‘Ik kan niemand bedenken die zoiets verschrikkelijks zou doen, zelfs niet met een monster als Kayla Alexander.’

ACHT

Will had zijn auto bij het huis van de Campano's geparkeerd en luisterde naar de digitale recorder, waaruit de blikkerige stem van Evan Bernard klonk. De geluidskwaliteit was abominabel, en Will moest het apparaatje tegen zijn oor houden, met het volume op zijn allerhardst, om er ook maar iets van te kunnen verstaan.

Het is geen ziekte, Mr. Trent, het is eerder een soort kortsluiting in de hersens.

Will vroeg zich af Paul Campano dat ook te horen had gekregen. Zou hij het hebben geloofd? Of had hij zijn kind hetzelfde aangedaan als destijds Will?

In de wetenschap dat hij met dergelijke gedachten Emma Campano niet terugkreeg, stopte hij de recorder in zijn zak en stapte uit. Op de oprit stond een van de agenten van de vorige dag, met zijn handen in zijn zij. Hij was duidelijk goed op zijn taak berekend, want de verslaggevers die aan de overkant op een kluitje op nieuws uit huize Campano stonden te wachten, bleven op gepaste afstand. Wel riepen ze allerlei vragen toen Will langs de agent de oprit op liep. De man deed alsof hij lucht was en Will besloot hem ook maar te negeren.

Het busje van Charlie Reed was voor het koetshuis geparkeerd. De achterportieren waren open, waardoor het minilaboratorium zichtbaar was dat in de carrosserie was ingebouwd. Op de vloer bij de bumper stond een keurige stapel dozen met plastic zakken voor bewijsmateriaal, onderzoekshandschoenen, uiteenlopend gereedschap, en vacuüm- en monsterbuisjes. Charlie zat binnen en voerde elk stukje bewijsmateriaal in op een laptop voor hij het opborg in een soort kooi die aan de vloer was gelast. Als deze zaak ooit voor de rechter kwam, dan moest de bewijzenreeks duidelijk gedefinieerd zijn, anders zou het hele proces op losse schroeven komen te staan.

'Hallo,' zei Will, en hij leunde tegen het openstaande portier. 'Blij dat je er bent. Ik moet de vader om een DNA-monster vragen. Zou jij een uitstrijkje willen maken?'

'Dat meen je niet, hè?' vroeg Charlie. 'Die vent gaat helemaal over de rooie.'

'Waarschijnlijk wel,' beaamde Will. 'Maar Amanda wil het nou eenmaal.'

'Grappig hoe ze zonder een centje pijn ons hoofd op het blok legt.'

Will haalde zijn schouders op. Aan de waarheid viel nu eenmaal niet te tornen. 'Heb je nog iets in het huis gevonden?'

'Zeker,' zei Charlie, en hij klonk lichtelijk verbaasd. 'Op de vloer in de hal kwam ik wat fijn poeder tegen.'

'Wat voor poeder?'

Charlie streek met zijn vinger langs een stel plastic buisjes en haalde er een tussenuit. 'Aarde, vermoed ik, maar niet de beroemde rode klei uit Georgia.'

Will nam het buisje van hem over en hield het tussen duim en wijsvinger. Als het korrelige poeder wit in plaats van donkergrijs was geweest, had het een paar gram cocaïne kunnen zijn. 'Waar heb je dit gevonden?'

'Er zat wat in de deurmat en bij de hoek van de trap.'

'Alleen op die twee plekken?'

'Ja.'

'Heb je Adams schoenen en de slippers boven nog nagekeken?'

Charlie plukte aan zijn snor en draaide hem in een punt. 'Als je met je vraag bedoelt of ik het spul in een gebied heb gevonden dat niet door jou, Amanda en het hele politiekorps van Atlanta is platgetrapt, dan is het antwoord nee. Het zat alleen op die twee plekken: op de deurmat en bij de trap.'

Daar zou Will het mee moeten doen. Zelfs als het poeder naar de vermoedelijke dader leidde, zou de verdediging nog altijd kunnen aanvoeren dat het geen geldig bewijs was omdat de politie de plek had besmet. Als Charlie of Will als getuige moest opdraven, zouden ze allebei moeten toegeven dat ze het bewijs evengoed aan hun eigen schoenzolen mee naar binnen hadden kunnen nemen. Juryleden wilden graag een verhaal horen. Ze wilden stap voor stap weten wat de politie had gedaan tussen het vinden van het bewijs en het aanwijzen van een verdachte. Als ze te horen kregen dat een zeker persoon een bepaalde substantie via zijn schoenen mee naar binnen had genomen, dan was dat heel mooi. De aanklager kon namelijk geen kant op als er geen belangrijk stuk bewijsmateriaal was dat naar de moordenaar wees.

Uiteraard ging het er vooral om dat Emma Campano levend werd gevonden. Het was nu al bijna vierentwintig uur geleden dat het meisje was ontvoerd. Met elke minuut die verstreek, werd het onwaarschijnlijker dat ze nog gevonden zou worden.

Will schudde aan het buisje en zag donkerder stukjes in het grijze poeder. 'Wat denk je dat het is?'

'Op die vraag staat de hoofdprijs. Letterlijk,' voegde Charlie eraan toe, maar hij hoefde Will er niet aan te herinneren dat analyse van het poeder een uiterst kostbare zaak was. In tegenstelling tot de droomlaboratoria uit Hollywood was een overheidslab zelden uitgerust met alle geavanceerde computers en microscopen die de helden van de serie in staat stelden om een misdaad binnen een uur op te lossen. Ze hadden twee mogelijkheden: het monster naar de FBI sturen en dan maar hopen dat ze er daar aan toekwamen, of het voor veel geld in een particulier laboratorium laten analyseren.

Will voelde hoe de hitte vat op hem kreeg, en het zweet gutste over zijn rug. 'Hoe belangrijk denk jij dat dit is?'

'Ik doe alleen het verzamelwerk, chef,' zei Charlie schouderophalend.

'Heb je hier nog meer van?' vroeg Will.

'Ja, van elke plek één.' Hij wees naar een van de andere buisjes in de bak. 'Jij hebt het monster dat ik van de mat heb gehaald, en dat zal waarschijnlijk wel besmet zijn.' Charlie keek hem onderzoekend aan. 'Wat ben je van plan?'

Als Will de vorige dag niet op Georgia Tech was geweest, zou het waarschijnlijk niet eens bij hem zijn opgekomen. 'Iemand smeken om het gratis te analyseren.'

'Dit ligt stukken ingewikkelder dan die sleutel die ik je gisteren gaf,' merkte Charlie op. 'Een sleutel past op een bepaald slot of niet. Met dat poeder ben je afhankelijk van de interpretatie van één persoon. We moeten alles vastleggen. Ik zal je een formulier meegeven.' Hij rommelde wat in het busje en haalde ergens een geel vel papier vandaan. 'Dit is een aftekenformulier. Bij elke stap heb je een getuige nodig. Allereerst moet je een bewijsje tekenen dat je het monster hebt meegenomen.' Hij pakte een ander formulier, klikte het aan zijn klembord en reikte dat Will aan. 'Als je iets ontdekt, dan heb ik het andere monster nog. Dat kunnen we altijd ter bevestiging door een lab laten analyseren.'

Will tuurde naar het formulier, tot hij de X en de rechte streep had gevonden. Zijn handtekening was het enige waarover hij niet na hoefde te denken, maar daar ging het niet om. Als het monster een bepaald geologisch kenmerk had dat naar een specifieke plek leidde, dan hadden ze wellicht een gebied waarin ze naar Emma Campano konden zoeken.

Will probeerde zijn stem zo neutraal mogelijk te houden, maar hij voelde een tinteling onder in zijn rug, alsof hij gevaarlijk dicht langs de rand van een steile rots liep. 'De verdediging zou kunnen aanvoeren dat iedereen de aarde mee naar binnen heeft kunnen nemen. Als we iemand arresteren op basis van een laboratoriumanalyse, en de rechter wijst de analyse af, dan gaat de moordenaar misschien weer vrijuit.'

Charlie liet het klembord zakken. 'Ja, dat is waar.'

'Maar als we heel toevallig het meisje vinden...'

De rechercheur richtte zijn aandacht weer op zijn computer en drukte wat toetsen in om het ding aan de praat te krijgen.

Will draaide zich om en keek naar de agent aan het begin van de oprit. De man stond nog steeds met zijn rug naar hen toe, op minstens zes meter afstand, maar toch dempte Will zijn stem. 'Heb je dit al geregistreerd?' vroeg hij.

'Nee.' Hij scande de streepjescode op een plastic zak met bewijsmateriaal en tikte weer iets in.

Will klemde het buisje stevig vast. Het paste precies in de palm van zijn hand. Hij was niet het soort agent dat de regels aan zijn laars lapte, maar als er een manier was om het meisje te vinden, dan kon hij toch niet werkeloos toezien?

Charlie zei: 'Heb je trouwens gezien dat de Toxic Shocks het dit weekend gaan opnemen tegen de Dixie Derby Girls?'

Will herhaalde de woorden in gedachten voor hij de betekenis doorgrondde. Charlie was een groot fan van roller-derby voor vrouwen. 'Nee, niet gezien.'

'Dat wordt een klapper, man!'

Will aarzelde. Na een tweede blik op de dienstdoende agent stopte hij het monster in zijn broekzak. 'Bedankt, Charlie.'

'Graag gedaan.' Hij keerde zich naar Will toe. 'En mond dicht, hè?'

Will knikte even. 'Ik laat het je wel weten als je bij de vader terechtkunt voor dat uitstrijkje.'

'Fantastisch. Reuze bedankt,' klonk het sarcastisch.

Will stak zijn hand in zijn zak en met zijn vingers om het buisje geklemd liep hij naar het koetshuis. Hij transpireerde hevig, ook al was de temperatuur nog enigszins draaglijk. Wills carrière had wel vaker momenten gekend waarop hij op het slappe koord tussen goed en fout had gebalanceerd, maar hij had nog nooit zoiets uitgesproken illegaals – en wanhopigs – gedaan als dit. Niet dat het er iets aan afdeed, maar er was nog steeds geen doorbraak in de zaak. Ze waren nu al een dag bezig zonder dat ze getuigen, verdachten of ook maar één enkel aanknopingspunt hadden, op het grijze poeder na dat misschien nergens toe leidde, behalve dat het Will zijn baan kon kosten.

Hij had bewijsmateriaal van de plaats delict ontvreemd. En dat was niet het enige: hij had Charlie er ook bij betrokken. Wat Will nog het meest dwarszat, was de hypocrisie die ermee gepaard ging. De agent die de wacht hield op de oprit van de Campano's en die niets van hem moest hebben, had opeens alle gelijk aan zijn kant.

'Will.' Hamish Patel zat boven aan de trap die naar het appartement voerde. Hij klemde een sigaret tussen duim en wijsvinger.

Will haalde zijn hand uit zijn zak toen hij de trap beklom. 'Hoe gaat het hier?'

'Z'n gangetje. Ik heb de computer aan de telefoon gekoppeld, maar er komt niks binnen. De meeste telefoontjes zijn van familie en buren. De vader doet nogal kortaf als hij opneemt en vanochtend heeft er nog niemand gebeld.'

'En de familie?'

'De moeder zit praktisch de hele tijd op de slaapkamer. Vanmorgen is er een arts langs geweest om even naar haar te kijken, maar ze wilde geen kalmerende middelen meer. Hoyt Bentley is hier bijna de hele nacht gebleven, maar ongeveer een uur geleden is hij vertrokken. De vader is ook een paar keer weg geweest, verder zit hij meestal onder aan de trap. Voor ik hem kon tegenhouden was hij de oprit al af om de ochtendkrant te halen.'

'En zijn ouders?'

'Volgens mij leven die niet meer.'

Will wreef over zijn kaak. Bij die laatste woorden ervoer hij een gevoel van verlies. In het tehuis was het een vast gegeven dat hoe ouder een kind werd, hoe kleiner de kans was dat het nog werd geadopteerd. Paul was twaalf geweest toen zijn pleegouders bij de rechtbank een verzoek om adoptie hadden ingediend. Iedereen had verwacht dat hij snel weer ingeruild zou worden, als een lelijke das of een kapot broodrooster. Toen Will zelf op zijn achttiende vertrok, wachtten ze nog steeds.

'Trouwens, die Abigail Campano, man, dat is me een stuk!' zei Hamish plompverloren.

De ongepaste opmerking kwam niet helemaal als een verrassing. Hamish was het soort smeris dat zich achter een façade verschool, alsof het werk gewoon een karwei was dat geklaard moest worden.

Niettemin zei Will: 'Ik dacht dat je van je geloof geen vrouwen van anderen mocht begeren.'

Hamish tikte de as van zijn sigaret. 'Ik ben baptist, jongen. Jezus heeft me al vergeven.' Hij wees naar het zwembad, dat als een oase in de achtertuin lag. 'Is het goed als ik even pauzeer terwijl jij met ze bezig bent? Ik zit hier al de hele nacht. Ik ben hard aan een verzetje toe.'

'Ga je gang.' Will klopte zachtjes op de deur en ging naar binnen. Het hoofdvertrek van het appartement was groot, met aan de ene kant een complete keuken en aan de andere kant het woongedeelte. Hij vermoedde dat de gesloten deuren achterin toegang gaven tot de slaapkamer en de badkamer. Op de keukentafel stond de laptop van Hamish Patel te wachten tot de telefoon overging. Twee koptelefoons staken in een ouderwetse taperecorder met het formaat van een blok beton.

Paul zat op de bank en hield zijn hand aan de afstandsbediening. Het geluid van de tv stond uit, maar het nieuws rolde onder aan het scherm voorbij. Will herkende het CNN-logo in de hoek. Een vrouw stond voor een weerkaart met haar armen te gebaren terwijl ze een onweersfront beschreef dat over het Midwesten trok. De salontafel lag bezaaid met kranten: *USA Today*, de *Atlanta Journal*, uitdraaien van andere kranten die Paul van internet moest hebben geplukt. Will kon de koppen niet lezen, maar alle kranten vertoonden dezelfde schoolfoto's van Emma, Adam en Kayla.

'Vullis,' zei Paul.

Will wist niet of hij hem terecht moest wijzen. Zijn dochter werd vermist. Was dit wel het juiste moment om oude rancunes op te graven?

'Wat een stomme klootzakken,' zei Paul, en hij zwaaide met de afstandsbediening in de richting van de tv. 'Die oetlullen zeggen nu al twee dagen lang steeds hetzelfde met telkens andere tekeningen.'

'Je kunt er beter niet naar kijken,' raadde Will hem aan.

'Waarom heb je niet gezorgd dat wij op tv kwamen?' wilde Paul weten. 'Dat gebeurt in politieseries altijd wel. Ze laten de ouders zien, zodat de ontvoerder weet dat ze familie heeft.'

Het ging Will erom dat Emma terugkwam, niet om wat politieseries als standaardprocedure voorschreven. Trouwens, de pers zou de Campano's levend verslinden in plaats van ze te helpen. Will had al genoeg last van de media, en hij voelde er weinig voor om de ouders voor de camera te zien instorten. De laatste keer dat hij Abigail Campano had gezien, was ze daas van de kalmerende middelen en kreeg ze amper haar mond open zonder in snikken uit te barsten. Paul was een tikkende tijdbom die bij de geringste aanleiding af zou gaan. Het zou een ramp zijn als een van hen op tv kwam, en bij gebrek aan echte informatie zou de pers ongetwijfeld de beschuldigende vinger weer op de ouders richten.

'Op dit moment wordt er niet met de pers gepraat,' zei Will. 'Als je behoefte hebt aan informatie, dan weet je ons te vinden.'

Paul lachte snuivend en smeet de afstandsbediening op de salontafel. 'O, wat zijn jullie toch allemaal bereidwillig.'

'Wat hebben we je volgens jou dan niet verteld?'

Paul liet een rauwe lach horen. 'Waar mijn dochter is, godverdomme! Waarom niemand doorhad dat ze godverdomme het verkeerde lijk te pakken hadden. Waarom jullie een heel uur met je pik hebben zitten spelen terwijl mijn kindje werd...' Hij gaf het op en zijn ogen vulden zich met tranen. Met strakke kaak tuurde hij naar het tv-scherm.

'Ik kom net van Emma's school,' zei Will, en tot zijn spijt had hij niet meer informatie. 'We hebben met haar docenten gepraat. Gisteren zijn we bijna de hele dag op Georgia Tech geweest, om meer over Adam Humphrey aan de weet te komen.'

'En wat hebben jullie ontdekt? Geen ene moer.'

'Ik weet dat je zelf mensen hebt ingehuurd om aan deze zaak te werken, Paul.'

'Dat gaat je geen flikker aan.'

'Dat gaat me wel aan, want straks lopen ze me in de weg.'

'O, lopen ze jou straks in de weg? Denk je dat het me ook maar ene reet kan schelen of jij in de weg wordt gelopen?' Hij wees naar de kranten op de salontafel. 'Weet je wat er geschreven wordt? Natuurlijk weet je niet wat er geschreven wordt, of wel soms?' Hij ging staan. 'Er wordt geschreven dat je incapabel bent. Je eigen mensen zeggen dat je de plaats delict naar de kloten hebt geholpen, dat al het bewijs verloren is gegaan omdat je geen flauw idee had wat je aan het doen was.'

Will wist niet hoe hij hem het verschil duidelijk moest maken tussen de politie van Atlanta en het Georgia Bureau of Investigation zonder als een arrogante zak over te komen. En daarom zei hij: 'Paul, ik heb de leiding over dit onderzoek. Je zou moeten weten...'

'Wat zou ik moeten weten?' In een oogwenk stond hij vlak voor hem. 'Denk je dat ik het aan jou toevertrouw om mijn meisje terug te vinden? Ik kén je, Vullis. Was je dat vergeten?'

Will deinsde voor hem terug, alsof hij weer tien was, alsof hij niet vijftien centimeter langer en tien keer sterker was dan de hufter die nu voor hem stond.

Paul schudde zijn hoofd, zijn blik vervuld van onverholen walging. 'En nu opgerot, zodat de grote mensen hun werk kunnen doen.'

'Je weet geen moer van me af.'

Paul veegde de krant van de salontafel en pakte een velletje van een notitieblok. 'Wat staat hier, mongool?' Hij hield het papier voor Wills gezicht. 'Kun je dit lezen? Je vroeg om een lijstje met de namen van Emma's vrienden en vriendinnen. Kun je dit godverdomme lezen?'

Met geheven kin keek Will op Paul neer. 'Ik wil een DNA-monster van je om dat te vergelijken met wat er in de vagina van Kayla Alexander en op de lakens in de slaapkamer van je dochter is aangetroffen.'

'Gore klootzak!' Paul haalde woest naar hem uit, en ook al was Will erop voorbereid, toch verloor hij zijn evenwicht. Ze smakten samen op de vloer. Paul lag boven, maar hij was ouder en trager. Will weerde zijn slagen af en ramde vol overgave zijn vuist in Pauls weke pens. Hij stompte hem in zijn nier en gaf hem een stoot in zijn maag.

De deur vloog open en sloeg tegen de muur. 'Will!' riep Hamish uit. 'Jezus christus!'

Will voelde zijn zintuigen een voor een terugkeren. Eerst zijn gehoor – de panische stem van Hamish, een gillende vrouw. Daarna kwam de pijn, die zich over de brug van zijn neus verspreidde. Hij proefde bloed, rook Pauls zure adem toen die van hem af rolde en zich op de vloer liet vallen.

Beide mannen lagen hijgend op hun rug. Will voelde iets kraken in zijn achterzak toen hij probeerde te bewegen.

Niemand scheen de telefoon te horen, tot Abigail Campano riep: 'Dat is Kayla! Het komt van Kayla's telefoontje!'

Ze stond met de telefoon in haar hand, haar ogen op het schermpje gericht waarop de naam van de beller was verschenen.

Will en Paul krabbelden allebei overeind. Hamish rende naar zijn computer. Hij stak zijn vinger op om Abigail nog even te laten wachten terwijl hij de toetsen indrukte. Will schoof de tweede koptelefoon op zijn hoofd, terwijl Hamish zijn eigen exemplaar opzette. Hij knikte, waarop Abigail opnam en de telefoon zo hield dat Paul kon meeluisteren.

'Hallo?'

Er klonk wat geknetter en toen een stem, elektronisch vervormd tot iets dreigends en monotoons. 'Spreek ik met de moeder?'

Abigails mond ging open, maar er kwam geen woord uit. Ze keek

Hamish vragend aan. Hij knikte en schreef iets op een whiteboard dat voor hem stond.

'J-ja,' stotterde ze. 'Ik ben Emma's moeder. Is alles goed met Emma? Kan ik Emma spreken?'

Hamish had haar ongetwijfeld geïnstrueerd om de naam van haar dochter zo vaak mogelijk te noemen. Het was moeilijker om iemand te vermoorden van wie je de naam wist.

'Ik heb uw dochter,' sprak de stem.

Hamish schreef iets op en Abigail vroeg knikkend: 'Wat wilt u? Vertelt u me hoe we Emma terug kunnen krijgen.'

Weer klonk er geknetter. De stem was accentloos en ontbeerde elke intonatie. 'Ik wil één miljoen dollar.'

'Oké,' zei ze. Hamish begon verwoed op het bord te krabbelen. 'Wanneer? Waar?' Smekend voegde ze eraan toe: 'Zegt u maar hoe u het wilt.'

'Ik bel u morgenochtend om halfelf, dan hoort u de details.'

'Nee, wacht!' riep ze. 'Hoe weet ik dat ze nog leeft? Hoe weet ik dat Emma nog leeft?'

Met zijn vingers tegen de koptelefoon gedrukt spande Will zich tot het uiterste in om boven het geknetter uit iets te verstaan. Hij hoorde geklik, maar wist niet of het Hamish was die iets intoetste, of iets anders. Ze schrokken allemaal op toen het geluidsniveau opeens een stuk hoger werd. 'Papa...' klonk een meisjesstem, moe en doodsbang. 'Papa... help me, alsjeblieft...'

'Schatje!' brulde Paul. 'Schatje, met mij!'

Weer klonk er een klik, en de verbinding werd verbroken.

'Emma?' schreeuwde Abigail. 'Hallo?'

Hamish ramde als een razende op zijn toetsenbord om de lijn vast te houden. Hoofdschuddend keek hij Will aan. Niets.

'Wat moeten we nu doen?' vroeg Abigail smekend, en haar stem was bijna even schel van angst als die van haar dochter. 'Wat moeten we doen?'

'We geven die klootzak het geld.' Paul keek Will woedend aan. 'En jij gaat mijn huis uit. Neem hem maar mee.'

Hamish keek verbijsterd, maar Will schudde zijn hoofd om aan te geven dat hij op zijn plek moest blijven. Tegen Paul zei hij: 'Je kunt niet zelf met de ontvoerder gaan onderhandelen.'

'Denk je dat ik jou daarbij nodig heb, eikel? Jullie kunnen dat stomme telefoontje niet eens traceren.'

'Paul...' begon Abigail, maar hij snoerde haar de mond.

'En nu als de sodemieter mijn huis uit. Nu.' Toen Will zich niet verroerde, deed Paul een stap naar voren en zette hem klem. 'Als het moet, sla ik je weer helemaal verrot.'

'Waarom wil je me wegsturen?' vroeg Will. 'Om dat particuliere detectivebureau te bellen en van hen te horen wat je moet doen?' Je hoefde niet te kunnen lezen om het antwoord in Pauls ogen te zien. 'Hoe meer mensen hierbij betrokken raken, hoe meer mensen hier de baas proberen te spelen, hoe groter de kans dat het slecht met Emma afloopt.'

'Denk je nou echt dat ik jou het leven van mijn dochter toevertrouw?'

'Volgens mij moet je nu even heel goed nadenken en dan zul je beseffen dat ik op dit moment de enige ben die haar veiligheid nog een beetje kan waarborgen.'

'Nou, dan heb je me mooi bij de kloten, niet?' Spottend vertrok Paul zijn lippen. 'Stomme eikel. En nu opgerot.'

'Alsjeblieft,' mompelde Abigail.

Paul liet zich niet vermurwen. 'Mijn huis uit, godverdomme.'

'Het is ook mijn huis,' beet Abigail terug, en haar stem klonk nu krachtiger. 'Ik wil dat ze blijven.'

'Je weet niet eens...' begon Paul.

'Ik weet dat ze van de politie zijn, Paul. Ze weten wat ze doen. Ze hebben voortdurend met dit soort zaken te...' Haar stem begaf het weer. Nerveus klemde ze haar handen om de telefoon, die de stem van haar dochter zojuist tot leven had gebracht. 'Hij zei dat hij morgen terug zou bellen. We kunnen niet zonder hun hulp. Zij kunnen ons vertellen wat we moeten doen als hij belt.'

Paul schudde zijn hoofd. 'Bemoei je er niet mee, Abby.'

'Ze is ook mijn dochter!'

'Laat mij het nou afhandelen,' drong hij aan, maar het was duidelijk dat haar besluit vaststond. 'Ik los dit wel op.'

'Zoals je alles oplost, zeker?'

Er viel een stilte. Zelfs de ventilator van Hamish' computer hield het voor gezien.

Abigail scheen zich er niet om te bekommeren dat er publiek bij was. 'Waar zat je, Paul? Hoe loste je het op toen Emma met Kayla begon om te gaan?'

'Dat is nu niet...'

'Jij zei dat het gewoon een fase was, dat ze de puber uithing. Dat ik haar met rust moest laten. Kijk nou wat er gebeurt als ze met rust wordt gelaten. Wil je haar nu ook nog met rust laten?'

'Ach, het was gewoon onvolwassen gedrag,' mompelde Paul, maar het klonk totaal niet overtuigd.

'Onvolwassen gedrag?' herhaalde Abigail zijn woorden. 'Kom je nog steeds met die vaderlijke wijsheden aanzetten? "Laat ze het zelf maar uitzoeken," zei je. "Ze moet gewoon haar wilde haren kwijt." Net als jijzelf op die leeftijd. En moet je jezelf nou eens zien: je bent gewoon een zielige, zeurderige klootzak, die niet eens zijn eigen dochter kan beschermen.'

'Ik snap dat je van streek bent,' zei Paul, alsof hij de redelijkheid in eigen persoon was. 'We hebben het hier later nog wel over.'

Dat was olie op het vuur. 'Dat zeg je altijd. Hoe vaak heb jij niet gezegd dat we het er later nog wel over zouden hebben? Spijbelde Emma? Daar hebben we het later nog wel over. Haalde Emma onvoldoendes voor Engels? Daar hebben we het later wel over. Later, later, later. Het ís nu later!' Ze smeet de telefoon door de kamer, en hij sloeg stuk tegen de muur. 'Het ís later, Paul. Wil je er nu misschien over praten? Wil je me nu vertellen dat ik me aanstel, dat ík gek ben, dat ík haar te veel in bescherming neem, dat ik eens wat rustiger moet worden en dat kind haar gang moet laten gaan?' Haar stem haperde. 'Ben jijzelf rustig, Paul? Ben jij rustig als je bedenkt wat die man, wat dat beest nu met onze dochter uitspookt?'

Paul werd lijkbleek. 'Kappen nou.'

'Je weet heel goed wat hij met haar doet,' beet ze hem toe. 'Je hebt altijd zelf gezegd wat een prachtmeid je dochter is. Denk je dat je de enige man bent die dat ziet? Denk je dat je de enige man bent die zich niet kan beheersen als er een lekker jong blondje in de buurt is?'

Paul wierp een nerveuze blik op Will. 'Wegwezen,' zei hij.

'Hier blijven,' zei Abigail. 'Ik wil dat jullie dit horen. Jullie mogen gerust weten dat mijn liefhebbende, toegewijde echtgenoot elke twintigjarige neukt die zijn pad kruist.' Ze gebaarde naar haar gezicht, naar haar lichaam. 'Dat is de autoverkoper in hem. Als het ene model uit de mode raakt, dan ruilt hij het in voor een nieuw.'

'Abigail, dit is niet het juiste moment.'

'En wanneer is het wel het juiste moment?' wilde ze weten. 'Wanneer word jij nou eens volwassen, godverdomme, en geef je toe dat je het helemaal fout had?' Met elk woord laaide haar woede feller op. 'Ik heb je vertrouwd! Ik heb erop vertrouwd dat je ons zou beschermen. Ik heb altijd een oogje dichtgeknepen, want ik wist dat je uiteindelijk bij me terug zou komen.'

'Dat heb ik ook gedaan. Dat doe ik ook.' Hij probeerde haar te sussen, maar Will zag dat het haar alleen maar kwader maakte. 'Abby...'

'En noem me geen Abby!' gilde ze, met haar vuisten in de lucht. 'Ik wil je niet meer horen. Ik wil je niet zien. Ik wil godverdomme geen woord meer van je horen tot mijn dochter weer thuis is.'

Ze rende naar de voordeur en sloeg die met een klap achter zich dicht. Will hoorde haar de trap af rennen. Toen hij uit het raam keek, zag hij haar ineengedoken op haar knieën in het gras zitten jammeren.

'Eruit,' zei Paul. Zijn borst ging op en neer alsof hij bijna geen lucht meer kreeg. 'Alsjeblieft – al is het maar voor even. Allebei. Eruit.'

NEGEN

Met een vinger in haar ene oor tegen het lawaai stond Faith voor de deur van het mortuarium. Ze had Ruth Donner aan de lijn. Kayla Alexanders oude vijandin opsporen was een stuk gemakkelijker geweest dan een groep doodsbange pubers toespreken. Achteraf gezien deed het moment waarop Olivia McFaden haar van het podium verloste denken aan de scène in *Old Yeller* waarin Travis zijn geliefde hond doodschiet.

Faith had Olivia McFaden overgehaald om haar in contact te brengen met de moeder van Ruth Donner. Die had Faith eerst fijntjes verteld wat ze van Kayla Alexander vond, en toen had ze haar het telefoonnummer van haar dochter gegeven. Ruth studeerde ontwikkelingspedagogiek aan Colorado State University. Ze wilde in het onderwijs.

'Ik kon niet geloven dat het Kayla was,' zei Ruth. 'Het is hier overal op het nieuws geweest.'

'Alles wat je weet, kan van nut zijn.' Faith probeerde boven het geronk van de beenderzaag uit te komen. Ze liep naar het bordes halverwege de trap, maar daar hoorde ze het apparaat nog steeds. 'Heb je haar nog wel eens gezien sinds je van school bent gegaan?'

'Nee. Eerlijk gezegd heb ik sinds mijn vertrek niet veel contact meer gehad met de mensen van school.'

'Kun je iemand bedenken die haar kwaad zou willen doen?' drong Faith aan.

'Tja, eigenlijk...' Haar stem stierf weg. 'Het klinkt misschien hard, maar ze was niet echt geliefd.'

Je meent het, had Faith willen zeggen, maar ze slikte haar woorden net op tijd in. 'Heb je haar vriendin Emma ook gekend?' vroeg ze.

'Niet echt. Ik zag haar wel eens met Kayla, maar ze heeft nooit iets tegen me gezegd.' Ze dacht even na. 'Nou ja, soms keek ze me aan, maar u weet hoe dat gaat. Als je beste vriendin de pest aan iemand heeft, dan heb jij ook de pest aan zo iemand.' Ze scheen te beseffen hoe kinderlijk ze klonk. 'God, het was allemaal zo hopeloos toen ik ermiddenin zat, maar nu ik erop terugkijk, vraag ik me af waar ik me zo druk om heb gemaakt, snapt u?'

'Ja,' beaamde Faith, die nu al wist dat het gesprek niets zou opleveren. Ze had de passagierslijsten opgevraagd van alle vluchten uit en naar Atlanta van de afgelopen week. Nergens was de naam Ruth Donner opgedoken. 'Je hebt mijn nummer. Bel je me als je iets te binnen schiet?'

'Natuurlijk,' zei Ruth. 'Laat u het me weten als u haar gevonden hebt?'

'Ja,' beloofde Faith, hoewel informatie verstrekken aan Ruth Donner niet hoog op haar prioriteitenlijstje stond. 'Bedankt.'

Faith verbrak de verbinding en stak het telefoontje in haar broekzak. Terwijl ze de trap weer af liep, zweefde de stank van verschroeid bot haar tegemoet. Ook al had ze eerder die dag tegenover Will Trent nog zo stoer gedaan, toch vond ze het vreselijk in het mortuarium. Het waren niet eens de lijken; eerder de hele sfeer en de fabrieksmatige afhandeling van de dood. De kille marmeren tegels die van de vloer tot aan het plafond reikten, tegen het spatten. De afvoerputjes die ongeveer om de meter in de vloer zaten om het bloed en de overige troep weg te kunnen spoelen. De brancards van roestvrij staal, met hun grote rubberen wielen en plastic matrassen.

Voor de lijkschouwer was de zomer de grimmigste tijd van het jaar, waarin hij overuren draaide. Vaak lagen er tien tot twaalf lijken opgestapeld in de vriezer. Ze lagen daar als stukken vlees te wachten op het moment dat ze werden opengesneden voor onderzoek. Alleen al de gedachte was bijna ondraaglijk droevig.

Toen Faith binnenkwam, hield Pete Hanson net een kluwen bloederige, vochtige ingewanden omhoog. Hij glimlachte vrolijk en begroette haar zoals gebruikelijk: 'Daar hebben we de mooiste rechercheur van het hele gebouw!'

Ze probeerde niet te kokhalzen toen hij de ingewanden in een grote weegschaal liet glijden. De snijzaal bevond zich ondergronds, maar in de zomer was het er altijd bloedheet door de compressor van de vriezer, die de warme lucht sneller de ruimte in stuwde dan de airconditioning hem kon afvoeren.

'Deze hier had zich tonnetjerond gegeten,' mompelde Pete, terwijl hij het getal opschreef dat de weegschaal aangaf.

Faith had nog nooit een lijkschouwer ontmoet die niet iets excentrieks had, maar Pete Hanson spande de kroon. Ze begreep maar al te goed waarom hij drie keer gescheiden was, hoewel ze er met haar verstand niet bij kon dat hij ergens ter wereld drie vrouwen bereid had gevonden om met hem te trouwen.

Hij wenkte haar. 'Dat je me met je aanwezigheid komt vereren, betekent ongetwijfeld dat er nog geen doorbraak is.'

'Nee, nog niks,' zei ze, en ze keek het mortuarium rond. Snoopy, een oudere zwarte man die al zolang Faith bij Moordzaken werkte de assistent van Pete was, maar wiens echte naam ze nog steeds niet wist, knikte naar haar terwijl hij het gezicht van Adam Humphrey weer over zijn schedel trok en de huid in de holtes drukte. Zijn knokige vingers gingen nauwgezet te werk, en Faith moest aan vroeger denken, als haar moeder een Halloweenpak voor haar maakte en met haar krachtige handen het patroon gladstreek op de stof.

Faith wendde haar blik af. Door de warmte in combinatie met al dat gruwelijks wist ze dat ze hier nog heel lang een ranzige smaak aan zou overhouden. 'En hier?'

'Ook al geen geluk, vrees ik.' Pete trok zijn handschoenen uit en deed een nieuw paar aan. 'Snoopy is de zaak weer aan het dichtmaken, maar ik heb wel ontdekt dat Humphrey een lelijke klap tegen de rechterkant van zijn hoofd heeft gehad.'

'Fataal?'

'Nee, meer een schampende klap. De hoofdhuid is intact gebleven, maar reken maar dat hij sterretjes heeft gezien.'

Hij liep naar een grote pan, waaruit een soeplepel stak. Ze was net tijdens het akeligste gedeelte van de autopsie binnengekomen: de maaginhoud. De stank was afgrijselijk, het soort geur dat aan de binnenkant van je neus en achter in je mond bleef plakken, zodat je de volgende dag wakker werd met het gevoel dat je een ontstoken keel had.

'Moet je kijken.' Met een lang soort pincet hield Pete iets omhoog wat nog het meest aan een groot zoutkristal deed denken. 'Dit is duidelijk kraakbeen, zoals je dat in de meeste hamburgers aantreft.'

'Duidelijk,' herhaalde Faith, die haar uiterste best deed om niet over te geven.

'Denk daar maar eens aan als je weer naar McDonald's gaat.'

Faith wist bijna zeker dat ze nooit meer een hap naar binnen zou krijgen.

'Ik vermoed dat deze jongeman minstens een halfuur voor zijn dood een of andere snelle hap heeft gegeten. Het meisje had patat op, maar kennelijk heeft ze de hamburger laten staan.'

'We hebben geen fastfoodzakjes in de vuilnisbakken of in het huis gevonden,' zei Faith.

'Dan hebben ze het waarschijnlijk onderweg opgegeten. Heel slecht voor de spijsvertering, trouwens. Het is niet voor niks dat we in dit land met een vetzuchtepidemie te kampen hebben.'

Faith vroeg zich af of hij de laatste tijd nog in de spiegel had gekeken. Onder de ruime plooien van zijn operatieschort was zijn buik zo dik en rond dat hij zwanger leek.

'Hoe is het met Will?' vroeg Pete.

'Trent? Ik wist niet dat je hem kende.'

Hij trok zijn handschoenen uit en wenkte Faith. 'Uitstekende rechercheur. Het moet voor de verandering toch heel prettig zijn om met iemand te werken die... hoe zal ik het zeggen... qua hersens wat meer in huis heeft dan de rest van dat zootje.'

'Mm-mm,' was haar reactie. Ze had geen zin om zich lovend over Will uit te laten, ook al had Pete gelijk. Er werkten maar drie vrouwen op de afdeling Moordzaken in Atlanta. Het waren er vier geweest toen Faith begon, maar Claire Dunkel, een oudgediende die er al dertig jaar zat, was met pensioen gegaan tijdens Faiths eerste week bij het team. 'Draag af en toe eens een rok,' had ze haar bij haar afscheid geadviseerd. 'Anders krijg je nog ballen.'

Misschien was dat wel de reden dat Faith het moeilijk vond om een koppel te vormen met Will Trent: ondanks al zijn gebreken scheen hij haar echt te respecteren. Niet één keer was hij zo stom geweest om een direct verband te zien tussen haar haarkleur en haar verstandelijke vermogens, en evenmin zat hij zich de hele tijd te krabben of spuwde hij op de vloer – allemaal dingen die Leo Donnelly al deed nog voor hij zijn tweede koffie ophad.

Pete knoopte zijn operatieschort los, waaronder een schreeuwerig hawaïhemd tevoorschijn kwam. Faith was opgelucht toen ze zag dat hij een korte broek droeg. Tot haar afgrijzen had ze zijn haarloze benen onder het schort uit zien steken, met zwarte sokken die hij tot aan zijn knieën had opgetrokken.

'Wat een akelige toestand met je moeder,' zei Pete. Faith keek toe terwijl hij op de dispenser drukte en zijn handen inzeepte. 'Het is typisch zo'n geval waarbij het excuus "ik deed gewoon mijn werk" wat slap klinkt, vind je niet?'

'Ja,' beaamde ze.

'Hoewel, ik werk nu al jaren in dit gebouw en ik heb het een en ander zien gebeuren dat niet door de beugel kon. Ik zou niet vrijwillig iets melden, maar als het me rechtstreeks gevraagd werd, dan zou ik me verplicht voelen om de waarheid te spreken.' Glimlachend keek hij haar over zijn schouder heen aan. 'En dat zou me dan tot een matennaaier maken, zoals jullie dat noemen.'

Ze haalde haar schouders op.

'Will is een prima vent die een smerig karwei moest opknappen. Zo'n man heeft mijn sympathie.' Hij pakte een aantal papieren handdoekjes van de stapel en terwijl hij naar zijn kantoortje liep, droogde hij zijn handen af.

'Ga zitten,' zei hij, gebarend naar een stoel bij zijn bureau.

Faith nam plaats op de stapel papieren die op de stoel lag, in de wetenschap dat Pete het niet op prijs zou stellen als ze ze weglegde. 'Wat heb je tot dusver gevonden?'

'Niks belangrijks, vrees ik.' Hij haalde een papieren tasje uit de kleine koelkast in de hoek. Terwijl hij er een broodje uit pakte, zocht Faith naar een leeg blaadje in haar notitieboekje. 'Het meisje heeft minstens zevenentwintig steekwonden. De steekhoek en de diepte van de wonden passen volgens mij bij het keukenmes dat op de plaats delict is aangetroffen. Hoogstwaarschijnlijk heeft de moordenaar op zijn knieën gezeten en haar van bovenaf aangevallen.'

Faith zat verwoed te schrijven, in de wetenschap dat hij zonder stoppen door zou gaan.

'Op haar dijen zaten kneuzingen, en het vaginakanaal was op een paar plekken uitgescheurd. Ik heb sporen van maïszetmeel gevonden, die duiden op condoomgebruik, maar door dat sperma kunnen we ervan uitgaan dat het condoom is gescheurd, zoals vaak gebeurt bij ruige seks. Ook heb ik vage bijtsporen gevonden rond de borsten. Dat past volgens mij eerder bij vrijwillige seks, hoewel dat onder speculatie valt.'

Hij haalde zijn broodje uit de verpakking en nam een hap. Smakkend vervolgde hij zijn verhaal: 'Dat soort sporen tref je natuurlijk ook aan als een vrouw verkracht is, maar als een man wat onstuimig is en de vrouw is bereidwillig, valt er iets voor te zeggen dat de sporen niet het gevolg zijn van verkrachting, maar van een nogal heftig nummertje. Het zou me niks verbazen als de huidige Mrs. Hanson na een dansje en een paar flessen tequila eenzelfde soort trauma vertoont.'

Faith probeerde een huivering te onderdrukken. 'Inclusief de bijtsporen?'

Met een luide klap sloeg Pete zijn kunstgebit op elkaar. In de hoop dat hij zou stoppen, krabbelde Faith allerlei onzinwoorden in haar boekje. 'Dus jij beweert dat het meisje niet is verkracht.'

'En zoals ik op de plaats delict al tegen agent Trent heb gezegd, zat er sperma op het kruis van haar slipje, wat erop duidt dat ze na de seks haar broekje omhoog heeft getrokken en is opgestaan. Goed, tenzij de dader haar heeft verkracht, haar vervolgens heeft gedwongen om zich aan te kleden en op te staan, haar door de gang achterna heeft gezeten en toen heeft vermoord, waarop hij haar slipje weer naar beneden heeft getrokken, zou ik zeggen dat ze niet verkracht is. Tenminste niet tijdens die aanval.'

Faith noteerde het woord voor woord in haar boekje.

Pete nam weer een hap van zijn broodje. 'Wat de doodsoorzaak betreft, zijn er naar mijn idee drie mogelijke kandidaten: stomp trauma, de doorgesneden halsader en simpelweg shock. Het is een buitengewoon felle aanval geweest, die een schokgolf door haar lichaam heeft doen gaan. Op zeker moment gooien de hersens, het hart en de organen het bijltje erbij neer en zeggen: "Zal ik jou eens wat vertellen? We stoppen ermee." '

IJverig schreef Faith alles op. 'Waar gok jij op?'

Hij kauwde nadenkend en begon toen te lachen. 'Tja, als simpele lijkschouwer zou ik voor de strot gaan!'

Faith lachte wat geforceerd, hoewel ze niet snapte waarom ze hem nog aanmoedigde ook.

'De halsader was doorgesneden. De snee op zich was fataal, maar had wel zijn tijd nodig – zo'n drie à vier minuten. In mijn officiële verslag wijs ik de meest voor de hand liggende schuldige aan: zware shock.'

'Denk je dat ze tijdens de aanval bij bewustzijn is geweest?'

'Als de ouders die vraag stellen, dan zou ik zonder meer antwoorden dat ze onmiddellijk buiten bewustzijn is geraakt en helemaal geen pijn meer heeft gevoeld.' Hij pakte een zakje chips uit het papieren tasje en achterovergeleund op zijn stoel trok hij het open. 'Wat die knaap betreft, heb ik niet veel te bieden.'

'Doe eens een gok.'

'Mijn theorie stemt overeen met die van Will. Ongelooflijk hoe die man een plaats delict interpreteert.' Met zijn gedachten nog bij Will Trents deskundigheid stak Pete een chipje in zijn mond.

'Pete?'

'Sorry,' zei hij, en hij hield haar het zakje voor. Faith schudde haar hoofd, waarop hij verderging met zijn verhaal. 'Ik heb nog niet al mijn aantekeningen verwerkt, maar ik geloof dat ik wel een duidelijk beeld heb.' Hij ging rechtop zitten en nam een slok koffie uit het Dunkin Donuts-bekertje op zijn bureau. 'Wat zijn lichaam betreft, is het allemaal redelijk eenduidig. Over die hoofdwond heb ik je al verteld. Alleen al de steekwond in zijn borst was fataal. Volgens mij heeft hij zich puur door de adrenaline nog kunnen verweren. Het mes heeft zijn rechterlong doorboord – simpel optelsommetje: we hebben met een linkshandige moordenaar te maken – zonder de hoofdbronchiën te raken. Laten we ervan uitgaan dat het slachtoffer zelf het mes heeft verwijderd, wat de negatieve luchtstroom alleen maar verergerde. Als de long doorboord wordt, loopt de lucht eruit, net als bij een ballon waar je met een speld in prikt.'

Faith had al eens te maken gehad met een slachtoffer dat aan een klaplong was bezweken. 'Dus als hij niet snel hulp kreeg, dan had hij maar een paar minuten.'

'Het merkwaardige is dat hij waarschijnlijk in paniek is geraakt, waardoor hij maar heel oppervlakkig ademde. Bij een klaplong raak je in een vicieuze cirkel: je hapt naar lucht, en hoe dieper je inademt, hoe erger het wordt. Doordat hij in paniek raakte, kreeg hij wat extra tijd.'

'Wat is de doodsoorzaak?'

'Wurging.'

Faith schreef het op en onderstreepte de woorden. 'Dus Abigail Campano heeft hem feitelijk vermoord.'

'Precies.' Pete pakte zijn broodje weer op. 'Vlak voor hij dood zou gaan, heeft ze hem vermoord.'

In het mortuarium was de telefoonontvangst in het gunstigste geval wat grillig. Faith greep dat aan als excuus om Pete de rest van zijn lunch in zijn eentje te laten opeten. Terwijl ze in de richting van de parkeergarage liep om een frisse neus te halen, toetste ze het nummer van Will Trent in. Ze moest hem over Mary Clark en Ruth Donner vertellen. Ook wilde ze het nog eens over Kayla Alexander hebben. Het beeld dat ze van het meisje kreeg, was bepaald niet gunstig.

Nadat Wills telefoon een paar keer was overgegaan, werd ze doorgeschakeld naar de voicemail.

'Hoi, Will...' Er klonk een piepje van een inkomend telefoontje, en toen Faith op het schermpje keek, las ze COHEN, G. Ze herkende de naam niet en drukte het mobieltje weer tegen haar oor. 'Ik kom net uit het mortuarium en...' Weer klonk het piepje, en eindelijk had ze door wie er belde. 'Bel maar terug,' zei ze, en toen schakelde ze over. 'Hallo?'

'Met Gabe.' Zijn stem kwam van heel ver, hoewel ze vermoedde dat hij nog steeds op de campus was.

‘Wat kan ik voor je doen?’

Hij zweeg, maar ze wachtte geduldig tot hij het woord weer nam. Ten slotte zei hij: ‘Ik heb tegen u gelogen.’

Faith bleef staan. ‘Waarover?’

Hij praatte zo zachtjes dat ze zich tot het uiterste moest inspannen om hem te verstaan. ‘Ik dacht dat ze jonger was.’

‘Wie?’

‘Ik heb...’ Zijn woorden stierven weg. ‘Ik moet u iets van Adam laten zien. Ik had het u eerder moeten laten zien, maar ik...’

Op een drafje liep ze naar de Mini. ‘Wat heb je dan van Adam?’

‘Ik moet het u laten zien, ik kan het niet over de telefoon vertellen.’

Faith wist dat dat onzin was, maar ze besefte ook dat Gabe Cohen eindelijk wilde praten. Desnoods ging ze op haar kop staan, zolang ze de waarheid maar uit hem kreeg. ‘Waar zit je?’

‘In het studentenhuis.’

‘Binnen een kwartier ben ik bij je,’ zei ze, terwijl ze het portier van het slot deed.

‘Komt u hierheen?’ Hij klonk verbaasd.

‘Ja.’ Ze nam het telefoontje in haar andere hand en stak de sleutel in het contact. ‘Zal ik aan de lijn blijven terwijl ik naar je toe rijd?’

‘Nee, het gaat wel,’ zei hij. ‘Alleen... ik moet dit aan u laten zien.’

Na een blik over haar schouder reed ze de Mini op twee gierende banden met een scherpe bocht van de parkeerplek af. ‘Ik ben er zo, oké? Blijf waar je bent.’

‘Oké.’

Nog nooit in haar leven had Faith zo hard gereden. Ergens vroeg ze zich af of Gabe haar voor de gek hield, maar er was altijd een kansje dat hij iets belangrijks te melden had. Weer belde ze Will Trent en toen de voicemail het overnam, vroeg ze of hij naar het studentenhuis wilde komen. Met bonkend hart reed ze door rood; ze veroorzaakte bijna een botsing tussen een bus en een personenauto, en bij wegwerkzaamheden sneed ze voor het tegemoetkomende verkeer langs. Op de campus zocht ze niet naar een plek waar ze mocht parkeren, maar zette de Mini op het gedeelte voor mindervaliden. Ze klapte de zonneklep naar beneden en sprong uit de auto. Tegen de tijd dat ze bij Towers Hall aankwam, hijgde ze van inspanning.

Voorovergebogen probeerde Faith weer op adem te komen. Met open mond zoog ze grote teugen lucht naar binnen, kwaad op zichzelf omdat ze zo'n slechte conditie had. Ze wachtte even, drukte op de plaat voor mindervaliden en rende met twee treden tegelijk de trap op. Ondanks het gedreun van muziek in de verte maakte het gebouw een verlaten indruk. Het was midden op de dag en de meeste studenten waren naar college. Ze verwachtte Gabe op zijn eigen kamer aan te treffen en ze liep al op een drafje langs die van Adam toen het haar opviel dat de deur van 310 op een kier stond.

Faith duwde de deur helemaal open en zag dat het politielint waarmee de kamer was verzegeld, was doorgeknipt. Adams spullen zaten inmiddels in dozen. Het bed was afgehaald, de tv en de spelcomputer waren verdwenen. Overal in de kamer zag ze het zwarte poeder waarmee naar vingerafdrukken was gezocht.

Gabe zat op de kale vloer, met zijn rug tegen een van de bedden en zijn boekentas naast zich. Zijn ellebogen steunden op zijn knieën, en zijn hoofd drukte tegen zijn gipsarm. Zijn schouders schokten. Toch zag Faith nog steeds de woedende jongeman voor zich die de vorige dag had gedreigd om de bewaking op haar af te sturen. Was dat de echte Gabriel Cohen, of was het deze huilende jongen? Hoe dan ook, hij had haar iets te vertellen. Als Faith het spelletje mee moest spelen om aan informatie te komen, dan zou ze dat doen.

Zachtjes klopte ze met haar knokkels op de open deur. 'Gabe?'

Met dikke rode ogen keek hij naar haar op. De tranen bleven maar stromen. 'Adam zei dat ze nog jong was,' snikte hij. 'Ik dacht een jaar of veertien of zo. Geen zeventien. Op het nieuws zeiden ze dat ze zeventien was.'

Faith zette zijn boekentas tussen de deur en de deurpost en ging naast hem op de vloer zitten. 'Vertel het maar vanaf het begin.' Ze probeerde zo rustig mogelijk te klinken. Adam had het dus met Gabe over Emma gehad.

'Het spijt me zo,' huilde hij. Zijn lip trilde en hij liet zijn hoofd hangen, zodat ze zijn gezicht niet kon zien. 'Ik had het u moeten vertellen.'

Eigenlijk had ze medelijden met het joch moeten hebben, maar ze kon de gedachte aan Emma Campano niet van zich afzetten – Emma Campano, die ook ergens zat te huilen, maar niemand had om haar te troosten.

'Het spijt me,' herhaalde hij. 'Het spijt me zo.'

'Wat wilde je me vertellen?' vroeg Faith.

Zijn hele lijf beefde, zo worstelde hij met zijn emoties. 'Hij had haar online leren kennen. Hij zat op zo'n videowebsite.'

Faiths hart stopte halverwege een slag. 'Wat voor website?'

'LM.' Nog voor hij zijn mond opendeed, wist Faith het antwoord al. Leermoeilijkheden. Weer had Will Trent het intuïtief bij het juiste eind gehad.

'Adam was de hele tijd met haar online,' zei Gabe. 'Al wel een jaar.'

'Zei je niet dat het een videosite was?' Faith vroeg zich af wat de jongen verder nog verzwegen had.

'Ja,' antwoordde Gabe. 'Veel van die mensen konden niet echt goed schrijven.'

'Waar had Adam moeite mee?'

'Hij had gedragsproblemen. Hij had thuis les gehad, en daardoor was hij een buitenbeentje.' Gabe keek haar vluchtig aan. 'U denkt toch niet dat hij daarom is vermoord?'

Faith was zo langzamerhand nergens meer zeker van, maar ze probeerde hem gerust te stellen. 'Nee. Natuurlijk niet.'

'Ze zag er namelijk jonger uit dan ze was.'

Ze wilde er zeker van zijn dat ze het goed had begrepen. 'Was dat de reden waarom je me niet vertelde dat Adam contact had met Emma: omdat je dacht dat ze minderjarig was, waardoor hij in de problemen had kunnen komen?'

Hij knikte. 'Hij had ook een auto.'

Faiths kaak verstrakte. 'Wat voor merk? Wat voor model?'

Hij zweeg een tijdje, en ze wist niet of het uit effectbejag was of omdat hij echt door emotie werd overmand. 'Het was een oud wrak. Iemand die pas was afgestudeerd ging naar Ierland, en hij had het ding op het memobord gezet.'

'Weet je nog hoe die jongen heette?'

'Farookh? Iets dergelijks.'

'Weet je ook hoe zijn auto eruitzag?'

'Ik heb die wagen maar één keer gezien. Hij had zo'n smerige blauwe kleur. Er zat niet eens airconditioning in.'

Adam zou een maand de tijd hebben gehad om de auto te laten registreren, en dat verklaarde misschien waarom een zoekopdracht in het bestand van de staat niets had opgeleverd. Als ze een beschrijving hadden, kon die via de politieradio verspreid worden, zodat elke agent in de stad er alert op was. 'Kun je je er nog iets meer van herinneren? Zat er een bumpersticker op of was de voorruit gebarsten of...'

'Ik zei toch dat ik hem maar één keer heb gezien?' Het klonk wat kregel.

Faith kon de irritatie in haar stem bijna voelen, als een kriebel in haar keel. Ze ademde diep in en vroeg: 'Waarom heb je me niet eerder over die auto verteld?'

Weer haalde hij zijn schouders op. 'Ik heb het mijn vriendin, Julie, verteld en die zei... Ze zei dat het mijn schuld is als Emma dood is, omdat ik het u niet heb verteld. Ze wil me nooit meer zien, zei ze.'

Faith vermoedde dat dát hem nog het meest dwarszat. Er was geen egocentrischer wezen dan een adolescent. 'Heb je Emma ooit persoonlijk ontmoet?'

Hij schudde zijn hoofd.

'En haar vriendin, Kayla Alexander – blond, heel knap?'

'Tot ik het nieuws aanzette, had ik zelfs nog nooit van haar gehoord. Vindt u dat ik iets verkeerds heb gedaan?'

'Natuurlijk niet,' verzekerde Faith hem, en ze hoopte dat ze het sarcasme uit haar stem kon weren. 'Ken je de website waar Adam en Emma op zaten?'

Hij schudde zijn hoofd. 'Die had hij op zijn laptop, maar die is gestolen.'

'Hoezo gestolen?'

Met zijn vuist in zijn ogen wrijvend ging Gabe rechtop zitten. 'Hij liet hem in de bibliotheek achter toen hij ging pissen, en toen hij terugkwam, was hij weg.'

Het verbaasde Faith niks. Adam had er evengoed een papiertje met GRATIS MEENEMEN op kunnen plakken. 'Heb je ooit gezien welke naam hij op die site gebruikte? En gebruikte hij zijn e-mailadres?'

'Ik geloof het niet.' Met de onderkant van zijn shirt veegde hij zijn neus af. 'Als je je e-mailadres erop zet, krijg je allerlei trollen met spam en dat soort shit.'

Dat had ze zelf ook al geconcludeerd. Wat het nog ingewikkelder maakte, was het feit dat er alleen al in Amerika waarschijnlijk miljarden websites bestonden voor mensen met leermoeilijkheden. 'Toen je me belde, zei je dat je me iets wilde laten zien,' hielp ze hem herinneren. 'Iets van Adam.'

Even blonk er schuld in zijn ogen, en Faith besefte dat al het andere – de website, de auto, zijn zorgen over Emma's leeftijd – niet meer dan een inleiding vormde tot de informatie waarover hij haar had gebeld.

'Ik weet niet wat je hebt, maar ik moet het zien.' Het kostte Faith moeite om haar stem in bedwang te houden.

Het duurde een eeuwigheid voor hij in beweging kwam; met veel omhaal duwde hij zichzelf op zijn hielen een eindje omhoog om bij zijn voorste broekzak te kunnen komen. Op zijn dooie gemak trok hij er een paar opgevouwen witte papiertjes uit. 'Deze werden vorige week onder Adams deur door geschoven.'

Toen hij de drie velletjes openvouwde en Faith de kreukels, vegen en voddige hoekjes zag, besefte ze dat het papier talloze malen moest zijn vastgepakt.

'Alstublieft,' zei Gabe. 'Dat is alles.'

Verbijsterd staarde Faith naar de drie briefjes die hij op de vloer tussen hen in had uitgespreid. Op elk blaadje stond één enkele regel, die er in vette blokletters horizontaal overheen liep. Bij elke regel die ze las, groeide haar angstige voorgevoel:

ZE HOOR BIJ MEI!!!

VEKRAGTER!!!

LATER ME TRUST!!!

Een tijdlang zweeg Faith, want ze vertrouwde haar eigen stem niet. Iemand had Adam Humphrey gewaarschuwd dat hij bij Emma Campano uit de buurt moest blijven. Iemand had hen samen gezien, kende hun gewoontes. De briefjes bewezen eens te meer dat dit geen impulsieve ontvoering was. De moordenaar kende minstens twee van de drie slachtoffers.

Gabe had andere zorgen. 'Bent u nu kwaad op me?'

Faith was niet tot antwoorden in staat. Ze reageerde met een tegenvraag: 'Heeft behalve jij en Adam nog iemand anders deze briefjes aangeraakt?'

Hij schudde zijn hoofd.

'In welke volgorde kwamen ze binnen, weet je dat nog?'

Voor ze hem kon tegenhouden, wisselde hij de twee laatste briefjes om. 'Zo.'

'Niet meer aan komen, begrepen?' Hij knikte. 'Wanneer kwam het eerste briefje?'

'Vorige week maandag.'

'En wat zei Adam toen hij het las?'

Toen hij antwoordde had Gabe zijn emoties weer onder controle. Hij leek bijna opgelucht nu hij het aan haar kon vertellen. 'Eerst vonden we het eigenlijk wel een mop, met al die spelfouten en zo.'

'En toen het tweede briefje kwam?'

'Dat was de volgende dag. We schrokken ons een ongeluk. Ik dacht dat Tommy erachter zat.'

De sukkel van een kamergenoot. 'En, was dat zo?'

'Nee. Want ik was bij Tommy toen Adam het tweede briefje kreeg. Dat was op de dag dat zijn computer werd gestolen en ik zei nog: "Krijg nou wat! Word je gestalkt of zo?" ' Gabe keek haar vluchtig aan, alsof hij bevestiging zocht voor zijn theorie. Faith gaf niet thuis, en hij vervolgde zijn verhaal. 'Adam was behoorlijk van slag. Hij zei dat hij een wapen ging kopen.'

Intuïtief wist Faith dat Gabe niet stoer zat te doen. Op ernstige toon vroeg ze: 'En, heeft hij dat gedaan?'

Gabe keek weer naar de briefjes.

'Gabe?'

'Hij overwoog het wel.'

'Waar wilde hij een wapen kopen?' vroeg ze, hoewel ze het antwoord al wist. De campus van Tech lag midden in de stad. Binnen een straal van tien huizenblokken kon je op elke straathoek aan speed, coke, hoeren en vuurwapens komen, in iedere gewenste combinatie.

'Gabe?' drong ze aan. 'Waar wilde Adam een wapen kopen?'

Hij bleef zwijgen.

'Hou eens op met dat stomme gedoe,' waarschuwde ze. 'Dit is geen spelletje.'

'Het was gewoon bluf,' zei hij met klem, maar hij keek haar nog steeds niet aan.

Faith deed geen moeite meer om haar ongeduld te verbergen. Ze wees naar de briefjes. 'Heb je deze bij de campusbeveiliging gemeld?'

Zijn kin begon te trillen en zijn ogen vulden zich met tranen. 'Dat hadden we wel moeten doen, hè? Dat bedoelt u eigenlijk. Het is mijn schuld, want Adam wilde het aangeven, maar ik zei dat hij het niet moest doen, dat hij dan problemen zou krijgen vanwege Emma.' Hij legde zijn hoofd in zijn handen en zijn schouders begonnen weer te schokken. Ze zag hoe mager hij was, dat zijn ribben tegen zijn dunne T-shirt drukten. Terwijl ze hem observeerde en hoorde huilen, besefte Faith dat haar eerste indruk van Gabe Cohen volkomen fout was geweest. Dit was geen toneelspel. Hij was echt overstuur, maar doordat ze zo op de zaak gefixeerd was, had ze het niet gemerkt.

'Het is allemaal mijn schuld,' zei hij met schorre stem. 'Dat zei Julie ook al. Het is allemaal mijn schuld, en ik weet dat u er ook zo over denkt.'

Daar zat Faith, ten einde raad. Ze was inderdaad woest op hem, maar ook op zichzelf. Als ze beter had opgelet, dan zou ze dit gisteren al hebben ontdekt. Door haar toedoen was er tijd verloren gegaan. Toen Gabe nog geen vierentwintig uur geleden met haar in de clinch lag, had hij deze briefjes waarschijnlijk al op zak gehad. Ze kon hem wel de schuld geven van haar eigen misser, maar daar kregen ze Emma Campano niet mee terug, en dat was op dit moment het enige wat telde.

Faith ging op haar hurken zitten en probeerde te bedenken hoe ze het moest aanpakken. Ze had geen idee hoe kwetsbaar de jongen op dat moment was. Was hij gewoon een adolescent die verstrikt zat in zijn eigen emoties, of overdreef hij de situatie om haar aandacht te trekken?

'Gabe,' zei ze, 'je moet eerlijk tegen me zijn.'

'Ik bén ook eerlijk.'

Faith zweeg even, want ze wilde haar volgende vraag zo goed mogelijk formuleren. 'Is er nog iets wat je voor me achterhoudt?'

Hij keek naar haar op. Plotseling vulden zijn ogen zich met zo'n groot verdriet dat het haar moeite kostte om haar blik niet af te wenden. 'Ik kan ook niks goed doen.'

De laatste paar dagen was zijn hele leven op zijn kop gezet, maar ze wist dat hij het niet alleen daarover had. 'Dat is vast niet waar,' zei ze.

'Adam was mijn enige vriend, en nu is hij dood – waarschijnlijk door mijn schuld.'

'Dat is niet zo, neem dat nou maar van mij aan.'

Hij wendde zijn blik af en staarde naar de kale matras aan de andere kant van de kamer. 'Ik hoor hier niet. Iedereen is slimmer dan ik. Iedereen is al met studentenverenigingen bezig en heeft vrienden om mee uit te gaan. Zelfs Tommy.'

Faith was niet zo dom om hem Jeremy aan te bieden als nieuwe beste vriend. 'Het is moeilijk om je plek te vinden als je gaat studeren,' zei ze. 'Uiteindelijk lukt het je wel.'

'Ik ben bang van niet.' Het kwam er zo overtuigd uit dat Faith in gedachten bijna een alarmbel hoorde rinkelen. Ze had uitsluitend aan de informatie gedacht die Gabe had achtergehouden, en daarbij was ze vergeten dat hij nog maar een jongen was, die in een buitengewoon nare situatie was beland.

'Gabe, wat is er met je aan de hand?'

'Ik heb gewoon wat rust nodig.'

Ze wist dat hij het niet over slaapgebrek had. Hij had haar niet gebeld omdat hij zo begaan was met Adam, hij had gebeld omdat hij zelf hulp nodig had – en als reactie had ze hem onder druk gezet, alsof hij een verdachte was die ze aan een verhoor onderwierp. Op zachtere toon vroeg ze: 'Hoe wil je dat aanpakken?'

'Ik weet het niet.' Hij keek haar nog steeds niet aan. 'Soms denk ik dat de wereld beter af zou zijn als ik er gewoon… niet meer was. Begrijpt u?'

'Heb je wel eens dingen gedaan?' Ze wierp een blik op zijn polsen. Er zaten krassen op die haar niet eerder waren opgevallen, dunne rode streepjes waar de huid beschadigd was zonder te zijn doorgesneden. 'Heb je jezelf wel eens iets proberen aan te doen?'

'Ik wil hier gewoon weg. Ik wil naar…'

'Naar huis?' opperde ze.

Hij schudde zijn hoofd. 'Daar heb ik niks te zoeken. Mijn moeder is zes jaar geleden aan kanker gestorven. Mijn vader en ik…'

'Ik wil je graag helpen, Gabe,' zei Faith, 'maar dan moet je wel eerlijk tegen me zijn.'

Hij pulkte aan een scheurtje in zijn spijkerbroek. Ze zag dat zijn vingernagels tot op het leven waren afgekloven. Zijn nagelriemen waren rafelig en gescheurd.

'Heeft Adam een wapen gekocht?'

Hij bleef aan zijn broek pulken en trok zijn schouders op. Ze wist nog steeds niet of ze hem geloven kon.

'Zal ik je vader bellen?' stelde ze voor.

Hij zette grote ogen op. 'Nee, niet doen. Alstublieft.'

'Ik kan je hier niet zomaar achterlaten, Gabe.'

Weer vulden zijn ogen zich met tranen. Zijn lippen trilden. Er ging zoveel wanhoop van hem uit dat het was alsof hij zijn hand in haar borst had gestoken en haar hart er met zijn vuist uit had gerukt. Ze kon zichzelf wel voor haar kop slaan omdat ze het zover had laten komen.

'Ik laat je hier niet alleen,' zei ze nogmaals.

'Ik red me wel.'

Faith zag zich voor een hopeloos dilemma gesteld. Gabe was duidelijk een gekwelde jongeman, maar ze kon zich nu niet met hem bezighouden. Ze moest met de dreigbriefjes naar het lab om te zien of er bruikbare vingerafdrukken op zaten. Ergens in Ierland liep een ex-student rond die zijn auto aan Adam had verkocht – de auto waarin Emma Campano waarschijnlijk vanaf de Copy Right was meegenomen. Die avond zouden twee ouderparen hun dode kinderen identificeren. Aan de andere kant van Atlanta zaten een vader en een moeder te wachten op bericht dat hun dochter al dan niet in leven was.

Faith pakte haar mobiel en scrolde door de laatste oproepen.

'Gaat u me arresteren?' vroeg Gabe.

'Nee.' Faith drukte op BELLEN. 'Ik zorg dat je hulp krijgt, en dan ga ik verder met mijn werk.' Ze vertelde er niet bij dat ze de campus niet zou verlaten voor ze elk voorwerp op zijn kamer aan een onderzoek had onderworpen, inclusief de computer die hij aan Adam had uitgeleend.

Met een zekere berusting leunde Gabe achterover tegen het bed. Weer staarde hij naar de matras aan de andere kant van de kamer. Het had niet veel gescheeld of Faith had haar hand naar hem uitgestoken om een losse pluk haar achter zijn oor te strijken. Zijn kin was bezaaid met puistjes. Op zijn wang zag ze stoppeltjes die hij had overgeslagen bij het scheren. Hij was nog een kind – een kind dat de weg kwijt was en geholpen moest worden.

De telefoon ging twee keer over voor de secretaresse van Victor Martinez opnam. 'Bureau Studentenzaken.'

'Met rechercheur Mitchell,' zei Faith. 'Ik moet de decaan onmiddellijk spreken.'

TIEN

Will stond achter Gail en Simon Humphrey voor het observatievenster te wachten. De opstelling deed aan een film of een tv-serie denken: een raam met aan de andere kant een eenvoudig gordijn. Als Will op een knop drukte, werd het gordijn langzaam weggetrokken en kwam het opgekalefaterde slachtoffer in beeld, met een laken tot onder zijn kin om de slordige naad van de Y-vormige incisie te verbergen. Waarop de moeder steevast tegen de vader aan in elkaar zakte.

De camera gaf niet alles weer. De penetrante geur van het mortuarium. Het verre gezoem van de gigantische vriezers waarin de lijken werden bewaard. De vloer die zich aan je schoenzolen leek vast te zuigen als je naar het raam liep. Je arm die loodzwaar was als je je hand naar de knop bracht.

Het gordijn ging opzij. Zwijgend, als verstomd, stonden beide ouders daar. Simon was de eerste die bewoog. Hij legde zijn hand op het glas. Zou hij zich weer herinneren hoe het voelde om de hand van zijn zoon vast te houden, vroeg Will zich af. Deden vaders dat eigenlijk wel? Buiten in het park waren vaders en zoontjes altijd met een bal of een frisbee in de weer, en hun enige contact was een hand door het haar of een stomp tegen een arm. Op die manier maakte een vader blijkbaar een man van zijn zoon, maar ooit, in het begin, hadden ze toch zeker elkaars hand vastgehouden? Een knuistje dat werd opgeslokt door een grote mannenhand. Ook Adam had ooit geholpen moeten worden bij het oversteken. En op drukke plekken mochten ze hem niet uit het oog verliezen.

Ja, concludeerde Will: Simon Humphrey had ooit de hand van zijn zoon vastgehouden.

Gail wendde zich tot Will. Ze huilde niet, en hij bespeurde de vertrouwde terughoudendheid van een geestverwant. Later die avond, in het hotel, als ze onder de douche stond of op het bed zat terwijl haar man een ommetje maakte, zou ze dit moment als een golf over zich heen laten spoelen. Ze zou weer voor het raam staan en naar haar dode zoon kijken. Pas dan zou ze instorten, zou haar geest uit haar lichaam vloeien om misschien nooit meer terug te keren.

'Dank u, agent Trent,' was alles wat ze zei, en ze schudde zijn hand.

Terwijl Will met hen door de gang liep, vroeg hij in welk hotel ze zaten en vertelde waar ze konden eten. Hij wist maar al te goed hoe dwaas dat soort prietpraat klonk, maar hij wist ook dat ze de afleiding nodig hadden om het gebouw uit te kunnen lopen, om hun kind op deze koude, donkere plek achter te kunnen laten.

Ze hadden op het vliegveld een auto gehuurd, en Will liep tot aan de garage met hen mee. Toen hij hen door de ruit in de deur nakeek, zag hij Gail Humphrey struikelen. Haar man pakte haar bij haar arm, maar ze weerde hem af. Hij deed een nieuwe poging, en nu gaf ze hem een klap en begon te schreeuwen, waarop hij zijn armen om haar heen sloeg om haar tot bedaren te brengen.

Will voelde zich een indringer. Hij draaide zich om en liep de zes trappen op naar zijn kamer. Het was halfnegen, en op de kleine avondploeg na was iedereen naar huis. Het licht was uit, maar ook zonder de zwakke gloed van de bordjes met NOODUITGANG had hij de weg kunnen vinden. Wills kamer bevond zich op een hoek, en dat zou heel indrukwekkend zijn geweest als het niet uitgerekend deze hoek was. Met een woonwarenhuis aan de overkant en aangrenzend de oude Ford-fabriek, die tot appartementencomplex was verbouwd, hield het uitzicht niet over. Soms maakte hij zichzelf wijs dat de in onbruik geraakte spoorbaan met zijn onkruid en afgedankte injectienaalden nog iets parkachtigs had, maar dagdromen werkten alleen overdag.

Will knipte zijn bureaulamp aan en ging zitten. Dit soort avonden vond hij vreselijk, als hij niks anders kon doen dan zijn administratie bijwerken terwijl hij wachtte tot anderen hem van informatie voorzagen. In Tennessee zat iemand die gespecialiseerd was in het opsporen van vingerafdrukken op papier. Papier was lastig: na het ontwikkelen van een paar afdrukken was er van het bewijsmateriaal niet veel meer over. De man zou hier de volgende ochtend naartoe rijden om de briefjes te bekijken. De opname van het losgeldtelefoontje werd per koerier bij het audiologisch laboratorium van de University of Georgia afgeleverd, maar de professor had benadrukt dat het uren zou duren voor de verschillende geluiden geïsoleerd waren. Charlie maakte overuren op het lab om al het verzamelde bewijsmateriaal te verwerken. Tips van de hotline werden nagetrokken, en agenten moesten eerst de grapjassen en gekken eruit schiften voor ze naar een bruikbare aanwijzing konden gaan zoeken.

Will werd geacht van al die zaken verslag te doen, maar in plaats van zijn computer aan te zetten leunde hij achterover en staarde naar zijn wazige spiegelbeeld in het donkere raam. Er waren bijna zesendertig uren verstreken sinds Abigail Campano was thuisgekomen en had ontdekt dat haar hele leven op zijn kop stond. Er waren nog steeds twee doden. Eén meisje werd nog steeds vermist. En nog steeds was er in de verste verte geen verdachte te bekennen.

Hij begreep de losgeldeis niet. Will was geen groentje. Het was niet de eerste keer dat hij op een ontvoeringszaak zat. Ontvoeringen waren grofweg in twee categorieën te verdelen. In het ene geval ging het om geld, in het andere om seks. Hij kon de beestachtige manier waarop Kayla Alexander was vermoord niet rijmen met het telefoontje van die ochtend, waarin om een miljoen dollar werd gevraagd. Het klopte gewoonweg niet.

En dan die ruzie tussen Abigail en Paul Campano. Angie had gelijk gehad: Paul bedroog zijn vrouw. Kennelijk hield hij van jonge blondjes, maar zou hij op Kayla Alexander zijn gevallen, en mogelijk ook op zijn eigen dochter? Amanda had Will opgedragen om bij Paul een DNA-monster te laten afnemen. Misschien had ook zij gelijk. Voeg daarbij Faith, die Gabriel Cohen aan het praten had gekregen, en Will had als enige nog helemaal niets aan de zaak bijgedragen.

In het besef dat hij met al dat gepieker geen millimeter dichter bij een oplossing kwam, draaide hij zich weer naar zijn bureau toe. Daar lag zijn mobiel, in twee stukken. Tijdens de worsteling met Paul was de klep afgebroken en er zat een barst in het schermpje. Will hield de klep op zijn plaats en maakte hem met plakband weer aan het telefoontje vast. Het apparaat deed het nog steeds. Toen hij het huis van de Campano's verliet, had hij de twee delen tegen elkaar aan gedrukt om zijn voicemail te kunnen beluisteren. Faith Mitchell had in elk bericht wel iets belangrijks te melden gehad, en met een van opwinding overslaande stem vertelde ze hem over de dreigbriefjes die Gabe Cohen had achtergehouden.

Will was er nog steeds niet van overtuigd dat ze de juiste beslissing had genomen door de jongen niet op te pakken, maar hij moest op haar intuïtie vertrouwen.

In elk geval wisten ze nu meer over de auto. Een zoekopdracht op de computer naar afgestudeerden die waren uitgezonden naar het Georgia Tech Research Institute in Ierland had de naam Farookh Pansing opgeleverd. Na een paar telefoontjes hadden ze een mobiel nummer te pakken, en ze hadden de man uit een zo te horen zeer diepe slaap wakker gebeld. De jonge natuurkundige had Will een liefdevolle beschrijving gegeven van de blauwe Chevy Impala uit 1981 die hij had moeten achterlaten. Geen airconditioning. Geen veiligheidsgordels. Het linkerportier klemde als het regende. De motor was zo lek als een zeef. Het chassis was zo verroest dat je vanaf de achterbank het wegdek tussen je schoenen door voorbij zag flitsen. Omdat de wagen zo oud was, werd hij door de staat als klassieker beschouwd en was hij vrijgesteld van allerlei voorschriften op het gebied van uitstootbeperking. Farookh had de ouwe brik voor vierhonderd dollar aan Adam Humphrey verkocht. Nergens stond geregistreerd dat Adam een verzekering of nummerplaat had aangevraagd.

Er was een nieuw opsporingsbericht uitgegaan met een beschrijving van de Impala, maar het bericht beperkte zich tot de staat Georgia. Voor hetzelfde geld was Emma Campano inmiddels in Alabama of Tennessee of in een van de twee Carolina's. Sinds haar ontvoering waren er bijna twee dagen verstreken, en ze kon evengoed in Mexico of Canada zitten.

Zijn computer begon te zoemen ten teken dat het systeem in werking was getreden. Will was al twee dagen niet op zijn kamer geweest, en hij moest eerst zijn e-mail checken en zijn dagrapporten schrijven. Voor hij zijn verslag dicteerde, zette hij de koptelefoon op en stelde de microfoon bij. Nadat hij een leeg Worddocument had geopend, drukte hij op PLAY, maar opeens wist hij niet meer wat hij moest zeggen. Hij zette de recorder weer uit en leunde achterover. Toen hij met zijn hand in zijn ogen wilde wrijven, deed dat zo'n pijn dat hij naar adem hapte.

Paul had zijn neus niet gebroken, maar er wel zo'n harde klap op gegeven dat het kraakbeen verschoven was. Het losgeldbandje moest geanalyseerd worden en de dreigbriefjes moesten zo snel mogelijk naar het lab, en al met al had Will het zo druk gehad dat hij pas tien minuten voordat de Humphreys arriveerden om hun zoon te identificeren in de spiegel had gekeken. In het verleden was zijn neus al een paar keer gebroken geweest en hij stond inmiddels aardig scheef. Voeg daar alle blauwe plekken bij, en Will zag eruit alsof hij in een kroeggevecht verwikkeld was geweest, wat bepaald niet het vertrouwen van de Humphreys zou wekken. De vader had zijn gemompelde smoes over een ruig partijtje football tijdens het weekend geaccepteerd, maar de moeder had naar hem gekeken alsof hij een grote sticker met LEUGENAAR op zijn voorhoofd had zitten.

Will tikte op de spatiebalk en klikte met de muis op het e-mailicoontje. Hij schoof de koptelefoon op zijn hoofd en beluisterde zijn berichten. De eerste drie waren spam, gevolgd door een mailtje van Pete Hanson, met informatie over de autopsie op Adam Humphrey en Kayla Alexander, maar het voegde niet veel toe aan wat hij ook al van Faith had gehoord.

Het vijfde bericht was van Amanda Wagner. De volgende ochtend om halfzeven had ze een persconferentie belegd. Will vermoedde dat ze het nieuws even nauwgezet had gevolgd als hijzelf. Bij gebrek aan nieuwe informatie hadden de journalisten zich op de ouders gestort. Ze haalden hun hele leven door de mangel en richtten de beschuldigende vinger op de slachtoffers. Er stond de pers een teleurstelling te wachten als ze dachten dat ze de volgende dag met de Campano's konden praten. Amanda kon als geen ander de pers manipuleren. Ze zou Paul en Abigail voor de camera's laten opdraven, maar zelf het woord voeren. Will had geen idee hoe ze Paul dacht te kunnen muilkorven, maar in het verleden had hij haar zoveel konijnen uit haar hoge hoed zien toveren dat hij zich geen zorgen maakte over de logistiek van de voorstelling.

Amanda's e-mail eindigde kort en bondig. 'Onmiddellijk na de persconferentie verwacht ik je op mijn kamer,' deelde de computer mee. Ze had vast gehoord dat Paul Campano hem op zijn gezicht had getimmerd, vermoedde Will.

Weer drukte hij op PLAY en nogmaals beluisterde hij Amanda's beknopte berichtje, alsof hij er een bepaalde nuance in kon ontdekken. Het programma beschikte over allerlei stemmen waaruit je kon kiezen. Pete klonk als Mickey Mouse, Amanda als Darth Vader. Onwillekeurig ging er een huivering door Will heen toen hij in zijn eentje in zijn donkere kamer naar die stem zat te luisteren.

Opeens kreeg hij een idee.

Hij opende Petes bericht en koos een nieuwe stem om de tekst voor te lezen. Hij nam elke optie door en probeerde de verschillen te ontdekken, maar na een tijdje besefte hij dat hij het verkeerd aanpakte. Hij opende een leeg bericht, klikte op het tekstgedeelte, pakte zijn digitale recorder en selecteerde het bestand met de stem van de ontvoerder.

Hij hield de recorder voor de microfoon en liet het apparaat de tekst dicteren.

'Spreek ik met de moeder?'

'J-ja,' stotterde Abigail. *'Ik ben Emma's moeder. Is alles goed met Emma? Kan ik Emma spreken?'*

'Ik heb uw dochter.'

'Wat wilt u? Vertelt u me hoe we Emma terug kunnen krijgen.'

'Ik wil één miljoen dollar.'

'Oké… Wanneer? Waar? Zegt u maar hoe u het wilt.'

'Ik bel u morgenochtend om halfelf, dan hoort u de details.'

'Nee, wacht! Hoe weet ik…'

Een gevoel van opwinding maakte zich van Will meester, en hij drukte op STOP. Terwijl hij alles opnieuw afspeelde, markeerde hij de zinnen van de ontvoerder en verwijderde die van Abigail. Vervolgens liep hij alle stemopties door, op zoek naar een stem die op die van de ontvoerder leek.

De laatste was de stem die hij altijd voor Amanda Wagner gebruikte. Zijn vinger zweefde boven de muis. Hij drukte de knop in. Uit de koptelefoon klonk een onheilspellende, zware stem.

'Spreek ik met de moeder?'

Opeens merkte Will dat hij niet alleen was. Toen hij opkeek, zag hij Faith Mitchell in de deuropening staan.

Hij sprong overeind en rukte de koptelefoon af, alsof hij was betrapt. 'Ik dacht dat je naar huis was.'

Ze liep zijn kamer in en ging zitten. In het harde licht van de bureaulamp zag ze er ouder uit dan drieëndertig. 'Waar ben jij mee bezig?'

'Met de audiotape van de losgeldeis,' zei Will, waarna hij bedacht dat hij het haar evengoed kon laten horen. Hij pakte zijn digitale recorder en drukte op PLAY. 'Dit is de tape.' Met zijn duim op de knop luisterde hij samen met Faith naar het telefoontje van die ochtend, naar de stem van de ontvoerder en de doodsbange antwoorden van Abigail Campano. Hij stopte de band weer op dezelfde plek. 'Ik zal je laten horen wat ik net met de computer heb gedaan. Er zit een spraakoptie op voor luie mensen, zodat de tekst aan je wordt voorgelezen.' Hij ging met de muis naar de PLAY-knop en zei: 'Ik was helemaal vergeten dat ik die had. Het zal wel iets met programmeren te maken hebben.' Hij trok de koptelefoon uit het contact zodat het geluid via de speakers ging. 'Klaar?'

Ze knikte.

Hij drukte op PLAY, en uit de speakers klonk de stem van Darth Vader, die de woorden van de ontvoerder uitsprak.

'*Spreek ik met de moeder?*'

'Jezus,' mompelde ze. 'Dat klinkt praktisch hetzelfde.'

'Volgens mij heeft hij die zinnen opgeschreven en ze van tevoren vanaf de computer opgenomen.'

'Daarom klinken ze ook zo simpel. Nergens slikt hij iets in of zo.'

Met zijn blik op het scherm gericht dreunde Will de zinnen uit zijn hoofd op. 'Ik heb uw dochter. Ik wil één miljoen dollar. Ik bel u morgenochtend om halfelf, dan hoort u de details.'

Hij pakte de telefoon en belde Hamish Patel, die met de band onderweg was naar Athens, waar de University of Georgia was gevestigd.

Hamish klonk al even opgewonden als Will zich voelde. 'Als je je baantje niet kwijtraakt, dan los je deze zaak misschien nog op ook.'

Will bood alsnog zijn excuses aan. Hij wilde er liever niet aan denken wat Amanda de volgende ochtend voor hem in petto zou hebben, maar hij stelde zich zo voor dat ze een heel speciaal hoekje in de hel had gereserveerd voor de agent die op de vuist was gegaan met de vader van een ontvoerd kind. Het GBI was weer eens een seksval aan het voorbereiden op het vliegveld van Atlanta. Will zag zichzelf al in een wc bij hal B zitten, wachtend tot een gehuwde vader van drie kinderen met zijn voet zou tikken en om een pijpbeurt zou vragen.

Hij verbrak de verbinding en zei tegen Faith: 'Ze gaan ernaar kijken. Die jongens zijn de hele dag met computers en audioversterking bezig. Die hebben het vast binnen tien seconden uitgezocht.'

'Nou, dan heb je ze mooi tien seconden bespaard,' zei ze. 'We zouden trouwens heel wat verder zijn geweest als ik Gabe gisteren aan het praten had gekregen.'

'Toen was hij er nog niet klaar voor,' meende Will, hoewel ze daar nooit achter zouden komen. 'Als je gisteren druk op hem had uitgeoefend, was hij misschien doorgedraaid en helemaal dichtgeklapt.'

'Wat vind je van die briefjes?'

'Iemand, waarschijnlijk de ontvoerder, wilde Adam waarschuwen of bedreigen.'

'Ze is van mij,' citeerde Faith. 'Dat is duidelijke taal.'

'Het geeft in elk geval aan dat de ontvoerder Emma kende.'

'En wat vind je van de spelling?'

Will knikte, alsof hij ook maar enig idee had wat ze bedoelde. 'Daar zeg je wat. Wat denk je zelf?'

Nadenkend tikte ze met haar vinger tegen haar lippen. 'Degene die ze geschreven heeft, is dyslectisch of doet alsof.'

Het sprankje trots dat Will een paar tellen eerder nog had gevoeld, verdween op slag. De briefjes zaten vol spelfouten. Door zijn eigen domheid had hij een belangrijke aanwijzing over het hoofd gezien. Wat had hij nog meer gemist? Wat was er verder aan bewijs verloren gegaan omdat Will er met zijn stomme kop overheen had gekeken?

'Will?' zei Faith.

Hij schudde zijn hoofd, want hij vertrouwde zijn eigen stem niet meer. Hij zou Amanda moeten bellen om haar te vertellen wat hij had gemist. Ze had een neus voor dat soort dingen en kwam er altijd achter. Hij zou het op moeten biechten en dan maar wachten tot hij voor de bijl ging.

'Zeg het dan,' drong Faith aan. 'Ik vraag het me namelijk al de hele tijd af.'

Onder het bureau kneep hij zijn handen samen. 'Wat vraag je je af?'

'Of Emma hier misschien bij betrokken is.'

Will keek naar zijn handen. Hij slikte de brok in zijn keel weg. 'Het is mogelijk,' beaamde hij. Hij probeerde zijn aandacht opnieuw te richten en met een omweg uit te vinden hoe Faith tot het vermoeden was gekomen dat Emma Campano een actieve rol had gespeeld. 'Kayla wist hoe ze anderen tot haat moest aanzetten, maar dit is wel een erg grote sprong, vind je zelf ook niet?'

'Kayla was een rotmeid, en als je de verhalen moet geloven was Emma niet veel meer dan haar schoothondje. Misschien is er iets geknapt bij haar.'

'Denk jij dat een meisje van zeventien tot dit alles in staat is: mensen vermoorden en haar eigen ontvoering in scène zetten?'

'Dat is inderdaad de vraag.' Faith leunde met haar ellebogen op zijn bureau. 'Ik vind het vervelend om te zeggen, maar nu ik Mary Clark over Kayla heb horen vertellen, zou ik er geen seconde aan twijfelen dat Kayla er iets mee te maken had als Emma dood was en zij werd vermist.'

'Klopte Clarks alibi wat gisteren betreft?'

'Ze heeft de hele dag voor de klas gestaan. Ruth Donner, het meisje met wie Kayla vorig jaar op voet van oorlog verkeerde, was niet eens in Georgia. Verder zijn er geen andere meisjes op school die uitgesproken vijanden van Kayla waren. Tenminste niet zo dat het opviel.'

'En wat weet je van Gabe Cohen?'

Ze klemde haar lippen opeen en haar antwoord liet even op zich wachten. 'Er is geen enkel bewijs dat hij met een van de twee meisjes banden onderhield. Volgens mij heeft hij ons alles verteld wat hij weet,' voegde ze eraan toe.

'En dat wapen?'

'Hij vertelde het met een bepaalde bedoeling, maar ik heb zijn boekentas en zijn kamer binnenstebuiten gekeerd. Als Adam al een wapen had gekocht, dan heeft hij het niet aan Gabe gegeven. Misschien bewaarde hij het in zijn auto.'

'Wat betekent dat onze ontvoerder het waarschijnlijk in bezit heeft,' merkte Will op. 'Waar was Gabe gisteren, toen dit alles gebeurde?'

'Op college, maar wel in een van die gigantische zalen. Hij hoefde niet te tekenen voor aanwezigheid en de docent hield ook geen presentielijst bij. Het is een zwak alibi.' Ze zweeg even. 'Hoor eens, als jij vindt dat ik het verkeerd heb afgehandeld, dan kunnen we hem nu oppakken. Misschien herinnert hij zich iets meer als hij een tijdje in de cel zit.'

Will zag er geen heil in om vanwege een vaag vermoeden een jongen van achttien de duimschroeven aan te draaien, en al helemaal niet nu Gabe Cohen er suïcidale gedachten op na bleek te houden. Hij somde alle punten op die voor Gabe pleitten. 'Hij heeft geen auto op de campus. Hij heeft nergens een plek waar hij Emma kan verstoppen. We hebben geen verband kunnen ontdekken tussen hem en een van de twee meisjes. Geen motief, geen gelegenheid, geen middelen.'

'Volgens mij heeft hij het moeilijk,' zei Faith. 'Maar ik acht hem niet tot iets dergelijks in staat.' Ze moest lachen. 'Trouwens, als ik kon zien wie er met moordneigingen rondliep, had ik de hele wereld in mijn zak.'

Hetzelfde was regelmatig bij Will opgekomen. 'Onderneemt de hogeschool nog iets wat Gabe betreft?'

'Volgens Victor is het een heikele kwestie,' zei ze. 'Ze zitten echt tussen twee vuren.'

'Hoezo?'

'Weet je nog van die zelfmoordgevallen op MIT in de jaren negentig?'

Will knikte. Verhalen van ouders die de universiteit hadden aangeklaagd, hadden het nationale nieuws gehaald.

'Onderwijsinstellingen hebben een wettelijke verplichting – in loco parentis, heet dat.' Feitelijk betekende het dat de universiteit de rol van de ouders overnam zolang een student stond ingeschreven. 'Victor probeert de vader van Gabe over te halen om hem onder psychiatrisch toezicht te laten plaatsen.'

Het viel Will op dat ze wel erg gemakkelijk de voornaam van de decaan in de mond nam. 'Hij wil hem onder toezicht laten plaatsen?' vroeg hij. 'Is dat niet wat al te drastisch?'

'Ze moeten heel voorzichtig te werk gaan. Ook al zou Gabe het allemaal overdrijven, dan moeten ze hem toch serieus nemen. Ik betwijfel of Tech hem weer toelaat zonder een medische verklaring dat hij gezond is.' Ze haalde haar schouders op. 'En zelfs dan zal hij zich waarschijnlijk elke dag bij de studentenadviseur moeten melden.'

Will vond het wel prettig dat Gabe Cohen aan de zorgen van de psychiatrische hulpverlening werd toevertrouwd in plaats van aan zijn lot te worden overgelaten. Zo had hij tenminste toegang tot de jongen als het nodig mocht zijn.

'Laten we nog even teruggaan naar de moorden,' zei hij.

'Goed.'

'Kayla is vermoord door iemand die haar haatte. Anders begrijp ik niet waarom de moordenaar haar zo te pakken nam. Al die steekwonden, het naar beneden getrokken slipje, het omhooggeschoven shirt. Klassiek voorbeeld van vernedering en overkill. Je slaat niet iemands gezicht tot moes tenzij je haar kent en een diepe minachting voor haar hebt. Misschien heb je wel gelijk,' opperde hij. 'Misschien is er iets geknapt bij Emma.'

'Dan zou ze haar beste vriendin hebben moeten vermoorden – ze zou haar hebben geslagen, gestoken, en mogelijk hebben verkracht met iets waar volgens Pete een condoom omheen zat – en daarna zou ze ook nog eens Adam op zijn hoofd hebben geslagen en neergestoken, om vervolgens die hele nepontvoering in scène te zetten om haar ouders erin te laten lopen. Bovendien weten we dan nog steeds niet van wie het sperma is dat in de vagina van Kayla Alexander is aangetroffen,' voegde ze eraan toe.

'Of misschien stond Emma gewoon toe te kijken terwijl het gebeurde. Volgens Charlie waren er vier mensen in huis,' benadrukte hij.

'Dat is waar,' moest Faith toegeven. 'Maar dan zit ik met iets anders: voor een meisje als Emma Campano, met zo'n soort huis en met zo'n vader en grootvader, is een miljoen dollar echt niet veel.'

Daar had Will nog niet over nagedacht, maar hij moest haar gelijk geven. Tien miljoen kwam meer overeen met Pauls levensstijl. Aan de andere kant was een miljoen een stuk gemakkelijker te verbergen.

'Bernard, een van Emma's leraren, zei dat ze heel gestructureerd was. Dit heeft veel voorbereiding gevergd.'

Faith schudde haar hoofd. 'Ik begrijp de jongeren van tegenwoordig niet meer. Echt niet.' Ze keek uit het raam, naar de appartementen in het aangrenzende gebouw. 'Ik hoop dat ik het goed heb aangepakt met Gabe.'

Will gaf haar het soort goede raad dat Amanda altijd paraat had: 'Je kunt alleen een beslissing nemen aan de hand van de informatie waarover je op dat moment beschikt.'

Ze keek nog steeds uit het raam. 'Ik ben nooit eerder op deze verdieping geweest.'

'We proberen het gepeupel wat op afstand te houden.'

Ze glimlachte vaag. 'Hoe ging het met de Humphreys?'

'Slecht, zoals je kon verwachten.'

Bijtend op haar lip bleef Faith uit het raam staren. 'Toen ik Adam gisteren voor het eerst zag, moest ik meteen aan mijn eigen zoon denken. Misschien heb ik daarom zoveel over het hoofd gezien. We zijn uren kwijtgeraakt waarin we naar haar hadden kunnen zoeken.'

Ze had zich tegenover hem nog niet eerder zo persoonlijk uitgelaten. Will had de afgelopen dagen zo vaak iets verkeerds tegen haar gezegd dat hij wel uitkeek om haar te troosten.

'Ik heb het gevoel dat we iets moeten ondernemen,' zei ze, en haar frustratie was tastbaar.

Hij zei tegen haar wat hij zichzelf ook steeds voorhield: 'Het is nu een kwestie van wachten. Wachten tot Charlie al het bewijsmateriaal heeft verwerkt. Wachten op de man van de vingerafdrukken. Wachten op...'

'Op alles,' zei ze. 'Ik kom bijna in de verleiding om de gekken van de tiplijn na te trekken.'

'Dan zou je niet echt productief met je tijd omgaan.'

Faith zuchtte bij wijze van antwoord. Ze zag er doodmoe uit. Slapen was het enige productieve dat ze op dat moment konden doen, bedacht

Will. Het was van het grootste belang dat ze de volgende ochtend helder waren, als het bewijsmateriaal binnenkwam.

Dat zei hij dan ook. 'Morgen weten we meer.' Hij keek op zijn horloge. Het was bijna negen uur. 'Over tien minuten wordt de airconditioning op de bovenste verdiepingen uitgeschakeld. Waarom ga je niet naar huis en probeer je wat te slapen?'

'Daar is niemand,' zei ze. 'Jeremy geniet me iets te veel van zijn onafhankelijkheid. Ik had gedacht dat hij me toch wel een beetje zou missen.'

'Kinderen kunnen soms koppig zijn.'

'Jouw moeder had vast haar handen vol aan je.'

Will haalde zijn schouders op. Dat was ongetwijfeld waar. Je stopte een baby niet in een vuilnisvat omdat hij zo gemakkelijk was. 'Als ik nou eens...' Hij aarzelde even, maar toen hakte hij de knoop door. 'Heb je zin om iets te gaan drinken of zo?'

Ze schrok ervan. 'O, lieve help.'

Twee tellen te laat drong zijn blunder tot hem door. 'Ik heb een vriendin, hoor. Een verloofde, bedoel ik. We zijn verloofd.' Het hele verhaal kwam er in één adem uit. 'Angie Polaski. Ze heeft bij Zedendelicten gewerkt. Ik ken haar al sinds mijn achtste.'

Nu keek ze helemaal geschokt. 'Sinds je achtste?'

Will bedacht dat hij beter zijn mond kon houden en nadenken voor hij iets zei. 'Het klinkt romantischer dan het is.' Hij zweeg even. 'Ik wou gewoon... Je zei dat er bij jou niemand thuis was. Ik probeerde alleen maar... Ik weet het niet.' Hij lachte nerveus. 'Het zal de wilde aap in mij wel weer wezen.'

Ze deed er niet moeilijk over. 'We hebben allebei een lange dag achter de rug.'

'En ik drink niet eens.' Will stond gelijk met Faith op. Toen hij zijn hand in zijn zak stak, stuitte hij op een vreemd voorwerp tussen het kleingeld. Hij haalde het buisje met het grijze poeder tevoorschijn, en tot zijn verbazing was het plastic niet gebroken tijdens zijn handgemeen met Paul.

'Will?'

Hij besefte dat ze bij de aanblik van het buisje waarschijnlijk hetzelfde dacht als hij toen hij het voor het eerst had gezien, namelijk dat het cocaïne was. 'Het is aarde,' zei hij. 'Of een of ander poeder. Ik heb het in het huis van de Campano's gevonden.'

'Heb jij het gevonden?' vroeg ze, terwijl ze het buisje van hem aanpakte. 'Sinds wanneer verzamel jij bewijsmateriaal?'

'Sinds, eh…' Will stak zijn hand naar het monster uit. 'Eigenlijk kun je het maar beter niet aanraken.'

'Waarom niet?'

'Het is geen bewijs.'

'Het is verzegeld.' Ze liet hem het intacte stuk plakband met Charlies initialen zien.

Will wist niet wat hij daarop moest zeggen.

Meteen was Faith op haar hoede. 'Wat is hier aan de hand?'

'Ik heb het meegepikt van de plaats delict. Toen Charlie zich omdraaide, heb ik het gejat, voor hij het kon registreren.'

Ze kneep haar ogen tot spleetjes. 'Staat die recorder nog aan?'

Hij pakte het apparaat van zijn bureau, maakte het aan de achterkant open en schudde de batterijtjes eruit. 'Het poeder is in de hal gevonden. Het wordt ongetwijfeld als besmet materiaal afgedaan. We hebben daar de hele tijd rondgelopen met z'n allen. Ieder van ons heeft het mee naar binnen kunnen nemen. Jezus, misschien is dat ook wel zo, maar…'

'Maar?'

'Maar misschien ook niet. Het komt niet overeen met de grond rondom het huis. Het zat niet op Adams schoenen of op die van de meisjes. Voor hetzelfde geld heeft de moordenaar het mee naar binnen genomen.'

'Zo te horen heb je die informatie van degene die het bewijs heeft verzameld.'

'Charlie heeft geen idee dat ik dit gedaan heb.'

Het was duidelijk dat Faith hem niet geloofde, maar ze ging er niet op door. 'Wat zou ik er theoretisch mee kunnen doen?'

'Misschien contact opnemen met iemand op de universiteit?'

Verontwaardigd schudde ze haar hoofd. 'Denk maar niet dat ik mijn zoon betrek bij…'

‘Nee, natuurlijk niet,’ onderbrak hij haar. ‘Maar misschien zou je eens met Victor Martinez kunnen gaan praten?’

‘Victor?’ herhaalde ze. ‘Ik ken die man amper.’

‘Toch kende je hem goed genoeg om hem te bellen over Gabe Cohen.’

‘Dat is iets anders,’ zei ze met klem. ‘Hij is hoofd van het Bureau Studentenzaken. Gabe Cohen valt onder zijn verantwoordelijkheid.’

Will deed een nieuwe poging. ‘Als het verzoek van jou komt, vindt hij het vast niet vreemd. Als ik hem plompverloren bel, krijg ik te maken met allerlei formaliteiten en rompslomp. Dit moet onder ons blijven, Faith. Als dat spul ons naar een terrein voert dat we kunnen doorzoeken, en als we de man vinden die dit heeft gedaan...’

‘Dan komt de hele bewijsketen op losse schroeven te staan en wordt een eventuele arrestatie misschien teruggedraaid.’ Ze slaakte een diepe zucht. ‘Hier moet ik over nadenken, Will.’

Hij wilde er zeker van zijn dat ze doordrongen was van het belang van de zaak. ‘Ik vraag je om de wet te overtreden. Besef je dat wel?’

‘Het zit in de familie, hè?’

Hij was zich ervan bewust dat haar woorden bozer klonken dan de bedoeling was, maar hij wist ook dat ze al anderhalve dag haar uiterste best deed om iets van hun verstandshuwelijk te maken.

‘Ik wil niet dat je iets doet wat tegen je geweten indruist, Faith. Maar geef het monster wel aan me terug als je besluit om er niet aan mee te werken.’

Ze sloeg haar hand om het buisje en drukte het tegen haar borst. ‘Ik ga er maar eens vandoor.’

‘Ben je...’

Ze hield het buisje nog steeds stevig vast. ‘Wat doen we morgen?’

‘Ik moet eerst bij Amanda langs. Laten we hier afspreken, om een uur of acht. Gordon Chew, die specialist in vingerafdrukken, komt vanuit Chattanooga deze kant op om te zien of hij latente afdrukken op onze briefjes kan ontdekken.’ Hij keek om zich heen, naar zijn kamer met uitzicht op het park. ‘Als ik hier om kwart over acht nog niet ben, dan kun je me op het vliegveld vinden, op het herentoilet.’

ELF

Faith zat aan haar keukentafel. Het fornuislampje brandde, maar verder was het vertrek in duisternis gehuld. Ze had een fles wijn, een glas en de kurkentrekker gepakt, maar die stonden allemaal onaangeroerd voor haar op tafel. Jarenlang had ze vurig verlangd naar het moment waarop Jeremy oud genoeg zou zijn om het huis uit te gaan, zodat zij nog iets van haar leven kon maken. Nu hij weg was, had ze het gevoel dat er op de plek van haar hart een gapend gat zat.

Drank hielp ook al niet. Van wijn werd Faith alleen maar jankerig. Toen ze haar hand naar het wijnglas uitstak om het weg te zetten, stootte ze het omver. Ze greep ernaar, maar het stuitte tegen de tafelrand en viel kapot op de vloer. Faith knielde en raapte de scherpe stukken glas op. Net toen ze het licht wilde aandoen, sneed ze zich aan een scherfje.

'Verdomme,' mompelde ze. Met haar vinger in haar mond liep ze naar het aanrecht, waar ze koud water over de wond liet stromen. Ze deed het licht boven de spoelbak aan en keek naar het bloed, dat een plasje vormde en wegspoelde, weer een plasje vormde en wegspoelde.

Haar blik vertroebelde toen haar ogen zich vulden met tranen. Ook al voelde ze zich belachelijk omdat ze zo melodramatisch deed, toch liet ze haar tranen de vrije loop, want er was immers niemand die vroeg waarom ze huilde om zo'n stom sneetje. Trouwens, ze had reden genoeg om te huilen. Morgenochtend ging Emma's ontvoering de derde dag in.

Wat zou Abigail Campano doen als ze morgen wakker werd? Zou de slaap een soort vergetelheid brengen, zodat ze bij het eerste licht opnieuw tot zich moest laten doordringen dat haar kind was verdwenen? En dan? Zou ze denken aan al die keren dat ze ontbijt had gemaakt, aan alle voetbaltrainingen en schoolfeesten, aan al het huiswerk waarmee ze had geholpen? Of gingen haar gedachten naar de toekomst in plaats van naar het verleden: eindexamen, huwelijk, kleinkinderen?

Faith pakte een zakdoekje en veegde haar tranen weg. Ze had het helemaal fout, besefte ze. Een moeder sliep niet als haar kind in gevaar verkeerde. Faith had zelf menige doorwaakte nacht gekend, en dat terwijl ze precies had geweten waar Jeremy was – of waar hij hoorde te zijn. Ze was bang geweest voor auto-ongelukken en zuipfestijnen en – God verhoede – dat hij met een of ander jong meisje omging dat net zo dom was als Faith op die leeftijd. Het was erg genoeg om een zoon te hebben die maar vijftien jaar jonger was, maar een kleinkind dat zestien jaar jonger was dan de vader, dat had ze niet getrokken.

Bij die gedachte moest Faith hardop lachen en ze gooide het zakdoekje in de prullenbak. Ze zou haar moeder moeten bellen, interesse moeten tonen, of in elk geval voor de zoveelste keer haar verontschuldigingen moeten aanbieden, maar eigenlijk verlangde ze op dat moment nog het meest naar haar vader.

Bill Mitchell was zeven jaar eerder aan een beroerte gestorven. Gelukkig was het heel snel gaan. Op een ochtend had hij naar zijn arm gegrepen en was op de keukenvloer neergevallen, en twee avonden later was hij in het ziekenhuis vredig ingeslapen. Faiths broer was uit Duitsland overgekomen. Jeremy was een dag van school thuisgebleven. Bill Mitchell was altijd een zorgzame man geweest, en zelfs toen hij doodging, had hij nog rekening gehouden met de behoeften van zijn gezin. Ze waren allemaal bij hem in de kamer geweest toen hij overleed. Ze hadden allemaal afscheid van hem kunnen nemen. Er ging geen dag voorbij dat Faith niet aan haar vader dacht, aan hoe vriendelijk hij was geweest, hoe evenwichtig en vol liefde.

In veel opzichten had Bill Mitchell beter met de zwangerschap van zijn tienerdochter overweg gekund dan zijn vrouw. Hij had Jeremy aanbeden, had zich vol overgave op het grootvaderschap gestort. Pas veel later was Faith erachter gekomen waarom Bill niet langer naar zijn wekelijkse Bijbelstudiegroep ging en waarom hij uit het bowlingteam was gestapt. Toentertijd had hij gezegd dat hij meer tijd met zijn gezin wilde doorbrengen en het huis wilde opknappen. Inmiddels wist Faith dat hij vanwege haar het verzoek had gekregen om op te stappen. Hij had moeten boeten voor haar zonde. Haar vader, die zo vroom was dat hij ooit had overwogen predikant te worden, had nooit meer een voet in de kerk gezet, zelfs niet toen Jeremy werd gedoopt.

Faith wikkelde een stukje keukenpapier om haar vinger om de laatste druppeltjes bloed op te vangen. Ze deed het licht aan en pakte de bezem en een stoffer en blik uit de werkkast om het glas bijeen te vegen, waarna ze met de steelstofzuiger de kleinere scherfjes opzoog. De afgelopen twee dagen was ze amper thuis geweest en de keuken was rommeliger dan gewoonlijk. Ze haalde de stofzuiger over de tegels en duwde de borstelharen tot in de hoeken.

Faith spoelde de borden af en zette ze in de vaatwasser. Daarna boende ze de spoelbak uit en stopte de theedoeken in de wasmachine, samen met een hoop kleren die ze uit de wasmand in de badkamer had gehaald. Terwijl Faith het pluisfilter van de wasdroger schoonmaakte, dacht ze opeens aan het gênante voorval met Will Trent, toen ze heel even had gemeend dat hij een afspraakje met haar wilde maken.

Angie Polaski. Voor het eerst sinds ze hem had ontmoet, had Faith medelijden met hem. Wat een afgelebberde troel. Bij de recherche waren Polaski's veroveringen legendarisch. Er werden zelfs grapjes over gemaakt tegen groentjes, die te horen kregen dat ze eerst tussen haar benen door moesten als ze bij de top wilden horen.

Will was ongetwijfeld op de hoogte van al die geruchten – of misschien was hij zo'n type bij wie het talent waarvan hij op zijn werk blijk gaf het in zijn privéleven liet afweten. Toen Faith die avond in de deuropening van zijn kamer had gestaan en hem achter zijn computer had zien zitten, was ze getroffen door de eenzaamheid die hij uitstraalde. Will was van zijn stoel overeind gesprongen toen hij haar zag. Met die twee blauwe ogen had hij net een geschrokken wasbeer geleken.

Dat was ook weer zoiets: hoe dacht hij zijn baan te kunnen houden na die worsteling met Paul Campano? Nergens werd zo gekletst als bij de politie. Hamish Patel kon roddelen als een oud wijf. Faith had het terrein van Georgia Tech nog niet verlaten of ze was al gebeld door een van haar collega's van Moordzaken.

Will scheen zich niet druk te maken om zijn baan. Amanda was een harde, maar ze was ook eerlijk. Of misschien was verdraagzaamheid tegenwoordig het devies bij het GBI. Faith had Will in twee dagen tijd voor sukkel en aap uitgemaakt, en toch had hij haar niet van de zaak gehaald.

In plaats daarvan had hij haar een buisje met grijs poeder gegeven en gevraagd of ze de wet wilde overtreden.

Faiths mobieltje ging over en als een opgewonden schoolmeisje rende ze naar de keuken, in de verwachting Jeremy's stem te horen.

'Laat me raden,' zei ze. 'Je hebt zin in pizza.'

'Faith?' Fronsend probeerde ze de stem te plaatsen. 'Je spreekt met Victor Martinez.'

'O,' was het enige wat ze eruit kreeg.

'Verwachtte je iemand anders?' vroeg hij.

'Ik dacht dat je mijn zoon was.'

'Hoe is het met Jeremy?'

'Goed,' zei Faith, hoewel ze zich niet kon herinneren dat ze Jeremy's naam ooit tegenover hem had genoemd.

'Ik heb vanmiddag met hem kennisgemaakt. Hij zit in Glenn Hall. Een aardige knul.'

'Sorry,' zei ze, 'maar waarom heb je met hem gesproken?'

'Ik heb met alle studenten uit de omgeving van Adam Humphrey gesproken. Ik wilde er zeker van zijn dat ze bij iemand terechtkonden als ze hulp nodig hadden.'

'Dus je bent je nog verder aan het indekken?'

'Maak ik zo'n gevoelloze indruk?'

'Ik heb een lange dag achter de rug,' stamelde Faith bij wijze van verontschuldiging.

'Dat geldt ook voor mij.'

Ze sloot haar ogen en zag de kraaienpootjes op het gezicht van Victor Martinez voor zich als hij glimlachte – zijn echte glimlach, niet dat 'o-shit-je-zoon-is-een-van-mijn-studenten'-lachje.

'Faith?'

'Ik ben er nog.'

'Aan Highland heb je een Italiaans restaurant, ken je dat?'

'Eh...' Faith schudde haar hoofd, alsof er iets in haar oren zat wat eruit moest. 'Ja.'

'Ik weet dat het laat is, maar zullen we daar iets gaan eten? Of anders iets drinken?'

Hoewel ze zeker wist dat ze hem verkeerd had verstaan stotterde ze: 'G-goed. Oké.'

'Over tien minuten?'

'Afgesproken.'

'Tot zo.'

Faith hield het telefoontje in haar hand tot een ingeblikte stem haar verzocht om het uit te schakelen. Ze legde het ding neer en rende als een gek het huis door op zoek naar een schone spijkerbroek, om toch maar voor een rok te kiezen, tot ze besefte dat de rok niet alleen te strak was, maar dat er ook een guacamolevlek op zat van de laatste keer dat ze met een man uit eten was geweest – als Jeremy ook als man telde. Uiteindelijk trok ze een strapless zomerjurk aan. Op weg naar de voordeur zag ze zichzelf in de spiegel. Het bleke vel onder haar arm lubberde over de jurk als een bosbessen-met-zure-roommuffin van Starbucks over de rand van het vormpje, en ze trok snel iets anders aan.

Victor zat aan de bar toen ze eindelijk het restaurant binnenliep. Voor hem stond een halfleeg glas, zo te zien scotch. Hij had zijn das losgetrokken, en zijn jasje hing over de rugleuning van zijn barkruk. De wijzers van de klok boven de bar stonden bijna op elf uur. Weer vroeg Faith zich af of dit eigenlijk wel een date was. Misschien had hij haar gewoon mee uit gevraagd omdat hij haar kende, als een gelijkgezinde, iemand met wie hij over Gabriel Cohen kon praten. Misschien vond hij het niet prettig om in zijn eentje te drinken.

Toen hij haar zag, verscheen er een vermoeide, lome glimlach om zijn lippen, en hij stond op. Als dit geen date was, dan was Faith zo ongeveer de grootste dwaas die er rondliep. Ze hoefde maar naar hem te kijken en ze stond al te trillen op haar benen.

Victor streek met zijn hand over haar arm, en het scheelde niet veel of ze begon te spinnen. 'Ik was al bang dat je je bedacht had.'

'Nee,' zei ze, 'alleen omgekleed. Wel vier keer.'

Hij bekeek haar outfit, een variant op de werkplunje die ze twee dagen eerder tijdens hun ontmoeting had gedragen. 'Je ziet er uiterst... professioneel uit.'

Faith ging zitten, en vermoeidheid won het van begeerte. Ze was zo langzamerhand te oud om zich als een verliefde bakvis te gedragen. De laatste keer was ze zwanger en alleen achtergebleven. 'Als je had gezien wat er in mijn kast hing, dan had het nog veel erger gekund.'

Hij schoof zijn barkruk dichter naar haar toe en ging weer zitten. 'Zonder pistool en penning staat het een stuk beter.'

Zelf voelde ze zich eigenlijk naakt zonder die attributen, maar dat hield ze wijselijk voor zich.

'Wat wil je drinken?'

Faith keek naar de rijen drankflessen achter de bar. Ze wist dat ze iets damesachtigs hoorde te kiezen – een spritzer of een cosmopolitan, maar dat kreeg ze niet over haar lippen. 'Een gin-tonic graag.'

Victor wenkte de barkeeper en bestelde.

'Hoe is het met Gabe afgelopen?' vroeg Faith.

Victor keerde zich naar haar toe. Zijn gezicht betrok enigszins. 'Vraag je dat beroepshalve?'

'Ja, inderdaad.'

Hij streek met de palm van zijn hand langs de buitenkant van zijn whiskyglas. 'Eerlijkheid gaat je goed af, hè?'

'Ja,' gaf Faith toe. Ze moest de eerste man nog tegenkomen die dat als een pluspunt beschouwde.

'Mag ik je iets vragen? Toen je me vandaag belde, zei je dat je Gabe niet door de mangel wilde halen. Wat bedoelde je daarmee?'

Op dat moment zette de barkeeper een grote gin-tonic voor Faith neer, en voor ze antwoordde, nam ze een slokje. 'Kort gezegd staat de politie erom bekend dat ze een moker gebruiken om ergens een punaise in te slaan. Voor alles bestaat er een procedure. Wat Gabe betreft: die zou ik voor zijn eigen veiligheid in hechtenis nemen, en dan zou ik een ambulance bellen of hem zelf naar het Grady Hospital brengen. Ik zou ze vertellen wat hij tegen mij had gezegd: dat hij al eens een zelfmoordpoging had gedaan. Tegenover mij heeft hij toegegeven dat hij het misschien nog eens gaat proberen. Zelfmoord staat op de achtste plaats wat doodsoorzaken onder jonge mannen betreft. Dat nemen we heel serieus.'

Terwijl ze aan het woord was, had hij haar de hele tijd aangekeken.

Faith kon zich niet herinneren wanneer een man voor het laatst oogcontact met haar had gehad en echt had geluisterd naar wat ze te vertellen had. Nou ja, tenzij ze iemand op zijn rechten wees, maar dat beschouwde ze niet als een compliment.

'Dus je brengt hem naar het ziekenhuis,' zei Victor. 'En wat gebeurt er dan?'

'Dan blijft hij vierentwintig uur onder observatie, en als hij over de rooie gaat en behandeling weigert, wat in zijn geval maar al te begrijpelijk zou zijn, kan hij bij de rechter een verzoek om vrijlating indienen. Afhankelijk van de indruk die hij maakt – of de rechter hem toerekeningsvatbaar acht of niet, en dan moet de arts die hem heeft beoordeeld maar net tijd hebben om naar de rechtszaal te komen – wordt hij vrijgelaten of teruggestuurd voor uitgebreider onderzoek. Hoe dan ook, zijn naam gaat in de computer en zijn persoonlijke gegevens liggen voor altijd opgeslagen in een nationale databank. En dan gaan we er voor het gemak van uit dat hij niet voor het een of ander onder arrest is.'

'En ik maar denken dat het universiteitssysteem gecompliceerd is,' zei Victor.

'Vertel eens,' drong ze aan. 'Echt, jullie beleid is stukken interessanter dan politieprocedures.'

Hij legde zijn arm op de rugleuning van haar kruk. Door haar dunne katoenen bloesje heen voelde ze de warmte van zijn lichaam. 'Doe me een lol,' zei hij – tenminste, dat dacht Faith. Vanaf het moment dat hij haar had aangeraakt, was haar gehoor steeds vager geworden – misschien door al die harpspelende engelen of het exploderende vuurwerk. Misschien was haar drankje te sterk of haar hart te eenzaam. Met enige moeite boog ze zich naar voren en nam een stevige slok.

Victor streelde met zijn duim over haar rug, en dat kon evengoed speels en flirterig bedoeld zijn als om haar tot praten aan te zetten. 'Wat houdt een arrestatie precies in?'

Ze haalde diep adem en dreunde het hele lijstje op: 'Hij wordt in de boeien geslagen, naar het bureau gebracht, zijn vingerafdrukken worden afgenomen, hij moet zijn riem, veters en persoonlijke bezittingen inleveren, en dan komt hij in een cel met het schuim der natie.' Met haar hand om haar kin geslagen dacht ze aan Gabe Cohen in één cel met dronkenlappen en dealers. 'Vanwege het late uur brengt hij de nacht waarschijnlijk in hechtenis door, om 's ochtends naar de rechtbank te worden gebracht, waar hij een uur of drie, vier moet wachten voor zijn verzoek om borgtocht in behandeling wordt genomen, waarna hij weer moet wachten tot alle procedures zijn doorlopen, en vervolgens kan hij gaan zitten wachten tot zijn zaak voorkomt.' Faith nam een fikse slok en leunde achterover, tegen zijn arm. 'En als hij voortaan een bon krijgt voor te hard rijden, of een werkgever trekt zijn antecedenten na, of zelfs als er bij hem in de buurt een misdaad wordt gepleegd en zijn naam duikt op, moet hij zich telkens aan het soort onderzoek onderwerpen waar een darmspecialist nog van zou gaan blozen.'

Victors duim kwam weer in actie, en opnieuw wist ze niet of het een intiem gebaar was of puur om haar aan te moedigen. 'Dan heb je hem vandaag wel een dienst bewezen.'

'Ik weet het niet,' zei ze. 'Ik heb het gevoel dat ik hem gewoon op jou heb afgeschoven.'

'Blij dat je dat gedaan hebt. Vorig jaar is een van onze studenten aan een overdosis oxycodon overleden. Ze woonde niet op de campus. Het duurde een tijdje voor ze werd gevonden.'

Faith kon zich maar al te goed voorstellen hoe dat eruit moest hebben gezien. 'De ervaring heeft me geleerd dat degenen die erover praten het meestal niet doen. De rustige types, die zich helemaal afsluiten, die moet je in de gaten houden.'

'Gabe hield zich bepaald niet rustig.'

'Nee, maar dat kan veranderen.' Ze accepteerde een tweede drankje, al was het alleen maar om haar handen ergens te laten. 'Je weet het nooit.'

'Gabes vader heeft hem naar een privékliniek gebracht,' zei Victor.

'Mooi.'

Hij trok zijn das weer iets losser. 'Wat is er vandaag nog meer gebeurd? Hoe staat jullie zaak ervoor?'

'Tot nu toe gaat het gesprek steeds over mij,' besefte ze, en ze voelde zich lichtelijk opgelaten. 'Vertel eens over jouw dag.'

'Mijn dagen zijn saai, neem dat maar van mij aan. Ik los ruzietjes tussen studenten op, keur verzoekschriften goed van jongens die een hoogslaper in hun kamer willen aanbrengen, zit eindeloze vergaderingen voor over dat soort onderwerpen, en met een beetje geluk mag ik me ook nog eens bemoeien met een verwende klier zoals die Tommy Albertson.'

'Klinkt boeiend. Ga door.'

Ze klonk plagerig en hij glimlachte, maar stelde vervolgens een serieuze vraag. 'Denk je dat jullie dat meisje nog vinden?'

'Ik denk dat...' Weer voelde ze duisternis over zich heen komen, voelde ze de afgrond trekken. 'Ik vind mezelf geloof ik ook leuker zonder penning.'

'Daar zit iets in,' zei hij. 'Vertel eens over Jeremy.'

Faith vroeg zich af of dit de werkelijke aanleiding voor deze afspraak was: loze nieuwsgierigheid. 'We zijn gewoon het zoveelste cijfertje uit het Reagan-tijdperk.'

'Dat klinkt me iets te stereotiep.'

'Dat is het ook,' beaamde ze. Eigenlijk viel het niet te beschrijven. Binnen een maand was ze veranderd van een meisje dat met een haarborstel in haar hand voor de spiegel Duran Duran-songs stond te zingen in een vrouw die zich zorgen maakte over aambeien en zwangerschapsdiabetes.

'Vertel eens hoe het was,' drong Victor voorzichtig aan.

'Ik weet het niet. Precies zoals je denkt: vreselijk. Ik heb het zo lang mogelijk voor mijn ouders verborgen gehouden en toen was het te laat om er nog iets aan te veranderen.'

'Zijn je ouders gelovig?'

Ze vermoedde dat hij op abortus doelde. 'Heel gelovig,' antwoordde ze. 'Maar ze zijn ook realistisch. Vooral mijn moeder wilde heel graag dat ik ging studeren, dat ik pas een gezin zou stichten als ik er klaar voor was, dat ik zelf zou kunnen kiezen. Ondanks zijn gewetensbezwaren zou mijn vader elke beslissing die ik nam gesteund hebben. In feite lieten ze de keus aan mij.'

'En toen?'

Faith vertelde hoe het gegaan was. 'Het was te laat voor legale abortus, maar dan was er altijd nog adoptie. Tot mijn schande moet ik bekennen dat ik gewoon egoïstisch en opstandig was. Ik dacht er niet over na hoe moeilijk het zou worden of wat het voor mijn familie zou betekenen. Als mijn ouders iets tegen me zeiden, deed ik precies het tegenovergestelde, ongeacht de gevolgen.' Ze lachte. 'En dat verklaart misschien hoe ik zwanger kon raken.'

Weer keek hij haar aan met die intense blik, die bij hun allereerste ontmoeting bij haar al een schokgolf had veroorzaakt. 'Je bent heel mooi als je lacht.'

Ze bloosde, en het scheelde niet veel of ze had zich aan zijn voeten geworpen. De uitwerking die hij op haar had was opwindend en vernederend tegelijk, vooral omdat ze geen idee had wat hij voor haar voelde. Was het puur uit nieuwsgierigheid dat hij al die vragen stelde? Of was hij echt geïnteresseerd in wat er in haar omging? Ze was veel te onervaren om dat alles in haar eentje te doorgronden en veel te oud om zich er druk om te maken.

Faith had zowaar haar tas meegenomen, als concessie aan haar vrouwelijkheid toen haar pogingen om zich leuk aan te kleden erop uitdraaiden dat ze buitengewoon onsexy, maar redelijk schone werkkleren aantrok. Om iets te doen te hebben begon ze in haar tas te rommelen, want anders zou ze zich als een verdwaald hondje verliezen in de peilloze diepte van zijn prachtige donkere ogen.

Papieren zakdoekjes, haar portefeuille, haar penning, een extra panty, een pakje kauwgum. Terwijl ze in haar tas rondwroette, had ze geen idee waarnaar ze zocht. De achterkant van haar hand raakte iets – eerst dacht ze dat het een van die akelige parfummonstertjes was die in het winkelcentrum werden uitgedeeld, maar het bleek het plastic buisje met grijs poeder te zijn dat Will Trent haar had gegeven. Zonder erbij na te denken had ze het op het laatste moment in haar tas gestopt. Nu ze het buisje in haar hand hield en de mogelijke gevolgen van de diefstal tot zich liet doordringen, voelde ze zich misselijk worden.

'Is er iets?' vroeg Victor.

Voor haar verstand haar het zwijgen oplegde, flapte ze eruit: 'Is er op Tech ook iemand die gespecialiseerd is in...' Ze zocht naar het juiste woord. '...in grond?'

Hij grinnikte. 'Op dat gebied staan we landelijk op de zevende plaats. We hebben een eigen grondinstituut.'

'Ik zou je om een gunst willen vragen,' begon ze, maar ze wist niet hoe ze het moest inkleden.

'Zeg het maar.'

Ze besefte dat dit haar laatste kans was om van gedachten te veranderen, dat ze altijd een smoes kon verzinnen en op een ander onderwerp kon overgaan, zodat ze weer de rechtschapen politievrouw was die haar moeder zo graag zag.

Maar Faith was zelf ook moeder. Hoe zou zij het vinden als een of andere agent zich zo strikt aan de regels hield dat het Jeremy het leven kostte?

Victor wenkte de barkeeper. 'Neem nog een drankje, dan gaat het misschien wat makkelijker.'

Faith hield haar hand boven haar glas, verbaasd dat het leeg was. 'Ik moet nog rijden.'

Hij trok haar hand weg en liet hem niet meer los. Zijn andere hand omvatte haar middel. Inmiddels waren zijn bedoelingen maar voor één uitleg vatbaar. 'Nou, wat voor gunst?' Hij streelde haar vingers en ze voelde de warmte van zijn huid, de kracht waarmee zijn duim haar liefkoosde. 'Ik zorg wel dat je veilig thuiskomt.'

DE DERDE DAG

TWAALF

Abigail zat op de bank en keek naar haar moeder, die door de kamer scharrelde, kussens schikte en gordijnen opentrok. Beatrice had veertien afmattende uren in het vliegtuig achter de rug, maar ze was keurig opgemaakt en haar haar zat in een strakke knot. Toen Abigail een puber was, had ze zich mateloos geërgerd aan haar moeders onverstoorbaarheid. Jarenlang had ze haar uiterste best gedaan om haar te choqueren door strakke spijkerbroeken en opzichtige make-up te dragen en met de verkeerde vriendjes om te gaan. Nu was ze alleen maar dankbaar voor de schijn van normaliteit die de oudere vrouw wist te creëren. Ook al ging Emma's ontvoering de derde dag in en had Abigail een man vermoord, het bed werd opgemaakt en in de badkamer lagen schone handdoeken.

'Je moet iets eten,' zei Beatrice. 'Je moet sterk zijn als Emma thuiskomt.'

Abigail, die niet aan eten moest denken, schudde haar hoofd. Sinds haar moeder de vorige middag was gearriveerd, waren dit soort stellige uitspraken niet van de lucht geweest. Emma was het punt waarom alles draaide, of ze Abigail nou met zachte hand haar bed uit lokte of haar overhaalde om haar haar te kammen voor de persconferentie die over twee uur zou plaatsvinden.

Beatrice richtte zich tot Hamish. 'Jongeman, zal ik iets te eten voor je maken?'

'Nee, dank u.' Met gebogen hoofd controleerde hij voor de zoveelste keer zijn computerapparatuur. De arme man was als de dood voor Beatrice en haar regeldrang. Zodra ze aan het redderen was geslagen, had Hamish zich in de keuken teruggetrokken, waar hij angstvallig over zijn computer waakte, bang dat ze iets zou aanraken. Toen er 's avonds een andere rechercheur kwam om hem af te lossen, stuurde Hamish hem weg. Abigail hoopte maar dat hij zich zo gedroeg uit zorg voor zijn computer, en niet omdat de situatie was geëscaleerd.

Ze huiverde, en weer hoorde ze de blikkerige stem die uit de telefoon had geklonken.

'Spreek ik met de moeder?'

Het losgeldtelefoontje had alles veranderd. Paul en haar vader hadden steeds vaker samen zitten fluisteren. Ze hadden het over het geld gehad, geregeld hoe ze aan cash moesten komen, alsof de ontvoerder om miljarden had gevraagd in plaats van om een miljoen. Abigail wist zeker dat ze minstens anderhalf miljoen op hun spaarrekening hadden staan. Bovendien kon haar vader met één telefoontje het bedrag per koerier thuis laten bezorgen. Er speelde iets, iets wat ze voor Abigail verzwegen. Ze was beurtelings woedend en opgelucht omdat ze haar erbuiten hielden.

'Goed,' zei Beatrice, en ze nam plaats aan de andere kant van de bank. Ze zat op de rand, met haar knieën tegen elkaar en haar benen schuin opzij. Abigail kon zich niet herinneren dat ze haar moeder ooit onderuitgezakt ergens tegenaan had zien hangen. Het leek wel of haar ruggengraat van titaan was. 'Wat doe je jezelf toch aan, kind? Laten we daar eens over praten.'

Abigail keek over haar schouder naar Hamish, die naar zijn computerscherm zat te turen. 'Moeten we het er nu over hebben, moeder?'

'Ja, dat moet.'

Het liefst had ze haar ogen vertwijfeld ten hemel geslagen en was ze naar buiten gestormd. Wat viel ze toch gemakkelijk terug in dat oude, opstandige patroon, terwijl het overduidelijk was dat haar moeder haar alleen maar wilde helpen. Waarom was het contact met haar vader zoveel gemakkelijker? Hoyt had haar zover gekregen dat ze wat toast met kaas at en schone kleren aantrok. Waarom was het veel gemakkelijker om op zijn schouder uit te huilen dan om haar moeders troost te aanvaarden?

Beatrice pakte haar hand. 'Nu huil je alweer.'

'Is dat soms verboden?' Abigail keek naar de stapel kranten op de salontafel, naar de uitgeprinte artikelen uit de *Washington Post* en de *Seattle Intelligencer*. Paul had alle verhalen die hij kon vinden gedownload, alle verslagen gespeld op zoek naar het een of andere detail waarvan hij zeker wist dat de politie het voor hen achterhield. Alles wekte zijn achterdocht, en hij zat Abigail voortdurend op haar huid met allerlei door de pers verzonnen feiten over de plaats delict, giswerk dat als echt nieuws werd gebracht. Drie jaar geleden had Adam Humphrey een waarschuwing gekregen omdat hij autoreed zonder verzekeringspapieren. Wees dat misschien op een duisterder kant van zijn karakter, waarover de politie niet sprak? Kayla was van haar laatste school getrapt omdat ze op het terrein had gerookt. Zou dat betekenen dat ze harddrugs gebruikte? Had haar drugsdealer deze waanzin over hen afgeroepen? Werd Emma op dit moment door een of andere schurk vol drugs gestopt?

Wat het er ook niet gemakkelijker op maakte, was dat Paul opvliegender was dan ooit. Abigail had willen weten waarover die ruzie met Will Trent van de vorige dag was gegaan, en hij was zo kwaad op haar geworden dat ze de kamer uit was gelopen om zijn gescheld niet langer te hoeven aanhoren. Ze had bijna gezegd dat ze hem niet meer herkende, maar dat was niet waar. Dit was de andere Paul, van wiens aanwezigheid ze zich altijd bewust was geweest. Tragedie bracht slechts de scherpe kantjes aan het licht, en eerlijk gezegd was het dankzij hun bevoorrechte leven gemakkelijk geweest om karakterfouten te negeren.

Ze waren gewend aan ruim zevenhonderd vierkante meter ruimte, waarin ze elkaar moeiteloos konden ontlopen. Het koetshuis, met zijn gezellige keuken-annex-woonkamer en die ene slaapkamer, was nu veel te klein voor hen. Ze struikelden over elkaar, liepen elkaar voortdurend voor de voeten. Abigail voelde zich al evenzeer een gevangene als Emma – waar die ook mocht zijn.

Het liefst had ze hem vastgegrepen, gestompt, wat dan ook, alleen om hem te straffen omdat er door zijn toedoen zoiets vreselijks met Emma was gebeurd. Paul had hun stilzwijgende afspraak geschonden, een misstap die haar razend maakte. Wat haar betrof rommelde hij met vrouwen en verwende hij hun dochter te pletter, maar het enige wat Abigail van hem verlangde, het enige wat ze van hem verwachtte, was dat hij garant stond voor de veiligheid van hun gezin.

En daarin had hij gruwelijk gefaald. Alles was hopeloos fout gegaan.

Beatrice streelde Abigails hand. 'Je moet sterk zijn.'

'Ik heb iemand vermoord, moeder.' Ze wist dat ze hier in aanwezigheid van Hamish niet over moest praten, maar de woorden buitelden over haar lippen. 'Ik heb hem met mijn blote handen gewurgd. Adam Humphrey was de enige hier in huis die Emma probeerde te helpen, de enige die ons kon vertellen wat er echt was gebeurd, en ik heb hem vermoord.'

'Sst,' zei Beatrice, die Abigails hand bleef strelen. 'Daar kun je nu niets meer aan veranderen.'

'Maar ik kan nog wel wroeging hebben,' vond Abigail. 'Ik kan me wel woedend en hopeloos en des duivels voelen.' Door emoties overmand hapte ze naar adem. Hoe konden ze van haar verwachten dat ze straks voor de camera's verscheen, dat ze zich aan de wereld vertoonde? Ze mocht niet eens iets zeggen. Paul was daar woedend over geweest, maar Abigail had zich heimelijk opgelucht gevoeld.

Ze werd al beroerd bij de gedachte dat ze haar mond zou moeten opendoen, dat ze een of andere vreemde die ze nooit had gezien zou moeten smeken om haar haar kind terug te geven. Stel dat ze iets verkeerds zei? Stel dat ze een vraag fout beantwoordde? Stel dat ze kil overkwam? Stel dat ze hard overkwam? Stel dat ze te ongevoelig, te smekend of te zielig klonk?

Het tegenstrijdige was dat ze zich vooral zorgen maakte om het oordeel van andere vrouwen, andere moeders. Degenen die meteen hun mening over hun seksegenoten paraat hadden, alsof ze experts op dat gebied waren louter en alleen doordat ze bepaalde biologische eigenschappen gemeen hadden. Abigail kende een dergelijke gedachtegang maar al te goed, want vanuit haar bevoorrechte, veilige en volmaakte leventje had ze zich er zelf ook schuldig aan gemaakt. Ze had de verhalen over Madeleine McCann en JonBenét Ramsey gelezen, had beide zaken tot in de kleinste details gevolgd, en ze had al even hard als iedereen over de moeders geoordeeld. Ze had Susan Smith horen smeken tegenover de media en ze had gelezen over Diane Downs en het laaghartige geweld waarmee ze zich tegen haar eigen kinderen had gekeerd. Het was zo gemakkelijk geweest om deze vrouwen – deze moeders – te veroordelen, om ontspannen met een kop koffie op de bank te zitten en de vrouwen als te kil of te hard of te schuldig af te doen, simpelweg omdat ze vijf tellen lang hun gezicht op het nieuws of in een of ander roddelblad had gezien. En nu had het lot het Abigail op wel zeer geraffineerde wijze betaald gezet, en moest ze zelf voor de camera verschijnen. Nu zou háár gezicht in de roddelbladen staan. Haar vrienden en buren en – nog erger – volslagen onbekenden zouden behaaglijk vanaf hun eigen bank een maar al te lichtvaardig oordeel over Abigails daden vellen.

'Het komt wel goed,' zei Beatrice.

'Het komt niet goed.' Abigail stond op van de bank en rukte haar hand uit die van haar moeder. 'Ik heb er schoon genoeg van dat iedereen steeds maar op eieren loopt. Iemand moet toch om Adam rouwen? Iemand moet toch toegeven dat ik het gigantisch heb verkloot?'

Beatrice zweeg en Abigail keerde zich naar haar toe. Het onbarmhartige zonlicht streek over elke groef en rimpel die niet door make-up verdoezeld kon worden. Haar moeder was onder het mes geweest – haar voorhoofd was gladgetrokken en haar kin wat strakker gemaakt – maar niet al te ingrijpend; de verwoestingen die de tijd had aangericht, waren wat verzacht, zodat ze er jong uitzag voor haar leeftijd, zonder in een plastic poppetje met siliconenlippen te zijn veranderd.

Toen ze sprak klonk haar stem zacht, maar dwingend. 'Je hebt het inderdaad verkloot, Abby. Je hebt de situatie totaal verkeerd ingeschat en je hebt die jongen vermoord.' Het was niet het soort taal waarvan haar moeder zich bij voorkeur bediende, en dat was van haar gezicht af te lezen. 'Je dacht dat hij je aanviel,' vervolgde ze, 'maar hij vroeg je om hulp.'

'Hij was pas negentien.'

'Dat weet ik.'

'Misschien was Emma verliefd op hem. Hij had een foto van haar in zijn portefeuille. Misschien was hij haar vriendje.' Ze dacht aan wat dat allemaal inhield: elkaars hand vasthouden, een eerste kus, wat onhandig gefriemel en gefrunnik. Was haar dochter met Adam Humphrey naar bed geweest? Had ze ervaren hoe heerlijk het was om door een man omhelsd en geliefkoosd te worden? Zou Emma zich die eerste liefde blijven herinneren, of zou ze alleen nog maar kunnen denken aan de pijn die ze voelde toen haar ontvoerder haar verkrachtte?

De vorige dag om dezelfde tijd was Emma's dood het enige waaraan Abigail dacht. Nu begon ze zich af te vragen wat er zou gebeuren als Emma nog leefde. Abigail was niet gek. Ze wist dat geld niet de enige reden was waarom een volwassen man een meisje van zeventien uit haar ouderlijk huis roofde. Als ze haar terugkregen – als Emma terugkwam – wat voor kind zou ze dan zijn? Wie zou de vreemde zijn die de plaats van hun dochter had ingenomen?

En hoe zou Paul erop reageren? Hoe zou hij ooit nog naar zijn kleine engel kunnen kijken zonder zich bewust te zijn van wat haar was aangedaan, van hoe ze was misbruikt? Na die ruzie van de vorige dag had Paul Abigail niet eens meer kunnen aankijken. Hoe zou hij hun dochter nog in de ogen kunnen zien?

Ze sprak de woorden uit die haar hadden verstikt zodra het besef was doorgedrongen dat Emma niet dood was, maar ontvoerd. 'Wie haar ook in handen heeft... zal haar pijn doen. Waarschijnlijk doet hij haar nu pijn, op dit moment.'

Beatrice knikte afgemeten. 'Waarschijnlijk wel.'

'Paul kan het niet...'

'Paul kan het aan, net als jij.'

Dat betwijfelde ze. Bij Paul moest alles volmaakt zijn, en als het niet volmaakt was, dan moest het de schijn van volmaaktheid hebben. Iedereen zou weten wat er met Emma was gebeurd. Iedereen zou op de hoogte zijn van het kleinste detail van haar geschonden leven. En het was anderen niet kwalijk te nemen dat ze zo nieuwsgierig waren, zo belust op bloed. Zelfs op dat moment nog doken uit het nietige hoekje van Abigails brein waarin ze de bijzonderheden van recente films en sensationele tijdschriftartikelen had opgeslagen de namen van ontvoerde en teruggekeerde kinderen op: Elizabeth Smart, Shawn Hornbeck, Steven Stayner... Wat was er van hen geworden? Hoe hadden hun families zich erdoorheen geslagen?

'Wat voor kind zal ze dan zijn, mama?' vroeg Abigail. 'Als we haar terugkrijgen, wie is die Emma dan?'

Met haar stevige hand omvatte Beatrice Abigails pols. 'Dan is ze nog steeds je dochter, en jij bent haar moeder, en dan zorg je dat alles goed komt, want daar zijn moeders nou eenmaal voor. Hoor je me?'

Abigail had haar moeder nooit zien huilen, en dat zou ook nu niet gebeuren. Wat ze in Beatrice' ogen zag, was haar kracht, haar vermogen om in de razende storm rustig te blijven. Voor het eerst sinds deze nachtmerrie was begonnen, brachten haar besliste stem en haar stellige woorden heel even een soort vrede over Abigail.

'Ja, mama,' zei ze.

'Goed zo, meisje.' Beatrice gaf een klopje op haar wang voor ze naar de keuken ging. Ze rommelde in de kastjes en zei: 'Ik heb tegen je vader gezegd dat je wat soep zou eten voor hij terugkwam. Je wilt je pappie toch niet teleurstellen?'

DERTIEN

Will had altijd goed kunnen slapen. Het zou wel komen doordat hij de eerste achttien jaar van zijn leven een kamer had gedeeld met anderen. Uiteindelijk sliep je er dwars doorheen, door het gehoest en geschreeuw, door de scheten en de slaapliedjes met de handkar die tot het repertoire van elke puberjongen behoorden.

Op Betty's zachte gesnurk en af en toe wat gekreun van Angie na was het die nacht stil geweest in huis. Toch had Will de slaap niet kunnen vatten. Zijn hersens bleven maar malen. Starend naar het plafond had hij in gedachten telkens weer het schaarse bewijsmateriaal doorgenomen, tot de zon was opgekomen en hij zich ten slotte uit zijn bed had gehesen. Hij had zijn ochtendritueel afgewerkt: eerst had hij Betty uitgelaten en toen was hij gaan hardlopen. Zelfs onder het rennen, terwijl de hitte van de vroege ochtend elk druppeltje vocht uit zijn lichaam perste, kon hij alleen maar aan Emma Campano denken. Zat ze gevangen in een ruimte met airconditioning of liep de temperatuur ook daar naar de veertig graden? Hoelang kon ze overleven in haar eentje? Wat spookte haar ontvoerder met haar uit?

Het was een ondraaglijke gedachte, maar terwijl Will bij het laadbordes aan de oostkant van het stadhuis op de ouders van Emma stond te wachten, besefte hij dat hij voor het eerst van zijn leven niet meer jaloers was op Paul Campano.

Will was benieuwd hoe Amanda het de vader aan zijn verstand had gebracht dat hij zijn mond moest houden tijdens de persconferentie. Paul had dat vast niet zonder slag of stoot geaccepteerd. Hij was het gewend zelf de lakens uit te delen en met behulp van zijn woede – al of niet verhuld – elke situatie naar zijn hand te zetten. Ook zonder een woord te zeggen kon Paul zijn ongenoegen duidelijk kenbaar maken. Will wist dat de ontvoerder de ouders nauwlettend zou observeren, speurend naar het geringste teken dat hij het meisje maar beter kon vermoorden. Het zou nog een moeizame strijd worden om Paul in toom te houden.

Hij was blij dat het zijn taak niet was.

Kennelijk had Amanda zeer tegen haar zin deze persconferentie belegd. Ze had er een tijdstip voor uitgekozen waarop de meeste journalisten hun roes van de vorige avond uitsliepen. Om halfzeven 's ochtends waren ze lang niet zo bloeddorstig als een paar uur later, en zoals gewoonlijk had Amanda graag het voordeel aan haar kant. In een vlaag van mededogen had Will besloten om Faith niet te laten opdraven op dit vroege tijdstip. Het leek hem beter om haar nog even te laten slapen. Hoewel hij haar niet goed kende, had hij zo'n vermoeden dat de rechercheur net als hij de hele nacht had liggen woelen en draaien terwijl ze de zaak overdacht. Misschien zou ze die ochtend wat helderder zijn na een paar extra uurtjes slaap. Dan wist tenminste een van hen wat hun te doen stond.

Een zwarte BMW 750 stopte bij het laadbordes. Uiteraard had Paul geweigerd zich door een surveillancewagen te laten ophalen. Amanda had tegen de Campano's gezegd dat ze Will bij de ingang aan de kant van North Avenue zouden treffen, want bij de hoofdingang van City Hall East verzamelde zich al een groep fotografen. De achterkant was gereserveerd voor politieauto's en overige dienstwagens, en de persmuskieten riskeerden gearresteerd te worden als ze daar naar binnen probeerden te komen.

Paul stapte het eerst uit en streek met zijn hand over de pluk haar die de bovenkant van zijn kalende hoofd bedekte. Hij droeg een donker pak met een wit overhemd en een blauwe das, waar niks opzichtigs aan te bekennen viel. Amanda had hem ongetwijfeld aangeraden om geen al te welgestelde indruk te maken of zich overdreven chic te kleden; niet uit angst voor de ontvoerder, maar omdat de pers de ouders aan een minutieus onderzoek zou onderwerpen, op zoek naar een zwakke plek die ze in een hoofdartikel konden uitmelken.

Net toen Paul zijn hand naar de kruk uitstak, opende Abigail haar portier. Haar lange, welgevormde benen waren bloot en aan haar voeten had ze schoenen met een bescheiden hakje. Ze droeg een donkerblauwe rok met een katoenen bloes in gebroken wit, het soort kledij waar Faith Mitchell zich bij voorkeur in vertoonde. Het zag er allemaal ingetogen en bescheiden uit. Afgezien van de auto van negentigduizend dollar had ze elke willekeurige voetbalmoeder kunnen zijn binnen een straal van acht kilometer.

De ruzie van de vorige dag lag kennelijk nog vers in hun geheugen, of misschien hadden zich intussen weer een paar botsingen voorgedaan. Ze bewaarden afstand van elkaar. Zelfs toen ze de trap naar het bordes op liepen, bood Paul haar niet zijn arm en zijn vrouw zocht evenmin steun bij hem.

'Mr. Trent,' zei Abigail. Haar stem klonk ijl en uit haar blik was bijna alle leven verdwenen. Hij vroeg zich af of ze nog steeds onder de medicijnen zat. Ze leek bijna niet op haar benen te kunnen staan.

Paul daarentegen stuiterde praktisch op en neer. 'Ik wil je chef spreken.'

'Die krijg je zo te zien,' zei Will, en hij opende de deur naar het gebouw. Ze liepen door de smalle gang naar de personeelslift van het politiebureau. Abigail maakte zo'n breekbare indruk dat Will als vanzelf zijn hand op haar rug legde. Het feit dat Paul dit niet doorhad, verbaasde Will niet, maar hij schrok wel van de hernieuwde woede die van de man af spatte. Zijn vrouw stortte onder zijn ogen in, maar hij moest en zou degene spreken die hier de leiding had.

Will hield zijn pas in, zodat Abigail hem zonder veel moeite kon bijhouden. Paul liep alvast met grote stappen naar de lift, alsof hij wist waar hij moest zijn.

'Het duurt maar even,' zei Will op gedempte toon.

Ze keek hem aan, en haar roodomrande ogen vulden zich met tranen. 'Ik weet niet wat ik moet doen.'

'We brengen u weer naar huis zodra...'

'Ik wil zelf iets zeggen,' zei Paul tegen Will. Zijn luide stem bulderde door de krappe ruimte. 'Probeer me maar eens tegen te houden.'

Met moeite bedwong Will zijn woede, want Pauls zelfingenomenheid was buitengewoon irritant. 'Wat wil je dan zeggen?'

'Ik bied een bonus.'

Weer was het alsof Will een klap in zijn gezicht kreeg. 'Wat voor bonus?'

'Ik zeg tegen de ontvoerder dat we het losgeld verdubbelen als Emma heelhuids terugkomt.'

'Zo werken die dingen niet...'

Hij kapte Will af. 'Laat me maar eens met je chef praten,' zei hij, waarna hij op de liftknop drukte, maar op dat moment gingen de deuren al open. 'Dit gefuck met jou kost me te veel tijd.'

In de oude lift stond een groep agenten. Toen ze de Campano's herkenden, stapten ze zo snel mogelijk uit en liepen met een wijde boog om hen heen.

Paul beende de lift in. Nog steeds met zijn hand op haar rug leidde Will Abigail voorzichtig naar binnen. Hij toetste zijn code in op het smerige paneel en drukte op de knop voor de tweede verdieping. Ergens in het binnenste van het gebouw klonk gerommel, waarop de deuren zich krakend sloten en de liftkooi met een schok langzaam naar boven ging.

Een van de dingen die Will de vorige avond met Amanda had besproken, was de persconferentie. De Campano's mochten niet met de media praten, omdat Abigail te kwetsbaar en Paul te opvliegend was. Zodra ze hun mond opendeden, zou de pers tot de aanval overgaan. Zelfs de alleronschuldigste uitspraak kon tot een vernietigende aanklacht worden verdraaid.

Dat maakte Will dan ook met zoveel woorden aan Paul duidelijk. 'Dit is heel anders dan wat je op tv ziet. We zitten er niet op te wachten dat jij zelf ook iets zegt. Jullie hoeven alleen maar aanwezig te zijn om de ontvoerder te laten zien dat Emma ouders heeft die om haar geven.'

'Krijg de klere!' blafte Paul, en hij balde zijn vuisten. 'Jij houdt me niet tegen als ik met de pers wil praten.'

Wills neus deed nog pijn van de vorige dag. Hij vroeg zich af of hij weer een klap kon verwachten en of het hevig zou bloeden. 'Ik kan anders wel zorgen dat je tijdens deze persconferentie je mond houdt.'

'We zullen wel zien wat je chef ervan vindt,' zei Paul, en hij sloeg zijn armen over elkaar. Misschien was hij bang dat hij zelf een klap zou oplopen. 'Ik heb je gisteren al verteld dat het me menens is. Die vent wil geld en dat zal hij krijgen. Maakt niet uit hoeveel. Ik wil niet dat mijn kind iets overkomt.'

'Het is te laat,' fluisterde Abigail, die zich desondanks verstaanbaar wist te maken. 'Het ergste is al gebeurd, besef je dat niet?' vroeg ze aan haar man.

Paul keek als door de bliksem getroffen. 'Dat moet je niet zeggen.'

'Hij geeft haar alleen maar terug als hij klaar met haar is.'

Paul priemde met zijn vinger in haar richting. 'Zo praat je niet, godverdomme!'

'Het is waar,' zei ze, zonder zich iets van zijn woede-uitbarsting aan te trekken. 'Je weet dat het waar is, Paul. Je weet dat hij haar op alle mogelijke manieren...'

'Kappen!' schreeuwde hij. Hij greep haar bij haar armen en schudde haar heen en weer. 'Bek houden, hoor je me! Gewoon je bek houden!'

De deuren schoven open en een belletje klonk ten teken dat ze bij de tweede verdieping waren aangekomen. Voor de lift stond een lange man met staalgrijs haar en een gebruinde huid. Hij leek rechtstreeks weggelopen uit *Garden & Gun Magazine*. Will herkende zijn gezicht uit de krant: Hoyt Bentley, de schatrijke grootvader van Emma Campano. Amanda stond naast hem. Als het haar al verbaasde dat Paul Campano dreigend tegenover zijn vrouw stond, dan liet ze dat niet merken. Ze keek naar Will, liet haar blik over zijn gehavende gezicht gaan. Eén wenkbrauw ging omhoog, en het was hem meteen duidelijk dat ze bij de eerste de beste gelegenheid zou vragen waarom hij zo toegetakeld was.

Hoyt klonk als een man die gehoorzaamheid van anderen verwachtte. 'Laat haar los, Paul.'

'Dan moet ze eerst zeggen dat het niet waar is.' Paul bond niet onmiddellijk in, alsof het een wedstrijdje betrof dat hij dacht te kunnen winnen door zijn vrouw te intimideren.

Het was duidelijk dat Abigail al eerder met dit bijltje had gehakt. Ook al was ze nog zo verdrietig, toch klonk er in haar stem iets van sarcasme door. 'Oké, Paul. Het is niet waar. Met Emma is niks aan de hand. Degene die haar heeft ontvoerd, heeft haar vast geen pijn gedaan of haar misbruikt of...'

'Genoeg,' zei Amanda. 'Dat is nou precies de reden waarom u niet met de pers mag praten – geen van beiden.' Ze stak haar hand tussen de liftdeuren om te voorkomen dat ze zich sloten. Nu richtte ze zich tot Paul. 'Tenzij u wilt dat uw vrouw vragen beantwoordt over de moord op Adam Humphrey. Of misschien wilt u het over uw buitenechtelijke affaires hebben?' Ze schonk hun een ijzig glimlachje. 'Het gaat als volgt: u zit straks allebei op het podium terwijl de camera's draaien. Ik lees een van tevoren opgestelde verklaring voor en ondertussen maakt de pers foto's. Daarna gaat u naar huis en wacht op het tweede telefoontje van de ontvoerder. Is dat duidelijk?'

Paul liet zijn handen zakken, maar ze waren nog steeds tot strakke vuisten gebald. 'Emma mankeert niks,' zei hij tegen zijn vrouw, alsof hij haar niet het laatste woord gunde. 'Dit gaat om losgeld, niet om seks. Dit soort ontvoerders doen het slachtoffer niks aan. Die willen alleen geld.'

Will wierp een blik op Amanda, en hij vermoedde dat ze hetzelfde dacht als hij, namelijk dat uit Pauls woorden duidelijk bleek dat hij een deskundige had ingehuurd om hem van advies te dienen – en mogelijk ook een paar karweitjes op te knappen. Het extra geld dat hij bood was een bewust risico, maar mensen die per uur werden betaald waren er doorgaans heel goed in lukraak ideeën te verzinnen waardoor ze forse rekeningen konden schrijven.

Hoyt sprak met een diepe, sonore stem, die naadloos aansloot bij zijn kostbare pak en bijpassende loafers. 'Het enige wat we bereiken als we met nog meer geld gaan wapperen, is dat de ontvoerder er nóg meer uit denkt te kunnen slepen.'

Paul schudde zijn hoofd. Zijn mond bewoog, maar er kwam geen woord uit. Het was alsof zijn woede hem in een wurggreep hield. Will keek ervan op dat Paul zich niet echt door zijn schoonvader liet imponeren. Tussen Hoyt en Amanda scheen het te klikken, iets wat Paul totaal ontging. Ze hadden al besloten hoe ze dit gingen aanpakken, wat de beste manier was om iets te bereiken. Het verbaasde Will niet dat die twee het met elkaar eens waren. In zeker opzicht stond Amanda Wagner ook aan het hoofd van een groot bedrijf. Dat zou Hoyt Bentley ongetwijfeld kunnen waarderen.

'Zullen we het daar nog even over hebben?' opperde Amanda. Ze gebaarde naar de lange gang vóór hen, met de rij lelijke ramen die uitkeken op de spoorbrug.

Paul liet zijn blik van zijn schoonvader naar Amanda gaan. Hij gaf een knikje en liep samen met hen de gang door. Niemand zei iets, tot ze buiten gehoorsafstand waren.

Terwijl hij hen nakeek, deed Will zijn best om nog iets van zijn eigenwaarde overeind te houden, maar hij voelde zich net een kind dat niet bij de volwassenen aan tafel mocht zitten. Wat het des te pijnlijker maakte, was dat hij pal naast het damestoilet stond. Met zijn schouder tegen de muur geleund dwong hij zichzelf de andere kant op te kijken. Net voor hij zich omdraaide, zag hij dat Paul zijn gebruikelijke openingszet toepaste: hij priemde met zijn vinger in Amanda's richting. Zelfs op zeven meter afstand voelde Will de spanning die hij met zijn getier veroorzaakte. Er waren mensen die altijd in het middelpunt van de belangstelling moesten staan. En Paul spande de kroon.

'Zo slecht is hij nu ook weer niet,' zei Abigail.

Will trok zijn wenkbrauwen op, en meteen begon zijn neus te kloppen van de pijn. Hij besefte dat hij niet langer medelijden met zichzelf moest hebben, maar de kans moest aangrijpen om met Abigail Campano te praten nu hij eindelijk alleen met haar was.

'Ik heb gisteren vreselijke dingen tegen hem gezegd. En vandaag ook. Vanochtend.' Ze glimlachte flauwtjes. 'In de badkamer. Op de oprit. In de auto.'

'U staat dan ook onder grote druk.'

'Ik ben niet het type dat tot de aanval overgaat,' zei ze, hoewel haar optreden van de vorige dag in het koetshuis er niet om had gelogen. 'Vroeger misschien wel. Een tijd geleden misschien nog. Het komt nu allemaal terug.'

Het klonk vrij warrig, maar Will sprak liever met haar dan dat hij het gesprek tussen de anderen probeerde te volgen. 'U moet doen wat nodig is om het vol te kunnen houden. De persconferentie duurt niet lang, en Amanda heeft de touwtjes in handen.'

'Waarom ben ik hier eigenlijk?' Haar vraag was zo direct dat Will met zijn mond vol tanden stond. 'Ik ga geen smeekbede houden,' vervolgde ze. 'U vindt het niet goed dat ik hem smeek om mijn dochter veilig terug te geven. Waarom eigenlijk niet?'

Hij vertelde haar maar niet dat Abigails verdriet, als haar kind in handen van een sadist was gevallen, hem misschien tot nog grotere creativiteit zou aanzetten. Ook nu al bewees Abigail telkens als ze haar mond opendeed hoe onvoorspelbaar ze was.

Will gaf haar een wat mildere versie van de waarheid. 'Het is gemakkelijker als u Amanda het woord laat voeren.'

'Dan krijg ik dus geen vragen over de moord op Adam?'

'Ook dat niet.'

'En zullen ze zich niet afvragen waarom ik niet thuis op het tweede telefoontje zit te wachten?'

Uit haar woorden maakte hij op dat ze zich nu niet in de pers verplaatste, maar vanuit zichzelf sprak. 'Dit zijn zeer gespannen tijden, niet alleen voor ons, maar ook voor degene die Emma in handen heeft. We moeten zorgen dat de pers zich een beetje inhoudt. We schieten er niks mee op als ze met een of ander woest verhaal op de loop gaan, allerlei aanwijzingen verzinnen en achter idiote theorieën aan hollen, terwijl wij aan het onderhandelen zijn om Emma terug te krijgen.'

Ze knikte zachtjes. 'Hoe is het straks daarbinnen? Met al die camera's?'

Verschrikkelijk, dacht Will, maar hij zei: 'Ik sta achterin. Kijk maar naar mij, oké?' Weer knikte ze. 'Van alle kanten flitsen camera's, en allerlei mensen stellen vragen. Kijk maar naar mij en probeer ze te negeren. Ik val nogal op in een menigte.'

Ze kon er niet om lachen. Hij zag dat ze haar tasje tegen haar buik gedrukt hield. Het was heel klein, een soort polstasje. Will had haar garderobe gezien: een spectaculaire ruimte die groter was dan zijn keuken. Er hingen avondjurken en designkleren, en op de vloer stonden schoentjes met naaldhakken, maar er was niets wat in de verste verte bescheidenheid uitstraalde. Hij vroeg zich af of ze de kleren speciaal voor deze gelegenheid had gekocht of van een vriendin had geleend.

Alsof ze zijn gedachten kon lezen vroeg ze: 'Zie ik eruit als een diepbedroefde moordenares?'

Will had die ochtend op het nieuws al gehoord dat ze zo werd genoemd. Voor de verslaggevers was het prijsschieten: de gewelddadige moeder die haar dochter verdedigde. De tegenstelling lag er te dik bovenop om er niet iets mee te doen. 'U moet geen tv-kijken. Niet zolang dit nog niet voorbij is.'

Ze maakte haar tasje open. Hij zag lipstick, een sleutelbos en een stapeltje foto's, waar ze haar vingers even op liet rusten zonder het eruit te halen. In plaats daarvan zocht ze onderin naar een papieren zakdoekje en veegde haar neus af. 'Ik móét gewoon kijken. Elk gruwelijk detail dat over hun lippen komt, zuig ik op.'

Will wist niet wat hij moest zeggen en daarom hield hij zijn mond.

Van de andere kant van de gang klonk weer eens het bekende 'krijg de klere' van Paul. Amanda's antwoord was gedempt, maar er ging een kilte van uit die zelfs op afstand voelbaar was.

'Ik mag uw chef wel,' zei Abigail.

'Gelukkig maar.'

'Ze heeft mijn verklaring opgesteld.'

Dat wist Will al. Amanda zou het de moeder zeker niet toevertrouwen om in haar eigen woorden om de terugkeer van haar kind te smeken. Daarvoor was de formulering te belangrijk. Eén verkeerd woord kon een verkeerde boodschap overbrengen, en voor ze het wisten, hadden ze te maken met een moordzaak in plaats van met een ontvoering.

'Ze liegt tenminste niet tegen me,' zei Abigail. 'En u, bent u van plan tegen me te liegen?'

'Waarover?'

'Gaan ze me vragen stellen over Adam?'

'Als ze hun werk goed doen wel. Ze zullen het in elk geval proberen. Maar vergeet niet dat u hier niet bent om vragen te beantwoorden. De journalisten kennen de regels. Dat betekent nog niet dat ze zich er ook aan zullen houden, maar ú moet dat wel doen. Laat u zich niet uit de tent lokken. Zorg dat u niet in een positie wordt gemanoeuvreerd waarin u uitleg moet geven of iets gaat zeggen wat later tegen u gebruikt kan worden.'

'Ik heb hem gedood. In alle betekenissen van het woord heb ik hem vermoord.'

'Dat kunt u maar beter niet tegen een politieman zeggen.'

'Ik ben zelf advocaat geweest,' zei ze. 'Ik weet hoe dit in zijn werk gaat.'

'Hoe dan?'

'Het ligt er maar aan hoe het zich van nu af aan ontwikkelt, toch? Of u me in staat van beschuldiging stelt. Of Emma ongeschonden terugkomt of...' Abigail snoof en veegde haar neus weer af. 'Of de kranten aan mijn kant staan of me afschilderen als een kille moordenares, of de ouders me een proces zullen aandoen... Er zijn zoveel onzekere factoren.'

'Ik stel u in elk geval niet in staat van beschuldiging,' verzekerde Will haar.

Abigail wees naar Amanda. 'Maar zij misschien wel.'

Will moest bekennen dat ze niet helemaal ongelijk had. 'Ik verkeer niet in een positie om u van advies te dienen, maar u schiet er niks mee op als u zo blijft praten.'

'Hij was nog maar een kind. Hij had zijn hele leven nog voor zich.' Met opeengeklemde lippen probeerde ze haar gedachten te ordenen. 'Denk eens aan alles wat ik hem heb ontnomen – wat ik zijn ouders heb ontnomen. Ze hebben nu niks meer. Alleen die achttien jaar, en daarna niks.'

Will wist niet wat hij zou zeggen als hij in haar schoenen stond, maar wel vroeg hij zich af of Abigail zich zo intens met Adam Humphrey bezighield omdat het alternatief – de gedachte aan het lot van haar dochter – ondraaglijk was.

'Wat moet ik zeggen als de journalisten me naar Adam vragen?' wilde ze weten.

'Niets,' zei hij. 'We hebben ze meteen al verteld dat ze hun vragen uitsluitend tot Amanda mogen richten. Daar houden ze zich natuurlijk niet aan, maar u hoeft niets tegen hen te zeggen.'

'En als ik dat toch wil?'

'Wat wilt u dan zeggen?' vroeg Will. 'Als het namelijk hetzelfde is als wat u zojuist tegen mij hebt gezegd, dan garandeer ik dat ze u voor het einde van de dag aan het kruis hebben genageld. Als u zichzelf wilt straffen voor wat er met Adam Humphrey is gebeurd,' voegde hij eraan toe, 'kunt u beter een handvol pillen slikken of aan de heroïne gaan. In dat geval bent u nog beter af dan wanneer u zich aan de pers overlevert.'

'U bent inderdaad eerlijk.'

'Ik denk het,' gaf Will toe. 'Spaart u uw krachten maar voor Emma. Als u het niet voor uzelf kunt opbrengen, doe het dan voor haar.'

'Iedereen zegt dat ik sterk moet zijn, en daar krijg ik zó genoeg van.'

Will zou niet weten wat hij anders moest zeggen: Wees dan maar zwak? Stort maar ter aarde? Verscheur uw kleren? Jammer het uit? Allemaal reacties die je misschien van een normaal mens zou verwachten, maar die voor de camera beslist niet goed overkwamen.

'Meestal ben ik niet zo melodramatisch,' zei Abigail. 'Maar ik ben bang dat ik...' Ze schudde haar hoofd. 'Stel dat hij me op tv ziet en vindt dat Emma het verdient? Stel dat ik iets verkeerds doe of niet verdrietig genoeg kijk, of juist te verdrietig, of...'

'Ik zou maar snel stoppen met dat spelletje.'

'Spelletje?' herhaalde ze. 'Was het maar een spelletje. Werd ik morgen maar wakker en kon ik dan maar naar Emma roepen dat ze zich klaar moest maken voor school. Kon ik mijn man maar uitschelden omdat hij me bedondert. Kon ik maar tennissen met mijn vriendinnen en etentjes geven en mijn huis inrichten en net doen of mijn man niet vreemdgaat en...' Ze had haar kalmte langer bewaard dan hij had verwacht. Langzamerhand sloeg de ontreddering toe. Het begon bij haar mond: een licht trillen van haar onderlip, dat zich als een tic over haar gezicht verspreidde. 'Ik wil met haar ruilen. Hij mag alles met me doen wat hij wil. Me neuken, van achteren en van voren, me slaan en verbranden. Het maakt niet uit.' De tranen stroomden nu over haar wangen. 'Ze is nog maar een kind. Dat kan ze niet aan. Dat overleeft ze niet...'

Will pakte haar hand, ook al voelde hij zich nog zo stuntelig. Hij kende deze vrouw niet en verkeerde al helemaal niet in een positie om haar te kunnen troosten. 'Emma leeft nog,' benadrukte hij. 'Daar moet u zich aan vastklampen. Uw dochter leeft nog.'

Dat maakte het zo mogelijk nog gênanter. Voorzichtig trok ze haar hand uit de zijne. Ze streek met haar vingers langs de onderkant van haar ogen, dat magische gebaar waarmee vrouwen voorkomen dat hun eyeliner uitloopt. Totaal onverwacht vroeg ze: 'Waar kent u mijn man van?'

'Van heel lang geleden.'

'Was u een van de jongens die hem altijd pestten?'

Wills mond viel open, en hij zocht tevergeefs naar woorden.

'Mijn man praat vrijwel nooit over zijn jeugd.'

Dan kon Will haar het een en ander vertellen. 'Dat is waarschijnlijk maar goed ook,' zei hij echter.

Voor het eerst sinds ze elkaar hadden ontmoet, keek Abigail hem aan – keek ze hem echt aan. Hij voelde hoe haar blik over de littekens op zijn gezicht gleed, over de dunne, roze streep waar zijn lip zo diep gescheurd was geweest dat er niet voldoende gezonde huid was overgebleven om de zaak weer recht aan elkaar te naaien.

Haar blik was zo intiem dat hij het gevoel had dat ze hem aanraakte.

Enigszins opgelaten wendden ze zich allebei af. Will keek op zijn horloge om te zien of de batterij het nog deed. Abigail begon in haar tasje te rommelen.

Voetstappen klikten over de tegels toen Hoyt, Amanda en Paul door de gang terug kwamen lopen. Paul zag er ronduit verslagen uit, en nu had Will er spijt van dat hij het gesprek niet had gevolgd. Zwijgend pakte Paul de hand van zijn vrouw en legde die op zijn arm.

'Dank u,' zei Amanda tegen Hoyt, en ze schudde zijn hand. Hij kuste zijn dochter op haar wang, gaf Paul een klap op zijn schouder en liep naar de lift. Will vermoedde dat de taak van de miljonair er voorlopig op zat.

Amanda pakte Abigails handen vast. Het was een verbazend natuurlijk gebaar, maar vrouwen – zelfs Amanda – kwamen met dat soort dingen weg. 'Kop op,' zei ze. 'Laat niet zien hoe wanhopig u bent.'

Will beet op zijn onderlip, want hij wist maar al te goed dat Amanda op het tegenovergestelde hoopte. In een dergelijke situatie ging er niets boven een treurende moeder. Paul was slechts een bijkomstigheid. Will wist hoe het ging bij dit soort zaken, en hij vermoedde dat de helft van de mensen die het verhaal volgden de vader als de bron van alle kwaad aanwees. Als Abigail een te krachtige indruk maakte, kwam ze ook op de lijst met verdachten terecht. En dan was er natuurlijk de enige mening die telde: die van Emma's ontvoerder. Als hij de ouders onwaardig vond, zou hij zich misschien wel twee keer bedenken voor hij hun kind teruggaf.

‘Deze kant op.’ Amanda wees naar het einde van de gang. Ze opende de deur naar de perskamer. Meteen barstte het geflits los, alsof er een stroboscooplamp aanging, en een paar tellen lang waren ze allemaal verblind.

Will bleef naast de deur staan, terwijl de camera’s Amanda en de Campano’s volgden naar het geïmproviseerde podium aan de andere kant van het smalle vertrek. Hij wilde niet met zijn kop in de krant. Hij wilde hun stomme vragen niet beantwoorden. Het enige wat hij wilde, was dat de ontvoerder Abigail Campano zag, met haar holle ogen, haar gebarsten lippen en magere schouders, dat de man die Emma Campano had geroofd, zag wat hij haar moeder had aangedaan.

De journalisten stonden onrustig te schuifelen terwijl Amanda op haar dooie gemak de microfoon instelde en het papier met de van tevoren opgestelde verklaring openvouwde. Alles bij elkaar waren er zo’n vijftig verslaggevers, hoofdzakelijk mannen, en zoals ze daar opeengepakt in de krappe ruimte stonden, gaven ze een lichtelijk muffe geur af. De airconditioning kon er niet tegenop, en door een gebroken ruit kwam een stoot hete lucht naar binnen, alsof er een vlammenwerper op gericht stond. Er was niet veel nieuws over de zaak uitgelekt, en dat kwam vooral doordat niemand van Amanda’s team zo dom was geweest om zijn mond open te doen. De pers was nu op zichzelf aangewezen, en te oordelen naar wat Will die ochtend op de radio had gehoord, begonnen ze elkaar al na te praten.

Amanda stak meteen van wal. ‘De beloning voor het verstrekken van informatie die leidt tot de veilige terugkeer van Emma Campano is verhoogd naar honderdduizend dollar.’ Ze vermeldde de details: het gratis telefoonnummer en de verzekering dat de beller anoniem zou blijven. ‘Zoals u weet is Emma Eleanor Campano een meisje van zeventien, leerlinge op een particuliere school buiten de stad. Twee dagen geleden, tussen elf en twaalf uur ’s ochtends, is Emma uit haar ouderlijk huis ontvoerd. Gisterochtend rond halfelf is er een telefoontje ontvangen van een man die beweerde Emma’s ontvoerder te zijn. Er is losgeld geëist. Het wachten is nu op nadere gegevens, en morgenochtend om deze tijd zult u daarover geïnformeerd worden. Ik lees nu een verklaring voor die is opgesteld door Abigail Campano, de moeder van Emma Campano.'

Het geflits hield niet meer op, en Will zag Abigail Campano de achterkant van het vertrek afspeuren, op zoek naar hem. Door zijn lengte was hij al in het voordeel, maar hij ging toch nog wat meer rechtop staan. Ten slotte vond ze hem, en in haar ogen las hij haar doodsangst.

Misschien had Will de laatste tijd wat al te veel met Amanda opgetrokken, maar hij was blij toen hij Abigails angstige blik zag, blij dat de camera's zouden vastleggen hoe bang de vrouw was. Op het gezicht van de moeder stond elke seconde van de afgelopen dagen te lezen: de slapeloze nachten, de ruzies met haar man, de mateloze gruwel van wat er was gebeurd.

'Aan degene die Emma in handen heeft,' las Amanda voor. 'Weest u ervan doordrongen dat wij – haar vader en ik – van Emma houden, dat ze ons dierbaar is, en dat we alles zullen doen wat u van ons verlangt om onze dochter terug te krijgen. Emma is pas zeventien. Ze is gek op ijs, en als we met z'n drieën een avondje voor de buis zitten, kijkt ze het liefst naar herhalingen van *Friends*. Haar vader en ik zijn niet op straf of wraak uit. We willen alleen Emma terug.' Amanda keek over de rand van haar bril. 'Geeft u ons alstublieft onze Emma terug.' Ze vouwde het papier op. 'Dan zal ik nu enkele vragen beantwoorden.'

Een verslaggever van een plaatselijke krant riep: 'Abby, iemand vermoorden, hoe voelde...'

'Houdt u zich aan de afspraak, alstublieft,' kapte Amanda hem af. 'Vragen mogen alleen aan mij gericht worden.'

De verslaggever liet zich niet uit het veld slaan. 'Gaat u Abigail Campano in staat van beschuldiging stellen voor de moord op Adam Humphrey?'

'Op dit moment zijn we niet van plan om wie dan ook in staat van beschuldiging te stellen.'

Met lege blik staarde Abigail naar Will, alsof het dubbelzinnige woordgebruik aan haar voorbijging. Paul, die naast haar zat, leek zich met moeite in te houden.

Een andere plaatselijke verslaggever vroeg: 'Wat hebt u op dit moment voor aanwijzingen? Zijn er al verdachten?'

'Er wordt zonder meer vooruitgang geboekt in deze zaak. Over de details kan ik geen mededelingen doen.'

Weer kwam er een vraag. 'Westfield Academy staat onder politiebewaking. Bent u bang dat dit het werk is van een seriemoordenaar?'

In de talkshows werd veelvuldig de mogelijkheid geopperd dat er een seriemoordenaar actief was. De moorden op een aantal wandelaars in januari lagen nog vers in het geheugen.

'Voorlopig is er niets wat wijst in de richting van een seriemoordenaar,' zei Amanda.

Will voelde een zweetdruppel langs zijn rug naar beneden glijden. Door het veelvuldige geflits leek het vertrek nog warmer te worden. Hij deed de deur open om wat frisse lucht binnen te laten.

'Wanneer denkt u tot arrestatie te kunnen overgaan?' vroeg iemand vooraan.

Amanda wist de vraag listig te omzeilen. 'Zodra we zeker weten dat we de dader op het oog hebben.'

'Waar richt uw onderzoek zich verder nog op?'

'We trekken alle mogelijke aanwijzingen na.'

'En dat zijn?'

Amanda glimlachte. 'Op dit moment kan ik niet op de details ingaan.'

Weer ving Will Abigails blik. Hij zag haar wankelen en wist niet of dat door de warmte of door de omstandigheden kwam. Haar gezicht was lijkbleek. Zo te zien kon ze elk moment flauwvallen.

Will hief zijn kin en Amanda pikte de waarschuwing onmiddellijk op. Zonder naar Abigail te kijken wist ze waarop hij doelde. In plaats van de bijeenkomst meteen te beëindigen vroeg ze: 'Zijn er verder nog vragen?'

Een man achterin, in een jasje waar met grote letters NEW YORK op stond, en met een grijns waar 'yankee' vanaf spatte, vroeg: 'Bent u het met me eens dat kostbare tijd verloren is gegaan door de onbekwaamheid van de politie van Atlanta?'

Amanda zocht de man met haar blik, en vervolgens schonk ze hem haar zeer speciale lachje. 'Op dit moment houden we ons meer bezig met de zoektocht naar Emma Campano dan met het aanwijzen van schuldigen.'

'Maar zou het niet...'

Amanda onderbrak hem. 'U hebt uw beurt gehad. Gunt u de anderen ook een kans.'

Will hoorde een paar doorgewinterde plaatselijke jongens gniffelen. Zijn aandacht ging trouwens vooral naar Abigail Campano uit. Met haar hoofd gebogen zat ze weer in haar tasje te rommelen. Ze leunde te ver voorover op haar stoel. Heel even leek het alsof ze op de vloer zou vallen, maar Paul ving haar op het laatste moment op en sloeg zijn arm ondersteunend om haar heen. Hij fluisterde iets in haar oor, waarop Abigail afwezig knikte. Ze keek op naar alle mensen om haar heen, de samengepakte menigte die het liefst elke emotie van haar gezicht zou zuigen. Ze hapte naar adem. De camera's flitsten uitzinnig. Will hoorde bijna hoe de journalisten naar adjectieven zochten voor hun koppen: verpletterd, kapot, treurend, gebroken. Amanda was volledig in haar opzet geslaagd. Zonder ook maar een woord te zeggen had Abigail iedereen voor zich gewonnen.

Er mochten nog enkele vragen worden gesteld, en telkens draaide het om details die Amanda behendig wist te omzeilen. Sommige vragen waren legitiem: of er aanwijzingen waren gevonden en of er vooruitgang was geboekt. Andere waren opruiend bedoeld, zoals de vraag of dit het werk was van een sadistische seriemoordenaar, die het 'voorzien had op rijke jonge meisjes'.

Amanda gaf niets prijs. Ten slotte roffelde ze met haar knokkels op de lessenaar, als een rechter die een zitting beëindigt, en leidde de Campano's van het podium af.

Toen Amanda achter de ouders naar de uitgang liep, lieten de camera's weer een spervuur van flitslicht op hen los. Abigail kon amper op haar benen staan. Ze steunde op Paul alsof hij een kruk was. De journalisten hielden afstand in plaats van zich rond het groepje te verdringen. Als Will niet beter wist, zou hij hebben gezworen dat ze uit respect handelden.

Op de gang sloeg Amanda precies de juiste toon aan. Ze pakte Abigails hand en zei: 'U hebt het heel goed gedaan.'

Abigail knikte, bang om haar mond open te doen. De beproeving had haar laatste restje kracht gevergd.

'Over drie uur kunnen we het tweede telefoontje van de ontvoerder verwachten,' zei Amanda. 'Tegen die tijd ben ik bij u thuis.'

'Dank u,' zei Paul.

Amanda schudde zijn hand. Met een scherpe blik op Will zei ze: 'Mijn kamer. Over tien minuten.'

Hij knikte, waarna ze de trap af liep.

Voor het eerst sinds alle ellende was begonnen, leek Paul zich zorgen te maken om zijn vrouw. 'Gaat het?' vroeg hij.

'Ik kreeg het alleen een beetje warm,' mompelde ze, met haar hand op haar buik.

'Iets verderop is een toilet,' liet Will haar weten.

Ze keek hem niet aan. Nog steeds leunend op haar man liep ze naar het damestoilet. Voor de deur legde ze haar hand eerst op zijn gezicht en toen op zijn borst. 'Ik red me wel.'

'Weet je het zeker?'

Ze drukte haar vingertoppen op zijn lippen en ging het toilet binnen. Paul bleef buiten staan, met zijn gezicht naar de gesloten deur, alsof hij haar nog steeds kon zien.

Will betrapte zichzelf op een zekere jaloezie, vermengd met verwarring. Hoe kon iemand als Abigail in vredesnaam van Paul houden? Hoe kon ze een kind bij die man hebben? Paul was nooit knap geweest en met het klimmen van de jaren had hij zichzelf nogal verwaarloosd. Hij was een stuk dikker geworden. Zijn haargrens week. Voeg daarbij zijn ontrouw, en hij was niet bepaald een lot uit de loterij. Wat zag ze toch in hem?

En hoe was het mogelijk dat Will zichzelf ook na dertig jaar nog steeds met die klootzak vergeleek?

Paul slaakte een diepe zucht. Hij liep een eindje weg, draaide zich om en liep terug, alsof hij de wacht hield. Will stak zijn handen in zijn zakken en leunde tegen de muur. De vraag drong zich op waarom hij steeds weer bij het damestoilet terechtkwam.

Paul bleef staan. Hij wees naar zijn eigen gezicht en vroeg: 'Doet het pijn?'

De ruzie van de vorige dag was wel het laatste waaraan Will dacht, ook al leek hij net een Egyptische farao met die blauwe plek over de brug van zijn neus, die zich tot onder zijn oog uitbreidde. In plaats van te antwoorden, sloeg hij zijn blik neer. Het viel hem op dat zijn schoenen behoorlijk versleten waren.

'Alsjeblieft.' Paul stak Will het stapeltje foto's toe dat hij in Abigails tasje had zien zitten. Ongetwijfeld toonden ze stuk voor stuk Emma in uiteenlopende stadia van geluk. 'Ik moest ze van mijn vrouw aan je geven.' Hij keek er niet naar. 'Dan weet je hoe Emma eruitziet.'

Will nam de foto's aan, maar zelf keek hij er ook niet naar. Het gezicht van het meisje stond in zijn geheugen gegrift, daarvoor had hij geen plaatjes nodig.

'Je mepte veel harder terug dan vroeger,' zei Paul met gedempte stem.

Will probeerde het niet als compliment op te vatten.

'Tja,' zei Paul, maar verder deed hij er het zwijgen toe.

Will kon zich niet langer inhouden. 'Wat ben je toch een stomme hufter om haar te bedonderen.'

'Weet ik.'

'Ze is veel te goed voor je.'

'Ik kan haar niet eens in de ogen kijken.' Hij sprak zachtjes, zich ervan bewust dat zijn vrouw zich aan de andere kant van de deur bevond. 'Je hebt haar gisteren gehoord. Ik weet dat ze mij de schuld geeft.'

Onmiddellijk werd Will alert. 'Hou je soms iets voor me achter?'

'Nee,' zei Paul. 'Geloof me, ik wou dat het zo was. Ik wou dat ik een of andere vent kon aanwijzen die ik heb dwarsgezeten, die ik heb besodemieterd. Ik zou die hufter helemaal verrot slaan.'

'En dat meisje met wie je aan het rommelen bent?'

'Het is een vróúw,' benadrukte Paul. 'Het stelt niks voor. Ze werkt op de zaak. Ze was erbij toen ik Abby aan de telefoon had, toen dit alles begon.'

'Is ze getrouwd?'

'Nee.'

'Heeft ze soms een ex-vriendje dat jaloers is?'

Paul schudde zijn hoofd. 'Ze woont nog bij haar ouders. Ze weet dat ik getrouwd ben. Ze had gewoon zin in een verzetje. Echt, die heeft wel eerder dit soort verzetjes gehad. En niet zo weinig ook.'

'Toch zal ik met haar moeten praten.'

'Ik schrijf wel...' Hij zweeg. 'Geef me je kaartje maar. Zodra ik thuis ben zal ik doorgeven dat ze je moet bellen.'

Will haalde zijn portefeuille tevoorschijn en viste er een kaartje uit. 'Naar mij luister je niet, maar luister dan in elk geval naar je schoonvader. Laat ons dit maar afhandelen. We weten wat we doen. Ik weet heel goed wat ik doe.'

Paul keek naar Wills kaartje en zijn blik schoot over de tekst. Toen hij weer sprak, fluisterde hij bijna. 'Jij en ik, wij kennen dat leven. We wisten dat er altijd ergens een smeerlap op de loer lag. Ik dacht dat het met Em anders zou gaan. Man, je hebt mijn huis gezien. Ik ben goddorie miljonair. Ik heb zoveel geld dat ik niet weet wat ik ermee moet.' Overmand door emoties zweeg hij, en de tranen sprongen in zijn ogen. 'Ik zou het allemaal opgeven als ik mijn meisje terugkreeg.'

Will vond het niet prettig dat hij de man moest verzekeren dat het allemaal goed zou komen, vooral niet omdat ze allebei wel beter wisten.

'Godverdomme,' fluisterde Paul, en snotterend veegde hij zijn tranen af. 'Ik lijk godverdomme wel een meid.'

Will keek weer naar zijn schoenen. Een jaar geleden had hij er vijfenzeventig dollar voor neergeteld. Misschien moest hij maar eens nieuwe kopen. Hij keek naar Pauls schoenen. Die glommen alsof ze pas gepoetst waren. Waarschijnlijk had hij daar zijn mensen voor. 's Avonds zette hij zijn schoenen met vegen en al in de kast, en de volgende ochtend waren ze weer als nieuw. Of misschien kocht hij gewoon nieuwe zodra er een krasje op de oude kwam. Hoeveel afdankertjes hadden ze samen wel niet versleten in het kindertehuis? Afgeklemde tenen, blaren op de hielen. Als Will net zoveel geld had als Paul zou hij de rest van zijn leven elke dag een paar nieuwe schoenen aantrekken.

Blind voor wat er in Will omging, slaakte Paul weer een diepe zucht. 'Ik moet steeds aan al die vreselijke dingen denken die hij nu misschien met haar doet.'

Will knikte. Paul wist uit eigen ervaring wat voor smerige dingen mannen uitspookten met kinderen. Will had de littekens en de blauwe plekken gezien. Hij had Paul midden in de nacht horen gillen.

'Jij bent de enige met wie ik over dit soort ellende kan praten.'

'Weet Abigail het niet?'

'Ze is nog steeds bij me, hè?'

Will hoorde de schaamte in zijn stem. Het klonk hem vertrouwd in de oren. Hij keek Paul weer aan. 'Waarom had je zo de pest aan me toen we klein waren?'

'Ik weet het niet, Vullis, dat is al zo lang geleden.'

'Ik meen het, Paul. Ik wil het weten.'

Paul schudde zijn hoofd, en Will dacht al dat hij met dat antwoord genoegen moest nemen, toen Paul zei: 'Je kende de truc, Vullis. Je wist hoe je het moest uitzingen.'

'Wat bedoel je?'

'Je accepteerde het gewoon. Dat je daar zat, dat je voor eeuwig in dat tehuis moest blijven. Dat er niemand was die om je gaf.' Hij staarde Will aan alsof hij het nog steeds niet kon geloven. 'Je had er gewoon vrede mee.'

Will dacht aan al die open dagen, aan al die keren dat hij zijn haar had gekamd, zijn mooiste kleren had aangetrokken en vurig had gehoopt dat een of ander echtpaar hem zou zien terwijl hij plaatjes inkleurde of aan het schommelen was, en dat ze dan zouden denken: dat is hem. Dat is de jongen die onze zoon gaat worden. Het was niet gebeurd. Niemand had ooit hem uitgekozen. Hij had er geen vrede mee gehad, het was berusting geweest.

'Zo was het helemaal niet,' zei hij tegen Paul.

'Zo zag het er anders wel uit. Alsof je niemand nodig had. Alsof je je wel redde. Alsof je alles best vond wat ze je gaven.'

'Het was juist het tegenovergestelde.'

'Misschien wel,' moest Paul toegeven. 'Als kind zie je de dingen namelijk anders.'

Voor hij het besefte, waren de woorden Wills mond al uit. 'Ik zorg dat je Emma terugkrijgt.'

Paul knikte, niet tot spreken in staat.

'Voor haar moet je sterk zijn. Daar moet je nu aan denken: hoe je haar kunt helpen. Ze heeft jóú, Paul,' voegde hij eraan toe. 'Dat is het verschil.

Wat ze op dit moment ook door moet maken, uiteindelijk sta jij voor haar klaar.'

'Kon ik maar sterk zijn,' zei Paul. 'Ik voel me zo godsklote zwak op dit moment.'

'Je bent niet zwak. Ooit was je de grootste hufter in een huis vol hufters.'

'Nee, maat.' Hij maakte een gelaten indruk toen hij Will op zijn schouder klopte. 'Ik was gewoon de grootste schijterd.'

Aan de andere kant van de deur werd een kraan opengedraaid en water stroomde de wasbak in. De handdoekhouder draaide piepend om zijn as en vervolgens ging de deur open. Abigail had zich weer keurig opgemaakt en verse lippenstift opgedaan.

'Oké,' zei Paul, vooral tegen zichzelf. Zonder enige terughoudendheid pakte ze zijn uitgestoken hand. Will begeleidde hen door de gang en drukte op de knop voor de lift. Abigail had haar hoofd op Pauls schouder gelegd, en haar ogen waren gesloten, alsof ze zichzelf dwong om dit tot een goed einde te brengen. Toen de deuren openschoven, reikte Will naar binnen en toetste zijn code in op het paneel. Emma's ouders stapten in.

Paul gaf hem een stijf knikje, niet om hem te bedanken, maar om zijn bestaan te erkennen.

Abigail keek niet eens naar Will toen de deuren zich sloten.

Will wierp een blik op de foto's die hij in zijn handen hield. Emma Campano keek hem breed lachend aan. Hij nam de foto's door. Op sommige stond ze met haar ouders. Op andere was ze in het gezelschap van Kayla Alexander. Op foto's van langer geleden stond Emma te midden van een stel meisjes in het schoolkoor, of was ze met een groepje aan het skiën. In een groep leek ze nog kwetsbaarder dan in haar eentje, alsof het besef dat ze anders was, dat ze een buitenstaander was, als een speld in haar stak. In haar ogen herkende hij de schroom van een lotgenoot.

Will stopte de foto's in zijn zak en liep naar de trap.

Amanda's kamer was ook op een hoek, net als die van Will, maar aan de andere kant van het gebouw en niet te vergelijken met de gribus waarin hij zijn werk moest verrichten. Ook het uitzicht was anders: op de voorgrond strekte zich het alomtegenwoordige parkeerterrein van het woonwarenhuis uit, en aan het eind van de straat verrees de stad, met zijn wolkenkrabbers, statige oude gebouwen en in de nevelige verte het groen van Piedmont Park.

Haar bureau was niet zo'n metalen standaard ding, met van die scherpe hoeken waarop menige ongelukkige ambtenaar zijn knieschijf had gebroken. Onder haar leren vloeiblok met de roze memo's die Caroline, haar secretaresse, erop had gelegd, glansde het gewreven hout. Haar brievenbak was altijd leeg. Will had er nog nooit een stofje bespeurd.

Foto's van Amanda in het gezelschap van uiteenlopende hoogwaardigheidsbekleders hingen naast krantenartikelen waarin haar wapenfeiten werden bezongen. De muren waren in een rustig grijs geschilderd. Het plafond bestond uit helderwitte platen in plaats van de groezelige tegels vol vochtplekken waar de andere ruimtes in het gebouw het mee moesten doen. Ze had haar eigen koffiehoek en een tv met lcd-scherm. Zelfs de lucht was hier van een betere kwaliteit.

'Kan ik iets voor je halen?' vroeg Caroline. Ze was de enige vrouw in Amanda's team. Will vermoedde dat dit kwam doordat Amanda zelf carrière had gemaakt in een tijd toen er bij wijze van concessie aan de top hooguit plaats voor één vrouw was. Of misschien doordat Amanda maar al te goed wist dat ze mannen beter naar haar hand kon zetten dan vrouwen.

'Nee, dank je,' zei hij. 'Heeft Amanda je verteld dat we op...'

'Dat jullie op een telefoontje zitten te wachten?' onderbrak ze hem.

'Precies.'

Met een glimlach keerde ze terug naar haar bureau aan de andere kant van de deur.

Het eerste wat Will die ochtend had gedaan, was Evan Bernard bellen, de docent die Emma leesles gaf. Bernard was bereid geweest naar de dreigbriefjes te kijken die Adam Humphrey had ontvangen. Zoals Faith al had geopperd, zou de docent hopelijk kunnen vertellen of ze met het werk van een dyslecticus te maken hadden. Er was een surveillancewagen naar hem toe gestuurd met kopieën van de briefjes. Bernard zou bellen zodra hij ze bekeken had.

Will keek op zijn aan elkaar gelapte mobiel om te zien hoe laat het was, en hij vroeg zich af waar Amanda bleef. De cijfers gloeiden minder fel op dan eerst. Soms ging het ding over als er iemand belde, maar het gebeurde ook wel dat het geluidloos flitste. Eerder die ochtend was het om een of andere onduidelijke reden gaan trillen, en hij had de batterij eruit moeten halen om het stil te zetten. Hij maakte zich zorgen om het telefoontje, een hopeloos verouderd model dat hij nu drie jaar had. Als hij een nieuw apparaat kocht, moest hij weer een hele rits aanwijzingen uit het hoofd leren. Hij zou alle nummers moeten overzetten en de functies moeten programmeren. Daar ging zijn vakantie. Of misschien ook niet. Je kon alleen vakantie nemen als je werk had.

'Zo te zien doen we het goed in de kranten,' zei Amanda toen ze haar kamer kwam binnenzeilen. 'Paul Campano heeft ontkend dat hij met je aan het rollebollen is geweest. Volgens hem was het een ongeluk, ben je gevallen.'

Will, die was opgestaan toen ze binnenkwam, was zo verbluft dat hij vergat om weer te gaan zitten.

'Hamish Patel, met zijn grote bek, denkt er anders over.' Terwijl ze de briefjes op haar bureau doornam, keek Amanda hem even onderzoekend aan. 'Laat me raden: blijkbaar heeft Campano zijn handen niet thuis kunnen houden.'

'Dat klopt.' Will ging zitten.

'En als ik dat blauwe oog en die opgezwollen neus zie, dan mag ik daaruit concluderen dat je het allemaal lijdzaam hebt ondergaan?'

'Als Hamish dat zegt,' antwoordde Will.

'Zou je me willen vertellen waarom hij zijn handen niet thuis heeft kunnen houden?'

Will gaf haar een positieve versie van de waarheid. 'Het laatste wat ik tegen hem zei voor hij me te lijf ging, was dat we een DNA-monster van hem wilden hebben.'

'En zo komt de bal dus mooi bij mij te liggen.'

'Heeft Paul dat monster nog laten afnemen?' vroeg Will.

'Ja, zowaar. Dus een van tweeën: of hij is buitengewoon arrogant, of hij is onschuldig.'

Will zou op beide hebben ingezet, maar hij kon nog steeds niet geloven dat Paul hem uit de wind had gehouden. Nog geen halfuur geleden had hij niet eens laten doorschemeren dat hij hem een dienst had bewezen. Misschien probeerde hij op deze manier zijn hufterige gedrag van vroeger goed te maken. Of anders was hij nog steeds de oude Paul, die het liefst zijn rekeningen vereffende als de grote mensen niet keken.

'Hoe zit het met al zijn scharreltjes?'

'Zodra ik terug was op mijn kamer heb ik de autozaak gebeld. Als ze tegen twaalf uur geen contact met me heeft opgenomen, laat ik haar door een surveillancewagen oppikken. Ik heb zo'n gevoel dat Paul er niets mee te maken heeft,' voegde Will eraan toe. 'Misschien als dit een simpele ontvoering was geweest, maar dat is het niet.'

'Dat weten we snel genoeg,' zei Amanda. 'Het DNA van Paul wordt met spoed vergeleken met wat er op het lichaam van Kayla Alexander is aangetroffen. Beckey Keiper van het lab belt je zodra de uitslagen binnen zijn.'

'Ik heb een wagen naar Emma's school gestuurd,' zei Will, die nog steeds niet over de schok heen was. 'Bernard kan elk moment bellen.'

'Is het niet heel bizar dat onze bloedeigen huisdyslecticus het ons niet kan vertellen?'

Will wist van gêne niet waar hij moest kijken. De afgelopen tien jaar had hij zijn chef één keer eerder thuis gebeld, en dat was om haar te vertellen dat er een collega was vermoord. Gisteravond had ze nog killer geklonken toen hij had uitgelegd dat hij niets ongewoons had kunnen ontdekken aan de briefjes die iemand, waarschijnlijk de moordenaar, onder de deur van Adam Humphreys studentenkamer door had geschoven.

Hij kuchte. 'Als je wilt dat ik mijn ontslag...'

'Als jij hier ooit weggaat, dan is het niet als een zielig katje met een zeer pootje, maar omdat ik je eruit trap.' Ze leunde achterover. 'Godverdomme, Will.'

'Het spijt me.'

'Aan spijt hebben we nu niks.' Ze gooide er nog een schepje bovenop.

'Die briefjes zijn de eerste echte bewijsstukken die we hebben. "Laat haar met rust." "Ze is van mij." Dat zijn rechtstreekse dreigementen van onze moordenaar aan het adres van een van onze slachtoffers. Als dit het werk is van iemand met een of andere afwijking, dan zijn we voor de haaien, Will. We hadden er meteen bovenop moeten zitten zodra we ze binnenkregen.'

'Dat besef ik maar al te goed.'

'Stel je voor hoever we al met de zaak gevorderd zouden zijn als je dat van die spelling meteen gistermiddag had opgepikt in plaats van vanochtend.' Ze gunde hem de tijd niet om te antwoorden. 'Dit is al de derde dag. De derde dag! Ik hoef je niet te vertellen wat dat betekent.'

'Wat wil je dat ik verder nog zeg?'

Even zat ze met haar mond vol tanden. Dat duurde echter niet lang. 'We zitten onze tijd te verdoen. Wanneer zou die leraar terugbellen?'

'De surveillancewagen kan er nu zo ongeveer zijn.'

'Hoe laat kunnen we Gordon Chew verwachten?'

Ze doelde op de vingerafdrukkenexpert uit Tennessee. 'Om een uur of halfnegen. Hij zou vanochtend in alle vroegte van huis gaan.'

'Hij is gisteravond al in de auto gestapt,' zei ze, zonder nadere uitleg. 'Wat hebben we allemaal?'

'Van alles en nog wat. Charlie heeft vezels en voetafdrukken gevonden in het huis in Ansley Park, maar we moeten eerst iets of iemand hebben bij wie ze passen voor we ze kunnen gebruiken.' Hij dacht aan het grijze poeder dat Charlie ook had gevonden, maar die informatie hield hij voor zich, want tegen beter weten in bleef hij hopen dat het iets zou opleveren. Weer kuchte hij. 'Dat losgeldtelefoontje van gisteren was afkomstig van het mobieltje van Kayla Alexander. Het is opgevangen door een zendmast die zowat het hele noorden van Atlanta bestrijkt, tot aan Kennesaw Mountain.'

'We kunnen proberen om dat tweede telefoontje vandaag te trianguleren, maar hij zal ook wel tv-kijken en weten dat dat nogal wat tijd kost.' Ze dacht even na. 'Ik beschouw dit niet als een losgeldzaak.'

'Ik ook niet,' zei Will. 'En ik weet het eigenlijk nog steeds niet.'

'Er is bewijs dat ze nog leeft.'

'Precies.'

'Beide ouders bevestigen dat het de stem van hun dochter was die ze via de telefoon hebben gehoord. Denk je nog steeds dat Emma Campano misschien zelf in het complot zit?'

'Er klopt iets niet,' zei Will. 'Daarvoor zag het er allemaal te slordig uit.'

'Op basis van het bloed en de schoenafdrukken gaat Charlie ervan uit dat er ten tijde van het misdrijf maar vier mensen in het huis waren.'

'Ja, dat weet ik.'

Amanda voegde er iets aan toe waarover hij nog niet had nagedacht. 'Als je op jonge meisjes valt, dan laat je er niet eentje dood achter. Dan neem je ze allebei mee.'

'Kayla was een vechtersbaas. Misschien bood ze verzet.'

Amanda hief haar handen. 'Zo kunnen we de hele ochtend wel in kringetjes rondpraten zonder dat we er een steek mee opschieten. Ik heb dat telefoontje van gisteren ook beluisterd. Het meisje klonk doodsbang. Niet gespeeld bang, niet nep, niet doodsbang in de zin van zo-zal-doodsbang-wel-ongeveer-klinken. Dat soort geluiden maak je alleen als je weet dat je gaat sterven.'

Will liet haar woorden bezinken. Amanda had gelijk. Ze hadden allebei wel vaker pure angst gehoord – vaker dan hun lief was. Emma Campano had geen toneelstukje opgevoerd. Die vreselijke trilling in haar stem, haar rasperige adem, dat verzon je niet. Doodsangst was een geheimtaal die je alleen door ervaring leerde.

'Stonden er nog achtergrondgeluiden op Emma's gedeelte van het bandje?'

'Daar kunnen ze op z'n vroegst rond de middag iets zinnigs over zeggen. Voorlopig gaan we uit van verkeerslawaai en een blaffende hond. Het meisje zat in een afgesloten ruimte toen haar stem werd opgenomen.'

'Hij is dus ergens met haar naartoe gereden, heeft haar uit de auto gehaald en toen heeft hij haar stem opgenomen.'

'Daaruit kunnen we concluderen dat die eis om losgeld geen plotselinge ingeving was. We weten hoe het bij zulke kerels gaat. Ze raken opgewonden, nemen het meisje mee, verkrachten en vermoorden haar, en dan pas trekken ze een plan. Dit was vanaf het begin uitgedacht. Nog voor hij een voet in dat huis had gezet, had hij al touw en tape gekocht. Hij had een mes bij zich. Hij had een plek waar hij haar naartoe kon brengen.'

'Als ik een wat optimistischer instelling had, zou ik zeggen dat dat bewijst dat ze nog leeft.'

'Dat was gisteren,' benadrukte Amanda. 'Hoe het er vandaag voor staat, weten we over ruim tweeënhalf uur.'

'Kon het lab nog iets zeggen over de stem van de ontvoerder?'

'Je had gelijk toen je zei dat hij die van een computer had opgenomen en voor de telefoon had afgedraaid.' Ze las een van de briefjes voor: 'Het hulpprogramma VoiceOver is een vast onderdeel van de Universal Access-software in de systeemvoorkeuren van Apple Macintosh. De stem die de beller heeft uitgekozen heet Bahh.' Ze keek op. 'Dus bij het zoeken naar onze verdachte kunnen we ons beperken tot een groepje van slechts enkele miljoenen tevreden Apple-gebruikers.'

'De ouders van Kayla Alexander kunnen nu...'

'Ze zijn al terug,' zei ze. 'En waag het niet om je binnen een straal van honderd kilometer van die mensen te begeven, in elk geval niet zonder advocaat.'

'Hoezo niet?'

'Ze spannen een proces aan tegen Westfield Academy, tegen de Campano's en tegen de politie van Atlanta. En zodra ze ontdekken dat wij op de zaak zitten, krijgen wij er ook eentje aan onze broek.'

'Op welke gronden?'

'De school heeft niet verhinderd dat het meisje het terrein verliet, de Campano's hebben niet verhinderd dat het meisje stierf, en de politie kan zijn eigen gat niet eens vinden, ook al teken je het uit.'

'Evan Bernard zit op lijn drie,' riep Caroline vanaf de andere kant van de deur.

'Laat mij dat maar afhandelen,' zei Will.

'Heb je iets goed te maken of zo?'

'De man wil ons helpen, en ik probeer hem niet voor het hoofd te stoten.'

'Doe niet zo belachelijk.' Ze drukte op de luidsprekerknop. 'Mr.

Bernard, u spreekt met Amanda Wagner, ik ben plaatsvervangend hoofd van het team Zware Delicten. GBI-agent Will Trent zit hier bij me. Heel fijn dat u ons vanochtend wilt helpen.'

'Met alle genoegen,' antwoordde Bernard. 'De politieman die u gestuurd hebt kwam met zwaailicht en loeiende sirene op de voordeur af scheuren.' Hij lachte, maar niet van harte. 'Ik moet toegeven dat het even schrikken was.'

Amanda liet haar omalachje horen. 'Beschouw het maar als aansporing om u aan de regels te houden.'

Will schudde zijn hoofd toen het stil bleef aan de andere kant van de lijn. Hij nam de telefoon over en vroeg: 'Mr. Bernard, kunt u ons vertellen wat u dacht toen u die briefjes zag?'

'Ik moet zeggen dat ik ze merkwaardig vind.'

'Kunt u uitleggen waarom?'

'Het eerste briefje, waarop zoiets staat als "ze hoort bij mij", klopt al meteen niet. Ik heb u gisteren verteld dat elke dyslecticus weer anders is, en misschien kunt u beter een linguïst in de arm nemen om naar een streekdialect of iets dergelijks te zoeken, maar naar mijn mening hebt u te maken met iemand die de woorden fonetisch spelt, niet met een dyslecticus.'

'Hoe weet u dat zo zeker?' vroeg Will.

'Dat weet ik helemaal niet zeker.' Hij bromde nadenkend. 'Ik kan alleen uit eigen ervaring spreken. Als het een dyslecticus was, dan zou ik verwachten dat de letters door elkaar stonden, niet verkeerd gespeld of samengetrokken. Verwisseling van letters is wel het opvallendste kenmerk. Zo wisselde Emma steeds de e en de l om in "help", zodat je "hlep" kreeg.'

Amanda deed geen moeite om haar ongeduld te verbergen. 'En de andere briefjes?'

'In het tweede briefje is "verkrachter" fonetisch gespeld, en in het derde staat "me trust", wat uiteraard "met rust" betekent – en ik wil nogmaals benadrukken dat het bij elk individu weer anders is – maar dat "me trust" vind ik vreemd. Eigenlijk zou je die tweede t daar niet verwachten. Ik noem het een zware letter, want hij heeft een duidelijk te onderscheiden klank in het woord. Vaak wordt hij weggelaten.' Weer maakte hij dat bromgeluid. 'Dat "later" geeft me trouwens te denken.'

Will had moeite om zijn uiteenzetting over de spelling te volgen, maar niettemin vroeg hij: 'Waarom?'

'Dat zou door een dyslecticus geschreven kunnen zijn. Het is een samentrekking van twee woorden. Misschien heeft de spellingchecker het toegevoegd.'

'En, wat denkt u? Probeert iemand dyslectisch over te komen, of is hij het echt?'

'Tja,' zei Bernard. 'Ik ben geen psycholoog. Ik geef leesonderwijs. Maar met het mes op de keel zou ik zeggen dat het het werk is van een volwassene, waarschijnlijk van gemiddelde intelligentie, die simpelweg nooit de basisregels van het lezen onder de knie heeft gekregen.'

Will keek naar Amanda, die op haar beurt naar hem zat te staren. Ze waren geen van beiden gewend om rechtstreeks antwoord op hun vragen te krijgen. Voor alle duidelijkheid vroeg Will: 'Dus u denkt niet dat deze figuur een of andere leesafwijking heeft?'

'U hebt om mijn eerlijke mening gevraagd en die heb ik u gegeven. Ik ben geneigd om te zeggen dat degene die deze briefjes heeft geschreven nooit goed heeft leren lezen of spellen. In het beste geval heeft hij het niveau van een zes- of zevenjarige.'

Amanda stak haar scepsis niet onder stoelen of banken. 'Hoe weet u dat?'

'Ik ben het vooral vaak tegengekomen toen ik nog in het openbaar onderwijs werkzaam was, maar het komt overal voor. Kinderen met allerlei leesproblemen kunnen toch tussen de mazen van het net door glippen. Je probeert ze te helpen, maar eigenlijk kun je niet veel uitrichten. Dat is een van de redenen waarom ik naar Westfield ben gegaan.'

Op de achtergrond hoorden ze een schoolbel.

'Sorry,' zei Bernard, 'maar ik moet naar mijn klas. Ik kan wel vragen of iemand het wil overnemen als u...'

'Nee, het is wel goed zo,' liet Will hem weten. 'Dank u voor de moeite. Zou u de briefjes willen teruggeven aan de agent die ze heeft gebracht?'

'Natuurlijk. U kunt me altijd bellen als er nog iets is. Ik had graag meer voor u willen betekenen.'

'U hebt ons zeer geholpen,' zei Will. 'Ik zou het op prijs stellen als dit gesprek onder ons blijft. We mogen Emma niet in nog groter gevaar brengen.'

'Uiteraard niet. Onze leerlingen hebben door deze tragedie al voldoende schade opgelopen.'

'Heel erg bedankt, Mr. Bernard.'

Amanda verbrak de verbinding. 'Heb je dat een beetje kunnen volgen?'

'Ja,' zei Will. 'Onze briefschrijver is een volwassene van gemiddelde intelligentie, die toevallig functioneel analfabeet is.'

'Je weet niet half hoe verfrissend het is om een deskundige te treffen die zijn eerlijke mening geeft.'

Caroline kwam de kamer binnen met een archiefmap in haar hand. 'Achtergrondgegevens over de werknemers van de Copy Right, en Gordon Chew heeft gebeld om te zeggen dat hij een halfuur later komt.'

Een bedankje kon er bij Amanda niet af. Ze sloeg de map open en nam de blaadjes vluchtig door, waarbij ze voor Will de hoogtepunten opnoemde. 'Iedereen is schoon, behalve Lionel Edward Petty, die een veroordeling voor drugs op zijn naam heeft staan. Tijdens een verkeerscontrole bleek hij ruim vijftig gram pot in zijn dashboardkastje te hebben.'

'Is hij opgepakt wegens dealen?' vroeg Will. Hoewel het aan het oordeel van de rechter werd overgelaten, werd het bezit van vijfentwintig gram marihuana doorgaans als een overtreding beschouwd. Met vijftig gram op zak kon je een veroordeling wegens drugshandel krijgen.

'Hij heeft zijn dealer verlinkt en toen kreeg hij een boete en een gevangenisstraf met aftrek van voorarrest.'

'Faith heeft een zakje pot gevonden onder het bureau van Adam Humphrey,' zei Will. 'Het is misschien vergezocht, maar de Copy Right is in de buurt van Tech. Als hij echt dealde, dan kon hij tijdens de lunchpauze makkelijk even de campus op lopen.'

'Er zitten ongetwijfeld dealers op de campus die hun zaakjes goed hebben dichtgetimmerd.' Ze sloeg de archiefmap dicht. 'De aannemers die bij de kopieerwinkel mannen aan het werk hadden, sturen me van het kastje naar de muur. Ik heb sterk het vermoeden dat ze illegalen in dienst hadden. Misschien moeten we weer eens naar die winkel om te vragen of iemand van het personeel met de wegwerkers heeft gepraat. Overdag werkt er een latinomeisje.' Ze sloeg er een van de papieren in de map op na. 'Maria Contreras. Misschien heeft zij contact met ze gehad. Maar nu maak ik er misschien te veel een rassenkwestie van. Vraag het ook maar aan de andere meiden. Mogelijk hebben ze met de mannen geflirt.' Ze wilde het papier al aan Will geven, maar bedacht zich.

Hij stak zijn hand ernaar uit. 'Ik geef het wel aan Faith.'

Ze legde het document op haar bureau en schoof het naar hem toe, waarna ze zonder omwegen zei: 'Je hebt een partner nodig, Will.'

'Je weet dat ik niet goed met anderen kan samenwerken.'

'Met Faith Mitchell schijnt dat anders aardig te lukken.'

'Omdat ze weet dat het maar tijdelijk is.'

'Aha. Dat is het dus. Will Trents beroemde gevoel van eigenwaarde.'

Alle haren gingen bij hem overeind staan. 'Wat wil je daarmee zeggen?'

'Ik ben je moeder niet, Will, maar is het geen tijd dat je een grote vent wordt en niet langer medelijden met jezelf hebt vanwege je handicap?'

Hij vroeg maar niet waarom ze hem voortdurend zijn dyslexie aanwreef als ze die als iets onbeduidends beschouwde. Amanda had zich opgewerkt omdat ze altijd de zwakke plek bij anderen wist te vinden en daar gigantisch misbruik van maakte.

Ze leunde naar voren om er zeker van te zijn dat ze zijn aandacht had. 'Jij ziet een zaak als een puzzel, en wat er ook scheef zit in je hersens, het stelt je wel in staat om op een unieke manier een oplossing te vinden.' Ze zweeg om haar woorden te laten bezinken. 'Ik heb je deze zaak toevertrouwd omdat ik wist dat jij hem aankon. Ik zit nu even niet op een identiteitscrisis te wachten. Ik wil dat je samen met Faith naar beste vermogen aan deze zaak werkt.'

'Amanda...'

'En nu ik toch bezig ben: kun je niet iets beters vinden dan Angie Polaski?'

'Dat is hier niet aan de orde.'

'Misschien niet, maar je bent gewaarschuwd. Zodra deze zaak is afgerond, vraag ik Faith of ze bij het team wil komen.'

'Ze is in dienst van Atlanta. Dan raakt ze haar rechten en haar pensioen kwijt en…'

'Laat dat soort zaken maar aan mij over. Als jij nou eens bedenkt hoe je Faith het beste over je probleempje kunt vertellen, agent Trent. Uiteindelijk komt ze er toch wel achter, en dan is ze laaiend omdat je het verzwegen hebt. En het staat me trouwens helemaal niet aan,' vervolgde ze, 'dat ik je handje moest vasthouden tijdens dat telefoongesprek, terwijl ik ondertussen iets had kunnen doen wat schot in de zaak had gebracht.'

Hij deed zijn mond al open, maar ze praatte eroverheen.

'Genoeg hierover,' beval ze. Ze stond op en Will volgde haar voorbeeld. 'Nu we het trouwens toch over tijd verspillen hebben: ik wil overleg plegen met onze advocaten over de Alexanders, en dan ga ik naar Ansley om samen met de Campano's op dat telefoontje te wachten dat voor halfelf op het programma staat.' Haar hakken klikten over de vloer toen ze de kamer door liep. 'Wacht jij hier maar op Gordon Chew om te horen wat hij over die dreigbriefjes te melden heeft, en ga dan naar de Copy Right en vraag of ze zich nog iets van die wegwerkers kunnen herinneren. Dan zien we elkaar voor het huis van de Campano's.' In de deuropening bleef ze staan. 'Vóór het huis, Will,' herhaalde ze. 'Ik heb geen idee waarom Paul Campano je in bescherming nam na dat pijnlijke voorval, maar mij hou je niet voor de gek.'

VEERTIEN

Faith moest zo gapen dat haar kaak ervan knapte, en ze sloeg haar hand voor haar mond. Ze tolde van vermoeidheid nadat ze de halve nacht met Victor Martinez had zitten praten. Toen het restaurant hen eruit had gewerkt, waren ze naar het gesloten koffietentje ernaast gelopen, waar ze aan een van de metalen buitentafels hadden gezeten. Hoewel de nacht zo warm was dat het zweet over hun rug liep en ze werden opgevreten door de muggen, hadden ze geen aanstalten gemaakt om te vertrekken. Ze hadden allebei afschuwelijke dagen achter de rug, maar daarover zwegen ze angstvallig.

Faith had hem over haar vader verteld en dat ze hem zo miste; ze had over haar broer in Duitsland verteld, over haar relatie met haar moeder, en uiteraard over Jeremy. Victor had heel aandachtig geluisterd, en al die tijd had hij zijn blik op haar gericht gehouden en haar vingers gestreeld, tot Faith aan niets anders meer had kunnen denken dan aan zijn huid op de hare, en uiteindelijk had ze zich gewonnen gegeven en hem zwijgend aangestaard, waarna hij over zichzelf was begonnen.

Hij had de belangrijkste feiten aangeroerd: een mislukt jeugdhuwelijk, zijn promotie tot decaan van het Bureau Studentenzaken aan Georgia Tech. Hij was de eerste uit zijn familie die ging studeren. Om te voorkomen dat hij de laatste was, zat hij zijn neefjes en nichtjes voortdurend achter de broek. Toen hij hoorde dat zij haar studie voortijdig had afgebroken, gaf hij ook haar ervanlangs.

Pas toen Faith zag dat het inmiddels drie uur was en dat ze over vier uur alweer op moest voor haar werk, had ze de betovering verbroken. Victor had haar hand gepakt, haar wang gekust en toen – heel voorzichtig – haar mond. Hij had haar naar haar auto gebracht, en voor ze wegreed, had hij haar nogmaals gekust.

Ook al belde hij Faith nooit meer, dan nog zou ze het een van de meest romantische nachten uit haar leven blijven vinden.

Will kwam de kamer binnen. 'Het ziet ernaar uit dat ik toch niet op die bingovergunningen word gezet.' Hij plofte neer op de stoel achter zijn bureau. Zijn pak was geperst en hij had zich geschoren, maar op de een of andere manier maakte hij een verfomfaaide indruk. 'Heb je de persconferentie vanochtend nog op het nieuws gezien?'

Faiths nekharen gingen overeind staan. Ze had amper tijd gehad om zich te douchen, laat staan dat ze de tv had aangezet. 'Wat?'

'De persconferentie,' herhaalde hij, alsof dat vanzelfsprekend was. 'Ik vond dat Amanda nogal doordramde, maar het is ook weer niet zo dat ze mij over...'

'Is er een persconferentie geweest?' Faith stond al voor ze er erg in had. 'Waarom heb je me dat niet verteld?'

'Ik dacht dat je liever wat langer zou willen slapen.'

'Jezus, waarom zit ik hier dan?' wilde ze weten. 'Wat doe ik...'

'Rustig even,' zei Will. Hij zat nog steeds op zijn stoel en met zijn gehavende gezicht keek hij haar beteuterd aan. 'Wat heb ik nu weer fout gedaan?'

'Nou?'

'Wat het ook is, het spijt me. Echt.' Will boog zich naar voren. 'Laten we er gewoon over praten, oké? Ga maar weer zitten.'

Zijn berouw was oprecht, en Faith bond wat in en ging zitten. 'Dit is belachelijk.'

'Zeg maar wat je wilt.'

'We moeten het er eens over hebben waar ik sta in deze zaak.' Hij scheen het nog steeds niet helemaal te vatten, en daarom noemde ze een aantal opties. 'Ben ik je knechtje of je onderwijsvertegenwoordiger of je chauffeur of...'

Uit de aangrenzende kamer klonk een luide dreun, gevolgd door gelach. Telefoons rinkelden. De dagploeg druppelde binnen, beseften ze, en Will wurmde zich om zijn bureau heen om de deur dicht te trekken.

Pas toen hij weer zat, zei hij: 'We moeten dit samen opknappen.'

'Waarom vertel je me dan niet alles?'

'Ik dacht...' Hij klonk nog steeds beduusd. 'Ik dacht dat je het wel prettig zou vinden om wat langer te slapen. Die persconferentie was gewoon een rookgordijn. Ik zag het nut er niet van in om dat met z'n tweeën te moeten aanhoren.'

Faith kon moeiteloos allerlei redenen bedenken: de kans om nog eens met Abigail Campano te praten, om te zien hoe de vader en moeder met elkaar omgingen. Ze hadden kunnen uitvissen wat de journalisten zelf hadden ontdekt, en hij had doodgewoon de beleefdheid moeten opbrengen om haar te betrekken bij een zaak waarvoor ze zich al drie dagen het vuur uit de sloffen liep.

Will staarde naar zijn bureaublad. Faith had te lang met een puber onder één dak gewoond om het niet te merken wanneer iemand zich schuldig voelde.

'En verder?' vroeg ze. Hij antwoordde niet, maar ze bleef aandringen. 'Ik weet dat er nog iets is, Will. Vertel het nou maar.'

Hij klonk benauwd. 'Je gaat het niet leuk vinden.'

Faith wachtte af. Ze kon het gesprek in de aangrenzende kamer duidelijk volgen – agenten onder elkaar, iemand die zat op te scheppen hoe hij een arrestant onderuit had geschopt.

'Ik heb vanochtend met Evan Bernard gesproken,' zei Will.

'In je eentje?'

'Met Amanda.'

Faith liet zijn woorden bezinken. Was Amanda soms degene die haar niet vertrouwde? Het zou echt iets voor haar zijn om allerlei beslissingen te nemen en Will met de brokken te laten zitten. Was Faith kwaad op de verkeerde? Maar als dat het geval was, als Faith er door toedoen van Amanda buiten werd gelaten, waarom zei Will dat dan niet?

Ze wreef in haar ogen, want ze was te moe om door alle lagen van misleiding heen te kunnen zien. 'Wat heeft hij gezegd?'

'Hij is van mening dat we met een volwassen analfabeet te maken hebben, niet met iemand die leerproblemen heeft.'

'En dat concludeert hij op grond van drie briefjes?' vroeg Faith, die het nogal kort door de bocht vond.

'Ik vertel je alleen maar wat hij heeft gezegd.'

'Hoe kan iemand nou een school doorlopen zonder te leren lezen en schrijven?'

‘Dat kan gebeuren.’ Hij wreef over zijn kaak.

Nu voelde Faith zich niet alleen gepasseerd. Die persconferentie was tot daaraan toe, maar ze had Evan Bernard graag een aantal concrete vragen willen stellen, in de eerste plaats hoe hij uit drie korte zinnetjes kon opmaken dat ze met een analfabeet te maken hadden en niet met een normaal iemand die hen op een dwaalspoor probeerde te brengen.

‘Het lab belt zodra Gordon Chew is gearriveerd,’ zei Will. ‘Dat is die vingerafdrukkenspecialist.’

‘Waarom heb je niet iemand van onze eigen mensen genomen?’

‘Papier kun je maar een of twee keer chemisch analyseren. Als er een vingerafdruk op een van de briefjes staat, dan weet Gordon die te vinden.’ Rammelend op zijn toetsenbord bracht Will zijn computer tot leven. Hij las iets, waarschijnlijk zijn e-mail. ‘Heb je nog iets met dat buisje gedaan?’

‘Ik heb gezorgd dat het bij de juiste persoon terechtkwam,’ zei Faith, zich ervan bewust dat geluid twee kanten op ging.

Will hield zijn blik op het scherm gericht en klikte wat met zijn muis. Ze wist niet of hij chagrijnig was of bang om weer een verkeerde opmerking te maken. Zoals wel vaker kwam hij met iets totaal onverwachts op de proppen. ‘Vorig jaar heb ik een wortelkanaalbehandeling gehad. Je mag blij zijn dat je in dienst van de gemeente bent. De tandartsverzekering van het GBI is echt shit. Ik moest vijftienhonderd dollar uit eigen zak bijbetalen.’

Faith mompelde iets meelevends, maar het liefst had ze het toetsenbord uit zijn handen gerukt. ‘Zal ik je maar alleen laten, zodat je lekker met je computertje kunt spelen?’

Hij trok een schuldbewust gezicht – zo fatsoenlijk was hij nog wel. Uiteindelijk ging hij rechtop zitten en keek Faith aan. ‘Dat losgeldtelefoontje van het mobieltje kwam van een zendmast die het grootste deel van Atlanta bestrijkt. De analyse van het telefoontje kunnen we pas rond de middag verwachten. Charlie heeft nog niks concreets over de Prius. Verder wachten we op de DNA-uitslag van Paul Campano, om te zien of die overeenkomt met wat er op Kayla Alexander is aangetroffen. Het is nu al de derde dag sinds Emma Campano is ontvoerd, en zo te zien zitten we hier nog wel twee uur met onze duimen te draaien voor we antwoord krijgen op onze vragen, die trouwens hooguit tot meer vragen zullen leiden.'

'Zo klinkt het wel heel erg makkelijk.'

'Ja. Tussen haakjes: als ik jou was, zou ik mijn vakbondsman maar eens bellen. De Alexanders klagen de politie van Atlanta aan omdat ze de identificatie van hun dochter hebben verknald.'

'Kut,' kreunde Faith.

Will trommelde met zijn vingers op het bureaublad. 'Sorry. We zitten hier samen in, oké?'

'Bedoel je dat proces?'

Hij glimlachte. 'Misschien dat ook.'

Faith vond dat er genoeg geouwehoerd was en bracht het gesprek weer op het werk. 'Wat doen we nadat we de vingerafdrukkenman hebben gesproken?'

'Van Amanda moeten we nog eens met het personeel van de Copy Right gaan praten om erachter te komen of ze iets verdachts hebben opgemerkt bij die wegwerkers. Daarna verwacht ze ons bij het huis van de Campano's. De ontvoerder heeft gezegd dat hij vanochtend om halfelf zou bellen. Misschien hebben we dan nieuwe informatie om mee aan de slag te gaan, een plek waar het losgeld achtergelaten kan worden, nieuw bewijs dat ze nog leeft.'

'We hebben een gedetailleerde beschrijving van Adams Chevy Impala op de telex gezet. Elke agent in de stad kijkt ernaar uit.'

'Hopelijk is hij nog in de stad.' Hij leunde achterover en vouwde zijn handen over zijn platte buik.

'Heeft Amanda je nog op je sodemieter gegeven?' vroeg Faith.

'Nee,' zei hij. 'Ik keek ervan op. Het is geen makkelijke tante om voor te werken.'

'Daar kan ik me alles bij voorstellen.'

Hij stak zijn hand op, met de duim naar voren. 'Zie je dit?' vroeg hij, wijzend naar een vaag littekentje in het weefsel. 'Vier jaar geleden heeft ze met een spijkerpistool op me geschoten.'

'Expres?'

'Wie het weet mag het zeggen,' zei hij, en hij vouwde zijn handen weer samen.

Nu ze Amanda toch zwart aan het maken waren, vertelde ze: 'Ze heeft ooit iets met mijn oom Kenny gehad.'

Will viel bijna van zijn stoel. 'Wat?'

'De broer van mijn vader,' legde Faith uit. 'Hij was kolonel bij de luchtmacht. Eens kijken, hoelang zal dat geduurd hebben?' Ze dacht even na. Amanda was bij Ken weggegaan vlak voor Jeremy naar de middelbare school ging. 'Bijna vijftien jaar.'

'Dat wist ik niet.'

'Heeft Amanda je dat niet verteld toen ze je op dat onderzoek naar mijn moeder zette?'

'Nee,' zei hij, en hij klonk bevreemd. 'Maar voor zover ik weet, heeft ze zich er nooit mee bemoeid. Ze heeft alleen gezegd dat ik zo eerlijk mogelijk moest zijn.'

Faith herinnerde zich iets wat haar moeder tegen haar had gezegd. Destijds had ze het vreemd gevonden, maar nu begreep ze het. 'Tijdens dat onderzoek heeft mijn moeder niet veel over jou verteld, maar één keer zei ze dat ze er alle vertrouwen in had dat je het correct zou aanpakken.'

'Dat is aardig,' zei Will, maar uit zijn blik viel op te maken dat hij zich genomen voelde. Zo langzamerhand begon Faith in te zien dat dit typisch iets voor Amanda was. Ze gaf je nooit het hele plaatje.

Faith veranderde snel van onderwerp en zei iets over zijn dompige kamer. 'Als de zon schijnt, wordt het uitzicht er ook niet beter op.'

Weer wreef Will over zijn kaak. 'Nee.' Hij zweeg even en zei toen: 'Het spijt me dat ik je niet bij dat telefoontje heb betrokken. En bij de persconferentie. Het zal niet weer gebeuren.'

Ze accepteerde zijn verontschuldigingen niet zonder slag of stoot, waarschijnlijk omdat het niet de eerste keer was dat hij haar erbuiten liet, ook al zei hij nog zo vaak dat het hem speet. 'Hoe reageerde Paul?'

'Op zijn gebruikelijke botte manier. Door alles in eigen hand te willen houden.'

'Wat vind je eigenlijk van hem?' vroeg Faith. 'Klaagt hij niet wat al te heftig?'

'Paul is een klootzak, maar dit zie ik hem nog niet doen. Dan zou hij een handlanger moeten hebben en een motief.'

'Dat motief weten we snel genoeg, zodra de DNA-uitslag binnenkomt.'

'Die twee monsters komen niet overeen.' Hij klonk zo overtuigd dat Faith er maar niet tegenin ging. In de meeste ontvoeringszaken waarbij een kind was betrokken, was de vader de boosdoener. Trouwens, bij alle familiekwesties lag de verdenking in eerste instantie bij de vader, ongeacht de omstandigheden. Will had de leiding over deze zaak, en als hij er zo verdomd zeker van was dat de man geen blaam trof, dan kon Faith daar ook niks aan veranderen.

'Ik ken hem,' zei Will, alsof hij voelde hoe sceptisch Faith was.

'Oké.'

'Ik meen het, Faith. Paul heeft dit niet gedaan.' Hij ging er nog even op door. 'Ik weet dat je vaak geen enkel vertrouwen in mijn oordeel hebt...'

'Dat is niet waar.'

'Mag ik even?'

Faith deed er wijselijk het zwijgen toe. Ze scheen er een gewoonte van te maken om met Will in de clinch te gaan, en het enige wat het doorgaans opleverde, was dat hij van slag raakte en dat zij met een rotgevoel bleef zitten.

Kennelijk besefte Will dat ook. 'Ik wil alleen maar zeggen dat ik hem ken. Geloof me nou maar. Paul Campano laat zich niet in met zaken waarbij een kind het slachtoffer is – en al helemaal niet als het zijn eigen kind betreft.'

'Ook goed,' vond Faith. Het was trouwens niet de eerste keer dat ze iets kritiekloos aanvaard had. Ze keek de kamer rond, naarstig op zoek naar een ander gespreksonderwerp. 'Ik wil niet nieuwsgierig zijn, maar zou ik mogen weten waarom je twee tassen met zwangerschapstesten op je vensterbank hebt staan?'

Hij bloosde zowaar toen hij zich omdraaide.

'Sorry,' haastte Faith zich te zeggen. 'Dat had ik niet mogen...'

'Die was ik helemaal vergeten.'

Faith zag de doosjes met hun vrolijke logo's boven de tassen uitsteken. Stel dat zij de beschikking over zo'n test had gehad toen ze zwanger was van Jeremy; dan zou ze misschien niet tot het derde trimester hebben gewacht voor ze haar ouders op de hoogte stelde. Haar hand ging naar haar keel, zo schrok ze van haar eigen gedachten. De vermoeidheid had vast harder toegeslagen dan ze besefte.

'Ik ben bang dat mijn vriendin zwanger is,' zei hij.

Zijn woorden bleven in de lucht hangen, en Faith probeerde te achterhalen wanneer hun relatie de grens van koel en zakelijk had overschreden en persoonlijk was geworden. Achter zijn klungelige manieren en sociale onhandigheid ging iets heel vriendelijks schuil. Hoe hard ze ook haar best deed, het lukte Faith niet om Will Trent te blijven haten.

Ze wierp weer een blik op de verzameling testen. Het waren er minstens tien. 'Die kun je niet zomaar in de toiletpot steken. Je moet een vers urinemonster hebben.'

Will trok zijn bureaula open en liet zijn hand erin verdwijnen. 'Dit heb ik ook nog,' zei hij, en hij haalde een teststaafje tevoorschijn. 'Ik heb het tussen het afval gevonden. Weet je wat het betekent?'

Faith wilde het staafje al pakken, maar op het laatste moment bedacht ze dat iemand erop geplast had. Ze keek naar het controlevenstertje en zag een blauwe streep. 'Ik heb geen flauw idee.'

'Tja,' zei hij. 'Hoe dan ook, ik heb deze gekocht om uit te vogelen welk merk het is en hoe je de uitslag moet interpreteren.'

Waarom vraag je het haar niet, wilde ze al zeggen, maar net op tijd bedacht ze dat Angie Polaski niets over de test tegen Will had gezegd, en dat dat op zich al op een ernstige communicatiecrisis wees.

'Zullen we er even naar kijken?' stelde ze voor.

'Nee, dat kan ik niet van je vragen,' zei hij, zichtbaar verbaasd.

'We kunnen toch niks doen tot Chew belt. Kom.'

Voor de vorm stribbelde Will nog wat tegen en toen schudde hij de tassen leeg op zijn bureau. Het ene doosje na het andere ontdeden ze van de kunststof verpakking, waarna ze het teststaafje opzochten en vergeleken met het staafje dat op Wills bureauagenda lag. Ze waren bijna bij de laatste toen Will zei: 'Dit lijkt erop.'

Faith keek naar het in plastic verpakte staafje in zijn hand en vergeleek het met het gebruikte exemplaar op zijn bureau. 'Ja,' beaamde ze.

Hij vouwde de gebruiksaanwijzing open en nam die vluchtig door op zoek naar het juiste gedeelte. Even sloeg hij zijn blik nerveus op naar Faith en toen richtte hij zijn aandacht weer op het papier.

'Laat mij maar,' zei ze ten slotte, om een eind te maken aan de vertoning. Op de achterkant stond een tekening. 'Eén streep. Dat is negatief.'

Hij liet zich achteroverzakken en klemde zijn handen om de armleuningen van zijn stoel. Ze wist niet of hij opgelucht of teleurgesteld was. 'Bedankt voor je hulp.'

Faith knikte en stopte de gebruiksaanwijzing weer in het doosje.

'De spellingchecker.'

'Hè?'

'Gisteren zei Bernard dat dyslectici dankzij de computer hun probleem makkelijker voor anderen kunnen verbergen.' Hij haalde zijn schouders op. 'Je zou je kunnen voorstellen dat iemand die functioneel analfabeet is hetzelfde doet.'

Faith sloot haar ogen en dacht weer aan de dreigbriefjes. 'Tja, zoals die woorden daar bij elkaar stonden – ze waren correct gespeld, hè? Is "trust" een woord?' Ze wees naar zijn computer. 'Typ het eens in.'

Will verroerde zich niet. 'Het is een woord.'

'Wat betekent het ook alweer?'

Zijn telefoon ging, maar hij maakte geen aanstalten om op te nemen.

Hoewel Faith hem al vaker vreemd had zien doen, sloeg dit alles. Weer ging de telefoon. 'Zal ik maar opnemen?'

Hij stak zijn hand uit en drukte de luidsprekerknop in. 'Met Will Trent.'

'Met Beckey van het lab,' zei een vrouw met een onmiskenbaar noordelijk accent. 'Gordon Chew is er.'

Will schakelde de monitor van zijn computer uit. Hij stond op en trok zijn jasje recht. 'Kom, we gaan.'

Het forensisch laboratorium nam de hele eerste verdieping van City Hall East in beslag. In tegenstelling tot de rest van het gebouw, dat naar alle waarschijnlijkheid vergeven was van asbest en muizen, was het lab schoon en goed verlicht. Zelfs de airconditioning vertoonde geen mankementen. Op de vloer lagen geen gebarsten tegels en de bureaus bevatten geen scherpe metalen randen. Alles was wit of anders van roestvrij staal. Faith zou van ellende haar pistool hebben opgegeten als ze hier elke dag moest werken. Zelfs de ramen waren er schoon, zonder alle vette vingers die je in de rest van het gebouw zag.

In het laboratorium waren minstens twintig mensen druk bezig. Ze droegen allemaal een witte jas, en de meesten ook nog een stofbril en operatiehandschoenen terwijl ze met bewijsmateriaal in de weer waren of achter de computer zaten. Er klonk muziek, iets klassieks wat Faith niet herkende. De muziek en het gezoem van elektrische apparaten waren de enige geluiden. Ze concludeerde dat het analyseren van bloedmonsters en het uitpluizen van tapijtvezels niet veel gespreksstof opleverden.

'Hier moet je zijn,' riep een slanke man met een Aziatisch uiterlijk vanaf de andere kant van de ruimte. Hij zat op een kruk bij een labtafel. Voor hem waren verschillende bakken uitgestald en op de vloer naast zijn voeten stond een grote zwarte tas, zoals advocaten die hebben. Faith vroeg zich af of hij zijn witte laboratoriumjas zelf had meegebracht of van iemand had geleend.

'Dag Gordon,' zei Will, waarna hij Faith voorstelde.

Hij stak haar zijn hand toe. 'Aangenaam.'

'Insgelijks,' zei Faith, die bedacht dat ze sinds de dood van haar grootmoeder niet meer zo'n prachtig zacht, lijzig accent had gehoord. Ze vroeg zich af waar Gordon het had opgepikt. Hij was vast niet veel ouder dan zijzelf, maar hij bezat de manieren en de houding van een heer op leeftijd.

Will wees naar de briefjes op tafel. Gordon had ze uit de plastic zakken gehaald. 'Wat denk je?'

'Dat jullie er goed aan hebben gedaan om me te bellen. Het papier is er heel slecht aan toe. Jodiumdamp kunnen we wel vergeten.'

'En DFO?'

'Ik heb ze al onder het licht gehouden. Jee, wat een rommeltje.'

'Heb je nog iets speciaals ontdekt, zoals het soort papier of het watermerk of...'

'Zo algemeen als een paar ouwe sloffen.'

Faith besefte dat ze alleen zichzelf strafte als ze haar onwetendheid probeerde te verhullen. 'Niet dat ik veel verstand heb van chemische technieken, maar waarom poederen we het papier niet?'

Hij glimlachte, zichtbaar blij met haar vraag. 'Wedden dat je op de academie ooit een sigaret moest poederen?' Hij lachte toen hij haar gezichtsuitdrukking zag. 'Dat doen ze al zo lang ik me kan herinneren.' Hij leunde tegen zijn kruk. 'Papier is poreus. Op een hard oppervlak laten de natuurlijke vetten op je vingertoppen een goed leesbare afdruk achter, maar met vezels ligt het anders: die absorberen en verspreiden het huidvet. Als je dat poedert, krijg je geen latente afdrukken. Daarvoor gebruiken we bijvoorbeeld ninhydrine, dat reageert met de aminozuren in het residu van vingerafdrukken. Hopelijk krijgen we zo een mooi plaatje en zorgen we dat jullie meisje terugkomt.'

De stemming sloeg om toen ze beseften hoe belangrijk de volgende minuten waren.

'Kom, aan de slag,' zei Will.

Gordon haalde een stofbril en een paar groene handschoenen uit zijn tas. 'Gaan jullie maar een stukje naar achteren,' zei hij tegen Will en Faith. 'Dit spul is behoorlijk giftig.' Ze volgden zijn advies op, maar voor de zekerheid gaf hij hun ook nog een papieren masker om mond en neus mee te bedekken.

Hij boog voorover en pakte een niet-gemarkeerd metalen kokertje uit zijn tas. Nadat hij de dop eraf had geschroefd, goot hij heel voorzichtig en zonder te morsen een deel van de inhoud in een van de bakjes. Dwars door het masker heen sloeg de damp Faith in het gezicht, alsof er buskruit ontplofte. Nog nooit had ze zo'n penetrante chemische lucht geroken.

'Ninhydrine en heptaan,' legde Gordon uit. 'Gisteravond voor ik hiernaartoe ging, heb ik ze gemengd.' Hij schroefde de dop weer op het metalen buisje. 'Vroeger gebruikten we freon, maar dat is al een paar jaar verboden.' Tegen Will zei hij: 'Twee maanden geleden heb ik mijn laatste voorraadje opgebruikt. Dat ging me wel aan het hart.'

Met een pincet pakte Gordon het eerste briefje. 'De inkt gaat een beetje uitlopen,' waarschuwde hij.

'We hebben al foto's en kopieën gemaakt,' zei Will.

Gordon liet het briefje in de chemische oplossing zakken. Faith vond het veel overeenkomst vertonen met de ouderwetse manier van foto's ontwikkelen. Ze keek toe terwijl hij het briefje voorzichtig in de oplossing heen en weer bewoog. De blokletters trilden en terwijl Faith wachtte tot er iets gebeurde, las ze de woorden telkens opnieuw.

ZE HOOR BIJ MEI!!!

Degene die het briefje had geschreven voelde een band met Emma Campano. Hij had haar gezien, hij had haar begeerd. Faith keek naar het andere briefje.

LATER ME TRUST!!!

Vond de ontvoerder dat hij haar tegen Adam moest beschermen?

'Daar komt ie,' zei Gordon. Hier en daar zag ze losse vegen verschijnen, forensisch bewijs dat het papier door vele handen was gegaan. De gekreukelde vouwen waren eerst donkeroranje, maar veranderden al snel in rood. Andere losse vegen vertoonden uitgesmeerde duimafdrukken. Een reeks kronkelende patronen tekende zich af, en de kleur deed denken aan het paars van de stencilapparaten die gebruikt werden toen Faith op school zat. Dankzij de chemicaliën kon ze precies zien op welke plekken het papier was aangeraakt.

'Dat is vreemd,' mompelde Gordon.

Met het masker voor zijn gezicht boog Will zich voorover. 'Ik heb het nog nooit zo donker zien worden.'

'Ik ook niet,' zei Gordon. 'Waar heb je dit gevonden?'

'In een studentenkamer op de campus van Georgia Tech University.'

'Lag het bij iets ongewoons in de buurt?'

'Het zat in de zak van een student. Daar zaten ze alle drie in.'

'Studeerde hij soms scheikunde?'

Faith haalde haar schouders op. 'Hij deed iets met contactlijm.'

Gordon boog zich weer over het bakje en tuurde naar de donkere afdruk met de duidelijk te onderscheiden kronkelingen. 'Dit is een linkerduimafdruk. Ik vermoed dat degene van wie de afdruk is, blootgesteld is geweest aan een of andere chemische stof die reageert met het acetaat in mijn oplossing.'

Nu haalde hij een vergrootglas uit zijn tas. Met ingehouden adem keek Faith toe terwijl hij zich weer over het giftig ruikende goedje boog. Hij bestudeerde de verschillende vingerafdrukken die door de chemicaliën zichtbaar waren gemaakt. 'Als ik uitga van de latente afdrukken, dan hebben drie verschillende mensen dit papier aangeraakt.' Hij keek weer naar de zwarte markeringen. 'Een van de drie heeft het papier maar één keer aangeraakt, en daarbij die duimafdruk achtergelaten.' Hij wees. 'Die zit in de linkerbenedenhoek. Hij heeft het briefje heel voorzichtig vastgepakt.'

'Misschien probeerde hij het niet aan te raken en heeft hij per ongeluk zijn duim erop gelegd toen hij het onder de deur door schoof,' opperde Will.

'Dat zou heel goed kunnen,' beaamde Gordon. 'Ik moet dit eerst drogen voor ik de achterkant kan bekijken. Als jullie nou eens over een paar uur terugkomen; dan weet ik misschien meer. Heb je de vingerafdrukken van de twee mensen die dit volgens jullie hebben aangeraakt?'

'Die van Adam staan in zijn dossier,' zei Faith. 'Voor we Adams kamer doorzochten, hebben we de vingerafdrukken van Gabe Cohen afgenomen, om hem te kunnen afstrepen.'

'En Tommy Albertson?'

Ze knikte. Albertson had behoorlijk wat stampij gemaakt, maar ze was er toch in geslaagd zijn vingerafdrukken te bemachtigen.

'Mooi,' zei Gordon. 'Zorg dat ik die afdrukken krijg. Wat ik hier heb ziet er goed uit, op wat verkleuringen na. Ik haal het wel door AFIS,' zei hij, doelend op het geautomatiseerde identificatiesysteem voor vingerafdrukken. 'Het systeem is de laatste tijd wat traag. Jullie weten het best hoe je zoiets moet aanpakken. Geef me een verdachte en ik kan gaan vergelijken.'

'Will?' Een lange vrouw met blonde pieken en gekleed in een standaardlaboratoriumjas kwam naar hen toe lopen. 'Amanda heeft me hiernaartoe gestuurd. We hebben een treffer voor het sperma van de plaats delict.'

Will keek geschrokken. Hij schudde zijn hoofd en zei met klem: 'Nee, dat kan niet. Het kan de vader niet zijn.'

'De vader? Nee, joh, wat ik bedoel is dat we een treffer hebben van de databank met zedendelinquenten.' Ze hield een Post-itbriefje omhoog.

Faith las de naam en fluisterde: 'Jezus, hij zat pal onder onze neus.'

Will was al even ontredderd. 'Heb je een adres?' vroeg hij aan de vrouw.

'We weten toch waar we hem kunnen vinden?' zei Faith.

'Zijn huis,' zei Will. 'We moeten eerst naar zijn huis.'

Hij had gelijk. Faith pakte haar mobiel en belde de centrale. Nadat ze het nummer van haar penning had genoemd, zei ze tegen de telefonist: 'Ik wil graag kentekengegevens, code 44.' Ze las de naam op van het briefje. 'Patrick Evander Bernard.'

VIJFTIEN

Will minderde vaart voor een stoplicht, keek naar links en rechts, en scheurde de kruising over, rakelings langs een woedende automobilist.

Amanda klonk afgemeten over de telefoon. 'Twee jaar geleden is Bernard in Savannah opgepakt wegens seks met een minderjarige. Ze was vijftien. Hij heeft haar nogal toegetakeld: bijtwonden, scheurtjes, blauwe plekken. De huid op haar handen en knieën lag helemaal open. Hij heeft zo ongeveer al zijn lusten op haar botgevierd.'

'Waarom zit hij dan niet in de bak?'

'Zelf gooide hij het op roekeloos in gevaar brengen van een derde, en hij heeft braaf de boete betaald.'

Will gaf gas en passeerde een vrachtwagen. 'Dat noem ik een tik op de vingers. Waarom is de zaak niet voorgekomen?'

'Hij had haar in een bar ontmoet. Hij beweerde dat hij er daardoor van uitging dat ze eenentwintig was. De aanklager was bang dat de jury zou oordelen dat ze erom gevraagd had door de bar binnen te glippen.'

Will ging op de rem staan om niet tegen een auto op te knallen die stopte voor rood. 'Dus doordat ze een vals identiteitsbewijs bij zich had, verdiende ze het om verkracht te worden?'

'De ouders hebben er verder geen werk van gemaakt. Ze wilden niet dat hun dochter ook nog eens verkracht werd door het rechtssysteem en de pers.'

Will kon zich hun angst goed voorstellen. Dat was nou precies de reden waarom er steeds minder verkrachtingszaken voor de rechter kwamen. Zodra het licht op groen sprong, gaf hij plankgas. 'Waarom zat zijn DNA in het archief?'

'Dat dook op ten tijde van zijn arrestatie, van het inwendig sporenonderzoek bij het slachtoffer.'

'Gordon Chew moet een kopie hebben van zijn vingerafdrukken om die te vergelijken met de duimafdruk op het briefje.'

'Dat zal niet gaan.'

‘Waarom niet?’

‘Onderdeel van zijn deal met de officier van justitie was dat zijn dossier verwijderd zou worden als hij zich een jaar lang aan de wet hield.’

‘Maar zijn DNA zat dus nog wel in de databank voor zedendelinquenten.’

Ze vloekte binnensmonds. ‘Dat hebben we zelf mooi verknald. Hij had daar nooit in terecht mogen komen. Hij heeft geen veroordeling voor een zedendelict. Volgens de wet hebben we het recht niet om het DNA of de vingerafdrukken van Evan Bernard als bewijs op te voeren.’

‘Maar als blijkt dat ze overeenkomen...’

‘Dan verwerpt de rechter het nog voor de zaak voorkomt.’

Will voelde hoe hij zijn greep op de zaak verloor. Tenzij Evan Bernard buitengewoon grootmoedig – of ronduit stom – was, zouden ze zonder rechterlijk bevel geen DNA-monster van de docent kunnen bemachtigen. Geen enkele rechter zou daarvoor tekenen zonder een gegrond vermoeden dat Bernard een misdaad had gepleegd. Onwettig verkregen DNA was geen basis voor gegrond vermoeden.

‘Als we het DNA niet mogen gebruiken, kunnen we hem dus niet in verband brengen met Kayla Alexander,’ zei Will ten overvloede. Hij zag alle mogelijkheden als een kaartenhuis ineenstorten. Geen Kayla, geen plaats delict. Geen gegrond vermoeden, geen arrestatie.

Geen hoop voor Emma Campano.

‘Faith staat op dit moment voor het appartement van Bernard. Hij woont op de begane grond. Alle luiken zijn open. Ze kan zo de kamers in kijken. Er is een garage, maar de auto is weg. Zonder het DNA kunnen we niks uitrichten. Ze heeft een wettige reden nodig om naar binnen te mogen. Je moet zorgen dat Bernard in verband wordt gebracht met een van die misdaden, Will. Zorg dat ik dat appartement in kan.’

Met een ruk aan het stuur liet Will de auto het parkeerterrein van de school op zwenken. Hoewel er nog maar een dag was verstreken, leek het eindeloos lang geleden dat hij hier was geweest. Weer dacht hij aan Emma Campano, dat elke dag voor haar een eeuwigheid duurde, dat elke seconde het verschil kon betekenen tussen leven en dood. Bernard wist ongetwijfeld dat ze naar Emma's school zouden komen. Hij wist ongetwijfeld dat zijn arrestatie uiteindelijk ontdekt zou worden, zoals hij ook wist dat ze allereerst in zijn appartement zouden gaan zoeken. Ongetwijfeld hield hij Emma op een afgelegen plek gevangen, ergens waar niemand haar kreten kon horen.

Op straat stonden twee surveillancewagens geparkeerd, buiten het bereik van de bewakingscamera's. Will liep op een drafje naar de hoofdingang, waar hij het ene team naar de achterkant van het gebouw dirigeerde en het andere opdracht gaf om aan de voorkant te blijven. De ingehuurde bewakers op de trap keken bevreemd, maar ze waren zo verstandig zich er niet mee te bemoeien.

Will wierp een blik op de overkant van de straat. De fotografen stonden er nog steeds. CNN was bezig met een live nieuwsuitzending; de verslaggeefster stond met haar rug naar de school te praten, zonder ook maar iets nieuws toe te voegen aan wat er al bekend was over de zaak. Nog even en ze zou wel degelijk iets te melden hebben. Het zou wel eens de scoop van haar leven kunnen worden.

'Roep nog wat mannen hiernaartoe,' zei Will tegen de bewaker. 'En hou de pers buiten het schoolterrein.'

'Komt in orde,' zei de man, en hij haalde zijn walkietalkie uit zijn zak.

Met twee treden tegelijk liep Will de trap naar het hoofdgebouw op. Hij had al met Amanda overlegd hoe ze dit het best konden aanpakken. Emma Campano verkeerde in gevaar, maar Evan Bernard kon haar niks doen zolang hij op school was. Ze hadden het verrassingselement aan hun kant. Het feit dat het losgeldtelefoontje in het komende halfuur verwacht werd, had de zaak beklonken. Als ze hem aan de telefoon konden betrappen, hadden ze al het bewijs dat ze nodig hadden.

Will stak zijn hand uit naar de knop van de intercom, maar de deur zoemde al open. Binnen stond Olivia McFaden hem op te wachten.

Ze wond er geen doekjes om. 'Er staan twee bewapende agenten voor mijn school.'

'Er staan er ook nog twee aan de achterkant,' liet Will haar weten, terwijl hij haar aan haar arm meevoerde door de gang. Hij bracht haar naar de vergaderruimte waar ze de vorige dag ook hadden gezeten. 'Ik ga u een paar dingen vertellen, maar het is belangrijk dat u rustig blijft.'

Met een ruk trok ze haar arm los. 'Ik sta aan het hoofd van een middelbare school, Mr. Trent. Er is niet veel waar ik nog van schrik.'

Will vertelde haar maar niet dat Bernards sperma was aangetroffen in het dode lichaam van een van zijn leerlingen. Wel zei hij: 'We hebben aanleiding om te geloven dat Evan Bernard een seksuele relatie onderhield met Kayla Alexander.'

Kennelijk waren er toch zaken waar ze van schrok. Ze plofte op een stoel neer. 'Mijn god.' Even snel als ze was gaan zitten, stond ze weer op, en meteen had ze de volgende conclusie al getrokken. Kayla was vermoord, maar Emma werd nog steeds vermist. 'Hij heeft leerlingen...' Ze stevende op de deur af, maar Will hield haar tegen.

'Is er een camera in zijn lokaal?'

Hoewel McFaden het nieuws nog moest verwerken, ontwaakte ze al snel uit haar verbijstering. 'Deze kant op,' zei ze. Ze liep voor hem uit de gang door, naar de administratie. 'Colleen,' zei ze tegen de vrouw achter de balie, 'zou je het lokaal van Bernard eruit willen lichten?'

De vrouw keerde zich naar de batterij monitoren toe en sloeg een paar toetsen aan. In totaal waren er zes schermen, en elk scherm was verdeeld in kleinere vakjes, opnamen van de verschillende camera's die in en om de school waren opgesteld. Alles was in kleur en de beelden waren scherp en helder. Nadat Colleen op een volgende toets had gedrukt, vulde het middelste scherm zich met een opname van Evan Bernards lokaal.

In zijn verkreukelde jasje en met zijn onverzorgde baard liep hij tussen de rijen tafeltjes met pubers heen en weer. Het was een kleine klas, van een stuk of tien leerlingen. De meesten waren jonge meisjes, die met hun knieën tegen elkaar hun pen over het papier lieten dansen terwijl ze elk woord opschreven dat over Bernards lippen kwam. Geen van allen had haar blik op het schrift gericht, en ze keken hem allemaal vol vervoering aan. Had dat meisje van vijftien uit Savannah hem ook zo aangekeken? Misschien, tot hij haar verkracht had.

'Is er ook geluid?' vroeg Will.

Colleen sloeg weer een toets aan. Uit de speakers klonk de stem van Evan Bernard, die het belang van *The Awakening* voor de Amerikaanse literatuur benadrukte.

'Wanneer heeft hij een tussenuur?' vroeg Will.

'Meteen na de lunchpauze,' antwoordde de directrice. 'Dus hij heeft ongeveer anderhalf uur tussen twee lessen.'

'Zou u me de exacte tijdstippen kunnen geven?'

'Dit lesuur eindigt om kwart voor twaalf. Dan hoeft Evan pas om halftwee terug te zijn.'

Tijd genoeg, dacht Will. Adam had zijn auto om kwart over elf in de garage geparkeerd. Paul Campano had om halfeen 911 gebeld.

'Bewaart u de opnamen?' vroeg Will aan de secretaresse.

'Sinds we in 1998 die camera's kregen, hebben we alles uit elk jaar bewaard,' zei Colleen. 'Welke opname wilt u zien?'

'Die van twee dagen geleden,' zei Will. 'Van kwart voor twaalf tot halftwee.'

'Nou, dat is simpel.' Ze liet Bernards klas op de monitor staan en haalde de opname in kwestie naar een ander scherm. Ze kon uitstekend met het toetsenbord overweg en had kennelijk al geraden wat ze wilden zien, want ze volgde Evan Bernard terwijl hij zijn tas inpakte, zijn lokaal verliet, door de gang liep, het gebouw uit ging, in zijn rode Volvo C30 stapte en wegreed.

Will probeerde zijn opwinding te onderdrukken. 'Hoe laat is hij teruggekeerd?'

Het scherm vertoonde nog steeds het parkeerterrein, en ze liet de camera doorspoelen naar het moment waarop de Volvo weer in beeld kwam. De auto schoof een parkeerplek op en stopte keurig in het vak. Bernard stapte uit, keek nerveus om zich heen en trok zijn das recht. Hij haastte zich naar het gebouw. Will dacht dat Colleen nog aan het doorspoelen was, maar toen zag hij dat de man op een drafje liep.

'Een uur tweeëndertig,' las McFaden van de tijdmelder. 'Hij was dus te laat voor zijn les.'

De volgende opname toonde Bernard terwijl hij de gang door rende.

‘Spoelt u nog eens terug,’ zei Will. Iets aan de man was anders, en niet alleen zijn slordige verschijning.

Colleen rammelde op de toetsen en zette het beeld stil op het moment dat Evan Bernard door de gang holde. Hij keek recht in de camera. Zijn haar zat in de war en zijn das hing weer scheef.

‘Kunt u dat beeld laten staan en nog een keer die opname laten zien van het moment waarop hij de school verliet?’ vroeg Will.

Colleen ging aan de slag, en ondertussen keek Will naar de livebeelden van Bernard in zijn lokaal. De leraar liep nog steeds tussen de tafeltjes heen en weer, en nog steeds dreunde hij zijn literatuurlesje op.

McFaden kon het simpelweg niet geloven. ‘Ik snap niet hoe zoiets kan. Bernard geeft hier al twaalf jaar les. Niets in zijn achtergrond...’

‘U hebt destijds toch zijn antecedenten nagetrokken?’

‘Natuurlijk,’ zei McFaden. ‘Dat schrijft de staat voor. Al ons personeel wordt door de politie gescreend voor we iemand in dienst kunnen nemen.’

‘O, hemel,’ fluisterde Colleen. Will zag dat ze de beelden van het moment waarop Bernard de school verliet en het moment waarop hij terugkwam naast elkaar had gezet. ‘Hij heeft andere kleren aangetrokken.’

De overhemden hadden dezelfde kleur, maar een andere snit. Zijn broek was niet langer zwart, maar kaki. Will herinnerde zich weer wat Beckey van het lab hem eerder die dag had verteld. Het DNA van Evan Bernard was niet alleen op Kayla Alexander aangetroffen. Op het stuk stof dat Charlie uit de zitting van de Prius had gesneden, hadden ook sporen van Bernards sperma gezeten. Uiteraard bracht dat hem nog niet in direct verband met Emma Campano. Ook al zouden ze op de een of andere manier een DNA-monster van de leraar weten te bemachtigen, dan nog konden ze alleen bewijzen dat hij op zeker moment in de Prius seks met Kayla Alexander had gehad.

De telefoon op de balie ging. McFaden nam op en gaf de hoorn vervolgens aan Will.

‘Waarom neem je je telefoon niet op?’ wilde Amanda weten.

Will klopte op zijn zak en voelde de brokstukken verschuiven.

Amanda wachtte niet op antwoord. ‘Heb je hem al opgepakt?’

Will keek naar de monitor, naar Evan Bernard, die door het lokaal liep te ijsberen. 'We wachten tot hij het losgeldtelefoontje pleegt.'

'Dat heeft hij al gedaan,' zei ze. 'Het bewijs van leven was hetzelfde bandje als dat van gisteren, Will. Ik heb gezegd dat we een nieuwe opname willen horen, en dat de deal anders niet doorgaat.'

'Belt hij terug?'

'Om vier uur,' antwoordde ze.

Will keek op de digitale klok aan de muur. Drie minuten over halfelf. 'Ik heb Bernard de hele tijd in de gaten gehouden. Hij is het lokaal niet uit geweest en hij heeft ook geen telefoontje gepleegd.'

'Shit,' siste ze. 'Dan heeft hij een handlanger.'

Will klopte op de deur van Evan Bernards lokaal. De leraar keek verbaasd op toen hij hem zag.

'Agent Trent. Kom binnen.'

Will deed de deur achter zich dicht.

'Laat die maar open. De leerlingen komen zo.'

'Mijn collega vangt ze op in de gang.'

'Ik ben blij dat u er bent.' Bernard pakte een boek van zijn bureau. Op de band stonden driehoeken en vierkanten in allerlei kleuren. 'Dit is een exemplaar van Emma's leesboek. Ik dacht dat u het misschien kon gebruiken.'

'Ik wil alleen maar een paar dingen met u doornemen die u me gisteren hebt verteld.'

'Goed.' Hij legde het boek op het bureau en veegde met zijn mouw over de band. 'Sorry,' zei hij, 'ik heb er wat vlekken op achtergelaten.'

Will hield zich op dat moment niet met vingerafdrukken bezig. 'U scheen er vrij zeker van te zijn dat degene die die briefjes heeft geschreven analfabeet is. Ik begrijp niet helemaal wat u bedoelt met analfabeet. Is het net zoiets als dyslexie? Is dat een soort diagnose waarbij iemand aan de ene of aan de andere kant van het spectrum kan zitten?'

'Tja.' Hij nam plaats op de rand van zijn bureau. 'De traditionele definitie van alfabetisme heeft betrekking op lees- en schrijfvaardigheid, op het vermogen om taal te gebruiken, om een taal vloeiend te spreken.

De volgende logische stap is uiteraard om met behulp daarvan een bepaalde klasse of cultuur te definiëren.' Hij glimlachte, want nu was hij in zijn element. 'In het woord analfabeet zit het Griekse "an", wat "niet-" betekent, "zonder". Dan heb je het over iemand zonder leesvaardigheid, zonder een vloeiende beheersing van de taal.'

'En zonder klasse of cultuur?' vroeg Will, die uit Bernards arrogante houding opmaakte dat hij de politie al had verwacht. Zijn arrestatie in Savannah stond geregistreerd. Waarschijnlijk had hij zich afgevraagd waar ze bleven.

Als om dit te benadrukken kreeg zijn stem iets geslepens: 'Dat zou je kunnen zeggen.'

'Het klinkt allemaal net iets anders dan toen u er gisteren over sprak.'

'Gisteren zat ik in een vergadering met vakgenoten.'

Will glimlachte om het sarcasme van zijn woorden. Hij was blij dat de man hem kennelijk onderschatte. 'En iemand die functioneel analfabeet is?'

'Als je alleen op de definitie afgaat, dan is het zoals het klinkt. Iemand die in staat is om te functioneren, of zo u wilt iemand die zich kan redden in de wereld.'

'En u weet zeker dat zo iemand die briefjes heeft geschreven?'

'Zoals ik aan de telefoon al zei, ben ik geen deskundige.'

'Maar u bent wel deskundig op een ander gebied, niet?'

Hij was zo brutaal om nog te knipogen ook. 'Laten we het er maar op houden dat ik over heel veel dingen een klein beetje weet.'

Met zijn armen nonchalant over elkaar geslagen leunde Will tegen de gesloten deur. In de hoek tegenover hem hing een bewakingscamera. Will wist dat hij in beeld was, zoals hij ook wist dat Evan Bernard afstand had gedaan van zijn recht op privacy toen de school het bewakingssysteem had laten installeren. Toentertijd had hij er alleen maar voordeel van gehad, want elke ongegronde beschuldiging van seksueel wangedrag kon zo snel ontzenuwd worden. Anderzijds betekende het ook dat alles wat Bernard op dat moment zei of deed, werd opgenomen op apparatuur die eigendom was van de school en daardoor als legitiem bewijs kon dienen.

'Ik neem aan dat u op de hoogte bent van uw rechten,' zei Will. 'Die zijn u ook voorgelezen toen u in Savannah werd gearresteerd, dat klopt toch?'

De glimlach week niet van zijn gezicht. 'Dat was twee jaar geleden, Mr. Trent, zoals u ongetwijfeld weet. Ze was vijftien, maar ze zei dat ze eenentwintig was. U hebt de verkeerde te pakken. Het is één groot misverstand.'

'Hoezo?'

'Ik heb haar ontmoet in een bar waar alcohol werd geschonken. Ik ging ervan uit dat haar identiteitsbewijs was gecontroleerd toen ze werd binnengelaten.'

'Als u niet schuldig was, waarom bekende u dan dat u een minderjarige op roekeloze wijze in gevaar had gebracht?'

Hij stak zijn vinger op. 'Geen minderjarige. Dat zou een misdrijf zijn geweest. Ik ben alleen beschuldigd van een vergrijp.'

De kilte van zijn woorden was tastbaar. De man was totaal niet bang dat hij in staat van beschuldiging werd gesteld, laat staan dat hij werd opgepakt. 'Evan,' zei Will, 'ik zou maar eens gaan nadenken over de opties die je hebt, over de beste manier om dit zo soepel mogelijk te laten verlopen.'

Bernard schoof zijn bril omhoog en zette zijn lerarenstem op. 'U verdoet uw tijd, agent Trent. Als u het niet erg vindt, begin ik nu aan mijn volgende les.'

'Kayla was een mooi meisje,' zei Will. 'Ik snap wel dat het soms moeilijk is om weerstand te bieden.'

'Nu beledigt u mijn intelligentie,' zei Bernard, die zijn tas van de vloer pakte. Terwijl hij er papieren in stopte, zei hij: 'Ik ken mijn rechten. Ik weet dat ik op dit moment gefilmd word.'

'Weet je ook dat je twee dagen geleden gefilmd werd, toen je de school verliet?'

Voor het eerst keek hij nerveus op. 'In mijn tussenuur mag ik het schoolterrein verlaten.'

'Waar ben je geweest tussen kwart voor twaalf en halftwee?'

'Ik heb wat rondgereden,' antwoordde hij op vlakke toon. 'De school is nog maar net begonnen. Ik voelde me opgesloten en moest er even uit.'

'Waar ben je naartoe gereden?'

'Naar Virginia Highland,' zei hij, doelend op een wijk met veel cafétjes en restaurants.

'Waar precies?'

'Dat weet ik niet meer.'

'Waar heb je je auto geparkeerd?'

'Geen idee.'

'Zal ik de verkeerscamera's laten controleren om te kijken of je rode Volvo op de kruising van Ponce de Leon en Briarcliff of op die van Ponce en Highland is gesignaleerd?'

Daar had hij geen weerwoord op.

'Of ben je via Emory gereden? Zal ik de verkeerscamera's daar eens laten controleren? Misschien is het je niet opgevallen,' zei Will, 'maar op zo ongeveer elke grote kruising in de stad zijn camera's geïnstalleerd.'

'Ik heb gewoon een beetje rondgereden.'

Will stak zijn hand in de zak van zijn jasje en haalde een blocnote en pen tevoorschijn, die hij van de receptie had meegenomen. 'Schrijf je route maar op, dan trek ik die na en praten we er vanmiddag weer over, na school.'

Bernard wilde de pen al pakken, maar stopte opeens.

'Is er iets?' vroeg Will. 'Je zei toch dat het een misverstand was? Schrijf maar gewoon op waar je geweest bent. Ik laat het door een agent natrekken en dan nemen we je verhaal later nog een keer door.'

De leraar haalde zijn eigen pen uit de zak van zijn jasje en begon te schrijven. Het was een vulpen, en Will zag hoe de punt met snelle halen over het papier bewoog. Nadat Bernard het eerste blaadje had volgeschreven, begon hij aan het volgende.

'Dat is genoeg,' zei Will, en hij nam het notitieblokje terug. Hij bekeek het eerste blaadje, toen het tweede, vervolgens weer het eerste, en keek op. 'Je geeft ook les aan normale kinderen, hè? Niet alleen aan de domkoppen?'

Hij knikte, zonder Wills woordkeus te corrigeren.

Will liet zijn blik over het papier gaan en deed alsof hij de blaadjes doorlas. 'Dit soort dingen doe ik vaak. Dan vraag ik iemand om iets op te schrijven, en in het verleden heb ik gemerkt dat onschuldige mensen vaak zo zenuwachtig zijn dat ze allerlei zaken vergeten. Ze speuren hun geheugen af, strepen dingen door, veranderen woorden. Iemand die schuldig is pakt gewoon de pen en begint te schrijven, en dat gaat hem zo gemakkelijk af omdat hij al schrijvend de hele boel aan elkaar verzint.'

Bernard stopte de pen weer in zijn zak. 'Dat is een interessante observatie.'

'Evan,' zei Will, 'je zou het jezelf een stuk makkelijker maken als we Emma Campano weer aan haar ouders kunnen geven.'

'Ik heb geen idee waarover u het hebt. Ik ben al net zo woedend als iedereen omdat een van onze leerlingen uit haar huis is ontvoerd.'

'Kun je je nog herinneren dat je met lesgeven begon?' vroeg Will. 'De staat trok toch je antecedenten na? Je moest met je *social security number* en je adres naar het politiebureau, en daar werden je vingerafdrukken afgenomen. Kun je je dat nog herinneren?'

Bernard scheen te beseffen welke kant het op ging. Dat hele gedoe met de pen en het afvegen van het boek was voor niets geweest. 'Vagelijk.'

'Wat denk je dat er gebeurt als je vingerafdrukken uit het archief overeenkomen met de afdrukken op de dreigbriefjes die je onder de deur van Adam Humphrey door hebt geschoven?'

Het scheen hem volkomen koud te laten. 'Dan krijgt u waarschijnlijk een onderzoek aan uw broek omdat u bewijsmateriaal hebt vervalst.'

'Als je ons vertelt waar Emma is, Evan, dan zal de rechter dat als een positief teken opvatten, zelfs als ze dood is.'

'Dat is uw werkelijkheid, niet de mijne.' Hij leunde achterover op zijn stoel, en weer verscheen die zelfingenomen blik in zijn ogen.

'Kayla was een lastpak. Dat zegt iedereen. Heeft ze buiten de school met je afgesproken? Het was toch niet hier, hè? Het moet wel ergens buiten de school zijn geweest.'

Langzaam schudde Bernard zijn hoofd, alsof hij medelijden had met Will.

'Het is een knap meisje. Man, je hoeft mij niks te vertellen.' Will voelde hoe zijn maag zich als een vuist samenbalde. 'Ik ben nog maar tien minuten hier op school en ik heb al een paar meiden gezien...' Hij haalde zijn schouders op. 'Onder andere omstandigheden zou ík geen nee hebben gezegd.'

Bernard nam zijn metalen brilletje af en wreef met een slip van zijn overhemd de glazen schoon. 'Niet dat het mij iets aangaat, maar ik zou maar een beetje op mijn woorden letten.' Hij knikte in de richting van de videocamera in de hoek. 'Er wordt meegekeken.'

'Twee dagen geleden, toen je als een haas de school binnenrende, werd er ook meegekeken.'

Hij blies op zijn glazen, alsof er een vlekje op zat dat hij wilde wegpoetsen. 'Ik was de tijd even vergeten. Mijn les was al begonnen.'

'Echt? En ik maar denken dat het kwam doordat je een andere broek had aangetrokken.'

Zonder de slip van zijn overhemd los te laten hield hij op met poetsen.

'Zo'n kwak sperma krijg je er niet gemakkelijk uit, hè?' Will glimlachte. Het DNA van het verkrachtingsonderzoek mocht hij niet gebruiken, maar het was niet verboden om een leugentje te verzinnen over een eventuele andere bron. 'Weet je wat zo grappig is aan sperma, Evan? Pas na een aantal wasbeurten is het er helemaal uit.'

'U liegt.'

Will somde het nog eens voor hem op. 'Ik heb een dood meisje met jouw sperma in haar vagina en jouw bijtwonden op haar borst. Ik heb een videoband waarop je opeens een schone broek aanhebt.' Will dacht maar niet aan het risico dat hij liep toen hij er een leugentje aan toevoegde. 'Van die andere broek konden we je DNA zo afschrapen.'

'Zonder huiszoekingsbevel mag u niet in mijn vuilnis snuffelen en u hebt geen...'

Het kostte Will moeite om niet te glimlachen, en het liefst had hij de man verteld dat hij in de val was gelopen. 'Zodra jouw rotzooi in de vuilniswagen zit, mag ik er in m'n blote reet in rondrollen als ik daar zin in heb.'

Bernard haalde zijn schouders op. 'Kayla was zeventien. Ze had uit vrije wil seks met me. Sinds wanneer mogen twee volwassenen geen seks met elkaar hebben?'

Will koos zijn woorden met zorg. 'Dit was niet iets recents. Je ging al een tijdje met haar om.'

'Vraagt u dat omdat Kayla twee maanden geleden jarig was?' Hij schudde zijn hoofd, kennelijk teleurgesteld omdat het er zo dik bovenop lag. 'Twee dagen geleden hebben we voor het eerst seks met elkaar gehad.'

'Was ze nog maagd?'

Nu moest hij echt lachen. 'Ze was zo ongeveer de seksuele tegenhanger van McDonald's.'

'Je sperma is in Kayla's auto aangetroffen.'

Weer leek het hem niet te raken. 'Dan hebben we dus seks in de auto gehad.'

'Oraal? Anaal?'

Hij trok een wenkbrauw op – weer zo'n val die hij op kilometers afstand aan zag komen. 'Ik kijk ook naar het nieuws, Mr. Trent. Ik weet dat de wet ten aanzien van sodomie heel streng is hier in Georgia.'

Die arrogante lul dacht dat hij zich helemaal had ingedekt. 'En je wilt mij wijsmaken dat je twee dagen geleden gewoon seks met Kayla Alexander hebt gehad, zonder dat je ook maar iets met haar dood te maken hebt?'

'Zoals u zelf al zei, moest ik naar huis om een andere broek aan te trekken. De laatste keer dat ik Kayla Alexander heb gezien, leefde ze nog en ging ze terug naar school.'

'Dus je verliet de school, had seks met Kayla Alexander in haar auto en ging toen terug naar school.'

'En wat dan nog?'

Will voelde een glimlach opkomen. 'In plaats van Grieks heb ik wat Latijn voor je, Evan.'

Met een achteloos gebaar stak Bernard zijn handen op, ten teken dat hij luisterde.

'In loco parentis,' zei Will. 'In de plaats van een ouder.'

Bernard had zijn handen nog opgestoken, maar zijn gezicht stond opeens heel anders.

'Tijdens schooluren ben je Kayla's wettelijke beschermer – neem je de plaats in van haar ouders. Volgens de staat is het verboden om seks te hebben met iemand die onder jouw toezicht staat, ongeacht de leeftijd,' zei hij, met hetzelfde brede gebaar dat Bernard even daarvoor had gemaakt. 'Ik heb niet het idee dat het een ouder is toegestaan om tijdens schooluren een minderjarige in haar auto te neuken. Ook al ís het de eerste keer,' voegde Will eraan toe.

Bernard sloot zijn mond, maar zijn neusgaten waren wijd opengesperd. Will kon bijna zien hoe hij de laatste twee minuten overdacht en wanhopig probeerde te achterhalen hoe hij zo in de val had kunnen lopen. Hij schraapte zijn keel, maar in plaats van het woord tot Will te richten, keek hij recht in de videocamera en zei: 'Ik ben Evan Bernard en ik wil dit gesprek graag beëindigen om over deze aantijgingen overleg te kunnen plegen met mijn advocaat.'

'Zeg nou maar waar Emma is, Evan.'

'Ik heb u verder niets meer te vertellen.'

'Ik weet dat je dit niet in je eentje hebt gedaan. Zeg maar met wie je samenwerkt.'

'Mr. Trent, kennelijk vindt u dat u goed thuis bent in de wet. Ik heb zojuist gevraagd of ik mijn advocaat kan spreken. Dit gesprek is beëindigd.'

Will liep naar de deur en liet de twee agenten binnen die buiten hadden staan wachten. 'Arresteer hem,' zei hij.

'Waarvoor?'

'Seksueel contact...' Om er zeker van te zijn dat Bernard hem verstond, draaide hij zich om. '...met een minderjarige.'

Will liep de gang op en leunde tegen de muur. Hij hoorde hoe een van de agenten Bernard op zijn rechten wees, waarop de leraar beleefd antwoord gaf en zei dat hij alles had begrepen. Hij schreeuwde niet, ging niet tekeer omdat hij zich onrechtvaardig behandeld voelde, maar liet alles gelaten over zich heen komen en wachtte de verdere procedure af. Zelfs toen hij in de boeien werd geslagen, was het alsof Bernard nog steeds dacht dat hij alle macht in handen had.

Als hij wist waar Emma zat, dan had hij inderdaad alle macht in handen.

Will liet zich op zijn hurken zakken en sloeg zijn handen voor zijn gezicht. Verzette Evan Bernard zich maar tegen zijn arrestatie, dan kon hij het lokaal weer binnengaan en de agenten helpen om hem in bedwang te houden. Het liefst zou hij de man vastgrijpen en tegen de grond werken. Het liefst zou hij hem helemaal tot moes slaan, net als met Kayla Alexander was gebeurd.

In plaats daarvan haalde hij zijn mobiel tevoorschijn en drukte de stukken tegen elkaar om te kunnen bellen.

'Mag ik naar binnen?' vroeg Faith gejaagd. Ze stond al een uur voor Bernards flat te wachten op een seintje van Will dat er voldoende bewijs was om een huiszoeking te rechtvaardigen.

Will dacht aan de leraar, aan zijn zelfingenomen gezicht, aan zijn stellige overtuiging dat hij hiermee weg kon komen. 'Bel de gemeente,' zei hij. 'Zeg dat ze Bernards huisvuil moeten ophalen en doorzoek dan alles wat ze op de wagen gooien. En maak een foto bij elke stap die je zet.'

'Waar moet ik naar zoeken?'

'Een zwarte broek.'

'En zijn flat? Mag ik naar binnen?'

Evan Bernard kwam het lokaal uit, met zijn handen geboeid op zijn rug en geflankeerd door de twee agenten. Amanda zou ongetwijfeld kwaad op hem zijn omdat hij de arrestant niet zelf naar buiten begeleidde, maar hij had geen zin om naar de camera's te lachen. Wat hem betrof mocht de politie van Atlanta met de eer gaan strijken. Will kon zijn tijd beter gebruiken door naar bewijs te zoeken dat tot een veroordeling van die klootzak zou leiden.

Bernard zelf scheen zijn kalmte hervonden te hebben. Met iets van medelijden keek hij op Will neer. 'Ik hoop dat u haar vindt, agent. Emma was een schat van een meid.'

Hij bleef achteromkijken terwijl hij zich over de gang liet meevoeren.

'Ben je er nog?' vroeg Faith.

Zijn handen beefden, zo'n moeite kostte het hem om de telefoon niet in nog meer stukken te breken. 'Haal dat hele pokkenhuis maar overhoop.'

ZESTIEN

Faith keek toe terwijl Ivan Sambor de metalen stormram naar achteren zwaaide en hem tegen de voordeur van Evan Bernard beukte. Met genoegen zag ze de houten stijl aan splinters gaan en het goedkope nachtslot in tweeën breken, waarna de deur aan zijn scharnieren openzwaaide.

Van buitenaf had Faith het appartement al goed kunnen bekijken, maar toch liep ze met getrokken pistool door de vertrekken en controleerde de keuken, de badkamer en de twee slaapkamers. Haar eerste indruk van de flat werd bevestigd: Evan Bernard had geweten dat ze kwamen, hij had geweten dat zijn eerdere arrestatie wegens seks met een minderjarig meisje aan het licht zou komen, en dat het voorval van destijds en wat er nu met Kayla Alexander was gebeurd tot een voor de hand liggende conclusie zouden leiden. Zodra hij die eerste dag uit school was thuisgekomen, had hij waarschijnlijk het hele appartement leeggehaald.

In alle hoeken van het huis rook Faith bleekmiddel. De kastdeuren stonden open, dat had ze duidelijk kunnen zien door de slaapkamerramen. Nergens was een stofje te bekennen – niet op de keukentafel, niet op de talloze boekenplanken en evenmin op de bladen van de plafondventilatoren, zoals bleek toen ze ze uit nieuwsgierigheid bekeek. Zelfs de deuren waren aan de bovenkant afgestoft.

Faith stak haar pistool in de holster en riep Charlie Reed en zijn team naar binnen. Met haar schouder tegen de deur geleund keek ze de tweede slaapkamer in. De muren waren roze. Het plafond was beschilderd met blauwe en witte wolken. Het meubilair was goedkoop en waarschijnlijk tweedehands, maar het deed Faith denken aan een slaapkamerinrichting die ze ooit, toen ze klein was, in een Sears-catalogus had zien staan. De kleine ladekast en het hemelbed waren afgewerkt met een laagje wit formica, en rond de handvatten en andere tierelantijnen krulden gouden sierlijntjes. Donzige roze kussens lagen verspreid over het bed. Aan de muur hing een ingelijste afbeelding van Winnie de Poeh met Teigetje. Het was het soort kamer waarvan ieder meisje in de jaren tachtig droomde.

Buiten hoorde ze Will Trent aan een van de agenten vragen waar ze was. Waarschijnlijk was hij dwars door alle rode verkeerslichten gescheurd op de acht kilometer lange route tussen Westfield en het appartement van Evan Bernard.

Met opeengeklemde kaken liep Will de gang door. Zijn woede was bijna tastbaar, en het werd er niet beter op toen hij de meisjeskamer zag. Met samengesnoerde keel liet hij zijn blik over de roze gordijnen en kanten sprei gaan. Het duurde even voor hij in staat was iets te zeggen. 'Denk je dat hij haar hier heeft vastgehouden?'

Faith schudde haar hoofd. 'Dat ligt er te dik bovenop.'

Ze liepen geen van beiden de kamer in. Faith wist dat ze geen bewijsmateriaal op de witte lakens zouden aantreffen, geen zichtbare plukken haar op het pasgezogen tapijt. Deze uitstalkast diende louter voor Bernards eigen vermaak. Ze zag hem de kamer al binnenkomen en op het bed plaatsnemen om zich aan zijn zieke fantasieën over te geven.

'Dit is jonger dan zeventien,' zei Faith. 'De kamer, bedoel ik. Dat soort rommel koop je voor een kind van tien of elf.'

'Heb je de broek gevonden?'

'Die zat tussen het huisvuil,' zei ze. 'Denk je dat we daar nog DNA af kunnen halen?'

'Dat mogen we hopen. Bij dat tweede losgeldtelefoontje werd hetzelfde bandje afgedraaid als gisteren om aan te tonen dat ze nog leeft. Misschien is de ontvoerder in paniek geraakt toen hij ons bij de school zag.'

'Of ze is al dood.'

'Daar ga ik niet van uit,' zei Will afgemeten.

Faith koos haar woorden met zorg. 'Volgens de statistieken worden kinderen die door onbekenden zijn gekidnapt binnen drie uur na hun ontvoering vermoord.'

'Ze is niet door een onbekende gekidnapt,' zei Will met klem, maar ze vroeg zich af hoe hij zo zeker van zijn zaak kon zijn. 'Het gedeelte waarin de ontvoerder zegt dat hij om vier uur terugbelt, heeft hij van tevoren opgenomen. Blijkbaar had hij meer tijd nodig. Dan krijgen we nieuw bewijs dat ze nog leeft.'

'Dat kun je nooit zeker weten, Will. Kijk maar naar de feiten. Evan Bernard doet zijn mond niet open. We hebben geen idee wie zijn handlanger is. En denk maar niet dat we hier ook maar iets zullen vinden wat...'

'Ik ga hierover niet in discussie.'

Hij was weer helemaal de baas. Faith beet op haar lip en hield zich in om te voorkomen dat ze met een sarcastische opmerking de zaak liet escaleren. Wat haar betrof mocht hij in sprookjes geloven, maar zelf was ze er vrijwel zeker van dat deze geschiedenis niet goed zou aflopen.

Will scheen het niet los te kunnen laten. 'Ik geloof gewoon niet dat ze dood is, Faith. Emma is een taaie. Die zit ergens te wachten tot we haar vinden.'

In zijn stem klonk zoveel emotie door dat haar irritatie overging in medelijden.

'Ik had meer uit Bernard los moeten krijgen,' zei hij. 'Hij was zo overtuigd van zichzelf, hij wist gewoon dat hij de macht in handen had. Ik heb het gevoel dat ik me er gigantisch in heb laten luizen.'

'Je hebt hem anders wel laten bekennen dat hij seks heeft gehad met Kayla.'

'Over vierentwintig uur komt hij op borgtocht vrij. Als zijn advocaat het zout in de pap waard is, wordt het proces uitgesteld tot niemand meer weet wie Emma Campano was. Ook al klagen de ouders hem aan, dan nog is de kans groot dat hij vrijuit gaat.'

'Hij heeft anders voor de camera toegegeven dat hij seks met haar heeft gehad.'

'Ik had hem nog niet op zijn rechten gewezen. Hij zou kunnen aanvoeren dat ik hem gedwongen heb.' Vol zelfverwijt schudde Will zijn hoofd. 'Ik heb het mooi verkloot.'

'Hij wist dat we naar zijn huis zouden gaan,' zei Faith. 'Het is hier smetteloos. Hij heeft dit echt niet snel even schoongemaakt. Dit alles is speciaal voor ons gedaan. Hij speelt een of ander spelletje.'

'Ik had gisteren zijn antecedenten moeten natrekken.'

'Daar was toch geen aanleiding voor?' wierp ze tegen. 'We zijn er allebei van uitgegaan dat de school hem had gescreend.'

'Dat is ook gebeurd,' zei Will. 'Alleen al een hele tijd geleden.'

'Hé, jongens!' riep Charlie vanuit het andere vertrek.

Faith en Will liepen de grote slaapkamer binnen, die een stuk mannelijker was ingericht. Het antraciet gebeitste meubilair was zwaar en laag, strak en modern van stijl. Boven het bed hing een gigantisch schilderij van een blond meisje met blauwe ogen. Ze was nog heel jong, maar net niet jong genoeg om het schilderij als kinderporno te kunnen kwalificeren. Porno was het zonder meer. Het meisje was naakt, haar borsten staken naar voren en ze had haar benen gespreid. Ze had een sexy fonkeling in haar ogen en haar lippen waren flirterig getuit. Over alles lag een onnatuurlijke glans.

Charlie zat aan een bureau dat in een kleerkast was ingebouwd.

'Zijn computer,' zei hij. 'Moet je zien.'

Op het scherm zag Faith een livebeeld van de tweede slaapkamer.

'Wedden dat de camera in die Winnie de Poeh-poster zit verstopt?' zei Will.

'Jezus,' fluisterde Faith. 'Zijn er bestanden?'

Charlie klikte door de directory. 'Ik kan niks vinden,' zei hij. 'We zullen de forensische jongens ernaar laten kijken, maar ik vermoed dat hij een externe harddrive heeft gebruikt.' Hij trok een paar losse kabels tevoorschijn die achter de computer lagen. 'Met deze hier kon hij geluid en beeld op de drive vastleggen. Zo kon hij de harddrive van de computer helemaal omzeilen.'

'Zou de computer zelf geen gegevens hebben bewaard?'

Hoofdschuddend klikte Charlie bestanden open en dicht, op zoek naar belastend materiaal. Faith zag spreadsheets en lesopdrachten.

'Hoe zit het met zijn e-mail?' vroeg ze.

'Er zijn twee e-mailadressen. Het ene is van het kabelbedrijf voor allerlei internetdiensten. Er staat alleen maar spam op: Viagra-reclame, Nigeriaanse witwaszaakjes, dat soort dingen. Er is geen adresboek, er zijn geen verstuurde e-mails, niks. Het andere adres is kennelijk zijn e-mailadres van school. Ik heb alles doorgelezen: contacten met ouders, memootjes van de directrice. Niks verdachts en niks persoonlijks.'

'Denk je dat hij een ander e-mailadres op de harddrive had?'

'Daarvoor moet je bij iemand zijn die meer verstand heeft van computers dan ik,' zei Charlie. 'Bloed en darmen, daar weet ik alles van. Computers zijn alleen maar een hobby.'

'Die camera heeft hij louter en alleen in de andere kamer geïnstalleerd om zichzelf op te nemen zodat hij er later naar kon kijken,' zei Will. 'We moeten de harddrive zien te vinden.'

'Op Adams kamer ben ik niks tegengekomen,' liet Faith hem weten. 'Zijn computer is een week voor het misdrijf gestolen.'

'En Gabe Cohen?'

'Er is me niks opgevallen,' antwoordde Faith. 'Ik heb zijn computer nagekeken, maar ik ben al evenmin een expert als Charlie.'

'Het wordt een hele klus als we er nog eens naar willen kijken.'

Faith vroeg zich af of dat een bedekt verwijt was omdat ze Gabe Cohen niet had gearresteerd. Ze waren allebei teleurgesteld en kwaad, en daarom legde ze de opmerking maar naast zich neer. 'Heb je nog iets in Bernards bureau op school gevonden?'

'Niets,' luidde Wills antwoord. 'Misschien bewaart die handlanger zijn harddrive of een andere computer. Zou hij een laptop hebben?'

'En zijn auto?'

'Nog schoner dan zijn huis,' zei Will. 'Die ruikt naar bleekmiddel en azijn.'

'Als je die videobestanden vindt, kan hij het schudden,' zei Charlie geheel ten overvloede.

'Ik vraag een uitdraai van al zijn telefoongegevens op, van zijn vaste en mobiele verbinding.'

'Het is een slimme jongen,' merkte Faith op. 'Hij had vast zo'n prepaidgeval. Dat kunnen we onmogelijk natrekken.'

'We hebben het al twee keer verprutst door van vermoedens uit te gaan. Bernard is slim, maar hij ziet vast wel iets over het hoofd. Charlie,' vroeg Will, 'kun jij zijn internetgeschiedenis natrekken?'

Charlie klikte op het icoontje van de browser. Meteen verscheen er een pagina waarop een schaars geklede tiener in spagaat boven de woorden BARELY LEGAL hing. Hij opende de rootdirectory. 'Zo te zien heeft hij het cachegeheugen gewist, maar ik kan nog wel een paar webpagina's opvragen.' Na enkele klikken kwam hij bij een aantal pagina's die Bernard recent had bekeken. De eerste betrof het toetssysteem van Westfield Academy. De andere waren van winkelbedrijven waarin een leraar zonder meer geïnteresseerd zou kunnen zijn: Barnes and Noble, Wal-Mart. Kennelijk had Bernard naar een exemplaar van *Woeste hoogten* gezocht.

'Hier komt ie,' zei Charlie toen hij een chatroom aanklikte. Faith boog zich voorover om het beter te kunnen zien, maar het was een site voor leraren die zich in hun pensioen verdiepten. Een andere was voor liefhebbers van West Highland-terriërs.

'Ga nog eens terug naar die eerste site,' zei Will.

Charlie klikte BARELY LEGAL weer aan. 'Op de eerste pagina wordt meteen al beweerd dat alle meisjes meerderjarig zijn. Wat internet betreft, is dat voldoende, zolang ze niet zichtbaar minderjarig zijn, oftewel kinderen.'

Faith keek de kamer rond en een lichte walging bekroop haar bij de gedachte dat Evan Bernard hier sliep. Ze liep naar het nachtkastje en trok met haar voet een la aan de onderkant open. 'Nog meer porno,' zei ze, zonder de tijdschriften aan te raken. Op de cover van het bovenste blad stond een meisje dat niet ouder leek dan twaalf, ook al werd het tegendeel beweerd in het kader, dat 'meerderjarige geile schatjes' aanprees.

Will had handschoenen aangetrokken. Hij nam de tijdschriften uit de la. Op alle covers stonden jonge meisjes. En overal werd benadrukt dat ze meerderjarig waren. *Perfectly legal.*

'Trent?' Ivan Sambor vulde de hele deuropening met zijn forse gestalte. In zijn stevige knuisten hield hij een paar plastic zakken geklemd. Faith zag een grote roze vibrator en een stel met bont beklede handboeien, eveneens roze. 'Deze heb ik in de andere kamer gevonden.'

'Zeg maar tegen het lab dat ze met voorrang verwerkt moeten worden,' zei Will.

Ivan knikte en liep de kamer weer uit.

'Bernard heeft in Georgia verder geen huizen op zijn naam staan, en ook niet in de Carolina's, Tennessee of Alabama,' zei Faith tegen Will.

'Laten we nog breder zoeken,' zei Will, hoewel Faith van mening was dat dat een slag in de lucht was. Bernard zou zeker zijn echte naam niet gebruiken als hij een stille handlanger had achter wie hij zich kon verschuilen.

'Ik heb een team opdracht gegeven om alle opslagruimtes binnen een straal van vijftig kilometer te bellen,' zei ze.

'Zoek ook eens onder de namen van eventuele familieleden,' droeg Will haar op. 'We moeten de namen van zijn vrienden aan de weet zien te komen. Misschien ligt er ergens een adresboek.' Hij liet zijn blik door de kamer gaan, langs elk meubelstuk en langs ieder schilderij aan de muur. 'De rechter heeft ons onderzoek beperkt tot bewijs dat Kayla Alexander aan Bernard linkt. We zouden kunnen aanvoeren dat we op zoek zijn naar namen van andere slachtoffers. Zelfs als hij veroordeeld wordt voor zijn relatie met Kayla, kan hij als hij zich goed gedraagt over een jaar of drie weer op vrije voeten zijn.'

'Maar dan staat hij wel als zedendelinquent geregistreerd. In dat geval komt hij nooit meer voor de klas.'

'Een straf van niks voor een ontvoerder en moordenaar.'

'Weet je zeker dat hij bij die andere misdrijven betrokken is, dat het niet gewoon waar is wat hij zegt: dat hij seks met haar heeft gehad, waarop zij is vertrokken en hij naar school is teruggekeerd?'

'Je hebt die slaapkamer gezien, Faith. Hij valt op jonge meisjes.'

'Je kunt er alleen uit opmaken dat hij ze verkracht heeft, niet dat hij ze vermoord heeft.'

'In Savannah heeft hij geleerd dat hij maar beter geen getuigen kan achterlaten.'

'Sorry dat ik jullie stoor,' zei Charlie, 'maar misschien moet je er ook even bij stilstaan dat hij van plan was met pensioen te gaan.'

Will keek verwonderd. 'Hoe weet je dat?'

'Van de website,' zei Faith, die zich erover verbaasde dat hij dat alweer zo snel vergeten was. 'Klik die nog eens aan, Charlie.'

Charlie zocht de betreffende website op en scrolde door de lijst met vragen en antwoorden. 'Ik weet niet wat voor pseudoniem hij heeft gebruikt. Ze zien er allemaal nogal onschuldig uit.' Hij klikte door naar de volgende pagina. 'Het gaat grotendeels over de voorzieningen waarop ze na pensionering nog recht hebben, over adviseursbaantjes om de rekeningen te kunnen betalen – dat soort dingen.' Het scherm versprong toen hij een nieuwe link uitkoos: 'Het pensioenprogramma voor werknemers in het onderwijs in Georgia.' Hij boog zich naar het scherm toe om de onderwerpen goed te kunnen lezen. 'Oké, dit gaat over het verschil tussen particulier en openbaar onderwijs. Als je bij het overheidsprogramma bent aangesloten, moet je een bepaald aantal jaren premie hebben betaald om voor een pensioen in aanmerking te komen. In het particulier onderwijs ben je op jezelf aangewezen.' Hij scrolde naar beneden en nam de tekst vluchtig door. 'Hier staat dat je pas na dertig jaar voor een volledig pensioen in aanmerking komt.'

'Misschien kon hij niet zo lang wachten,' merkte Faith op. 'Met een miljoen dollar ben je al een aardig eind op weg naar een aangenaam vervroegd pensioen.'

'Bernard is nog maar twaalf jaar aan Westfield verbonden,' zei Will. 'Hij heeft verteld dat hij in het verleden in het openbaar onderwijs werkzaam is geweest. Laten we eens uitzoeken waar dat geweest kan zijn.'

'Dan is hij daar aan het begin van de jaren negentig vertrokken,' zei Faith na een snel rekensommetje. 'Misschien na ontoelaatbaar gedrag dat onder het tapijt is geveegd.'

'Ik weet dat leraren niet veel verdienen, maar vinden jullie het niet vreemd dat hij op zijn leeftijd nog in zo'n shitflat woont?'

'Misschien geeft hij al zijn spaargeld uit aan vliegreisjes naar Thailand, waar hij minderjarige meisjes oppikt,' opperde Charlie.

'Zijn er voldoende gronden om eens naar zijn financiën te kijken?' wilde Faith weten.

Will schudde zijn hoofd. 'Toen we dat huiszoekingsbevel aanvroegen, hebben we niks over financiële documenten gezegd.'

Charlie kuchte. Faith keek naar het computerscherm. Hij had de rekening van Evan Bernard bij de lokale kredietvereniging te pakken.

'Laat dit een lesje zijn om je wachtwoorden nooit in je Keychain te bewaren.'

'Kijk eens of hij geld heeft overgemaakt naar opslagbedrijven,' zei Will.

Charlie schoof met de muis langs de afschrijvingen en las de gegevens. 'Er is niks wat eruit springt. Hij betaalt twaalfhonderd dollar per maand voor deze flat. Voor gas, water en licht betaalt hij wat je ongeveer zou verwachten. Boodschappen, de stomerij, zijn auto, een paar betalingen via PayPal.' Hij las de rest door. 'Zo te zien gaat het meeste geld naar zijn pensioenfonds. Die is echt aan het oppotten voor later.'

'Wat neemt hij per maand mee naar huis?' vroeg Faith.

'Zo'n drieëntwintighonderd dollar.'

Faith staarde naar het scherm. Aan de andere kant van het raam hoorde ze politieagenten ergens om lachen. Het zachte verkeersgedruis drong tot in het huis door. Dit was het soort woning dat je huurde als je pas was afgestudeerd, niet als je tegen de vijftig liep en van plan was met pensioen te gaan. 'Evan Bernard geeft dus al ik weet niet hoeveel jaar les en hij heeft nog steeds geen eigen huis?' vroeg ze zich verbaasd af.

'Misschien is hij gescheiden,' dacht Charlie, 'en wordt hij uitgekleed door zijn ex.'

'Dat kunnen we bij de rechtbank navragen,' zei Will. 'Stel dat hij getrouwd is geweest, dan heeft zijn ex misschien ontdekt waar hij zich mee bezighield en is ze daarom bij hem weggegaan. Als we kunnen aantonen dat dat met Kayla een vast patroon was, kunnen we de rechter misschien zover krijgen dat hij weigert hem op borgtocht vrij te laten.'

'We zijn al bij de buren langs geweest. De meesten waren niet thuis, waarschijnlijk zijn ze aan het werk. In de flat aan de andere kant van de tuin woont een moeder die de hele dag thuis is. Ze zegt dat ze nooit met Bernard kennis heeft gemaakt en dat ze nog nooit iets verdachts heeft gezien.'

'Stuur hier vanavond om een uur of zeven maar weer een paar teams naartoe. Tegen die tijd zijn er vast meer mensen thuis.' Will liep naar de kast en doorzocht de bovenste planken. 'Misschien heeft hij ergens een fotoalbum liggen of iets dergelijks.'

'We vinden echt niks wat we niet mogen zien.'

Niettemin zocht Will de hele kast door; hij haalde er dozen uit en bekeek de inhoud. 'We weten dat hij twee uur van school is weggebleven.' Hij pakte een stapel jaarboeken en legde die op het bed. Het waren er bijna twintig, met dat typisch uitbundige schoolsfeertje op de cover. Hij pakte het bovenste, getooid met het wapen van Westfield Academy, en bladerde het door. 'In die tijd heeft hij niet twee moorden kunnen plegen en Emma ook nog eens kunnen verbergen voor hij naar school terugkeerde. Het zware werk zal wel voor rekening van de handlanger zijn geweest. Bernard wist ongetwijfeld dat Emma van rijke komaf was.'

'Kayla's ouders zijn ook welgesteld. Waarom heeft hij haar dan niet ook meegenomen? Waarom heeft hij haar vermoord als ze geld waard was?'

Will sloeg het jaarboek dicht en klemde het vast. 'Weten we heel zeker dat Kayla er niet bij betrokken was?'

Faith wierp een blik op Charlie, die nog steeds de computerbestanden aan het doornemen was.

Will scheen Charlies aanwezigheid geen bezwaar te vinden. 'Kayla Alexander was een vervelend kreng.' Hij liet het jaarboek vallen en pakte het volgende. 'We zijn nog niemand tegengekomen die daar anders over denkt.'

'Ze moet wel heel ziek in haar hoofd zijn geweest als ze met Bernard in haar auto ging liggen neuken terwijl ze wist dat haar beste vriendin ontvoerd zou worden.' Opeens bedacht Faith iets. 'Misschien voelde Kayla zich bedreigd omdat Emma iets met Adam had.'

Will werkte het idee verder uit. 'Kayla wist misschien dat Adam en Emma hun auto in de garage parkeerden. Vorig jaar heeft die nieuwsgierige buurvrouw de meiden verraden. Ze moesten een andere plek zoeken om te parkeren.'

'Toch vraag ik me af waarom Kayla haar witte Prius op de oprit van de Campano's parkeerde, terwijl ze wist dat ze de laatste keer op spijbelen waren betrapt omdat de buurvrouw een auto op de oprit had zien staan.'

Hij hield even op met bladeren. 'Sinds ik die Prius op de parkeerplaats heb gezien, zit me de hele tijd al iets dwars. Op alles wat de moordenaar had aangeraakt, zat bloed: de kofferbak, de portierkrukken, het stuur. Op alles, behalve op de tape en het touw in de kofferbak.'

'Denk je dat Kayla die voor de moordenaar heeft meegenomen?'

'Zou kunnen.'

'Wacht even,' zei Faith, die alles op een rijtje probeerde te zetten. 'Als Kayla erbij betrokken was, waarom is ze dan vermoord?'

'Ze stond als lastig bekend.'

'Je hebt de hele tijd gezegd dat de moordenaar haar gekend moet hebben.'

Zijn telefoon ging en hij haalde het apparaat uit zijn zak. Het was ronduit sneu zoals de brokstukken met plakband aan elkaar hingen. 'Hallo?'

Om iets omhanden te hebben pakte Faith een van de jaarboeken op en bladerde het door. Ze wierp een blik op Wills gezicht terwijl hij stond te luisteren. Even onverstoorbaar als altijd.

'Bedankt,' zei hij, en hij beëindigde het gesprek. 'Bernards vingerafdrukken komen niet overeen met de duimafdruk op het briefje.'

Faith drukte het jaarboek tegen haar borst. Het voelde zwaar in haar handen. 'Dus zijn handlanger heeft die dreigbriefjes bezorgd.'

'Waarom hebben ze die briefjes eigenlijk geschreven? Daarmee lieten ze zich toch in de kaart kijken?'

Faith haalde haar schouders op. 'Het zou heel goed kunnen dat ze Adam op afstand probeerden te houden zodat Emma alleen thuis zou zijn.' Nu sprak ze zichzelf tegen. 'In dat geval had Kayla haar toch een lift naar huis kunnen geven? Ze hadden vast ruzie.'

Will sloeg het jaarboek van Westfield van het vorige jaar open en bladerde het door. 'We moeten weer terug naar het begin. Er loopt ergens een tweede man rond.' Hij streek met zijn vinger over de rijen leerlingenfoto's. 'Bernard is geen type om vuile handen te maken.'

'Mijn vriend op Tech zegt dat hij vandaag waarschijnlijk nieuws heeft,' zei Faith, die hoopte dat Will zou begrijpen dat ze het over het buisje met grijs poeder had dat Victor voor haar liet onderzoeken. Will mocht dan menen dat hij vrijuit kon praten waar Charlie Reed bij was, maar zij kende de man niet goed genoeg om haar carrière in de waagschaal te leggen.

'Ga jij maar naar Tech,' zei Will. 'Kijk maar eens of ze al iets hebben.' Inmiddels had hij de klassenfoto met Kayla Alexander gevonden. Hij scheurde hem uit het jaarboek en gaf hem aan Faith. 'Als je daar toch bent, vraag dan eens aan Tommy Albertson of hij dit meisje ooit in gezelschap van Adam of Gabe Cohen heeft gezien. Vraag het anders maar aan iedereen in dat studentenhuis.' Op de volgende pagina trof hij een foto aan van Bernard met het onderwijzend personeel. Hij scheurde hem uit en zei: 'Laat deze ook maar zien.'

Faith nam de foto's aan.

Will sloeg een nieuw jaarboek open en zocht naar een stel foto's die hij zelf mee kon nemen. 'Ik ga naar de Copy Right en doe daar hetzelfde.'

Faith keek op het klokje naast het bed. 'Zei je niet dat het volgende losgeldtelefoontje om vier uur wordt verwacht?'

Voorzichtig scheurde hij de foto's uit het boek. 'Op dit moment is de moordenaar waarschijnlijk bij Emma om het bewijs op te nemen dat ze nog leeft.'

Faith legde het jaarboek op het bed. Ze liep al weg, maar bleef toen staan, want plotseling besefte ze dat er iets niet klopte. Ze spreidde de jaarboeken als een waaier uit over het bed en ontdekte drie exemplaren die uit de toon vielen. Ze waren dikker en hun kleuren waren minder helder. 'Waarom heeft Bernard jaarboeken van Crim?' vroeg Faith. De Alonzo Crim High School lag in Reynoldstown, een overgangsgebied in het oosten van Atlanta. Waarschijnlijk behoorde de school tot de zwakke broeders van de stad.

'Nu weten we in elk geval waar Bernard heeft lesgegeven voor hij naar Westfield kwam,' zei Will.

Zwijgend bladerde Faith het boek door. Ze was niet het type dat in het lot geloofde of in geesten of engeltjes op je schouder, maar wel vertrouwde ze op haar beroepsintuïtie. Aandachtig nam ze het register achter in het boek door, op zoek naar Evan Bernard. Ze vond zijn foto in het personeelsgedeelte, maar hij zat ook in de redactie van de schoolkrant.

Faith zocht de pagina met de redactiefoto op. Zoals dat schijnt te horen hadden de leerlingen de meest idiote poses aangenomen. Sommigen droegen een gleufhoed met PERS erop. Anderen hadden een potlood in hun mond of tuurden boven een opgevouwen krant naar de camera. Faiths oog viel op een knap blond meisje, niet omdat ze zich uitsloofde voor de camera, maar omdat ze pal naast een veel jongere Evan Bernard stond. Het was een zwart-witfoto, maar in haar verbeelding zag Faith het rossige haar en de sproetjes waarmee haar neus was bezaaid.

'Dat is Mary Clark,' zei ze tegen Will.

Volgens een laaiende Olivia McFaden was Mary Clark nog geen halfuur na de arrestatie van Evan Bernard haar klas uit gelopen. De lerares had simpelweg haar tasje uit haar bureau gehaald, tegen haar leerlingen gezegd dat ze het volgende stuk tekst in hun boek moesten doorlezen en had het gebouw verlaten.

Het kostte Faith geen moeite om Mary te vinden. Haar aftandse Honda Civic stond voor het huis aan Waddell Street in Grant Park, waar ze met haar gezin woonde. Hoewel de huizen er verzorgd uitzagen, kon de buurt zich bij lange na niet meten met het veel rijkere Ansley Park, waar dure waterzuiveringstanks ervoor zorgden dat de professioneel onderhouden gazons de hele zomer groen bleven en de bloemen niet verdorden. Langs de straat stonden vuilnisbakken, en Faith bleef een hele tijd achter de vuilniswagen hangen, die met een slakkengangetje de heuvel op reed, bakken leegde en verder kroop naar het volgende huis.

Grant Park was een kindvriendelijke buurt, nog net betaalbaar, ook al lag hij binnen de stadsgrenzen van Atlanta. Bomen vormden een boog boven de straat en nieuwe verf glom in de middagzon. De huizen waren een allegaartje: van simpel rechttoe rechtaan tot victoriaanse bouwwerken. Stuk voor stuk hadden ze in tijden van hoogconjunctuur een wervelwind van verbouwingen en renovaties over zich heen gekregen, maar na het instorten van de markt bleef er van de toegevoegde waarde niet veel over.

Een handjevol huizen was achtergebleven in de race naar nog groter en nog mooier: hier en daar stond een huisje met maar één verdieping, dat in het niet zonk naast zijn buren, die er twee of drie verdiepingen boven uittorenden. Het huis van Mary Clark was zo'n armzalig optrekje. Toen ze ervoor stond, vermoedde Faith dat het huis twee slaapkamers en een badkamer telde. Niet dat het zichtbaar vervallen was, maar er hing een sfeer van verwaarlozing omheen.

Faith liep de stenen trap op. Een tweelingbuggy, van het type dat populair was bij hardlopers, scheen een vaste plek op de veranda te hebben. Overal lag speelgoed. De schommelbank stond op de grond en zag er verweerd uit, met het ijzer en de kettingen op een roestig hoopje ernaast. Faith concludeerde dat iemand met de beste bedoelingen aan het weekendproject was begonnen, maar het nooit had afgemaakt. Op de voordeur zat zwarte glanslak, achter het raam ernaast waren de gordijnen dicht. Een bel ontbrak. Net toen ze wilde kloppen, ging de deur open.

Een gedrongen man met een baard stond in de deuropening. Op elke heup droeg hij een klein kind, en beiden keken in uiteenlopende stadia van gelukzalige onschuld naar de onbekende op de stoep. 'Ja?'

'Ik ben rechercheur Faith Mitchell van de...'

'Oké, Tim,' riep een stem vanuit het huis. 'Laat haar maar binnen.'

Na een korte aarzeling deed Tim een stap naar achteren om Faith door te laten. 'Ze is in de keuken.'

'Bedankt.'

Kennelijk wilde hij nog iets zeggen – haar waarschuwen, misschien? – maar toen klemde hij zijn lippen op elkaar en liep met de tweeling naar buiten. De deur klikte achter hem dicht.

Faith wierp een blik om zich heen. Ze wist niet of ze geacht werd daar te blijven wachten of de keuken op te zoeken. De Clarks hadden gekozen voor een stilistisch ratjetoe dat je wel vaker zag bij pas-afgestudeerden: een mengeling van oud en splinternieuw. Voor een antiek tv-toestel stond een morsige bank. De leren leunstoel was modern en hip, maar te oordelen naar de vage krassen op de poten was er pas nog een kat langs geweest. De kamer lag bezaaid met speelgoed, alsof het kinderparadijs FAO Schwartz vanuit het hoofdkwartier in New York een voltreffer had afgevuurd.

Faith wierp een vluchtige blik door de open deur van wat ongetwijfeld de ouderslaapkamer was, waar ze nog meer speelgoed zag liggen. Zelf was Faith op haar vijftiende al zo verstandig geweest om Jeremy niet alle kamers van het huis te geven. Geen wonder dat ouders constant uitgeput waren. In hun eigen huis hadden ze nergens meer een plek voor zichzelf.

'Hallo?' riep Mary.

Faith liep in de richting van de stem. Een lange gang voerde naar de achterkant van het huis. Mary Clark stond bij het aanrecht, met haar rug naar het raam. Ze had een kop koffie in haar hand. Haar rossige haar hing op haar schouders en ze droeg een spijkerbroek met een ruim, slecht zittend T-shirt, dat ongetwijfeld van haar man was. Haar gezicht was vlekkerig en haar ogen waren roodomrand.

'Wil je erover praten?' vroeg Faith.

'Heb ik een keus?'

Faith ging aan de tafel zitten, een jarenvijftigmodel van metaal en kunststof met bijpassende stoelen. De keuken was gezellig, maar verre van modern. Het keukenblok onder het aanrecht was zachtgroen geverfd. De kastjes waren nog oorspronkelijk en van metaal. Een vaatwasser ontbrak en het fornuis stond scheef. Aan weerszijden van de deur waren op gelijke hoogte potloodstreepjes aangebracht, ter markering van elke nieuwe groeispurt die Mary's tweeling had doorgemaakt.

Mary goot haar koffie in de spoelbak en zette het kopje op het aanrecht. 'Tim zei dat ik me erbuiten moest houden.'

Faith kaatste haar eigen woorden terug. 'Heb je een keus?'

Ze keken elkaar even aan. Faith kon vaak aan het gedrag van mensen zien of ze iets te verbergen hadden, zoals ze het ook oppikte als ze wilden praten. Bij Mary Clark ving ze bot. Als ze moest raden, zou ze zeggen dat de vrouw zich schaamde.

Met samengevouwen handen wachtte Faith tot Mary iets zei.

'Ik ben zeker ontslagen, hè?'

'Dat moet je aan Mrs. McFaden vragen.'

'Tegenwoordig worden leraren niet meer zo snel ontslagen. Ze krijgen gewoon de lastigste klassen, tot ze uit zichzelf weggaan of zich van kant maken.'

Faith reageerde niet.

'Ik heb Evan geboeid de school uit zien komen.'

'Hij heeft bekend dat hij seks heeft gehad met Kayla Alexander.'

'Heeft hij Emma ontvoerd?'

'We zijn bezig een zaak tegen hem op te bouwen,' zei Faith. 'Ik kan er verder niks over vertellen.'

'Dertien jaar geleden was hij mijn leraar op het Crim.'

'Dat is niet zo'n beste buurt.'

'Ik was ook niet zo'n braaf meisje.' Haar sarcastische toon liet niets te raden over, maar onder alle bluf klonk pijn door, en Faith zweeg afwachtend, ervan overtuigd dat ze achter de waarheid zou komen als ze Mary aan het woord liet.

Langzaam liep de vrouw naar de tafel en trok een stoel naar achteren. Met een diepe zucht ging ze zitten, en Faith ving een vleugje alcohol op. 'Evan was het enige lichtpuntje,' zei Mary. 'Dankzij hem ben ik in het onderwijs gegaan.'

Het verbaasde Faith niet. Mary Clark met haar mooie rossige haar en haar doordringende blauwe ogen was precies Evan Bernards type. 'Viel hij je lastig?'

'Ik was zestien. Ik wist heel goed wat ik deed.'

Zo gemakkelijk kwam ze er niet af. 'Echt?'

De tranen sprongen in Mary's ogen. Ze keek om zich heen op zoek naar een zakdoekje, en Faith stond op om een stuk keukenpapier van de rol te scheuren.

'Dank je,' zei ze, waarop ze haar neus snoot.

'Hoe is het precies gegaan?' vroeg Faith na een korte pauze.

'Hij heeft me verleid,' zei Mary. 'Of misschien heb ik hem verleid. Ik weet niet meer hoe het gegaan is.'

'Was je verliefd op hem?'

'O ja,' zei ze lachend. 'Thuis had ik het niet zo leuk. Toen ik twee was, is mijn vader bij ons weggegaan. Mijn moeder had twee baantjes.' Ze glimlachte wat moeizaam. 'Ik ben zeker ook weer zo'n stomme vrouw met een vadercomplex, hè?'

'Toen was je pas zestien,' benadrukte Faith. 'Je was nog geen vrouw.'

Mary veegde haar neus af. 'Ik was een lastpak. Ik rookte en dronk. Ik spijbelde van school.'

Net als Kayla, dacht Faith. 'Waar nam hij je mee naartoe?'

'Naar zijn huis. Daar hingen we altijd rond. Hij was echt cool. Zo'n leraar bij wie je mocht drinken.' Ze schudde haar hoofd. 'En daarvoor hoefden we hem alleen maar te aanbidden.'

'Deed je dat?'

'Ik deed alles wat hij van me verlangde.' Mary wierp haar een smartelijke blik toe. 'Alles.'

Faith begreep maar al te goed dat Mary als was in Bernards handen was geweest. Hij had haar een veilige haven geboden, maar tegelijkertijd kon hij er met één telefoontje aan haar ouders een eind aan maken.

'Hoelang heeft het geduurd?'

'Te lang. Niet lang genoeg. Hij had een speciale kamer,' vertelde ze. 'De deur zat altijd op slot. Niemand mocht daar naar binnen.'

'Niemand?' vroeg Faith, want blijkbaar had Mary Clark de kamer wel gezien.

'Hij had hem als meisjeskamer ingericht. Ik vond het heel mooi. Witte meubeltjes, roze muren. Echt zo'n kamer die rijke meisjes hadden, dacht ik.'

De man was in elk geval een gewoontedier.

'In het begin was hij heel lief. We spraken over het vertrek van mijn vader, dat ik me in de steek gelaten voelde. Daar ging hij heel goed mee om. Hij luisterde alleen maar. Maar toen wilde hij andere dingen.'

Faith dacht aan de handboeien en de vibrator die ze in Bernards speciale kamertje hadden gevonden. 'Heeft hij je gedwongen?'

'Ik weet het niet,' moest Mary toegeven. 'Hij kan je er heel goed van overtuigen dat je iets zelf graag wilt.'

'Wat voor dingen deed hij met je?'

'Hij deed me pijn. Hij...' Opeens zweeg ze. Faith bood haar de ruimte, drong niet aan, want ze wist hoe kwetsbaar ze was. Langzaam trok Mary het boord van het slobberige T-shirt naar beneden. Vlak boven haar linkerborst zag Faith een halvemaanvormig, verdikt litteken. Ze was tot bloedens toe gebeten. Evan Bernard had zijn merkteken op haar achtergelaten.

Faith blies haar adem in één lange zucht uit. Het had niet veel gescheeld of het was haar net zo vergaan als Mary Clark. Het was puur geluk dat de oudere man in haar eigen leven een knaap van nog geen twintig was geweest in plaats van een sadistische pedofiel. 'Heeft hij je wel eens boeien omgedaan?'

Mary sloeg haar hand voor haar mond en kon alleen nog knikken.

'Ben je wel eens bang geweest dat je het er niet levend af zou brengen?'

Mary zei niets, maar Faith las het antwoord in haar ogen. Ze was doodsbang geweest, had geen kant op gekund. 'Voor hem was het maar een spelletje,' zei ze. 'Dan waren we de ene dag samen, en de volgende dag maakte hij het opeens uit. Ik was voortdurend bang dat hij me uiteindelijk in de steek zou laten en dat ik dan helemaal alleen zou zijn.'

'Hoe is het afgelopen?'

'Halverwege het schooljaar is hij opgestapt,' vertelde Mary. 'Ik zag hem pas weer op mijn eerste dag op Westfield. Als een puber heb ik hem staan aangapen, alsof ik dertien jaar terugging in de tijd en hij weer mijn leraar was. Ik had allerlei gevoelens voor hem, gevoelens die ik niet hoorde te hebben. Ik weet hoe ziek het is, maar hij was de eerste man van wie ik heb gehouden.' Ze keek op naar Faith, alsof ze haar wilde smeken om het te begrijpen. 'Alles wat hij met me heeft gedaan, alle vernederingen, de pijn en het verdriet… Ik weet niet waarom ik de band niet kan verbreken die ik met hem heb.' Ze begon weer te huilen. 'Is het niet ziek dat ik nog steeds iets voel voor de man die me verkracht heeft?'

Faith keek naar haar handen, nauwelijks tot antwoorden in staat. 'Waarom is Evan van je oude school weggegaan?'

'Er was een ander meisje. Ik weet niet meer hoe ze heette. Ze was er heel slecht aan toe – verkracht, geslagen. Ze zei dat Evan het had gedaan.'

'En is hij niet gearresteerd?'

'Ze was een herrieschopper. Net als ik. Een van de andere leerlingen is toen voor hem in de bres gesprongen en heeft hem een alibi verschaft.

Bernard kreeg leerlingen altijd zover dat ze voor hem logen, maar hij is toch vertrokken. Volgens mij begonnen ze iets te vermoeden, en dat wist hij.'

'Heb je daarna nooit meer iets van hem vernomen? Nadat hij de school had verlaten, bedoel ik, heeft hij toen nooit meer contact met je gezocht?'

'Natuurlijk niet.'

Iets in haar toon dwong Faith om door te vragen. 'Heb je zelf contact met hem gezocht?'

Weer kwamen de tranen, en de vernedering ontsierde haar mooie gezichtje. 'Natuurlijk heb ik dat gedaan.'

'Hoe ging dat?'

'Hij had een ander meisje,' zei ze. 'In ónze kamer. In míjn kamer.' De tranen biggelden over haar wangen. 'Ik ging tegen hem tekeer, ik dreigde met de politie, ik zei allerlei stomme dingen alleen om hem terug te krijgen.' Ze keek naar de streepjes op de deurpost, mijlpalen in het leven van haar kinderen. 'Ik weet nog dat het goot van de regen, en het was koud, zo koud als het nog nooit was geweest. Ik meen me zelfs te herinneren dat het dat jaar heeft gesneeuwd.'

'Wat heb je toen gedaan?'

'Ik heb mezelf aan hem aangeboden, het maakte me niet uit wat hij wilde of hoe hij het wilde.' Ze knikte, als om te bevestigen dat ze bereid was geweest om zichzelf op alle mogelijke manieren voor deze man te verlagen. 'Ik zei tegen hem dat ik alles wel wilde doen.'

'En wat zei hij?'

Ze keek Faith aan. 'Hij heeft me als een hond geslagen, met zijn vuisten heeft hij op me ingebeukt. Ik heb tot aan de ochtend daar op straat gelegen.'

'Ben je naar het ziekenhuis gegaan?'

'Nee. Ik ben naar huis gegaan.'

'En ben je ooit nog teruggekeerd?'

'Eén keer, zo'n maand of drie, vier later. Ik had mijn nieuwe vriendje meegenomen. Ik wilde pal voor Evans huis parkeren. Ik wilde daar ter plekke door iemand anders geneukt worden, alsof ik het hem zo betaald kon zetten.' Ze grinnikte om haar eigen naïviteit. 'Als ik Evan een beetje ken, dan zou hij zich voor het raam hebben staan afrukken terwijl hij naar ons keek.'

'Was hij niet thuis?'

'Hij was verhuisd. Hij zal een malser weitje hebben opgezocht, namelijk onze vermaarde Westfield Academy.'

'En je hebt hem nooit meer gesproken, tot je hem op je eerste schooldag terugzag?'

'Nee. Ik was nou ook weer niet zo stom om het niet te snappen.'

'Wat snapte je?'

'Voor die tijd had hij me nooit zo hard geslagen dat anderen de blauwe plekken konden zien. Zo wist ik dat het voorbij was. Hij schopte me zo hard in mijn gezicht dat mijn jukbeen brak.' Ze bracht haar hand naar haar wang. 'Je kunt het niet zien, hè?'

Faith keek naar haar knappe gezicht, haar volmaakte huid. 'Nee.'

'Het zit aan de binnenkant,' zei ze, en ze streelde haar wang zoals ze waarschijnlijk ook bij haar kinderen deed om ze te troosten. 'Alles wat Evan met me gedaan heeft, zit nog steeds aan de binnenkant.'

Will liep door de parkeergarage achter de Copy Right. Hij voelde de hete adem van de tijd in zijn nek. De volgende dag rond dit uur zou Evan Bernard weer op vrije voeten komen. Ze hadden nog geen idee wie zijn handlanger was. Er waren geen aanwijzingen die ze na konden trekken, er was in de verste verte nog geen doorbraak. Het forensisch bewijs had nog niks opgeleverd. Het zou dagen duren voor ze de DNA-uitslagen kregen. Amanda was keihard wat haar prioriteiten betrof. Ze zat op een zaak om hem te winnen, en als het tegenzat, dan was het einde verhaal. Tenzij dat telefoontje om vier uur iets schokkends onthulde, zou ze binnen afzienbare tijd haar mensen terugfluiten en op andere zaken zetten.

Iedereen dacht dat Emma dood was. Will voelde het aan de blik waarmee Faith hem aankeek, aan de omzichtigheid waarmee Amanda over het meisje sprak. Ze hadden haar allemaal opgegeven, iedereen behalve Will. Hij weigerde te accepteren dat het meisje er niet meer was.

Hij weigerde ook maar iets anders te accepteren dan dat ze een levend, ademend kind aan Abigail Campano zouden teruggeven.

Hij drukte op de knop naast de deur, die onmiddellijk openzoemde. Toen Will door de gang naar de Copy Right liep, hoorde hij het hoogtonige gegons van de machines, die op volle toeren draaiden. De wegwerkers buiten maakten de kakofonie alleen maar erger met hun drilboren en betonmolens, die het geheel van een gestaag ritme voorzagen. Door alle activiteit trilde het plaatglas in de ramen die uitzicht boden op Peachtree Street.

'Hé, hallo!' riep Lionel Petty. Hij zat achter de balie voor in de winkel, boven een papieren bord met een kingsize steak en een portie patat. Will herkende het logo op de papieren zak naast hem. Het eten kwam van de Steakery, een fastfoodtent die gespecialiseerd was in grote porties verdacht goedkoop vlees.

'U hebt mijn telefoontje dus ontvangen!' zei Petty, zichtbaar opgewonden. 'De wegwerkersploeg is vanochtend teruggekomen. Was me dat schrikken. Iemand zal de opdrachten wel door elkaar gegooid hebben.' Hij bekeek Will nog eens goed. 'Godverdomme, man, hebben ze u even te grazen genomen.'

'Ja,' zei Will. Wat afwezig raakte hij zijn gehavende neus aan.

Het lawaai nam iets af, en Petty stond op om de machines te controleren.

'Die wegwerkers,' vroeg Will, 'is het dezelfde ploeg?'

Petty bleef bij een van de machines staan en schoof er grote stapels papier in. 'Sommigen komen me bekend voor. De ploegbaas rijdt de hele tijd de garage in en uit met die stomme pick-up van hem. Warren heeft er de pest over in, maar we kunnen er niks aan doen, want eigenlijk is die plek niet van ons.'

Will dacht aan wat de manager hem verteld had, namelijk dat de meeste klanten de winkel nooit bezochten. 'Wat kan hem dat nou schelen?'

'De troep, man, al die rotzooi. Het is een kwestie van respect.' Hij sloeg een klep dicht en drukte op een knop. Onmiddellijk kwam het kopieerapparaat weer tot leven en voegde een doordringend geronk toe aan het koor van het draaiende mechanisme en het schuivende papier. Buiten klonk luid gepiep toen een Bobcat-voorlader achteruitreed om de stalen platen van het wegdek te kunnen verwijderen.

Petty schoof weer achter zijn bord. 'Het hele tapijt komt onder het stof te zitten. Het is zo fijn dat we het niet eens kunnen opzuigen.'

'Wat voor stof?'

Petty sneed een stuk vlees af, en vet en bloed spoten over het papieren bord. 'Van het beton dat ze onder de grond gebruiken.'

Will dacht aan het grijze poeder. Hij wierp een blik over zijn schouder, naar de wegwerkers. De Bobcat ramde zijn laadschop tegen de rand van een van de stalen platen en in de weg werd een gapend gat zichtbaar. 'Hoe ziet het eruit?'

Petty hield zijn hand achter zijn oor. 'Watte?'

Will antwoordde niet. De hand achter Petty's oor hield een goedkoop mes vast. Het heft was van hout, en het beslag van dof goud. Het lemmet was gekarteld, maar scherp.

Will probeerde te slikken, want zijn mond werd opeens droog. De laatste keer dat hij een dergelijk mes had gezien, lag het op een paar centimeter afstand van Adam Humphreys levenloze hand.

ZEVENTIEN

Faith stond voor de deur van de vergaderzaal in het gebouw waar Victor werkte. Achter het glas hoorde ze het zachte geroezemoes van mannenstemmen. In gedachten was ze elders, was ze weer in het appartement van Evan Bernard, in zijn meisjesslaapkamer met de roze vibrator en handboeien. Had hij met dezelfde spullen Mary Clark misbruikt toen ze nog een jong meisje was? Wat had hij voor sadistische dingen met het meisje uitgespookt? Mary deed er het zwijgen toe, maar de waarheid stond op haar gezicht geschreven. Hij had haar zo zwaar beschadigd dat de vrouw het niet onder woorden kon brengen, het waarschijnlijk nooit onder woorden zou kunnen brengen. Alleen al bij de gedachte werd Faith misselijk, vooral omdat Mary ongetwijfeld een van de vele slachtoffers was op wie de docent het in de loop van de jaren had voorzien.

Zodra ze Grant Park achter zich had gelaten, had Faith de personeelsfunctionaris van Alonzo Crim High School gebeld. In het archief was niets terug te vinden over de vermeende verkrachting die Evan Bernard zijn baan had gekost. Mary Clark kon zich de naam van het meisje niet herinneren – althans, dat zei ze. Er was geen aanklacht tegen Evan Bernard ingediend, en het plaatselijke politiebureau beschikte dus niet over een onderzoeksrapport. Van de ongeveer honderd docenten die momenteel aan de school verbonden waren, was niemand er werkzaam geweest toen Mary Clark op zo sadistische wijze was misbruikt. Nergens waren er getuigen, bewijsstukken of handlangers te vinden.

Toch liep er iemand rond die wist waar Emma Campano was. Will hield kennelijk rekening met de kans dat het meisje nog leefde, maar Faith maakte zich geen illusies meer. Als de moordenaar een nog levend slachtoffer in handen had gehad, dan zou hij voor dat tweede telefoontje wel een nieuw bewijs van leven hebben opgenomen. Dit alles was zeer goed gepland. Bernard bleef onverstoorbaar, had alles onder controle. Door wat ze in het huis van de Campano's hadden aangetroffen, wisten ze dat de moordenaar – Emma's ontvoerder – uit heel ander hout gesneden was. Er was iets gruwelijk verkeerd gegaan.

Faith had de envelop opengescheurd waarin ze haar gasrekening had moeten versturen, en had er de jaarboekfoto's van Kayla Alexander en Evan Bernard in gestopt. Nu haalde ze Evan Bernards schoolfoto tevoorschijn om hem nog eens goed te bekijken. Het was een knappe man. Hij zou moeiteloos iemand van zijn eigen leeftijd hebben kunnen vinden. Als ze niet beter wist, zou Faith zonder nadenken op zijn avances zijn ingegaan. Een goed opgeleide, welbespraakte leraar, die kinderen met leerproblemen begeleidde? Waarschijnlijk hadden de vrouwen voor hem in de rij gestaan. Maar hij had zijn blik laten vallen op jonge meisjes die niet tegen hem opgewassen waren.

Alleen al door haar aanwezigheid in het huis van de leraar had Faith zich die ochtend smerig gevoeld. Zijn pornoverzameling, die op het randje van legaal balanceerde, het schilderij van het meisje aan zijn slaapkamermuur – alles wees op een zieke obsessie. Net als Will werd ze woedend als ze bedacht dat hij de volgende dag waarschijnlijk zonder problemen op borgtocht werd vrijgelaten. Ze hadden meer tijd nodig om een zaak tegen hem op te bouwen, maar op dat moment waren hun enige aanknopingspunten een ontbrekende harddrive en een vingerafdruk die niet van hun enige verdachte was. Het bleef echter knagen: was Bernard de sleutel tot dit alles of was hij gewoon een walgelijke figuur die hen afleidde van de echte moordenaar?

Faith snapte maar al te goed wat een man van vijfenveertig wilde met een meisje van zeventien, maar ze begreep niet wat Kayla Alexander in Evan Bernard had gezien. Zijn haar werd grijs. Hij had diepe rimpels rond zijn mond en zijn ogen. Hij droeg jasjes met corduroy stukken bij de ellebogen, en combineerde bruine schoenen met een zwarte broek. Het ergste was nog dat hij alle macht had in de relatie, en niet alleen vanwege zijn baan.

Alleen het feit dat Bernard simpelweg een stuk ouder was dan Kayla maakte hem geslepener. In de achtentwintig jaar die hen scheidde, had hij veel meer levenservaring opgedaan, had hij veel meer relaties gehad. Wat moest het gemakkelijk voor hem zijn geweest om het eigenzinnige meisje te verleiden. Waarschijnlijk was Bernard de enige volwassene in Kayla's leven die haar wangedrag aanmoedigde. Dankzij hem had ze zich vast heel speciaal gevoeld, alsof hij de enige was die haar begreep. En alles wat hij ervoor terug verlangde, was haar leven.

Op haar vijftiende had Faith zich ook zo laten inpakken, maar door een jongen die slechts drie jaar ouder was dan zij. Hij had haar op alle mogelijke manieren klemgezet door voortdurend te dreigen dat hij, als ze een eind aan hun relatie maakte, aan haar ouders zou vertellen wat ze met hem had uitgespookt. Faith had zich steeds dieper in de nesten gewerkt: ze spijbelde, kwam niet op tijd thuis, stond altijd voor hem klaar. Toen was ze zwanger geworden, en hij had haar als een stuk vuil aan de kant geschoven.

De vergadering werd beëindigd en de deur ging open. Mannen in pakken drongen naar buiten en knipperden met hun ogen tegen het zonlicht dat door de ramen viel. Victor leek verbaasd toen hij Faith zag staan. Er volgde een onhandig moment toen zij haar hand naar hem uitstak en hij haar wang wilde kussen. Ze lachte nerveus, onzeker over de rol die ze geacht werd te spelen.

'Dit is een beroepsmatig bezoekje,' zei ze bij wijze van uitleg.

Hij stak zijn hand uit en wenkte haar mee. 'Ik kreeg al een bericht dat je vandaag gebeld had. Ik hoopte dat het voor een afspraakje was, maar voor de zekerheid heb ik toch maar contact met Chuck Wilson opgenomen.'

Wilson was de scheikundige die het grijze poeder dat Charlie Reed had gevonden zou analyseren. 'Heeft hij al iets?'

'Het spijt me, maar ik heb nog niks van hem gehoord. Ik heb hem laten beloven dat hij er vandaag werk van zou maken.' Hij glimlachte. 'Als we nu eens gaan lunchen en het na afloop aan hem vragen?'

'Liever wat eerder. Kunnen we hem ook bellen?'

'Uiteraard.'

Ze daalden een trapje af. 'Ik wil ook met een van je studenten praten,' zei ze.

'Met wie?'

Faith speelde met de envelop in haar hand, waarin de foto's van Kayla en Bernard zaten. 'Met Tommy Albertson.'

'Dan heb je geluk,' zei Victor na een blik op zijn horloge. 'Hij zit al een halfuur op mijn kamer op me te wachten.'

'Zit hij weer eens in de problemen?'

'Daar ging die vergadering van zonet over.' Victor nam haar bij haar arm en voerde haar mee door de gang. Hij sprak op gedempte toon. 'We hebben groen licht gekregen en starten nu de procedure om hem weg te kunnen sturen.'

De ouder in Faith voelde lichte paniek. 'Wat heeft hij dan gedaan?'

'Hij heeft een paar buitengewoon stomme fratsen uitgehaald. Daarbij is er universiteitseigendom vernield.'

'Wat voor eigendom?'

'Gisteravond heeft hij de toiletten in zijn studentenhuis verstopt. We vermoeden dat hij daarbij sokken heeft gebruikt.'

'Sokken?' vroeg Faith. 'Waarom in vredesnaam?'

'Ik vraag me allang niet meer af waarom die knapen bepaalde dingen doen,' antwoordde Victor. 'Het spijt me alleen dat ik niet degene ben die hem mag vertellen dat hij op kan hoepelen.'

'Waarom niet?'

'Hij mag zijn zaak nog bepleiten voor de commissie die dit soort gevallen behandelt. Ik maak me wel zorgen, want er zitten een paar verwante geesten bij. De commissie bestaat uit afgestudeerden van Georgia Tech, van wie de meesten ook idiote dingen hebben uitgespookt toen ze nog op de campus woonden, om vervolgens uit te blinken in de door hen gekozen loopbaan.'

Victor reikte langs haar en opende een deur met het bordje DECAAN STUDENTENZAKEN. Zijn naam stond er in gouden letters onder, en toen ze het zag, ging er een schok door Faith heen. De kortstondige flirts in haar leven waren doorgaans met mannen die een wat algemener beroep uitoefenden: loodgieter, monteur, agent, agent, agent.

'Marty,' zei Victor tegen de vrouw aan het bureau, 'dit is Faith Mitchell.' Hij keek Faith glimlachend aan. 'Faith, dit is Marty. Ze werkt nu al bijna twaalf jaar voor me.'

De twee vrouwen wisselden wat beleefdheden uit, maar ondertussen namen ze elkaar onmiskenbaar de maat.

Op plechtige toon zei Victor tegen Faith: 'Rechercheur Mitchell, de heer Albertson is negentien en volwassen, en u hebt mijn toestemming niet nodig om een praatje met hem te maken. Voelt u zich vrij om gebruik te maken van mijn kamer.'

'Bedankt.' Faith schoof de envelop onder haar arm en liep naar de deur met Victors naam erop.

Het eerste wat haar opviel toen ze de kamer binnenkwam, was dat het er naar Victors aftershave rook en dat alles er al even mannelijk en elegant uitzag als hijzelf. Het was een groot vertrek, met een rij ramen die uitzicht boden op de snelweg. Zijn bureau was van glas met een chromen onderstel. De stoelen waren laag, maar zagen er comfortabel uit. De zwartleren bank in de hoek was geraffineerd van ontwerp, en het enige ontsierende was het puberale stuk ellende dat erop zat.

'Wat komt u doen?' vroeg Tommy Albertson.

'Ik kom je helpen met je rouwverwerking. Kennelijk ben je zo aangeslagen door wat er de afgelopen dagen in je studentenhuis is gebeurd dat je het op de een of andere manier moest afreageren.'

De grote lamp boven zijn hoofd knipperde aan. 'Ja,' beaamde hij. 'Ik maak me behoorlijk zorgen om Gabe.'

'Weet je misschien ook of hij een wapen heeft?'

'Die vraag heb ik al beantwoord,' liet hij haar weten. 'Nee, ik weet niet of hij een wapen had. Ik wist ook niet dat hij depressief was. Ik heb dat meisje nooit ontmoet – geen van beiden trouwens. Ik heb me gewoon gedeisd gehouden. Ik heb me niet met andermans zaken bemoeid.'

'Zit je daarom op de kamer van decaan Martinez, terwijl je eigenlijk op college hoort te zijn?'

'Het is gewoon één groot misverstand,' zei hij schouderophalend.

Ze nam plaats op een van de stoelen tegenover de bank. 'Je zit tot je nek in de problemen, Tommy.'

'Dat komt wel goed,' verzekerde hij haar. 'Mijn vader is al op weg hiernaartoe om de zaak op te lossen.'

'Er valt niet veel op te lossen, gezien het feit dat je universiteitseigendom hebt vernield.'

Weer haalde hij zijn schouders op. 'Dat betaal ik wel.'

'Jij? Of je vader?'

'Wat maakt dat nou uit? Hij doet wel een schenking of koopt een stel footballpakjes – klaar. Trouwens,' voegde hij eraan toe, 'dat klopt inderdaad, wat u net zei: ik moest me afreageren.' Hij grijnsde. 'Ik ben helemaal kapot van wat er met Adam is gebeurd, en dan blijkt mijn kamergenoot ook nog depressief te zijn en met zijn studie te stoppen. Man, dat trek ik niet.'

Om hem niet te laten merken hoe geschokt ze was, klemde Faith haar kiezen op elkaar. Ze maakte de envelop open en liet hem de foto van Evan Bernard zien. 'Heb je deze man ooit gezien?'

De jongen maakte een onverschillig gebaar.

'Tommy, kijk eens naar die foto.'

Uiteindelijk ging hij rechtop zitten en bestudeerde het gezicht van Evan Bernard.

'Heb je hem wel eens gezien?' herhaalde Faith.

Albertson keek even naar haar op en richtte zijn blik toen weer op de foto. 'Zou kunnen. Geen idee.'

Nog nooit had Faith zo sterk de neiging gevoeld om de waarheid uit iemand te slaan. 'Nou, welke van de twee is het?'

'Ik zei toch dat ik geen idee had?'

Ze hield de foto nog steeds onder zijn neus. 'Kijk eens goed, Tommy. Het is belangrijk. Komt deze man je bekend voor?'

Hij slaakte een geïrriteerde zucht. 'Ik geloof het wel. Is hij op tv geweest of zo?'

'Nee. Als je hem gezien hebt, dan is dat hier op de campus geweest. Heb je hem in het gezelschap van Adam of Gabe gezien?'

Albertson nam de foto van haar over en hield hem omhoog om het gezicht nog beter te kunnen bekijken. 'Ik weet niet waar ik hem gezien heb, maar hij komt me bekend voor.'

'Zou je er heel goed over na willen denken?'

'Ja hoor.' Hij gaf haar de foto terug en liet zich weer achteroverzakken.

Faith kon haar ergernis niet langer verbergen. 'Ik bedoel nú, Tommy. Wil je er nu over nadenken?'

'Ik bén aan het nadenken,' beet hij terug. 'Ik zei toch dat hij me bekend voorkomt? Maar ik weet niet waar ik hem gezien heb. Hij doet me aan Han Solo denken. Misschien komt het daardoor.'

Faith, die vond dat zij nog eerder op Harrison Ford leek dan Evan Bernard, schoof de foto weer in de envelop. 'En zij?'

Nu hoefde Albertson niet aangespoord te worden. Hij keek naar de foto van Kayla Alexander en zei: 'Wauw, wat een lekker ding, zeg.' Hij kneep zijn ogen tot spleetjes. 'Dat is toch die vermoorde meid, hè?'

Faith wist dat Kayla's foto al drie dagen lang op tv werd vertoond.

Fronsend gaf hij haar de foto terug. 'Man, dat is pas ziek, als je 'm overeind krijgt van een dood meisje.' Toen Faith de foto niet van hem aannam, liet hij hem met een bittere trek om zijn mond op de tafel vallen.

'Heb je haar nooit eerder gezien?' vroeg Faith terwijl ze de foto weer in de envelop stopte.

Hij schudde zijn hoofd.

'Je wordt bedankt, Tommy. Je hebt echt fantastisch geholpen.' Ze stond op om weg te gaan.

'Ik zal u wel bellen als me iets te binnen schiet.' Zijn glimlach moest blijkbaar voor charmant doorgaan. 'Mag ik uw privénummer?'

Faith beet op haar lip om maar niks terug te zeggen, want zijn gebrek aan medeleven was stuitend. Bijna had ze hem eraan herinnerd dat Emma Campano nog steeds werd vermist – dat ze misschien dood was – dat een jongen van zijn eigen leeftijd, nota bene een studiegenoot, iemand die op nog geen drie meter afstand van hem had geslapen, op wrede wijze was vermoord en dat de moordenaar nog steeds vrij rondliep. In plaats daarvan liep ze de kamer uit en trok de deur zachtjes achter zich dicht, want die lol gunde ze hem niet.

Met haar hand op de gesloten deur maande ze zichzelf tot kalmte. Victor en zijn secretaresse keken haar verwachtingsvol aan. Het liefst was ze tegen de jongen tekeergegaan, had ze hem uitgescholden omdat hij zo'n gevoelloze lul was, maar ze deed het niet. Haar relatie met Victor was nog te pril om hem haar kribbige kant te tonen.

'En?' Hij had zijn handen in zijn zakken en om zijn mond speelde zijn gebruikelijke lachje. 'Heeft hij je kunnen helpen?'

'Een zak met rotte vis was van meer nut geweest,' zei ze. Opeens kreeg ze een idee. 'Hebben jullie zijn kamer doorzocht?'

'Waarop?'

Aanvankelijk had Faith er niet veel waarde aan gehecht, maar nu zei ze: 'Op de pot die ik in zijn sokkenla heb gevonden toen ik gisteravond de spullen van Gabe Cohen doorzocht.'

Victors glimlach verbreedde zich. 'Marty, zou je de beveiliging daar eens op af willen sturen?'

'Zeker.' Met een goedkeurende blik op Faith pakte de secretaresse de telefoon.

'Ten aanzien van drugs voeren we een heel streng beleid,' zei Victor. 'Je wordt zonder meer weggestuurd.'

'Dat is geloof ik het beste nieuws dat ik vandaag heb gehoord.'

'Dan heb ik nog wat voor je: Chuck Wilson heeft teruggebeld. Hij zegt dat hij wel een vermoeden heeft wat voor stof het is. Hij zit aan de andere kant van de snelweg in de Varsity, als je hem wilt spreken.'

Faith voelde het bloed naar haar wangen stijgen. Ze had de gedachte aan het gestolen bewijsmateriaal verdrongen, het als iets vaags afgedaan, maar nu kon ze niet langer om haar daad heen.

'Faith?'

'Prima,' zei ze met een geforceerd lachje.

Hij opende de deur van het kantoor. 'Weet je zeker dat je geen tijd hebt voor een snelle hap? Ik weet dat fastfood niet erg romantisch is...'

Als Victor nog niet aan haar kribbige kant toe was, dan mocht hij haar al helemaal niet met een colaatje een chiliburger zien wegspoelen. 'Bedankt voor de uitnodiging, maar ik heb een afspraak met de collega met wie ik aan deze zaak werk.'

'Hoe gaat het trouwens?' vroeg hij, terwijl hij haar via de hal van het gebouw mee naar buiten voerde. 'Al iets gevonden?'

'Iets, ja,' beaamde ze, maar verder deed ze er het zwijgen toe. De arrestatie van Evan Bernard telde niet echt mee zolang ze nog geen idee hadden waar Emma Campano was.

'Je zult het er wel moeilijk mee hebben.' Ze liepen langs het footballstadion en hij kneep zijn ogen samen tegen het zonlicht. Aan de overkant stonden grote, uit baksteen opgetrokken gebouwen: nog meer studentenflats.

'Dat we niks weten, dat is moeilijk,' moest ze bekennen. 'Ik denk steeds aan het meisje, en aan hoe het voor de ouders moet zijn.'

Hij legde zijn hand tegen de onderkant van haar rug en wees naar rechts, naar een straat met eenrichtingsverkeer. Al pratend leidde hij Faith de hoek om. 'In de loop van de tijd heb ik heel wat problemen met studenten moeten afhandelen, maar nooit zoiets als dit. Op de hele campus voel je de spanning. Ik kan me er geen voorstelling van maken hoe het nu op de school van die meisjes moet zijn. We hebben wel vaker een student verloren, maar nog nooit vanwege geweld.'

Faith zweeg. Ze luisterde naar zijn rustige stem en genoot van zijn hand op haar rug, die ze dwars door haar dunne katoenen bloes heen kon voelen.

'Deze kant op,' zei Victor, en hij loodste haar naar een gedeelte waar het trottoir steeds smaller werd. Een hoog ijzeren hek stond dwars op de weg, en de grond liep hellend af.

Faith bleef staan. Ze waren ongeveer twee blokken verwijderd van de North Avenue-brug, die over de I-75 liep en naar de Varsity voerde. 'Wat is dit hier?'

'Ben je nog nooit door de tunnel geweest?' vroeg Victor. Ze schudde haar hoofd. 'Het is een doorsteek onder de snelweg,' legde hij uit. ''s Nachts kun je er maar beter geen gebruik van maken, maar nu is het er volkomen veilig.' Hij pakte haar hand, alsof hij haar gerust wilde stellen – alsof ze geen wapen op haar heup droeg en niet wist hoe ze ermee om moest gaan.

Al lopend bleef hij de gids spelen. 'De Varsity is opgericht door een student van Georgia Tech, een zekere Frank Gordy. Hij opende die in de eerste plaats als een soort service voor de universiteit, maar in de loop van de jaren is dat helemaal veranderd. We vertellen de studenten maar niet dat Gordy in 1925 zijn studie heeft afgebroken om zijn eerste restaurant te beginnen. Met Steve Jobs en Bill Gates als voorbeeld is het al moeilijk genoeg om technologiestudenten ervan te overtuigen dat het de moeite waard is om je studie af te maken.'

'Zoals je weet heb ik geen recht van spreken,' was Faiths commentaar. De vorige avond had ze hem verteld dat ze een jaar voor haar afstuderen met haar studie was gestopt. Jeremy had haar liefde voor wiskunde geërfd, en ze zou al heel tevreden zijn als hij zijn graad haalde.

'Tech heeft een schitterend studieprogramma voor volwassenen,' benadrukte Victor.

'Ik zal het onthouden,' antwoordde ze om hem een plezier te doen. Voor de arrestatie van een zwerver wegens openbare dronkenschap had je geen trigonometrie nodig.

Inmiddels waren ze in de tunnel, en Victor hield nog steeds haar hand vast. Boven haar hoofd hoorde Faith het gerommel van passerend verkeer. Ze vroeg zich af hoeveel oud-studenten van Tech als ingenieur aan de snelweg hadden gewerkt, en of de stadsplanners op de hoogte waren geweest van de geheime doorgang. De tunnel was groot: een meter of vier breed en minstens twintig meter lang. Het plafond was laag, en hoewel Faith er normaal niet aan leed, kreeg ze nu last van claustrofobie.

'Je weet vast wel dat de Varsity het grootste fastfood-drive-inrestaurant ter wereld is,' vervolgde Victor. 'Het beslaat twee blokken. Deze tunnel komt aan de noordkant van het gebouw uit, aan Third Street.'

'Dit deel van de rondleiding kan ik me niet herinneren van Jeremy's oriëntatiebezoek aan de campus.'

'Het is een goed bewaard geheim. Je zou het hier eens moeten zien als er een footballwedstrijd is. Dan is het bomvol.'

Het zweet brak Faith uit, ook al was het onder de grond een stuk koeler. Om een onverklaarbare reden begon haar hart te bonken en naarmate ze verder liepen, leken de treden aan weerszijden van de tunneluitgang zich steeds verder terug te trekken.

'Hé!' Hij bracht haar tot staan en legde zijn handen op haar armen. 'Gaat het wel?'

Ze knikte opgelaten. 'Ik was alleen...' Ze besefte dat ze de envelop in haar hand klemde en haalde de foto's eruit om te zien of ze ze niet verkreukeld had. Toen ze opkeek naar Victor, keerde haar paniek op slag terug. Zijn gezicht stond hard en boos.

'Wat is er?' vroeg ze.

Hij keek haar dreigend aan, en zijn woede was bijna tastbaar. 'Wat moet jij met foto's van Evan Bernard?'

'Hoe weet je...'

Hij deed een stap in haar richting en nam haar rechterarm in een krachtige greep. Hij was links. Waarom was dat haar niet eerder opgevallen?

'Victor...' hijgde ze, en nu kreeg ze het pas echt benauwd.

'Vertel op: wat weet je?' drong hij aan. 'Nu.'

Hij klemde haar nog steeds vast, tot Faith bijna geen gevoel meer in haar rechterarm had. 'Waar heb je het over?' vroeg ze. Haar hart bonkte zo hevig dat het pijn deed.

'Probeer je me er soms in te laten luizen?' vroeg hij.

'Waar zou ik je op moeten betrappen?'

'Ik heb geen enkele band met die man. Vertel ze dat maar.'

'Je doet me pijn!'

Victor liet haar los. Hij keek naar haar blote arm, naar de afdruk van zijn hand. 'Sorry,' zei hij, en hij trok zich terug naar zijn kant van de tunnel. Hij streek met zijn vingers door zijn haar, waarna hij nerveus op en neer begon te lopen. 'Ik ken Evan Bernard niet. Ik had geen idee waar hij mee bezig was. Ik heb hem nooit met studenten gezien. Ik heb hem zelfs nooit op de campus gezien.'

Ze wreef over haar arm om het gevoel er weer in terug te krijgen. 'Victor, waar heb je het in godsnaam over?'

Victor stak zijn handen in zijn zakken en wipte op zijn hakken op en neer. 'Zeg het maar, Faith. Betekent dit iets voor je, of richt je onderzoek zich nu ook op mij?'

'Hoezo? Wat heb je dan gedaan?'

'Ik heb niks gedaan. Dat probeer ik je juist aan je verstand te brengen.' Hij schudde zijn hoofd. 'Ik vond je echt aardig, en voor jou was het allemaal een spelletje, hè?'

'Een spelletje?' herhaalde ze. 'Ik ben al drie dagen bezig om de zieke smeerlap te vinden die twee mensen heeft vermoord en een ander heeft ontvoerd om god mag weten wat met haar uit te voeren. En jij noemt dat een spelletje?'

'Faith...'

'Nee,' snauwde ze. 'Nu doen we opeens níét alsof jij zo redelijk bent. Vertel me maar eens precies wat er aan de hand is, Victor, om te beginnen wat je band met Evan Bernard is.'

'Hij is ruim twintig jaar lang als parttime docent aan de universiteit verbonden geweest. Onze studenten zijn niet bepaald goed onderlegd in de alfawetenschappen. Hij hielp ze met hun opdrachten.'

'Was Adam Humphrey een van zijn leerlingen?'

'Nee, we hebben Bernard vorig jaar ontslagen. Tijdens het zomertrimester gaf hij bijles. We ontdekten dat hij een relatie had met een studente. Met verschillende studentes. Hij heeft ons – mij – een proces aangedaan, wegens onterecht ontslag.'

'Waarom jou persoonlijk?'

'Omdat het programma onder Studentenzaken valt. Bernard heeft iedereen aangeklaagd die ook maar in de verste verte iets met het lesprogramma te maken heeft. Hij is zijn overheidspensioen kwijt, zijn sociale voorzieningen, zijn oudedagsvoorziening.'

'Maar hij mag helemaal geen seks hebben met studentes.'

'Dan moet je hem wel op heterdaad betrappen,' zei hij vol walging. 'Geen van de meisjes wilde tegen hem getuigen.'

'Hoe heb je het dan ontdekt?'

'Een van hen is ermee naar buiten gekomen. Hij had haar behoorlijk hard aangepakt. Er ontstond een soort vechtpartij en daarbij is ze gewond geraakt. Ze kwam pas een paar weken later naar ons toe. Ik heb nog geprobeerd haar naar de politie te sturen, maar dat wilde ze niet. Het is haar woord tegen het zijne, snap je? Ze was bang dat ze in de pers aan de schandpaal zou worden genageld. Ze was bang dat de hele campus haar met de nek zou aankijken.' Zijn lippen vormden een smalle streep. 'Het is al walgelijk genoeg dat het gebeurd is, maar dat hij ons ook nog durft aan te klagen...'

'Waarom weet niemand dit?'

'Omdat hij geld wil, niet zijn naam in de krant, en denk maar niet dat de universiteit CNN gaat bellen en ze de primeur gunt. Het gaat alleen maar om geld, Faith. Daar komt het altijd weer op neer.' Met de rug van zijn hand veegde hij zijn mond af.

'Hij geeft les op een middelbare school. Wist je dat?'

'De advocaten hebben ons geadviseerd om geen contact met de school op te nemen. Dan zou hij ons ook nog een proces wegens smaad aan kunnen doen.'

'Als je de waarheid spreekt, is het geen smaad.'

'Het is niet zo moeilijk om moreel hoog van de toren te blazen als je niet het risico loopt vijftigduizend dollar te moeten betalen aan advocatenkosten om je tegen een lamstraal te verweren die je zelfs nog nooit hebt ontmoet.' Hij sloeg zijn armen over elkaar. 'Het spijt me, Faith. Ik zag die foto's en toen dacht ik dat ze je op me af hadden gestuurd.'

'Je hebt toch geen misdaad gepleegd?'

'Dat weet ik,' zei hij. 'Ik ben alleen zo...' Hij schudde zijn hoofd en naar de rest van de zin liet hij haar raden. 'Ik lijk wel paranoïde. Ik heb keihard gewerkt om dit alles te bereiken, en ik heb geen zin om mijn baan en mijn huis kwijt te raken omdat een of andere klootzak zijn pik niet in zijn broek kan houden.' Weer schudde hij zijn hoofd. 'Sorry. Ik moet dat soort taal niet uitslaan. Ik had je ook niet vast mogen grijpen. Ik sta onder gigantische druk. Dat is geen excuus, dat weet ik.'

'Waarom heb je me dit niet eerder verteld? We hebben zowat de hele nacht over van alles en nog wat zitten kletsen, behalve over dit.'

'Om dezelfde reden dat jij niet over jouw onderzoek hebt gepraat. Het was fijn om gewoon met iemand over normale dingen te kunnen praten. Ik zit al de hele zomer met dit proces opgescheept. Ik had behoefte aan iemand die me als Victor ziet, gewoon een aardige vent, niet de bestuurder die wordt aangeklaagd omdat er pal onder zijn neus studentes zijn gemolesteerd.'

Faith sloeg haar armen om haar middel. Ze barstte bijna van frustratie. Emma Campano was door een gek ontvoerd. Hoeveel mensen hadden er verder nog passief staan toekijken terwijl het meisje als een beest werd mishandeld en haar vrienden werden vermoord? 'Je hebt geen idee wat je hebt gedaan.' Hij wilde antwoorden, maar ze schudde haar hoofd. 'Deze man zou wel eens iets met mijn zaak te maken kunnen hebben, Victor. Hij ging met een van de vermoorde meisjes naar bed. Zijn sperma is in haar lichaam aangetroffen.'

Zijn mond viel open van ontzetting. 'Wat vertel je me nou?'

'Dat Evan Bernard verdachte is in onze zaak.'

'Heeft hij dat meisje ontvoerd? En die moorden...' Victor was een en al afgrijzen.

Ze was zo kwaad dat de tranen in haar ogen sprongen. 'We weten het niet zeker, maar als je me dit twee dagen geleden had verteld, dan had je misschien een ander meisje kunnen redden...'

Er weerklonken voetstappen in de tunnel. Turend, met haar hand boven haar ogen tegen het felle licht, ontdekte Faith een stevige gestalte, die op hen af liep. Toen de man dichterbij kwam, zag ze dat hij een korte broek en een T-shirt droeg onder een witte laboratoriumjas, die besmeurd was met ketchup.

'Chuck,' zei Victor. Hij probeerde zijn kalmte te herwinnen, hoewel zijn stem nog gesmoord klonk. Hij stak zijn hand naar Faith uit, maar ze ontweek hem. Niettemin slaagde hij erin hen aan elkaar voor te stellen. 'Dit is Faith Mitchell. We waren net op weg naar jou toe.'

Bij wijze van groet zei Chuck: 'Shockrete.'

'Pardon?' zei Faith.

'Dat grijze poeder is shockrete. Het is een heel dicht soort beton dat versterkt is met titaniumvezels.'

'Waarvoor wordt het gebruikt?'

'Steunmuren, wijnkelders, skateboardparken, zwembaden.' Hij wierp een blik om zich heen. 'Tunnels.'

'Zoals deze hier?'

'Dit gevalletje is al oud,' zei hij, en hij klopte op het lage plafond. 'Ik heb trouwens ook graniet in het mengsel aangetroffen.'

'Zou dat van Stone Mountain kunnen zijn?' Ze doelde op een berg op een paar kilometer afstand van de stad.

'Dit soort graniet staat bekend om zijn clusters toermalijn, die je niet aantreft bij andere granietsoorten. Ik ben geen petroloog, maar als ik moest raden, dan zou ik zeggen dat het gaat om onze ouwe trouwe steenlaag van driehonderd miljoen jaar die onder Atlanta ligt.'

Ze probeerde hem bij de les te houden. 'Dus het is afkomstig van een tunnel in de stad?'

'Ik vermoed van een bouwplaats.'

'Wat voor soort?'

'Dat kan alles zijn. Shockrete wordt op muren en plafonds gespoten om de grond tegen te houden.'

'Wordt het ook gebruikt bij de aanleg van waterleidingbuizen, bijvoorbeeld onder het wegdek?'

'Bijna uitsluitend. Trouwens...'

Dat was nog niet het hele verhaal, maar Faith ging er met zo'n vaart vandoor dat ze hem niet meer hoorde.

ACHTTIEN

Will vroeg het nog eens: 'Hoe ziet dat betonpoeder eruit?'

'Gewoon,' antwoordde Petty, en hij wees naar de glazen deur waardoor Will zojuist was binnengekomen.

Nu zag hij het: lichtgrijze voetstappen op het blauwe tapijt. Hij keek om zich heen, naar de kopieerapparaten die op volle toeren draaiden, naar de lege etalage. Iedereen die in de Copy Right of in de parkeergarage was geweest, had door het betonstof kunnen lopen en het overal achter kunnen laten, maar slechts een van hen hield een mes in zijn hand dat als twee druppels water leek op het mes waarmee Kayla Alexander en Adam Humphrey waren vermoord.

'Ben jij de enige hier?' vroeg Will.

De man knikte en kauwde weer een hap van zijn steak weg. 'Warren kan elk moment terugkomen. Hij levert ergens een bestelling af.'

'Heeft hij een busje?'

'Nee, het is een eindje verderop in de straat. Soms lopen we even naar klanten toe. Dat doorbreekt de sleur.'

Buiten werd de drilboor aangezet. Het ding trilde zo hevig dat Will de vloer onder zijn voeten voelde schudden.

Op luide toon vroeg hij: 'Breng jij ook wel eens bestellingen weg?'

'Soms,' zei hij schouderophalend.

'Wat?' vroeg Will, hoewel hij Petty heel goed had verstaan. 'Ik kan je niet verstaan door die drilboor.'

'Soms, zei ik.'

Will schudde zijn hoofd, alsof hij het nog steeds niet had verstaan. Hij ging dit heel anders aanpakken dan met Evan Bernard. Hij verliet het gebouw pas met een verdachte in de boeien en een degelijk verhaal om de arrestatie mee te onderbouwen. Petty had het mes, hij was in de gelegenheid en hij beschikte zonder meer over een motief – hoe kon hij zijn illustere loopbaan bij de Copy Right nou beter beëindigen dan door de deur uit te stappen met een miljoen dollar aan harde cash op zak? En dat hij Emma Campano op de koop toe kreeg, was mooi meegenomen.

Maar klopte dat eigenlijk wel? Was deze sneue, doorgetripte gast het soort man dat een meisje kon doodslaan en een tweede meisje meenam om zijn lusten op te botvieren? Faith had gezegd dat ze de hele wereld in haar zak zou hebben als ze kon zien wie er met moordneigingen rondliep. Was Lionel Petty iemand die tot moord in staat was, of was hij gewoon bij iets slechts betrokken geraakt – was hij op het verkeerde moment op de verkeerde plek geweest?

Hoe dan ook, hij moest Petty bij de deur weg zien te krijgen, naar een afgesloten ruimte waar hij met hem kon praten. En dan moest hij allereerst dat mes neerleggen.

'Ik versta je nog steeds niet,' zei Will.

Voor de grap vouwde Petty zijn handen als een kommetje om zijn mond. 'Soms doe ik de bestellingen!'

Will wist dat het kantoortje achter in het pand was. Hij vermoedde dat daar de hele administratie werd bewaard. 'Ik wil even zien aan wie jullie leveren,' riep hij.

Petty knikte, legde het mes neer en stond op. Hij wilde weglopen, maar bedacht zich. Wills hand ging al naar zijn rug, naar de holster, toen Petty's vingers zich in de richting van het mes bewogen, maar hij graaide alleen maar een handvol patatjes mee, die hij opat terwijl hij Will meenam naar het achterste gedeelte van de zaak. Bij de deur naar het kantoortje haalde hij een sleutelbos tevoorschijn.

'Geeft Warren die altijd aan jou?' vroeg Will.

'Echt niet.' Hij stak een sleutel in het slot, duwde de deur open en ging aan het bureau zitten. Het lawaai van buiten drong gedempt tot het kamertje door, zodat Petty weer normaal kon praten. 'Gisteravond is Warren zijn sleutels vergeten. Ik weet niet wat er met hem aan de hand is. Hij vergeet voortdurend dingen.' Hij trok een bureaula open en begon de dossiermappen te doorzoeken. 'Het is echt idioot, want hij vindt het altijd vreselijk om fouten te maken.'

Will stond in de deuropening. Hij voelde hoe de luchtstroom van de airco het zweet op zijn rug verkoelde dat zijn overhemd en vestje aan elkaar deed plakken. Leunend tegen de deurpost liet hij zijn hand weer naar achteren gaan, waar het pistool veilig in de holster zat weggeborgen.

In zichzelf mompelend doorzocht Petty de dossiers. 'Sorry, hoor, Warren heeft zo zijn eigen opbergsysteem.'

'Neem er de tijd voor,' zei Will. Hij keek naar de rijen cd's langs de muren, naar de gekleurde hoesjes die in een bepaalde volgorde waren weggezet. Het deed hem aan zijn eigen cd-verzameling denken. Zelf herkende hij zijn cd's niet aan de titels, maar aan de kleur, het logo en het ontwerp.

Een huivering trok langs zijn ruggengraat. 'En de klantenbestanden op de planken? Heeft Warren daar ook een systeem voor?'

'Die cd's?' Petty moest lachen. 'Shit, man, ik heb geen flauw benul hoe hij die heeft ingedeeld. Ik mag ze niet eens áánraken.'

'Maar Warren kan alles wel terugvinden?'

'Met zijn ogen dicht.'

Dat betwijfelde Will. Warren zou minstens de kleuren en de patronen moeten zien om een cd te kunnen terugvinden. 'Was jij hier aan het werk op de dag dat Emma is ontvoerd?'

'Ik was thuis. Met barstende koppijn.'

'Is Warren linkshandig?'

Bij wijze van antwoord hield Petty zijn eigen hand omhoog. Will kon niet zien welke het was: zijn hersens waren niet goed in staat om links en rechts van elkaar te onderscheiden.

'Hebbes,' zei Petty, en hij haalde een dossier tevoorschijn. 'Let maar niet op de tikfouten. Warren is echt achterlijk, man. Hij kan nog geen woord spellen, maar denk maar niet dat hij dat toegeeft.'

'Wat bedoel je?' vroeg Will, hoewel hij het antwoord al wist. Warren gaf zijn cd's een kleurencode, want zonder visuele herkenningstekens kon hij de bestanden niet terugvinden. Vanaf het allereerste moment dat Will het kantoortje van de manager was binnengelopen om de band van de bewakingscamera te bekijken, had hij het bewijs pal voor zijn neus gehad. Om dezelfde reden als Will maakte Warren gebruik van een kleurencodesysteem: hij kon niet lezen.

'Meestal merk je niks aan Warren,' zei Petty, 'maar die vent kan ook nooit zijn ongelijk bekennen. Jezus, soms lijkt het hier wel het Witte Huis.'

'Ik bedoelde eigenlijk die tikfouten. Volgens jou kan hij niet spellen. Wat bedoel je daarmee?'

Petty haalde zijn schouders op en gaf hem een vel papier. 'Zoals dit bijvoorbeeld. Dat is toch het werk van een kleuter, of niet soms?'

Will keek vluchtig naar het papier. Zijn maag trok samen. Het enige wat hij zag, waren strepen.

'Moet je dit zien.' Petty trok een andere la open, en tussen de hangende dossiermappen door zag Will verscheidene messen van het soort dat Petty net in zijn hand had gehad.

'Hoe kom je daaraan?'

Petty boog zich naar voren en stak zijn arm tot achter in de la. 'O, van dat eettentje een eindje verderop. Gaat u ons nu aangeven?'

'Warren steelt ze ook?'

'Dat doen we allebei. Van de Steakery krijg je altijd van die goedkope plastic kutmessen mee.' Hij kwam overeind, met een boek op schoot. 'Ik zal ze wel terugbrengen. Ik weet dat het diefstal is.'

Will gebaarde naar het boek. 'Laat eens zien.'

Petty reikte het hem aan. 'Echt triest, man. Hij doet altijd alsof hij volmaakt is, alsof hij een geniaal verstand heeft, en dan gaat hij stiekem dit zitten lezen? Typisch Warren. Wat een loser.'

Will keek naar de voorkant van het boek. Hij kon de titel niet lezen, maar herkende meteen de veelkleurige driehoekjes en vierkantjes. Evan Bernard had hem die ochtend eenzelfde soort boek laten zien. Het boek dat Emma Campano had gebruikt.

'Sla maar eens open,' zei Petty. ' "Fikkie rent weg." "Jill plast in haar broek." Dat is toch voor achterlijke peuters? Om je dood te lachen.'

Will sloeg het boek niet open. 'Hoe komt hij hieraan?'

Schouderophalend leunde Petty achterover op zijn stoel. 'Soms snuffel ik in zijn spullen als ik me verveel. Een week of twee geleden vond ik dit weggestopt achter in de la.' Ook al schaamde hij zich kennelijk niet voor zijn gedrag, toch probeerde hij het goed te praten. 'Warren moet elke week een rapport naar het hoofdkantoor sturen. Ik zoek het altijd even op in zijn computer en zorg dat het er niet al te debiel uitziet.'

'Maakt hij geen gebruik van de spellingchecker?'

'Man, daar kan Warren al helemaal niet mee overweg.'

Het bureau was leeg. 'Waar is zijn computer?'

'Die had hij hier altijd staan, maar de laatste tijd neemt hij hem mee in zijn koffertje.' Hij maakte een veelzeggend pompgebaar. 'Waarschijnlijk zit hij naar porno te zoeken via de aansluiting in het restaurantje.'

'Wat voor soort computer is het?'

'Een Mac. Mooi dingetje.'

'Heeft hij een auto?'

'Hij komt altijd lopend.'

'Woont hij hier in de buurt?'

'Redelijk dichtbij. Meestal pakt hij de bus.' Eindelijk werd Petty wat achterdochtig. 'Waarom zit u me eigenlijk over Warren uit te horen?'

Will bladerde het boek door. De pagina's vielen in het midden open, bij een gelamineerd pasje dat als bladwijzer diende. Will keek naar het pasje en zag een foto van Adam Humphrey.

Er klonk gezoem. Petty draaide zich om en tuurde omhoog naar de bewakingscamera. 'Als je het over de duvel hebt,' zei hij terwijl hij op een knop op het bureau drukte.

Op het scherm zag Will dat Warren Grier de glazen deur opende die uitkwam in de parkeergarage.

'Hier blijven,' zei hij tegen Petty. 'Doe de deur op slot en bel 911. Zeg maar dat een politieman dringend assistentie nodig heeft.' Petty zat als verlamd op zijn stoel. 'Dit is geen grapje, Lionel,' zei Will. 'Doe het nou maar.'

Hij trok de deur achter zich dicht. De drilboor zweeg, maar de kopieerapparaten draaiden nog en het geratel van het papier dreunde in zijn oren. Tegen de tijd dat Warren de zaak binnenliep, stond Will al achter de balie. De man droeg zijn blauwe Copy Right-shirt en in zijn hand had hij een gebutst bruin koffertje.

Het was niet verwonderlijk dat hij schrok toen hij Will achter de balie zag. 'Waar is Petty?' vroeg hij.

'Naar het toilet,' antwoordde Will. Warren stond aan de andere kant van de balie, op nog geen meter afstand. Will had hem moeiteloos bij de kraag kunnen pakken om hem eroverheen te sleuren. 'Ik zei dat ik de telefoon wel voor hem zou opnemen.'

Warren wierp een blik op de restanten van Petty's lunch en op het mes. 'Is er iets?'

'Ik wil jullie een paar foto's laten zien.' Will stak zijn hand in zijn zak en haalde de pagina's uit de jaarboeken tevoorschijn. Hij voelde zijn hart bijna uit zijn borstkas barsten, en hij hoopte maar dat het niet zichtbaar was. Hij legde de foto's op de balie, maar zo dat die van Kayla bovenop lag en het gezicht van Evan Bernard voor de helft bedekte. 'Zou je deze eens willen bekijken?'

Langzaam zette Warren zijn koffertje op de vloer. Eerst keek hij een tijdje naar de foto's voor hij ze vastpakte. 'Ik heb dat meisje op het nieuws gezien,' zei hij met een stem die een paar octaven hoger was dan normaal. 'Is zij niet degene die is neergestoken?'

'Geslagen,' verbeterde Will hem, en hij leunde met zijn ellebogen op de toonbank om nog iets dichter bij Warren te komen. 'Iemand heeft haar met zijn blote vuisten doodgeslagen.'

De hand van de jongeman trilde licht. Hij was al even nerveus als Will. De foto van Bernard was nog zichtbaar, en Warren schoof die van Kayla eroverheen. 'Ik dacht dat ze was doodgestoken.'

'Nee,' zei Will. 'De jongen is neergestoken – één steekwond in zijn borst. Zijn long is geklapt.'

'De moeder heeft hem toch vermoord?'

'Nee,' loog Will. 'Hij is bezweken aan die messteek. Vanochtend hebben we het rapport van de lijkschouwer binnengekregen. Heel triest, eigenlijk,' voegde hij eraan toe. 'Volgens mij stond hij gewoon in de weg. Ik denk dat degene die hem vermoord heeft, hem bij Emma weg wilde houden.'

Warren bleef maar naar de foto van Kayla Alexander staren.

'Kayla is niet verkracht,' zei Will, die in zijn verbeelding een woedende Warren Grier schrijlings op Kayla Alexander zag zitten terwijl hij telkens weer met het mes in haar borst stak. Daarna was Adam Humphrey aan de beurt geweest: één steek recht in zijn borst. En dan Emma... wat had hij met Emma gedaan?

'Volgens ons is de moordenaar daar het type niet voor,' zei Will.

'O nee?'

'Nee. Degene die Kayla vermoord heeft, handelde waarschijnlijk uit woede. Misschien heeft ze iets tegen hem gezegd, heeft ze hem net zo lang getreiterd tot hij haar pakte. Zo aardig was ze nou ook weer niet.'

'Ik... eh...' Hij staarde nog steeds naar de foto. 'Dat kan ik wel aan haar zien.'

'Ze kon keihard zijn.'

Hij knikte.

'En deze man,' begon Will, terwijl hij de foto's van elkaar haalde, zodat Evan Bernard helemaal zichtbaar werd, 'die hebben we gearresteerd omdat hij seks heeft gehad met Kayla.'

Warren reageerde niet.

'Zijn sperma is in haar lichaam aangetroffen. Hij moet seks met haar hebben gehad vlak voor ze naar Emma Campano ging.'

Warrens blik was nog steeds op de foto's gericht.

'We willen haar terug, Warren. We willen Emma weer aan haar familie geven.'

Zonder iets te zeggen likte hij langs zijn lippen.

'Haar moeder lijkt sprekend op haar. Heb je een foto van haar op het nieuws gezien?'

Weer knikte Warren.

'Abigail,' zei Will. 'Op de foto's die op tv worden vertoond, is ze beeldschoon, vind je niet? Net als Emma.'

Langzaam haalde hij zijn schouders op.

'Zo ziet ze er nu trouwens niet meer uit.' De spanning werd tastbaar. 'Ze slaapt niet meer. Ze eet niet meer. Ze doet niets anders dan huilen. Toen ze besefte dat Emma vermist werd, moest ze gesedeerd worden. We hebben er een arts bij gehaald om haar te helpen.'

Warren sprak zo zacht dat Will hem slechts met moeite verstond. 'En Kayla? Is haar moeder ook overstuur?'

'Ja,' zei Will. 'Maar niet zo erg als de moeder van Emma. Ze wist zelf ook wel dat haar dochter niet zo aardig was. Volgens mij is ze ergens nog opgelucht ook.'

'En de ouders van die jongen?'

'Die wonen in Oregon. Gisteravond zijn ze hiernaartoe gevlogen om zijn lichaam op te halen.'

'Hebben ze het mee teruggenomen?'

'Ja,' loog Will. 'Ze hebben hem mee naar huis genomen om hem daar te begraven.'

Toen zei Warren iets wat hem verbaasde. 'Ik heb nooit ouders gehad.'

Will lachte geforceerd, zich ervan bewust dat zijn lip trilde. 'Iedereen heeft ouders.'

'De mijne hebben me in de steek gelaten,' zei Warren. 'Ik heb niemand.'

'Iedereen heeft wel iemand,' zei Will.

Van het ene op het andere moment liet Warren zich op de grond vallen. Will probeerde hem nog tegen te houden, maar hij was niet snel genoeg. Warren lag plat op zijn rug op de grond. In zijn handen klemde hij een revolver met een korte loop. De mond was slechts enkele decimeters van Wills gezicht verwijderd.

'Niet doen,' zei Will.

'Handen omhoog, zodat ik ze kan zien,' beval Warren, en hij wurmde zich overeind. 'Ik heb nog nooit een wapen gebruikt, maar volgens mij maakt dat van zo dichtbij niks uit.'

Langzaam richtte Will zich op, met zijn handen in de lucht. 'Vertel eens hoe het gegaan is, Warren.'

'Jullie vinden haar toch nooit.'

'Heb je haar vermoord?'

'Ik hou van haar,' zei Warren. Met de revolver op Wills borst gericht deed hij een stap naar achteren. 'Jullie snappen het niet. Ik heb haar meegenomen omdat ik van haar hou.'

'Het ging Evan alleen om het geld, hè? Hij heeft je gedwongen om Emma te ontvoeren, zodat hij geld kon vangen. Zelf wilde je het niet. Het was zijn idee.'

Warren antwoordde niet. Opnieuw deed hij een stap in de richting van de gang die naar de parkeergarage voerde.

‘Emma was toch helemaal zijn type niet? Hij valt op meiden zoals Kayla, die terugvechten.’

Warren schuifelde naar de uitgang.

De woorden stroomden Wills mond uit. ‘Ik ben ook in een tehuis opgegroeid, Warren. Ik weet hoe het is op open dagen. Daar zit je dan te wachten tot iemand jou misschien uitkiest. Het gaat er niet om dat je een dak boven je hoofd hebt, het gaat erom dat iemand naar je kijkt en jou ook echt ziet en bij je wil horen. Ik weet dat je dat voelde toen je Emma zag, dat je haar wilde…’

Warren legde zijn vinger op zijn lippen, alsof hij een kind het zwijgen oplegde. Hij deed nog een stap, en nog een en toen was hij weg.

Will sprong over de toonbank. Toen hij de gang had bereikt, zag hij Warren met zijn schouder de achterdeur forceren. Hij zette de achtervolging in, stormde door de uitgang en vloog de parkeergarage in, waar hij Warren tegen een felrode Mini op zag botsen.

Op een drafje liep Will naar de auto, en Faith stapte uit. Warren was zichtbaar versuft, maar zodra hij besefte dat Will op hem af kwam, kreeg hij weer een stoot adrenaline. Hij stapte op de bumper, zette zich af en racete naar de straat.

‘Dat is ’m!’ riep Will tegen Faith, en met een sprong was hij over de motorkap. Hij rende de straat op, naar alle kanten speurend om een teken van Warren op te vangen. Bijna een straat verderop zag hij hem, en met pompende armen en razende benen joeg hij achter hem aan.

De middaghitte was intens, en Will stikte bijna terwijl hij de jongere man achtervolgde. Zijn longen vulden zich met warme lucht en uitlaatgassen. Het zweet stroomde in zijn ogen. Vanuit zijn ooghoek zag hij iets roods en hij besefte dat het Faith was, die met haar auto recht tegen het verkeer in reed. Op en neer hotsend denderde de Mini over de metalen wegdekplaten.

Warren zag Faith ook. Hij zwenkte van de hoofdweg af en nam een van de zijstraten die naar Ansley Park voerden. De jongere man was snel, maar Wills passen waren twee keer zo groot als die van hem. Hij sloeg de hoek om en de zijstraat in en slaagde erin de afstand tussen hen steeds kleiner te maken. Ook toen Warren het bos in rende, bleef

Will op hem inlopen. Hij was altijd al een marathonloper geweest, geen sprinter. Lange afstanden, daar hield hij van, en hij moest het dan ook puur van zijn uithoudingsvermogen hebben.

Warren was duidelijk het tegenovergestelde. Terwijl hij zich een weg baande door het dichte bos, kwam hij steeds langzamer vooruit, en de afstand tussen de twee mannen werd kleiner en kleiner. Hij keek telkens over zijn schouder, met wijd open mond en happend naar lucht. Will was nog slechts centimeters van hem verwijderd, zo dichtbij dat hij het boord van zijn shirt kon pakken. Warren wist dit, hij voelde Wills hete adem in zijn nek. Toen deed hij het enige wat hij op dat moment kon doen: hij bleef stokstijf staan. Will had zo'n vaart dat hij bijna over Warren heen dook, waarna ze allebei tegen de grond smakten.

Aarde en bladeren vlogen alle kanten op toen het tweetal overeind wilde krabbelen. Will probeerde zich om te draaien, maar zijn voet zat ergens achter gehaakt. Hij gaf een ruk aan zijn been en deed verwoede pogingen om zich te bevrijden. Warren maakte gebruik van de situatie, ging schrijlings op Will zitten, met het wapen op zijn gezicht gericht, en haalde de trekker over.

Er gebeurde niets.

Weer haalde hij de trekker over.

'Stoppen!' gilde Faith. Opeens stond ze voor hen. Haar lichaam hield het zonlicht tegen en haar handen wierpen schaduwen over Wills gezicht. Ze richtte haar pistool op de plek tussen Warrens ogen. 'Laat vallen, klootzak, of ik knal je hersens uit je kop.'

Warren staarde haar aan. Will kon zijn ogen niet zien, maar hij wist wat Warren zag. Faith was lang, blond en mooi. Ze zou voor Emma of Kayla kunnen doorgaan, of zelfs voor Abigail Campano. De zon was achter haar. Misschien had Warren het gevoel dat er een engel voor hem stond. Misschien volgde je elk bevel op als er een wapen op je gezicht was gericht.

Warren liet zijn revolver los. Het ding landde op Wills borst en viel toen op de grond.

Will wrong zich onder hem vandaan en legde snel zijn hand op het wapen. Met een ruk trok hij zijn been uit de ranken. Hij besefte dat hij zijn adem inhield, waardoor hij licht in het hoofd en een beetje misselijk werd.

'Je hebt het recht om te zwijgen,' zei Faith terwijl ze haar boeien om Warrens polsen klikte. 'Je hebt recht op een advocaat.'

Will ging zitten en wachtte een paar tellen tot de duizeligheid wegtrok. Hij hield het wapen in zijn handen. Het was een klassieke Smith & Wesson 36, $1^{7/8}$ inch, van blauw metaal. Het serienummer ontbrak. Op de greep zat tape geplakt tegen vingerafdrukken. Het wapen was op deskundige wijze afgewerkt.

Hij vermoedde dat Adam toch een revolver had gekocht.

Will opende het magazijn en keerde het ondersteboven. Er pasten vijf patronen in. Drie kogels vielen in de palm van zijn hand. Will staarde naar het glanzende koper en rook de geur van kruit gemengd met olie.

Als Warren de trekker nog één keer had overgehaald, was Will nu dood geweest.

NEGENTIEN

Warren Grier maakte een opvallend normale indruk op Faith. Hij zag er heel gewoon uit, een jongeman die je zonder aarzelen binnen zou laten als hij je toilet kwam ontstoppen of een gaslek kwam opsporen. Als ze bedacht wat er met Kayla Alexander en Adam Humphrey was gebeurd en wat Emma Campano hoogstwaarschijnlijk had moeten doorstaan, dan had ze een monster verwacht, of op zijn minst een arrogante psychopaat.

Maar ze vond Warren Grier bijna zielig. Hij was mager en pezig, en hij meed haar blik. Zoals hij daar in de verhoorkamer tegenover haar zat, met opgetrokken schouders en zijn handen samengevouwen tussen zijn knieën, deed hij haar eerder denken aan Jeremy toen die in de supermarkt op het stelen van snoep was betrapt dan aan een kille moordenaar.

Ze kuchte en hij keek verlegen naar haar op, alsof ze op de middelbare school zaten en zij een cheerleader was die aardig tegen hem deed als haar vriendinnen het niet zagen. Het leek wel of hij dankbaar was dat hij tegenover haar mocht zitten. Als Faith niet met eigen ogen had gezien hoe hij nog geen uur geleden een wapen op het gezicht van Will Trent had gericht, zou ze hebben moeten lachen om het idee dat deze in zichzelf gekeerde, onhandige man tot dergelijke dingen in staat was.

Pas twee keer in haar loopbaan had Faith haar wapen hoeven trekken, iets wat een agent niet lichtvaardig deed. Je trok je pistool alleen als je bereid was om het te gebruiken, en dat was maar onder een zeer beperkt aantal omstandigheden toegestaan. Daar in dat bos, toen ze neerkeek op Warren Grier, die zijn vinger aan de trekker hield, zou ze het zonder meer gedaan hebben.

Maar dan was ze toch nog te laat geweest. Faith had de juiste procedure gevolgd. Ze had elke willekeurige onderzoekscommissie kunnen vertellen dat ze geheel volgens de regels had gehandeld: eerst waarschuwen, dan schieten. Inmiddels wist Faith dat ze nooit meer eerst zou waarschuwen. Tegen de tijd dat zij arriveerde, had Warren de trekker al twee keer overgehaald. Het enige wat hem ervan had weerhouden om hem voor de derde keer over te halen, de slagpin tegen de achterkant van de kogel te laten slaan en de kogel door Wills hoofd te jagen, was… wat eigenlijk?

Het had maar een haartje gescheeld, en alleen al bij de gedachte brak het zweet haar uit. Ze mocht niet vergeten dat ze zich op de irrationele kant van Warren Grier moesten concentreren. Evan Bernard was koelbloedig en berekenend. Warren daarentegen was impulsief, in staat om in een vlaag van waanzin een moord te plegen. Hij had Emma Campano ontvoerd. Hij had Adam Humphrey neergestoken. Hij had Kayla Alexander gedood.

Faith besefte dat ze er de afgelopen twaalf uur rekening mee had gehouden dat Emma Campano waarschijnlijk dood was. Nu durfde ze de mogelijkheid weer toe te laten dat Emma nog leefde, en ze wist dat ze alleen gevonden kon worden met hulp van de moordenaar die tegenover haar zat.

Met heel haar hart hoopte ze dat Will op zijn taak berekend was.

‘Volgens die wegwerkers is de waterleiding binnenkort klaar,’ zei Warren. ‘Dan zijn we gelukkig eindelijk van de rommel op straat af.’

Faith draaide zich een kwartslag om, zodat ze hem niet hoefde aan te kijken. Aan het uiteinde van de tafel stond een camera op statief, en elke beweging die ze maakten werd vastgelegd. Ze dacht aan de meisjeskamer van Evan Bernard en vroeg zich af of Warren Grier in de aangrenzende kamer achter de computer had gezeten om naar hem te kijken. In zijn flat was geen harddrive aangetroffen, en evenmin een laptop of iets wat ook maar in de verste verte verdacht leek.

‘Ze waren vanmiddag hard aan het werk,’ zei hij. ‘Wat een herrie.’

Haar medelijden vervloog en maakte plaats voor walging.

Volgens Lionel Petty sloot Warren zich urenlang in zijn kantoortje op. Had hij via de bewakingscamera naar Emma en Adam in de parkeergarage gekeken? Had hij Emma daar voor het eerst gezien? En wat was Kayla’s rol in dit hele verhaal? Wat was Evan Bernards aandeel?

Faith had Warren de arrestatieprocedure laten doorlopen en had toegekeken terwijl zijn vingerafdrukken werden afgenomen en hij gefotografeerd en gefouilleerd werd. Will had haar verteld over Warrens armzalige flatje aan Ashby Street, in het centrum. Het was een eenkamerappartement met een toilet op de gang, het soort hok dat je betrok als je pas uit de gevangenis kwam. De verhuurster van de flat had geschrokken gereageerd toen ze hoorde dat de rustige man die al tien jaar in haar huis woonde was gearresteerd. Hij ging nooit uit, behalve naar zijn werk, had ze tegen Will gezegd. Hij had ook nooit vrienden over de vloer.

Waar hield hij Emma Campano vast?

Alsof hij haar gedachten kon lezen, zei Warren: 'Jullie vinden haar toch niet.'

Faith reageerde niet en ze probeerde geen enkele hoop uit zijn woorden te putten. Warren had verschillende pogingen gedaan om een gesprek met haar te beginnen. De eerste paar keer was ze erin getrapt, maar al snel kreeg ze door dat hij een spelletje met haar speelde. Hij wilde het met haar over het weer hebben, de droogte waarover de kranten schreven – het onderwerp deed er niet toe, zolang hij haar maar tot een nietszeggend gesprek kon overhalen. Lang geleden had Faith geleerd dat je verdachten nooit hun zin moest geven. Zodra ze meenden dat zij de touwtjes in handen hadden, waren de verhoudingen zoek.

Er werd geklopt en Will kwam binnen. Hij had een verzameling felgekleurde mappen in zijn hand. Met een knikje naar Faith keek hij naar de camera om te zien of die het deed.

'Het spijt me dat ik u wilde doden,' zei Warren.

Will keek hem glimlachend aan. 'Nou, ik ben blij dat het je niet gelukt is.'

Zijn zelfbeheersing was indrukwekkend, en weer werd Faith getroffen door Wills gedrag, dat zo anders was dan dat van de gemiddelde politieman. Hij trok zijn vest recht, keek of zijn das goed zat ingestopt en ging naast haar zitten. Hij had meer van een accountant die de boeken ging controleren dan van een smeris.

Will richtte zich tot Warren. 'Op het briefje dat vorige week onder de deur van Adam Humphrey door is geschoven, zijn jouw vingerafdrukken aangetroffen.'

Warren knikte kort. Hij zat nog steeds ineengedoken aan tafel, met zijn handen tussen zijn knieën. Zijn borst drukte tegen het metalen blad, zoals bij een peuter die probeert te gaan staan.

'Wilde je Adam waarschuwen dat hij bij haar uit de buurt moest blijven?' vroeg Will.

Weer dat knikje.

'Zal ik eens vertellen wat er volgens mij is gebeurd?'

Daar zat hij kennelijk al op te wachten.

'Volgens mij heb je dit alles van tevoren goed voorbereid. Evan Bernard had geld nodig voor zijn proces tegen Georgia Tech. Hij was zijn pensioen kwijt, zijn sociale voorzieningen voor later – alles.' Tegen Faith zei Will: 'We hebben ontdekt dat hij vorige zomer zijn huis heeft verkocht om de proceskosten te kunnen betalen.' Hij schudde zijn hoofd om aan te geven dat het huis was doorzocht, maar dat er niets was gevonden.

Faith vroeg zich af wat hij verder voor informatie boven water had gekregen terwijl zij zich met Warren had beziggehouden. Ze wierp een blik op de gekleurde dossiermappen en Will gaf haar een knipoogje, wat eigenlijk niks voor hem was.

'Bent u ooit geadopteerd?' vroeg Warren.

Faith snapte de vraag niet, maar Will blijkbaar wel.

'Nee,' was zijn antwoord. 'Ik ben er op mijn achttiende weggegaan.'

Warren glimlachte met een blik vol herkenning. 'Ik ook.'

'Heb je Bernard leren kennen toen je in het tehuis zat? Gaf hij soms les op je school?'

Warrens gezicht verried niets.

'Volgens mij heeft Evan Bernard je met Kayla Alexander in contact gebracht. Kayla moest de voordeur voor je opendoen en ze moest ervoor zorgen dat Emma thuis was. Misschien moest ze Adam ook rustig houden terwijl jij haar meenam.' Warren vertrok geen spier. 'Had Kayla tegen Emma gezegd dat ze haar auto in de garage moest parkeren?'

'Kayla heeft vorig jaar al tegen Emma gezegd dat ze daar moest parkeren,' zei Warren. 'Zo kwamen haar ouders er niet achter dat ze spijbelden.'

'Laten we nog eens drie dagen teruggaan, naar de dag van het misdrijf. Ben je via het pad door het bos achter de Copy Right naar het huis van de Campano's gelopen?'

'Ja.'

'Had je het mes en de handschoenen bij je?'

'Ja.'

'Dus je ging ernaartoe met de bedoeling om iemand te vermoorden.'

Aarzelend haalde hij zijn schouders op.

Will zocht tussen de dossiers die hij had meegenomen en sloeg het groene exemplaar open. 'Dit hebben we in je bureau in de kopieerwinkel gevonden.' Hij liet Faith de foto zien en schoof hem vervolgens naar Warren toe. Het was een opname van Emma Campano en Adam Humphrey, die met hun armen om elkaar heen geslagen aan het wandelen waren. Emma lachte, waarbij ze haar hoofd schuin naar achteren hield.

'Je keek graag naar haar,' zei Will.

Warren antwoordde niet, maar Will had eigenlijk ook niks gevraagd.

'Vond je Adam niet goed genoeg voor haar?'

Hij bleef zwijgen.

'Je wist dat er iets met Emma was. Wie heeft je verteld dat ze een leesprobleem had, net als jij?'

'Ik heb geen leesprobleem.' Nu sloeg hij een verdedigende toon aan, en het klonk radicaal anders dan het gebabbel van een paar minuten geleden.

Will sloeg een tweede map open, deze keer een blauwe, en toonde Faith een officieel uitziend document. 'Dit is een evaluatierapport van een klinisch psycholoog, die een gesprek met Warren heeft gehad toen hij het kindertehuis verliet.' Hij legde het papier op tafel en draaide het naar Warren toe. Faith zag dat er gekleurde stippen op stonden. Will legde zijn vinger op de blauwe stip. 'Onaangepast gedrag,' las hij hardop, waarna zijn vinger naar de rode stip ging. 'Psychopathische neigingen.' Hij bewoog zijn vinger van de ene stip naar de andere. 'Problemen met agressiebeheersing,' las hij op luide toon voor. 'Gebrekkig leervermogen. Gebrekkige leesvaardigheid. Zie je het nu zelf, Warren? Zie je wat er over je gezegd is?' Hij zweeg, hoewel hij blijkbaar geen antwoord verwachtte. Hij stopte het formulier weer in de map, en opeens kreeg het verhoor een heel andere toon toen hij zei: 'Tja, het maakt geloof ik ook niet uit of je het al dan niet ziet, want hier staat duidelijk dat je niet kunt lezen.'

Pijn vlamde op in Warrens ogen, alsof hij zich verraden voelde.

Will wist van geen ophouden. Zijn stem was zacht, alsof hij tegelijkertijd de rol van zowel good cop als bad cop speelde. 'Ben je daarom op je zestiende van school gegaan?'

Warren schudde zijn hoofd.

'Het zal op school wel geen pretje zijn geweest, want je werd bij de domme leerlingen ingedeeld.' Ter verduidelijking zei Will tegen Faith: 'Op zijn vijftiende werd Warren in een klas geplaatst met leerlingen die speciaal onderwijs nodig hadden, ook al had hij een normaal IQ.'

Warren sloeg zijn blik neer en tranen glinsterden in zijn ogen.

'Het heeft iets triests, zo'n busje dat voor het weeshuis stopt,' zei Will.

Warren schraapte zijn keel. 'U vindt haar toch nooit,' zei hij met moeite.

'En jij krijgt haar nooit meer te zien.'

'Ze zit hier,' zei hij met klem, en hij drukte zijn vinger tegen zijn slaap. 'Ik heb haar altijd bij me.'

'Ik weet dat ze nog leeft.' Will klonk zo zeker van zijn zaak dat Faith hem bijna geloofde. 'Je zou haar nooit kunnen doden, Warren. Daarvoor betekent ze te veel voor je.'

'Ze houdt van me.'

'Ze is doodsbang voor je.'

Hij schudde zijn hoofd. 'Ze begrijpt wel waarom ik het moest doen. Ik moest haar redden.'

'Wat begrijpt ze dan?'

'Dat ik haar bescherm.'

'Tegen Bernard?'

Hoofdschuddend beet hij op zijn lip; hij weigerde de leraar uit te leveren.

Will sloeg een rode dossiermap open en haalde er weer een vel papier uit, dat hij naar Warren toe schoof. 'Naar mijn mening heeft Warren Grier niet-gediagnosticeerde lees- en schrijfproblemen. In combinatie met zijn gemiddelde intelligentie en onaangepaste gedrag zal dat...'

'Ze gaat dood,' fluisterde Warren, 'en dan is het uw schuld.'

'Ik heb haar niet van haar ouders weggenomen. Ik heb haar beste vriendin niet vermoord.'

'Kayla was haar vriendin niet,' zei Warren. 'Ze haatte haar. Ze kon haar niet uitstaan.'

'Waarom niet?'

'Kayla zette haar voortdurend voor gek. Ze zei dat ze dom was omdat ze na school bijles kreeg.'

'Deed Kayla ook rot tegen jou?'

Hij haalde zijn schouders op, maar het antwoord op die vraag was nu dood en lag beneden in het mortuarium.

'Vertel eens wat er die dag gebeurd is, Warren. Heeft Kayla je binnengelaten?'

'Ze zou me binnenlaten en verder haar bek houden, maar dat deed ze niet. Ze ging helemaal over de zeik vanwege Adam, die boven met Emma in bed lag. Ze ging maar door over Emma, dat ze dom was en geen vriendje verdiende. Ze zei dat Emma even stom was als ik.'

'Begon Kayla te schreeuwen?'

'Pas toen ik haar sloeg.' Snel voegde hij eraan toe: 'Ik sloeg niet hard, hoor. Ik wou alleen dat ze haar bek hield.'

'Wat is er toen gebeurd?'

'Ze rende de trap op en bleef maar gillen. Ik zei dat ze op moest houden, maar dat deed ze niet. Ze zou me helpen met Adam. Ik zou het mes op haar keel zetten zodat hij niks durfde te proberen, maar ze ging helemaal over de rooie. Ik moest haar wel slaan.'

'Heb je Kayla neergestoken?'

'Ik weet het niet. Ik kan het me niet meer herinneren. Ik voelde dat iemand mijn hand vastgreep, en dat was hij, Adam. Ik wilde hem helemaal niks doen. Ik stond gewoon op en toen ging het mes zijn borst in. Ik wilde hem niks doen. Ik wilde hem juist helpen. Ik wilde tegen hem zeggen dat hij weg moest gaan.'

‘Waar was Emma toen dat alles gebeurde?’

‘Ik hoorde haar huilen. Ze zat in een kast in een van de kamers. Ze had…’ Zijn stem haperde. ‘Het was zo’n mooie kamer. Er stond een grote tv, er was een haard, en ze had een heleboel kleren en schoenen en wat niet al. Ze had alles.’

‘Heb je haar geslagen?’

‘Ik zou haar nooit iets doen.’

‘Maar ze was wel bewusteloos toen je haar de trap af droeg.’

‘We zijn naar buiten gegaan. Ik weet niet wat er met haar aan de hand was. Ik heb haar gedragen. Ik heb haar in de kofferbak gelegd en toen ben ik naar de parkeergarage gereden, zoals afgesproken.’

‘Zoals Bernard je had opgedragen?’

Hij keek weer naar de tafel, en Faith verbaasde zich over de macht die Evan op de jongeman uitoefende. Voor zover ze wist viel Bernard alleen op meisjes. Had zijn verdorvenheid ook een andere kant, die ze nog niet hadden ontdekt?

‘Waar heb je haar mee naartoe genomen, Warren?’ vroeg Will. ‘Waar heb je Emma mee naartoe genomen?’

‘Naar een veilige plek,’ zei hij. ‘Naar een plek waar we samen konden zijn.’

‘Je houdt helemaal niet van haar, Warren. Als je van iemand houdt, dan ontvoer je haar niet. Dan komt ze naar jóú toe. Dan kiest ze voor jou. Niet andersom.’

‘Zo was het niet. Ze zei dat ze van me hield.’

‘Nadat je haar had meegenomen?’

‘Ja.’ Op zijn gezicht verscheen een grijns, alsof het hem nog steeds verbaasde, alsof hij er nog steeds ondersteboven van was. ‘Ze is verliefd op me geworden, echt.’

‘Geloof je dat zelf?’ vroeg Will. ‘Geloof je heus dat je in haar wereld thuishoort?’

‘Ze houdt van me. Dat heeft ze zelf gezegd.’

Will boog zich nog wat dichter naar hem toe. ‘Mannen zoals jij en ik weten niet hoe het is om deel uit te maken van een gezin. We snappen niet hoe sterk zo’n band is, we zullen nooit weten hoeveel ouders van hun kinderen kunnen houden. Jij hebt die band verbroken, Warren. Jij hebt Emma van haar ouders afgenomen, zoals je zelf van je eigen ouders bent afgenomen.'

Nog steeds schudde Warren zijn hoofd, maar nu van verdriet, niet omdat hij zeker van zijn zaak was.

'Hoe voelde je je toen je in haar kamer stond en zag wat een mooi leventje ze leidde, terwijl je zelf helemaal niks had?' Zijn stem was zacht en vertrouwelijk. 'Dat voelde helemaal verkeerd, hè? Man, ik weet er alles van. Ik heb me ook zo gevoeld. Wij horen niet bij dat soort mensen, bij normale mensen. Die weten niet wat voor nachtmerries we hebben. Ze begrijpen niet waarom we zo de pest hebben aan kerst en aan verjaardagen en zomervakanties, want elke feestdag herinnert ons aan al die keren dat we alleen zijn geweest.'

'Nee.' Heftig schudde Warren zijn hoofd. 'Ik ben niet meer alleen. Ik heb haar.'

'Hoe zie je dat voor je, Warren? Een of ander knus, huiselijk tafereeltje, waarbij je thuiskomt van je werk terwijl Emma eten voor je kookt? Ze kust je op je voorhoofd en jullie drinken een glas wijn en nemen je dag door? En later wast zij de borden en droog jij ze af?'

Warren haalde zijn schouders op, maar Faith zag dat hij zich inderdaad iets dergelijks had voorgesteld.

'Ik heb de foto's gezien die beneden van je gemaakt zijn, tijdens het proces-verbaal. Je hoeft mij niet te vertellen wat voor wonden brandende sigaretten veroorzaken.'

'Krijg de klere,' fluisterde Warren.

'Heb je je brandwonden aan Emma laten zien? Werd ze er net zo misselijk van als jijzelf als je ernaar kijkt?'

'Zo is het helemaal niet.'

'Ze moest je littekens voelen, Warren. Ik weet dat je je kleren hebt uitgetrokken. Ik weet dat je haar huid op je lichaam wilde voelen.'

'Nee.'

'Ik weet niet wat erger is: de pijn of de stank. Eerst is het alsof er allemaal naaldjes in je vel worden gestoken – oneindig veel naaldjes, die branden en prikken. En dan ruik je de stank. Het is net een barbecue, vind je niet? 's Zomers ruik je het in de hele stad: rauw vlees dat verbrandt in de vlammen.'

'Ik heb toch gezegd dat we van elkaar houden?'

Will klonk bijna speels, alsof hij de clou van een grap prijsgaf. 'Voel je wel eens aan je huid als je onder de douche staat, Warren? Je zeept je in en dan ga je met je hand over je ribben en voel je de gaatjes die in je vel zijn gebrand.'

'Dat doe ik nooit.'

'Als ze nat zijn, zijn het net zuignapjes, hè? Je gaat er met je vinger in en dan gebeurt het weer helemaal opnieuw.'

Hij schudde zijn hoofd.

'Heb je gesmeekt dat het op moest houden, heb je gekrijst als een kat omdat het zo vreselijk pijn deed? Heb je gezegd dat je alles wel wilde doen? Alles, als die pijn maar ophield?'

'Niemand heeft me ooit zoveel pijn gedaan.'

Wills stem werd harder en hij ging steeds sneller praten. 'Je wordt woedend als je die littekens voelt. Je wilt het op iemand afreageren, misschien op Emma met haar volmaakte leventje, haar rijke pappie en haar mooie moeder, die van de dokter iets krijgt waarvan ze knock-out gaat omdat ze niet zonder haar dierbare dochtertje kan.'

'Kappen!'

Will sloeg zo hard met zijn hand op de tafel dat ze ervan schrokken. 'Ze is niet van jou, Warren! Vertel op: waar is ze?'

Met opeengeklemde kaken staarde Warren naar het tafelblad.

Het speeksel vloog uit Wills mond toen hij nog dichter naar hem toe schoof. 'Ik heb je wel door. Ik weet precies hoe dat gaat in je hoofd. Je hebt Emma niet ontvoerd omdat je van haar houdt, je hebt haar ontvoerd omdat je haar wilde horen gillen.'

Langzaam hief Warren zijn hoofd op en keek hij Will aan. Hij had zijn woede amper onder controle, en zijn lippen trilden als die van een dolle hond. 'Ja,' fluisterde hij schor. 'Ze gilde het uit.' Nu werd zijn gezicht even onaangedaan als zijn toon. 'Ze gilde het uit, tot ik haar liet stoppen.'

Will leunde achterover. Aan de muur hing een klok, en Faith luisterde naar het trage wegtikken van de tijd. Ze keek naar de muur van betonblokken tegenover zich, want Warren mocht haar nieuwsgierigheid niet zien, dat gunde ze hem niet, en Will mocht niet weten hoe bezorgd ze was.

Ze had met agenten samengewerkt die midden in een plensbui op een stapel bijbels hadden durven zweren dat de zon scheen. Talloze malen had ze in deze zelfde verhoorkamer naar Leo Donnelly zitten luisteren – een man zonder kinderen, die vier keer gescheiden was – terwijl hij vol bezieling vertelde over zijn liefde voor God en zijn teerbeminde tweelingdochtertjes, alleen om een verdachte een bekentenis te ontlokken. Zelf had Faith wel eens een onzichtbare echtgenoot, een liefdevolle grootmoeder en een afwezige vader bij elkaar verzonnen om verdachten aan het praten te krijgen. Er was geen agent die geen mooi kletsverhaal kon ophangen.

Alleen was ze er nu van overtuigd dat Will Trent niet loog.

Hij legde zijn hand op de stapel mappen. 'We hebben je adoptiedocumenten gevonden.'

Warren schudde zijn hoofd. 'Die zijn verzegeld.'

'Klopt, tenzij je een ernstig misdrijf hebt gepleegd,' zei Will. Faith bekeek hem aandachtig, want ze wist dat dit een leugen was en ze probeerde te ontdekken hoe hij zichzelf verried als hij niet de waarheid sprak. Zijn gezicht stond nog even onbewogen als eerst. Het was om gek van te worden, en daarom richtte ze haar aandacht maar weer op Warren.

'Je moeder leeft nog, Warren,' zei Will.

'Dat liegt u.'

'Ze is naar je op zoek.'

Voor het eerst sinds Will de kamer was binnengekomen, wierp Warren een blik op Faith, alsof hij een appèl deed op haar moederinstinct. 'Dat is niet eerlijk.'

'Ze is al tijden naar je op zoek,' zei Will.

Hij sloeg de laatste map open. Er lag een vel papier in. Hij draaide het om en schoof het naar Warren toe. Vanwaar ze zat, zag Faith duidelijk dat hij een memo had gekopieerd over de juiste kleding voor undercoveragenten. Het stadswapen aan de bovenkant was er zo vaak op gestempeld dat de verrijzende feniks een vage vlek was geworden.

'Wil je je moeder niet zien, Warren?' vroeg Will.

Zijn ogen werden vochtig.

'Daar woont ze.' Will tikte met zijn vinger op het papier. 'Op nog geen vijftien kilometer van je werk.'

Warren begon heen en weer te wiebelen en zijn tranen drupten op het papier.

'Wat voor zoon ziet ze straks voor zich?'

'Een goede,' zei de jongeman met klem.

'Vind je het goed wat je gedaan hebt? Denk je dat ze ook maar in de buurt wil komen van iemand die een meisje bij haar familie heeft weggehaald?' Will bleef aandringen. 'Wat jij met de ouders van Emma doet, is precies hetzelfde als wat jouw moeder ooit is aangedaan. Denk je echt dat ze nog van je houdt als ze ontdekt dat jij Emma weer aan haar familie kon teruggeven, maar het niet hebt gedaan?'

'Ze is veilig,' zei Warren. 'Ik wilde haar alleen maar op een veilige plek verbergen.'

'Zeg nou maar waar ze is. Haar moeder mist haar ontzettend.'

Hij schudde zijn hoofd. 'Nee,' zei hij. 'U vindt haar toch niet. Ze blijft voor altijd bij me. Er kan nu niets meer tussen ons komen.'

'Hou eens op met dat gelul, Warren. Het ging je niet om Emma. Het ging je om haar leven.'

Warren keek naar de dossiermappen die voor Will op tafel lagen, alsof hij verwachtte dat er iets nog ergers uit tevoorschijn zou komen, dat hem nog dodelijker informatie voor de voeten zou worden geworpen.

Will deed een nieuwe poging. 'Als jij ons vertelt waar ze is, dan vertel ik waar je moeder woont.'

Al die tijd hield Warren zijn blik op de dossiers gericht, maar nu begon hij te fluisteren, zo zacht dat Faith het niet kon verstaan.

'Ik ga haar persoonlijk halen. Ik haal haar op met de auto en breng haar naar je toe.'

Warren bleef maar fluisteren, zijn lippen prevelden een onbegrijpelijke mantra.

'Praat eens wat duidelijker, Warren,' zei Will. 'Vertel nou maar waar ze is, dan kunnen we haar teruggeven aan haar ouders, want die houden heel veel van haar.'

Eindelijk verstond Faith wat hij zei: 'Blauw, rood, paars, groen. Blauw, rood, paars, groen.'

'Warren...'

Zijn stem werd luider. 'Blauw, rood, paars, groen.' Hij stond op en begon te schreeuwen. 'Blauw, rood, paars, groen!' Hij zwaaide met zijn handen en riep uit alle macht: 'Blauw! Rood! Paars! Groen!' Daarop rende hij naar de deur en greep naar de knop. Faith, die het dichtst bij hem zat, wilde hem wegtrekken. Warrens elleboog raakte haar kaak, waarop ze achterover tegen de tafel tuimelde.

'Blauw! Rood! Paars! Groen!' gilde hij, terwijl hij in volle vaart tegen de betonnen muur op liep. Will rende op hem af en sloeg zijn armen om hem heen. Schoppend schreeuwde Warren: 'Nee! Laat me los! Laat me los!'

'Warren!' Will liet hem los, maar hij hield zijn handen gespreid voor het geval hij hem weer zou moeten pakken.

Warren stond midden in de kamer. Hij had zo hard met zijn hoofd tegen de muur gebeukt dat het bloed van zijn gezicht droop. Met maaiende vuisten dook hij op Will af.

De deur vloog open en twee agenten stormden naar binnen. Warren wilde naar buiten rennen, maar ze werkten hem tegen de grond, waar hij zich als een bezetene probeerde los te wurmen. Hij rukte zijn handen weg toen ze hem in de boeien wilden slaan en schreeuwde aan één stuk door. Zijn voet schoot omhoog en raakte een van de agenten in het gezicht.

De taser moest eraan te pas komen. Dertigduizend volt gierde door zijn lichaam. Van het ene op het andere moment zakte Warren verslapt in elkaar.

Hijgend ging Will op zijn hurken zitten. Hij boog zich over Warren heen en legde zijn hand op zijn borst. 'Alsjeblieft,' smeekte hij. 'Zeg het nou. Zeg nou waar ze is.'

Warrens lippen bewogen. Will boog zich nog dichter naar hem toe om hem te kunnen verstaan. Ze wisselden een paar woorden. Will gaf een bevestigend knikje, dat niet veel verschilde van Warrens eerdere knikjes. Langzaam richtte hij zich op, met zijn handen op zijn bovenbenen. 'Neem hem maar mee,' zei hij tegen de agenten.

De mannen sjorden Warren omhoog alsof hij een zak aardappels was, en sleepten hem naar de deur. Hij zou naar zijn cel worden gebracht om daar van de schok te bekomen.

Faith kon het niet volgen en ze keek Will aan. 'Wat heeft hij tegen je gezegd?'

Voorovergebogen, alsof hij nog steeds buiten adem was, wees hij naar de dossiermappen op tafel. Faith keek ernaar. Ze lagen in de verkeerde volgorde, maar ze zag het nu duidelijk: blauw, rood, paars, groen.

Warren had de kleuren van de mappen uitgeschreeuwd.

Het dienstlokaal van de afdeling Moordzaken was er niet beter op geworden tijdens de drie dagen dat Faith afwezig was geweest. Robertsons jockstrap hing nog steeds uit de bovenste la van zijn bureau. Een opblaaspop, die op het laatste verjaardagsfeestje als 'bewijsstuk' had gefungeerd, zat boven op de archiefkast, met haar mond nog steeds opengesperd in een suggestieve O, terwijl de lucht langzaam uit haar ooit zo welgevormde lichaam liep. Het bureau van Leo Donnelly was leeg, op een beroemde oude foto van Farrah Fawcett na, die hij blijkbaar uit een tijdschrift had geknipt. In de loop van de jaren waren de randen van de foto verfraaid met graffiti en illustraties die beter op hun plaats waren geweest op het jongenstoilet van een middelbare school.

Ter versterking van het mannensfeertje was het op dat moment net wisseling van de wacht, een fenomeen dat Faith altijd vergeleek met een kleedkamer tijdens de pauze van een footballwedstrijd. Het lawaai was oorverdovend en de stank schrikbarend. Iemand had de tv aangezet die aan het plafond hing. Een ander zocht naar een station op de antieke radio. In de magnetron werd een burrito opgewarmd, en de hele ruimte stonk naar verbrande kaas. Zware bulderstemmen vulden het vertrek, rechercheurs liepen in en uit, droegen zaken aan elkaar over, schepten op over wie de grootste pik had, wie als eerste een zaak zou oplossen, en wie een hondsmoeilijk onderzoek dat nooit iets zou opleveren aan iemand anders doorgaf. Kortom, het hele lokaal droop van de testosteron, als poep uit een luier.

Faith keek op naar de tv toen ze Amanda's stem herkende: '...met trots kunnen meedelen dat er iemand is gearresteerd in verband met de ontvoering van het meisje Campano.'

Iemand riep: 'Dankzij de politie van Atlanta, kutwijf.'

Amanda kreeg nog meer naar haar hoofd geslingerd: bitch, doos, alle lage, vernederende termen die de agenten konden verzinnen om een vrouw naar beneden te halen voor wie ze het stuk voor stuk in hun broek zouden doen als ze langer dan vijf minuten alleen met haar waren.

De paar rechercheurs die het dichtst bij Faiths bureau stonden, keken haar even nieuwsgierig aan – niet omdat ze op de zaak zat, maar vanwege het taalgebruik. Faith haalde haar schouders op en keek weer naar de tv, waar Amanda op deskundige wijze de verslaggevers te woord stond. Toch bleef ze hun blikken voelen.

Dit soort ongein was aan de orde van de dag. Als Faith zei dat ze hun mond moesten houden, was ze een zeikerd die niet tegen een grapje kon. Als ze het negeerde, vatten ze dat op als stilzwijgende instemming. En dat was niet alles. Als ze hun seksuele avances afwees, was ze een pot. Als ze met een van hen uitging, kreeg ze het etiket hoer opgeplakt. Faith kon het op geen enkele manier winnen, en als ze ze met gelijke munt terugbetaalde, kostte het haar te veel tijd. Het gemok, het passief-agressieve gezeur – Faith had al één kind grootgebracht, en ze voelde er niet veel voor om er nog eens twintig bij te nemen.

Toch had ze het altijd heerlijk gevonden om hier te werken, om het gevoel te hebben dat ze deel uitmaakte van een broederschap. Dat was trouwens de reden waarom Will Trent zich niet als een smeris gedroeg en al evenmin als een smeris praatte. Hij zat nooit in een dienstlokaal. Hij zat nooit al bier drinkend met Charlie Reed en Hamish Patel te ouwehoeren. Weliswaar maakte hij deel uit van een team, maar als je met hem samenwerkte was het alsof je in een zeepbel zat. Nooit hoorde je het geroezemoes van anderen op de achtergrond, er waren geen botsende ego's en geen taken die verdeeld moesten worden. Zijn manier van werken was veel gerichter, maar week ook zo af van wat Faith gewend was dat ze, nu ze weer onder haar collega-rechercheurs vertoefde, het gevoel had dat ze niet langer bij hen hoorde. Ze moest toegeven dat Will ondanks zijn vele gebreken wel luisterde naar wat ze te zeggen had. Het was prettig om af en toe een gesprek te voeren met een collega die niet vroeg of ze ongesteld was als ze het niet met hem eens was.

Faith keek weer naar het scherm. Amanda knikte toen een verslaggever iets vroeg over Westfield Academy en de arrestatie van Evan Bernard. Ze straalde helemaal, en Faith moest erkennen dat ze voor de camera pas goed tot haar recht kwam. De journalisten aten uit haar hand. 'De heer Bernard is zonder meer een interessante figuur.'

'Vind je dit soms ook interessant?' riep een van de rechercheurs. Ook zonder om te kijken wist Faith vrijwel zeker dat hij zijn hand om zijn ballen had geslagen.

Amanda beantwoordde een nieuwe vraag. 'De verdachte is een man van achtentwintig met een veelbewogen verleden.'

'Waarom geeft u zijn naam niet vrij?' vroeg een verslaggever die buiten beeld bleef.

'Als hij morgen in staat van beschuldiging wordt gesteld, wordt zijn naam openbaar gemaakt,' zei ze, waarbij ze de voor de hand liggende reden handig omzeilde, namelijk dat Warrens naam hopelijk zo lang mogelijk geheim bleef om te voorkomen dat een of andere onbenul hem met de beste bedoelingen van de wereld van juridisch advies diende. Het feit dat Lionel Petty al een foto op I-Report had gezet waarop Warren Grier en hij naast elkaar bij een van de kopieerapparaten stonden, zou zich spoedig tegen hen keren.

Een van de verslaggevers dacht blijkbaar hetzelfde als Faith. 'Hoe zit het met het vermiste meisje? Is er al iets bekend over haar verblijfplaats?'

'We zijn van mening dat het slechts een kwestie van tijd is voor Emma Campano wordt gevonden.'

Het viel Faith op dat ze niet zei of het meisje dood of levend zou worden teruggevonden. Plotseling voelde ze een steek van afgunst bij de gedachte aan Amanda en haar positie. Evenals de moeder van Faith had Amanda keihard gewerkt om de top te bereiken. Faith had af en toe met wat vrouwonvriendelijk gedrag te kampen, maar dat was niks vergeleken met wat haar moeders generatie had moeten doorstaan.

Net als Evelyn Mitchell was Amanda begonnen als secretaresse. Dat was nog in de tijd dat agentes een wollen rok tot over de knie moesten dragen als ze koffie haalden en dagvaardingen uittikten. Amanda had zich eigenhandig naar de top gevochten, en nu ze bijna een doorbraak had in een van de grootste zaken in de geschiedenis van de stad sinds Wayne Williams was betrapt terwijl hij een lijk in de Chattahoochee dumpte, kreeg ze een stel idioten over zich heen bij wie de oersoep nog uit de neus droop.

En waar was Faith na al die jaren van vrouwenemancipatie en vooruitgang? Eigenlijk was ze nog steeds niet verder gekomen dan de typekamer, vond ze. Hoewel ze moest toegeven dat ze zelf had aangeboden om het bewijsmateriaal te registreren dat Will uit het armzalige huurkamertje van Warren Grier had meegenomen. Toen had ze trouwens de stapels dozen nog niet gezien die uit het huis waren gesleept en rond haar bureau waren opgesteld. Het waren er minstens zes, allemaal boordevol papieren. Warren was een hamsteraar, zo'n type dat nog geen bonnetje of bioscoopkaartje kon weggooien. Hij had reçu's van de kopieerwinkel bewaard die wel tien jaar teruggingen.

Faith raakte haar kaak aan, die gekneusd en gevoelig was op de plek waar Warren haar met zijn elleboog had geraakt. Achter in de vriezer in de kantine had ze een oude kant-en-klaarmaaltijd gevonden. De zak was keihard, maar voelde aangenaam tegen haar wang. Ze vond het vreselijk om geslagen te worden. Niemand vond het leuk, maar Faith moest bij pijn altijd overgeven, als een soort natuurlijke reactie. De zak met bevroren spaghetti en gehaktballetjes hielp ook niet echt. Maar vergeleken met wat Emma Campano waarschijnlijk had doorstaan, stelde het niets voor.

Will had Warren Grier naar de arrestantencel begeleid. Er bleef één vraag over waarop hij antwoord moest hebben: waar was Emma? Ook al leefde het meisje nog, het was slechts een kwestie van tijd. Faith dacht aan de omstandigheden waaronder ze vermoedelijk werd vastgehouden: ergens opgesloten in een kamer, of nog erger: weggestouwd in de kofferbak van een auto. Die dag was de temperatuur al vóór de middag tot ruim vijfendertig graden opgelopen. De warmte wist van geen wijken, zelfs 's nachts niet. Zou Emma water hebben? Zou ze iets te eten hebben? Hoelang zou ze met haar voorraadje kunnen doen? Bij uitdroging duurde het een week tot tien dagen voor je dood was, maar dat was zonder hoofdwond en zinderende hitte. Zouden ze de komende twee weken de uren aftellen tot Emma Campano haar laatste adem uitblies?

'Hé, Mitchell! Hoe is het om met die lul samen te werken?' vroeg Robertson. Hij zat aan zijn bureau en leunde zo ver achterover dat het leek alsof zijn stoel elk moment in tweeën kon breken.

'Prima, hoor,' antwoordde ze. Ze vroeg zich af waarom niemand erbij stilstond dat Will de eer aan de politie van Atlanta had gelaten, die Evan Bernard voor het oog van de camera's uit Westfield Academy had afgevoerd.

Robertson stak zijn vinger naar haar op. 'Kijk maar uit met die klootzak. Die lui van het GBI zijn voor geen cent te vertrouwen.'

'Wat je zegt. Bedankt.'

'Dat klote-GBI. Ze pikken onze zaak in en doen dan alsof zij al het zware werk hebben gedaan.' Rondom klonk instemmend gemompel.

Wat hadden ze allemaal een selectief geheugen. Faith had waarschijnlijk haar partijtje meegeblazen als ze er die eerste dag niet bij was geweest en niet had gezien hoe Will de verbanden legde die zij al die tijd over het hoofd hadden gezien.

Robertson scheen nog iets van haar te verwachten, een sneer aan het adres van Will of een negatieve opmerking over het GBI, maar ze wist niet wat ze moest zeggen. Een week geleden zouden de woorden als bier uit een tap over haar lippen zijn gestroomd. Nu was de bron opgedroogd.

Faith richtte zich weer op haar werk en probeerde de herrie in de recherchekamer te negeren. Voorlopig kon ze de energie niet opbrengen om de dozen uit Warrens kamer te doorzoeken, en daarom concentreerde ze zich op haar computerscherm. Will had met een digitale camera foto's gemaakt van Warren Griers woning, en ze scrolde door de reeks opnamen, waarop telkens hetzelfde kamertje stond, gefotografeerd vanuit zes verschillende invalshoeken.

Elk onbenullig detail van Warrens bestaan was vastgelegd, van zijn toiletartikelen tot zijn sokkenla. Onder zijn bed stond een grote verzameling dozen, vol schoolrapporten en officieel uitziende documenten uit de tijd dat hij aan de zorg van de staat was toevertrouwd. Eén close-up toonde een handleiding voor een Mac-laptop, met een handgeschreven telefoonnummer op de voorkant. Faith hield haar hoofd schuin, verbaasd dat Will de camera ondersteboven had gehouden.

Ze pakte haar mobiel, toetste het nummer in en stopte haar vinger in haar andere oor tegen het lawaai. De telefoon ging twee keer over, waarna een bandje van een naburige bioscoop de tijdstippen van de voorstellingen opnoemde. Daar schoot ze niet veel mee op. Dat Warren verslingerd was aan het witte doek had ze al opgemaakt uit de talloze afgescheurde bioscoopkaartjes in een van de dozen aan haar voeten.

Faith richtte zich weer op de foto's, op zoek naar een aanwijzing die naar het vermiste meisje zou kunnen leiden. Het enige wat ze zag was de trieste eenkamerflat waarin Warren zijn hele volwassen leven had doorgebracht. Familiefoto's ontbraken, er waren geen kalenders met afspraken voor etentjes met vrienden. Het zag ernaar uit dat hij geen vrienden had, niemand bij wie hij terechtkon.

Niet dat dat een excuus was. Will had zelf toegegeven dat hij onder vergelijkbare omstandigheden was opgegroeid. Hij had tot zijn achttiende in een kindertehuis gewoond. Hij was rechercheur geworden, en een verdomd goede. Zijn sociale vaardigheden lieten te wensen over, maar onder al die onhandigheid had hij ook iets merkwaardig innemends.

Of misschien lag het gewoon aan wat haar moeder haar ooit had toevertrouwd: de gemakkelijkste manier om een man in je hart te sluiten, is door je hem als kind voor te stellen.

Faith klikte nogmaals door de foto's om te zien of ze iets opvallends tegenkwam, zoals een garage, een opslagplaats, een oude blokhut in het bos die al eeuwen in het bezit van de familie was. Het leek haar niet erg waarschijnlijk dat Warren over een dergelijke plek beschikte, waar hij iemand kon verstoppen. Hij had geen auto, geen spullen die hij op moest slaan, en familie had hij ook al niet.

Toch moest er iets gebeuren. Ergens moest een pad naar Emma Campano leiden, een pad dat nog in duisternis gehuld was. Binnen twaalf uur zou Evan Bernard op borgtocht worden vrijgelaten. Hij zou weer vrij man zijn, hij zou weer kunnen doen en laten wat hij wilde tot hij voor de rechter moest verschijnen omdat hij seks had gehad met Kayla Alexander. Tenzij er iets gevonden werd wat hem in verband bracht met het misdrijf in huize Campano kreeg hij niet meer dan een tik op de vingers, hooguit drie jaar in de bak en dan kon hij de draad van zijn leven weer oppakken.

En wat zou hij dan gaan doen? Voor een man die in meisjes geïnteresseerd was, waren er talloze mogelijkheden om nieuwe slachtoffers te vinden. De kerk. Bijles. Jeugdverenigingen. Waarschijnlijk zou Evan Bernard in een andere staat gaan wonen. Misschien zou hij in zijn nieuwe stad niet als zedendelinquent geregistreerd worden. Hij zou vlak bij een zwembad kunnen gaan wonen, of bij een middelbare school of zelfs een kinderdagverblijf. Warren Grier zou hem niet verraden. Bernard had de jongeman in een wurgende greep. Het enige wat Faith en Will hadden bereikt, was dat Bernard het voortaan een stuk moeilijker zou krijgen. Ze hadden helemaal niets gevonden waardoor hij de rest van zijn ellendige bestaan achter de tralies zou moeten slijten, en ook niets wat hen dichter bij Emma Campano bracht.

Faith wist maar al te goed hoe dat soort kerels te werk ging. Bernard had het meisje in Savannah verkracht, maar dat was vast niet de eerste keer geweest, en Kayla zou ook niet de laatste zijn. Was hij alweer een ander meisje aan het klaarstomen voor zijn misselijke fantasieën? Was er ergens een andere puber van wie het leven binnenkort door deze zieke schoft kapot werd gemaakt?

Faith legde de diepvrieszak weg en bewoog haar kaak heen en weer om te controleren of er blijvende schade was aangericht. Ze bracht haar hand naar haar gezicht en onwillekeurig moest ze weer aan Victor denken, hoe hij haar wang had gestreeld. Hij had drie keer een bericht ingesproken op haar mobiele telefoon, waarbij hij zich in toenemende mate in verontschuldigingen had uitgeput. Uiteindelijk had hij zijn toevlucht genomen tot regelrechte strooplikkerij, wat haar voornemen eerlijk gezegd behoorlijk had ondermijnd. Faith vroeg zich af of ze de mannen in haar leven ooit zou begrijpen.

Will Trent was al helemaal een raadsel. In de verhoorkamer had hij op zo vertrouwelijke toon met Warren gesproken dat ze hem niet had kunnen aankijken. Had hij dat echt allemaal meegemaakt? Was hij beschadigd door het jeugdzorgprogramma van de overheid, net als Warren Grier?

Wat Will over die met sigaretten aangebrachte brandwonden had verteld, had heel echt geklonken. Gingen er onder dat vest en overhemd vergelijkbare littekens schuil? Faith was erbij geweest toen er foto's van Warrens gehavende bovenlichaam werden genomen. In de loop van haar politiecarrière had ze dat soort brandwonden talloze keren gezien, zowel bij slachtoffers als bij verdachten. Ze verbaasde zich er allang niet meer over: het was wat je kon verwachten naast de tattoos en de littekens van de injectienaald. De meeste mensen kozen niet voor de misdaad omdat het zo avontuurlijk was. Er was altijd een oorzaak voor hun verslaving en criminele gedrag, en die oorzaak lag meestal in hun vroege jeugd.

Kon Will gewoon heel goed liegen? Als hij vertelde hoe het was om de sigarettenlittekens aan te raken, sprak hij dan uit eigen ervaring of verzon hij het, omdat hij haarfijn aanvoelde wat hij moest zeggen? Ze kende de man nu drie dagen, en ze wist nog even weinig over hem als op de eerste dag. Nog steeds snapte ze niet hoe hij te werk ging. Warren had hem willen doden, maar in plaats van hem bij de pedo's en de verkrachters te zetten, had Will hem zelf weggebracht om te zorgen dat hij een eigen cel kreeg. En dan had je Evan Bernard. Elke smeris die het zout in de pap waard was, wist dat je zo'n arrogante lul nog het best kleinkreeg door hem bij de grootste hufters van het cellenblok te zetten, maar Will had hem in wezen uit de wind gehouden door hem bij de shemales te plaatsen.

Faith vreesde dat zijn strategie niet meer te achterhalen was, en bovendien was het ook weer niet zo dat hij haar ergens over raadpleegde. Alle details van de zaak had hij in zijn hoofd zitten, en als ze geluk had, gaf hij in een goede bui misschien iets prijs. Niemand bij de politie ging zo te werk. Hij had niet eens een planbord in zijn kamer, een chronologische lijst van wat er wanneer was gebeurd, wie wat had gedaan, met verdachten en slachtoffers naast elkaar afgebeeld, zodat aanwijzingen konden worden nagetrokken, sporen konden worden gevolgd. Hij kon het onmogelijk allemaal onthouden. Misschien dat hij het op zijn dierbare taperecorder had staan. Hoe dan ook, als er iets met Will gebeurde, dan had zijn opvolger geen logisch startpunt van waaruit hij het onderzoek kon voortzetten. Het was zo'n flagrante schending van de procedure dat het Faith hogelijk verbaasde dat Amanda het toestond.

Het was tijdverspilling om Wills relatie met Amanda te doorgronden. Faith legde haar hand op de muis en richtte zich weer op de computer. Het scherm flikkerde op en toonde een foto van Warren Griers boekenplank. De gedachte was nog niet eerder bij Faith opgekomen, maar ze vond het vreemd dat een man die niet kon lezen boeken in huis had.

Met samengeknepen ogen tuurde ze naar de titels, tot ze een beter idee kreeg. Ze gaf haar ogen even rust en klikte toen op de knop waarmee ze op de foto kon inzoomen. Er waren verschillende stripboeken bij, wat voor de hand lag, en verder handleidingen voor allerlei kantoorapparatuur. De ruggen waren niet op titel gesorteerd, maar op kleur. Op de onderste plank stonden de grotere boeken, met wazige titels omdat de camera er niet op had gefocust. Naar de afmetingen te oordelen waren het vermoedelijk kunstboeken, van die dure die je voor de show op de salontafel legde.

Faith probeerde dichter op de onderste plank in te zoomen, maar nog steeds kon ze de titels niet lezen. Drie boeken met dikke, grijze ruggen kwamen haar bekend voor. Ze sloeg haar hand om haar kin en kromp ineen toen er een pijnscheut door haar gekneusde kaak trok. Waarom kwamen die ruggen haar zo bekend voor?

Ze opende een doos uit Warrens kamer om te zien of een van de boeken erin zat. Het enige wat ze zag, waren papieren en bonnetjes van de afgelopen tien jaar. Faith nam de stapels vluchtig door, zich vertwijfeld afvragend waarom Will al die troep had meegenomen. Wat hadden ze aan de wetenschap dat Warren zes jaar geleden honderdtien dollar aan Vision Quest had betaald voor een oogmeting?

En nog belangrijker: waarom moest Faith van Will haar tijd verdoen met het doorspitten van wat niet veel meer dan rommel was? Ze voelde haar ergernis groeien toen ze het ene nutteloze blaadje na het andere doornam. Ze snapte wel waarom Warren dit allemaal bewaarde: hij had geen idee of het op een dag van pas zou komen, maar waarom zou Will het allemaal als bewijsmateriaal willen laten registreren? Hij was niet bepaald het speld-in-een-hooibergtype, en nu Bernard en Warren achter de tralies zaten, kon ze haar tijd wel beter besteden.

Langzaam ging Faith rechtop zitten, met de oude rekening nog in haar hand zonder dat ze er echt naar keek. Aan haar geestesoog trok een aantal voorvallen van de afgelopen dagen voorbij: Will die zijn hand uitstak naar de rij bellen bij de ingang van het studentenhuis, ook al stond duidelijk op het briefje dat ze defect waren. De houding waarin ze hem de vorige ochtend bij de school had aangetroffen: over de krant gebogen terwijl zijn vinger langs ieder woord op de pagina ging. En vandaag ook weer, in het huis van Evan Bernard, toen hij de jaarboeken helemaal had doorgebladerd in plaats van simpelweg in het register te kijken om te zien of de man erin stond, zoals Faith had gedaan toen ze de foto van Mary Clark had opgezocht.

Na Evan Bernards deskundige constatering van die ochtend dat de ontvoerder functioneel analfabeet was, had Faith zich vooral afgevraagd hoe iemand de school kon doorlopen zonder te leren lezen en schrijven.

'Dat kan gebeuren,' had Will gezegd. Hij had nogal overtuigd geklonken. Kwam dat doordat hij het zelf had meegemaakt?

Faith schudde haar hoofd, ook al was ze slechts met zichzelf in discussie. Het klopte niet. Zonder voortgezette opleiding kwam je niet bij het GBI. Lang niet iedereen werd toegelaten. Afgezien daarvan was elke overheidsinstantie gegrondvest op bergen papierwerk. Formulieren moesten worden ingevuld, dagvaardingen gearchiveerd, registers overgedragen. Had ze Will wel eens iets zien invullen? Ze dacht aan zijn computerinstallatie, aan het microfoontje. Waarom had hij een microfoon nodig voor zijn computer? Zou hij zijn rapporten dicteren?

Faith wreef in haar ogen en vroeg zich af of ze door slaapgebrek dingen zag die er niet waren. Het was simpelweg onmogelijk. Vanaf het moment waarop ze aan de zaak waren begonnen, had ze praktisch elk uur van de dag met de man samengewerkt. Iets wat er zo dik bovenop lag, kon ze gewoonweg niet over het hoofd zien, zo dom was ze ook weer niet. En wat Will betrof: die was veel te intelligent om zoiets fundamenteels niet te beheersen.

Ze keek weer op haar scherm en concentreerde zich op de boeken die Warren op de onderste plank had gezet, maar haar twijfels over Will lieten haar niet los. Zou hij de titels kunnen lezen? Had hij de dreigbriefjes eigenlijk wel kunnen lezen die onder Adam Humphreys deur door waren geschoven? Wat had hij verder nog gemist?

Faith knipperde met haar ogen, en eindelijk besefte ze waarom de drie boeken op de onderste plank er zo bekend uitzagen. Nu zat ze warempel Wills talenten in twijfel te trekken, terwijl een belangrijk bewijs haar praktisch in het gezicht staarde.

Ze haalde haar notitieboekje tevoorschijn en zocht naar het telefoonnummer dat ze die ochtend op school had neergekrabbeld. Nadat de telefoon drie keer was overgegaan, nam Tim Clark op.

'Is Mary thuis?'

Weer leek hij er niet veel voor te voelen om zijn vrouw met de politie te laten spreken. 'Die doet net een dutje.'

Waarschijnlijk zat ze nog op precies dezelfde plek als waar Faith haar had achtergelaten, starend naar de achtertuin terwijl ze zich afvroeg hoe ze aan al haar herinneringen het hoofd kon bieden. 'Ik moet haar spreken. Het is heel belangrijk.'

Hij zuchtte wrevelig. Enkele minuten later kwam Mary aan de telefoon. Ze klonk alsof ze net uit een diepe slaap was ontwaakt, en Faith schaamde zich een beetje omdat ze haar man van een leugen had verdacht.

'Sorry dat ik je stoor.'

'Geeft niet,' zei Mary, haar woorden half inslikkend. Faith voelde zich al een stuk minder schuldig toen ze besefte dat Mary Clark kennelijk had gedronken.

'Ik weet dat je je de naam niet meer kunt herinneren van het meisje dat Evan zou hebben verkracht, destijds op het Crim,' begon Faith, 'maar weet je nog dat je zei dat hij een alibi had?'

'Hè?'

'Toen op het Crim,' herhaalde Faith, die het liefst haar hand door de telefoon had gestoken om haar door elkaar te schudden. 'Weet je nog? Je zei toch dat Evan van school was gegaan omdat hij beschuldigd werd van verkrachting?'

'Ze konden niks bewijzen.' Mary lachte bitter. 'Hij komt altijd overal mee weg.'

'Dat is zo,' gaf Faith toe. Ze staarde naar het scherm, naar de vertrouwde grijze ruggen van de jaarboeken van de Alonzo Crim High School op Warren Griers boekenplank. 'Maar die keer kwam hij er volgens jou mee weg vanwege een leerling die hem van een alibi voorzag.'

'Ja,' beaamde Mary. 'Warren Grier.' Ze spuugde de naam bijna uit. 'Hij zei dat hij hem na school bijles had gegeven of iets dergelijks.'

Faith moest het zeker weten. 'Mary, je wilt me toch niet vertellen dat Warren Grier twaalf jaar geleden Evan Bernard een alibi verschafte voor een misdaad die hij had gepleegd?'

'Ja,' herhaalde ze. 'Sneu, hè? Dat achterlijke ventje was een nog grotere kontlikker dan ik.'

TWINTIG

Toen Will zijn hand uitstak om een papieren bekertje te pakken, bleek de houder leeg te zijn. Hij tuurde in de lange buis die aan de waterkoeler was bevestigd om te kijken of de zaak misschien verstopt zat.

'Ik heb achter nog wel wat,' zei Billy Peterson, een oudere agent die sinds mensenheugenis de scepter zwaaide over het cellenblok.

'Bedankt.' Will had zijn handen in zijn zakken gestoken, bang dat ze weer zouden gaan trillen en hem zouden verraden. In zijn binnenste groeide een vertrouwde kilte, dezelfde kilte die hij zichzelf als kind had aangeleerd. Kijk wat er gebeurt, maar hou afstand van de angst en de pijn. Laat niet merken dat ze je geraakt hebben, want dat zet ze alleen maar aan tot nog grotere creativiteit.

Will sprak nooit over wat hem was overkomen, zelfs niet met Angie. Van sommige dingen was ze zelf getuige geweest, maar Will had de meeste van zijn duistere geheimen diep weggeborgen. Tot op dit moment. De dingen die hij aan Warren Grier had verteld, de vreselijke geheimen die hij hem had toevertrouwd, hadden al heel lang op uitbarsten gestaan, maar in plaats van gelouterd voelde hij zich naakt en kwetsbaar. Een oplichter, een schoft. Niemand wist wat er door Warren heen ging nu hij eenzaam in zijn kleine cel zat. Waarschijnlijk nam hij het zichzelf kwalijk dat hij de trekker niet voor de derde keer had overgehaald.

Heel even had Will zelfs begrip voor de man. Hij kon het beeld van Warren in de verhoorkamer niet van zich afzetten, zijn verslagen houding, de oplettende blik waarmee hij naar Will opkeek, alsof hij elk moment een schop in zijn gezicht verwachtte. Will dwong zichzelf om aan alles te denken wat Warren gedaan had, aan de mensen van wie hij het leven had vernietigd – en nog steeds vernietigde, ook nu hij in hechtenis zat.

De cel waarin Will Warren had laten opsluiten verschilde qua afmeting niet veel van de kamer die voor zijn huis moest doorgaan: een hok vergeleken met de schitterende slaapkamer van Emma Campano, met haar designkussentjes en breedbeeldtelevisie. Toen Will de schamele bezittingen van de man had doorzocht, had de sfeer van eenzaamheid die eromheen hing hem diep geraakt. De keurige stapels cd's en dvd's, de met zorg ingerichte sokkenla en de kleren die op kleur waren weggehangen, dat alles deed hem beseffen dat hij zelf ook een dergelijk leven had kunnen leiden. Het bedwelmende vrijheidsgevoel dat hij op zijn achttiende had ervaren, toen hij voor het eerst de wijde wereld in ging, had al snel plaatsgemaakt voor paniek. In het kindertehuis leerde je bepaald niet hoe je voor jezelf moest zorgen. Wat je wel leerde, al op heel jonge leeftijd, was dat je moest aanvaarden wat je kreeg aangereikt en niet om meer moest vragen. Het was puur geluk dat Will uiteindelijk bij het GBI terecht was gekomen. Met zijn problemen kon hij geen ander werk bedenken waarvoor hij geschikt was.

Warren had ongetwijfeld in dezelfde positie verkeerd. Volgens de personeelsgegevens van de Copy Right werkte hij daar al sinds hij voortijdig de school had verlaten. In de loop van de afgelopen twaalf jaar had hij het tot manager geschopt. Toch verdiende hij hooguit zestienduizend dollar per jaar. Hij zou zich iets beters kunnen permitteren dan het eenkamerflatje aan Ashby Street, maar waarschijnlijk gaf het hem een zeker gevoel van veiligheid om beneden zijn stand te wonen. Bovendien kon hij niet eens een aanvraagformulier voor een beter appartement invullen. Als hij zijn baan bij de Copy Right kwijtraakte, hoe moest hij dan aan ander werk komen? Hoe moest hij ooit een sollicitatieformulier invullen? En wat vernederend moest het zijn om aan een onbekende te vertellen dat hij amper kon lezen.

Zonder zijn baan kon Warren de huur niet betalen, kon hij geen eten en geen kleren kopen. Hij had geen familie waarop hij kon terugvallen, en wat de overheid betrof, die had haar handen van hem afgetrokken zodra hij achttien werd. Hij was volledig op zichzelf aangewezen.

De Copy Right was het enige geweest dat Warren Grier voor een dakloos bestaan had behoed. Will deelde zijn angst en zijn maag kromp ineen. Als Angie Polaski niet in zijn leven was verschenen, zou hij dan zelf veel beter af zijn geweest dan Warren met zijn povere leventje?

'Alsjeblieft.' Billy reikte hem een bekertje aan.

'Bedankt,' zei Will, en hij liep naar de waterkoeler. Jaren geleden was Amanda zo vriendelijk geweest hem tijdens een taserdemonstratie als vrijwilliger aan te wijzen. De herinnering aan de pijn was al snel vervlogen, maar Will wist nog goed dat hij naderhand urenlang een schijnbaar onlesbare dorst had gehad.

Hij vulde het bekertje en ging voor het hek naar de cellen staan wachten tot de zoemer klonk en hij weer naar binnen kon. In de arrestantenvleugel keek hij recht voor zich uit, zich bewust van de blikken die hem werden toegeworpen door de smalle ruitjes van gewapend glas in de celdeuren. Evan Bernard zat hier ook, helemaal aan de andere kant ten opzichte van Warrens cel. Billy had hem bij de transseksuelen gezet, degenen die nog over hun gereedschap beschikten. Het nieuws was al uitgelekt dat Evan Bernard bij voorkeur jonge meisjes verkrachtte. De cel met de shemales was de enige plek die ze konden verzinnen waar Bernard niet een flinke dosis van zijn eigen medicijn toegediend zou krijgen.

Will maakte het smalle luikje in Warrens celdeur open. Hij zette het bekertje op de metalen plaat. Het bleef onaangeroerd staan.

'Warren?' Will keek door de ruit en zag de punt van Warrens witte gevangenisslipper. Kennelijk zat hij met zijn rug tegen de deur. Will ging op zijn hurken zitten en bracht zijn mond naar het metalen luikje. De opening was hooguit dertig centimeter breed en nog geen tien centimeter hoog, net voldoende om een etensblad doorheen te kunnen schuiven.

'Ik weet dat je je op dit moment eenzaam voelt,' zei Will, 'maar denk eens aan Emma. Die voelt zich vast net zo eenzaam.' Hij zweeg even. 'Waarschijnlijk vraagt ze zich nu af waar je blijft.'

Er kwam geen antwoord.

Will gaf niet op. 'Bedenk eens hoe eenzaam ze is zonder jou. Niemand om mee te praten, en ze heeft geen idee hoe het met jou gaat.' Hij kreeg kramp in zijn bovenbeen en liet zich op één knie zakken. 'Warren, je hoeft me niet te vertellen waar ze is. Zeg alleen dat het goed met haar gaat. Dat is het enige wat ik op dit moment wil weten.'

Nog steeds geen antwoord. Will probeerde niet aan Emma te denken, aan haar doodsangst terwijl de tijd langzaam verstreek en er niemand kwam opdagen. Het zou een daad van genade zijn geweest als Warren haar die eerste dag simpelweg gedood had en haar deze kwellende onzekerheid had bespaard.

'Warren...'

Will voelde iets nats aan zijn knie. Hij keek naar beneden en op dat moment ving hij een vage ammoniaklucht op.

'Warren?' Weer keek Will door het luikje; de witte slipper hing schuin opzij en bewoog niet. Hij zag dat het bed was afgehaald. 'Nee,' fluisterde hij. Hij ramde zijn arm door het open luik en zocht op de tast naar Warren. Zijn hand raakte het bezwete haar van de man, voelde de koude, klamme huid. 'Billy!' riep Will. 'Doe de deur open!'

Op zijn dooie gemak kwam de bewaker naar het hek. 'Wat is er?'

Wills vingers streken over Warrens ogen, over zijn open mond. 'Bel een ambulance!'

'Shit!' vloekte Billy, en hij gooide het hek open. Met zijn vuist sloeg hij tegen een rode knop aan de muur terwijl hij op een drafje naar de cel liep. Aan zijn riem had hij een loper. Hij schoof hem in het slot en rukte de deur van Warrens cel open. De scharnieren knarsten onder het gewicht. Het laken was met het ene eind aan de deurknop vastgebonden en het andere eind zat strak om Warren Griers nek.

Will knielde bij hem neer en begon hem te reanimeren. Billy pakte zijn portofoon, riep allerlei codes en gaf opdracht om een ambulance te bestellen. Tegen de tijd dat er meer hulp ter plekke was, liep het zweet Will over de rug en had hij Warrens borst zo vaak ingedrukt dat hij kramp in zijn handen had. 'Niet doen,' smeekte hij. 'Kom op, Warren. Niet doen.'

'Will.' Billy legde zijn hand op zijn schouder. 'Stop maar. Het is voorbij.'

Will probeerde zich los te rukken, want hij wilde doorgaan, maar zijn lijf weigerde dienst. Voor de tweede keer die avond ging hij rechtop zitten en keek neer op Warren Grier. De laatste woorden die de jongeman had gezegd galmden nog na in zijn oren. 'Kleuren,' had Warren gezegd. Hij had Wills archiveringssysteem ontdekt, namelijk dat hij met kleuren aangaf wat er in de mappen zat. 'U gebruikt kleuren, net als ik.' Uiteindelijk had Warren Grier een lotgenoot gevonden. Tien minuten later had hij zich van kant gemaakt.

Een andere hand werd om Wills arm geslagen. Faith hielp hem overeind. Hij had haar aanwezigheid nog niet opgemerkt, had de kring van agenten niet gezien die zich om hem heen had gevormd.

'Kom,' zei ze, en met haar hand nog steeds om zijn arm voerde ze hem mee door de gang. Er werd geroepen, het soort opmerkingen dat je kon verwachten van mannen achter tralies als er een mooie vrouw langsliep. Will negeerde ze. Hij bedwong de neiging om op Faith te steunen, om iets dwaas te doen zoals haar hand vastpakken.

Faith liet hem aan Billy's bureau plaatsnemen. Ze zakte door haar knieën en bracht haar hand naar zijn wang. 'Je kon niet weten dat hij dat ging doen.'

Will voelde haar koele handpalm tegen zijn gezicht. Hij legde zijn hand over de hare en trok hem toen voorzichtig weg. 'Er valt niet veel te troosten, Faith.'

Ze gaf een begrijpend knikje, maar hij las het medelijden in haar ogen.

'Ik had niet tegen hem moeten liegen,' zei Will. 'Dat hele verhaal over die brandende sigaretten.'

Faith ging rechtop zitten en keek hem aan. Hij wist niet of ze hem geloofde of gewoon deed alsof. 'Je hebt gedaan wat je moest doen.'

'Ik heb hem te zwaar onder druk gezet.'

'Hij heeft zelf dat laken om zijn nek geknoopt,' benadrukte ze. 'Hij heeft ook de trekker overgehaald, Will. Als er een kogel in die kamer had gezeten, was je nu dood geweest. Misschien was hij zieliger dan Evan Bernard, maar hij was even kil en berekenend.'

'Warren deed dat omdat hij zo geprogrammeerd was. Voor alles wat hij had in zijn leven – echt alles – heeft hij moeten knokken. Hij heeft nooit iets cadeau gekregen.' Wills kaken verstrakten. 'Bernard heeft een goede opleiding gehad, hij is geliefd, heeft een prima baan, vrienden, familie. Hij had een keus.'

'Iedereen heeft een keus. Zelfs Warren.'

Ze zou het nooit begrijpen, want ze was nooit helemaal alleen geweest. 'Ik weet dat Emma nog in leven is, Faith,' zei hij.

'Het duurt al zo lang, Will. Te lang.'

'Kan me niet schelen wat je zegt,' was zijn reactie. 'Ze leeft nog. Warren kon haar niet vermoorden. Hij wilde bepaalde dingen van haar, en nu was de tijd aangebroken om ze op te eisen. Je hebt hem zelf gehoord toen ik hem ondervroeg. Je weet dat hij haar ergens in leven heeft gehouden.'

Faith gaf geen antwoord, maar hij las het in haar ogen: ze was ervan overtuigd dat Emma Campano dood was, zoals Will ervan overtuigd was dat het meisje nog leefde.

In plaats van met hem in discussie te gaan, veranderde ze van onderwerp. 'Ik heb Mary Clark net gesproken.' Ze vertelde hoe ze de jaarboeken had ontdekt op de foto's die Will van Warrens flatje had gemaakt, dat ze vervolgens de lerares had gebeld en dat Mary Clark had bevestigd dat Warren Bernard jaren geleden van een alibi had voorzien. Terwijl Faith haar verhaal deed, kreeg Will het hele plaatje eindelijk scherp in beeld. De jongeman had werkelijk alles voor zijn mentor overgehad.

Faith vertelde hem wat de lerares nog meer had gezegd. 'Bernard nodigde hen bij hem thuis uit, en daar mochten ze drinken, roken en lekker hun gang gaan. Als hij klaar met ze was, konden ze ophoepelen.'

'Waarschijnlijk heeft hij Warren bijles gegeven,' vermoedde Will. 'Dan was hij de enige volwassene in zijn leven die hem probeerde te helpen in plaats van hem te behandelen alsof er iets aan hem mankeerde.' Warren zou nog voor een naderende trein zijn gaan liggen als Bernard het hem had opgedragen. Opeens snapte hij waarom de man had geweigerd om ook maar iets negatiefs over de leraar te zeggen.

'Hetzelfde patroon zie je bij de meisjes,' zei Faith. 'Als Mary aan een jury vertelt wat er met haar is gebeurd, dan kan Bernard op een langere gevangenisstraf rekenen.'

Will geloofde geen moment dat Mary Clark de kracht zou kunnen opbrengen om tegen haar aanrander op te staan. 'Van mij mag hij dood,' mompelde hij. 'Al die meisjes die hij heeft verkracht – hij had ze evengoed meteen kunnen vermoorden. Hoe zou Mary Clark zich hebben ontwikkeld als Evan Bernard haar niet in zijn klauwen had gekregen? Wat voor leven zou ze geleid hebben? Dat kon ze allemaal vergeten vanaf het moment dat hij haar in de smiezen kreeg. Het meisje dat Mary zou zijn geworden, is dood, Faith. Hoeveel andere meisjes heeft hij op die manier van het leven beroofd? En nu Kayla en Adam, en god mag weten wat Emma doormaakt.' Hij zweeg, vechtend tegen zijn emoties. 'Ik wil erbij zijn als die naald zijn arm in gaat. Het liefst zou ik hem er zelf in rammen.'

Faith schrok zo van zijn felle toon dat ze een paar tellen lang geen woord over haar lippen kreeg. 'We kunnen op zoek gaan naar andere getuigen,' zei ze ten slotte. 'Er moeten nog meer meisjes zijn. Voeg dat bij de zaken waarvan Georgia Tech hem beschuldigt en hij krijgt zo dertig tot veertig jaar.'

Will schudde zijn hoofd. 'Bernard heeft Adam en Kayla vermoord, Faith. Ik weet dat hij het niet eigenhandig heeft gedaan, maar hij wist waartoe Warren in staat was. Hij wist dat hij hem volledig in zijn macht had, dat hij de veiligheidspal er maar af hoefde te doen en dat Warren dan zou schieten.' Will dacht weer aan Warren, hoe wanhopig graag hij erbij wilde horen. Waarschijnlijk had hij nooit zo sterk het gevoel gehad bij een familie te horen als toen hij samen met de andere jongelui bij Bernard thuis rondhing, waar ze bier dronken terwijl ze het over de losers hadden die nog steeds op school zaten.

'In dat huis waar Bernard dertien jaar geleden woonde, was net zo'n kamer als die we in zijn flat hebben aangetroffen. Hij doet dit al jaren, Will. Zodra zijn foto op het nieuws komt, krijgen we...'

'Waar?' onderbrak Will haar. 'Heeft Mary ook gezegd waar dat huis stond?'

'Ik dacht dat je bij zijn vorige huis bent gaan kijken.'

'Dat heb ik ook gedaan.' Het laatste puzzelstukje viel op zijn plaats. 'Toen Bernards achtergrond werd nagetrokken, bleek er nog een huis te zijn. Hij heeft het vijftien jaar geleden gekocht en drie jaar later weer verkocht. Ik heb er verder niet bij stilgestaan, maar...'

Faith pakte haar mobieltje en toetste een nummer in. 'Mary weet waar dat huis is.'

Met Faith aan het stuur volgden ze de surveillancewagen over North Avenue. Het zwaailicht stond aan, maar de sirene zweeg. Will zweeg ook. Hij kon de gedachte aan Warren Grier niet van zich afzetten en hij zag zijn borst weer voor zich die zachtjes had meegegeven toen hij het leven in zijn hart wilde pompen. Wat had hem ertoe gebracht om het laken om zijn hals te knopen en zich van kant te maken? Was hij bang dat hij het niet veel langer zou uithouden, dat Will hem zo onder druk zou zetten dat hij Evan Bernard uiteindelijk verried? Of was het alleen maar een middel om zijn doel te bereiken: Warrens wanhopige, grootse plan om te zorgen dat hij de rest van zijn leven samen met Emma Campano kon doorbrengen?

In het licht van de straatlantaarns hobbelde de politieauto over het opgebroken stuk weg voor het Coca-Colagebouw. Faith minderde vaart om te voorkomen dat de onderkant van haar auto aan flarden werd gereten.

'Ik wil het lichaam niet vinden,' zei ze.

Will keek naar haar profiel, naar het blauwe licht dat over haar bleke huid flitste. Hij begreep wat ze bedoelde: Emma Campano moest gevonden worden, ze wilde alleen niet degene zijn die haar het eerst zag. 'Ze leeft nog,' bezwoer hij haar. Tot een andere gedachte was hij niet in staat, vooral niet na wat er met Warren was gebeurd. 'Emma leeft nog, en straks vertelt ze ons dat Evan Bernard dit alles gedaan heeft, dat hij Warren ertoe heeft aangezet.'

Faith dacht er het hare van. Ze keek naar de weg voor zich en Will vermoedde dat ze hem voor gek versleet.

Langs de weg doken huizen op, vervallen victoriaanse villa's en kleinere woningen, die lang geleden waren dichtgespijkerd. Toen ze het oude huis van Evan Bernard naderden, doofde de surveillancewagen vóór hen het zwaailicht. Op dit stuk weg waren geen straatlantaarns. De maan ging schuil achter wolken. Het was bijna middernacht, en het enige licht kwam van de koplampen.

'Moet je kijken,' zei Faith, en ze wees naar de auto die Adam Humphrey van de vertrekkende postdoctorale student had gekocht. De blauwe Chevy Impala stond tussen een verzameling verroeste oude brikken die langs een troosteloos deel van North Avenue waren geparkeerd. Twee dagen lang was er met verhoogde prioriteit naar het voertuig gezocht, maar niemand had het ergens gezien. Had de auto hier de hele tijd gestaan, met Emma Campano rottend in de kofferbak? Of had Warren haar in leven gelaten zodat de natuur het karwei kon afmaken? Zo laat op de avond was het nog steeds ondraaglijk warm. In de auto werd het met gemak tien tot vijftien graden warmer. Haar hersens zouden letterlijk gekookt zijn.

Will en Faith stapten uit de Mini. Terwijl ze naar de auto liepen, scheen Will met zijn zaklamp over de huizen en de braakliggende stukken grond langs de straat. De meeste huizen die er ooit hadden gestaan, waren afgebroken, maar drie hadden het overleefd. Ze waren van het praktische soort: bouwwerken met een houten skelet, die waarschijnlijk na de Tweede Wereldoorlog waren neergezet, toen de bevolking van Atlanta een explosieve groei doormaakte.

Bernards huis stond helemaal aan het eind, met het nummer nog op de voordeur. De ramen en deuren waren dichtgetimmerd. Eromheen waren hekken van harmonicagaas geplaatst om zwervers te weren, maar die hadden zich er op verschillende plekken onderdoor gegraven. Het trottoir en de straat lagen bezaaid met allerlei drugsattributen, een teken dat sommigen niet eens de moeite hadden genomen om binnen te komen.

Een van de agenten uit de surveillancewagen bekeek het interieur van de Impala. Zijn collega stond naast de auto, met een breekijzer in zijn hand. Will nam het gereedschap van hem over, klemde het onder de klep van de kofferbak en in één beweging wrikte hij het slot los. De metalen klep ging krakend open. De stank van bloed en ontlasting was zo hevig dat ze allemaal stonden te kokhalzen.

De kofferbak was leeg.

'Het huis,' zei Faith, en ze scheen met haar zaklamp op het pand dat voor hen verrees. Het telde drie verdiepingen en het dak zakte in het midden door. 'Misschien zitten er junks. Overal liggen naalden.'

Zonder een woord te zeggen liep Will naar het huis. Hij liet zich op zijn knieën zakken en wurmde zich onder het hek door, waarna hij zich aan de andere kant weer overeind hees. Hij wachtte niet op Faith, maar stapte over het gebarsten betonnen paadje naar het huis. De voordeur was dichtgetimmerd. Een van de planken voor het raam leek los te zitten. Will trok hem opzij. In het licht van zijn lamp zag hij dat het stof op de vensterbank weggeveegd was. Iemand was hem voor geweest.

Hij aarzelde. Faith had gelijk: het zou wel eens een drugspand kunnen zijn. Misschien zaten er dealers en junks, die hun zaakjes daar regelden. Misschien waren ze gewapend, high of allebei. Hoe dan ook, ze zouden de politie niet met open armen in hun hol verwelkomen.

Een plank op de veranda kraakte. Faith stond achter hem en scheen met haar zaklamp op de grond.

'Je hoeft dit niet te doen,' zei hij met gedempte stem.

Zonder naar hem te luisteren glipte Faith tussen de rotte planken door naar binnen.

Will controleerde nog even of de andere agenten de voor- en achterkant van het huis in de gaten hielden, en toen volgde hij haar. Faith had haar pistool getrokken en hield de zaklamp langs de loop, zoals iedere agent dat leerde. Met zijn lage plafonds en hoeken vol rotzooi maakte het huis een benauwende indruk. Will zag meer naalden dan hij kon tellen, en ook propjes aluminiumfolie en een paar lepels – allemaal tekenen die erop wezen dat het een veelgebruikt drugshol was.

Faith wees naar beneden om aan te geven dat zij de begane grond ging doorzoeken. Will trok zijn pistool en liep naar de trap.

Behoedzaam plaatste hij zijn voet op elke volgende tree, in de hoop dat hij niet op rot hout zou stappen en in de kelder zou belanden. Er trok een tinteling langs zijn onderrug. Boven aangekomen hield hij zijn zaklantaarn dicht bij de grond. Een streepje maanlicht viel tussen de planken van de dichtgetimmerde ramen door, net genoeg om bij te kunnen zien. Will schakelde zijn lamp uit en zette hem voorzichtig op de vloer. Met gespitste oren bleef hij staan om een eventueel teken van leven op te vangen. Het enige wat hij hoorde was Faith, die beneden rondliep, en het huis, waarvan het hout kreunde onder de verzengende hitte.

Will rook pot en chemicaliën. Misschien waren ze in een amfetaminelaboratorium beland. Voor hetzelfde geld stond er een junk achter een van de deuren en kon Will elk moment met een naald worden gestoken. Toen hij een stap naar voren zette, knerpten er glasscherven onder zijn voet. Op de verdieping waren vier slaapkamers en één badkamer. De deur aan het eind van de overloop was dicht. Alle overige deuren waren van hun scharnieren gelicht en waarschijnlijk als sloopafval verkocht. In de badkamer ontbrak het sanitair, en de koperen leidingen waren van de muur gerukt. In het plafond waren gaten geslagen. Iemand had naar koperdraad gezocht en de gipsen wanden rondom de schakelaars opengebroken. De bedrading was van aluminium, zag Will, van het soort dat hij uit zijn eigen huis had gesloopt omdat de toepassing volgens de bouwvoorschriften al jaren verboden was.

'Will?' fluisterde Faith. Ze kwam de trap op. Hij wachtte tot ze naast hem stond, en toen wees hij naar de gesloten deur aan het eind van de overloop.

Will liep ernaartoe en bleef ervoor staan. Hij voelde aan de knop, maar de deur zat op slot. Hij gebaarde naar Faith dat ze een stap naar achteren moest doen, toen tilde hij zijn voet op en trapte de deur open. Neerknielend richtte hij zijn pistool op goed geluk de kamer in. Het licht van Faiths zaklamp sneed als een mes door het duister en tastte de hoeken en de openstaande kast af.

De kamer was leeg.

Ze staken allebei hun pistool weer in de holster.

'Het is al net als die andere kamer.' Faith scheen met haar lamp over de verbleekte roze muren, over het randje van gebroken wit. Op de vloer lag een kale tweepersoonsmatras, met in het midden een bloemenpatroon van donkere vlekken. Ervoor stond een camera op statief.

Will nam de zaklamp van haar over en scheen op de USB-poort. 'Leeg.'

'We moeten Charlie bellen,' zei Faith, waarschijnlijk met het oog op het bewijsmateriaal dat verzameld moest worden, het DNA op de matras.

'Hij is echt niet zo dom dat hij zijn sporen achterlaat,' zei Will. Het zelfvoldane gezicht van Evan Bernard bleef zich aan hem opdringen. De man was ervan overtuigd dat hij niet gepakt zou worden. Hij had gelijk. Voorlopig konden ze Bernard alleen seks met Kayla Alexander aanwrijven. Will wist niet of zijn gerotzooi met Mary Clark al verjaard was en evenmin durfde hij ervan uit te gaan dat ze zou getuigen tegen de man die ze in veel opzichten nog altijd als haar eerste liefde beschouwde.

Er klonk een schurend geluid. Will draaide zich naar Faith toe om te kijken wat ze deed, maar ze stond roerloos midden in de kamer. Weer hoorde hij het geschuur, en deze keer besefte hij dat het van het plafond kwam.

Junkie? vroeg Faith geluidloos.

Will streek met de zaklantaarn over het lage plafond en doorzocht elke hoek van het vertrek. Net als in de rest van het huis was het pleister rond de lichtschakelaar weggeslagen. Hij zag een donkere vlek bij het gat, mogelijk een voetafdruk. Boven zijn hoofd was ook een gat, waaruit isolatiemateriaal en gips in flarden naar beneden hingen.

'Emma?' Zijn stem klonk gesmoord, alsof hij bang was om de naam van het meisje uit te spreken, bang om te hopen. 'Emma Campano?' Hij sloeg met zijn hand tegen het plafond. 'We zijn van de politie, Emma.'

Het geschuur hield aan en ze hoorden duidelijk ratten wegschieten.

'Emma?' Will stak zijn hand omhoog om brokken gips uit het lage plafond te trekken. Toen het hem niet snel genoeg ging, gebruikte hij de lamp om de opening groter te maken. 'Emma, we zijn van de politie.' Hij stak zijn voet in het gat in de muur en duwde zichzelf omhoog, de zolder op.

Halverwege stopte hij, met zijn voet stevig op een tengel in de muur. De lucht die hem tegemoetkwam was zo schroeiend heet dat zijn longen er pijn van deden. Het meisje lag in een hoopje tegen het schuine dak. Haar huid was bedekt met een laagje fijn, wit gipspoeder. Haar ogen waren open en ze had haar lippen opeengeklemd. Op een paar centimeter van haar hand zat een grote rat, met ogen die blonken als spiegels in de lichtbundel van de zaklamp. Will hees zich nu helemaal de zolder op. Ratten stoven naar alle kanten. Eentje vloog over de arm van het meisje. Hij zag krassen op plekken waar ze hadden geprobeerd om haar huid open te krabben.

'Nee,' fluisterde Will. Op handen en voeten kroop hij over de steunbalken. Op haar onderlichaam en bovenbenen zat gestold bloed. Over haar hals liepen striemen. Met de lamp haalde Will uit naar een gulzige rat, en zijn hart brak toen hij naar het meisje keek. Hoe moest hij Paul vertellen dat hij zijn dochter zo had aangetroffen? Er hing nog geen geur van ontbinding en haar huid was nog niet door vliegen aangevreten. Het was een ondraaglijke gedachte dat het maar een paar uur had gescheeld of ze was nog in leven geweest.

'Will?' zei Faith, maar aan haar stem hoorde hij dat ze al wist wat hij had gevonden.

'Het spijt me,' zei Will tegen het meisje. Hij kon haar lege, levenloze blik niet verdragen. Tijdens het onderzoek had hij geen moment geloofd dat ze dood was – zelfs niet toen alles op het tegendeel wees. Hij had benadrukt dat ze nog niet verloren was, maar nu besefte hij dat zijn overmoed de waarheid nog onverteerbaarder had gemaakt.

Will stak zijn hand naar haar uit om haar ogen te sluiten. Hij legde zijn vingers op haar oogleden en drukte ze zachtjes dicht. 'Het spijt me,' zei hij nogmaals, hoewel hij wist dat het nooit toereikend zou zijn.

Emma's ogen schoten weer open. Ze knipperde en richtte haar blik op Will.

Ze leefde nog.

EENENTWINTIG

Faith stond in de ziekenhuiskamer van Emma Campano en keek naar Abigail en haar dochter. Het was donker in de kamer, het enige licht kwam van de apparatuur waaraan het meisje was vastgekoppeld. Vocht, antibiotica, allerlei chemische mengseltjes die haar er weer bovenop moesten helpen. Er was echter niets wat haar geest kon genezen. Een medicijn om haar ziel weer tot leven te wekken was nog niet uitgevonden.

Tijdens haar zwangerschap was Faith er stiekem van overtuigd geweest dat de baby in haar buik een meisje was. Blond haar en blauwe ogen, kuiltjes in haar wangen. Faith zou haar in het roze steken en linten in haar haar vlechten, en dan zou haar dochter vertellen over schoolliefdes, boybands en geheime wensen.

Jeremy had van die droom weinig heel gelaten. Haar zoon hield zich het liefst met simpele zaken bezig, variërend van football tot action heroes. Zijn smaak op het gebied van muziek was abominabel, het noemen niet waard. Over zijn diepste verlangens deed hij bepaald niet geheimzinnig: speeltjes, videospelletjes en – tot Faiths ontzetting – het roodharige sletje dat een paar huizen verderop woonde.

De afgelopen dagen was Faith in gedachten vaak teruggekeerd naar die duistere plek die iedere ouder wel eens bezoekt: wat zou ik doen als de telefoon ging, als de politie aanklopte en een vreemde me vertelde dat mijn kind dood was? Dat schrikbeeld, die gruwelijke angst lag in elk moederhart besloten. Het was net zoiets als op hout kloppen of een kruisje slaan: als je de gedachte toeliet, werkte dat als een soort bezwering die ervoor zorgde dat het niet echt gebeurde.

Terwijl ze naar de slapende Emma keek, besefte Faith dat er ergere dingen waren dan zo'n telefoontje. Stel dat je je kind terugkreeg, maar dat haar identiteit – haar wezen – verdwenen was? De verschrikkingen die Emma had doorstaan stonden op haar lichaam geschreven: de blauwe plekken, de schrammen, de bijtwonden. Warren had er de tijd voor genomen en elke zieke fantasie die hij kon verzinnen op het meisje botgevierd. Eten of water had hij haar niet gegeven. Emma had haar behoefte moeten doen in dezelfde ruimte als waarin ze sliep. Haar handen en voeten waren vastgebonden. Bij herhaling had hij haar keel dichtgeknepen tot ze het bewustzijn verloor, om haar vervolgens weer bij kennis te brengen. Het meisje had zo hard gegild dat ze nu alleen nog schor kon fluisteren.

Onwillekeurig ging Faiths medelijden nog meer naar de moeder uit dan naar de dochter. Ze dacht aan wat Will eerder die dag had gezegd: dat Evan Bernard Mary Clark in feite had gedood. Er waren nu twee Emma Campano's: het meisje van vóór Warren haar in zijn klauwen kreeg en het meisje van daarna. Het kleintje dat Abigail had verzorgd en met wie ze kiekeboe had gespeeld, het mooie kind dat ze 's ochtends naar school had gebracht en in het weekend bij de bioscoop of het winkelcentrum had afgezet, was verdwenen. Het enige wat er van haar dochter was overgebleven was een omhulsel, een leeg vat dat zich zou vullen met de gedachten aan een vreemde.

Het was duidelijk dat Abigail ook aan al deze dingen dacht. Ze kon het meisje amper aanraken, het leek haar moeite te kosten om Emma's hand vast te pakken. Zelf kon Faith de moeder niet eens in de ogen zien. Hoe kon je rouwen om de dood van je kind als ze nog leefde?

'Ze is wakker,' zei Abigail zachtjes.

Langzaam liep Faith naar het bed. Op weg naar het ziekenhuis hadden ze een poging gedaan om het meisje te ondervragen, ze hadden de ene vraag na de andere op haar afgevuurd. Emma had vanaf de brancard wezenloos naar het dak van de ambulance liggen staren en eenlettergrepige antwoorden gegeven. Ze raakte steeds meer overstuur toen de schok van haar beproeving langzaam indaalde, tot ze wegdook tegen de stang van de brancard. Ze was uiteindelijk zo hysterisch geworden dat ze een kalmerend middel kreeg toegediend om te voorkomen dat ze zichzelf iets aandeed. Haar reactie leek verbluffend veel op die van haar moeder.

'Dag, schat,' zei Faith. 'Weet je nog wie ik ben?'

Het meisje knikte. Haar oogleden waren opgezet, hoewel de medicatie al een tijdje was uitgewerkt. Het klokje op de hartmonitor gaf 06.33 uur aan. Rond de randen van de metalen jaloezieën kierde daglicht. Terwijl zij had liggen slapen, was de zon ongemerkt opgekomen.

Ze hadden al snel ontdekt dat ze heftig reageerde als er mannen bij haar in de buurt kwamen. De ambulancebroeders die haar aanraakten en betastten, zelfs Will die haar hand probeerde te pakken: ze was panisch geworden, als een dier dat in de val is gelopen. Emma kon hun aanblik niet verdragen, en van de mannelijke artsen moest ze al helemaal niets hebben. Zelfs van haar eigen vader raakte het meisje zo overstuur dat ze er misselijk van werd.

'Wil je dit echt wel?' vroeg Faith.

Ze knikte.

'Ik moet je een paar vragen stellen,' vervolgde Faith. 'Denk je dat je met me kunt praten?'

Weer knikte ze, maar de beweging was zo pijnlijk dat ze ervan ineenkromp.

Abigail raakte met haar vingertoppen de arm van haar dochter aan. 'Als het je te veel wordt…'

'Ik wil het,' zei Emma beslist, maar haar stem klonk moeizaam, als van een veel ouder iemand.

'Vertel eens wat je je nog kunt herinneren,' drong Faith aan, ook al wist ze dat het meisje waarschijnlijk haar uiterste best had gedaan om het te vergeten.

'Het was Kayla,' zei ze met vaste stem. 'We hoorden haar gillen. Adam liep naar de overloop, en toen zag ik dat die man hem neerstak.'

'Warren?'

Ze knikte.

Abigail pakte het glas water naast het bed. 'Drink maar iets, schatje.'

'Nee. Ik wil het vertellen.'

Faith verbaasde zich over haar moed, maar toen bedacht ze dat Emma Campano al twee keer als verloren was afgeschreven, en dat het meisje zich twee keer naar het leven had teruggevochten. 'Vertel maar eens wat er allemaal is gebeurd.'

'Adam zei dat ik me in de kast moest verstoppen.' Ze zweeg, en haar vastberadenheid liet het even afweten. 'Het volgende wat ik me herinner, is dat ik in die kamer was, en dat die man boven op me lag.'

'Zei hij iets tegen je?' wilde Faith weten.

'Hij zei dat hij van me hield.' Ze wierp een blik op haar moeder. 'Ik zei dat ik ook van hem hield. Dan deed hij aardiger tegen me.'

'Slim van je,' zei Faith. 'Op die manier zorgde je dat hij niet kwaad werd.'

'Weet u zeker...' Het meisje kneep haar ogen stijf dicht. De hartmonitor piepte. Uit het ventilatierooster boven het bed kwam een stoot koude lucht. 'Weet u zeker dat hij dood is?'

'Ja.' Faith probeerde zo overtuigend mogelijk te klinken. 'Ik heb hem zelf gezien. Hij is gisteravond gestorven.'

Emma's ogen zaten nog steeds stijf dicht.

'Weet je zeker dat er niemand anders is geweest?' vroeg Faith. Dit was de eerste vraag die aan het meisje was gesteld, en haar antwoord was nog even stellig.

'Ja.'

Faith moest zekerheid hebben, en ze bleef aandringen. 'Heeft Warren het niet over iemand anders gehad met wie hij samenwerkte? Is er niemand anders bij je in die kamer geweest?'

Haar ogen waren nog steeds dicht. Faith dacht even dat het meisje in slaap was gevallen, maar toen bewoog ze haar hoofd langzaam heen en weer. 'Niemand,' zei ze. 'Ik was helemaal alleen.'

Abigail stak haar hand uit, maar trok hem weer terug. Ze wist niet waar ze haar dochter kon aanraken, waar het pijn zou doen of troost zou bieden. 'Ik weet niet wat ik moet doen,' bekende ze.

Faith pakte haar hand en plooide die om de hand van haar dochter. 'Je bent haar al één keer kwijtgeraakt. Nu moet je zorgen dat het geen tweede keer gebeurt.'

Toen ze Emma's kamer uit kwam, zag Faith Will en Amanda aan het eind van de gang staan. Vol verwachting keken ze haar kant op. Ze schudde haar hoofd ten teken dat Evan Bernard nog steeds vrijuit ging.

Amanda haalde haar telefoontje tevoorschijn, en Will zei iets, waarschijnlijk om haar tegen te houden. Faith kon hem op die afstand niet verstaan en eerlijk gezegd kon het haar niet schelen ook. Ze liep terug naar de rij kunststof stoelen langs de muur van de gang en ging kreunend zitten. Ze was duizelig van uitputting. Ze móést slapen, al was het maar een paar minuten, en daarna zou ze met Will terugkeren naar het appartement van Warren Grier, om het helemaal uit te kammen. Ook zouden ze zijn kantoortje in de Copy Right binnenstebuiten keren en iedereen ondervragen die hem ooit had gekend of ooit contact met hem had gehad. Mary Clark had Warren en Bernard samen gezien. Er was vast iemand die nog meer wist dan zij.

Faith dommelde weg, maar het volgende moment schoot haar hoofd met een ruk weer omhoog. Haar telefoontje ging. Ze haalde het uit haar zak en keek op het schermpje wie het was. Weer Victor. Een echte volhouder.

'Neem je nog op?' vroeg Will.

Faith keek hem aan. Zo te zien was hij al even moe als zij. 'Die belt wel terug.' Ze stopte het telefoontje weer in haar zak. 'Waar ging dat net over?'

Hij liet zich op de stoel naast haar zakken en strekte zijn lange benen dwars over de gang. 'De openbaar aanklager zegt dat de rechter hem toch op borgtocht vrij moet laten.' Hij wreef in zijn ogen. 'Nog voor twaalven staat Bernard weer op straat.'

'Was het lekker om tegen Amanda tekeer te gaan?'

'Het is wel gemakkelijker om haar de schuld te geven van al het slechts dat er in de wereld gebeurt.' Hij sloeg zijn handen voor zijn gezicht, en elke beweging was traag van uitputting. 'Wat heb ik over het hoofd gezien, Faith? Hoe kunnen we hem achter de tralies houden?'

Faith dacht aan wat er zich achter de deur aan de overkant van de gang afspeelde. Warren was dood, maar er was nog iemand die voor deze misdaad moest boeten. Ze moesten hun verdenkingen ten aanzien van Bernard hard zien te maken. Will had gelijk: hij mocht zijn straf niet ontlopen.

'Wat heeft Amanda gezegd?' vroeg Faith.

'Ze zet er een streep onder. Emma is terecht, er is één dode gevangene en we hebben een proces van de Alexanders aan onze broek. Deze zaak verliest zijn prioriteit nu we een levend slachtoffer hebben.' Hij schudde zijn hoofd. 'Wat stelt dit werk nog voor als een dood meisje van zeventien belangrijker is dan een levend?'

'Mijn chef heeft me nog niet van deze zaak gehaald,' zei Faith. 'Zolang het mag, blijf ik met je samenwerken.'

'Tja, dat is ook al zoiets.'

De hapering in zijn stem ontging Faith niet, en een koude rilling liep over haar rug. 'Heeft Amanda dat van dat grijze poeder ontdekt?'

Vragend keek hij haar aan. 'O,' zei hij, toen hij het eindelijk snapte. 'Nee, nog erger: Amanda gaat je vragen of je mijn partner wilt worden.'

Faith dacht dat ze hem van vermoeidheid verkeerd had verstaan. 'Jouw partner?'

'Ik heb er alle begrip voor als je daar geen zin in hebt.'

'Nee, dat is het niet.' Ze wist nog steeds niet of ze hem goed had verstaan. 'Jouw partner?' herhaalde ze. 'Tot nu toe heeft Amanda me van elke belangrijke gebeurtenis in deze zaak weggehouden.' De gemiste persconferentie was daar slechts een onderdeel van geweest. 'Waarom wil ze me in godsnaam in haar team hebben?'

Will was zo fatsoenlijk om een schuldbewust gezicht te trekken. 'Eerlijk gezegd was ik degene die je erbuiten heeft gehouden,' bekende hij. 'Maar niet met opzet, ik zweer het.'

'Will,' zei ze geërgerd, maar ze was te moe om er verder op in te gaan.

'Sorry.' Vertwijfeld stak hij zijn handen op. 'Maar je kunt maar beter weten hoe de vork in de steel zit.'

'Dit is wel het laatste wat ik had verwacht,' moest Faith toegeven. Ze kon het nog steeds niet bevatten.

'Ik heb je verteld dat de tandartsverzekering waardeloos is.' Hij liet haar het litteken zien van het spijkerpistool. 'En vergeet niet dat Amanda geen genade kent.'

Faith wreef over haar gezicht. Langzaam drong de omvang van het nieuws tot haar door. 'Ik hoor nog steeds dat geklik in mijn oren van toen Warren op je aan het droogvuren was.' Ze zweeg tot ze haar stem weer onder controle had. 'Hij had je kunnen vermoorden. En dan zou ik hem door zijn hoofd hebben geschoten,' voegde ze eraan toe.

Will probeerde het luchtig te houden. 'Ik vond je anders behoorlijk cool.' Hij zette een hoog stemmetje op. 'Laat vallen, klootzak!'

Het bloed steeg naar haar wangen. 'Dat moet de Pepper Anderson in mij zijn geweest.'

'Anderson was brigadier. Jij bent rechercheur.'

'En ik vind het triest dat je zoiets weet.'

Glimlachend wreef hij over zijn kaak. 'Ja, je zult wel gelijk hebben.' Hij zweeg even en zei toen: 'Ik meen het, Faith. Ik vat het niet persoonlijk op als je nee zegt.'

Ze draaide er niet omheen. 'Ik weet niet of ik dit soort werk wel elke dag kan doen. Bij Moordzaken weten we tenminste in welke richting we het moeten zoeken.'

'Vriendje, echtgenoot, minnaar.' Will dreunde het vertrouwde refrein op. 'Ik stel het niet mooier voor dan het is. Het vraagt alles van je.'

Ze dacht aan Victor Martinez, aan zijn talloze telefoontjes. Jeremy was eindelijk uit huis. Ze had een man ontmoet die misschien wel in haar geïnteresseerd was, ook al was ze bar slecht toegerust voor een volwassen relatie. Het had lang geduurd, maar ze had bij het team Moordzaken respect afgedwongen, al was het schoorvoetend en ook al was het grootste compliment dat ze tot nu toe gehoord had: 'Voor een blondje ben je helemaal niet dom.'

Wilde ze haar leven eigenlijk wel gecompliceerder maken? Kon ze niet veel beter haar tijd als rechercheur uitdienen en dan de particuliere beveiliging in gaan, zoals alle gepensioneerde politiemensen die ze kende?

Will keek de gang door. 'Is Paul zomaar verdwenen?' vroeg hij, en Faith besefte dat hij met die vraag het gesprek op een minder beladen onderwerp wilde brengen.

Ze was blij dat ze weer vaste grond onder de voeten had. 'Ik heb hem niet gezien.'

'Echt iets voor hem,' merkte Will op.

Faith draaide zich om en keek hem aan. Zijn neus was nog gezwollen en onder zijn rechteroog zat een blauwe plek. 'Ben je echt in een kindertehuis opgegroeid?'

Hij reageerde niet op haar vraag en vertrok geen spier.

'Sorry,' zei ze, op hetzelfde moment dat hij 'ja' zei.

Will leunde naar voren, met zijn ellebogen op zijn knieën. Faith wachtte tot hij iets zei, maar hij scheen hetzelfde van haar te verwachten.

'Mother I'd like to fuck,' flapte ze eruit.

'Wat?'

'Die eerste dag, toen met Jeremy. Je vroeg me wat milf betekende. Het betekent "Mother I'd like to fuck".'

Met samengeknepen ogen probeerde hij het te plaatsen. 'Ai,' zei hij, toen hij het zich kennelijk weer herinnerde.

'Zeg dat,' beaamde Faith.

Will vouwde zijn handen samen. Hij draaide zijn horloge om en keek hoe laat het was. In plaats van een opmerking te maken of zomaar een kletspraatje te beginnen, staarde hij naar de vloer. Ze zag slijtplekken op zijn schoenen en modderspatten op de omslagen van zijn broekspijpen, van toen hij bij het huis aan North Avenue onder het hek door was gekropen.

'Wat heeft Warren eigenlijk tegen je gezegd?' vroeg ze. 'Ik weet dat hij iets heeft gezegd. Je trok opeens een heel ander gezicht.'

Will hield zijn blik op de vloer gericht. Ze dacht dat ze geen antwoord kreeg, maar uiteindelijk deed hij zijn mond open. 'Kleuren.'

Faith geloofde er al net zo weinig van als eerst. 'Vertelde hij je wat voor kleuren de dossiermappen hadden?'

'Het is een trucje,' was zijn antwoord. 'Weet je nog wat Bernard zei: dat dyslectici hun problemen heel goed voor anderen kunnen verbergen?' Hij keek haar weer aan. 'Aan de kleuren kun je zien wat er in de mappen zit.'

Na alles wat er de afgelopen uren was voorgevallen, was Faith bijna vergeten dat ze had ontdekt dat Will niet kon lezen. Ze dacht aan het psychologisch evaluatierapport dat hij Warren onder zijn neus had geduwd, hoe hij zijn vinger telkens op een gekleurde stip had gelegd terwijl hij de resultaten opnoemde. Will had niet één keer naar de tekst gekeken. Hij had zich door de kleuren laten leiden.

'En dat laatste blaadje dan?' vroeg ze. 'Warren was functioneel analfabeet. Hij kon wel íéts lezen. Waarom zag hij niet dat het een memo was met kledingvoorschriften?'

Will hield zijn blik op de muur tegenover hem gericht. 'Als je overstuur raakt, zie je de woorden niet meer zo goed. Dan lijkt het alsof ze bewegen. Ze worden helemaal vaag.'

Faith was dus toch niet gek. Will had inderdaad leesproblemen. Ze herinnerde zich weer dat hij altijd op zijn zakken klopte als er iets gelezen moest worden, alsof hij zijn bril zocht. Hij had het postbusnummer op het rijbewijs van Adam Humphrey niet gezien en evenmin de webpagina op Bernards computer gelezen, over een pensioenplan voor leraren. Toch kon ze niet ontkennen dat hij de vergelijking met Leo Donnelly of ongeacht wie in het team Moordzaken met glans kon doorstaan.

'Wat voor trucjes zou Warren verder nog gebruikt hebben?' vroeg ze.

'Een digitale recorder. Spraakherkenningssoftware. De spellingchecker.'

Hoe blind kon je zijn, vroeg Faith zich af. Ze was nota bene rechercheur, en toch had ze alle tekenen over het hoofd had gezien, ook al lagen ze pal onder haar neus. 'Was Warren daarom zo op kleuren gefixeerd? Zag hij dat je dossiermappen verschillende kleuren hadden en kwam hij er op die manier achter dat je...'

'Kleuren,' viel Will haar in de rede. 'De kleuren, daar had hij het over.' Hij vertrok zijn mond tot een brede, maffe grijns. 'Dat probeerde Warren me duidelijk te maken.'

'Wat dan?'

Hij stond op, en zijn vermoeidheid maakte plaats voor opwinding. 'We moeten meteen naar de kopieerwinkel.'

TWEEËNTWINTIG

Will liep langs de cellen, zonder acht te slaan op het afzetlint voor de deuropening naar de cel waarin Warren Grier zich had verhangen. Hij voelde hoe de kille blikken van de gedetineerden hem volgden naar het einde van de gang. Van alle kanten klonken de gebruikelijke gevangenisgeluiden: kerels die met elkaar ouwehoerden, andere die huilden.

Evan Bernard zat in een van de grotere arrestantencellen. Mannen die jonge meisjes verkrachtten werden altijd door andere gevangenen onder handen genomen. Als je naam aan een sensationele zaak was verbonden, kon je het wel schudden. De enige veilige plek voor een man als Bernard was de cel met transseksuelen. Die zaten doorgaans vast voor gelegenheidsmisdrijven: het stelen van eten, landloperij. De meesten waren te vrouwelijk om in de bouw aan de slag te kunnen, en te mannelijk om de hoer uit te hangen. Net als Evan Bernard zouden ze aan stukken worden gereten als ze bij de andere gevangenen werden gezet.

De leraar had zijn handen tussen de tralies door gestoken en steunde met zijn ellebogen op de dwarsspijlen. Het was een grote cel, minstens vijf meter breed. Stapelbedden stonden driehoog haaks op de muur. Toen Will dichterbij kwam, zag hij dat de vrouwen op een kluitje bij een van de bedden stonden, alsof ook zij gruwden van Evan Bernard.

Will had een opgevouwen laken onder zijn arm. Het was van dik gevangenismateriaal, gebleekt en plankhard gesteven. Toen hij het tussen de tralies door schoof, bleef het rechtop staan.

Bernard keek peinzend naar het laken. 'Arme jongen. De meiden zijn er helemaal kapot van.'

Will wierp een blik in de cel. Zo te zien lustten de meiden hem rauw.

'Ik praat niet met u zonder dat mijn advocaat erbij is,' zei Bernard.

'Je hoeft van mij ook niet te praten,' zei Will. 'Je hoeft alleen maar te luisteren.'

Hij haalde zijn schouders op. 'Ach, ik heb verder toch niks te doen.'

'Weet je hoe hij het heeft gedaan? Hoe hij zichzelf heeft gewurgd?'

‘Hij zal wel het slachtoffer zijn geworden van politiegeweld.’

Will glimlachte. ‘Wil je het weten of niet?’

Bernard trok een wenkbrauw op. *Vooruit dan maar*, leek hij te zeggen.

Will pakte het laken en al pratend vouwde hij het open. ‘Eigenlijk snap je het niet, hè? Het kán gewoon niet dat je jezelf verhangt terwijl je op de vloer zit.’ Hij trok het laken door zijn hand en wikkelde de stof om zijn arm.

‘Het gaat namelijk zo: je bindt het ene uiteinde aan de deurknop en dan sla je de stof in een lus om je nek – zo.’ Will trok het laken strak, zodat zijn huid tussen de vouwen naar buiten werd geknepen. ‘Je gaat op je knieën zitten, met je hoofd bij de deurknop, en dan adem je heel snel en heel diep in, tot je gaat hyperventileren.’

Bernard glimlachte, alsof hij het eindelijk begreep.

‘En dan, vlak voor je buiten westen raakt, strek je je benen onder je lichaam vandaan.’ Will trok het laken weg. ‘En dan maar wachten.’

‘Het duurt vast niet lang,’ zei Bernard.

‘Nee, hooguit een paar minuten.’

‘Bent u daarvoor gekomen, Mr. Trent, om me dit tragische verhaal te vertellen?’

‘Ik ben gekomen om je te vertellen dat je het in zekere zin bij het rechte eind had.’

‘Dat zult u moeten toelichten. Ik heb het namelijk wel vaker bij het rechte eind.’

Will stak het laken tussen de tralies door, zodat het aan beide kanten naar beneden hing. ‘Je hebt me namelijk verteld dat dyslectici er heel goed in zijn trucjes te bedenken om hun handicap te verhullen. Klopt dat?’

‘Jazeker.’

‘Toen dacht ik opeens aan Warren, want die dag dat hij naar het huis van Emma Campano ging, moest hij heel veel dingen onthouden.’ Will somde ze op. ‘Hoe laat Kayla hem binnen zou laten. Waar Emma’s kamer was. Hoeveel paar handschoenen hij mee moest nemen. Waar hij haar van de ene auto naar de andere moest overbrengen.’

Bernard schudde zijn hoofd. ‘Heel boeiend, Mr. Trent, maar wat heeft dat in godsnaam met mij te maken?’

‘Nou,’ zei Will, terwijl hij in de zak van zijn colbert naar zijn digitale recorder zocht, 'aangezien Warren geen lijstjes kon opstellen, nam hij alles op.'

Weer schudde Bernard zijn hoofd. De recorder was van Will, en die herkende hij niet. 'Warren nam alles op met zijn mobiele telefoon,' legde Will uit. 'Vervolgens zette hij het op cd's, die hij in de kopieerwinkel bewaarde tussen de cd's met illustratiemateriaal van zijn klanten.'

Bernard leek opeens een stuk minder zeker van zichzelf.

'Blauw, rood, paars, groen,' dreunde Will op. 'Dat was de volgorde die hij voor zijn cd's hanteerde.' Hij klikte het apparaatje aan. De stem van Evan Bernard was duidelijk te herkennen. *'Nee, Warren, het touw en de tape liggen in de kofferbak. Kayla geeft je de sleutels.'*

'Weet ik, weet ik,' mompelde Warren.

Nu klonk Bernard geïrriteerd. *'Nee, je weet het niet. Luister nou eens naar me. Als je dit allemaal goed doet, worden we geen van allen gepakt.'*

'Zal ik het voor je opschrijven, Warren?' vroeg een meisjesstem, waarvan was vastgesteld dat het die van Kayla Alexander was. *'Zal ik een lijstje voor je maken?'*

Will klikte de recorder uit. 'De rest krijg je in de rechtszaal te horen.'

'Over een uur ben ik vrij,' zei Bernard. 'Mijn advocaat heeft gezegd...'

'Je advocaat weet niet van het bestaan van de dvd's af.' Charlie Reed had het mis gehad wat de kabels betrof die bij Bernard thuis achter zijn computer waren aangetroffen. Ze waren verbonden geweest met een dvd-recorder.

'We hebben wel een stuk of tien dvd's van jou in je speciale kamertje, Evan,' zei Will. 'Mijn collega is op dit moment bij Olivia McFaden op Westfield Academy. We hebben foto's gemaakt van het dvd-materiaal: foto's van de gezichten van de meisjes, met dat van jou ernaast. Tot dusver zijn er zes leerlingen van de school geïdentificeerd. Hoeveel denk je dat we er nog zullen vinden?' vroeg Will. 'Hoeveel vrouwen zullen zich nog melden, denk je?'

'Ik wil mijn advocaat spreken. Nu.'

'O, die komt eraan. Hij wilde maar wat graag me je praten toen ik hem over de nieuwe aanklachten vertelde.' Will legde zijn hand op het laken en duwde het de cel in. 'Alsjeblieft, Evan. Niet om je op slechte gedachten te brengen, maar hier heb je alvast een laken.'

Betty lag op de bank toen Will thuiskwam, wat betekende dat Angie weg was. Terwijl hij de thermostaat bijstelde, trok hij zijn jasje uit en rukte zijn das los. Hij was nog geen minuut thuis en nu ergerde hij zich alweer. Angie wist dat hij de airco altijd aan liet staan voor Betty, die aanleg had voor zomereczeem.

Het lampje van het antwoordapparaat knipperde. Er stond één bericht op. Will drukte op de knop en hoorde de stem van Paul Campano.

'Hé, Will,' zei hij, en dat was voldoende. Will zette het bandje weer uit, want hij hoefde niet te weten wat er nog meer op stond. Paul hoefde van hem niet deemoedig of dankbaar te zijn. De man had zijn naam uitgesproken, in plaats van hem Vullis te noemen. Meer hoefde Will niet te horen.

Hij pakte de hond op van de bank en nam haar mee naar de keuken, waar hij tot zijn verbazing een volle waterbak aantrof. Vragend keek hij Betty aan, alsof hij uit haar puilogen kon opmaken of ze simpelweg de hele dag niks had gedronken. Hij wist bijna zeker dat Angie de bak niet had bijgevuld. Betty likte Wills gezicht en met een aai zette hij haar weer op de vloer. Hij schepte wat hondenbrokken in haar etensbak, wierp haar een stukje van haar lievelingskaas toe en ging naar de slaapkamer.

Achter in het huis leek het wel een oven. Terwijl Will naar het bed liep, trok hij zijn vest, overhemd en broek uit en wierp de hele handel op een stoel. Hij had geen idee hoe laat het was, maar hij was zo moe dat het hem niet uitmaakte. Het feit dat Angie nooit het bed opmaakte, kwam nu wel goed uit, en hij glipte tussen de lakens.

Met een lange, diepe zucht sloot hij zijn ogen. Eerst legde hij zijn handen op zijn borst, toen langs zijn lichaam. Hij draaide zich om en schopte de lakens weg. Uiteindelijk ging hij weer op zijn rug liggen en staarde naar het plafond.

Zijn rust werd verstoord door het gerinkel van de telefoon, maar Will nam niet meteen op. Toen hij op de klok keek, bleek het tien uur 's ochtends te zijn. Hij kon niemand bedenken met wie hij op dat moment wilde praten. Amanda ging hem echt geen schouderklopje geven, de pers wist zijn telefoonnummer niet en Angie was de hort op – waar dat ook mocht wezen.

Net voor het antwoordapparaat aanging, nam hij toch maar op.

'Hoi,' zei Faith. 'Stoor ik?'

'Nee hoor, ik lig hier maar een beetje in mijn ondergoed.' Er kwam geen reactie. 'Hallo?'

'Ja.' Het klonk als een constatering, en voor de zoveelste keer besefte hij dat hij er weer eens iets fouts uit had geflapt. Net toen hij zijn excuses wilde aanbieden, zei ze: 'Ik heb tegen Amanda gezegd dat ik de baan neem.'

Allerlei antwoorden dienden zich aan, maar uit angst dat hij iets stoms zou zeggen, liet hij ze eerst een voor een de revue passeren. 'Mooi,' zei hij ten slotte met schorre stem.

'Alleen omdat we hem gepakt hebben.' Bernard, bedoelde ze. 'Als ons dat niet gelukt was, zou ik waarschijnlijk weer lekker achter mijn bureautje bij Moordzaken zijn gekropen en mijn tijd tot aan mijn pensioen hebben uitgediend.'

'Ik heb jou anders nooit voor het type agent aangezien dat volgens de tijdklok werkt.'

'Toen ik nog Leo's partner was, ging dat eigenlijk vanzelf,' bekende ze. 'Misschien dat het met jou anders is.'

Hij lachte. 'Ik zweer dat ik nog nooit eerder een vrouw ben tegengekomen die het als iets positiefs zag om aan mij vast te zitten.'

Zij moest ook lachen. 'Ik kan je in elk geval met je rapporten helpen.'

Wills glimlach loste op. Over één ding hadden ze het nog niet gehad: dat Faith blijkbaar had ontdekt dat er kinderen van zeven bij haar in de buurt woonden die beter konden lezen dan Will. 'Ik heb geen hulp nodig, Faith,' zei hij. 'Echt niet.' Om de spanning enigszins te verbreken voegde hij eraan toe: 'Maar evengoed bedankt.'

'Oké,' zei ze, maar het klonk nog wat gespannen.

Hij zon op een ander onderwerp – een grapje, een goedkope woordspeling over zijn analfabetisme. Er kwam niks boven, behalve het pijnlijke besef dat hij niet zonder reden zijn probleem voor anderen verborgen hield. Will had nergens hulp bij nodig. Hij kon zijn eigen boontjes doppen, dat deed hij al jaren.

'Wanneer begin je?' vroeg hij.

'Het ligt wat ingewikkeld,' zei ze. 'Ik heb een voorlopige bevoegdheid tot ik mijn opleiding heb afgerond, maar het komt erop neer dat ik maandag over een week op jouw kamer zit.'

'Op mijn kamer?' herhaalde Will, en de moed zonk hem in de schoenen. Hij wist precies hoe dat ging bij Amanda. Een jaar geleden was ze zijn kamer binnengekomen en had terloops opgemerkt dat er nog makkelijk een bureau bij kon, als Will zijn knieën ongeveer tot aan zijn oren optrok. 'Fantastisch,' zei hij, om de stemming erin te houden.

'Ik moet de hele tijd aan Kayla denken.'

Zoiets had hij al uit haar toon opgemaakt. 'Bedoel je dat proces?'

'Nee, wat haar dreef.' Weer zweeg Faith, maar deze keer leek ze haar gedachten te ordenen. 'Niemand mocht Kayla, behalve Emma. Ze had waardeloze ouders. De hele school had de pest aan haar.'

'Naar wat ik gehoord heb, werd ze niet zonder reden uitgekotst.'

'Die klootzak van een Bernard wist iedereen naar zijn hand te zetten, en het is moeilijk te zeggen of ze het voor de kick deed, of omdat hij het haar opdroeg.'

Het ging er bij Will niet in dat een meisje van zeventien zo sadistisch kon zijn. Nu Warren dood was en Bernard de beschuldigende vinger op iedereen behalve op zichzelf richtte, zouden ze nooit achter de waarheid komen, dat wist hij zeker. 'Ik vraag me af of Kayla zelf het verschil zag.'

'Mary Clark weet het nog steeds niet.'

Hij zag de arme vrouw weer voor zich en dacht aan de psychische schade die haar was toegebracht. Op het oog had Mary het goed voor elkaar: ze had gestudeerd, ze was getrouwd en had kinderen, en ze gaf les aan een gerenommeerde school. Maar door de tragische gebeurtenissen van meer dan tien jaar geleden stelde dat allemaal niets voor. Al vanaf het begin van de zaak had hij dit soort bange vermoedens over Emma gehad: als ze de verschrikkingen overleefde, zou ze de rest van haar dagen naar haar dood verlangen. Als het GBI en de politie van Atlanta en verder elk politiekorps in heel Amerika de misdaad echt een halt toe wilden roepen, dan moesten ze het geld dat ze nu in gevangenissen, gerechtshoven en binnenlandse veiligheid stopten tot op de laatste stuiver besteden aan de bescherming van kinderen, om ze te behoeden voor de hufters die op hen aasden. Will durfde te garanderen dat de investering uiteindelijk heel wat levens zou redden.

'Ik moet ophangen,' zei Faith. 'Over twee uur ga ik lunchen met Victor

Martinez, en ik heb nog dezelfde kleren aan als waarin hij me voor het laatst heeft gezien.'

'Is dat die vent van Georgia Tech?'

'Benieuwd hoelang het duurt voor ik het weer eens verkloot.'

'Ik wil je wel een paar tips geven.'

'Met dat soort dingen weet ik me anders heel goed te redden.'

Ze maakte al aanstalten om het gesprek te beëindigen, maar hij hield haar nog even aan de lijn. 'Faith?'

'Wat is er?'

Will zou haar het liefst met een paar grote woorden welkom heten in zijn leven, en hij zon op een manier om haar duidelijk te maken dat hij zijn uiterste best zou doen om alles soepel te laten lopen. 'Tot over een week dan maar,' zei hij.

'Oké.'

Will hing op, en meteen schoten hem allerlei prachtige dingen te binnen die hij had kunnen zeggen, om te beginnen dat hij blij was dat ze dit besluit had genomen, en ook had hij haar om vergiffenis willen vragen voor alle streken die hij haar had geleverd en nog zou leveren. Met zijn blik op het plafond gericht lag hij in bed, en in gedachten nam hij hun gesprek nog eens door. Hij meende precies te weten wanneer ze had besloten om de baan te nemen. Ze hadden in de kopieerwinkel naar Evan Bernard, Kayla Alexander en Warren Grier zitten luisteren, die de ontvoering van Emma Campano aan het beramen waren. Ze waren allebei daas van vermoeidheid geweest, en Charlie Reed keek ongetwijfeld vreemd op van hun maffe gegrijns, hoewel hij er het zwijgen toe had gedaan.

Op één punt had ze zeker gelijk: al waren de afgelopen dagen nog zo zwaar geweest, nu ze Evan Bernard te pakken hadden, was het de moeite dubbel en dwars waard gebleken. Ze hadden Emma Campano weer thuisgebracht. Warren Grier had zijn eigen straf voltrokken, maar hij had iets achtergelaten waarmee ze verder konden. Ook Kayla Alexander was recht gedaan, ongeacht wat haar aandeel in het misdrijf was geweest. Al die ontknopingen schonken een zekere bevrediging, het besef dat hun inspanningen er iets toe deden.

Niettemin vroeg Will zich af of Faith wist dat haar vader een bankrekening in een andere staat had, met daarop ruim twintigduizend dollar. Will had al twee weken op de zaak-Evelyn Mitchell gezeten toen hij bedacht dat ze misschien bankrekeningen had op naam van haar overleden echtgenoot. De spaarrekening was minstens twintig jaar oud, en het saldo had in de loop van de tijd wat schommelingen ondergaan, maar het was nooit beneden de vijfduizend dollar gekomen. Drie jaar geleden was er voor het laatst geld van opgenomen, wat het moeilijk maakte om na te gaan waaraan het was uitgegeven. Evelyn Mitchell werkte bij de politie. Die was te slim om bonnetjes te bewaren. Trouwens, als Will de bankrekening niet had ontdekt, zou hij op grond van haar levensstijl hebben geconcludeerd dat ze schoon was. Ze had een lage hypotheek, een bescheiden spaarrekening en een Mercedes van zes jaar oud, die ze tweedehands had gekocht.

Het had ongetwijfeld een kapitaal gekost om het kind van haar kind op te voeden. Doktersbezoekjes, uitstapjes, studieboeken. Jeremy was vast niet verzekerd. Will betwijfelde of de polis van de vijftienjarige Faith ook de bevalling had gedekt. Misschien was het geld daaraan opgegaan. Misschien was ze van mening geweest dat er niks verkeerds aan was om met het geld van drugshandelaren haar gezin te onderhouden.

Dan was er uiteraard nog de belasting, maar Will werkte niet voor de belastingdienst. Hij werkte voor het GBI, en het was zijn taak om de juristen van bewijsmateriaal te voorzien, terwijl hij het inhoudelijke aspect van de zaak aan hen overliet. Het had hem lichtelijk verbaasd toen hij hoorde dat Evelyn Mitchell verplicht met pensioen ging in plaats van te worden vervolgd. Hoe hoger je functie, hoe onwaarschijnlijker het was dat je moest hangen, dat wist Will na al die jaren als geen ander, maar die bankrekening was de spreekwoordelijke genadeklap. Nu wist hij waarom de vrouw er met voortijdige pensionering af was gekomen. Amanda had ongetwijfeld een paar heel hoge omes bespeeld om te voorkomen dat haar bijna-schoonzus de bak in ging.

De voordeur sloeg met een klap dicht. 'Willy?'

Het was gedaan met zijn rust en er ging een steek door hem heen. Hij zweeg nog heel even en riep toen: 'Ja!'

Toen ze hem in bed zag liggen, kneep Angie haar ogen tot spleetjes. 'Je bent toch niet porno aan het kijken, hè?'

Met de seks-dvd's van Evan Bernard nog in zijn achterhoofd zou het uren duren voor hij ook maar aan porno kon denken. 'Waar zat je?'

'In het ziekenhuis, bij Leo Donnelly op bezoek.'

'En je hebt nog wel de pest aan hem.'

'Het is een smeris. Die zoeken elkaar op als er eentje in het ziekenhuis ligt.'

Dat was een code die Will nooit zou begrijpen, een geheimtaal die onlosmakelijk bij het uniform hoorde.

'Ik heb gehoord dat jullie die vent gepakt hebben,' zei Angie.

'Heb je ook gehoord dat mijn gevangene zich van kant heeft gemaakt nadat ik hem in de cel had gezet?'

'Dat kon jij niet helpen.' De automatische vergiffenisformule van de politie.

'Hij was een van ons,' zei Will, die de naam Warren Grier niet hardop wilde uitspreken, om hem niet weer tot leven te wekken. 'Hij heeft zijn hele jeugd in tehuizen doorgebracht. Op zijn achttiende is hij er uiteindelijk weggegaan. Hij was helemaal alleen.'

Even verscheen er een zachte blik in Angies ogen. 'Was je erbij toen hij doodging?'

Will knikte. Hij moest van zichzelf geloven dat hij erbij was geweest toen Warren zijn laatste adem uitblies.

'Dan was hij niet helemaal alleen, toch?' zei ze.

Will draaide zich op zijn zij, zodat hij naar haar kon kijken. Ze droeg een short en een witte bloes, die zo dun was dat haar zwarte bh erdoorheen schemerde. Dat zou Leo Donnelly prachtig hebben gevonden. Waarschijnlijk had hij het inmiddels aan het halve team verteld.

'Ik weet dat je weet dat je niet zwanger bent,' zei Will.

'En ik weet dat jij het weet.'

Veel meer kon hij over het onderwerp niet bedenken.

'Zin in een broodje?' vroeg ze.

'Je hebt de mayonaise verpest.'

'Ik heb net een nieuwe pot gekocht,' zei ze met een plagerig glimlachje.

Will glimlachte terug. Dat was het aardigste wat ze in lange tijd voor hem gedaan had, bedacht hij.

Ze wilde al weglopen, maar bleef nog even staan. 'Ik ben blij dat je die zaak hebt opgelost, Will. Niemand anders zou erin geslaagd zijn dat meisje levend terug te vinden.'

'Ik betwijfel het,' zei hij. 'Je weet dat het bij dit soort zaken vaak een kwestie van geluk is.'

'Vertel dat maar aan die lul van een leraar.'

Evan Bernard. Was het proces dat de leraar boven het hoofd hing aan gelukkig toeval te danken, of kwam het allemaal op Wills inzicht neer? Iedere willekeurige onderzoeksleider zou uiteindelijk alle cd's in Warrens kantoortje hebben onderzocht. Evan Bernard was dan misschien weer op vrije voeten, maar het bewijs zou boven water komen.

'Als je lief bent, kunnen we de salontafel misschien nog even opwrijven,' opperde ze.

'Wat dacht je van de stoel? Mijn knieën doen pijn.'

'Als je maar niet denkt dat ik met een ouwe vent trouw.'

Hij zei maar niet dat ze toch nooit zou trouwen, met wie dan ook. Angie had haar huis niet te koop gezet, ze droeg haar verlovingsring alleen als het haar uitkwam, en zo lang als Will haar kende, had ze zich maar aan één ding verbonden, namelijk aan haar voornemen om zich nooit te binden. De enige belofte die ze ooit was nagekomen, was dat ze telkens weer in zijn leven opdook, hoe vaak ze ook het tegendeel beweerde.

Maar ze had mayonaise voor hem gekocht. Er sprak toch iets van liefde uit het gebaar.

Angie boog zich over het bed heen en gaf hem een kus op zijn voorhoofd, wat ook al niks voor haar was. 'Ik roep wel als je broodje klaar is.'

Will draaide zich weer op zijn rug en staarde naar het plafond. Hij probeerde zich te herinneren hoe het voelde om alleen te zijn. Ook al groef hij nog zo diep in zijn geheugen, hij had nooit die totale eenzaamheid gekend die je ervaart als niemand op de wereld ook maar weet hoe je heet. Angie was altijd één telefoontje van hem verwijderd geweest. Zelfs wanneer ze iets met een andere vent had, zou ze alles in de steek laten om hem te hulp te schieten. Niet dat hij het ooit had gevraagd, maar hij wist dat ze het zou doen, en omgekeerd zou hij hetzelfde voor haar doen.

Betekende Angies aanwezigheid in zijn leven dat Will nooit zo eenzaam zou zijn als Warren Grier? Hij dacht aan het tafereel dat hij tijdens het verhoor voor de jongeman had beschreven, het plaatje van huiselijk geluk dat hij had geschilderd: Warren kwam thuis en trof Emma in de keuken aan, waar ze voor hem aan het koken was. Ze zouden een fles wijn opentrekken en hun dag bespreken. Emma zou afwassen, en Warren afdrogen. Will had het hele scenario zo moeiteloos kunnen beschrijven omdat hij diep in zijn hart wist dat Warrens dromen veel overeenkomst vertoonden met die van hemzelf.

Tot voor kort had Wills huis er net zo uitgezien als Warrens kamertje aan Ashby Street: alles keurig netjes en op de juiste plek. Nu lagen er overal spullen van Angie, en hun dagelijkse levens waren niet meer van elkaar te scheiden. Was dat erg? Waren het ongemak en de verstoring de prijs die je betaalde voor het gezelschap van een ander? Will had tegen Warren gezegd dat mannen zoals zij niet wisten hoe ze zich in een normale relatie moesten gedragen. Misschien was Will midden in zo'n relatie beland zonder dat hij de tekenen had herkend.

Het getik van teennageltjes over de houten vloer kondigde de komst van Betty aan. Het was alsof de hond had gewacht tot Angie vertrok. Ze sprong op het bed en keek hem hoopvol aan. Will trok snel het laken over zich heen, want hij vond het lichtelijk ongepast om zich halfnaakt aan de hond te vertonen. Betty scheen zich met heel andere kwesties te hebben beziggehouden: om haar snoet zag hij iets wat verdacht veel op potgrond leek.

Met gesloten ogen luisterde Will naar het gekraak en gekreun van het oude huis, naar het aanslaan van de compressor toen de airconditioning brommend tot leven kwam. Betty kroop op zijn borst en draaide drie rondjes voor ze ging liggen. Haar ademhaling klonk wat pieperig. Misschien had ze weer hooikoorts. Hij nam zich voor om de volgende dag met haar naar de dierenarts te gaan en antihistaminetabletjes te halen.

Vanuit de keuken klonk gevloek. Een mes, waarschijnlijk vol mayonaise, kletterde op de grond. Hij zag alweer voor zich hoe Angie het spul met haar voet wegveegde en over de hele tegelvloer verspreidde. Betty zou ongetwijfeld de spatten vinden en de vettige restjes oplikken. Will vroeg zich af of honden een voedselvergiftiging konden oplopen, en hij kwam tot de conclusie dat het risico te groot was.

Voorzichtig tilde hij Betty van zijn borst, waarna hij zijn broek aanschoot en naar de keuken ging om Angie te helpen.

EPILOOG

Het huis in Ansley Park stond leeg. Het meubilair was geveild. Er hing niets meer aan de muren en de vloeren waren kaal. Gespecialiseerde schoonmaakploegen hadden het bloed weggewassen en alle sporen van het misdrijf verwijderd. Maar in het hoofd van Abigail Campano zag alles er nog hetzelfde uit. Soms, als ze in de keuken van hun nieuwe huis stond of de trap op liep, zag ze het gezicht van Adam Humphrey weer voor zich, het donkerrode bloed waarmee zijn ogen zich vulden terwijl ze het leven uit hem perste.

Tegen het advies van hun advocaten in – of misschien juist daardoor – had Abby een brief aan zijn ouders geschreven. Ze had verteld wat Emma over hun zoon had gezegd: dat hij vriendelijk, goed en zachtaardig was. Ze had haar verontschuldigingen aangeboden. Ze had openlijk haar schuld beleden. Ze had hun alles geboden wat ze bezat en was maar al te bereid om het te geven. Abigail was zelf advocate geweest en ze wist heel goed wat ze deed. Twee weken later had er een envelop tussen de uiteenlopende rommel gezeten die onbekenden in tijden van rampspoed aan andere onbekenden menen te moeten sturen. Er stond geen afzender op, maar het poststempel was van een plaatsje op het platteland van Oregon. Het kaartje in de envelop bevatte twee korte zinnetjes: *Dank u voor uw brief. We bidden dat we allen de kracht zullen vinden om door te gaan.*

Het leek op het soort cliché dat je uit de mond van Jay Gatsby kon verwachten, of op de afscheidswoorden aan het eind van een oude oorlogsfilm uit het zwart-wittijdperk: *Hou vol, makker! Op naar de vrijheid!*

Twee maanden later ging het leven rondom hen weer door, maar altijd was er die onderhuidse dreiging, alsof ze verwachtten dat alles elk moment van hen afgenomen kon worden. En wat hadden ze veel te verliezen! Het nieuwe huis in Druid Hills was indrukwekkend, nog groter dan hun woning in Ansley Park. Er waren acht slaapkamers en negen badkamers. Er zat een kantoor bij, en verder hadden ze een fitnessruimte, een sauna, een wijnkelder, een filmzaaltje, een grote hal en een vestibule. In het voormalige koetshuis waren twee volledige badkamers en twee extra slaapkamers. Toen ze rondliep in het appartement boven de garage had Abigail op wrange toon opgemerkt dat Paul en zij, als ze ooit weer door een tragedie werden getroffen, elkaar in elk geval niet meer voor de voeten hoefden te lopen.

Hij kon er niet om lachen.

Ze kocht meubels, bestelde linnengoed, gaf online zoveel geld uit dat de creditcardbedrijven al hadden gebeld om te controleren of haar gegevens niet waren gestolen. Iedereen scheen de draad van het normale leven – of het 'nieuwe normale leven', zoals Abigail het noemde – weer op te pakken. Beatrice was terug in Italië. Hoyt was weer naar zijn minnares, terwijl hij zijn vrouw veilig in hun huis op Puerto Rico had geïnstalleerd. Abigail wist zeker dat hij nog ergens een minnares had zitten. De laatste tijd had haar vader het verdacht vaak over Londen gehad.

Zelfs de pers had zijn biezen gepakt. *People Magazine* en de tv-producers hielden het al snel voor gezien toen duidelijk werd dat de familie Campano er niets voor voelde om haar verhaal wereldkundig te maken. Dan had je nog de onvermijdelijke zogenaamde vrienden die opeens van alle kanten opdoken om over Emma te praten, en de ex-vrienden die het over Abigail en Paul hadden. Het ergst waren de sensatiekranten. Die verzamelden zich voor het hek aan het begin van de oprit en riepen naar iedereen die het huis verliet. 'Hé, moordenares!' schreeuwden ze als ze Abigail zagen. 'Moordenares, hoe voelt het om iemand vermoord te hebben?'

Abigail hield zich groot en keerde de persmuskieten zoveel mogelijk de rug toe, maar zodra ze weer binnen was, kwamen de tranen. De ene dag werd ze kil genoemd, om de volgende dag opgehemeld te worden als een razende moederbeer die haar jong beschermde. Ze vroegen haar wat ze van Evan Bernard vond, de man die alle ellende over hen had afgeroepen.

Bernard hoefde zijn mond maar open te doen en een heel leger journalisten stond voor de gevangenispoort klaar om live verslag uit te brengen. Als er een kentering in de berichtgeving dreigde, legde hij snel weer een verklaring af, gaf vanuit zijn cel onverwachte interviews en bracht exclusieve documenten naar buiten die betrekking hadden op zijn veelbewogen verleden. Vervolgens stortten de analytici zich op het verhaal, en boog de ene deskundige na de andere zich over elk detail van Bernards leven: waar hij in de fout was gegaan, hoeveel jongeren hij tijdens zijn loopbaan had geholpen. Vrouwen meldden zich, talloze jonge vrouwen. Zonder uitzondering beweerden ze dat hij ondanks de dvd's, ondanks het belastende beeldmateriaal, onschuldig was. De Evan Bernard die zij kenden, was een vriendelijke man, een zachtaardige man. Abigail had er alles voor overgehad om even alleen met die klootzak te zijn, dan zou ze haar handen om zijn vriendelijke, zachtaardige hals slaan en met liefde het zielige leven uit zijn zwarte glimogen zien wegvloeien.

Ze konden het niet langer aanhoren, wilden niet langer getuige zijn van zijn roem, en na verloop van tijd zetten Abigail en Paul het nieuws uit en sloegen de talkshows over. Dat deden ze toch al als Emma de kamer in liep. Eigenlijk gaf het nieuws Abigail een smerig gevoel, alsof ze achter de rug van haar dochter om haar dagboek had gelezen. Paul had zelfs zijn abonnement op het ochtendblad opgezegd. Zijn brief was niet bij de distributieafdeling aangekomen, en inmiddels lag er zo'n berg aan doorweekte kranten aan het begin van de oprit dat de vertegenwoordigster van de buurtvereniging een brief in hun bus had gestopt: *Ik betreur alle tegenslag waarmee u te kampen hebt, maar Druid Hills is een wijk van historische allure, en daarom zijn er regels waaraan men zich heeft te houden.*

'Van historische allure,' had Abigail met een hoog stemmetje gezegd, en het liefst had ze het mens een historische schop onder haar kont gegeven. Ze had een woedend antwoord opgesteld, neerbuigend en bijtend. *Weet u hoe het voelt als een monster je kind heeft verkracht?* had ze gevraagd. *Denkt u dat ik ook maar een reet om uw kloteregels geef?*

Het epistel was tot een soort journaal uitgegroeid: pagina's vol met al het verschrikkelijks dat Abigail tot stikkens toe had opgekropt. Ze had niet eens de moeite genomen om het nog eens door te lezen voor ze het aan flarden scheurde en in de haard verbrandde.

‘Wel wat warm om de haard aan te steken,’ had Paul gezegd.

‘Ik heb het koud,’ had ze geantwoord, en daar kon hij het mee doen.

Pas sinds kort konden ze naar de brievenbus lopen zonder dat een verslaggever elke stap die ze zetten vastlegde. Zelfs de allerlaatste, meest vasthoudende sensatiebladen waren vertrokken toen een paar weken eerder de echtgenoot van een vermiste zwangere vrouw in Arizona zich opvallend verdacht begon te gedragen. Beneden in de fitnessruimte had Abigail stiekem het tv-nieuws gevolgd en de foto’s bestudeerd van de zesentwintigjarige brunette. In haar na-ijver had ze Emma veel knapper gevonden dan de aanstaande moeder, tot de vrouw dood werd aangetroffen op een braakliggend stuk terrein, en toen had ze zichzelf klein en verachtelijk gevoeld.

Zonder de journalisten waren ze opeens helemaal alleen. Het enige waarover ze nog konden klagen, was over elkaar, en dat was taboe. Sinds de verhuizing verliet Emma het huis slechts één keer per week. Paul had de rest van de wereld letterlijk voor haar in huis gehaald. Ze kreeg thuis les. Haar yogaleraar kwam aan huis. De kapster bracht maandelijks een bezoekje. Af en toe verscheen er een meisje om haar nagels te doen. Kayla Alexander en Adam Humphrey waren haar enige echte vrienden geweest, en er stonden geen jongelui meer voor haar op de stoep. De enige die zich niet door Paul liet omkopen was haar psychologe. Haar praktijk was nog geen kilometer verderop, maar Paul bracht Emma er elke donderdag met de auto naartoe. Dan bleef hij voor de deur zitten wachten, zodat hij meteen ter plekke was als ze hem nodig had.

Vader en dochter waren hechter dan ooit, en Abigail kon geen redenen bedenken waarom hij Emma niet alles zou geven wat haar hartje begeerde. Het schrijnende was dat ze nog maar zo weinig begeerde. Ze vroeg niet om kleren, geld of nieuwe hebbedingetjes. Ze wilde alleen maar bij haar vader zijn.

Paul werkte tegenwoordig vijf dagen per week in plaats van zes, zoals vroeger. ’s Ochtends ontbeet hij met hen en aan het eind van de dag kwam hij thuis voor het avondeten. Er waren geen zakenreisjes of late dinertjes meer. Hij was een volmaakte echtgenoot en vader geworden, maar daarvoor had hij een hoge prijs moeten betalen. Hij was niet meer de oude. Soms trof Abigail hem alleen in zijn kantoor aan, of voor de tv, waarvan het geluid uit stond. De blik in zijn ogen was pijnlijk om te zien. Het was ongetwijfeld dezelfde blik, besefte ze, die in haar eigen ogen stond te lezen als ze zich onbespied waande.

En dan Emma. Vaak ging Abigail in de deuropening van haar kamer staan om haar dochter te zien slapen. Dan was ze weer haar engeltje van vroeger. Haar gezicht was glad, de zorgrimpels op haar voorhoofd waren verdwenen. Haar mond stond niet gespannen, haar ogen waren niet gevuld met duisternis. Het gebeurde ook wel dat Abigail de kamer in liep en Emma wakker aantrof. Dan zat ze op het bankje bij het raam en staarde met een lege blik naar buiten. Emma bevond zich in het huis, op nog geen drie meter afstand van Abigail, maar op de een of andere manier voelde het alsof de tijd was versplinterd en ze niet langer in haar kamer zat, maar oneindig ver weg was.

Jarenlang was Abigail bang geweest dat haar dochter zou uitgroeien tot eenzelfde soort persoon als haar moeder. Nu was ze bang dat haar groei voor altijd zou stagneren .

Hoe had dit alles kunnen gebeuren? Hoe moesten ze het overleven? Paul wilde er niet meer over praten. Hij stond 's morgens op en ging naar zijn werk. Hij bracht Emma naar haar afspraak met de psychologe. Door middel van de telefoon hield hij de vaart in hun leven. Ze hadden vaker seks, maar meer uit praktische overwegingen dan om iets anders. Toen ze een patroon ontdekte, namelijk dat Paul uitsluitend op woensdag- en zaterdagavond in haar geïnteresseerd was, voelde ze zich eerder opgelucht dan beledigd. In haar agenda zette ze bij die dagen een kruisje. Nu kon ze er rekening mee houden, wist ze dat het ging gebeuren.

Abigail betrapte zichzelf erop dat ze naar andere patronen zocht in haar leven, naar dingen waarop ze kon vertrouwen. Door haar therapie was Emma op donderdag altijd chagrijniger dan anders, en daarom bakte Abigail op die dag pannenkoeken voor het ontbijt. Op vrijdag maakte Emma vaak een verdrietige indruk, dus stond er voor 's avonds een film op het programma. De dinsdagen waren het ergst. Alle slechte dingen waren op dinsdag gebeurd. Op die dag werd er niet veel gepraat. Dan was het stil in huis. Emma draaide geen muziek op haar kamer. De tv stond op haar zachtst. De hond blafte niet. De telefoon ging zelden over.

Dit was dus het nieuwe normale leven, dat bestond uit allerlei trucjes die ze zichzelf hadden aangeleerd om het hoofd te kunnen bieden aan wat hun was overkomen. Zoveel verschilde het ook weer niet van hun vorige leven, dacht Abigail. Ze maakte afspraken met woninginrichters, ze gaf geld uit aan spullen voor hun nieuwe huis. Paul had nog steeds zijn geheimen, alleen was er deze keer geen andere vrouw in het spel. Emma vertelde nog steeds leugentjes over waar ze overdag naartoe ging, ook al zette ze geen stap buiten de deur. 'Er is niks, hoor,' zei ze dan, ook al kwam ze van mijlenver weg. Ze besloten haar maar te geloven, want de waarheid was pijnlijker dan de leugen.

En zo probeerde Abigail de moed er nog een beetje in te houden. De dagen werden korter en ze wist dat ze niet eeuwig zo door konden gaan. Uiteindelijk zou er iets moeten veranderen, maar voorlopig was hun nieuwe status quo het enige wat hen op de been hield. Eigenlijk hadden de ouders van Adam Humphrey gelijk, vond ze.

Soms kon je alleen maar bidden om de kracht om door te gaan.

DANKBETUIGING

Terwijl ik aan deze roman werkte, betoonden Kate Miciak, Kate Elton en Victoria Sanders zich weer even onversaagd als altijd, en ik wil de drie dames hartelijk bedanken voor hun niet-aflatende steun. En niet te vergeten Irwyn Applebaum, Nita Taublib, Betsy Hulsebosch, Barb Burg, Sharon Propson, Susan Corcoran, Cynthia Lasky, Carolyn Schwartz, Paolo Pepe, Kelly Chian en al die andere kanjers bij Bantam. Ik prijs me zeer gelukkig te mogen samenwerken met een groep mensen die zoveel hart voor boeken hebben.

Ook ben ik heel blij met alle vrienden om me heen – en jullie weten donders goed dat ik jullie bedoel. D.T., mijn held, je hartelijkheid stemt me nederig. F.M., je kernachtige opmerkingen zijn altijd een bron van vreugde. D.M., wat hebben we het ver gebracht samen, en dat alles dankzij je zachtmoedige geest. En wat jou betreft, Mo Hayder: alsof je mij niet even hard de stuipen op het lijf probeert te jagen. Per slot van rekening was ik niet degene die de afvoer verstopte met een stel geamputeerde handen.

Hoe dan ook…

Op een avond, toen ik hard aan dit boek zat te werken, bracht mijn vader me chocoladecake, wat maar weer eens bevestigt dat hij de beste vader van de hele wereld is. Wat D.A. betreft… alle liefde die over mijn lippen komt…